DIE ZEITBRAUT

Internationale
Science Fiction Erzählungen

herausgegeben von
Wolfgang Jeschke

Originalausgabe

W0279073

WILHELM HEYNE VERLAG
MÜNCHEN

HEYNE SCIENCE FICTION & FANTASY
Band 06/4990

Das Umschlagbild malte
Karel Thole

Übersetzungen aus dem Amerikanischen und Englischen
von Irene Bonhorst, Karin König, Vincenzo Benestante,
Roland Fleissner, Joachim Körber, Michael Morgental,
Winfried Petri, Franz Rottensteiner und Ralph Tegtmeier,
aus dem Französischen von Georges Hausemer,
aus dem Italienischen von Gabriele Fischer,
aus dem Russischen von Erik Simon,
aus dem Tschechischen von Karl v. Wetzky

Die Illustrationen im Text sind von Manfred Lafrentz,
Klaus Porschka und Jobst Teltschik

Redaktion: Wolfgang Jeschke
Copyright © 1993
by Wilhelm Heyne Verlag GmbH & Co. KG, München
(Einzelrechte, Ersterscheinungsdaten usw.
jeweils am Schluß der Texte)
Copyright © 1993 der deutschen Übersetzungen
by Wilhelm Heyne Verlag GmbH & Co. KG, München
Printed in Germany 1993
Umschlaggestaltung: Atelier Ingrid Schütz, München
Technische Betreuung: Manfred Spinola
Satz: Schaber Satz- und Datentechnik, Wels
Druck und Bindung: Ebner Ulm

ISBN 3-453-06210-8

INHALT

INHALT

INHALT

INHALT

Joe Haldeman · USA

PASSAGEN

Nur ein Außenseiter kann Dinge objektiv sehen — aber einem Außenseiter kann definitionsgemäß auch Grundinformation fehlen ...

Das Leben beginnt in einer blutigen Schmiere und endet auch bisweilen so. Nur sonderbare, vielleicht sogar verrückte Leute suchen zwischen diesen Zeitpunkten nach Blut. So komme ich mir jetzt vor. Aber die erste Hälfte meines Lebens troff von Blut, zumeist Blut von Tieren, bisweilen auch menschlichem. Jedenfalls war ich eine Art von Führer für Jäger.

In jenen Tagen hatte ich auf jedem Planeten eine Art Büro. Nicht in dem Sinne, daß ich mich dort mit Kunden traf. Aber der Charakter des Ortes, wo ein Klient mit mir zusammenkommen wollte, bei sich daheim oder anderswo, half mir bei der Entscheidung, ob ich ihn akzeptieren würde oder nicht. Dazu kam die Art, wie er sich kleidete, sprach und verhielt. Das ist ein besonderer Sinn für eine ›Gestalt‹. Wenn man jeden Knilch annahm, der genügend Geld hatte, würde man bald das Leben einbüßen — und er auch.

Es war fast immer ein ›Er‹. Es gibt zwar mehr Frauen mit Geld als Männer; um aber auf die Jagd gehen zu wollen, ist jener gewisse Instinkt erforderlich, daß man etwas aufs Korn nimmt und losballert.

Raj Benhalden III. hatte einen guten Treffpunkt gewählt, eine Milchbar, wo die jungen Kellnerinnen Gesichtsschleier trugen, aber vom Hals bis zum Fuß sonst nichts, das der Rede wert gewesen wäre. Außerdem konnten Ungläubige wie ich dort auch Wein bekommen. Im übrigen aber machte der Mann auf den ersten Blick keinen guten Eindruck. Er schob sich durch die Perlenvorhänge zur Tür — ein großer, muskulöser Kerl mit einer Miene, die Unruhe verhieß. Herrisch musterte er den Raum, nickte, als eine der Frauen ihm ein Zeichen gab, und stapfte dann zu meinem Tisch herüber mit der plumpen Grazie eines übertrainierten Athleten. Seine ersten Worte waren:

»Sie sind weiß.«

»Wie meine Mutter auch.«

Er nickte bei dieser Offenbarung und sank in einen Sessel. »Sie sehen nicht wie ein Jagdführer aus.«

»Und Sie nicht wie ein Prinz.«

»Stimmt. Wie sehe ich dann aus?«

Für Takt war noch genügend Zeit, wenn ich mich entschloß, den Job anzunehmen. »Sie sehen aus wie ein Mann des Mittelstandes, der der Schulmannschaft angehört hat. Vor — sagen wir — fünfzehn oder zwanzig Jahren. Jetzt verbringen Sie viel Zeit im Fitneßstudio und versuchen, die Uhr zurückzudrehen.«

Er nickte wieder mit starrem Blick. »Sie jedenfalls irgendwie zu verlangsamen.«

Eine schöne Huri, frisch aus Mohammeds Paradies, glitt herzu mit einem Glas Pfefferminztee. Er nahm es, ohne anscheinend von ihr Notiz zu nehmen. »Ein Vetter von mir auf der Erde hat Sie voriges Jahr engagiert und mir empfohlen. Darum habe ich Ihre Akten im Register von Selva eingesehen. Sie haben an vielen Orten gearbeitet.«

Der einzige Erdenwurm, den ich im letzten Jahr geführt hatte, war mir fast zum Verhängnis geworden. Ein verrückter Kerl. »M'suya war Ihr Vetter?«

»M'suya.« Er lächelte leicht. »Keine Sorge! Der Rest der Familie ist fast normal.«

»Ich bin noch nie von einem normalen Menschen angeheuert worden. Normale Leute verlangt es nicht nach der Gesellschaft gefährlicher Tiere.«

»Ein Punkt für Sie. Selva sagt, Ihre Spezialität sei Fährtenlesen, und Jäger wie Sammler zu neuen Stellen zu führen.«

»Deshalb hatte Ihr Vetter mich angeheuert.« Wir waren zu einem Planeten gegangen, der PZ 1439 hieß und so neu war, daß er nicht einmal einen Namen trug. »Aber ich möchte lieber wenigstens etwas wissen über den Ort und die Art von Kreaturen, mit denen wir es zu tun bekommen werden.«

»Dieser Ort ist nicht völlig unerforscht. Und die betreffende Kreatur ist einige Male beobachtet worden.« Er machte eine Pause. »Es ist der Planet Obelobel. Ich will das Fell eines Baleseli haben.«

»Ich kenne das Tier nicht. Glaube auch, daß der Planet gesperrt ist.«

»Das Vieh ist die Reise wert. Und ich kann mich um die Quarantäne kümmern. Was meinen Sie?«

Es schien OK zu sein. »Ich werde erst etwas nachforschen müssen.«

»Nein. Entscheiden Sie sich sofort!«

Seine Augen funkelten geradezu vor Erregung. »Gewiß. Wir brechen auf, sobald Sie die Sache festgemacht haben.«

Er stand auf. »Morgen.« Ich sah seinen breiten Rücken davonschweben.

Reiche Leute lassen einen immer mit der Rechnung sitzen. Sein Pfefferminztee dampfte noch und war unberührt. Ich kostete ihn: zu süß. Langsam trank ich den Wein aus und erfreute mich an den Frauen im Gefühl, daß ich so bald keine sehen würde. Hätte das nur gestimmt! Das nächste Weib, das ich traf, sollte sich als weniger umgänglich erweisen.

Wie vermutet, hätte man für den Preis zweier Drinks auf Selva eine gute Mahlzeit bekommen und auf der Erde ein ganzes Bankett. Aber Raj würde das hundertfach zurückerstatten.

Ich arbeitete gern von Qadar aus, obwohl die Tagesspesen dem Defizit eines manchen Landes nahekommen. Man zahlt einem dort doppelt so viel wie anderswo, ohne zu diskutieren. Und es gibt dort eine gute Bibliothek. Ich ging ins Hilton zurück, um sie abzurufen und herauszufinden, was man über Obelobelians und die Baleseli wußte.

Obelobelians sind unheimlich, was bei fremden Rassen nichts besonderes ist; und das Baleseli bedeutet etwa hundert Kilogramm blutigen Mordes, die dich aus der Nacht heraus anspringen. Mir wurde etwas mulmig.

Es handelt sich um eine zwölfbeinige Kreatur ohne Augen, die Entfernungen durch Radar wahrnimmt. Sie ist etwa dreimal so groß wie ein Obelobelian. Die sechs Beine auf jeder Seite sind mit einer lederartigen Membran verbunden, wie die Flügel einer Fledermaus auf der Erde. Auf der Innenseite der Flügel befinden sich Zehntausende steifer, gebogener Wimpern wie winzige Haken. Das Tier tötet, indem es die Beute umfaßt und ihr mit einem schnellen Ruck die Haut abreißt.

Es hat kein eigentliches Maul. Während die Beute noch zuckt, öffnet sich bauchseitig etwa auf der halben Länge des Thorax ein Spalt vom Schwanzansatz bis mitten zur Brust; und der Bauch stülpt sich heraus, pulsiert über die Haken (die alle nach außen gerichtet sind) und umschließt das sterbende, enthäutete Tier. Scharfe Säuren und Enzyme verdauen die Mahlzeit in ungefähr fünfzehn Minuten. Während dieser Zeit ist das Baleseli theoretisch hilfos. Es hinterläßt ein kompaktes Gewöll aus unverdautem Haar, Knochen und Krallen — und vielleicht korrodierten Juwelen.

Man kann sich noch schlimmere Todesarten vorstellen, aber diese Liste wäre kurz und widerlich.

Die Obelobelians haben einen Ritus der Passage, den

Menschen bis dahin nur einmal beobachtet haben. Dabei muß man in eine Höhle gehen und sich zum Fraß anbieten. Offenbar wissen die Baleseli, was Augen sind. Sie greifen nur von hinten an. Man muß also seine Annäherung spüren, sich rasch umdrehen und es aufspießen. Ein Test für den sechsten Sinn des Jägers oder Soldaten, der, wie ich hoffte, in der herrschenden Klasse von Qadar hoch entwickelt war.

Die Höhlen, in denen diese Tiere leben, bilden typischerweise Bündel miteinander verbundener Hemisphären, von denen eine jede so groß ist wie ein Sportstadion. Tagsüber hängen die Baleselis an Stalaktiten im Dach der Kuppeln. Um zu jagen, müssen sie gewöhnlich nach draußen gehen, da nur wenige große Kreaturen dumm genug sind, ihre Wohnstätten zu betreten. Ihre gewöhnliche Beute sind junge und alte Tiere, die sich von den Herden der Eier legenden Saurier getrennt haben, welche die Obelobelians auf ihren anscheinend ungeordneten Wanderungen über den einzigen Kontinent des Planeten begleiten.

Den Obelobelians dient der Ritus als eine grausame primitive Form der Bevölkerungskontrolle, was auf einem so unfruchtbaren Planeten verständlich ist. Niemand unterliegt dem Ritus der Passage, bis nicht jemand gestorben ist. Am nächsten Abend geht ein junger Eingeborener in die Höhle. Die betreffende Person, ob männlich oder weiblich, kommt geschlechtsreif wieder heraus und paart sich sofort mit einem vorher bestimmten Partner. Eine Frau paart sich in ihrem Leben nur einmal; sie hat aber immer Mehrlingsgeburten. Man sagt, daß die Zahl der von ihr gewünschten Nachkommen davon abhängt, wie viele Personen beim Passageritus sterben, ehe einer ihn überlebt.

Die Baleseli töten ungefähr die Hälfte der jungen Leute, die in die Höhlen gehen, belästigen die Eingeborenen sonst aber nicht, obwohl sie noch nicht das Dach erfunden haben und ungeschützt schlafen. Sie haben auch nicht die Menschen belästigt — einige Dutzend Xenologen, die zwangsläufig auch unter freiem Himmel schlafen, wenn auch vielleicht nicht so tief wie die Obelobelians.

Die dreiwöchige Anreise verlief ohne besondere Vorkommnisse. Raj Benhaden III. war für einen Qadarer ungewöhnlich wortkarg. Deren Planet treibt nicht viel Handel. Es besteht aber ein normalerweise recht reger Austausch an Kenntnissen. Ich habe einmal mehrere Monate auf Qadar verbracht und mitgeholfen, dort einen Xoo einzurichten. Man konnte nicht sagen, daß eins plus eins gleich zwei ist, ohne eine Diskussion auszulösen. Eine Welt voller Theologen und Philosophen.

Aber Raj war ein Rückschlag; soviel räumte er bei einer der seltenen Unterhaltungen ein. Die meisten Qadaremer sind Vegetarier. Jagd ist — im Gegensatz zu Sammeln von Lebendigem — auf diesem Planeten geradezu unerhört. Raj gab keine Erklärung für seine Absonderlichkeit. Nein, sein Vater pflegte nicht zu jagen. Nein, er hatte dafür keine philosophische Rechtfertigung. Nein, wenn man ihm die Wahl ließ, aß er kein Fleisch. Ja, er hatte Menschen getötet — im Krieg.

(Dies hatten wir gemeinsam: Wir hatten beide in unserer Jugend ein Jahr als Söldner verbracht auf dem Planeten Hell. Er äußerte sich nicht ausführlich dazu; aber ich hatte den Eindruck, daß er an dem Erlebnis nicht viel mehr Spaß gehabt hatte als ich.)

Es gelang mir nicht, ihn in eine Diskussion zu verwikkeln und zog mich daher meist zu meinen Büchern zurück, während er sich seinem Körper widmete. Er hatte einen Trainingsstuhl mit vielen Gewichten, Sprungfedern und Flaschenzügen, mit dem er jeden Muskel einzeln beschäftigen und heraustreten lassen konnte. Unter normalen Verhältnissen eine recht harmlose Neigung, die hier aber eine bedenkliche Seite hatte, da die Obelobelians, welche den Ritus der Passage durchmachten, so schwach waren wie menschliche Zehnjährige. Mit jedem anschwellenden Muskel baute Raj sich eine falsche Selbstsicherheit auf.

Als ich ihn darauf hinwies, nickte er nur freundlich und schwitzte weiter.

Wir kamen an einem trüben Frühlingstag aus dem Orbit, der von einem wolkigen Tag im Sommer, Herbst oder Winter nicht zu unterscheiden war. Der Planet hatte eine kreisförmige Umlaufbahn und keine dazu geneigte Rotationsachse. Darum gibt es dort keine Jahreszeiten, und der Himmel ist immer gleichförmig leicht dunstig. Also kein Wetter, sofern man nicht starken allnächtlichen Tau als Wetter bezeichnen will. Ein grauer, langweiliger Planet in seinen großen gemäßigten Zonen, mit einer Menge Höhlen und einer atembaren, aber unangenehm muffigen Atmosphäre. Der Boden war ein Dickicht aus vermutlich ungenießbaren Pilzen. Unser Schweber zielte auf die silbrige Kuppel des Hauptquartiers der Confederación, glitt durch das Kraftfeld und landete.

Ich hatte keine Schwierigkeiten mit der örtlichen Bürokratie erwartet, da auf dem Planeten keine Menschen lebten außer den Xenologen. Wie das Glück es wollte, erinnerte sich die leitende Dame an meinen Namen.

»Gregorio Fuentes«, las sie von der ersten Seite der Bewilligung ab. Sie legte das Papier auf den kleinen Klapptisch und stand auf. Es sah so aus, als ob sie ein paar Schritte gehen wollte; aber das Zelt war dafür wirklich zu klein. Also begnügte sie sich damit, die Temperatur unter dem Teekessel zu regeln. Mit dem Rücken zu uns sagte sie nur ein Wort: »Wilderer.«

»Hören Sie!« sagte ich. »Man kann doch nicht da wildern, wo es nichts zu jagen gibt.«

»Ach so!« Sie wandte sich um und sah uns müde an. »Ich nehme an, daß Sie sich für die Baleseli interessieren.«

Ich klopfte auf die Akte. »Da steht alles da drin.«

»Eine wundervolle Kreatur«, sagte Raj.

»Jeder Xoo würde ein Vermögen für ein Exemplar bezahlen«, sagte sie mit unveränderter Miene. »Aber Sie können keinen bekommen.«

»Nichts läge uns ferner.«

»Ich bin sicher.« Sie schenkte drei Plastikbecher Bitterwurz ein und bot uns an. »Ich meine, daß Sie wirklich, physisch, nicht können. Sie sind zehn oder zwölf Jahre zu früh dran. Kein Individuum kann ausgesondert werden, ehe wir eine Abschätzung der Population haben. Und es gibt keine Möglichkeit, einen heimlich in den Orbit zu bringen. Die Biester sind einfach zu groß.«

Bitterwurz hat einen besonderen Geschmack, den ich nie gemocht habe. Ich nippte an dem scheußlichen Zeug und bemühte mich weiterhin um einen freundlichen Ton. »Die Bewilligung ist in dieser Hinsicht völlig klar. Ich werde einige gewöhnliche kleinere Arten sammeln, die sich vielleicht zeigen könnten. Keine Baleselis.«

»Wir wollen sie nur *in situ* beobachten«, sagte Raj ruhig.

Sie starrte erst ihn und dann mich an. »Ich verstehe. Sie suchen Nervenkitzel.«

»Keineswegs.« Ich ergriff die Akte und reichte sie ihr. »Unsere Empfehlungen und Bewilligungen sind in Ordnung.«

Sie ignorierte das. »Ich bin sicher, daß sie das immer sind. Es herrscht nie Mangel an hungrigen Universitäten. Oder gelangweilten reichen Leuten.«

Raj lächelte sie an. »Ich habe nie in meinem Leben Langeweile gehabt.«

»Dann sind Sie nie ein Wissenschaftler gewesen, der gezwungen war, sich mit Regierungspapieren abzugeben.« Sie nahm die Akte und blätterte sie rasch durch. »Ich werde heute abend all das genau durchsehen. Wenn alle Details stimmen, können Sie am Morgen die Kuppel verlassen. Sie kennen das Quarantäneverfahren?«

»Natürlich.«

»Wir werden Sie jeden Augenblick beobachten. Sie ziehen vollkommen nackt los. Eine Armbanduhr, ein Schreibstift — und ich muß Sie einsperren, bis das nächste Inspektionsteam der Confederación eintrifft. Das wird lange dauern. Klar?«

»Jawohl. Aber warum nicht mit uns kooperieren?« fragte ich. »Je eher wir unsere ... Forschungsziele erreichen, desto eher werden wir verschwunden sein.«

»Ihre *Forschungsarbeit* könnte eine Katastrophe werden«, sagte sie mit jetzt zitternder Stimme. »Die Obelobelians sind die primitivste Fremdkultur, die uns je begegnet ist und vielleicht je begegnen wird. Wir müssen äußerste Vorsicht walten lassen. Allein schon die Tatsache, daß wir mit den Obelobelians kommunizieren müssen, verfälscht die Daten, die wir suchen. Und wir sind hochtrainierte, hingebungsvolle und *vorsichtige* Forscher. Jeder andere, der mit ihnen in Kontakt kommt, bedeutet ein hohes Risiko.«

Ich sagte: »Wir werden nicht versuchen, ihnen irgendwelchen Plunder zu verkaufen.«

»Wenn sie Geld hätten, habe ich den Verdacht, daß Sie es tun würden.« Sie stand auf. »Ich werde Sie morgen früh wiedersehen.«

Ich fand die Quarantänevorschriften lächerlich streng und auch heuchlerisch. Die Präsenz der Confederación war durch eine schimmernde silberne Kraftkuppel von über hundert Metern Durchmesser markiert, mit Schwebern, die fast täglich aus dem Orbit herunterkamen und wieder zurückkehrten. Das könnten die Eingeborenen wohl bemerken.

Dr. Avedon war nicht erfreut über unsere Messer, konnte sie aber nicht konfiszieren. Beide waren echte Obelobelian-Artifakte, aus rasiermesserscharfem Kristall gehauen, aus dem Museo Arqueológico von Selva ›geliehen‹. Ich brauchte meines, um Behälter zu machen, und Raj mußte mit seinem einen Speer anfertigen.

Ich ging mit ihm in die Höhle, aber nicht als Kombattant. Die Baleselis würden uns vermutlich ignorieren, wenn wir uns mit dem Rücken zur Wand hielten. Und genau das beabsichtigte ich auch zu tun. Sofern Raj nicht in Schwierigkeiten geriete. Dann würde ich ihm helfen, falls es irgendwie Sinn hätte — und bei vervierfachtem Honorar. Raj hatte das mit der lässigen Miene eines Mannes zugesagt, der nicht fähig ist, sich seinen Tod vorzustellen oder der den Tod einfach verachtet. Ich konnte ihn nie so gut kennenlernen, um herauszufinden, was von beidem zutraf.

Selbst nachdem uns erlaubt war, die Kuppel zu verlassen, mußten wir noch einen Tag mit Vorbereitungen verbringen. Ich hatte aus lokalem Material eine Art Rucksack und Feldflasche herzustellen. Ein Xenologe auf Selva hatte mir gezeigt, wie man das macht; aber es ist ein Unterschied, ob man eine primitive Technik mit Hilfe eines erfahrenen Lehrers kopiert, oder ob man hinausgeht, das Material abhackt und die Sache aus der Erinnerung zu machen sucht. Jedenfalls hatte das erste halbe Dutzend Feldflaschen, das ich herstellte, nur mäßige Siebe abgegeben.

Ich gab es auf, im Freien zu arbeiten. Raj konnte die Kälte nichts anhaben. Qadar ist kein Tropenparadies, aber meine Hände wurden steif und ungeschickt. Schließlich schaffte ich zwei Rucksäcke und vier Literflaschen. Dann rasteten wir und brachen im Morgengrauen auf.

Die Karte, die ich im Kopf hatte, nützte nicht viel. Kein Kompaß und keine Sonne, sondern nur gleichmäßig trübes Grau von Horizont zu Horizont. Glücklicherweise war es nicht schwer, der Spur zu folgen, die die Forscher hinterlassen hatten, als einen auffälligen Pfad aus zerstampften Pilzen.

Es war sicherlich die deprimierendste Welt, die ich je gesehen habe. Die Szenerie glich der vergrößerten Oberfläche eines erkrankten Organs. Die herrschende Art von Schwämmen war eine Form von Pilzen mit umgedrehten Hüten, die immer mit schaumigem, übelriechendem Wasser gefüllt waren, bläßlich weiß mit braunen Streifen. Das einzige Grün war ein gelegentlicher Fleck aus bambusartigem Gras, das das Material für meine Flechtarbeiten und Rajs Speerschaft geliefert hatte. Dessen Farbe war ein kränkliches, fleckiges Hellgrün.

Ein wenig grün war auch der glitschige und pulvrige Pilzbelag, der uns nach etwa einer Stunde befiel und aus den Armhöhlen, Nabellöchern und besonders der feuchten Falte zwischen Hoden und Oberschenkel herauswuchs. Der sah auf meiner olivfarbenen Haut schon schlimm genug aus; aber bei Raj, dessen Haut fast blauschwarz war, wirkte er besonders häßlich.

(Es ist für eine fremdartige Lebensform sehr seltsam, Menschen als Wirte oder Nahrung angenehm zu finden. Wegen unterschiedlicher Evolutionsgänge sind wir auf DNA-Ebene unverträglich. Wir hatten die Möglichkeit diskutiert, daß die Baleselis ihre Nasen, sofern sie welche besäßen, über Raj rümpfen würden. In diesem unglücklichen Falle würde ich ein ›Nicht-Tötungs-Honorar‹ bekommen in Höhe von einem Drittel des regulären Honorars für den Führer.)

Ich hatte meinen Rucksack doppelt so groß gemacht wie den von Raj. Es handelte sich eigentlich um einen zweiteiligen Behälter mit Tragegurten. Wir hielten sorgfältig Ausschau nach Individuen und hätten nicht viel übersehen. Alles, was in diesem schimmligen Mausoleum von Landschaft zappelte, wäre wie ein lebendiger Käfer in einer Schüssel mit kalten Spaghetti aufgefallen. Wir marschierten den ganzen Tag, ohne irgend etwas zu sehen. Das war langweilig, aber nicht überraschend. Die meisten der häßlichen Kreaturen, die in den großen Blätterpilzen umherkrabbelten, waren nachtaktiv. Ich war sicher, daß eine Menge von ihnen um uns herum sein würde, wenn wir versuchten zu schlafen.

Wir redeten unterwegs nicht viel. Ein paarmal versuchte ich, eine Unterhaltung zu beginnen, aber Raj erstickte sie durch einsilbige Antworten. Daher war ich in meinem Wunsch nach menschlichen Kontakten irgendwie erleichtert, als wir über eine kleine Erhöhung im Gelände kamen und das Lager der Archäologen erblickten. Es war ein gut ausgetretener Kreis, einige hundert Meter von einem ›Dorf‹ der Obelobelians entfernt, welches nur aus einem wüsten Haufen von Besitztümern und gemeinsamen Feuern bestand. Etwa ein Dutzend Tytistu, magerer Dinosaurier von Pferdegröße, weidete an Pilzen oder schlief im Stehen. Ein dürrer Mann mit weißem Bart kam uns auf dem Pfad entgegen.

Er sah nicht glücklich aus. Ehe ich uns vorstellen konnte, sagte er: »Ihr seid die Abenteurer Fuentes und Benhaden.«

»Du stehst doch in Verbindung mit Dr. Avedon?« fragte ich.

Er machte den Mund auf und zeigte auf einen Backenzahn. »Radio. Sie sagt, eure Akkredition geht in Ordnung und wir sollen euch nicht behindern. Aber auch nicht kooperieren — wißt ihr.«

»Das ist blöde«, sagte ich, was mir leid tat; aber ich fuhr fort: »Die Fundierung eures eigenen Projekts kann von unserem Besuch nur profitieren. Es wird Publizität geben.«

»Publizität, die noch mehr sensationslüsterne Abenteurer bringt. Wir versuchen, *Wissenschaft* zu betreiben, Fuentes. Es ist keine Horrorshow für Schwachsinnige.« Der Mann drehte sich um und ging fort. Dies war das letzte Wort, das wir je von irgendeinem Wissenschaftler gehört haben, bis sie heraufkamen, um mir mit Raj zu helfen.

Wir errichteten unser ›Lager‹, indem wir die Rucksäcke ablegten und genug von dem widerlichen Bodenbewuchs wegtraten, um uns hinsetzen zu können, gleich flußabwärts von den Camps der Forscher und Obelobelians. Der breite und seichte Fluß bewegte sich kaum. Das Wasser war grau und roch wie alter Käse. Wir folgten dem Rat der Xenologen und holten unser Wasser von oberhalb dem Lager der Obelobelians. Es war unwahrscheinlich, daß wir uns eine fremdartige Ansteckung zuziehen könnten; aber manchmal kam so etwas doch vor — mit fatalen Folgen.

Raj ließ sich nieder, um einige Reservespeere zu machen, während ich losging, um eine gute Höhle zu suchen. Ich wollte die Wissenschaftler nicht vergrätzen, indem ich zu viel Zeit durch Gespräche mit den Obelobelians verbrachte und dadurch ihre kostbaren Daten verfälschte. Anstatt mich also nach den Richtungen zu erkundigen, folgte ich einfach einem auffälligen Pfad, der zu aussichtsreich erscheinenden Hügeln führte.

Die Hügel waren felsig und für die Pilze unwirtlich. Die einzige Vegetation bestand aus Flechten gedämpfter Erdfarben. Ich fand aber tierisches Leben, wenn ich Steine umkippte. Kleine Wirbellose, die zumeist unseren Tausendfüßlern ähnelten. Nicht wert, sie einzusammeln und vielleicht auch bissig.

Es gab viele Höhlen, aber dennoch dauerte es einige Zeit, bis ich eine fand, die groß genug war. Sie alle führten vermutlich zu den Kuppeln der Baleseli; aber ich wollte darin aufrecht stehen und mich schnell bewegen können.

Als ich einen hinreichend weiten Eingang fand, legte ich den Rucksack ab und ging hinein, mit nichts als dem Messer versehen. Dies stellte wie das von Raj eine leichte Verletzung der technologischen Quarantäne dar. Es kam tatsächlich aus Obelobel, hatte aber auf dem Rückweg einige Pausen gemacht. Ich versetzte dem Griff eine scharfe Drehung, und er sprang auf, um eine kleine kräftige Taschenlampe freizugeben.

Man nahm an, daß die Baleseli tagsüber schliefen; aber meine Erfahrungen mit großen gefährlichen Tieren hatten mich veranlaßt, etablierten Verhaltensmustern nicht allzu sehr zu trauen. Außerdem könnten in der Höhle auch kleinere Gefahren lauern. Ihre irdischen Gegenstücke könnten tagsüber Zufluchtsorte für Klapperschlangen, Skorpione oder Vampyr-Fledermäuse sein. Daher begab ich mich sehr vorsichtig hinein, wirklich immer nur einen Schritt nach dem anderen, die Augen fest in die Dunkelheit gerichtet, das Messer bereit und den Lichtstrahl nach vorn gezielt. Man konnte sich leicht vorstellen, wie ich für jeden Bewohner der Höhle aussehen müßte: Eine gefährliche plumpe Silhouette mit einem schimmernden Auge. Die meisten Tiere werden, wenn sie mit dem Unbekannten konfrontiert werden, entweder davonlaufen und in einem Zufluchtsort oder durch Tarnung Rettung suchen, oder aber angreifen. Ich wollte allen die beste Gelegenheit geben, die beiden erstgenannten Möglichkeiten zu wählen.

Der Höhleneingang machte eine scharfe Wendung nach links und begann sich zu senken. Ich wartete an der Ekke mit ausgeschaltetem Licht einige Minuten lang, bis sich meine Augen besser an die Dunkelheit angepaßt hatten. Aus der Kammer vor mir kam ein ständiges Echo von tropfender Kondensation; und der abschüssige Weg, auf dem ich stand, war gefährlich rutschig. Der Pilzgeruch der Luft draußen war hier vermischt mit einem überraschenden erdartigen Höhlengeruch von feuchtem Gestein zusammen mit einem sauren metallischen Anflug, den ich nicht einordnen konnte. Es war kalt.

Ich schaltete das Licht wieder an und achtete darauf, nicht direkt hineinzuschauen. Der Weg nach unten ging noch etwa fünfzig Meter weiter und wurde dabei immer breiter. Er endete in einem gezackten schwarzen Quadrat, das vermutlich den Eingang zu einer der Kuppeln bildete.

Ich habe nie gern in Höhlen gearbeitet, aber Raj bezahlte mich gut, um meine Abneigung zu überwinden. Ich hielt meinen nackten Rücken fest gegen die Wand gedrückt und arbeitete mich langsam auf die tiefere Finsternis hin zu.

Die Höhlung war zu groß, als daß mein Licht die andere Seite erreicht hätte. In der Mitte war ein schwarzer See, offenbar nicht tief, da stellenweise Stalagmiten wie gespenstische Finger durch die Oberfläche ragten. Diese war ständig in Bewegung durch die sich erweiternden und überlagernden kleinen Wellen, welche das von oben herabtropfende Wasser hervorrief. Das machte einen hübschen Eindruck.

Mit Hilfe des Tricks indirekten Sehens konnte ich knapp einige Details der Höhlendecke ausmachen. Was ich bemerkte, ließ mein Blut noch kälter werden als die frierende Haut. Zwischen einer Ansammlung von Stalaktiten verschiedener Größe drängten sich Dutzende schwarzer verhüllter Gestalten: Baleselis in Ruhestellung. Sie rückten und flatterten im Schlaf träge hin und her, vielleicht als Reaktion auf den Eindringling da unten. Ein tief in meinem Reptilhirn begrabener Befehl wollte mich dazu veranlassen, meine Gedärme zu entleeren und wegzulaufen. Aber ich zwang mich, etwa eine Minute lang die Szene zu beobachten und mir vorzustellen, wie Raj dort mit seiner Fackel und den Speeren stünde. Es sah sehr schlimm aus. Falls mehrere von den Biestern sich für einen interessierten, ließ sich schwer denken, wie man überleben könnte. Aber jeder Eingeborene machte das durch, und es blieben genug am Leben, um die Art zu erhalten.

Ich zog mich ganz langsam zurück. Der Geruch meiner Furcht stach mir in die Nase. Ich bezweifelte, daß irgendein Lebewesen auf diesem Planeten den Geruch korrekt würde deuten können. Vielleicht könnte er ihnen sogar verkünden, daß ich giftig oder zumindest keine Nahrung wäre. Das wäre für Raj günstig, sofern er menschlich genug wäre, vor Angst zu schwitzen.

Als ich ins Lager zurückkehrte, war ich immer noch etwas erschüttert. Ich versuchte fast, Raj die Sache auszureden, selbst wenn das Honorar im Falle des Nichttötens nur für meine Zeit und Spesen aufkäme.

Aber Raj sagte: »Es sind nur Tiere. Uns ist die Herrschaft über sie verliehen.«

»Komm mir nicht mit Religion! Auch wir sind Tiere — freilich Tiere mit scharfen Stöcken; aber es gibt Dutzende von denen, und wir sind nur zu zweit.«

»Nur einer. Ich erwarte nicht, daß du dich einmischst.« Er deutete mit einem Nicken zum Camp der Obelobelians hinüber. »Was die können, kann ich doch auch tun.«

»Das wissen wir nicht. Vielleicht haben die irgendein Zauberwort, das diese Viecher zu folgsamen Schoßtieren macht.«

»Das mag sein.« Er lachte höflich und wandte sich wieder seiner Bastelarbeit zu, Speere zu machen und das Feuer zu unterhalten. Er hatte von den Obelobelians irgendwie Feuer geliehen oder weggenommen und hielt es nach ihrer Art in Gang. Ein Kreis ausgerissener Pilze umgab die Flamme. Sie brannte ungefähr eben so gut wie getrockneter Dung, roch aber noch schlimmer. Zum Anmachen des Feuers nahm man Kumali, einen morchelähnlichen Pilz, der auch als Hauptnahrung diente. Er war so mit pflanzlichem Öl gesättigt, daß er auch für Fackeln benutzt werden konnte. Raj hatte einen kleinen Vorrat davon gesammelt.

Er machte aus den bambusähnlichen Stengeln Reservespeere. Das grüne Holz wurde zugespitzt, im Feuer geschwärzt, durch Pressen in den feuchten Boden abgeschreckt und gehärtet. Nach mehrfacher Wiederholung dieser Prozedur hatte man einen schwarzen Splitter, der ein Baleseli aufspießen konnte. Oder es zumindest in Wut versetzte, wenn man nicht genau traf.

»Soll man auf das Herz zielen?« Er grunzte unsicher. »Oder auf das Gehirn? Das Gehirn wäre gut, wenn es nicht zu weit hinten liegt ...«

»Recht raffiniert. Ich verstehe.«

»Nun, wie willst du ein großes Tier mit einem Speer töten, wenn du nicht weißt, wo die lebenswichtigen Organe sind?«

»Ich habe nicht bloß *einen* Speer.« Er schwang seinen schwersten Speer, den mit dem an die Spitze gebundenen Messer. »Dieser sollte das Vieh lähmen, ganz gleich, wo ich es treffe. Jedenfalls lange genug, daß ich es mit einigen anderen Speeren durchbohren kann.«

»Und du hoffst, daß keines von ihnen ...«

»Allerdings.«

»Und du hoffst, daß keines der anderen Biester ...«

»Jawohl, das *hoffe* ich!« Er kehrte mir den Rücken zu und nahm seine Arbeit wieder auf. Ich sah ihm einige Minuten lang schweigend zu.

»Ich habe das Gefühl, als wäre ich angeheuert, um einem raffinierten Selbstmordritual vorzustehen.«

»Mit dem ersten Punkt hast du recht. Du bist wirklich angeheuert.« Er wandte sich um und sah mich mürrisch an. »Und sage so etwas nie zu einem Qadarem! Ein Mann mag sein Leben geben. Es aber nicht nehmen.«

Das wußte ich. »Es ist Selbstmord. Wenn ich überhaupt einen Instinkt für Tiere habe.«

»Das mag dein Problem sein, Fuentes. Zu viel Instinkt für Tiere und nicht genug für Menschen.« Er stand auf und sammelte ein paar Speere auf. »Aber du bist ein guter Führer. Führe mich jetzt, daß ich diese Monster zu sehen bekomme!«

Da ich nicht nach der Stelle suchen mußte, gelangten wir in flotten zwanzig Minuten dorthin. Ich führte ihn ins Innere. Raj folgte meinen Anweisungen und kam nur langsam voran zwecks Dunkelanpassung und auch aus Vorsicht. Aber seine Ungeduld war deutlich spürbar.

Als wir in die Kuppel kamen, blieben wir einige stille Minuten lang beide an der Wand stehen und prüften die Lage. Mit dem zusätzlichen Handscheinwerfer konnte ich sehen, daß meine Schätzung von ein paar dutzend

Kreaturen weitaus zu niedrig lag. Hunderte von ihnen drängten sich an der hohen Decke. Mit dem Extralicht konnte ich auch erhebliche Unterschiede in Größe und Farbe erkennen. Die meisten großen Exemplare hatten glatte schwarze Hüllen; aber die kleineren — manche nicht größer als ein menschliches Kleinkind — waren gefleckt oder sogar gestreift in einer Art leichter Schattierungen von rot und braun. Natürlich waren bei so schwacher Beleuchtung Farben nur undeutlich zu erkennen.

Ich flüsterte: »Willst du immer noch weitermachen? Da oben gibt es genug, um den ganzen Stamm zu erledigen und immer noch hungrig abzuhauen.«

Er sagte: »Sie müssen nicht oft fressen, wenn diese unfruchtbare Gegend so viele ernährt.«

»Vielleicht ist sie gerade deshalb so unfruchtbar. Die haben alles getötet, was größer ist als eine Maus.«

Er knurrte: »Das glaubst du doch selbst nicht. Es muß ein ökologisches Gleichgewicht bestehen.«

»Auf kurze Sicht bestimmt nicht. Nicht einmal auf lange Sicht, falls wir Zeugen einer grundlegenden evolutionären ...«

»Ich kenne das. Metabolismus in Schüben. Große Reptilien auf meinem Planeten haben so etwas. Sie liegen tage- oder sogar wochenlang schlafend da, bis irgend etwas, das groß genug ist, um das Fressen zu lohnen, so nahe kommt, daß man es fangen kann. Dann bewegen sie sich sehr rasch während einiger Sekunden.«

»Das ist nicht unsinnig«, mußte ich einräumen. »Ich nehme an, du hast sie gejagt.«

»O ja.« Er lächelte und starrte nach oben. Die weißen Zähne und Augäpfel schimmerten fast körperlos in der Dunkelheit. »Mit bloßen Händen.« Er ging abrupt von der Wand weg bis halbwegs zum Ufer des Wassers.

»Raj!«

»Da sollte es nichts geben, um das man sich Sorgen machen müßte«, sagte er viel lauter, als mir lieb war.

Und dann brüllte er einige Worte auf arabisch. Als die in der Kuppel umlaufenden Echos verklungen waren, gab es ein anderes Geräusch. Die Tiere raschelten mit ihren Flügeln als Reaktion darauf.

»Himmel — du weckst sie auf!«

»Vielleicht einen oder zwei.« Er warf einen Speer direkt in die Höhe und trat an die Wand zurück. »Ich möchte sie gern fliegen sehen.«

Der Stock wurde langsamer und fing an zu taumeln, wobei er fast eines der größeren Exemplare streifte. Dies streckte die innen mattweißen Flügel aus und ließ den Stalaktiten los, der in einer tiefen Baßnote summte. Die Kreatur fiel wie an einem Fallschirm langsam nach unten. Als sie etwa die halbe Strecke zurückgelegt hatte, schlug sie einige Male heftig mit den Flügeln, verweilte auf der Stelle und stieg dann wieder zu ihrem Ruheplatz auf. Sie ergriff den Stalaktiten und faltete sich um ihn herum.

»Nicht allzu schnell«, sagte Raj.

»Noch nicht ganz wach.« Ich war beeindruckt durch die Grazie und offenkundige Stärke. »Laß uns hier rausgehen!«

»In Ordnung. Und morgen abend kommen wir mit Fackeln zurück.«

»Sofern du keinen Anfall von Vernunft hast.« Ich nahm an, daß Raj, wenn ich nicht dort gewesen wäre, sich einfach umgewandt und direkt aus der Höhle hinausmarschiert wäre. Aber so rutschte er folgsam hinter mir her.

Am Höhleneingang wartete eine Gruppe von vier Obelobelians, vielleicht eine Familie. Je ein erwachsenes Männchen und Weibchen, ein hochgewachsener Hausherr und ein Kind, das noch keine sichtbaren Geschlechtsmerkmale zeigte. Alle Erwachsenen trugen kurze schwarze Umhänge aus der Haut von Baleseli-Flügeln.

Ich begrüßte den Chef — die anderen sprachen nicht mit Menschen —, und der erwiderte die formale Höflichkeit, bewegte sich aber, um uns den Weg zu versperren.

»Nicht Nacht«, sagte er.

Ich stimmte zu: »Nicht Nacht.«

»Baleseli schlafen?«

»Ja.«

»Baleseli-Ritual. Du?«

Ich legte Raj meine Hand auf die Schulter. »Er, heute abend.«

»Nicht jung, er.«

Ich dachte kurz nach. »Auf seiner Welt — jung.«

Er erwog das schweigend und trat langsam zur Seite. »Heute abend.«

Sie ließen uns etwa fünfzig Meter weit den Pfad hinuntergehen und folgten dann stumm. Wir machten bei unserem Feuer halt, und sie gingen wie in Trance weiter. Natürlich plauderten und scherzten sie wahrscheinlich und philosophierten wie wild — auf telepathische Weise.

Zu jener Zeit betrachteten die Wissenschaftler die Obelobelians noch als harmlose, Flöhe suchende Primitive, kaum sozial, noch nicht ackerbauend und so weiter. Sprache begrenzt auf ein paar hundert Wörter, vornehmlich Substantive und Adjektive. Wie wir später erfuhren, benutzten nur die Familienoberhäupter eine phonetische Sprache — und das, ehe die Menschen kamen, nur im Ritual. Ein gesprochenes Wort übertönt wirkliche Konversation minutenlang, während es in ihren Geistern widerhallt. Aktive Verben sind am ›lautesten‹ und werden darum vermieden.

Ich spießte einige Pilze auf und briet sie über der Glut. Die von uns mitgebrachte Nahrung kostete mehr als die teuren Messer. Es erforderte einiges an raffinierter Bioingenieurtechnik, um Pilze so zu machen, daß sie aussahen wie das häßliche Zeug, das die Obelobelians aßen, aber für Menschen nahrhaft waren und zugleich für jene nicht giftig, für den Fall, daß sie einen Bissen probierten. Man konnte bei alledem keinen Wohlgeschmack erwarten. Ein Filet aus alten Socken.

Raj schien es zu genießen. Er aß seine drei Stück und briet dann noch zwei. Vielleicht half ihm dabei, daß er Vegetarier war. Sicher machte es auch etwas aus, daß er auf den Abend wartete, anstatt ihn zu fürchten.

Ein letzter Versuch. Ich sagte: »Wir haben keine Möglichkeit, diesen Planeten mit einem Baleselifell zu verlassen.«

»Überlaß das nur mir!«

»Was, glaubst du, sogar Dr. Avedon bestechen zu können?«

»Nein. Obwohl ich sicher bin, daß auch sie ihren Preis hat. Wenn sie die einzige Person in der Kuppel ist, ist es ganz einfach. Sie muß schlafen. Ich lasse die Haut außerhalb der Kuppel, bis sie es tut.«

»Die Nachricht von der Tötung kann uns vorauseilen.«

Er zuckte die Achseln. »Schlimmstenfalls jagen sie uns von dem Planeten. Ich zahle eine Geldstrafe. Die Haut behalte ich nicht. Das geht in Ordnung.«

»Auch ich bezahle eine Geldstrafe und verliere meine Lizenz.«

»Wie wir besprochen haben, werde ich dich entschädigen.«

»Falls du am Leben bleibst.«

»Auch andernfalls.« Das stimmte allerdings. Auf Qadar würde seine Familie für seine Schulden aufkommen. »Na gut. Sieh dir dies an!«

Ich wandte mich um und sah eine Gruppe von Obelobelians herankommen. Ein großer Anführer mit einem Umhang, vielleicht derselbe, den wir an der Höhle getroffen hatten, und elf mit Speeren bewaffnete weibliche Personen.

Ich spreizte die Hände und sprach zu dem Mann: »Padafat oté tekamen?« Das bedeutete: Was ist los?

Er spreizte die Hände in gleicher Weise, aber mit zwei Fingern mehr. »Er kann nicht … *tun*!«

»Aber er ist jung. Er verlangt nach Passage.«

Der Anführer zeigte auf Rajs Genitalien: »So wie er ist, *hat* er die Passage.«

»Nein«, sagte ich. »Auf seiner Welt haben das wie auf der meinigen auch ganz junge Männchen schon. Sie werden so geboren.« Die Genitalien eines Obelobelians bleiben verborgen bis zum Ritus der Passage. Offenbar löst der Schock eine tiefe anatomische Veränderung aus — so als ob etwa die Stöpsel durch Angst herausgedrückt werden. (Das heißt — falls man den Obelobelians Glauben schenken darf, sagen die Wissenschaftler. Es wären nicht die ersten Autochthonen, die einen hinterhältigen Sinn für Humor verbergen.)

Der Mann wandte mir den Rücken zu und setzte sich hin. Zwei der Weibchen setzen sich ihm gegenüber. Die anderen neun starrten uns fest an — aus Disziplin oder Angst oder Langeweile.

»Denkst du ...?« begann Raj.

»Pst!« Er nickte. Wahrscheinlich war es keine gute Idee, sich bei dem Ritual einzumischen.

Nach ein paar Minuten stand der Führer auf und drehte sich wieder um. Seinen Gesichtsausdruck hätte man bei einem Menschen als Kummer gedeutet. Er zeigte auf Raj.

»Du wirst sterben.«

Raj hielt einen der im Feuer gehärteten Speere. Ich sah, wie sich sein Griff festigte. Der Mann ging in gebeugter Haltung den Weg hinab, zusammen mit den beiden, die mit ihm dagesessen hatten.

Die anderen neun Wächterinnen blieben da, ohne mit der Wimper zu zucken. Dann machten sie im Gleichschritt drei Schritte auf Raj zu nach vorn, ohne mich zu beachten. Die Raj am nächsten befindliche machte eine unmißverständliche Geste, indem sie auf seinen Speer zeigte und dann die Hand mit der Fläche nach oben ausstreckte.

Raj lächelte und sagte in liebenswürdigem Ton: »Es

gibt in sieben Höllen keinen Weg, daß ich dir diesen Speer gebe.« Sie wiederholte die Geste.

Ich sagte: »Gib ihn ihr lieber! Neun gegen zwei ist ein Mißverhältnis.«

Er sah mich an. »Neun gegen einen. Da kannst machen, was du willst.«

Die Wächterin umklammerte mit ihren Fingern sehr langsam den Schaft des Speers. Raj sah abwartend zu. Er würde sicher jeden Wettbewerb hinsichtlich Kraft gewinnen. Aber mit der anderen Hand bot sie Raj ihren eigenen Speer an.

»Ich will verdammt sein«, sagte ich. »Sie will tauschen.«

Raj studierte die schwere Spitze aus Feuerstein und die sorgfältige Bindung, die sie am Holz befestigte. »Kein großes Tauschgeschäft.« Er ließ den seinen los und nahm die kürzere, stärkere Waffe. »Vielen Dank!«

Sie legte die Hände zusammen in einer vielsagenden sozialen Geste, und ich sagte Raj, er möge es auch so machen.

Dann schlenderten alle neun wieder zu ihrem Camp. Diejenige, welche den Tausch gemacht hatte, schleuderte Rajs Speer beiseite.

Raj sagte: »Ich würde darin ein glückliches Vorzeichen sehen.«

»Auf jeden Fall Annahme.«

Im nachhinein scheint es seltsam, daß wir nicht ihre Anwendung von Telepathie erkannt hatten. Die war damals noch nicht erwiesen worden; man hatte sie aber schon seit Jahren bei den S'kang oder dem Karbonstern Ember vermutet. Aber diese Kreaturen hier wirkten so schwach und primitiv.

In den nächsten paar Stunden sammelten wir beide bündelweise Kumali-Fackeln, und ich improvisierte Halter dafür aus den weichen, runden Köpfen der größten Pilze. Auf diese Weise konnten wir mehrere davon in der

Höhle brennen lassen und doch beide Hände für Speere frei behalten.

Ich fragte: »Was wirst du tun, wenn sie dich ignorieren?«

»Was meinst du damit?«

Ich zuckte die Achseln. »Angenommen, die Baleseli brauchen irgendeinen Geruchsreiz, um den Angriff auszulösen. Oder es könnte eine Auslösung durch eine Geste sein, welche junge Obelobelians instinktiv machen.«

»In diesem Fall würden wir wohl warten müssen, bis irgendein Eingeborener zum Ritual hereinkommt. Wenn wir ihm folgen, würden auch wir angegriffen werden.«

»Das könnte lange dauern. Was meinst du, sollen wir essen und darauf warten, daß einer von ihnen stirbt?«

»Es gibt manche Unfälle.«

Das war zu viel für mich. »Ich werde keine Beihilfe zum Mord leisten.«

»Ich habe nicht von Mord gesprochen.« Er blickte zu dem schiefergrauen Himmel auf. »Es wird dunkel.«

Damit hatte er recht, und ich fühlte eine plötzliche Entspannung. Ich hasse das müßige Warten, ehe man in Aktion tritt. Was geschehen wird, wird geschehen, und es ist nie hilfreich, sich deswegen Sorgen zu machen. »Laß uns gehen!«

Ich raffte alle kleinen Kumalifackeln und die improvisierten Halter zusammen und trug sie unter einem Arm, während ich mit einer angezündeten Fackel in der anderen Hand unbeholfen mit dem Messer vorantastete und eine Feldflasche mir an einer Liane um den Hals hing und bei jedem Schritt anstieß. Ich glaube, daß die Menschen Kleidung erfunden haben, um Gürtel und Taschen zu besitzen.

Raj wirkte etwas würdevoller, aber nur ein wenig mehr, mit einem Bündel im Feuer gehärteter Stangen unter einem Arm und den beiden Speeren mit Feuersteinspitzen in der anderen Hand. Wir machten nicht den Eindruck, als ob wir einer Kreuzung von Stachelrochen und Vampir gewachsen wären.

Die Obelobelians erwarteten uns: Der alte Anführer, die weiblichen Wächter und eine Gruppe männlicher Personen, unbewaffnet und kleiner als die Weibchen.

Raj sagte: »Die sind gekommen, um uns Glück zu wünschen.«

»Sicher.« Ich trat zu dem Anführer und legte mein Bündel ab. Ehe ich den üblichen Gruß entbieten konnte, deutete der Mann wieder auf Raj und sagte: »Der wird sterben.«

Nun, das letzte Mal hatte sich das nicht als Drohung erwiesen. Ein Fluch? Eine Vorhersage? »Und ich?« fragte ich. »Werde ich sterben?«

Der Mann starrte mich länger als eine Minute an, mit einer unheimlichen, lauernden Intensität. (Inzwischen weiß ich natürlich, daß er durch das Störungsfeld in meinem Geist zu dringen suchte, damit wir wirklich kommunizieren könnten.) Er trat einen Schritt vor und rollte mit den Schultern wie ein exotischer Tänzer — wirklich ein *sehr* exotischer —, was vermutlich ein Achselzucken bei den Obelobelians bedeutete. »Vielleicht nicht, vielleicht sterben. Es ist … selbst. Du mußt … selbst sein.« Immer ein guter Rat. Geh vierzig Lichtjahre weit und finde Polonius …

»Warum seid ihr hier?« fragte ich.

Er zuckte wieder die Achseln. »Immer für eine Passage hier sein, dort sein. Wo Passage ist.«

Ich sagte zu Raj: »Du könntest recht haben. Nur eine Applaustruppe.« Vielleicht auch Leichenträger — dachte ich, ohne es aber zu sagen.

Niemand versuchte uns zu hindern, als wir in die Höhle gingen, und niemand folgte uns, zumindestens nicht sofort. Auf alle Fälle war es besser, nicht die Handscheinwerfer zu benutzen. Raj hatte das ohnehin nicht gewünscht, um die Erfahrung der Eingeborenen möglichst genau nachzuahmen. Aber das war eine Marotte, die mich nicht bei meinem Überleben, noch auch dem seinigen, behindern sollte.

Raj folgte dem Plan für die Jagd den ganzen Weg bis hin zur Haupthöhle. Wir drückten uns an deren Seite und bewegten uns so leise wie möglich. Mit jedem Klappern eines Steinchens fühlte ich mich exponiert. Es ist schwierig, ein blindes Monster zu beschleichen, das Radarorgane hat.

Als wir uns in die letzte Höhle quetschten, scheuchten wir etwas auf, das groß, weiß und glänzend war, wie eine Made von der Größe eines Pferdes. Das Tier glitt ins Wasser und schlängelte sich fort. Über uns raschelten Flügel.

Nach einem Moment der Lähmung bezwang ich meine Furcht so weit, daß ich anfing, Fackeln anzuzünden. Raj nahm zwei davon und schob sich neben mir nach vorn, wobei wir beide unsere Rücken gegen die sandige Wand preßten. Wir bewegten uns vorwärts und rückwärts und hatten bald eine gestaffelte Reihe von sechzehn großen fettigen Kerzen in der ruhigen Luft brennen.

Es war hell genug, daß wir einander deutlich sehen konnten; und was ich sah, gefiel mir gar nicht. Raj grinste so heftig, daß beide Zahnreihen in seinem schwarzen Gesicht hervorleuchteten. Falls er etwas außer reiner Ekstase empfand, verbarg er das wirklich gut.

Ich habe natürlich schon früher gesehen, daß Männer eine fast sexuelle Erregung empfinden, wenn sie mit einem gefährlichen Tier konfrontiert sind. Das ist irgendwie komisch, wenn man durch Lasergewehre und körperliche Panzerung geschützt ist. Es macht aber weniger Spaß, wenn man nackt ist wie ein Baby und nur Stöcke und Steine zur Verfügung hat. Das ist sogar einigermaßen unvernünftig; und ich mußte zugeben, daß ich zum ersten Mal in meiner langen beruflichen Laufbahn daran dachte, einen Klienten aufzugeben aus Angst, daß er entschlossen sein könnte, meinen Tod in Kauf zu nehmen. Aber ich blieb natürlich da und hätte nicht überrascht sein dürfen durch das, was nun geschah.

Tatsächlich sah ich nicht, was Raj tat, da meine ganze Aufmerksamkeit auf die Decke der Höhle konzentriert war, wo ich in dem trüben Licht nach den zusammengeklumpten Gestalten der Baleseli suchte. Ich konnte sie aber nicht erkennen, da meine Augen noch vom Anzünden und Aufstellen der Fackeln geblendet waren. Ich frage mich noch jetzt, ob Raj mehr sehen konnte als ich, oder ob ihm das gleichgültig war, oder ob er des Wartens überdrüssig war. Vielleicht empfand er aber auch dieselbe Angst wie ich, reagierte darauf jedoch in seiner eigenen Weise.

Was auch immer es war, ich hörte plötzlich einen lauten Ruf, fast ein Gebell; und sah mit Entsetzen, daß Raj sich halbwegs auf den Rand der Wasserfläche zubewegte mit einem Speer in jeder Hand. Dabei brüllte er eine Herausforderung in die Finsternis. Er erhielt Antwort: Ein stummer Schimmer von Dunkelheit hob sich jäh hinter ihm von der Schwärze ab und bewegte sich in Augenhöhe voran. Ich wollte Raj laut zurufen, aber er hatte es schon gemerkt, drehte sich auf der Stelle um und schleuderte den Speer in der rechten Hand mit perfekter Genauigkeit. Die Waffe traf die Bestie genau in der Mitte mit einem schmatzenden Geräusch. Das Vieh sprang blitzschnell zurück und gewann die dreifache Größe, als sich seine riesigen Flügel entfalteten und die Luft peitschten. Die Zähne in den Flügeln glitzerten wie Tausende kleiner Diamanten. Dann traf der andere Speer noch härter, keine zehn Zentimeter vom ersten entfernt.

Das Baleseli stieß einen eigenartigen hohen Ton aus, anders als jeder mir bekannte Schmerzensschrei, sondern eher wie der Brunstruf eines Ba'albeast auf Selva oder das Gezwitscher eines Delphins auf der Erde. Das Tier schien sich plötzlich allseitig zusammenzuziehen, um dann wieder auf normale Größe zu springen, als ob es einen riesigen Muskel krümmte. Raj stand wie gelähmt da, als die Bestie dies dreimal machte und dabei mit den Flügeln schlug, um in der Luft zu bleiben. Ich rief ihm zu, er sollte zurückkommen. Er ignorierte das und langte nach unten, um ein Paar der im Feuer gehärteten Stöcke aufzuheben.

Als sich das Tier zum vierten Male krümmte, lockerten sich beide Speere und polterten zu Boden. Eine dunkelgrüne Flüssigkeit trat stoßweise aus, als es sich zurückzog und nun einige Meter von Raj entfernt schwebte, der mit beiden Lanzen darauf zielte. Dann fiel ein zweites Exemplar von der Decke herab und umhüllte ihn von hinten.

Es war entsetzlich. Raj brüllte und zappelte zweimal. Lanzenspitzen stießen von innen heraus. Grüner Schleim und rotes Blut spritzten nach allen Richtungen. Dann brach es zusammen.

Als Neunzehnjähriger hatte ich mich auf Hell als Söldner verdungen gehabt. Ich habe zu viel gesehen, aber nichts, was ich in jenem Jahr zu sehen bekam, war so schlimm wie der Anblick von Raj. Sein Gesicht war unversehrt, aber die Haut war von den Schultern bis zu den Knien abgezogen, Herz und Lungen lagen bloß, und die Gedärme quollen heraus. Für Raj war keine menschliche Hilfe mehr möglich. Aber ihm war bewußt, was geschehen war. Er sah mich an und sprach vier deutliche Worte. Eines davon war ›Allah‹, aber damit ist mein Arabisch am Ende. Dann stieß er einen röchelnden Laut aus und fiel vornüber, wahrscheinlich tot, auf jeden Fall unrettbar. Die Kreatur, die ihn angegriffen hatte, wand sich lautlos am Boden. Die von ihm aufgespießte fiel mit den Flügeln schlagend klatschend ins Wasser.

Irgendein menschlicher oder humaner Grundinstinkt brachte mich da fast um. Ich machte einige Schritte auf ihn zu. Ein Baleseli rauschte zwischen mir und der Höhlenwand herab und umhüllte mich.

Ich kann mich nicht länger als eine Sekunde in dieser

Umarmung befunden haben; aber diese Sekunde hallt wie ein mächtiger Glockenschlag durch mein ganzes ferneres Leben wider. Dieser Ton muß wohl schon Wochen zuvor erklungen sein, ebenso wie danach in die Zukunft. Darum bin ich wohl auch so nervös gewesen.

Mein Baleseli muß größer gewesen sein als das, welches Raj getötet hatte. Es bedeckte mich total, auch das Gesicht. Es war, als ob man von einer in tierisches Blut getränkten Wolldecke erstickt würde.

Ich fror. Tausende winziger Zähne drückten sich sanft in mein Fleisch wie die Körner eines groben Sandpapiers, aber lebendig. Vielleicht hat Buddha in diesem Wettstreit Allah besiegt. Ich hatte mich zwanzig Jahre lang um Vollkommenheit bemüht, aber der Weg liegt tief, und meine letzten Gedanken waren jetzt meine letzte Aktion als lebendiges Wesen. Ich versuchte, mich auf den Tod gefaßt zu machen. Die Zähne drückten schärfer, und ich ergab mich ...

Plötzlich wurde ich unversehrt auf den kalten und feuchten Felsen ausgestoßen.

Ich rollte mich in die Sicherheit der Wand zurück, wobei ich eine Wade an einer Kumali verbrannte, ohne mich um den Schmerz zu kümmern. Als ich mich etwas beruhigt hatte, merkte ich erstaunt, daß das Biest mich anscheinend nicht verletzt hatte bis auf leichte Abschürfungen am ganzen Körper, wie man sie etwa selbst verursacht, wenn man sich zu heftig kratzt.

Das Tier, das mich angegriffen hatte, und das andere, welches Raj umschlungen hatte, waren beide starr und tot. Natürlich handelte es sich um fremdes Protein. Es gab für sie keine Möglichkeit, unsere Giftigkeit zu erkennen, ohne uns zu kosten. Offenbar war eine Probe ausreichend. Ich nehme an, daß die einfachen Kreaturen uns für Obelobelians hielten, wodurch ihre Angriffslust ausgelöst wurde. Die Wahrheit erwies sich als etwas komplizierter.

Ich hatte Raj nicht gefragt, was mit seinen sterblichen Resten geschehen sollte, falls der Jäger zur Beute würde. Ich nahm aber an, daß er in dieser Hinsicht ein konventioneller Muslim war. Auf Qadar dauert eine Zeremonie tagelang, und ein großer Teil des Rituals gilt dem physischen Leichnam.

Das war ein interessantes Problem. Ich bin gewöhnlich tolerant gegenüber den Anschauungen anderer Völker; und dazu kam noch als weiterer Anreiz, daß Rajs Verwandte seine Schulden nicht begleichen würden — nur auf mein Wort hin, daß er tot wäre. Es gab aber ums Verrecken keine andere Möglichkeit, als hier zu bleiben und ihn wegzuziehen. Ich müßte nur bis zum Tagesanbruch warten, wenn die Baleseli wieder schliefen. Nach zehn Stunden würde er aber nicht mehr so gut aussehen.

Da berührte mich etwas an der Schulter, und ich sprang fast aus meiner schmerzenden Haut heraus. Es war der alte Anführer. Er sagte: »Ich passe auf. Er ist tot. Du bist Passage.«

»Das nehme ich an«, sagte ich. Ich hatte einen Baleseli getötet, obwohl die von mir benutzte Waffe nicht besonders heroisch gewesen war. Schweiß.

Der Mann löste einen Teil meines Problems. Er hatte ein langes Seil mit einer Schlinge, die in einem hölzernen Haken endete. Nach drei Fehlversuchen erwischte er Raj hinter dem Knie. Zusammen schafften wir es, ihn an die Wand zu ziehen. Ihn hinauszutragen, war etwas, das ich nie wieder versuchen möchte. Es dauerte ziemlich lange. Der Mann wollte ihn — vermutlich klugerweise — nicht berühren; und sein Gewicht brachte mich fast um. Bei dem Weg nach draußen brach ich zweimal zusammen, und dann noch einmal, als wir aus dem Eingang der Höhle stolperten. Einige Xenologen erwarteten uns mit einem Paar improvisierter Tragbahren. Der eine von ihnen, eine ältliche Frau, die ich noch nicht gesehen hatte, berührte meinen Arm; und ich fühlte einen leichten Nadelstich. Die ganze Qual verschwand, und ich schlief ein.

Ich brachte Raj tiefgefroren in einem Probebeutel nach Qadar zurück. Seine Familie zahlte mir mein Honorar in Gold und warf mich aus dem Schloß hinaus. Ich fand es ratsam, Qadar sofort zu verlassen.

Manchmal kommen seltsame Dinge zusammen. Ich hatte auf dem Rückweg viel Seelenforschung getrieben und war zu dem Ergebnis gekommen, daß ich viel zu lange ein Jäger gewesen war. Das letzte Honorar würde mit gestatten, etliche Jahre auf Selva oder Thelugi vernünftig zu leben, welche beide gute Universitäten für Xoologie und Tierverhalten besitzen. Ich konnte endlich die akademischen Grade erwerben, die ich vor zwanzig Jahren in Angriff genommen hatte; und ich konnte aufhören, die Wesen zu töten, die ich am meisten liebte.

Als ich zum Raumhafen zurückkam, erwartete mich ein Kurier mit einem hellroten Umschlag der Confederación. Darin war eine Nachricht von Dr. Avedon, der Xenologin, die so erfreut gewesen war, mich und Raj zu sehen, als wir mit unseren windigen Papieren aufkreuzten. Sie sagte, daß der Obelobelian-Stamm, den sie beobachteten, sich geweigert hatte, mit irgend jemandem außer mir zu kooperieren, da ich der einzige Mensch war, der sich dem Ritus der Passage unterzogen hatte. Würde ich daran denken, wieder herzukommen, um ihnen für ein normales Gehalt als Konsultant zu helfen? Sie war nicht darauf erpicht, daß einer von ihren Leuten nachts zwecks Gutachten in diese Höhlen ginge.

Ich konnte mir geradezu vorstellen, wie sie mit den Zähnen knirschte, als sie einen Bittbrief an Gregorio Fuentes schrieb, den herzlosen Wilderer. Wahrscheinlich wußte sie auch, daß das höchste Gehalt, welches sie zu bieten hatte, weniger als ein Zehntel meines normalen Honorars betrug. Also würde ich verächtlich ablehnen, und sie säßen in der Klemme.

Aber natürlich ging ich zurück. Ich blieb zweiundzwanzig Jahre lang auf Obelobel und kehre immer noch alle drei Jahre für eine Reinigungszeremonie des Stammes wieder, die mich töten wird, wenn ich lange genug lebe. Das kümmert mich — ehrlich gesagt — überhaupt nicht. Nicht etwa, weil ich alt oder lebensüberdrüssig wäre.

Wir haben von den Obelobelians viel gelernt, einschließlich Bescheidenheit. Die zweite Überraschung war Telepathie, die wir durch meine Initiation als Anführer-Ersatz kennenlernten. Die erste Überraschung kam durch ihre Biochemie — eine Entdeckung, an der gerade gearbeitet wurde, als Raj und ich dort ankamen. Die Obelobelians waren nämlich von einem anderen Planeten gekommen. Ihre Körperchemie war für Obelobel ebenso fremd wie die unsrige; und die Baleseli fanden sie einfach giftig. Diejenigen von ihnen, welche das Ritual der Passage überlebt hatten, hatten sich genau so verhalten wie ich damals. Der Reflex zum Abhäuten wird bei den Tieren durch die Gegenwehr der Beute ausgelöst. Wenn man sich lange genug regungslos verhält, um verschmäht zu werden, kann man vielleicht überleben.

Nach menschlichen Begriffen scheint es grausam, die jungen Leute einer so schrecklichen Probe zu unterziehen. Aber nach ihrer Ansicht wird ein männliches oder weibliches Kind erst dann geboren, wenn es aus der Höhle zurückkommt. Ein Kind, das von dem Baleseli getötet wird, ist eine späte Mißgeburt. Um die Erlaubnis zur Fortpflanzung zu bekommen, muß man absolute Furchtlosigkeit zeigen. Man muß zeigen, daß man erwachsen ist.

Woher sind sie also gekommen, und wie und warum? Sie sind nicht gewillt, solche Fragen zu beantworten. Sie wären dazu fähig, wollen es aber nicht. Jeder, der auch nur einen Funken Objektivität hinsichtlich der menschlichen Natur besitzt, müßte ihnen somit zustimmen.

Wir dachten, es wäre ein Fall von fortgeschrittener Zivilisation, die sich mit kindischen Wilden beschäftigte, die nur auf niedrigstem Niveau denken und kommunizieren konnten.

Wir hatten recht.

Originaltitel: ›Passages‹
Copyright © 1990 by Joe Haldeman
erstmals erschienen in ›Analog‹, März 1990;
mit freundlicher Genehmigung des Autors
und Paul & Peter Fritz, Literarische Agentur, Zürich
Copyright © 1993 der deutschen Übersetzung
by Wilhelm Heyne Verlag, München
Aus dem Amerikanischen übersetzt von Winfried Petri
Illustriert von Jobst Teltschik

Dirk Strasser · Australien

DER VORBEIMARSCH DER SOLDATEN

Sie zeigten sich zuerst zur Zeit des goldenen Firmaments. Tahren sah sie über den wolkenlosen Himmel marschieren: glänzende Haut glitzerte wie vereistes Glas, die Beine bewegten sich mit jedem Schritt in gleichmäßigem Rhythmus, und das Haar flatterte wie Gespinst aus Sonnenlicht. Und an ihrer Seite marschierten riesige Tiere mit Schuppen aus vollem Leder und Augen wie sanfte goldene Flammen, Tiere mit mächtigen Muskeln und sanften Gesichtern. Obwohl die Marschierenden so fern wie die Sterne zu sein schienen, spürte Tahren den sanften Hauch ihres Atems, und er hörte ihre seltsamen, unverständlichen Rufe, die durch die Luft bis zu ihm getragen wurden.

»Wer ist das?« rief Tahren. Halder würde es wissen. Halder war schließlich sein älterer Bruder und hatte das Tagewerk eines Mannes auf den Feldern geleistet, solange Tahrens Erinnerung zurückreichte.

»Soldaten«, sagte Halder und zerrte an den Zügeln des Pfluges, damit das Pferd stehenblieb. »Es herrscht Krieg, und der Feind bedroht unsere Grenze.«

»Wo ist die Grenze?« fragte Tahren und schirmte die Augen mit der Hand ab, damit er die Soldaten deutlicher sehen konnte.

»Ich weiß es nicht«, sagte Halder. »Weit weg. Vater ist dort gewesen. Er wird es dir sagen.«

»Und der Feind — wer ist der Feind?«

»Keine Männer wie wir, kleiner Bruder.«

»Aber ich bin kein Mann«, unterbrach ihn Tahren.

»Nein«, sagte Halder und dachte einen Augenblick lang nach, »aber du wirst zu einem Mann heranwachsen, und wenn es soweit ist, wirst du dich vom Feind unterscheiden.«

»Wie?«

»Du fragst manchmal zuviel, Tahren. Dort über uns sind die Soldaten, und dir fällt nichts Besseres ein als Fragen zu stellen. Genügt es nicht, daß sie da sind?«

Tahren hielt die Luft an, bis ihm schwindlig wurde. Er wußte, daß das die einzige Art und Weise war, wie er sich am Weiterfragen hindern konnte. Halder liebte es nicht, allzuviel gefragt zu werden. Er zog es vor, ruhig auf den Feldern zu arbeiten, ihrem Vater am Ende eines langen Tages zu zeigen, was er erreicht hatte, und in der Nacht fest zu schlafen. Tahren liebte es, den frühen Morgen in der Küche seiner Mutter zu verbringen und den Nachmittag damit, die Farm seines Vaters zu durchschweifen: die knarrenden alten Scheunen, die rostfarbenen Heuhaufen. Am meisten aber liebte er es, die kleinen Gehölze zu erforschen, welche die Farm umgaben, auf knorrige uralte Bäume zu klettern und dunkle Verstecke zu finden und dort neue Fragen zu ersinnen. Er wußte, daß ihn vieles von seinem älteren Bruder unterschied. Des Nachts, wenn sich Tahren im Bett hin und her warf, wenn Gedanken und unbeantwortete Fragen in seinem Kopf herumgingen, wünschte er sich oft, er könne so friedlich schlafen wie Halder.

Die Soldaten marschierten den ganzen goldenen Nachmittag vorbei. Halder riß sich schließlich los, weil er wußte, daß Arbeit auf ihn wartete; Tahren aber beobachtete sie weiter, und er konnte sehen, wie sein Bruder ab und zu innehielt, nach oben schaute und den Kopf neigte, als bemühe er sich, ein Flüstern zu hören, nur um plötzlich den Kopf zu schütteln, wenn er erkannte, was er tat.

Tahrens Nacken begann schließlich zu schmerzen, und er fand ein weiches Stück Moos, auf das er sich legte, um in den Himmel zu starren. Kleine Wolkenschleier wehten über die Gesichter einiger der Soldaten, und Tahren fragte sich, warum sie sie nicht mit den Händen wegwischten, wie man es mit einem lästigen Insekt tut. Aber sie zuckten während des anscheinend endlosen Vorbeimarsches nie mit den Augen. Erst in der Abenddämmerung wurden ihre Reihen dünner, und die Soldaten begannen am Himmel zu verblassen ...

»Tahren!« Die Stimme seiner Mutter hatte den schrillen Ton, der ihm verriet, daß sie bereits einigemal nach ihm gerufen hatte.

Er stand langsam auf und ging auf die Lichter des Farmhauses zu.

»Ich hab den Soldaten zugesehen«, sagte er, als er eintrat. Ihm fiel auf, daß seine Mutter ihn seltsam ansah.

»Merkst du, was vor sich geht?« fragte sie, und Tahren wollte gerade antworten, als er erkannte, daß sie zu seinem Vater sprach.

»Elika«, sagte sein Vater, »du machst dir zu viele Sorgen.«

»Du bist genauso schlimm wie er, Ather«, sagte sie. »Wieviel hast du heute gearbeitet?«

Tahren schüttelte den Kopf, als er ging, um sich zu waschen und vor dem Abendessen die Kletten und Samen aus dem Haar zu klauben. Er hatte zum erstenmal gehört, daß seine Eltern sich mit Vornamen ansprachen.

Bruchstücke von rosenrotem und malvenfarbenem Sonnenlicht zuckten an dem Tag durch die Luft, an dem die Soldaten wieder erschienen. Diesmal waren sie klarer zu sehen, näher dem Norden zu, und ihre Rufe wurden wie fallende Blätter zu Boden getragen. Tahren konnte jetzt erkennen, daß das, was er für glitzernde Haut gehalten hatte, in Wahrheit ein schimmernder Metallpanzer war. Es schien jetzt weniger Tiere als vorher zu geben; ihre Augen waren von roten Streifen durchzogen und ihre Haut gesprenkelt. Die Soldaten selbst marschierten wie zuvor, das Kinn fest erhoben, die Augen starr geradeaus gerichtet. In ihren Händen konnte Tahren das Aufblitzen von Silber erkennen.

»Was ist das?« fragte Tahren.

»Soldaten«, erwiderte Halder. »Es gibt Krieg an der Grenze. Das weißt du.« Er wischte sich mit dem Handrücken den Schweiß von der Stirn, obwohl der Sommer seit langem vorbei war und es nicht mehr heiß war.

»Ja. Ich erinnere mich. Ich meine das Silber in ihren Händen.«

»Kleiner Bruder, das sind Waffen. Soldaten tragen immer Waffen.«

Tahren sah verwirrt drein. »Ich erinnere mich nicht, beim letzten Mal Waffen gesehen zu haben.«

Halder wurde ungeduldig. »Sie haben letztes Mal Waffen getragen«, sagte er. »Du hast sie nur nicht gesehen, weil die Soldaten weiter entfernt waren.«

»Und wozu dienen die Waffen?« fragte Tahren.

Halder warf seine Haue zu Boden. Sein Gesicht war rot übergossen, als er in den Himmel hinaufblickte.

»Die Waffen«, wiederholte Tahren. »Sag mir, wofür sie dienen.«

Halder holte tief Atem. »Sie schützen uns«, sagte er. »Sie helfen uns, den Feind zu besiegen.«

Nach dem Abendessen schickte man Tahren früh zu Bett, und Halder und seine Eltern sprachen in gedämpftem Tonfall.

Im Verlauf der Nacht raste Tahrens Geist. Die Soldaten schienen unmittelbar vor seinem Zimmer vorbeizumarschieren. Er warf die Decke ab und ging zum Fenster hinüber. Er starrte in die monderhellte Dunkelheit hinaus. Ein Wind hatte sich erhoben, und die Zweige der Bäume knarrten und seufzten in einem seltsamen

Rhythmus. Der Himmel war mit Sternen gefleckt, verdeckt von flüchtigen Halbschatten.

»Marschieren sie noch immer?« fragte Halder, der plötzlich an Tahrens Seite war.

»Warum bist du wach, Halder? Du schläfst doch sonst immer so fest.»

»Das stimmt, kleiner Bruder, aber heute nacht kann ich nicht schlafen.« Halders Stimme sank zu einem Flüstern herab. »Ich kann die Soldaten hören.«

»Ich auch, aber ich verstehe nicht, was sie sagen.«

»Ich schon.«

»Was …?« Tahren spürte, wie Halders Hand seinen Arm fest drückte, und er wußte, daß sein Bruder nicht wollte, daß er seine Frage beendete. Er zögerte einen Augenblick, dann sagte er: »Diesmal haben sie in der Dämmerung nicht angehalten.«

»Nein.«

»Warum nicht, Halder?« Tahren wandte den Kopf, um seinen Bruder anzusehen. Sein Gesicht trug einen Ausdruck, den er nie zuvor gesehen hatte: eine Verhärtung, eine Festigkeit des Kinns.

»Stell mir nicht so viele Fragen«, sagte er. »Fragen können gefährlich sein.«

»Sag es mir, und ich werde nicht mehr fragen.«

Halder seufzte. »Der Feind, der unsere Grenze bedroht, wird stärker. Es werden mehr Soldaten benötigt.«

Tahren blickte auf die Sterne hinaus. Etwas Silbriges blitzte einen Augenblick über den Himmel und war dann verschwunden.

Er hielt den Atem an.

Nachdem Halder zur Grenze aufgebrochen war, mußte Tahren den ganzen Tag auf den Feldern arbeiten, obwohl er noch nicht volljährig war. Er konnte jetzt nicht mehr am Morgen bei der Mutter in der Küche sein, aber das war ihm recht, denn sie weinte jetzt viel zu häufig, als daß in ihren Gesprächen wirkliche Freude hätte aufkommen können.

Er wurde der Langeweile der Feldarbeit jedoch bald überdrüssig und gewöhnte sich an, tiefer in die Wälder um die Farm zu wandern. Die Bäume wurden älter und knorriger, als er jeden Tag ein wenig weiter hinausging.

»Sag mir, wie alt du bist«, fragte er eine massive Eiche.

Ein leises Rauschen war die einzige Antwort, aber er stellte sich vor, es wäre das Flüstern eines alten Mannes: »Ich bin älter als eure Soldaten. Ich bin älter als eure Soldaten.«

»Ich verstehe dich nicht«, rief Tahren, und die Blätter der riesigen Eiche lachten ihn aus.

Tahren wußte aber eines: er wollte schwebend über den Boden gehen, wie er es bei den Soldaten gesehen hatte. Er begann, den verwachsenen Stamm eines Baumes hinaufzuklettern. Gedämpftes Gelächter umflatterte ihn, als er in die höchsten Zweige hinaufkam, wo ihn Blätter umhüllten und berührten und mit jedem Windstoß sein Gesicht kitzelten.

»Ich möchte genauso über den Himmel wandern wie die Soldaten«, sagte er, und die Blätter hörten zu wispern auf.

»Sprich zu mir, Baum«, rief er. »Sag mir, wie ich am Himmel gehen kann.«

Er erhielt keine Antwort.

Langsam kroch Tahren weiter auf den Ast hinaus, bis dieser sich unter seinem Gewicht zu beugen begann. Er blickte zum Himmel hoch, der von den Blättern über seinem Kopf auf ihn herablugte.

»Du brauchst es mir nicht zu verraten«, sagte er, als das Schweigen unerträglich wurde. »Ich glaube, ich weiß es.«

Ohne hinunterzublicken, stieß er sich von dem Ast ab.

»Du bist ein Narr.« Das war die Stimme seines Vaters. »Warum hast du nicht mehr Ähnlichkeit mit deinem Bruder?«

»Laß ihn in Ruhe, Athel. Er braucht jetzt seine Erholung. Er ist ohnehin zu jung, um den ganzen Tag auf den Feldern zu arbeiten.«

Das erste, was Tahren erblickte, als er imstande war, wieder richtig zu sehen, waren die wäßrigen, rotumrandeten Augen seiner Mutter. Dann sah er das zorngerötete Gesicht seines Vaters.

»Du solltest deiner Arbeit nachgehen«, sagte Athel, »nicht auf Bäumen herumklettern und herunterfallen.«

Als er sich im Bett umdrehte, spürte Tahren einen Schmerz, der ihm den rechten Oberschenkel hinaufschoß. »Aber, Vater, ich möchte am Himmel gehen.«

»Was? Was soll das heißen?« Athel starrte seinen Sohn an.

»Laß ihn in Ruhe, Athel. Er wird schlafen wollen.«

»Warte ...«, rief Tahren, »bitte ... sagt mir, wohin Halder gegangen ist.«

Athel schüttelte den Kopf. »Der Junge ist durcheinander, aber er stellt noch *immer* Fragen.«

»Er ist zur Grenze gegangen«, sagte Elika. »Das weißt du doch.«

»Ja«, sagte Tahren, »ich weiß es. Aber die Grenze — wo ist sie?«

»Weit weg«, sagte Athel und schüttelte noch immer den Kopf. »Aber sie rückt näher.«

»Warum?«

Athel lachte ein kurzes, grimmiges Lachen. »Das passiert eben mit Grenzen, Tahren. Sie verschieben sich immer.«

»Und was passiert dort?«

Athel schien zu lachen, als er Elika zur Tür hinausdrängte. »Ziemlich dasselbe wie hier«, sagte er. »Dort wird viel geweint, und Menschen fallen aus den Bäumen.«

Als die Soldaten das nächste Mal erschienen, fegten aschgraue Winde über den Boden und trugen die Blätter empor zu braunen und bernsteinfarbenen Wolkenfetzen. Diesmal marschierten sie fast über den Köpfen, kaum über den Baumwipfeln. Ohne einen Mantel anzuziehen, verließ Tahren die Wärme der vom Feuer erhellten Küche seiner Mutter und rannte hinaus.

Dieses Mal schien es sich aber um ganz andere Männer zu handeln. Vielleicht schien es nur so, weil sie dem Boden derart nahe waren, aber er konnte erkennen, daß sie unrasiert waren, daß ihr Haar verfilzt und struppig war, daß ihre Nasen groß waren und die Nasenlöcher dampften. Ihr Panzer war von derselben Farbe wie die grauen Wolken, die sie näher zu Boden drückten, und er teilte die heftigen Wirbel und Windungen der Wolken. Die Tiere, die an ihrer Seite dahinzogen, waren, das konnte er jetzt erkennen, überhaupt keine Tiere, sondern seltsame Metallmaschinen. Sie gaben schluchzende Geräusche von sich, die man über den Wind vernehmen konnte.

»Komm herein«, rief seine Mutter, die ihm gefolgt war.

»Aber die Soldaten«, sagte Tahren, »sie sind zurückgekommen.«

»Schau sie nicht an, Tahren. Ich verbiete dir, die Soldaten anzusehen.«

»Geh ins Haus zurück, Elika.« Tahren wandte sich um und sah, daß sein Vater vom Feld gekommen war und sich ihnen angeschlossen hatte. »Tahren und ich werden sie gemeinsam beobachten.«

»Nein!« rief sie. »Ich lasse es nicht zu, daß es wieder geschieht.«

»Elika, geh ins Haus, hörst du? Ich kümmere mich um den Jungen.«

»Aber … die Felder … du kannst nicht einfach weggehen …«

»Elika, ich habe dir gesagt, geh!« Athels Stimme war

hart. »Die Felder sind beinahe tot. Wir können jetzt nur hoffen, daß der Winter nicht lang anhält und die Soldaten bald zu marschieren aufhören.«

Elika versuchte Tahren zu fassen, aber Athel stieß sie zu Boden. Sie versuchte es noch einmal, und er schlug sie ins Gesicht. Als sie es noch einmal versuchen wollte, hob er die Hand, um sie wieder zu schlagen. Dieses Mal blickte sie zum Himmel empor und spuckte in Richtung der Soldaten. Sie stieß einen Schrei aus, als ihr der Wind die Spucke zurück ins Gesicht wehte. Ohne ein Wort zu sagen, drehte sie sich um und ging ins Haus.

Tahren blickte sich einen Augenblick lang um und sah die gebeugte Gestalt seiner Mutter als Silhouette im Licht des Feuers, dann wandte er sich wieder zurück, um die Soldaten zu beobachten. Sein Vater legte ihm die Hand auf die Schulter, und trotz des stürmischen Windes konnte Tahren hören, daß er tief einatmete.

»Hörst du, wie sie nach mir rufen?« fragte Athel.

Tahren lauschte, und er bildete sich ein, er könne ein Durcheinander von Stimmen hören, die der Wind heranwehte. Das war alles.

»Nein«, sagte er schließlich.

»Ich kann es«, wisperte Athel so leise, daß ein Windstoß die Worte beinahe verwehte, ehe sie Tahrens Ohren erreicht hatten. Er wandte sich seinem Sohn zu, und Tahren spürte einen festeren Druck der Hand, die auf seiner Schulter lag. »Ich hoffe, sie hören zu marschieren auf, ehe sie nach dir rufen.«

Tahren blickte auf das unrasierte Gesicht seines Vaters, auf sein dunkles, verfilztes Haar, das in dem grauen Wind wehte. Er schauderte einen Augenblick lang, denn Athel sah genauso aus wie die Gesichter am Himmel. Nur daß seine Augen feucht waren.

»Vater«, sagte er, »gehst du zur Grenze?«

»Ja«, sagte Athel. »Ehe die Grenze hierher kommt.«

Tahren drehte sich um, um wieder die Soldaten anzuschauen. Die dunklen Wolken schienen sie immer tiefer zu Boden zu drücken. Sie beugten die Köpfe und kauerten sich zusammen, um ihnen auszuweichen.

»Sie haben keine Ähnlichkeit mit den ersten Soldaten«, sagte Tahren. »Sie ähneln Männern, die …« Er bemühte sich, Worte zu finden.

»Ich weiß«, sagte Athel, »wie Männer, die Soldaten *werden* mußten.«

Tahren nickte. Sie beobachteten beide, wie die Soldaten und ihre Maschinen tiefer gedrückt wurden. Die Marschierenden schwebten jetzt kaum über dem Boden, und die Wolken sahen aus wie eine einzige dunkle Dekke, die sie zu ersticken drohte.

Ein Schrei der Pein war zu hören, als die Füße eines der Soldaten den Staub berührten. Der Wind wehte einen beißenden Geruch in Tahrens Nase.

Tahren rang nach Atem. »Was ist das?« fragte er.

Auch Athel erschauerte. »Schweiß und Verwirrung und … Angst.«

Tahren konnte wieder den Druck auf seiner Schulter fühlen. »Los«, sagte Athel. »Es ist Zeit, hineinzugehen.«

Als sie sich umwandten, um zum Farmhaus zurückzugehen, erkannte Tahren, daß der Geruch von seinem eigenen Vater ausging.

In den ersten Tagen, nachdem Athel zur Grenze aufgebrochen war, versuchte Elika, die Felder selbst zu bestellen. Sie versuchte das alte Pferd zu zwingen, den Pflug durch das Erdreich zu ziehen, aber es war, als weigere sich die Erde selbst, sich zu wenden. Athel hatte recht gehabt: die Felder waren tot.

Tahren verbrachte viel Zeit im Wald bei den uralten Bäumen. Er entdeckte, daß die Rieseneichen, je tiefer er hineinging, um so mehr Schutz boten gegen den beißenden Wind, der jetzt unaufhörlich über die Landschaft strich. Er konnte sich an keinen Winter erinnern, der so düster oder so kalt wie dieser gewesen wäre; und seit sein Vater fort war, schien das Farmhaus nie ganz so warm wie früher zu sein.

Er kletterte auf einen Baum nach dem anderen, entdeckte aber, daß keiner von ihnen zu ihm sprach. Er liebte es, die Augen zu schließen und in den hohen Zweigen zu sitzen, zu spüren, wie sie seine Haut streichelten, und so zu tun, als wäre er am Himmel und marschierte mit der Ordnung und dem Rhythmus der ersten Soldaten mit, die er an jenem Sommertag vor so langer Zeit gesehen hatte. Er war fast überzeugt, daß es Wirklichkeit war, bis ein besonders scharfer Windstoß den Baumwipfel traf und er die Augen öffnen und sich an einem Zweig festhalten mußte.

Nachdem Elika die Arbeit auf den Feldern eingestellt hatte, bestand sie darauf, daß Tahren seine Tage bei ihr in der Küche verbringe. Er starrte dann aus dem Fenster auf die dunklen Wolken, die sich wie tausend sterbende Schlangen am Himmel wanden und auf den dichten Nebel, der das Gelände wie Molasse bedeckte. Woche um Woche verbrachte er damit, zu beobachten, wie die Landschaft unter der Last zerbrach, Sprünge bekam und in Stücke fiel.

Tahren hatte es aufgegeben, seine Mutter zu fragen, ob die Soldaten je wiederkommen würden. Sie war erzürnt, wenn er von ihnen sprach, und schickte ihn zu Bett.

»Wann ist es vorbei?« fragte er immer wieder.

»Ich bete, daß es bald soweit ist«, antwortete Elika dann. »Es scheint beinahe eine Ewigkeit.«

Dann kam der Tag, an dem die Soldaten zurückkehrten.

»Mutter«, rief Tahren. »Die Soldaten sind wieder da!« Elika stürzte zu ihm ans Fenster.

Tahren spürte ihr Zittern, als sie die Soldaten beobachteten, die durch den Nebel langsam sichtbar wurden. Ihn schauderte; es war, als ob das Zittern seiner Mutter in seinen eigenen Leib übergegangen wäre.

Es war falsch. Es war alles falsch.

Die Soldaten gingen auf dem Boden, wie gewöhnliche Männer. Und sie marschierten nicht mehr. Es gab keinen Rhythmus. Sie schlurften dahin wie alte Männer: gebeugt, gebückt, ihre Bewegungen waren nervös und unstet.

Und sie gingen in die falsche Richtung.

»Mutter, die Grenze ist in der anderen Richtung«, sagte Tahren.

Elika zitterte noch stärker. »Die Soldaten kommen zurück«, sagte sie. »Sie kommen zurück. Es muß vorbei sein.«

»Bedeutet das, daß Vater und Halder zurückkehren?«

»Ich hoffe es, Tahren.«

»Aber das muß es bedeuten. Es ist vorbei, sie müssen nach Hause zurückkehren.«

Elika antwortete nicht. Sie war zu sehr damit beschäftigt, angestrengt über die meist nebelverhüllten Felder zu spähen, um die Züge der heimkehrenden Soldaten auszumachen.

Plötzlich begann sich der Nebel zu lichten, und Helligkeit brach durch das Grau. Einen Augenblick lang glaubte Tahren, daß der goldene Himmel des ersten Marsches zurückkehrte, aber dann erkannte er, daß es sich diesmal um eine andere Art von Helligkeit handelte. Diesmal war die Helligkeit rot und kalt. Als sich der Nebel hob, konnte er einen Fluß von Rot sehen, der sich bis zum Horizont erstreckte. Er sah die Soldaten durch einen Filter von Blut.

Er sah Männer mit halb weggerissenen Gesichtern, Männer mit Narben wie gepflügte Felder, Männer ohne Arme oder Beine oder Nase oder Mund, Männer mit Gliedmaßen, die in bizarrem Winkel verrenkt waren, Männer mit Leibern wie Kartoffelsäcken, Männer mit herunterhängendem Kinn und losem Kiefer, Männer, deren Innereien durch klaffende Wunden herausquollen, Männer, denen Streifen Fleisches herabhingen wie feuchte Fetzen; verbrannte Männer mit Haut wie Asche, gebrochene Männer, deren Knochen herausstanden wie verkalkte Speere, blinde Männer mit leeren Augenhöhlen, Taube mit Löchern im Kopf, halbe Menschen, Viertelmenschen und Männer, die kaum noch Männer waren.

Tahren wandte sich schreiend zu seiner Mutter um. »Das sind keine Soldaten«, rief er. »Wo sind die Soldaten?«

Elika stand schweigend da und musterte genau jedes schädelähnliche Gesicht, das vorbeikam. Tahren wollte sich abwenden, aber sie ergriff seinen Arm.

»Schau sie an«, stieß sie hervor. »Schau sie dir nur an! So sehen Soldaten aus.« Und Tahren mußte sich übergeben.

Elika wurde von Tag zu Tag stiller. Weder Athel noch Halder kehrten zurück. Tahren versuchte mit ihr zu sprechen, aber sie sagte kaum mehr als ein Wort oder zwei, daher ließ er sie in Ruhe. Die Soldaten zogen jetzt in unterbrochenen Intervallen vorbei, sie bewegten sich immer am Boden und in entgegengesetzter Richtung zur Grenze. Sie gingen nicht mehr in einem großen Zug, sie kreuzten die Felder am Rand der Farm einzeln oder in kleinen Gruppen. Viele von ihnen konnten überhaupt nicht gehen, sondern krochen auf allen vieren über die bitterkalte Erde.

Mehrmals war Elika aus dem Farmhaus gestürzt und hatte Athels oder Halders Namen gerufen, wenn sie geglaubt hatte, sie hätte einen von ihnen gesehen. Aber sie hatte sich immer getäuscht und traf nur auf kalte, leere Blicke.

Schließlich gab sie es auf und verließ das Farmhaus überhaupt nicht mehr. Sie saß immer am Tisch, den Rücken zum Fenster und starrte auf die nackte Wand.

Dann hörte sie eines Nachmittags, daß jemand ihren Namen rief. Zuerst glaubte sie, sie hätte geträumt, aber dann hörte sie ihn wieder: angestrengt, aber eindeutig ihr Name und kein anderer. Und es war die Stimme eines Mannes.

Sie öffnete die Tür und rannte in den grauen, windgepeitschten Nebel hinaus, der das Farmhaus immerzu einzukreisen schien.

»Elika!«

Der Ruf kam von einem der Felder, und sie lief in diese Richtung. Auf dem Boden lag ein Mann. Seine Finger und Knie bluteten, und er zitterte haltlos. Sie blickte auf die Narben in seinem Gesicht und sah Augen, die völlig leer waren bis auf ein kaltes Grau.

»Athel!« rief sie. »Du bist daheim.«

»Elika ... du hast mich gehört«, sagte er, mit einer Stimme, die wie die eines Fremden klang. »Ich wußte, daß ich nahe war, aber ich dachte, ich würde hier draußen sterben, mutterseelenallein.«

»Du wirst nicht sterben, Athel«, rief sie. »Du bist daheim.« Sie beugte sich hinab und legte sanft ihre Wange an sein narbenübersätes Gesicht.

»Und Halder?« flüsterte sie schließlich und zog sich ein bißchen zurück.

»Tut mir leid«, sagte Athel nach einem Augenblick Schweigen. »Es tut mir wirklich leid. Aber ich wäre nicht imstande gewesen, ihn aufzuhalten, selbst wenn ich es gewollt hätte. Es war der *Ruf,* weißt du ...«

Athel versteifte sich plötzlich. »Tahren — wo ist er?« Ein Ton von Dringlichkeit war in seine Stimme gekommen.

»Er ist ... ich ... ich weiß es nicht.« Elika fuhr sich mit den Fingern durch das Haar. »Ich habe mich nicht viel um ihn gekümmert ... ich ...«

»Wann hast du ihn zuletzt gesehen?«

Elika begann zu weinen. »Ich ... ich weiß es nicht.«

Ein Ausdruck des Schmerzes glitt über Athels Gesicht. »Finde ihn. Du mußt ihn finden!«

Elikas Augen schossen von links nach rechts, als hätte sie ein seltsamer Anfall überkommen. »Er könnte im Bett ... sein ... oder vielleicht arbeitet er auf einem der Felder weit draußen ... oder vielleicht ...«

Athel grub seine Finger in Elikas Fleisch. Sie war überrascht, wieviel Kraft er noch immer hatte. »Du mußt ihn finden. Er muß hier sein.« Er preßte sein Gesicht näher an das Elikas. »Sie rufen jetzt Kinder auf«, sagte er.

Elika schüttelte den Kopf, als zweifle sie an dem Gesagten.

»Elika, hast du mich gehört? Ich sagte, jetzt werden die Kinder aufgerufen — zur Grenze. Sie sind die einzigen, die man noch aufrufen kann.«

Elika schloß die Augen, als eine Welle von Übelkeit sie erfaßte. »Nein!« schrie sie. »Nicht Tahren auch noch. Nicht Tahren. Nicht Tahren.«

Athel versuchte aufzustehen, aber er war zu schwach. »Finde ihn«, rief er. »Laß mich hier liegen und finde ihn! Vielleicht ist er dem Ruf noch nicht gefolgt.«

Elika stand auf und rannte in das Farmhaus zurück.

»Tahren!« rief sie immer wieder und hielt nur inne, um auf Antwort zu lauschen. Sie rannte in sein Schlafzimmer, aber sein Bett sah aus, als hätte seit langem niemand mehr darin geschlafen.

»Tahren!« rief sie, bis der Name durch die Wände hallte.

»Tahren!« rief sie, als sie wieder hinaus in den kalten grauen Nebel rannte.

Nur der Wind tobte um ihre Ohren.

Dann sprach etwas zu ihr, ein Laut, der den Wind unterlief, ein Laut, der nichts glich, was sie je zuvor gehört hatte.

Der Baum.

Sie rannte über die zerfurchten und harten Felder, bis sie den Wald erreichte. Der Wind starb in dem Augenblick, da sie unter die Bäume trat, nur ein sanftes Flüstern drang hier gefiltert durch die Blätter zu ihr herab.

Als sie tiefer in den Wald eindrang, schwoll das Wispern an. Sie erreichte die alte Eiche und blickte in die hohen Zweige hinauf zu der Gestalt, die dort kauerte. »Tahren?« rief sie.

Die Gestalt veränderte leicht ihre Lage, dann erwachte sie zum Leben. Es war ihr Sohn. Er streckte sich leicht, als erwachte er aus einem langen Schlaf, und begann dann zu ihr herabzuklettern.

Als seine Füße den Boden berührten, warf Elika die Arme um ihn und drückte ihn fest an ihre Brust. »Tahren«, sagte sie, »du hast den Ruf nicht vernommen.«

»Ich habe ihn vernommen«, sagte er, »aber der Baum hat mir gesagt, ich solle nicht gehen. Er ist älter als die Soldaten, weißt du.«

Elika streichelte Tahrens Gesicht und fuhr dann mit den Fingern durch seinen Schopf dicken braunen Haares.

»Und weißt du, was er sonst noch gesagt hat?« fragte er.

Elika nickte langsam.

»Es gibt keine Grenze«, sagte er. »Es gibt keine Grenze.«

Originaltitel: ›Watching the Soldiers‹
Copyright © 1993 by Dirk Strasser. Erstveröffentlichung.
Mit freundlicher Genehmigung des Autors.
Copyright © 1993 der deutschen Übersetzung
by Wilhelm Heyne Verlag, München
Aus dem australischen Englisch übersetzt von Franz Rottensteiner

J. G. Ballard · England

DIE GEHEIMGESCHICHTE DES DRITTEN WELTKRIEGS

Nun, da der Dritte Weltkrieg sicher zu Ende gegangen ist, finde ich, steht es mir frei, mich zu zwei beängstigenden Aspekten der ganzen Angelegenheit zu äußern. Der erste ist, daß diese lange gefürchtete nukleare Konfrontation, von der man gemeinhin annahm, sie würde jegliches Leben auf unserem Planeten auslöschen, tatsächlich kaum vier Minuten gedauert hat. Das wird viele überraschen, die das vorliegende Dokument lesen, aber der Dritte Weltkrieg fand am 27. Januar 1995 zwischen 6:47 und 6:51 Uhr Eastern Standard Time statt. Die gesamte Dauer der Kampfhandlungen, von Präsident Reagans offizieller Kriegserklärung bis zum Abschuß von fünf auf See stationierten Atomraketen (drei amerikanischen und zwei russischen), und bis zu ersten Friedensverhandlungen und dem Waffenstillstand, auf den sich Präsident Reagan und Mr. Gorbatschow einigten, betrug nicht mehr als zweihundertfünfundvierzig Sekunden. Der Dritte Weltkrieg war vorbei noch ehe jemand richtig mitbekam, daß er angefangen hatte.

Der andere bemerkenswerte Wesenszug am Dritten Weltkrieg ist, ich bin praktisch der einzige Mensch, der weiß, daß er je stattgefunden hat. Es mag seltsam erscheinen, daß ein Kinderarzt aus Arlington, einer Vorstadt, ein paar Meilen westlich von Washington, D.C., der einzige sein soll, der von diesem einmaligen historischen Ereignis weiß. Immerhin wurden sämtliche Schritte von der eskalierenden politischen Krise über die Kriegserklärung des kränklichen Präsidenten bis zum folgenden nuklearen Schlagabtausch unverhohlen im nationalen Fernsehen gesendet. Der Dritte Weltkrieg war kein Geheimnis, aber das Denken der Menschen kreiste um vordringlichere Probleme. In ihrer zwanghaften Besorgnis, was die Gesundheit ihrer politischen Führung anbetraf, gelang es ihnen auf wundersame Weise, die bei weitem größere Bedrohung für ihr Wohlbefinden außer acht zu lassen.

Streng genommen war ich selbstverständlich nicht der einzige, der Zeuge des Dritten Weltkriegs wurde. Eine kleine Gruppe ranghöchster Militärs der Generalstäbe von Nato und Warschauer Pakt, sowie Präsident Reagan, Mr. Gorbatschow und deren Attachés, und nicht zuletzt die Offiziere der Unterseeboote, die die Befehle zum Abfeuern der Atomraketen entschlüsselten und die Marschflugkörper auf den Weg brachten (in unbevölkerte Gegenden von Alaska und dem östlichen Sibirien), wußten durchaus, daß der Krieg erklärt worden war und man sich vier Minuten später auf einen Waffenstillstand verständigt hatte. Aber ich habe noch keinen aus dem gewöhnlichen Volk kennengelernt, der je vom Dritten Weltkrieg gehört hätte. Jedesmal, wenn ich von dem Krieg spreche, sehen mich die Leute fassungslos an. Mehrere Eltern haben ihre Sprößlinge aus der Kinderklinik abgeholt, da sie sich offenbar Sorgen um meine geistige Stabilität machten. Erst gestern hat eine Mutter, der gegenüber ich den Krieg beiläufig erwähnte, meine Frau angerufen und ihrer Besorgnis Ausdruck verliehen. Aber Susan hat den Krieg vergessen, wie alle anderen, obwohl ich ihr Videoaufzeichnungen von Nachrichtensendungen auf ABC, NBC und CNN vom 27. Januar vorgespielt habe, wo wirklich gesagt wird, daß der Dritte Weltkrieg angefangen hat.

Daß ich allein von dem Krieg erfahren habe, schreibe ich dem eigentümlichen Charakter von Reagans dritter

Amtsperiode zu. Es ist gewiß nicht übertrieben, wenn man sagt, daß die Vereinigten Staaten und der größte Teil der westlichen Welt diesen liebenswerten alternden Schauspieler, der sich 1989 nach der Amtseinführung seines glücklosen Nachfolgers nach Kalifornien in den Ruhestand zurückzog, aufs tiefste vermißt hat. Die zunehmenden Probleme der Welt — die neue Energiekrise, der zweite iranisch/irakische Konflikt, der Verfall der asiatischen Republiken der Sowjetunion, die beängstigende Allianz zwischen Islam und militantem Feminismus in den USA — lösten zusammengenommen eine ungeheure nostalgische Sehnsucht nach der Amtszeit Reagans aus. Man erging sich in immensen liebevollen Erinnerungen an seine Ausrutscher und kleinen Inkompetenzen, seine Vorliebe (die er mit seinen Wählern teilte), im Pyjama fernzusehen statt sich um dringendere Angelegenheiten zu kümmern, die Tatsache, daß er die Wirklichkeit mit den halb vergessenen Filmen seiner Jugend verwechselte.

Touristen versammelten sich zu Hunderten vor den Toren des Alterswohnsitzes der Reagans in Bel Air, wo der ehemalige Präsident gelegentlich auf die Veranda tatterte und posierte. Dort gab er, von seiner immer noch gepflegten Nancy bedrängt, einen liebenswerten Allgemeinplatz von sich, der seinen Zuhörern Tränen in die Augen trieb und deren Herzen, sowie den Aktienmärkten rund um die Welt Auftrieb verlieh. Als sich die Amtszeit seines Nachfolgers ihrem unglücklichen Ende näherte, wurden die erforderlichen Gesetzesänderungen in aller Hast von beiden Häusern und dem Kongreß verabschiedet, deren einzige Absicht selbstverständlich war, dafür zu sorgen, daß Reagan sich einer dritten Amtszeit im Weißen Haus erfreuen konnte.

Im Januar 1993 strömten über eine Million Menschen auf die Straßen von Washington, um ihm bei seiner Amtseinführungsfahrt zuzujubeln, während der Rest der Welt sie im Fernsehen ansah. Hätte die Kathodenröhre weinen können, sie würde es bei diesem Anlaß getan haben.

Nichtsdestotrotz blieben einige Zweifel, zumal die großen politischen Krisen der Welt sich störrisch weigerten, selbst vor dem unwiderstehlichen Grinsen des betagten Präsidenten zu weichen. Der Krieg zwischen Iran und Irak drohte auf die Türkei und Afghanistan überzugreifen. Dem Kreml zum Trotz stellten die asiatischen Republiken der UdSSR bewaffnete Milizen auf. Yves St-Laurent hatte die ersten Uniformen für die islamisierten Feministinnen in den schicken Büros von Manhattan, London und Paris entworfen. Konnte selbst die Reagan-Administration mit einer derart außer Rand und Band geratenen Welt fertig werden?

Als meine Ärztekollegen und ich den Präsidenten im Fernsehen sahen, hatte ich ernste Zweifel daran. Zu dem Zeitpunkt, im Sommer des Jahres 1994, war Ronald Reagan dreiundachtzig Jahre alt und ließ sämtliche Anzeichen fortschreitender Senilität erkennen. Wie viele alte Männer, erfreute auch er sich jeden Tag einige Minuten einer bescheidenen Klarheit, während der er eine sinnvolle Bemerkung von sich geben konnte, worauf er wieder in einen gläsernen Dämmerzustand verfiel. Seine Augen waren mittlerweile so schlecht, daß er nicht mehr vom Teleprompter ablesen konnte, aber sein Stab im Weißen Haus machte sich das Hörgerät zunutze, das er immer getragen hatte, und installierte einen Lautsprecher dort, so daß der Präsident stets imstande war, seine Reden zu rezitieren, indem er wie ein Kind wiederholte, was er in seinem Kopfhörer hörte. Die Pausen wurden von den Fernsehteams herausgeschnitten, aber die Gefahren der Fernbedienung traten zutage, als der Präsident während einer Ansprache vor den Katholischen Müttern Amerikas die zahlreich versammelten blaugetönten Damen vor den Kopf stieß, indem er plötzlich die geflüsterte Bemerkung eines Toningenieurs wiederholte: »Beweg deinen Arsch, ich muß pissen gehen.«

Als sie diese roboterhafte Gestalt mit dem unheimlichen Lächeln und albernen Grinsen sahen, fragten sich einige Leute allmählich, ob der Präsident möglicherweise gehirntot war oder möglicherweise überhaupt nicht mehr am Leben.

Um die nervöse amerikanische Öffentlichkeit zu beruhigen, die wegen fallender Aktienmärkte und bewaffneter Zwischenfälle in der Ukraine aus dem Häuschen waren, fingen die Ärzte des Weißen Hauses an, eine Reihe regelmäßiger Berichte über den Gesundheitszustand des Präsidenten herauszugeben. Ein Team von Spezialisten des Walter Reed Hospitals versicherte der Nation, daß sich Reagan der robusten Konstitution und geistigen Regsamkeit eines fünfzehn Jahre jüngeren Mannes erfreute. Genaueste Einzelheiten über Reagans Blutdruck, die Anzahl roter und weißer Blutkörperchen, Puls und Atmung wurden im Fernsehen gesendet und hatten eine sofortige beruhigende Wirkung. Am Tag darauf verzeichneten die Aktienmärkte der Welt einen deutlichen Aufschwung, die Zinsen sanken und Mr. Gorbatschow konnte verkünden, daß die ukrainischen Separatisten ihre Forderungen gemildert hätten.

Der Stab des Weißen Hauses machte sich den unerwarteten politischen Schatz zunutze, den die Körperfunktionen des Präsidenten darstellten, und beschloß, den medizinischen Bericht auf wöchentlicher Basis herauszubringen. Nicht nur Wall Street reagierte positiv darauf, Meinungsumfragen ergaben darüber hinaus, daß die Republikanische Partei als Ganzes deutlich mehr Zulauf erhielt. Zur Zeit der Kongreßwahlen in der Mitte der Amtszeit wurden die medizinischen Berichte täglich gesendet, worauf erfolgreiche Kandidaten der Republikaner dank eines am Vorabend der Wahl veröffentlichten Berichts über den regelmäßigen Stuhlgang des Präsidenten die Mehrheit sowohl im Repräsentantenhaus wie auch im Senat an sich reißen konnten.

Von diesem Zeitpunkt an wurde die amerikanische Öffentlichkeit rund um die Uhr über den Gesundheitszustand des Präsidenten auf dem laufenden gehalten. Sukzessive Nachrichtensendungen brachten den ganzen Tag über aktuelle Meldungen über die Nebenwirkungen einer leichten Erkältung oder die kreislaufbelebende Wirkung eines Bads im Pool des Weißen Hauses. Ich kann mich noch gut daran erinnern, wie ich an Heiligabend die Nachrichten sah, während meine Frau das Abendessen zubereitete, und dabei feststellte, daß Meldungen über das Befinden des Präsidenten fünf der sechs Aufmacher bildeten.

»Sein Blutzucker ist ein wenig gesunken«, bemerkte Susan, während sie die Festtagstafel deckte. »Gute Neuigkeiten für Quaker Oats und Pepsi.«

»Wirklich? Besteht da ein Zusammenhang, um Himmels willen?«

»Mehr als dir bewußt ist.« Sie saß mit der Pfeffermühle in der Hand neben mir auf dem Sofa. »Wir müssen auf seine jüngste Urinanalyse warten. Die könnte von entscheidender Bedeutung sein.«

»Liebste, was sich an der pakistanischen Grenze abspielt, könnte von entscheidender Bedeutung sein. Gorbatschow hat einen Präventivschlag gegen die Rebellenzentren angedroht. Die USA haben vertragliche Verpflichtungen. Theoretisch könnte ein Krieg ...«

»Pssst ...« Susan klopfte mir mit der Pfeffermühle aufs Knie. »Sie haben gerade eine Eysenck Persönlichkeitsuntersuchung durchgeführt — der alte Knabe hat die Höchstwerte bei emotionaler Resonanz und Fähigkeit, Bezüge herzustellen, erreicht. Resultate dem Alter entsprechend korrigiert, was immer das heißen mag.«

»Es heißt, er ist praktisch ein Schwachsinniger.« Ich wollte gerade die Kanäle wechseln, weil ich hoffte, ich könnte irgendwo echte Nachrichten von den Krisenherden der Welt mitbekommen, aber am unteren Rand des Bildschirms war ein seltsames Muster erschienen, eine

Art Weihnachtsdekoration, vermutete ich, eine Reihe stilisierter Stechpalmenzweige. Die rhythmische Welle wanderte von den besänftigenden und nostalgischen Klängen von ›White Christmas‹ begleitet langsam von links nach rechts.

»Großer Gott«, flüsterte Susan ehrfürchtig. »Das ist Ronnies Puls. Hast du den Sprecher gehört? ›Eine Live-Übertragung vom Herzen des Präsidenten.‹«

Das war erst der Anfang. Im Verlauf der nächsten Wochen wurden die Bildschirme der Nation dank der Wunder moderner Radiotelemetrie zu einer Punkteanzeige, die jede Einzelheit der körperlichen und geistigen Funktionen des Präsidenten aufzeichnete. Sein tapferer, wenn auch unregelmäßiger Herzschlag zog seine Bahn am unteren Rand des Bildschirms, während darüber Nachrichtensprecher sich über seine täglichen körperlichen Verrichtungen ausließen, über die achtundzwanzig Schritte, die er im Rosengarten gegangen war, die Kalorienzahl seiner bescheidenen Mahlzeiten, die Resultate seines jüngsten Gehirnscans, sowie Ausdrucke seiner Nieren-, Leber- und Lungenfunktion. Zusätzlich dazu gab es eine beeindruckende Abfolge von IQ-Tests, die allesamt dazu dienten, der amerikanischen Öffentlichkeit zu versichern, daß der Mann am Ruder der freien Welt den Herausforderungen, denen er sich am Schreibtisch der Ovalen Büros gegenübersah, mehr als gewachsen war.

In praktischer Hinsicht, versuchte ich Susan zu erklären, war der Präsident kaum mehr als ein verkabelter Leichnam. Ich und meine Kollegen in der Kinderklinik wußten ganz genau, welche Prüfung der alte Mann auf sich nahm, indem er sich dieser Batterie von Tests unterzog. Aber der Stab im Weißen Haus wußte, die amerikanische Öffentlichkeit war fast hypnotisiert vom Schauspiel des präsidentlichen Herzschlags. Die Kurve lief mittlerweile unter allen Sendungen, Situationskomödien, Basketballspielen und alten Filmen über den Zweiten

Weltkrieg. Ungewollt spiegelte der beschleunigte Herzschlag manchmal die emotionalen Reaktionen des Publikums selbst wider, was dafür sprach, daß sich der Präsident dieselben Kriegsfilme ansah, einschließlich derer, worin er selbst mitgespielt hatte.

Um die Identifizierung von Präsident und Fernsehbildschirm vollkommen zu machen — eine Verbindung, von der seine politischen Ratgeber so lange geträumt hatten —, sorgte der Stab des Weißen Hauses dafür, daß weitere Informationen gesendet wurden. Bald war ein Drittel der Bildschirme der Nation mit Anzeigen von Herzschlag, Blutdruck und EEG gefüllt. Eine kurze Kontroverse brach aus, als deutlich wurde, daß Deltawellen vorherrschten, was die lange gehegte Befürchtung bestätigte, daß der Präsident den größten Teil des Tages über schlief. Das Publikum reagierte indessen aufgeregt, wenn es wußte, wann Mr. Reagan in die REM-Schlafphase kam und die Traumzeit der Nation mit der ihres Staatsoberhaupts zusammenfiel.

Die Ereignisse in der Wirklichkeit entwickelten sich währenddessen unbeeindruckt von medizinischen Informationen in eine gefährliche Richtung. Ich kaufte jede Zeitung, die ich finden konnte, aber die Seiten waren vollgestopft mit Grafiken und Diagrammen vom Gesundheitszustand Reagans und zugehörigen Artikeln, die auf die Bedeutung seiner Leberenzymfunktionen und den geringsten Anstieg oder Fall in der Konzentration des präsidentlichen Urins hinwiesen. Auf den letzten Seiten fand ich versteckt einige Kurzmeldungen über Bürgerkriege in den asiatischen Republiken der Sowjetunion, einen pro-russischen Putschversuch in Pakistan, die chinesische Invasion von Nepal, die Mobilisierung der Reserven von Nato und Warschauer Pakt und die Verstärkung der fünften und siebten US-Flotte.

Aber unglücklicherweise fielen diese geheimnisvollen Ereignisse und die Gefahr eines Dritten Weltkriegs mit einem leichten Nachlassen der Gesundheit des Präsidenten zusammen. Die triviale Erkältung, die sich Reagan beim Besuch eines Enkelkinds holte und über die erstmals am 20. Januar berichtet wurde, verbannte alle anderen Nachrichten von den Bildschirmen. Eine ganze Armee von Reportern und Filmteams campierte vor dem Weißen Haus, während Heerscharen von Spezialisten der größten Forschungsinstitute des Landes via Satellit auf jedem Kanal erschienen und den Strom medizinischer Daten erklärten.

Susan verbrachte die folgenden Wochen wie hundert Millionen Amerikaner vor dem Fernseher und ließ keinen Blick von der Kurve von Reagans Herzschlag.

»Es ist doch nur eine Erkältung«, beruhigte ich sie, als ich am 27. Januar aus der Klinik nach Hause kam. »Wie sind die letzten Meldungen aus Pakistan? Man hört Gerüchte, wonach die Russen Fallschirmspringer in Karatschi abgesetzt haben. Die Delta-Streitkräfte von Subik Bay vor ...«

»Jetzt nicht!« Sie winkte mich fort und drehte die Lautsprecher hoch, während ein Sprecher eine aktuelle Meldung vorlas.

»... hier eine Aktualisierung unserer Meldung, die wir vor zwei Minuten brachten. Gute Neuigkeiten, was den CAT-Scan des Präsidenten betrifft. Keinerlei abnormale Veränderungen in Größe oder Form der Ventrikel des Präsidenten. Für heute nacht werden leichte Regenfälle im Gebiet D.C. vorhergesagt, die achte Air-Kavallerie hat sich ein Feuergefecht mit sowjetischen Grenztruppen nördlich von Kabul geliefert. Wir melden uns nach einer kurzen Pause wieder mit einem Bericht über die Bedeutung des Dorns am linken Schläfenlappen ...«

»Um Gottes willen, der hat überhaupt keine Bedeutung.« Ich nahm Susan die Fernbedienung aus der verkrampften Hand und schaltete die Kanäle durch. »Was ist mit der russischen Flotte im Baltikum? Der Kreml übt Gegendruck auf die Nordflanke der Nato aus. Die USA müssen reagieren ...«

Durch Zufall fand ich einen bekannten Fernsehnachrichtensprecher, der gerade eine Meldung zu Ende las. Er strahlte zuversichtlich ins Publikum, während seine herausgeputzte Kollegin bereits voller Vorfreude lächelte.

»... Stand 5:05 Uhr Eastern Standard Time können wir melden, daß Mr. Reagans interner Schädeldruck zufriedenstellend ist. Alle motorischen und kognitiven Funktionen sind normal. Und nun eine Meldung, die uns soeben erreicht hat. Um 2:35 Uhr Ortszeit vollendete Präsident Reagan einen zufriedenstellenden Verdauungsvorgang.« Der Sprecher drehte sich zu seiner Kollegin um. »Barbara, ich glaube, Sie haben ähnlich gute Neuigkeiten über Nancy?«

»Danke, Dan«, übernahm sie reibungslos. »Ja, genau eine Stunde später, um 3:35 Uhr Ortszeit, vollendete Nancy ihren eigenen Verdauungsvorgang, den zweiten am heutigen Tag, damit wäre in der Ersten Familie also alles in bester Ordnung.« Sie sah auf einen Zettel, der ihr auf dem Schreibtisch zugeschoben wurde. »Der Verkehr in der Pennsylvania Avenue staut sich wieder, F-16 der Sechsten Flotte haben über der Beringstraße sieben MIG 29 abgeschossen. Der Blutdruck des Präsidenten beträgt einhundert zu sechzig. Das EEG zeigt ein leichtes Zittern der linken Hand ...«

»Ein Zittern der linken Hand ...«, wiederholte Susan und ballte die Fäuste. »Das ist bestimmt etwas Ernstes?«

Ich drückte auf die Fernbedienung. »Könnte sein. Vielleicht denkt er daran, er könnte auf den roten Knopf drücken müssen. Oder aber ...«

Mir war eine noch beängstigendere Möglichkeit eingefallen. Ich machte das ganze Medley konkurrierender Nachrichtensendungen durch und hoffte, ich könnte Susan ablenken, während ich den Abendhimmel über Washington betrachtete. Die Flotte der Sowjets patrouillierte vierhundert Meilen vor der Ostküste der Vereinigten Staaten. Es konnte sein, daß bald Pilzwolken über dem Pentagon aufstiegen.

»... wird eine leichte Hypophysenfehlfunktion gemeldet, und die Ärzte des Präsidenten haben ein bescheidenes Maß an Besorgnis geäußert. Der Präsident hat vor dreißig Minuten den Nationalen Sicherheitsrat einberufen. SAC-Hauptquartiere in Omaha, Nebraska, berichten, daß sämtliche B-52 Angriffsschwadronen in der Luft sind. Soeben erreicht mich eine neue Meldung aus dem Onkologiezentrum des Weißen Hauses. Um 4:15 Uhr Washingtoner Zeit wurde ein gutartiger Gehirntumor festgestellt ...«

»... haben die Ärzte des Präsidenten erneut ihre Besorgnis wegen Mr. Reagans verkalkten Arterien und verhärteten Herzklappen zum Ausdruck gebracht. Man geht inzwischen davon aus, daß der Hurricane Clara an Puerto Rico vorbei zieht, und der Präsident hat das Kriegsrecht verhängt. Nach der folgenden Pause werden wir weitere Expertenmeinungen über Mr. Reagans rückläufige Amnestie hören. Vergessen Sie nicht, dieser Zustand kann auf ein mutmaßliches Korsakoff-Syndrom hindeuten ...«

»... psychomotorische Krämpfe, ein gestörtes Zeitgefühl, Farbveränderungen und Schwindel. Mr. Reagan sprach auch von einer zunehmenden Empfindlichkeit gegenüber üblen Gerüchen. Weitere Spätnachrichten — Schneestürme verheeren den Mittelwesten, zwischen den Vereinigten Staaten und der Sowjetunion besteht faktisch Kriegszustand. Schalten Sie nicht um, gleich erfahren Sie den neuesten Bericht über den Gehirnmetabolismus des Präsidenten ...«

»Wir haben Krieg«, sagte ich zu Susan und legte ihr die Arme um die Schultern. Aber sie deutete auf einen unregelmäßigen Herzschlag auf dem Bildschirm. Hatte der Präsident einen Anfall geistiger Umnachtung erlebt und einen Nuklearangriff gegen die Russen gestartet? Waren die unaufhörlichen Meldungen ein schlau eingefädeltes Tarnmanöver, um ein unbeständiges Fernsehpublikum vor den Konsequenzen einer verzweifelten Reaktion auf einen nationalen Notfall abzuschirmen? Es dauerte nur Minuten, bis russische Interkontinentalraketen Washington erreichen konnten, und ich betrachtete den friedlichen Winterhimmel. Ich hielt Susan in den Armen und hörte der Kakophonie der medizinischen Meldungen zu, bis ich etwa vier Minuten später hörte:

»... melden die Ärzte des Präsidenten geweitete Pupillen und konvulsivische Zuckungen, aber die neurochemischen Hilfssysteme funktionieren einwandfrei. Der Gehirnmetabolismus des Präsidenten zeigt verstärkte Glukoseproduktion. Für heute nacht sind vereinzelte Schneestürme vorhergesagt, und USA und UdSSR haben sich auf ein Ende der Kampfhandlungen verständigt. Nach der Pause hören Sie die neuesten Expertenmeinungen über den jüngsten Anfall von Blähungen des Präsidenten. Und warum Nancys linkes Lid genäht werden mußte ...«

Ich schaltete das Gerät ab und lehnte mich in der seltsamen Stille zurück. Ein kleiner Helikopter flog am grauen Himmel über Washington dahin. Fast wie einen Nachgedanken, sagte ich zu Susan: »Übrigens ist der Dritte Weltkrieg gerade beendet worden.«

Selbstverständlich hatte Susan nicht die geringste Ahnung, daß der Krieg überhaupt angefangen hatte, eine Unzulänglichkeit der gesamten Bevölkerung, wie mir im Verlauf der folgenden paar Wochen klar wurde. Die meisten Menschen konnten sich nur vage an Unruhen im Mittleren Osten erinnern. Die Meldung, daß Atombomben in den verlassenen Gebirgsregionen von Alaska und im Osten von Sibirien explodiert waren, gingen in der Sturzflut medizinischer Berichte über Präsident Reagans Genesung von seiner Erkältung unter.

In der zweiten Februarwoche 1995 sah ich ihn im Fernsehen, wie er den Vorsitz über eine Feier der American Legion auf dem Rasen des Weißen Hauses führte. Das alte, elfenbeinfarbene Gesicht hatte er zum bekannt liebenswürdigen Grinsen verzogen, die Augen schienen blicklos, und er wurde von zwei Attachés gestützt, während die stets wachsame First Lady in der ihr eigenen stählernen Weise neben ihm stand. Irgendwo unter dem dicken schwarzen Mantel übertrugen die Radiotelemetriesensoren live Puls, Atemrhythmus und Blutdruck, die wir auf den Bildschirmen sehen konnten. Ich vermutete, auch der Präsident selbst hatte vergessen, daß er kürzlich erst den Dritten Weltkrieg ausgelöst hatte. Schließlich war niemand ums Leben gekommen, und laut öffentlicher Meinung war das einzige mögliche Opfer jener gefährlichen Stunden Mr. Reagan selbst gewesen, der kämpfte, seine Erkältung zu überleben.

Inzwischen war die Welt sicherer geworden. Der kurze nukleare Schlagabtausch war eine Warnung für sämtliche kämpfenden Fraktionen rund um den Planeten gewesen. Die Sezessionsbewegungen in der Sowjetunion hatten sich aufgelöst, während andernorts Invasionsarmeen sich hinter ihre Grenzen zurückzogen. Ich konnte mich fast im Glauben wiegen, daß der Dritte Weltkrieg vom Kreml und dem Weißen Haus als Friedensmission geplant worden war und Reagans Erkältung lediglich als Ablenkungsfalle diente, in die die Fernsehsender und Zeitungsredaktionen arglos gestolpert waren.

Als Tribut für die Abwehrkräfte des Präsidenten waren die linearen Spuren seiner lebenswichtigen Funktionen immer noch auf unserem Bildschirm zu sehen. Als er vor den versammelten Veteranen der American Legion salutierte, spürte ich, wie der kollektive Puls des Publikums schneller schlug, als das Herz des alternden Schauspielers auf den rührenden Anblick der marschierenden Männer reagierte.

Dann bemerkte ich unter den Trägern des Ehrenabzeichens einen ungepflegten jungen Mann in schlecht sitzender Uniform, der nicht im Gleichschritt mit seinen älteren Kollegen ging. Er drängte sich durch die marschierenden Reihen, während er eine Pistole aus der Uniform zog. Hektische Verwirrung trat ein, als die Attachés sich um das Podium drängten. Die Kameras schwenkten auf den jungen Mann, der auf den Präsidenten zustürmte. Schüsse erklangen über die aus dem Rhythmus gekommene Marschmusik der Kapelle hinweg. Im Durcheinander der uniformierten Männer schien der Präsident in die Arme der First Lady zu fallen und wurde hastig weggetragen.

Ich betrachtete die Kurven unter dem Fernsehbild und sah sofort, daß der Blutdruck des Präsidenten zusammengebrochen war. Der unregelmäßige Puls war zu einer ununterbrochenen geraden Linie geworden, sämtliche Atmungsfunktionen hatten aufgehört. Erst zehn Minuten später, als Meldungen über einen erfolglosen Attentatsversuch durchgegeben wurden, nahmen die Kurven wieder ihre selbstbewußten Schwankungen auf.

War der Präsident möglicherweise zum zweiten Mal gestorben? Hatte er strenggenommen während seiner dritten Amtsperiode überhaupt gelebt? Wird ein wiederbelebtes Gespenst seiner selbst, das aus den medizinischen Kurven zusammengesetzt wurde, die noch über unsere Bildschirme flackern, für weitere Amtszeiten kandidieren und womöglich einen Vierten und Fünften Weltkrieg anzetteln, deren Geheimgeschichten in den Lücken zwischen unseren Fernsehsendungen verloren gehen und für alle Zeiten hinter der endgültigen Urinanalyse und der letzten großen Biopsie im Himmel verschwinden?

Originaltitel: ›The Secret History of World War 3‹
Copyright © 1988 by James Graham Ballard
erstmals erschienen in ›Ambit‹ 1988;
Copyright © 1993 der deutschen Übersetzung
by R. Piper Verlag, München;
mit freundlicher Genehmigung des Autors
und des R. Piper Verlags, München
Aus dem Englischen übersetzt von Joachim Körber

Achim Stößer · Deutschland

AUFSTIEG EINES PRIMATEN

Es war fünf Stunden nach Mitternacht, und wäre ein Vorgarten mit Vögeln in der Nähe gewesen, hätte wohl der eine oder andere Laut gegeben. So aber war nur das städtische Äquivalent zu hören, das Brummen von Lastwagen, die in Resonanz der Motoren klirrenden Fenster, hier und da das Zuschlagen einer Autotür. Irgendwo bellte ein eingesperrter Hund einen Nachtmahr an.

Urs schlief. Vielleicht verschafften die Geräusche ihm unruhige Träume, aufwecken konnten sie ihn nicht. Der Wagen der städtischen Müllabfuhr kam, und die Männer zerrten Aschetonnen ebenso rauh und lärmend über den Bordstein, wie die Maschine sie hydraulisch anhob und ihren Inhalt in ihr Inneres schlug. MüllkutscherInnen, sollte es vielleicht besser heißen, denn solche Berufsbezeichnungen hatten sich durchgesetzt, auch wenn gewöhnlich, wie hier, meist Männer die Arbeitsplatzinhaber und die Bezeichnungen nichts weiter als die Ortsschilder Potemkinscher Dörfer waren: Urs schlief weiter; wie ein Pawlowscher Hund war er dressiert auf ein Geräusch: das elektrische Xylophon seines Weckers.

Fünf Uhr: In verlogener Sanftheit läutete der *Braun Brain Control,* viel leiser als der Lärm der Straße, doch von solcher Andersartigkeit, daß Urs fast augenblicklich in einen wachähnlichen Zustand hinüberglitt. Wie von einer Unterdosis Lachgas war seine Wahrnehmung mit geistigen Scheuklappen gezäumt, doch immerhin vorhanden, so daß der Wecker, der die Veränderung in seinem Gehirnwellenmuster bemerkte, verstummte.

Urs zwang sich, die Augen zu öffnen, und langsam wurde seine Sicht klarer. Obwohl es noch dunkel war, konnte er im Licht einer Straßenlaterne, die eigentlich zur Beleuchtung der Fahrbahn da war, einige Umrisse erkennen. Nur das hohe Fenster, aus dessen Sims Stümpfe von Gitterstäben ragten, deutete darauf hin, daß er sich in einer Zelle eines zum Wohnheim sanierten Gefängnisses befand. Jochem, mit dem er sich das Zimmer teilte, war noch — oder schon — auf Schicht. Fließbänder schlafen nicht.

Nur mit Mühe widerstand Urs der Versuchung, die Augen wieder zufallen zu lassen. Nicht nur würde der Wecker erneut anfangen zu läuten und immer lauter werden, wenn er nicht wach blieb, er würde auch zu spät zur Sechsuhrvorlesung kommen, um noch einen Platz zu ergattern. Er zählte bis drei und schleuderte die Beine aus dem Bett.

Mit knurrendem Magen stand er, da er, um Zeit zu sparen, auf ein Frühstück verzichtet hatte und zudem sein Fach des Gemeinschaftskühlraums ohnehin ziemlich leer war, in der überfüllten Straßenbahn. Noch war die Sonne nicht aufgegangen, und erst ein paar wärmende Strahlen beugten sich über den Horizont, und doch war es schon unangenehm schwül. Der Gestank nach Schweiß, Urin und Erbrochenem machte das Atmen beinahe unmöglich.

Ein irrationaler Schreck durchfuhr Urs, als er an einer Haltestelle einen Kontrolleur entdeckte, der die Fahrausweise der Aussteigenden überprüfte. Seine Hand tastete nach seiner Monatskarte und fand sie. Erleichtert atmete er auf. Das war ein Fehler, denn er spürte sofort einen Brechreiz. Deutlich erinnerte er sich daran, wie er vor einem Vierteljahr seine Karte vergessen hatte und ertappt worden war. Ein weiteres dreiwöchiges Arbeitsverbot konnte er sich nicht leisten, obwohl er Glück gehabt hatte mit seiner Wohnung, die so billig war, daß die monatliche Studienförderung beinahe zur Begleichung der Miete ausreichte.

Da er bereits eine halbe Stunde vor Beginn der Erstsemestervorlesung gekommen war, hatte Urs einen Sitzplatz auf einer der beiden Treppen bekommen, von dem aus er gut hören und den Tafelanschrieb lesen konnte. Acht Seiten auf dem Klemmblock auf seinen Knien hatte er dicht mit Formeln und Axiomen beschrieben. Die Kürzung der gymnasialen Oberstufe um anderthalb Jahre zugunsten eines verlängerten Wehrdiensts trug nicht dazu bei, Studenten auf ihre Einführungsvorlesungen vorzubereiten, und so hatte Urs inzwischen den Faden und die Lust verloren. Seit Wochen hatte der Dozent hinführende Sätze bewiesen, ohne einen Zusammenhang oder gar eine Anwendung auch nur anzudeuten.

Stell dir vor, dachte Urs, du bist allein auf einer einsamen Insel, und kannst eine Matrix nicht in ihre Jordannormalform überführen.

Er grinste bei der Vision eines zwergenhaften, in Felle gehüllten Robinson Crusoe, der mit einer stumpfen Steinaxt auf einen Baumstamm — der eine Matrix war — einhieb, um daraus ein Kanu in Jordannormalform zu schlagen.

Stell dir vor, dachte Urs weiter, du bist Freitag, und allein auf einem einsamen Planeten mit elf Milliarden Robinsons, die alle nichts anderes tun, als Jordannormalformen berechnen.

Er entschied sich, keine neue Seite zu beginnen und statt dessen die Graffiti zu lesen, die in die Seiten der Bänke neben der Treppe und die daran befestigten Schilder mit der Aufschrift ›Sitzen auf der Treppe nicht gestattet. Der Kanzler‹ geritzt waren. ›Newton ist tot, Birken ist tot, und mir ist auch schon ganz schlecht‹, stand da zwischen obszönen Kritzeleien und Herzchen mit Inschriften wie ›Peter und Uschi‹, ›A & S‹, ›Sabine liebt Karin‹. Nicht neu, fand Urs; aber immer wieder einen freiliegenden Nerv berührend. ›Samsoo Shampoo: für sprödes und fettiges Haar. Togal: für Kopf und Gliederschmerzen. Bundeswehr: für Frieden und Sicherheit.‹ Das *war* neu, wenn auch nicht ganz nach Urs' Geschmack.

»Größer!« rief irgend jemand in den hinteren Reihen. Dies und ein »Lauter!«, wenn der Dozent wieder einmal vergaß, daß er ohne Mikrophon sprach, weil dieses durch Rückkopplung unbrauchbar wurde, waren gewöhnlich die einzigen Kommentare der Studenten zu einer Vorlesung. »Das«, betonte der Dozent, zeigte auf einen Index, der wie alle anderen und die meisten der zugehörigen Basen viel zu klein war, um selbst aus mittlerer Entfernung lesbar zu sein, »ist ein Q.«

Es gibt einfach zu viele, kaum voneinander zu unterscheidende Buchstaben, dachte Urs. Er begann, sie auf einem neuen Blatt aufzuschreiben, schön in Kolonnen geordnet. Die sechsundzwanzig Buchstaben des lateinischen Alphabets in Groß- und Kleinbuchstaben, daneben das gleiche in deutscher Schrift, das griechische Alphabet, die zehn arabischen Ziffern und ein großes Aleph, das einzige hebräische Zeichen, das in der Mathematik verwendet wurde: $\aleph$. Merkwürdig, daß keine kyrillischen Zeichen vorkommen, dachte er, während er gleich aussehende Symbole wie das A und das Alpha doppelt und ähnliche wie das kleine Omega und das W einfach einkringelte und mit elegant geschwungenen Linien verband. Dann begann er, alle Sonderzeichen, die ihm einfielen, aufzumalen: Das Integral-S, die liegende Acht für unendlich, drei verschiedene Folgepfeile — der Doppelpfeil, der gekrümmte Pfeil und das gebogene Größerzeichen —, plus, minus, mal, geteilt ...

»Wenn also Phi ein Endomorphismus eines Vektorraumes V N über C ist und Lambda eins bis R die Eigenwerte von Phi sind — die paarweise verschiedenen Eigenwerte natürlich —, dann, äh ... können wir eine Basis angeben, die ...«

Während Urs mit halbem Ohr diesen stockend vorgetragenen Text hörte, in dem jedes Leerzeichen ausdrücklich mitgesprochen wurde, versuchte er sich an das französische Wort für *Wagenheber* zu erinnern. Es wollte ihm partout nicht gelingen, was seiner sich ohnehin schon im Todesröcheln wälzenden Laune den letzten Stoß versetzte, und so stand er auf, drehte sich um und ging, vorsichtig auf die winzigen freien Flecken zwischen Körpern und Beinen tappend, die Stufen hinauf zum Ausgang. Auf halbem Weg drängte sich eine Studentin, die an der Tür gestanden hatte, an ihm vorbei, um die Lücke auf der Treppe zu füllen. Er sah in die andere Richtung, seine Nasenflügel blähten sich, und seine Mundwinkel zuckten, als er seinen Körper noch dichter an den ihren preßte, als es selbst in dieser Enge erforderlich gewesen wäre, bis sie ihm absichtlich auf die Zehen trat.

Dann hob sich seine Stimmung etwas, als er in der Vorhalle, nachdem er sich durch den Pfropfen aus Menschen vor der Tür gezwängt hatte, neben einer Litfaßsäule mit Wohnungssuchanzeigen Anja entdeckte, die rauchend auf einem alten Heizkörper saß und vielleicht den Wortfetzen, die aus dem Hörsaal drangen, zuhörte. Er ging zu ihr, und als sie ihn bemerkte, nickten beide grüßend. Sie spreizte die Beine, so daß der Jeansstoff an ihren Oberschenkeln eine Parabel bildete, und hob ihm einladend die Hände entgegen, worauf er näher zu ihr trat und seine Knie am Scheitelpunkt der Parabel rieb. Sie umfaßte, die Zigarette zwischen den Fingern, seine Kniekehlen und preßte ihn an sich.

»*Cric*«, sagte er leise.

So kamen und gingen ereignislose Wochen und Monate, die Urs lustlos und fatalistisch schluckte wie das tägliche Essen in der Mensa, Monate, die er zu dieser Zeit in Semestern zählte. Es war Dezember, als für ihn das neunte begann, und die Nachrichten in diesen Tagen unterschieden sich in nichts von denen der Vergangenheit. Der Grundgesetzartikel 16 wurde mit einer überwältigenden Mehrheit von Bundestag und Bundesrat geändert, um den burischen Flüchtlingen aus Bo-phuthatswana und anderen Teilen des ehemaligen Südafrika die Rücksiedlung zu erleichtern, und der Bundestagspräsident gestand ein, daß seine auf die FDP gemünzte Bezeichnung ›Gezücht linksterroristischer Trichinen‹, so wörtlich, ›zu relativieren‹ sei. Kurz nachdem bekannt wurde, daß der indische Premierminister in den Verkauf von Rindern an eine internationale Hamburgerkette verwickelt war, trat die indische Regierung geschlossen zurück. Kurz nachdem bekannt wurde, daß dieselbe Imbißkette unter Beteiligung des amerikanischen Außenministers illegal Spenderorgane aus Drittweltländern in die USA importierte, trat der Kongreß zu einer Sondersitzung zusammen. Ein Marschflugkörper, dessen Mustererkennungssystem von einem ohne Baugenehmigung errichteten und deshalb in offiziellen Geländeplänen nicht aufgeführten Tempel der Neuen Druidenkirche verwirrt wurde, zerstörte auf einem Übungsflug L'Houmeau, das alte Hafengebiet von Angoulême, worauf die NATO sämtliche Manöver — von Lenkraketen gleicher Bauart — über die Weihnachtstage zurückstellte. Die monomolekulare Blase, die den Mond umhüllte und in Zukunft auf einer künstlichen Atmosphäreschicht schwimmen sollte, wurde fertiggestellt. In Stockholm wurde zum drittenmal eine erfolgreiche Transplantation des Zentralnervensystems durchgeführt. Im Golf von Mexiko sprengte ein Sonderkommando der internationalen Wasserschutzpolizei einen Wasserstofftanker bei dem Versuch, die Briganten zu überwältigen, die das Schiff mit der Drohung, es in die Luft zu jagen, gekapert hatten. Im orbitalen Fusionsreaktor *Phenix II* war entgegen anderslautenden Meldungen kein Störfall zu verzeichnen. Hedwig Freifrau zu Droste-Vischering lehnte den Friedensnobelpreis ab, da sie, wie sie es ausdrückte, zwar kein Lê Dúć Tho sei, mit Leuten wie Stresemann oder Marshall oder Organisationen wie den UNO-Friedenstruppen und den amerikanische Ledernacken aber nichts gemein haben wollte. Der jährliche Anstieg der globalen Temperatur war auf Grund von in oberen Luftschichten treibenden Rußpartikeln, die einen Teil des Sonnenlichts abschirmten, meßbar zurückgegangen.

Nur zwei dieser Nachrichten betrafen Urs in irgendeiner Weise. Zum einen das Wetter, denn die wie Benzindämpfe durch die Straßen wabernde Hitze belastete jeden, der sich nicht in einem der wenigen klimatisierten Gebäude aufhielt. Zum anderen war nach Ablauf der dreijährigen Regelstudienzeit seine staatliche Studienförderung eingestellt worden; zwar waren die Raten für die Rückzahlung des ohnehin niedrig verzinsten Darlehens verhältnismäßig gering, aber sie überstiegen zusammen mit den Lebenshaltungskosten bei weitem die Einkünfte aus seiner Arbeit als Aushilfsfahrer, und so hatte er eine seiner Nieren an eben jene Schnellimbißkette als Transplantat verkauft. Sollten irgendwelche Daten darüber an die Gesundheitsbehörde gelangen, würde ihm sein gefälschter Organspenderpaß wenig nützen, und er würde ernste Schwierigkeiten bekommen.

Die Einschränkung auf Siebeneinhalbtonner in seinem während des Wehrdiensts erworbenen Führerschein hatte er schon vor einiger Zeit sorgfältig gelöscht, und so hatte er in dieser Nacht zuerst eine Ladung gefrorener Schweinehälften nach Stuttgart gefahren und auf dem Rückweg Transferembryos aus der Tübinger Uniklinik nach München transportiert. — In den vorlesungsfreien Stunden, also zwischen zweiundzwanzig Uhr dreißig und fünf Uhr dreißig, stellte die

Universität den Studenten die Hörsäle zum Schlafen zur Verfügung. Urs besaß einen Wechselschein; dieser wies ihm im Gegensatz zum Dauerschein zwar keinen festen Platz zu, sondern berechtigte ihn lediglich, eine freie Schlafstelle zu nützen, dafür war aber die Gebühr nur halb so hoch. Er hatte gewußt, daß er spät von der Arbeit kommen würde, und da die Wartelisten lang und die Plätze begehrt waren, war es ihm nicht schwergefallen, einen Kommilitonen zu finden, dem er seinen Schein vermieten konnte, und so war er gezwungen gewesen, selbst den Rest der Nacht in den städtischen Anlagen zu verbringen. Er hatte schlecht geschlafen. Da er erst früh morgens in den Park gekommen war — wenigstens entfiel so der Eintritt, und er konnte sich die Mühe ersparen, über die mit Glasscherben gespickte Mauer zu klettern — waren die Kunstrasenflächen und erst recht die Bänke belegt, und er mußte sich mit dem harten, asphaltierten Gehweg begnügen, wo er unruhige Träume träumte von Kühen auf einer Viehweide, die als losgerissener Brocken Erde von Wasser umgeben, einer Insel gleich, mitten im Raum schwebte, von Pfauen, die sich eitel in dem spiegelglatten Tümpel bewunderten, und von Zwillingslämmern, die lebensmüde über die Umzäunung der Koppel sprangen, um sich in Ufernähe zu ertränken.

Er fühlte sich, als hätte er unter einem Mühlstein gelegen, als er gegen elf Uhr in die öffentliche Bibliothek kam, in der er eine Verabredung mit Deike hatte. Sie war bereits da, saß im Lesesaal, ein altes, auf Papier gedrucktes Buch aufgeschlagen auf den Knien. Sie trug einen pfefferminzgrünen Burnus. Als er sich neben sie setzte, begrüßte sie ihn mit einem Hallo, fragte: »Hör mal, wie findest du den?« und blätterte, als hätte sie nur darauf gewartet, rasch ein paar Seiten zurück. »Warum machen vierzig Prozent aller Studenten in ihr Waschbecken?« las sie und fuhr, als Urs mit der Achsel zuckte, fort: »Weil die anderen kein Waschbecken haben.« Das

Buch war offenbar *sehr alt,* aber da sie sich so über den Scherz freute, tat Urs ihr den Gefallen und stieß schnaubend Luft durch die Nase aus, um ein unterdrücktes Lachen anzudeuten. Unterhaltungen mit Deike waren nie sehr geistreich, sie war halb so alt wie Urs und schwatzte meist über Schultratsch oder Popmusik, aber sie war gut im Bett oder wo sonst die beiden Gelegenheit hatten, sich zu treffen. Sie hatte hübsche braune Locken, eine Stupsnase, volle Lippen und kleine Hände mit abgekauten Fingernägeln; ihr Gesicht und ihr ganzer übriger Körper war mit Wundschorf bedeckt, aber das war nichts Ungewöhnliches zu einer Zeit, da jeder Dritte an einer Umweltallergie litt.

»Glibber«, schimpfte sie ärgerlich, ein Begriff, der entstanden war, als der Rhein sich über eine weite Strecke in eine zähflüssige, tranigriechende Götterspeise verwandelt hatte — kaum eines der wenigen zu dieser Zeit dort noch existierenden Tiere hatte es vertragen, lebend in Aspik eingelegt zu werden — und der soviel wie ›Langweiler‹ bedeutete.

Anja kam mit ihrer Freundin Sibylle vorbei, die Urs zunickte, während Anja tat, als hätte sie ihn nicht gesehen.

»Kennst du sie?« fragte Deike.

»Flüchtig«, antwortete er. »Ich habe ein-, zweimal mit ihr geschlafen, nichts Ernstes. Sie heißt Stephanie. Oder Susanne?«

»Na, meinetwegen«, sagte Deike. Schließlich war Urs auch nicht der einzige Mann in ihrem Leben.

Sie stand auf, ließ das Buch auf die Sitzfläche des Stuhls fallen, nahm Urs bei der Hand und zog ihn zur Treppe.

Die Stufen führten in den Keller, wo sich die Toiletten befanden. Die Klimaanlage arbeitete leidlich; hier war es sogar noch zwei oder drei Kelvin kühler als in den oberen Räumen. Sie hatten sich die Arme um die Hüften gelegt, und als sie die Herrentoilette betraten, die, wie Urs sich vergewissert hatte, leer war, lehnte Deike sich gegen die Tür, umfaßte mit beiden Händen seinen Nacken und zog ihn an sich, worauf er begann, ihren Bauch und ihre Brust zu massieren, während ihr Unterkörper im Takt gegen seinen stieß.

»Nicht!« preßte sie abwehrend hervor, als er versuchte, ihr den Burnus über die Hüften zu schieben. »Nicht … nicht ohne Gummi.«

Mit einer Hand zog er ein Kondom aus dem Automaten neben der Tür, der daraufhin schnarrend Anmerkungen des Gesundheitsministers zum besten gab, mit der anderen drängte er sie in eine der Kabinen. Das Schloß schnappte, und kurz darauf bog sich die dünne Kabinentrennwand mit beharrlichem Knarren hin und her.

Urs stand mit dem größten Teil der Hörer im Freien, dennoch war der Hörsaal randvoll. Ein böiger Nachmittagswind wehte, so daß kein Hitzeflimmern die Sicht trübte, aber die RGB-Kanone, die die Bilder der Vorlesung an eine weißgestrichene Wand warf, war falsch justiert, weshalb der Anschrieb dreimal, in Rot, Grün und Blau, leicht gegeneinander verschoben projiziert wurde und kaum zu lesen war. Das Thema war die rückstoßfreie Kernresonanzabsorption von Gammastrahlen; Urs hatte Kopien von Unterlagen eines Praktikumsversuchs zur Kernresonanzfluoreszenz, daher wußte er genug davon, um von dem lauen Vortrag gelangweilt zu sein.

Ein Eisverkäufer schob einen Wagen voller Himbeer- und Zitroneneis und gekühlter Limonade über den Vorhof. Urs erstand eine Flasche Sonnenmilch, trug sich in die Anwesenheitsliste ein und beschloß, in eines der Kinos zu gehen, in denen um diese Zeit bereits Filme gezeigt wurden.

Zwei der Filme hatten schon angefangen, bei einem dritten war gerade der Werbeblock vorüber, so daß er einen Zuschlag hätte zahlen müssen, also sah er sich den vierten an, einen uralten Schwarzweißstreifen mit Judy Garland, in einer computermodernisierten, also auf Softporno getrimmten Version, eingefärbt natürlich, resynchronisiert und an entscheidenden Stellen retuschiert oder mit neuen, simulierten Szenen versehen.

Wer kennt nicht das Gefühl, irgend etwas Wichtiges vergessen zu haben, dringend benötigte Notizen, das Abschalten des Kaffeeautomaten vor einer Reise, und nun die Erwartung, bei der Rückkehr für jeden Tag den Inhalt einer pünktlich zum Aufstehen gebrühten Tasse Kaffee auf dem Küchenfußboden zu finden, — und so ging es jetzt auch Urs, der kurz vor Mitternacht in der Straßenbahn saß, und mechanisch seine Taschen abtastete.

»Hast du deine Fahrkarte vergessen?« fragte jemand und ließ sich auf den Sitz neben ihm fallen. Sie war blond, ganz in schwarze Tücher gehüllt und trug über jeder Schulter eine lachsfarbene Korallenkette, über Brust und Rücken gekreuzt.

»Du hast wohl die beiden letzten Jahre hinter dem Mond gelebt?« fragte Urs verblüfft. Fahrkarten gab es nicht mehr.

»Nicht ganz«, lachte sie. »In Afrika. — Ich heiße Truus.«

»Urs«, erwiderte er, und begann zu erklären. Wie jedem anderen Bürger war ihm seine Persönlichkeitsnummer unsichtbar, computerlesbar und fälschungssicher an verschiedene Stellen seines Körpers tatuiert worden. Er lächelte, weniger aus Höflichkeit, mehr über eine plötzliche Eingebung. »In die Daumen«, zählte er auf, »über der Nasenwurzel, in das rechte Ohrläppchen und den linken Oberarm.« Nacheinander berührte er ihre Fingerspitzen, die Stirn, die Ohrmuschel und die Schulter.

Sie strich sich eine Haarsträhne hinter das rechte Ohr.

»So mußt du in öffentlichen Verkehrsmitteln beim

Ein- und Aussteigen nur deinen Daumen auf den Entwerter drücken. Der Leser wird traditionell so genannt. Du mußt doch auch tatuiert sein, sonst wärst du gar nicht hier im Wagen. Haben sie dir das bei der Einreise denn nicht erklärt?«

»Ach, ich habe ein Faltblatt bekommen. Aber ich spreche nicht so gut Deutsch. Wie funktioniert das alles?«

Sie sprach besser Deutsch als so mancher Einheimische, fast ohne Akzent, und Urs war sicher, daß sie sehr genau Bescheid wußte. »Abfahrts- und Ankunftsort werden sofort an den Zentralrechner der jeweiligen Verkehrsbetriebe weitergeleitet«, zitierte er dennoch die üblichen Erläuterungen. »Dort liegt eine Bankabbuchungsermächtigung oder, um Buchungsgebühren zu sparen, ein eigenes Konto vor, so daß der Fahrpreis augenblicklich entrichtet werden kann.«

»Und wenn kein Geld da ist?«

»Wenn das entsprechende Konto leer ist — oder wenn es während der Fahrt zur nächsten Station überzogen werden würde —, fordert das Fahrzeug die betroffene Person unter Androhung einer entsprechenden Strafe auf, umgehend auszusteigen.«

»Wie wird denn sichergestellt, daß die Daten, die sich so ansammeln, nicht mißbraucht werden?«

»Der Zugriff auf die Daten, die größtenteils sowieso wieder gelöscht werden, ist nur den Polizeibehörden erlaubt. Das alles ist gesetzlich geregelt und bedarf, außer in Berlin, der richterlichen Anordnung; ein Mißbrauch ist also völlig ausgeschlossen.«

»Ich verstehe. Und wonach suchst du dann?«

»Oh, nach der vorgeschriebenen Waffe.« Wieder tastete Urs seine Taschen ab, und natürlich fühlte er sofort unter der Kleidung die kleine Kette und zog das Sprungmesser, das daran hing, hervor. Mit einem harten Schnappen fuhr die Klinge aus dem Griff. »Wenn man ohne ausreichende Selbstverteidigungsmaßnahmen — Präventiv-Ausrüstung, wie es heißt — nach zehn Uhr abends die Wohnung verläßt, ist es selbstverständlich, daß die Krankenkassen nicht für Schäden aufkommen können, die durch einen Raubüberfall verursacht werden.« Er betrachtete Truus. Oder durch eine Vergewaltigung, was das angeht, dachte er. »Verletzungen, die durch Rowdytum entstehen, sind durch die gesetzliche Krankenversicherung ohnehin nicht abgedeckt, so daß eine Waffe grundsätzlich sehr nützlich ist.«

»Oh«, sagte Truus und stand auf, »ich muß hier aussteigen, Tschüs!« Sie drückte den Daumen auf den Entwerter und stieg aus.

Sofort ritzte Urs mit der Spitze seines Messers die Buchstaben- und Ziffernfolge, die er auf der Anzeige des Lesers gesehen hatte, in den Lack neben seinem Sitz. Dann durchsuchte er seine Taschen nach Papier und Bleistift, um Truus' Persönlichkeitsnummer zu notieren.

An der Haltestelle nahe der Universität stieg er aus. Die Drehtür am Haupteingang ließ ihn, nachdem sie seinen Daumen inspiziert hatte, ein, und gleich dahinter mietete er auf dieselbe Art und Weise ein City-Bike, mit dem er zu einem großen Hörsaal im Westen des Universitätsgeländes fuhr. Dort stellte er das Rad ab, gab es durch Daumendruck, der klickend das Lenker- und Speichenschloß einrasten ließ, frei und ging zu Fuß in nordöstlicher Richtung zum biomedizinischen Institut, vor dem wie verabredet der Kommilitone wartete, dem Urs seinen Schlafschein geliehen und der damit gerade anderthalb Stunden in einem Seminarraum verbracht hatte. Er gab Urs den Schein, nahm seine Quittung entgegen und ging, die Hände in den Taschen vergraben, eilig davon; er wollte das Gelände auf dem kürzesten Weg verlassen, andernfalls mußte er mit Exmatrikulation rechnen, wenn die Universitätspolizei ihm auf einem Patrouillengang begegnete.

Urs hatte keineswegs vor, den Schein dazu zu benutzen, in dieser Nacht auszuruhen, obwohl er es dringend nötig gehabt hätte. Vielmehr brauchte er ihn nur, um sich legal in dem Institut aufhalten zu können, das er jetzt betrat. Als er die erste Nachmittagsvorlesung — pathologische Anatomie — nach einer halben Stunde verlassen hatte, um über den Telefondienst die Verabredung wegen des Schlafscheins zu treffen, hatte er durch einen puren Zufall beobachtet, wie ein Tierpfleger die Codenummer der Tür zum Katzenhaus eintippte. Es war merkwürdig, daß die Tür durch ein so primitives Schloß gesichert wurde, während in jedem Zugabteil ein Leser installiert war, aber es kam Urs jetzt zugute. Die Codenummer war vierstellig, und sie würde, das wußte er, wie jede Woche am folgenden Tag geändert werden. So mußte er die Gelegenheit in dieser Nacht nutzen, die sich ihm bot, da er die drei letzten Ziffern erkannt hatte.

Er fuhr mit dem Aufzug — Treppen ins Kellergeschoß gab es nicht — nach unten, bog nach rechts ab, den Korridor entlang, und blieb vor der Tür stehen, hinter der sich die Käfige mit den Versuchskatzen befanden und die ein Schild mit der Aufschrift ›Katzenhaus‹ trug. Nach drei Fehlversuchen würde das Schloß automatisch für fünf Minuten gesperrt werden. Selbst wenn er alle zehn Kombinationen für die erste Ziffer durchspielen mußte, würde er die Tür in einer Viertelstunde geöffnet haben.

Urs glaubte gesehen zu haben, daß die erste Ziffer in der rechten Reihe der Zwölferblocktastatur lag. Er gab 9-4-9-1 ein, das Schloß piepste, und auf der LED-Anzeige erschien ein E, das die falsche Eingabe meldete. Er versuchte es mit, 6-4-9-1, und die Tür glitt zischend zur Seite. Ein scharfer Geruch und das Miauen Dutzender von Katzen drang heraus. Urs schlüpfte schnell hinein und schloß die schallisolierte Tür hinter sich.

Das ›Katzenhaus‹ bestand nur aus einem einzigen,

riesigen Kellerraum. Die Katzen aber interessierten Urs nicht; es war ein Fehler, daß er seine Beziehungen nach Italien nicht weiter ausgebaut hatte, und er nahm sich vor, das möglichst bald zu ändern. Er durchquerte den Raum und trat durch eine unverschlossene Tür. Hier fand er, was er suchte: an den Wänden aufgereiht in langen Kolonnen Käfige. Käfige voller weißer Ratten. Der Gestank von Desinfektionsmitteln überdeckte fast den Geruch des Rattenkots. Urs schaltete das Licht ein und zog einen zusammengefalteten Plastikmüllsack aus der Tasche. Hier und da war ein Scharren und Rascheln von Pfoten oder Schwänzen in der Streu zu vernehmen, sonst war nichts zu hören als das Jammern der Katzen.

Fasziniert betrachtete Urs ein paar riesige Ratten, groß wie junge Schweine, die offenbar mit Wachstumshormonen behandelt worden waren. Sie würden mit Sicherheit einen hübschen Braten abgeben, dachte er grinsend, aber bei ihrer verdächtigen Größe schwerer abzustoßen sein als die Katzen im Nebenraum.

Urs nahm ein Paar der herumliegenden Schutzhandschuhe, streifte es über und öffnete einen der Käfige mit den normal aussehenden Tieren. Er packte eine Ratte beim Schwanz und schlug ihren Kopf gegen die Kante eines der steinernen Labortische. Sie stieß einen Pfiff aus, und er wiederholte den Schlag. Er steckte sie in den Müllsack, dann begann er, den Sack systematisch zu füllen.

Fröhlich summend verließ Urs das Institut, etwa dreißig Ratten im Sack. Das Fleisch wurde auf dem Schwarzmarkt ebenso teuer gehandelt wie Huhn. Jetzt mußte er nur den Patrouillen ausweichen.

Der Vollmond leuchtete trüb hinter den Wolken. Urs bildete sich ein, einen bläulichen Schimmer von der künstlichen Haut, die ihn umgab, zu erkennen. Es sah aus, als ob es bald regnen würde. Ein großartiger, ein erfolgreicher Tag.

Mit einem leisen Knall riß der Plastiksack, durch das

Gewicht der Tiere oder durch ihre scharfen Krallen. Quiekend quetschte sich eine Ratte durch den Riß, dann noch eine und eine dritte. Urs setzte die Last ab und hielt rasch das Loch zu, dann dichtete er es ab, indem er das untere Ende des Sacks zusammendrehte und einen Schnürsenkel darum band. Verärgert sah er sich um, die entflohenen Ratten aber waren nirgendwo zu sehen.

Vier Jahre später zeigte der neue volksbezogene Vaterlandsbegriff Wirkung, und es traten endlich gleichzeitig Oberschlesien; die Neue Wolgadeutsche Republik und Großostpreußen der Bundesrepublik Deutschland bei. Damit erhielten die Einwohner dieser Gebiete die deutsche Staatsbürgerschaft, und so war es naheliegend, daß viele von ihnen von der grundgesetzlich zugesicherten Freiheit der Wohnungswahl Gebrauch machten und in die westlichen Gebiete der 21 alten Bundesländer abwanderten, da sie sich von der dort vorhandenen Infrastruktur ein besseres Leben erhofften. Ein Problem dabei war, daß es nicht genügend Wohnungen gab, unter denen sie hätten wählen können.

In der ersten Zeit nach dem Beitritt siedelten beinahe drei Millionen Menschen um. Natürlich versprach die Bundesregierung Arbeitsbeschaffungsmaßnahmen und verstärkten Wohnungsbau, aber außer dem sogenannten ›Begrüßungsgeld‹ bemerkten die Umsiedler davon nur wenig. Sie landeten in Auffanglagern, die aber schon in den ersten Tagen nicht mehr in der Lage waren, irgend etwas aufzufangen; die Unterkünfte platzten aus den Nähten, und die darin lebenden Menschen ergossen sich in die Umgebung. Viel zitiert wurde Bundeskanzler Späths Äußerung: »Wenn das Volk auch kein Brot hat — für seine Sicherheit ist gesorgt«, vier Monate vor Ausbruch der Mehlunruhen.

Eine neuartige viröse Infektionskrankheit des Zentralnervensystems war in den letzten Jahren in der Bundesrepublik ausgebrochen, die zu Gehirnhautentzün-

PORSCHKA '87

dung führte, eine Rabies-Variante, die durch eine Mutation eines Rhabdovirus verursacht wurde. An einem Stamm abgeschwächter Viren zur aktiven Immunisierung durch Schutzimpfung wurde bisher vergeblich gearbeitet. Nach einer Inkubationszeit von einem halben Jahr traten als erste Symptome Kopfschmerzen und leichtes Fieber auf, begleitet von Beklemmungsgefühl und Angstzuständen. Nach anfänglicher Niedergeschlagenheit wurden die Kranken reizbar; schon geringfügige Anlässe wie der Anblick von Wasser genügten, um heftige Schluckkrämpfe auszulösen, weshalb die Infizierten oft als ›Schlucker‹ beschimpft wurden. Sie neigten zu immer stärkerer Benommenheit, worauf ein Lähmungszustand und danach innerhalb von achtundvierzig Stunden der Tod folgte. Der Begriff Tollwut wurde angestrengt vermieden.

Wegen der langen Inkubationszeit wurden viele Menschen durch Speichel-Blut-Kontakt angesteckt, wenn auch der Fall alimentärer Infektion durch den Verzehr der frischen Kadaver kranker Tiere zu Anfang wesentlich häufiger war, wobei die Tiere selbst untereinander das Virus vor allem durch Bisse und durch das Lecken an Wunden übertrugen.

Kaum jemand wußte, daß die ersten menschlichen Träger der Krankheit infiziert worden waren durch den Genuß verseuchten Fleisches von Ratten, die auf ungeklärte Weise aus dem Labor einer Universität verschwunden waren. Obwohl der oder die unbekannten Täter dabei einen Wachmann erstochen hatten, konnte die Sache vertuscht werden und unterlag der Geheimhaltung, da die Versuche im Auftrag des Verteidigungsministeriums unternommen worden waren. Doch das war nicht weiter von Bedeutung. Was dagegen eine Rolle spielte, war, daß mehr als zwei Millionen Menschen infiziert waren, die in den Straßen dahinsiechten oder in Krankenhäusern vegetierten und notdürftig am Leben erhalten wurden, soweit das möglich war. Aber auch diejenigen, die nicht medizinisch versorgt wurden, starben nur langsam, anderthalb Millionen Infizierte waren noch am Leben. Der Tod der anderen war nur ein Tropfen auf den heißen Stein angesichts der Neubürgerschwemme, wie auch nur noch wenige Ausländer im Land lebten, die durch die Maschen der Nichtdeutschen Rückführungsregelung geschlüpft waren, so daß deren Verschärfung kaum etwas zur Lösung des Problems beitragen konnte.

Selbst in den letzten sozialistischen Staaten der Welt erlebte die Volkswirtschaft einen ungeheuren Aufschwung, da ineffiziente Arbeitskräfte durch Handhabungsautomaten ersetzt werden konnten, wobei der Kaufkraftschwund vernachlässigbar war. Das bedeutete die endgültige Abkehr von Marx' Arbeitswertlehre, nach der eine Maschine keinen Wert hinzufügen kann, da sie lediglich die Arbeit, die in ihre eigene Herstellung investiert wurde, in den Arbeitsprozeß zurückführt. Währenddessen wurden in Deutschland die Arbeitsplätze so knapp, daß die meisten Leute beinahe mehr Arbeitslose kannten, als die offizielle Statistik auswies, was ebenfalls zu einem ungewöhnlichen Wirtschaftsaufschwung führte. Es war eine simple Anwendung des Prinzips von Angebot und Nachfrage, da die Arbeitgeber nun Löhne und Arbeitsbedingungen völlig frei festlegen konnten. Und bald begann sich eine Wohnraumnot abzuzeichnen.

Urs entschloß sich, auszuwandern.

»Wußten Sie, daß die erste Reise zum Mond mit der Apollo-8-Rakete im Jahr 1968 noch fünf Tage gedauert hat?« Der Mann, der neben Urs im Shuttle saß, war eine Witzfigur, von der niemand glaubt, daß sie existieren kann, bis er sie trifft. Seine Äuglein über den Pausbakken, seine nach oben strebenden Nasenlöcher bescherten ihm ein schweinchenhaftes Äußeres. Nachdem er vergeblich versucht hatte, mit Bemerkungen über das

Wetter (das heiß war) und das Reisen im allgemeinen (das er gar nicht mochte) Urs zu einem Gespräch zu verleiten, spielte er jetzt die Kenntnisse aus, die er einer kleinen Vierfarbbroschüre entnommen hatte. Nervös zerdrückte er sie zwischen den Fingern.

Als Urs schwieg, fuhr er fort: »Nachdem sie die Erdanziehung überwunden hat, ist sie einfach antriebslos auf den Trabanten zugefallen. Jetzt ist der Raumantrieb der *Bavaria* über den Mößbauer-Birken-Effekt ein Kinderspiel, und mit der Antriebsenergie kann verschwenderisch umgegangen werden, da die Reaktorsicherheitsvorschriften im All weniger ernst genommen werden als auf der Erde.«

Urs konnte der Versuchung nicht widerstehen: »Also überhaupt nicht«, warf er ein.

Der Mitreisende schnappte sofort nach diesem Bissen: »Der Flug über eine Strecke von einer Lichtsekunde dauert nur ein paar Stunden, stellen Sie sich das vor, nicht länger als eine Zugfahrt von London nach New York.« Nachdenklichkeit vorgebend machte er eine Pause, jetzt, wo Urs mit ihm gesprochen hatte. Sinnierend fuhr er fort: »Aber wie der Fußmarsch zur Bushaltestelle und die Wartezeit oft länger dauert als die Busfahrt selbst, so macht auch hier der eigentliche Flug nur einen Bruchteil der Reisezeit aus, davor kommt tagelange Quarantäne, der Transport mit der Fähre in die Orbitalstation und das Umsteigen in die *Bavaria.*« Als ob das nicht jeder andere in der Fähre ebenfalls gewußt hätte. »Aber billig ist es ja nicht, meine Herrn.« Seine Kleidung ließ eher darauf schließen, daß er sich auch einen Erste-Klasse-Flug hätte leisten können.

»Ach«, sagte Urs obenhin, »ich habe mir durch Schwarzmarktgeschäfte ein ansehnliches Polster zurückgelegt.« Tatsächlich hatte es ihm der Schwarzhandel, der nach Beendigung seines Studiums seine einzige Verdienstquelle bildete, ermöglicht, in relativ kurzer Zeit die Passage zu finanzieren. Es schien ihm nicht riskant, das zuzugeben, denn die Wahrheit ist oft die beste Lüge, und er hatte Erfolg damit: der Mitreisende zeigte sich schockiert, zog sich zurück und schwieg.

Urs döste vor sich hin und erinnerte sich …

»… mit Anna«, sagte Truus wütend. Sie lag neben Urs auf einer Schaumstoffmatte, die zusammen mit drei Hochbetten, einem Butangas-Campingkocher, zwei Kühlschränken, einem halbvollen Wassersack und zahllosen Pappkartons die Einrichtung der Wohnung bildete, die sich Truus mit zwei Kolleginnen teilte, von denen eine Anna hieß. Eigentlich bestand die Wohnung nur aus einem halben Zimmer, das insgesamt vier mal sechs Meter maß und der Länge nach durch ein Wäscheseil geteilt war, an dem Fahnen aus Zeitungspapier hingen. In der anderen Hälfte lebte ein Paar mit drei Kindern. Die Tür und das Fenster, jeweils an gegenüberliegenden Schmalseiten des Raums, wurden von beiden Parteien genutzt.

»Das bildest du dir ein«, antwortete Urs. »Ich habe sie nicht einmal angesehen.«

»Ich weiß, was ich weiß.«

Fenster und Schlagläden waren geschlossen, aber es war heiß und schwül. Durch die Lüftungsschlitze der Läden fallendes Licht schnitt vier gleißende Pyramidenstümpfe aus der Luft, in denen Glitzerstaub wirbelte.

Truus trug einen weißen leinenen Brustlatz und weiße Shorts, die ihre karamelbraune Haut noch dunkler erscheinen ließen. Die Arme hatte sie hinter dem Nakken verschränkt. Schweiß hatte sich in ihrem Nabel gesammelt.

Urs stützte sich auf den Ellbogen und betrachtete sie. Er tauchte den Zeigefinger in den kleinen Salzwassertümpel und hob ihn eine Handbreit. Zwei Tropfen fielen von seiner Fingerspitze.

»Laß«, sagte Truus und wandte sich von ihm ab. Er stellte sich vor, wie ein dünnes Rinnsal über ihre Bauchdecke lief, auf den Schaumstoff tropfte und augenblicklich versickerte.

»Du suchst doch nur Streit, weil du nicht mitkommen willst«, warf Urs ein, um von dem unangenehmen Thema abzulenken. »Nur weil angeblich dein Urgroßonkel einem Holsteinischen Herzog die Stiefel geleckt hat ...«

»*Allerdings* denke ich nicht daran, die Vorteile meiner gerade erst erworbenen neuen Staatsbürgerschaft wieder aufzugeben. Die Arbeit. Die Wohnung. Und ich kann nachweisen, daß ich deutsche Vorfahren habe.«

»Das können doch wohl alle Buren.«

»Wenn schon. Glaubst du, es ist mir leicht gefallen, Durban zu verlassen? Aber seit diese Neger an der Macht sind, herrscht das reinste Chaos. Sie sind völlig unzivilisiert. Wir haben eine zweitausendjährige Kultur mitgebracht, wir waren es, die das Land aufgebaut haben, die es zu dem gemacht haben, was es heute ist ... bis heute war. Und jetzt müssen wir nicht nur in denselben Läden einkaufen wie diese Affen, sie werden sogar noch vor uns bedient, wenn sie vorher gekommen sind!«

»Der Neger hat eben eine gänzlich andere Mentalität, nicht wahr.« Sie war sich nicht im klaren darüber, ob das sarkastisch gemeint war, und schwieg.

Urs fuhr mit dem nassen Finger ihren Rücken entlang, von einem Hügel der Wirbelsäule zum nächsten, und richtete dabei feine, goldenen Härchen auf, die an ihrer schweißfeuchten Haut klebten.

»Faß mich nicht an!« rief sie abwehrend und wand sich unwillig.

Er strich mit der Hand über ihre Hüfte, fuhr mit dem Daumen in den Bund ihrer Shorts, öffnete Knopf und Reißverschluß.

Sie schlug nach seiner Hand, stieß »Hör auf!« hervor, doch zu spät, er wollte nicht mehr aufhören. Er packte ihre Schulter und warf sie herum, fesselte ihre Beine mit dem Knie; zog sie unter sich, zwang sie mit seinem Körper nieder. Sie schrie: »Nein!«, immer wieder: »Nein!«, aber er störte sich nicht daran.

Jemand schlug von der anderen Seite gegen den Zeitungsvorhang; eine Männerstimme rief: »Ist jetzt bald Schluß mit dem Lärm! Nicht mal am Feierabend hat man seine Ruhe.«

Urs erstickte ihre Schreie mit der Hand.

Ein Säugling begann zu weinen, und die Stimme fragte leise: »Hast du schon einen Schluck Bier in seine Milch ...?« Dann war ein Klicken zu hören und laute aufdringliche Begleitmusik eines Fernsehkrimis.

Urs gab Truus' Mund frei, und sie schrie wieder. Er zerrte ihr Shorts und Slip auf die Knöchel, zog dann seine eigene Hose herunter, während Truus sich wand und schrie und um sich schlug.

Ein loser Fetzen Tapete geriet ihr zwischen die Finger, er riß mit einem Geräusch ab, das wie ein schmerzhaftes Kreischen war.

Ein Schlüsselbund scharrte am Türschloß, das Zeitungspapier raschelte, und Anna trat ein. Sie ging zu einer der Kisten, die an der papierenen Zwischenwand aufgestapelt waren, und begann darin zu wühlen. »Laßt euch nicht stören«, sagte sie. Sie nahm einen grauen Stoffbeutel heraus, kramte darin und schwang ihn über die Schulter. Sie wandte sich ihnen zu, sagte lächelnd: »Bin schon wieder weg«, und ging.

Schwer atmend wälzte Urs sich auf die Seite. Truus weinte; Tränen liefen ihr über die Wangen. Sie hockte sich auf und begann, mit den Fäusten auf seinen Brustkorb einzuhämmern. Halbherzig wehrte er die Schläge ab.

»War es denn nicht schön?« fragte er und lachte.

Sie kroch rückwärts in eine Ecke, preßte die Beine an den Leib und schlang die Arme darum: Lange, blonde Haare waren ein Schleier vor ihrem Gesicht.

»*Eruit*«, sagte sie wie betäubt. »Raus! Verschwinde!«

»Du siehst schlecht aus«, stellte Urs fest. Der Halbtonschirm der Telefonzelle zeigte alle acht Sekunden ein anderes Standbild.

»Danke, gleichfalls.« Truus sprach mit teilnahmsloser Stimme. Ihre Augen waren halb geschlossen, wie die eines Junkies; vielleicht hatte die Kamera sie beim Blinzeln erwischt. »So fühle ich mich auch.« Ihr Mund stand grotesk offen. Es sah aus, als müßte im nächsten Moment Speichel herausrinnen. »Zuerst schluckst du tagelang RU, dann jagen sie dir das Zeug mit Spritzen ins Fleisch.« Das Gesicht auf dem Schirm machte einen absurden Kußmund. »Du bekommst Krämpfe und Blutungen. Prostaglandin-Unverträglichkeit, sagen sie. Reden kannst du sowieso mit keinem, weil alle nur Französisch verstehen. Hier ist es ja strafbar.« Sie hatte den Kopf zurückgeworfen, ihre Haare hingen wie Rauchschwaden in der Luft. »Es lebe Étienne-Émile Baulieu! So geht es tagelang, eine Woche, zwei. Und dann ist es zu spät. Das Roussel-Uclaf wirkt nicht mehr, weil du zuviel ...« Sie schluckte. Ihre Lippen waren zusammengekniffen, und eine Geisterstimme sprach. »Du produzierst zu viel körpereigenes Progesteron, das die Wirkung des RU beeinträchtigt. Immerhin, es war den Versuch wert, aber jetzt müssen sie es auf die gute, alte Art machen. Sie saugen es ab.« Sie schniefte, den Kopf hatte sie abgewandt, so daß Urs ihr Profil sah, wieder mit geschlossenem Mund. »Wirklich, ich fühle mich nicht sehr gut.«

Urs ließ die Hand auf die Konsole des Telefons fallen. »Du kommst also nicht mit.« Wieder eine Feststellung, keine Frage.

Das Bild wechselte in diesem Augenblick, und sie sah ihm zum erstenmal direkt in die Augen. »Nein«, sagte sie, »ich komme nicht mit.«

... daß er sich daran erinnerte, zeigte, daß es ihn doch mehr störte, als er angenommen hatte. Andererseits hatte Truus nur noch ein paarmal mit ihm geschlafen, nachdem er sie vergewaltigt hatte, und als sie festgestellt hatte, daß sie schwanger war, überhaupt nicht mehr. Und Anna war kurz darauf nach Büsum umgezogen.

So hatte Urs seit über einer Woche keine Frau mehr gehabt; deshalb stand er jetzt in der Toilette des lunaren Raumhafens und befriedigte sich selbst. Aber er hatte sich noch nicht an die geringe Schwerkraft gewöhnt, so daß er, als er ejakulierte, statt die Schüssel zu treffen, den aufgeklappten Deckel bespritzte.

Am Waschbecken hielt er die Hand unter den Seifenspender, der sofort eine Portion abschied. Die Flüssigseife sah aus wie das Sperma, das jetzt an der Toilette klebte, und sie hatte auch dieselbe Konsistenz. Angeekelt spülte Urs sie ab.

Er mußte sich unbedingt sein Zimmer ansehen. Mit seiner Arbeit in der Wartung des städtischen Reaktors war nicht nur ein ansehnliches Gehalt verbunden, sondern auch freie Kost und Logis. Noch hatte er keine Gelegenheit gehabt, sein neues Zuhause aufzusuchen — zahlreiche Formalitäten waren zu erledigen gewesen, und er hatte das Hafengebäude noch nicht verlassen können —, aber er wußte, daß der Raum mehr als zwölf Quadratmeter maß. Das waren über fünfundzwanzig Kubikmeter, und Urs lief bei der Vorstellung ein wohliger Schauer über den Rücken.

Aber das hatte Zeit. Er bemerkte, daß er hungrig war, und entschied sich, in das Raumhafenrestaurant zu gehen, um dort sein Mittagessen einzunehmen.

Am Ausgabeschalter bestellte er das Tagesmenü, das — es war Freitag — aus Fischfilet mit Beilagen bestand. Er bezahlte mit einem Daumendruck und nahm das Tablett in Empfang. Eigentlich war es nach Mondzeit noch zu früh zum Essen, und nur jeder zweite Tisch war, wohl meist von anderen Neuankömmlingen, besetzt. Urs wählte einen Platz, von dem aus er durch die dicken

Bleiglasfenster die karge Mondlandschaft betrachten konnte. Aber eine nahegelegene Kraterwand versperrte die Sicht. Die typischen harten Schatten, die er unwillkürlich mit dem Mond in Verbindung brachte, fehlten, da die neue Lufthülle das Sonnen- und auch das spärliche Erdlicht diffus streute.

Die Kartoffeln waren glasig, der Radicchio welk, aber da er das Essen bezahlt hatte und auch nichts anderes gewöhnt war, riß Urs die Metallfolie von dem Portionsdöschen Zitronenaroma, träufelte die Flüssigkeit gleichmäßig auf den Wels, den Zichoriensalat und die Kartoffeln und zwang sich, die Fächer des Kunststofftabletts zu leeren.

»So trifft man sich wieder.« Der Mitreisende aus der *Bavaria* hatte offenbar die Brüskierung, die er durch Urs erfahren hatte, überwunden und war entschlossen, die einmal geknüpfte Verbindung nicht abreißen zu lassen. Er deutete auf das Filet auf seinem Tablett. »Die Biester sind mit Menschen gekreuzt«, sagte er strahlend und setzte sich. »Darum werden sie fünf- oder zehnmal so groß wie normale Fische.«

»Sie kennen sich mit DNA-Rekombination aus?« fragte Urs und tat überrascht. »Ein Wachstumsgen, das menschliche Alpha-Interferon-Gen, glaube ich, wird in E-Coli-Bakterien eingeschleust, nicht?«

»Ja, ja.« Der andere war sichtlich verwirrt. »So ungefähr.« Krampfhaft suchte er nach einem harmloseren Gesprächsstoff. Er fand keinen und machte sich rasch über sein Essen her.

Draußen stellte ein Arbeitstrupp in orangefarbenen Overalls numerierte Plastikfähnchen in die trostlose Einöde, ohne erkennbaren Zweck. Eine dreiköpfige Familie ging vorbei, an ihrer silbrigen Kleidung und dem durch bleibesohlte Stiefel bedingten Waten unschwer als Touristen zu erkennen. Mit jedem Schritt wirbelten sie Staubwolken auf, die sich nur langsam setzten. Urs schnitt eine Grimasse. Er selbst hatte zwar auch noch einige Schwierigkeiten mit dem Gehen, aber auf die völlig unbrauchbare Methode, fehlendes Gewicht durch Masse zu ersetzen, würde er sicher nicht hereinfallen. Das Kind mochte etwa fünf Jahre alt sein; es hielt ein leuchtendgrünes Spielzeugtier im Arm.

Dann bemerkte Urs das Ziel der Drei, eine Schwebeseilbahn; dort warteten sie auf die nächste Kabine, um zu einer Aussichtsplattform am Gipfel des Kraterrands zu fahren. Urs stand auf und verließ, ohne seinen Tischgenossen zu beachten, das Restaurant, um ebenfalls die Aussicht zu bewundern, denn bisher hatte er vom Mond noch nichts gesehen.

Bevor er durch die Schleuse ins Freie trat, legte er seine Atemmaske an. Zwar besaß die künstliche Mondatmosphäre einen ausreichenden Druck, aber eines fehlte der Luft in entscheidendem Maße: Sauerstoff. Unhandliche Preßluftflaschen wären allerdings nicht erforderlich. Die Mondluft wurde durch ein Feinstaubsieb gereinigt, um den Mondstaub auszufiltern, und komprimiert durch ein Molekularsieb gepreßt, das den Stickstoff absorbierte und praktisch reinen Sauerstoff übrigließ. Die Maske wurde von einer Batterie betrieben, die wesentlich länger hielt, als es ein Vorratstank jemals konnte.

»... könnten wir gemütlich sitzen und uns erholen«, bemerkte die Frau gerade zänkisch und kaum verständlich hinter ihrer Maske, als Urs die Seilbahnstation erreichte, »aber, nein, der Herr muß ja ...« Sie brach ab, als sie Urs bemerkte, und es herrschte Schweigen, bis die Kabine kam. Eine Handvoll Touristen stieg aus, und die vier Wartenden nahmen ihre Plätze ein, nachdem sie die Kosten am Entwerter beglichen hatten.

Die Gondel der Seilbahn fuhr los. Das kleine Mädchen ließ ihren Plüschaffen am Schwanz vor dem Gesicht baumeln, das einen verwunderten Eindruck machte. Urs fragte sich, ob sie bemerkt hatte, daß ihr Steifftier viel langsamer pendelte als sonst. Er stellte sich vor, daß sie statt des Affen etwas anderes in der Hand hielt, und dieses Etwas spannte sofort den Stoff seiner Hose; er legte unauffällig die Hände darauf und schlug ein Bein über das andere. Das Mädchen hatte dem Affen ebenfalls eine Sauerstoffmaske übergestülpt. Sie kletterte auf einen Sitz und preßte die Hände und die Nase, soweit ihre Maske es erlaubte, gegen die Scheibe. So starrte sie während der vollen halben Stunde, die die Fahrt dauerte, mucksmäuschenstill das bizarre Panorama an.

Oben auf der Plattform befand sich eine Hochbetagtengruppe, die aber sofort in die Gondel stieg, um zurückzufahren. Urs ging ein paar Schritte und lehnte sich ans Geländer. Ein schneidend kalter Wind blies ihm in den Rücken.

Im Norden sah er, halb hinter dem Horizont, der von einem tiefvioletten Himmel der Polardämmerung überspannt wurde, das Hoyle-Observatorium. Es war benannt nach dem Begründer der Steady-state-Theorie, und erfüllte mit seinem riesigen optischen Teleskop die Aufgaben, für die Radioteleskope und die durch die trübe Luftsuppe der Erde vom All getrennten anderen Teleskope untauglich waren. Rechter Hand lag, wie unter einer Käseglocke, die Stadt, in der er arbeiten würde. Sie hieß, da die Einigung auf einen anderen Namen unmöglich gewesen war, ›Stadt Einst‹, obwohl schon vor ihr viele andere Städte auf dem Mond gebaut worden waren: Gagaringrad, Liberty City, Neu-Delhi (das einzige nach der Zerstörung des Regierungsviertels durch eine kleine Wasserstoffbombe, die indische Terroristen dem indischen Militär gestohlen hatten) und einige mehr. In diesem Augenblick flog, von Stadt Eins kommend, lärmend ein Hubschrauber vorüber, auf dem Weg zu dem gewaltigen Industriekomplex im Westen. Die Druckkuppel war ein Relikt aus der Zeit, als der Mond noch nicht von einer künstlichen Blase umgeben gewesen war, die die Luft wie ein gigantisches Präservativ am Entweichen hinderte. Es war kaum zu glauben, daß das erst ein paar Monate her war. Noch war die achtunddreißig Millionen Quadratkilometer große Mondoberfläche nichts als eine Staub- und Geröllwüste, aber bald würde sie von fruchtbarem Boden, Kraterseen und Kanälen, Wäldern, Wiesen, Feldern und Weiden, Fabriken und Städten bedeckt sein und damit das besiedelbare Gebiet der USA um mehr als das Vierfache übertreffen.

Was, dachte Urs zusammenhanglos, weiß der Affe vom Mond?

Das Mädchen hopste wie ein Laubfrosch von einer Seite der Plattform zur anderen. Sie hatte die einzig brauchbare Methode gefunden, sich in den nutzlosen Schuhen fortzubewegen.

»Oh!« rief sie plötzlich entzückt. »Der Mond!«

»Unsinn«, wies ihr Vater sie zurecht. »*Wir* sind auf dem Mond, das da ist die Erde.« Er kostete das Gefühl der Überlegenheit aus, das sein Wissen ihm verlieh, ein Gefühl, das so lange anhalten würde, bis dieses Wissen an eine Grenze stieß: »Die Zuckerwatte, das sind Wolken. Das Blaue ist Meer. Und das Braune ist das Land, siehst du, Alicia, da ist irgendwo Garmisch-Partenkirchen.«

»Oh!« sagte sie wieder und quietschte vergnügt. »Und wo bin *ich?*«

Urs drehte sich um. Tatsächlich schien über dem Pol die Erde aufzugehen, nur eine winzige Kuppe lugte über den Horizont. Dunkelgraue und senfgelbe Flecken deuteten unterhalb der Überreste der Eiskappe antarktische Schelfgebiete und einen Zipfel der südamerikanischen Steppe an.

»Papi«, fragte Alicia, »wie weit ist das?«

»Ziemlich ... ein paar Millionen Kilometer.« Unwillig.

»Ist das viel?«

»Mußt du immer Fragen stellen?« Barsch.

Urs ging ein paar Schritte auf die Erde zu. Obwohl es kalt war, stand Schweiß auf seiner Stirn.

»Mehr als tausend?« piepste das Kind zaghaft.
»Willst du wohl endlich still sein!«

Urs atmete heftiger. Kalter Schweiß rann ihm kitzelnd über den Rücken. Ein Schwindel überkam ihn, und er glaubte zu fallen. Konnte das an der geringen Schwerkraft liegen? Oder — war er infiziert? Ein Schlucker? Er spürte kaum erträgliche Hitze, fühlte sich wie von einem Korsett eingeschnürt. Keuchend sank er in die Knie.

»Mami, was macht denn der Mann da?«

Unsichtbare Stahlbänder legten sich um seine Schläfen und seinen Brustkorb, er starrte die Erde an und brach mit aufgerissenen Augen zusammen.

»Warum ist der Mann hingefallen?«

Die Frage, warum Urs hingefallen war, war leicht zu beantworten. Es war weder Rabies noch eine Folge mangelnder Schwerkraft, kein Defekt in der Sauerstoffmaske und auch keine Fischvergiftung, sondern eine Neurose. Entwickelt hatte sie sich fast drei Jahrzehnte lang auf der Erde, doch dort war sie nie zum Ausbruch gekommen, denn Urs war kein einziges Mal von so viel Platz umgeben gewesen, immer nur von engen Wänden oder Menschenmengen, oft von beidem.

»Natürlich ist die Neurose heilbar«, erklärte der diensthabende Arzt, »durch verhaltenstherapeutische Desensibilisierungsmaßnahmen, aber das ist zeit- und personalaufwendig — teuer, mit anderen Worten. Und dieser Patient hätte sich die Behandlung nie leisten können. Wesentlich günstiger ist es in einem solchen Fall, das erkrankte Organ zunächst zu isolieren und die weitere Behandlung durch die Verwertung des restlichen Körpers zu finanzieren. Diese Verfahrensweise ist durchaus üblich, und wenn sie auch von einigen uneinsichtigen Seiten, wie Sie wissen, heftig kritisiert wurde, so ist sie doch völlig legal.«

Ehe er fortfahren konnte, begann der Chefarzt zu

sprechen. Die Einzelheiten des Falls waren ihm nicht vertraut, die allgemeinen Anmerkungen wollte er sich jedoch nicht nehmen lassen: »Grundlage war ursprünglich das Baden-Württembergische Bestattungsgesetz sowie ein Erlaß des Sozialministeriums von 1970, demzufolge Tote ohne Angehörige oder solche, deren Angehörige nicht ermittelbar waren — damals also gewöhnlich ›Nichtseßhafte‹ und ›Obdachlose‹ — in anatomischen Instituten für medizinische Zwecke verwendet werden konnten. Es bedurfte nur entsprechender Gesetzesvorlagen und einiger geschickter Musterprozesse, um diese Regelung auszudehnen: auf andere Bundesländer, das lunare Hoheitsgebiet, auf Personen, die Angehörige haben, auf noch lebende mittellose Patienten.« Ein paar einflußreiche Lobbyisten hatten genügt, aber das sagte der Chefarzt nicht, da er gerade mit einem Politiker sprach, der sich auf einer Informationsreise befand, und mit Sicherheit viele seiner Freunde aus Politik und Wirtschaft zu diesen Lobbyisten zu rechnen waren. Mit einem Blick warf er den Ball wieder dem Diensthabenden zu.

»Also wurde das Gehirn und das Rückenmark aus dem Körper geschält«, erläuterte der Arzt beflissen. »Nicht zuletzt dank eines Sedativums hatte er das Bewußtsein seit seinem Zusammenbruch nicht wiedererlangt, und dieser Körper wurde zerlegt, um die Unkosten der Klinik für die weitere Behandlung zu decken.

Augen und Haut waren in einwandfreiem Zustand, bei den Augen lohnt sich sogar ein Rücktransport auf die Erde, wo sie an einen zahlungskräftigen Patienten verkauft werden.«

Der Politiker nickte unbewußt. Er selbst hatte schon manches Transplantat erhalten.

»Organe wie Herz, Leber, die verbleibende Niere — eine fehlte leider bereits —, die Lunge usw. waren zweite Wahl und kamen in die örtliche Organbank, um den Bedarf von Kassenpatienten zu decken. Blut und Sperma erweiterten den Bestand der Blut- und Samenbank. Das Knochenmark dagegen ist so stark mit Strontium und Kobalt kontaminiert, daß es als Transplantat ungeeignet ist. Die Knochen werden also zermahlen und mit tierischem Knochenmehl vermischt, bis die zulässigen Grenzwerte unterschritten sind, um als Viehfutter in der Rindermast eingesetzt zu werden; das gleiche geschieht mit Muskel- und Fettgewebe. Der Darm ging an unser gentechnisches Labor, wo er als Ausgangsmaterial für Cloning-Experimente Verwendung findet.

So wird ein Gewinn erzielt, der die tatsächlichen Kosten für die weitere Aufbewahrung des Gehirns, dessen Lebenserwartung in isoliertem Zustand derzeit beinahe zwanzig Jahre beträgt, weit übersteigt und damit den Klinik-Etat ...« — er hörte das Räuspern seines Vorgesetzten, fing sich rasch und fuhr fort: »... der uns hilft, unser Finanzdefizit ein wenig zu reduzieren.«

»Das Gehirn«, sagte der Chefarzt und deutete auf eine Reihe hutschachtelgroßer, sechseckiger Behälter, »wird also in einen der Tanks gepackt, die Sie hier sehen. Er ist mit einer Siliziumverbindung gefüllt, das heißt mit einem bei Zimmertemperatur flüssigen Gas, wie es auch in der Kryogenik verwendet wird.«

»In der, äh ...?« fragte der Politiker, nicht so sehr aus wirklichem Interesse, sondern vielmehr, um überhaupt etwas zu sagen.

»Kältetechnik«, sagte der Chefarzt. »Also in diesem Fall das Einfrieren von Verstorbenen beziehungsweise unheilbar Kranken ... aber unsere kryogenische Abteilung werden Sie anschließend kennenlernen. Wie Sie sehen, wurde der Tank mit anderen seiner Art zu ausbaufähigen Waben angeordnet.«

»Ich hatte mir das Ganze eher als eine Art Aquarium vorgestellt«, bemerkte der Politiker. Die Tanks bestanden aus einem graugefleckten Plastikmaterial.

»Diese Ansicht wird oft vertreten, aber so etwas ist nicht erforderlich, denn das Gehirn selbst ist blind, und die Überwachung und Versorgung mit Nährstoffen, Energie und Information erfolgt über diese Schläuche hier.« Der Arzt deutete auf insgesamt vier bleistift- bis fingerdicke Zuleitungen.

»Wenn Sie mir nun bitte folgen wollen, Herr Bundeskanzler ...«, bat der Chefarzt.

Der Politiker und der Chefarzt verließen mit ihrem Gefolge den Kellerraum, und eine Krankenschwester schaltete das Licht aus.

So lag also das, was Urs ausmachte, das Organ, das den Primaten vom Invertebraten, den Houyhnhnm vom Yahoo unterscheidet, von pseudopsychologischen Seifenopern berieselt, 149 094 Stunden lang in seinem Tank.

Dann stellten die Instrumente den klinischen Gehirntod fest, druckten den Totenschein aus, leerten die Glasflüssigkeit in ein Recycling-System und kippten den Klumpen nutzlosen Nervengewebes zu den übrigen Operationsabfällen des Tages.

Copyright © 1993 by Achim Stößer
(Erstveröffentlichung)
Illustriert von Klaus Porschka

Eric Brown · England

KARACHO JOE UND DIE EPIPHYSE-ZEN-GLEICHUNG

Ich versenke gerade LSD-Drinks in der ›Supernova-Fixbar‹, als ich den Anruf bekomme. Vom Bildschirm auf meinem Handrücken aus glotzt mich Gassner an, seine Visage durch meine Venen zerfurcht. Gassner ist ein Weißer, fett und bleich wie eine Riesenmade, aber durch die Haut meiner Bangladeschi-Hand wirkt er wie ein Mulatte. Er ist ein rassistisches Schwein, und die Tatsache, daß er auf dem Handempfänger als Mischling erscheint, bringt mich immer zum Schmunzeln.

Ich mag Ironie; fast so sehr, wie ich Gassner hasse.

Jetzt murmelt er. Irgend etwas von jungen Junkies.

Er beäugt mich. »Bist du hinüber?« fragt er.

»Alles bestens«, lüge ich.

Er will mich in zehn Minuten sehen. Er hat Kundschaft. Verzweifelte Eltern, die den Beweis haben, daß ihre Tochter umgelegt wurde. »Das ist was Großes, Mädchen. Irgendeiner aus der Chefetage des Wringsby-Saunders-Konzerns. Beweg dich.« Am liebsten würde ich ihm sagen, er soll sich zum Personaband eines Kannibalen selbst einen blasen, aber ich widerstehe dem Drang. Vielleicht später, wenn ich genug Kies habe, um wegzufliegen. Noch bin ich sein Besitz, noch ist sein fettes Gesicht auf meinen Handrücken gestempelt, gleich einem Brandmal.

Aber jetzt ist es nur noch eine Frage der Zeit.

Ich bin seit Stunden weggetreten. Ich brauchte einen steifen Drink, um das zu vergessen, was ich vorhin getan habe. Mein Kopf ist tot, die Beine auch. Ich stolpere über herumliegende Körper wie auf einem Schlachtfeld, zum Teil von einem hilfsbereiten Androiden gestützt, und schaffe es, bis zum Lift zu kommen.

Draußen ist es Nacht, und die Menschenmengen füllen langsam die Straßen. Ich bahne mir frech einen Weg den überfüllten Gehsteig entlang und werde aus drei Gründen angemacht: Ich bin Telepath und Junkie — das geht Hand in Hand —, und ich passe mich der Masse nicht an. Ich gebe alles zu mit einem frechen »Ja, ja«, bei jedem, der sich beschwert, und steige auf den Rollboulevard. Eine Brise, früher mal eine frische, aber inzwischen vom City-Gestank verpestet, tut ihr Bestes, um mich wiederzubeleben. Ich fahre einen Block mit dem Boulevard und steige an der Dritten Avenue ab. Schon geht's mir etwas besser. Ich weiche den Straßenhändlern und Bettlern aus und steuere auf den Union-Turmkomplex zu.

»Bangladesch!« Der beinlose alte Mann, hingeplumpst neben dem Eingang wie ein Müllsack, grinst mich an. Wie macht er das bloß? Vor Jahren hat er sich die Augen ausgestochen, und trotzdem weiß er, wann ich komme. Vielleicht erkennt er mich an dem Duft meines Haaröls, oder sogar an meinem Intimgeruch. Man nennt ihn den alten Pete, und ich bin einer seiner Stammkunden. Ich stecke ihm Kreds zu, und er sorgt dafür, daß ich mit Kaugummi versorgt bin, wenn ich zu Gassner komme. »Schon nähergekommen?« fragt er.

Ich versuch's mit einer Sonde. Ich empfange nur Wirrwarr. Er ist abgeschirmt. Wir haben ein Spiel, er und ich. Er behauptet, er sei früher mal eine Berühmtheit gewesen, und ich muß raten, welche. Sein Gesicht kommt einem doch irgendwie bekannt vor, sieht man von der fehlenden Nase und den leeren Augenhöhlen ab. Er ist vor Jahren Buddhist geworden. Ist ausgestiegen und hat sich selbst verstümmelt, um der modernen Welt seine Ablehnung zu signalisieren. Ich frage mich oft, was es war, das ihn zu einer so extremen Handlungsweise getrieben hat. Vielleicht hat er die Erleuchtung gesucht. Oder vielleicht hat er sie gefunden. Wieder einmal gestehe ich ihm, nicht dahintergekommen zu sein, gebe ihm zehn Kreds und kaue Kaugummi im Lift.

Als ich im 33. Stock ankomme, fühle ich mich großartig. Hier oben liegt Gassners Büro, obwohl ›Büro‹ eine ziemlich hochgestochene Bezeichnung für seinen Arbeitsplatz ist. Es ist kaum mehr als ein Kämmerchen, ausgefüllt mit Batan II-Terminals, Link-ups und dem Teil von seiner schwammigen Masse, der nicht aus der Luke quillt. Ich trete ein, hellwach, mein Metabolismus pumpt Ersatz-Adrenalin. Anders darf er mich nie sehen. Er würde sich ins Fäustchen lachen, wenn er wüßte, wie mies ich mich als sein Sklave fühle.

Seine Fettpolster klemmen zwischen dem wandhohen Fenster und einer metallenen Schreibtischplatte, der Haube eines vor-Fusion-Automobils.

Er überfliegt Fall-Dateien, und sein Grunzen deute ich als Anerkennung der Tatsache, daß ich etwa drei Sekunden vor Ablauf der zehn Minuten angekommen bin. Das einzige Licht im Raum ist das silbrige Leuchten des Computermonitors. Ich klettere hoch und setze mich im Schneidersitz in die Hängematte, in der Gassner in den freien Stunden seinen Speck ausruht. Alle zehn Sekunden wird das trübe Helldunkel kurz von außen durch den eisblauen Strahl eines schlecht ausgerichteten Photon-Werbedisplays erhellt, welches mit seinen Stroboskopblitzen die Botschaft »Kauft Patel's Masala Dosa« unterschwellig in unsere Vorderhirne stanzt.

Ich nehme mein Ferrodem aus dem Etui und streife es über den Kopf. Alle Gedankenmuster in dem Gebäude, vorher bloß entfernte flackernde Kerzen, flammen augenblicklich schmerzhaft auf. Ich filtere die überflüssige Gedankenkulisse heraus, unterdrücke das gelegentliche Hirngeheul psychopathisch veranlagter Individuen, und versuche meinen Kopf zusammenzuhalten.

Gassner ist natürlich abgeschirmt. Es wäre taktisch unklug für jemanden, der einen Telepathen beschäftigt, mit offenem Kopf rumzulaufen. Ich bin ausgeschlossen, *persona non grata* in seinem Hirn. Es gibt Zeiten, da würde ich gerne meinen Meister lesen können. Dann wiederum bin ich manchmal froh, daß mir der Eintritt versperrt ist. Ich lese genug Irre im Laufe eines Tages; auch ohne daß Gassner seinen Kopf öffnet.

Sekunden später rollen Mr. und Mrs. Verzweifelt an.

Der Typ heißt Kennedy, und er spielt den Coolen. Ich würde lügen, wenn ich ihn als verzweifelt bezeichnen würde; auf der Richterskala der persönlichen Bestürzung würde man ihn kaum registrieren. Er kaut ›Djamba‹, um sich zu beruhigen, und trägt seinen gestrafften Körper mit einem gewissen Hochmut. Oder nennen wir's Arroganz. Unter dem einen Arm hat er den silbernen Umschlag mit dem Beweismaterial, unter dem anderen seine Frau. Sie ist Skandinavierin. Wunderschön unter besseren Umständen, aber Weinen hat eine verheerende Wirkung auf gutes Aussehen, und im Moment ist Mrs. Kennedy häßlich. Sie heult in ihr Taschentuch, und ich bekomme den Eindruck, daß Mr. Kennedy das Ausmaß des Kummers seiner Frau peinlich ist.

Sie setzen sich, während Gassner freundlich-höfliche Floskeln murmelt. Dann zeigt er mit dem Daumen auf mich. »Bangladesch«, sagt er. »Meine Assistentin.« Ich heiße Sita, aber nach der Invasion bekam ich den Namen meiner Nation aufgestempelt. Hier im Westen findet man's irgendwie niedlich. Ich bin bloß froh, daß ich nicht aus Bulgarien stamme.

Meine Anwesenheit über ihrem Kopf überrascht Mrs. Kennedy. Sie schenkt mir ein kurzes scheues Lächeln, dann sieht sie das Symbol der Telepathen auf meiner

Wange. Innerlich schreckt sie zurück; sie möchte ihren Kummer nach außen so wenig wie möglich zeigen. Ich sende beruhigende Gedanken, sage ihr, daß ich nicht die Absicht habe, in ihrer Privatsphäre herumzuschnüffeln — zumindest nicht allzusehr. Keinesfalls werde ich zu tief in dem Strudel ihrer von Angst gepeinigten Psyche sondieren; Leid, Schuldgefühle und Selbstmitleid brodeln da unten, und von diesen Emotionen habe ich selber genug, sogar unter besseren Umständen.

Was Mr. Kennedy betrifft ... er ist abgeschirmt, also verschwende ich meine Zeit nicht bei dem Versuch mit einer Sonde. Außerdem weiß ich schon genug über ihn; alles, was ich wissen will und sogar einiges, was seine kleine, in Oslo geborene dritte Frau nicht weiß.

Er schaut mich an, nickt, beobachtet mich gelassenen Blicks.

Ich zwinkere ihm freundlich zu.

Meine Anwesenheit ist jetzt reine Formsache. Gassner befragt sie, sie beantworten seine Fragen, und ich sondiere Mrs. Kennedy, um sicherzugehen, daß die Wahrheit gesprochen wird. Obwohl es eigentlich überflüssig ist. Mir war der Tathergang bekannt, schon bevor sie die Schwelle überquerten.

Becky Kennedy wurde heute morgen um zehn aus einem Fitness-Center in der Oberstadt entführt. Ihr Leibwächter wurde mit einer Neuralpeitsche unschädlich gemacht. Der Täter kam und ging so schnell, daß ihn der Leibwächter nicht gesehen hat. Um die Mittagszeit bekamen die Kennedys, die ängstlich auf ihrem Anwesen in der Vorstadt warteten, einen silbernen Umschlag per Nachnahme.

Kennedy schaut Gassner an. Er nickt. Kennedy legt den Umschlag auf den Schreibtisch, und während seine Frau erneut zu wimmern anfängt, entnimmt er ihm ein Hochglanzfoto. Ich beuge mich nach vorn. Es ist kein schöner Anblick. Das Bild zeigt ein junges Mädchen in einem Trikot, hingestreckt, mit einer häßlich großen

Schußwunde in ihrer jugendlichen Brust. Ihre leblosen Augen starren die Kamera an, voller Entsetzen.

»Kein Brief, oder irgendeine Anweisung?« schnauft Gassner.

Kennedy steckt das Foto wieder in den Umschlag.

»Nichts. Nur das hier«, sagt er, und ohne den geringsten Anflug von Bedrängnis in seiner Stimme, fügt er hinzu: »Glauben Sie, daß Sie meine Tochter finden können, Mr. Gassner?«

Mein Chef fingert an den Fettpolstern seines Nakkens. »Ich bin mir fast sicher, daß wir das können, Mr. Kennedy.«

»Innerhalb der Dreitagesfrist? Sie soll nächsten Monat mit der Intercontinental nach Wien. Wir möchten, daß sie es schafft ...«

Und Mrs. Kennedy bricht wieder in Tränen aus. Sie weiß, daß die Mehrheit der als vermißt gemeldeten Kinder nie gefunden wird, oder wenn, dann nach der Dreitagefrist. Trotz Gassners beruhigender Worte kann sie nicht daran glauben, ihre kleine Becky je wiederzusehen.

Gassner sagt: »Die Tatsache, daß der Entführer Ihrer Tochter Ihnen dieses Foto geschickt hat, deutet für mich darauf hin, daß dies keine gewöhnliche Entführung ist.« Damit meint er, daß Becky vielleicht doch nicht als Ehrengast bei einer nekrophilen Orgie enden wird.

»Ich glaube, Sie werden bald eine Lösegeldforderung für Ihre Tochter bekommen. Meine Detektei wird die Verhandlungen übernehmen. Zum Lösegeld käme noch mein Honorar dazu, in diesem Fall zwei Millionen Kreds.«

Kennedy winkt ab. »Bringen Sie mir nur meine Tochter zurück, Mr. Gassner, und Sie bekommen Ihr Honorar.«

»Ausgezeichnet. Ich bin froh, jemanden kennenzulernen, der zu schätzen weiß, wie gefährlich unsere Arbeit sein kann. Wir haben es mit kriminellen Psychopathen zu tun, Mr. Kennedy. Kein Betrag kann die damit verbundenen Gefahren völlig begleichen ...«

Aber zwei Millionen Kreds tun's auch, vielen Dank ... Zwei Millionen, die Gassner dringend braucht. Das Geschäft läuft schlecht in letzter Zeit, und Gassner kämpft verzweifelt, um seinen fetten Kopf in den rauhen Wellen des Big-City-Business über Wasser zu halten.

Er vereinbart, mit den Kennedys in Verbindung zu bleiben, und sie gehen. Ich springe runter, hocke mich neben die Luke und schaue ihnen nach. »Hast du alles?« keucht Gassner.

Ich nicke. »Alles, was ich brauche.«

Als ich gehen will, ruft mich Gassner zurück. »He — und wenn du die Leiche findest, bevor sie die Lösegeldforderung kriegen, dann weißt du, was du zu tun hast.«

Ich zwinkere, richte eine Kanone aus Fingern auf ihn, um zu zeigen, daß ich auf seiner Wellenlänge liege, aber seine Anweisung beunruhigt mich. Ob er was riecht?

»Ich fliege schon, Gassner«, sage ich.

»He, wie geht's Joe? Hab ihn lange nicht gesehen.«

Das Schwein weiß genau, wie er einen Tiefschlag landet. »Joe geht's gut«, lüge ich. Ich bete zu Allah, er möge mir die Kraft geben, Minestrone aus Gassners Hirn zu machen. Aber was soll's. »Ciao«, rufe ich, werfe ihm eine Kußhand zu und gehe.

Driften ...

Vor ein paar Monaten war ich gerade dabei zu driften, als ich Karacho Joe fand. Damals war er einfach Joe Gomez. Driften ... Das ist sowohl ein Gemütszustand als auch eine physische Handlung. Das eine ohne das andere geht nicht; beide sind irgendwie voneinander abhängig. Driften ... High werden auf seiner Lieblingsdroge, sich irgendein großartiges, unerreichbares Ziel vornehmen, und dann auf in die Nacht. Eine Weile auf den Rollboulevards fahren, neben den Spießern aus den sicheren Zonen der City, die unterwegs sind, um sich bei einem Streifzug durch die Slums aufzugeilen. Und wenn einem dann ihre kleinbürgerlichen Gedanken einfach zu viel werden, absteigen und die Nebenstraßen und Gassen aufsuchen. Ewig driften und die Zeit vergessen. Da unten gibt es für jeden etwas; sogar für mich.

Damals war ich ein kaputtes, neurotisches Wrack. Meine Vergangenheit war ein Zeitraum in meinem Kopf, den ich zu vergessen suchte, und meine Gegenwart war auch nicht gerade rosig. Eine Telepathin zweiten Grades, Eigentum einer fünftklassigen Ein-Mann-Detektei. Ich arbeitete zwölf Stunden täglich, und die Arbeit war schwer: Probieren Sie es mal aus, ein von Boshaftigkeit triefendes Hirn zu sondieren. Ich hatte noch zehn Jahre dieses armseligen Hirn-an-Hirn-Daseins vor mir, und zeitweise glaubte ich, es nicht länger ertragen zu können ... Falls ich die zehn Jahre überleben sollte, konnte ich die Detektei verlassen, mein Ferrodem ablegen und meine Psikräfte verkümmern lassen. Aber selbst dann würde mir immer bewußt sein, daß wir Menschen, als Rasse gesehen, nicht allzuviel taugen ... Also sah ich keine Hoffnung in der Zukunft, und die einzige Möglichkeit, die Gegenwart zu ertragen, war Kaugummi zu kauen und nur auf den nächsten Tag hin zu leben. Selbst da ließ ich mich gehen. Tagelang kam ich ohne Essen aus. Dick war ich noch nie, aber nach einer der Phasen, in denen ich nur arbeitete, driftete und hungerte, war ich nur noch Haut und Knochen, völlig ausgemergelt.

Aber irgendwie half das Driften. Es war ein Teil der tagtäglichen Routine. Mein Ziel? Sie werden lachen, aber man sagt, wer lange genug sucht, der findet. Und ich fand. Mein Ziel war *Jemand*.

Ich hatte keine Ahnung, wer. Manchmal bilde ich mir ein, daß ich Joe schon immer gesucht hatte; daß ich von seiner Existenz da draußen unter Millionen von Menschen wußte, und daß es nur eine Frage der Zeit war, bis ich ihn finden sollte. Aber das ist bloß der Wunschtraum in der Retrospektive. Die Wahrheit ist: ich habe eine gute, reine Seele gesucht, um mir selbst zu beweisen, daß wir nicht alle schlecht sind; daß es doch Hoffnung gibt.

Also zog ich mir was rein am Ende eines Arbeitstages, stieg auf den Rollboulevard und suchte die untere Stadt auf. Auf der Suche driftend …

In dem grell erleuchteten Nachtclub-Viertel war ich ein bekanntes Gesicht. Die chinesischen Imbißbudenbesitzer, die mich mästen wollten, schenkten mir Ratten-und-Spatzen-Kebabs. Nachdem ich nichts kaufen wollte, ließen mich die Straßenhändler nach den ersten Wochen in Ruhe. Sie verhökerten alles, von sich selbst bis hin zu reinem Smack; von Ersatzteilen für illegale Operationen bis hin zum ›Gute Nacht-Express‹ — Epiphyse-Z. Die Droge vom dritten Planeten des Sternsystems Aldebaran, die dich mit dem Trip deines Lebens beglückt und dir dabei den Rest gibt. Dieser Stoff macht mir angst. Vor Monaten saß ich in einer schäbigen Bar bei einem Drink und sondierte nebenbei einen abgestumpften Geschäftsmann durch die Wand. Er hatte alles satt und wollte raus. Eine coole halbe Million hatte er hingeblättert für das Vergnügen, seinem Leben ein Ende zu machen, und er verabschiedete sich mit einem Spektakel. Für ihn dauerte der Trip achtzig Jahre. Seine Zirbeldrüse blühte durch die Droge auf, um ihm die Evolution von seinesgleichen vor sein geistiges Auge zu führen. Ich ging mit auf seine Reise, bis er starb, und dann schwankte ich zurück in meine Bude. Danach war ich drei Tage lang völlig erledigt, und noch eine Woche danach hatte ich phantastische Halluzinationen, bei denen *Pithecanthropus* und *Homo Erectus* auf dem Rollboulevard wild miteinander tanzten. Erst später kamen vage Rückblenden, Erinnerungen an das gigantische undurchdringliche Schwarz, das den alten Mann verschlungen hatte, als die Droge seinen Kopf explodieren ließ. Zuerst hat es mich erschreckt, dieses unermeßliche Nichts, das ich weder erfahren noch begreifen konnte. Nach einer Weile, vielleicht nach einem Monat, gelang es mir schließlich, es zu verdrängen, es zu vergessen.

Dann fing ich wieder an zu driften, zu suchen ...

Ich benutzte schwarzes Make-up, um mein Telepathensymbol zu verdecken, und sondierte Tausende, ließ einen Kopf nach dem anderen fallen, nachdem er die gleichen fehlerhaften Formeln aufwies. Manche Köpfe waren besser als andere, aber selbst die besseren waren von Habgier, Selbstsucht und Haß verdorben. Und dann gab es die wirklich schlimmen, die Köpfe, die mich schon aus der Entfernung durch die Bösartigkeit ihrer Substanz abstießen, die sich aus der Masse hervorhoben wie Krebszellen in einer Lymphdrüse.

Aber noch schlimmer waren die abgeschirmten Köpfe, in denen alles mögliche sich verbergen mochte.

Ich fand Joe Gomez in einer Bar mit dem Namen ›Yin-Yang‹.

Das ist eine Untergrundkneipe, der Eingang auf der Straßenebene vom Flackern einer defekten Neonröhre beleuchtet. Drei Figuren standen an diesem Abend in dem kalten, unregelmäßigen Geflimmer, und irgend etwas an ihnen fiel mir auf. Sie trugen das modische Grau betuchter Geschäftsmänner, und ihre Gedanken waren abgeschirmt. Sie redeten miteinander in einem Tonfall, der darauf schließen ließ, daß sie nicht belauscht werden wollten. Und einer der Typen hatte die ›oo‹-Tätowierung auf der Wange.

Also, wozu um alles in der Welt führten drei Geschäftsmänner aus der Oberstadt um vier Uhr morgens vor einer heruntergekommenen Bar ein Flüstergespräch? Mit absoluter Sicherheit führen sie kein Geschäftsgespräch der Vorstandsetage, dachte ich.

Aber ich irrte mich. Genau das taten sie.

Ich schlich mich heran und lauschte ihrem Flüstern. Gleichzeitig nahm ich eine Ausstrahlung von dem un-

terirdischen ›Yin-Yang‹ wahr. Es gab einen Zusammenhang. Ich schlenderte lässig an den drei Typen vorbei. Als ich außer Sichtweite war, rannte ich die Treppen runter, nahm zwei auf einmal. Die Ausstrahlung übertönte den Lärm wie die schöne Musik einer Violine. Fast war ich am Ziel.

Aber nicht ganz. Zuerst mußte ich ihn rausschaffen.

Es war eine Fixbar. Besinnungslose Junkies lagen auf den verschiedenen Ebenen des gepolsterten Bodens. Der Barkeeper war ein Android. Ich fragte ihn, ob der Laden noch einen weiteren Ausgang habe, und er deutete nach Westen.

Dann schaute ich mich um und sondierte.

Der Typ mit den harmonischen Gehirnwellen saß an der Wand am anderen Ende, ein Bier in der Hand. Er trug den blauen Overall eines dienstfreien Raumfahrers, und mit Überraschung las ich, daß er Triebwerksoffizier war. Er sah auch gut aus in seiner dunklen, spanischen Art. Und er hatte keinen Schutzschirm ...

Ich warf einen Blick auf den Eingang. Noch waren die Geschäftstypen nicht in Sicht. Zweifellos debattierten sie noch darüber, ob dies der Kerl war, den sie aussaugen wollten. Offenbar war ihr Telepath ein paar Grade unter mir; ich hatte sofort erkannt, daß der Raumfahrer für das, was sie vorhatten, erstklassiges Material war.

Ich projizierte eine Aura der Autorität und durchquerte das Lokal.

»Joe Gomez?«

Er fuhr aufgeschreckt hoch, überrascht, von einem nicht so gut aussehenden schwarzen Mädchen angesprochen zu werden. Mir war klar, daß auch der Telepath draußen alles mitverfolgen konnte. Also nahm ich den Schirm von meinem Kittel und heftete ihn an seinen Overall. Dann packte ich den Mann am Arm und blitzte ihn an mit einer geballten Ladung ›akute Gefahr‹.

Als wir zur Tür am anderen Ende des Ladens eilten

und die Treppen hinaufrannten, nahm ich plötzlich den aufreizenden Duft von Flux an seinem Körper wahr. Dann waren wir schon draußen, überschwemmt vom Essensgeruch zehn verschiedener ethnischer Fast-Food-Buden. »Hier entlang!«

Ich zerrte ihn durch die Gasse und unter einen Brükkenbogen, dann einen Parallelweg hinunter und eine Unterführung entlang. Menschenmassen standen uns im Weg, und wir drängten durch sie hindurch. Wir kamen gut voran. Jahre des Driftens hatten eine Karte dieses Viertels in meine Großhirnrinde geprägt. Die Geschäftstypen würden jetzt ganz schön ins Schwimmen gekommen sein und bestimmt über die verpaßte Gelegenheit fluchen. Ich hatte mir die goldene Gans geschnappt, und ich konnte mein Glück kaum fassen. Um sicherzugehen, fuhr ich mit ihm auf dem Boulevard zu einem Turmkomplex, dann hinauf zu einem billigen Mexikaner, den ich während meiner Essens-Phasen manchmal besuchte.

Draußen dehnte sich die glitzernde Stadt über den Horizont aus. Die Millionen funkelnder Lichtpunkte mochten genauso viele Brennpunkte des Bösen bedeuten — aber hier oben waren wir weit weg von allem, und ich hatte Joe Gomez. Ich konnte mein Zittern kaum unter Kontrolle halten.

Dann fiel mir ein, wie nahe er dran gewesen war, umgebracht zu werden, und ich brach in Tränen aus. »Du blöder, blöder Idiot«, schrie ich.

»Hör zu, Sita so heißt du doch, oder?« Er war verwirrt und verlegen; er hatte einen Teil meiner Gedanken mitbekommen, während ich ihn in Sicherheit gebracht hatte, und er wußte, daß er mir etwas schuldig war. »Wer waren diese Kerle?«

»Wer? Bloß deine Bestattungsunternehmer.« Meine Tränen waren jetzt Tränen der Erleichterung. »Sie waren Ausschab-Band-Piraten. Ich habe sie belauscht, bevor ich deine Ausstrahlung empfing.«

»Na und? Sie hätten mich vielleicht zum Star gemacht.«

»Ja, zu einem toten Star. Heutzutage ist es gar nicht so leicht zu sterben, aber sie hätten dich *richtig* kalt gemacht.«

Seine Bräune verschwand, und er sah aus, als würde er sich übergeben. »Aber ich dachte, die Industrie wäre legal? Ich hab doch Personabänder in den Supermärkten gesehen ...«

Seine Naivität erstaunte mich. »Die Personaband-Seite der Sache ist legal. Sie machen Aufnahmen von Berühmtheiten. Zumindest von ihrer Vorstellung, wie Berühmtheiten gewesen sein könnten. Aber diese Piraten machen Personabänder von noch lebenden Menschen, indem sie Idioten wie dich ausschaben. Du bist so gut, du hast mich in Entzücken versetzt, und das war's, was sie wollten.« Und auch ich war fast schon so weit, daß ich meinen Schirm von ihm reißen wollte, mehr wollte ...

Er starrte seinen Drink an. Er schien nicht sehr überzeugt zu sein.

»Hör zu, Junge. Weißt du, was sie mit dir gemacht hätten, wenn ich nicht zufällig da gewesen wäre? Sie hätten dich getötet und deine Leiche in die Werkstatt gebracht. Sie können Tote ausschaben. Und sie sind leichter zu handhaben — sie wehren sich nicht. Diese Typen, diese Piraten ... Sie hätten deinen Schädel geöffnet und dein Kleinhirn ausgeschabt, hätten dein Nervensystem ausgewrungen und abgefuckt zurücklassen. Sie hätten mehr als nur die Emotionen genommen, sie hätten alles gekriegt. Sie hätten dir dein Ich geraubt, nur um ein paar schnelle Kreds zu machen, und dann hätten sie deine Leiche weggeschmissen. Und kein Rep-Chirurg der Welt hätte irgend etwas tun können, um dich wieder zusammenzuflicken. Du wärest tot. Du würdest nur noch auf Band existieren, als Geist in den Köpfen von Nicht-Telepathen, die andere Seinszustände erleben wollen, ohne den Eingriff über sich ergehen lassen zu müssen.«

Ich nahm einen tiefen Schluck, dann, noch wütend auf ihn: »Und behalte den Schirm. Ich möchte, daß du am Leben bleibst. Betrachte ihn als Geschenk.«

»Danke«, sagte er.

»Um Gottes willen«, explodierte ich. »Wo, zum Teufel, lebst du eigentlich? Weißt du nicht, wozu ein Schirm da ist?«

»Ich arbeite auf einer Schiffahrtslinie, die von Lhasa, Kathmandu und Gorakpur aus operiert ... Es ist ziemlich ruhig dort. Da habe ich einen Schirm eigentlich nie gebraucht. Ich bin zum erstenmal hier ...« Er wich meinen Blick aus und starrte aus dem Fenster auf die Stadt.

»Naja — das nächste Mal, denk daran. Dies ist kein Zweite-Welt-Kaff. Hier meint man's ernst. Das hier ist der Großstadtdschungel, wo du überlegen mußt, wenn du überleben willst.«

Er nickte, probierte seinen Drink.

Ich kühlte ab. »Wo kommst du her, Joe?«

»Sevilla, Europa. Und du?«

»Chittagong. Früher hieß es Bangladesch. Gehört jetzt zu China.«

Sein Blick fiel auf meine Tätowierung. Dann sah er das Gesicht auf meinem Handrücken. »Dein Mann?«

Ich lachte. »He, du Unschuldslamm — hast du sowas noch nie gesehen?« Ich machte eine theatralische Geste. »Dieser Typ ist mein Boss. Er besitzt mich. Ich stehe noch zehn Jahre lang in seinem Dienst.«

»Ich wußte nicht ...«

»Nein, natürlich nicht!« Ich sah ihn wütend an, verbittert. Dann lächelte ich. Ich durfte nicht vergessen, daß ich einen wirklich netten Kerl vor mir hatte, der tatsächlich naiv war und mir nichts vormachte.

Ich seufzte, erzählte ihm meine Geschichte. »Mit vier Jahren haben mich meine Eltern verkauft. Sie waren arm und brauchten das Geld. Ich war eines von sechs

Kindern, dazu noch ein Mädchen, und ich schätze, sie haben mich nicht sehr vermißt ... Beim routinemäßigen Psi-Check der Fünfjährigen war der Befund positiv, und ich bekam den Eingriff. Ich hatte keine Wahl bei der Sache, sie haben mich einfach operiert, und — Simsalabim — war ich mit der Psi-Fähigkeit verflucht. Eine Detektei nahm mich auf, bildete mich aus, und verkaufte mich an Gassner, als ich sechs war. Seit neun Jahren lese ich nun. Für einen Hungerlohn, Kaugummi, und ein Bett in einem Androiden-Slumviertel ...«

Joe Gomez war betroffen. »Kannst du nicht ... ich meine ...« — er zuckte die Achseln — »da rauskommen?«

»Wie ich schon sagte, in zehn Jahren, wenn der Vertrag ausläuft. Dieses Ding sorgt dafür, daß ich nicht auf dumme Gedanken komme.« Ich hielt die Miniatur von Gassner hoch, das Bild seines Gesichts jetzt in Standby-Modus; sobald er sich mit mir in Verbindung setzte, würde es wieder zum Leben erwachen. »Dadurch weiß er jederzeit, wo ich bin. Da kann man nichts tun ...«

Wir redeten stundenlang weiter, bestellten ›Tostadas‹, tranken etwas. Unter dem rauhen, durch das Leben auf der Straße abgehärteten Äußeren war ich wie ein kleines Mädchen beim ersten Rendezvous. Ich zitterte, und meine Stimme überschlug sich vor Aufregung.

Joe Gomez ... Er war klein, dunkel, um die zwanzig. Er hatte kräftige, attraktive Gesichtszüge, aber seine Augen waren ausweichend und scheu. Allerdings interessierte ich mich für das, was hinter diesen Augen lag ... Er war rein, und ich brauchte Reinheit. Ich wollte in ihn dringen, eins mit ihm werden. Äußerlich war ich nichts Besonderes, aber ich war mir sicher, wenn ich ihm die Chance geben würde, in mich zu schauen, ihm das Erlebnis geben würde ... Aber gleichzeitig hatte ich eine Scheißangst, ihn möglicherweise zu verscheuchen.

Wir sahen zu, wie sich die Dämmerung hinter den entfernten Turmkomplexen ausbreitete.

Mein Herz klopfte wild, als ich ihn vorsichtig fragte: »Wo wohnst du hier, Joe?«

»Ich bin gerade angekommen. Ich hab noch keine Bleibe. Weißt du vielleicht etwas?«

»Ich ...« Ich hatte einen Kloß im Hals. »Du könntest jederzeit bei mir wohnen. Es ist nichts Tolles, aber ...« O Allah, meine Augen füllten sich wieder mit Tränen.

»Ich weiß nicht ...«, begann er.

»Gib mir den Schirm«, sagte ich.

»Ach so, verstehe. Wenn ich nicht mitkomme, willst du dein Geschenk zurück, hm?« Er klang verletzt.

»Quatsch. Ich mag zwar sonstwas sein, aber ich bin keine Betrügerin. Ich will dir etwas zeigen.«

Er reichte mir den Schirm, ein silbernes Oval, etwas kleiner als ein Jointetui, und ich stellte ihn außer Reichweite an einen Nebentisch. Joes Güte durchflutete mich, und ich fiel beinahe in Ohnmacht in dem Licht. Ich öffnete mich, drang in ihn, zeigt ihm, wie es ist, jemanden in seinem Kopf zu haben ... Dann taumelten wir beide aus dem Turmkomplex und fuhren auf dem Rollboulevard in das Androiden-Viertel.

Joe hatte drei Wochen Heimaturlaub, und wir verbrachten jeden Tag zusammen. Wir waren unzertrennlich, ein niedliches Pärchen so wie jene, die man Sonntagnachmittags auf dem Boulevard sieht. Das Mädchen aus Chittagong und der Junge aus Sevilla ... Mir ging's bald besser; ich bekam mich wieder in den Griff und fing an, das Leben zu genießen. Ich hörte auf zu driften, machte Schluß mit dem Kaugummi. Jetzt brauchte ich ihn nicht mehr. Joe war meine Droge, und ich nahm eine Überdosis.

Gemeinsam entdeckten wir die Stadt. Ich sah das Leben durch seine Augen, und was ich sah, gefiel mir. Wir probierten es mit Personabändern. Mal war er einen Tag lang ein Dandy aus der elisabetanischen Epoche, und ich war Bo Ventura, der neueste Hologramm-Filmstar.

Einmal trieben wir es miteinander als Sir Richard Burton und Königin Victoria, einfach so zum Spaß. Oft liebten wir uns auch so, und manchmal tauschten wir die Körper; ich wurde er, und er ich. Ich schlüpfte in seinen Körper, drängte mich in sein vegetatives Nervensystem hinein, und versetzte ihn in meins. Ich experimentierte mit dem neuen Gefühl, einen männlichen Körper zu besitzen, Muskelpakete zu spüren, die mir fremd waren. Und Joe erregte sich an der Empfindung, Vagina und Brüste zu haben. Beim Höhepunkt konnten wir die Verbindung nicht mehr aufrechthalten, und das Entzükken, wenn unsere entkörperlichten Ichs wieder in den eigenen Körper zurückschnellten, ließ uns hinterher stundenlang erschöpft innehalten.

Dann, eines Tages, kurz vor dem Ende seines Urlaubs, holte mich Joe aus dem Bett und zog mir mein schwarzes Trikot an, wie einem Kind. Wir nahmen einen Gleiter und düsten in die Stadt. »Wohin?« fragte ich schläfrig, meinen Kopf an seiner Schulter.

»Ich bin Raumfahrer«, sagte er, was ich schon vermutet hatte. Er war Psi-Navigator, ein ›Fluxer‹, dessen Job es war, drei Monate lang in einem Samadi-Tank eingeschlossen, ein Sternenschiff der Satori-Linie durch das *nada*-Kontinuum zu lenken. »Und ich will dir etwas zeigen.«

Auf dem Dach des Satori-Turmkomplexes, in dem das Raumfahrtmuseum untergebracht ist, stiegen wir aus. Wir schritten durch ein dreieckiges, von Androiden-Miliz bewachtes Portal. Die dahinterliegende Kammer hatte die gleiche Form wie das Portal, ein stahlgrauer Keil. Wir waren die einzigen Besucher an diesem Tag. Neben dem Eingang war die dreidimensionale holographische Skulptur eines Mannes, der mir irgendwie bekannt vorkam; er war der Wissenschaftler, der das *nada*-Kontinuum entdeckt und den Weg für die interstellaren Schiffe geöffnet hatte.

Durch Joe hatte ich alles erlebt, was er erlebt hatte.

Seine Vergangenheit war meine, jede Empfindung ein gemeinsames Ereignis. Mit ihm war ich nach Timbuktu gereist — und sogar bis nach Ypsilon Indi. Aber eines seiner Erlebnisse ging über meinen geistigen Horizont hinaus. Wenn er in den Samadi-Tank eines Satori-Sternenschiffes stieg, konnte ich nicht mit ihm gehen; ich hatte keine Vorstellung davon, wie es war, zu fluxen. Joe wußte es natürlich, aber er war nicht in der Lage, die Sinneswahrnehmung zu beschreiben; nicht in der Lage, das Gefühl in sein Gedächtnis zu rufen, damit ich ihn lesen und es begreifen konnte. Er meinte, es sei vergleichbar mit einem mystischen Erlebnis, aber als ich ihn drängte, es näher zu beschreiben, konnte er mir keine Analogien nennen. Das Fluxen sei ein seelisches Erlebnis, meinte er, und kein gedankliches — und vielleicht geriet ich deshalb ins Schwimmen.

Wir gingen den hallenden Mittelgang des Raumfahrtmuseums hinunter. Am anderen Ende, auf einem von einem schwachen Laserzaun umgebenenen Podest, war ein tiefschwarzes Trapezoid, umrahmt von einem Stasisfeld. Was wir vor uns sahen, war, laut der Inschrift daneben, ein gefesseltes Stück des *nada*-Kontinuums.

Auf mich schläfrige Bangladeschi machte es keinen großen Eindruck, bis ich den Gesichtsausdruck meines Liebhabers sah. Gomez war hin und weg; sogar beim Transfer-Sex war er nicht so entrückt gewesen wie in diesem Augenblick. »Joe ...?«

Er kam wieder zu sich und blickte über die Schulter zum Eingang. Dann sprang er über den Laserzaun und hob mich schnell darüber. »Das ist es, Sita. Schau's dir an.«

Nach einer Weile wurde die Schwärze mehr als nur Finsternis. Sie wirbelte und strudelte in einem mystischen Sog, wie eine Flüssigkeit aus Lavaglas. Auch ich wurde hypnotisiert, angezogen von einem unergründlichen Geheimnis, das nie enthüllt werden würde.

»Was ist es?« fragte ich benommen. Ich lehnte mich

nach vorn, aber Joe hielt mich zurück mit der Warnung, daß mich das Interface sauber wie eine Guillotine köpfen könnte.

»Es ist die Essenz des Nichts, Sita. Die Grundlage von allem. Es ist Ewigkeit, Nirwana und Erleuchtung. Die höchste Stufe des Zen ...«

Seine Stimme wurde zu einem Flüstern, und dann sagte er: »Ich bin dort gewesen ...« Und ich erinnerte mich an etwa die unbeschreibliche Dunkelheit, die ich einige Monate zuvor erlebt hatte. Meine Psyche streckte sich nach etwas jenseits ihres Verstandes, ein nebulöser Schatten, so unfaßbar wie der Wind ... Dann war der Bann gebrochen.

Joe lachte, löste sich aus meinen Armen und lächelte mich an. Er sprang wieder über den Laserzaun und hob mich herüber. Dann hielten wir einander und verschmolzen. Sein Urlaub ging dem Ende entgegen. Bald würde er mich verlassen, unterwegs zu einem neuen Rendezvous mit dem *nada*-Kontinuum. Ich hätte vielleicht eifersüchtig sein sollen, aber statt dessen war ich dem dankbar, was ihn zu dem machte, was er war.

Hand in Hand liefen wir durch die Kammer, wie Kinder.

Allah, diese drei Wochen ...

Sie mußten zu Ende gehen, und das taten sie.

Und es geschah, daß Joe einen Fluxtod starb, als er sein Schiff durch das *Außerhalb* jenseits des Sterns Groombridge lenkte. Was ihn ernährt hatte, schlug zurück und tötete ihn, nur drei Tage bevor er nach Hause, zu mir, kommen sollte.

Ich verlasse Gassners Büro und fahre auf die Boulevardebene, im Kopf Becky Kennedy und ihre liebenden Eltern. Als ich den Turmkomplex verlasse, heftet sich eine dunkle Gestalt an meine Fersen und beschattet mich, immer in sicherer Entfernung. Ich fahre auf dem Boulevard bis zur Küste.

Karnevalstadt ist ein Halbkreis aus Licht, der die dunkle Bucht umschließt. Ich finde einen ruhigen Pier, weit weg von der Schallkulisse und den Photon-Werbedisplays, setze mich in den Lotussitz und warte.

Über meinem Kopf, unter Millionen von Sternen, schweben riesige Sternenschiffe lautlos ein, sicher eingeschlossen in phosphoreszierende Stasisgitter. Zehn Kilometer vor der Küste liegt die schwimmende Insel des Raumflughafens, ein leuchtendes Inferno im Strom der ununterbrochen ankommenden und abfliegenden Sternenschiffe. Joe ist von dort aus zu seinem letzten Flug aufgebrochen, und das dumpfe Grollen der Schiffe, wenn sie sich aus dieser Realität lösen, trieb mir noch Wochen nach seinem Abflug die Tränen in die Augen. Damals kam ich oft hierher, saß da und betrachtete die Konstellationen, die Sterne, um die Joe jetzt vielleicht kreiste. Nun starre ich hinaus in den Raum und versuche herauszufinden, wo sich der Unfall genau ereignete.

Ein Geräusch am Pier, das Klappern einer durch die Sonne verzogenen Planke, verrät mir, daß mein Schatten eingetroffen ist. Ich spüre seine Anwesenheit, über mir ragend. »Spider«, sage ich. »Setz dich. Ich habe dich erwartet.« Und das habe ich tatsächlich — er ist einer der wenigen, auf deren Hilfe ich zählen kann.

Spider Lo ist ein Telepath ersten Grades, und er arbeitet für die größte Detektei des Westens. Er ist ungefähr so schlank wie ich, aber doppelt so groß. Im letzten Jahr verdiente er genug, um sich eine Verlängerung des Oberschenkelknochens zu leisten. Ich war der erste, der zugeben mußte, daß er wirklich beeindruckend aussah auf dem Boulevard, besonders in der Masse. Er ist Chinese, und dafür sollte ich ihn hassen, aber er ist ein sanfter Typ, und wir können uns gut leiden.

»Gassner schickt mich, Sita.«

»Das habe ich mir gedacht.«

»Er sagte mir, ich soll dafür sorgen, daß du deine Arbeit richtig machst. Mir sieht es nicht danach aus, so, wie du hiersitzt ...«

Er zögert, betrachtet mich. »Ich will dir ein Geheimnis verraten, Sita; Gassner ist in großen Schwierigkeiten. Das Geschäft läuft nicht, und einige der größeren Detekteien wollen ihn übernehmen. Die würden Gassner für eine lächerliche Summe aufkaufen und ihm dann irgendeine unwichtige Position geben. Was dich angeht — du würdest von der nächstbesten Detektei angeheuert. Du würdest längere Schichten arbeiten für weniger Geld. Du bist ein Zweitgrader, denk daran ...«

Ich lasse ihn reden. Sein Geheimnis ist überhaupt kein Geheimnis. Er sagt mir nichts, was ich nicht schon wüßte. Ich lasse durch meine faule Körperhaltung Apathie signalisieren und starre die Sterne an.

Spider versucht es noch mal. »Dieser Fall ist für Gassner zwei Millionen wert. Für ihn würde es Liquidität bedeuten, und wer weiß, für dich vielleicht sogar mehr Lohn. Aber du vermasselst es ...«

»Und Mr. Gassner wird sich ja so über mich ärgern«, höre ich mich sagen.

»Sita ... dies ist der größte Fall, den du je aufzuklären hattest. Du scheinst dich nicht einmal anzustrengen ...«

Ich schaue ihn scheinbar lässig an, ein langer kühler Blick. »Vielleicht brauche ich mich gar nicht anzustrengen«, sage ich.

»Sita ...« Seine orientalischen Gesichtszüge mimen Verzweiflung.

»Ich meine es ernst, Spider. Hast du schon mal dran gedacht, daß ich vielleicht nur deshalb hier faulenze, weil ich den Fall schon aufgeklärt habe?«

In seinen Augen funkelt kurz Respekt, dann Verdacht.

»Ich bescheiß' dich nicht«, sage ich. »Ich weiß, wo Becky Kennedys Leiche versteckt ist.«

»Du hast doch gerade erst das Büro verlassen, Sita.«

Ich zucke die Achseln. »Wie würde es dir gefallen, die

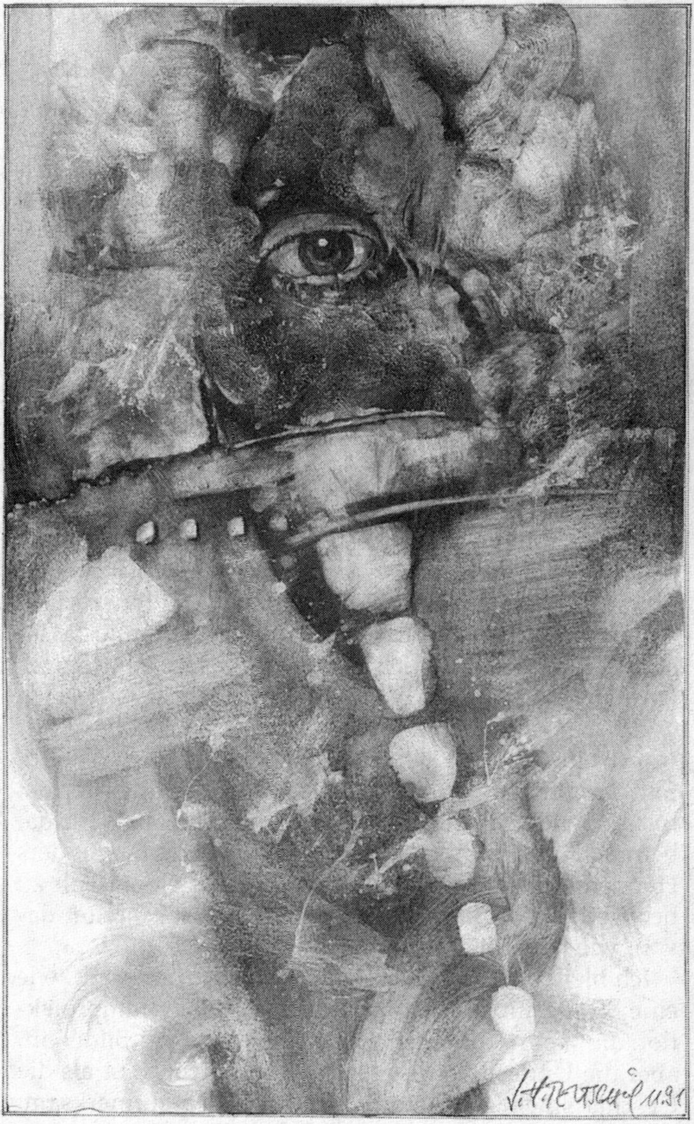

zwei Millionen, die für diesen Fall ausgesetzt sind, für deine Detektei zu verdienen?« frage ich ihn.

Er versucht mich zu sondieren. Ich fühle es in meinem Kopf prickeln, wie ein imaginäres, übelgelauntes Stachelschwein. Aber mein Schirm hält stand.

»Du brauchst mich nicht zu sondieren, Spider. Ich mein's ehrlich. Ich sag' dir was; deine Agentur kann die Kreds von Kennedy abholen, wenn du die Leiche findest und sie in der Wiederbelebungsstation ablieferst.«

»Aber Gassner ...« Plötzlich begreift er.

»Ja«, sage ich. »Du hast es kapiert.«

Spider schaut mich an.

»Warum tust du das, Sita? Wenn Gassner eingeht, wirst du versetzt, und das wird für dich kein Zuckerschlecken.«

»Hör zu, Spider. Ich steige aus, und ich will zusehen, wie Gassner untergeht ...« Aber es gibt eine einfachere Methode, ihm alles zu erzählen.

Ich nehme meinen Schirm und werfe ihn ihm zu. Er fängt ihn, hält ihn für eine Sekunde, wirft ihn zurück. Länger braucht er nicht, um das, was ich vorhabe, zu lesen. Und er liest alles: meine Liebe für Joe, den Grund, weshalb ich eine Menge Geld brauche. Er liest, was ich gestern getan habe, und warum ich es tat. Er liest das, was ich ihn lesen lassen will, und dann nickt er. »Ist gut, Sita. In Ordnung ...« Wir machen den Handel perfekt und geben uns die Hand. Wir sitzen noch eine Weile da, betrachten die Sternenschiffe und plaudern, bis Spiders Handempfänger sich meldet, um ihn zu einem Fall zu beordern. Er richtet sich langsam auf und schreitet davon, wie jemand auf Stelzen.

Ich bleibe noch eine Weile sitzen. Über der Stadt, wie eine Bühne am Himmel, strahlt eine Hologrammprojektion die Weltnachrichten aus. Ich sehe mir die Bilder an, aber die Untertitel interessieren mich nicht. Erst als die Geschäftsmeldungen kommen, werde ich aufmerksam. Nach fünf Minuten werden die Übernahmeangebote gezeigt. Multi-Tech International hat heute Angebote an ein Dutzend kleiner Unternehmen gemacht — eines davon, sehe ich, ist Gassners Detektei. Aber das Angebot war nicht hoch genug, und Gassner ist noch unabhängig. Ich schmunzle. Wenn ich mit Gassner fertig bin, wird er den Tag, an dem er mich kaufte, verfluchen; damals vor so vielen Jahren.

Ich verlasse die Küste und fahre zurück in die Stadt. Unterwegs benutze ich eine öffentliche Telekomzelle und setze mich mit den Kennedys in Verbindung, wobei ich per Fernschreiber die Lösegeldforderung stelle. Dann, anstatt direkt zum Union-Turmkomplex zu fahren, mache ich einen Umweg über den Kälteschlaf-Wabenkomplex in der Oberstadt. Ich fahre hinab in die siebte Ebene und hocke mich neben Joes Wabe. Wenn ich mich konzentriere, kann ich seine Gedanken, weit entfernt und undeutlich, gerade noch empfangen. Obwohl geschwächt, kristallisiert und fragmentiert durch die Tiefkälte, sind seine Emotionen so gut und rein wie immer. Ich sage ihm, daß bald alles überstanden ist, und er antwortet mit einem entfernten inneren Lächeln.

Ich weine, als ich das Zentrum verlasse und durch die Stadt fahre.

Nachdem ich von Joes Tod erfahren hatte, begann ich wieder zu driften.

Ich fing wieder mit dem Kaugummi an, hörte auf zu essen und trieb mich im Nachtviertel herum. Wenn ich nicht gerade arbeitete, war ich high. Ich driftete ohne zu schlafen, nächtelang. Sondierte, suchte … Es war natürlich aussichtslos. Das, was ich suchte, hatte ich bereits gefunden und verloren, und es konnte keinen Ersatz geben. Es gab keine Joes mehr, und es war sinnlos sich einzureden, daß es doch welche geben mußte. Es war zu kurz nach seinem Tod, und ich war ihm noch zu nahe, um irgendeinen anderen zu akzeptieren.

Dann kam ich auf die fixe Idee, daß Joe noch am Leben sei. Ich war überzeugt, ich könne seine Ausstrahlung im Äther spüren, als würde er noch irgendwo existieren und versuchen, mich zu erreichen. Ich konzentrierte mich und versuchte verzweifelt, ihn zu erreichen, um mir zu beweisen, daß er noch lebte. Verrückt, ich weiß ...

Aber ich hatte recht.

Ein Monat war seit dem Unfall vergangen, und ich hatte schon alle Hoffnung verloren. Ich verbrachte mehr und mehr Zeit bei dem Versuch, durch LSD zu vergessen. Ich dachte, wenn ich meine Identität verlieren könnte, dann wäre vielleicht der Schmerz nicht so schlimm.

Ein paar Nächte später rief mich Joe an.

Ich lag auf meiner Pritsche, erholte mich von einer Woche der verrückten Nächte des Driftens und des Dopens. In meinem Kopf spielte sich ein Alptraum in Leuchtfarben ab, und Joe hatte darin eine Hauptrolle.

Als sein Gesicht auf dem Videoschirm erschien, wußte ich, daß es eine Halluzination war. »Sita!« schrie die Vision. »Ich bin's — Joe!«

Ich kicherte. »Du bist tot, Joe, ich weiß es. Du bist doch da draußen gestorben. Mich kannst du nicht reinlegen ...«

»Sita ...« Er stützte sich mit den Armen auf beide Seiten des Bildschirms, und sein Kopf war nach vorne gebeugt. Er sah aus wie Joe, aber etwas an der Geometrie seiner Gesichtszüge stimmte nicht ganz. Sie waren zu scharf geschnitten und zu perfekt, um Joe zu sein, obwohl sie ihm ähnelten. Irgendeine Nebenwirkung des LSD, anscheinend ...

»Sita, bitte, hör mir zu!« Er war den Tränen nahe. »Ich weiß, ich bin beim Fluxen gestorben. Aber sie haben mich rechtzeitig rausgeholt. Sie haben mich gerettet. Sie haben mich wiederbelebt und in einen Soma-Sim gesteckt, und ...«

»Wo bist du?« Aber ich glaubte es nicht. Ich halluzinierte bloß. Joe war tot, und was ich auf dem Bildschirm sah, war ein Phantom meiner Phantasie.

»Deswegen rufe ich an. Ich brauche deine Hilfe. Ich bin am Interkontinentalflughafen. Ich bin gerade angekommen. Ich brauche deine Hilfe ...« Er wandte sich ab und blickte über die Schulter. Als er mich wieder anschaute, sah ich, daß er schwankte, und sich am Apparat festhielt.

Ich kroch über die Pritsche und setze mich auf den Rand. Ich konnte mich nicht dazu bringen, es zu glauben, egal wie sehr ich es wollte. Wenn ich all meine Hoffnung in etwas setzte, was sich als grausame Illusion herausstellte ...

»Joe ... was ist, Joe?«

»Sie sind hinter mir her, Sita. Die Piraten. Fast hätten sie mich erwischt. Ich bin entkommen. Bitte ... komm und hol mich ab.« Dann grinste er, das schiefe Lächeln, das ich so gut kannte und so liebte. »Ich kann mich nicht bewegen. Die haben mich angeschossen, und ich kann mich nicht bewegen. Ich hab's bis hierher geschafft ...«

Ich torkelte im Zimmer herum, suchte meine Sachen zusammen. Ich zog mir das Nötigste an, was die Schicklichkeit verlangte, und fuhr auf Straßenebene hinab. Ich rief einen Gleiter, gab das Ziel an und ließ mich auf den Hintersitz fallen. Ich wußte, Joe würde nicht dort sein, wenn ich ankam; unser Gespräch kam mir jetzt schon vor wie ein Traum. Es war zu viel zu hoffen, ihn ein zweites Mal retten zu können ...

Am Flughafen befahl ich dem Gleiter zu warten und stolperte in die überfüllte Eingangshalle. Ich trug mein Ferrodem nicht, und das Ausbleiben des Hirngeheuls war eine Wohltat. Die Telekomzellen standen in einer Reihe neben einer somalischen Fast-Food-Bude. Ich drängte mich durch die Menge und fiel fast gegen die erste gläserne Zelle. Der Anrufer drinnen winkte ab. Ich torkelte von Zelle zu Zelle, und mit jeder leeren wuchs meine Verzweiflung. Als nur noch drei übrig waren und Joe noch immer nicht zu sehen war, verlor ich die Kontrolle und drehte durch. Ich warf mich gegen die Zellen, eine nach der anderen, hämmerte mit meinen Fäusten auf die Türen. Die letzte blieb störrisch zu, als würde sie von innen durch ein Gewicht festgehalten. Ich spähte über den Sichtschutz, und mein Herz wurde zur Nova. Joe war zu Boden gesunken, seine Beinprothesen unter sich zusammengeknickt in merkwürdige Winkel. Er grinste, als er mich sah und streckte seine Arme nach mir aus …

Irgendwie schaffte ich es, ihn in den Gleiter zu schleppen und zurück zu meiner Bude zu bringen.

Als wir drinnen waren, fiel er auf der Pritsche zusammen, jener Joe Gomez, den ich kannte und liebte, und doch ein anderer. Der einzige Teil seines Körpers, der den Fluxtod überlebt hatte, war sein Gehirn. Der Rest von ihm war eine Servo-gelenkte ›Karacho‹-Somatische Simulation mit allen Geschlechtsteilen und der neuesten Nikon-Optik. Es war unmöglich, den Körper als Soma-Sim zu erkennen; die Chirurgen hatten sich treu an Joes ehemaliges Aussehen gehalten; er sah sogar fast noch besser aus als die Originalversion.

Ich dachte, vielleicht halluziniere ich noch immer.

»Sie haben am Flughafen auf mich gewartet«, sagte er. »Sie warteten, bis ich aus der Medi-Station kam und schossen auf mich, Sita. Aber ich bin ihnen entkommen …« Und er zeigte auf sein Bein.

In seinem Schenkel war ein faustgroßes Loch. Die verkohlten, zerfransten Drähte der Mikroschaltkreise ragten aus der Öffnung, und das synthetische Fleisch war geschmolzen und zu Tropfen geronnen, wie kaltes Kerzenwachs.

»Es tut nicht weh«, beruhigte mich Joe. Er schaute hinunter. »Ich spüre überhaupt nichts. Ich kann bloß nicht laufen.«

»Wir bringen dich schon in Ordnung«, sagte ich.

»Hast du zwei Millionen übrig?«

»Aber die Linie hat doch ...«

Er lachte. »Sie haben meine gesamten Ersparnisse aufgebraucht, um mich in dieses Ding zu stecken.«

»Wir finden schon einen Weg«, sagte ich. »Kannst du nicht zurück zu der Linie?«

Seine Hand bewegte sich, um das Loch zu berühren, mit nur dem leisesten Surren eines Servo-Motors. »Die Linie hat mich gefeuert, Sita. Ich bin nicht mehr in der Lage zu fluxen, und ich bin meinen Job los ...« Tränen überstiegen das Können der Cybernetiker des 21. Jahrhunderts, sonst hätte Joe geweint.

»Kannst du dich an irgend etwas von dem Überfall erinnern?« fragte ich.

»Nicht an viel. Drei Typen sprangen aus einem Gleiter und riefen mir etwas zu. Als ich weggerannt bin, fingen sie an zu schießen ...«

»Hast du das Kennzeichen von dem Gleiter gesehen?«

»Ich war zu sehr damit beschäftigt zu überleben, Sita.«

Ich sondierte ihn. Ich erlebte den Überfall wieder und sah dieselben drei Typen, die ich draußen vor dem ›Yin-Yang‹ gesehen hatte. Das Unterbewußtsein vergißt nichts, und der kurze Blick, den Joe auf den Gleiter geworfen hatte, war genug, um das Kennzeichen in sein Gedächtnis zu ätzen. Ich prägte mir die Nummer ein und zog mich zurück. Es war eine kleine Spur, aber möglicherweise eine entscheidende.

Joe streckte die Arme aus und zog mich an sich. »Du hast nicht gesagt, wie schön es ist, mich wieder zu haben, Sita.«

»Nein?« Ich öffnete mich, und wir verschmolzen miteinander. Jenseits seiner Erleichterung, wieder bei mir zu sein, sah ich einen dunklen Schatten im Hintergrund, tiefe Trauer darüber, daß er nie wieder fluxen würde. Er war wie ein Junkie ohne Schuß, und die Entzugserscheinungen waren Sehnsucht und Melancholie. Ich hätte nicht eifersüchtig sein sollen, aber ich war es.

Am Tag danach beschloß ich, daß meine Bude für Joe kein sicherer Ort war. Zu viele Leute hatten seine Ankunft gesehen, und der Telepath der Ausschabband-Piraten brauchte nur zufällig in der Gegend eine Sonde auszuschicken, um ihn zu finden.

Ich hatte einen Bekannten im Kälteschlaf-Wabenkomplex in der Stadt, und Joe stimmte zu, daß dies der beste Ort für ihn sein würde, bis ich die nötigen Kreds zusammen hatte, um die Dienste eines Cyber-Chirurgen zu bezahlen. Ich hatte einige Ideen, die ich in den nächsten Tage durchdenken wollte. Ich brachte ihn in den Komplex und fuhr dann in Gassners Büro.

Meinem Boss sagte ich, daß ich den Bata II benutzen wollte, um Einzelheiten des aktuellen Falls zu überprüfen; aber statt dessen zapfte ich die Kennzeichen-Datenbank der Stadt an. Ich fand die Nummer des Gleiters, den Joe gesehen hatte, und ich hatte Glück. Der Gleiter war ein Geschäftsflugzeug des Wringsby-Saunders-Konzerns. Ich checkte sie durch und entdeckte, daß die Firma ihre Finger so ziemlich überall mit drin hatte. Aber den größten Umsatz machte sie auf dem Personaband-Markt ...

Also fuhr ich auf Straßenebene und dann in die Stadtmitte.

Der Wringsby-Saunders-Konzern hatte einen ganzen Turmkomplex nur für sich; einen Obelisk mit hundert Stockwerken, gekrönt von einem auffälligen, in sich verschlungenen WS, das über dem Penthouse rotierte.

Ich spazierte frech hinein.

Ich sah mich überall um. Ich war auf der Suche nach Angestellten des Konzerns, deren Gesichter zu denen paßten, die ich in meinem Gedächtnis hatte. Ich ging durch alle Stockwerke, und einige Stunden später fand ich, was ich gesucht hatte. Ein Angestellter verließ sein Büro in der Chefetage und kam den Korridor entlang auf mich zu. Er hatte eine verspiegelte Brille und einen arroganten Gesichtsausdruck. Er war abgeschirmt, natürlich — so wie beim letzten Mal, als ich ihm begegnet war. In dem defekten Neonlicht vor der ›Yin-Yang‹ Bar …

Auf dem leuchtenden Schirm an seiner Tür las ich den Namen: Martin Kennedy. Er war Marketingdirektor der Personaband-Abteilung; eine der Spitzenpositionen des Konzerns. Das dicke Gehalt eines Direktors war ihm nicht genug, also hatte Kennedy seine schmutzigen Finger auch im illegalen Personaband-Geschäft. Leute gibt's …

Die nächsten Tage vernachlässigte ich meine Aufgaben für Gassner und beschattete Kennedy. Ich hatte vor, ihn zu erpressen; seine Vorgesetzten bei Wringsby-Saunders wären sicherlich nicht erfreut zu erfahren, daß eine ihrer Spitzenkräfte mit dem Tod handelte.

Dann passierte etwas, das mich auf eine andere Idee brachte. Es gab eine bessere Methode, um von Kennedy das zu bekommen, was ich wollte; eine, bei der ich kein Risiko eingehen mußte.

Die Idee kam mir, als ich eines Abends zusah, wie er nach Hause kam und seine Tochter in der Auffahrt zu seinem Haus begrüßte. Es war eines der wenigen Male, in denen er nicht abgeschirmt war. Ich erfuhr, daß die einzige reine, unbefleckte Emotion, die er hatte, die Liebe war, die er für seine Tochter Becky empfand …

Das nächste Mal, als ich Kennedy ohne Schirm erwischte, setzte ich die unterschwellige Suggestion in seinen Kopf, daß Gassners Detektei die beste in der Stadt sei; Spezialist für Mordfälle, Entführungen und vermißte Personen … Sobald er feststellte, daß seine Tochter verschwunden war, würde er als erstes an Gassners Detektei denken.

Dann konzentrierte ich mich auf Becky und notierte

ihre Bewegungen. Sie hatte ihren eigenen Leibwächter, und er begleitete sie überall hin. Na ja, fast überall. Er war ein großer, fies aussehender Typ, aber ich würde nicht zulassen, daß er mir im Wege stand. Nicht, nachdem ich so weit gekommen war.

Ich beschloß, daß der beste Ort, zuzuschlagen, das Fitness-Studio war, das sie jeden Donnerstag vormittag besuchte. Ich ließ mich für diese Stunden einschreiben, und machte alles brav mit, trotz der Proteste meines drogengeschundenen Körpers. Ich kam Donnerstags früh an und beobachtete Becky bei ihren Turnübungen, während ihr Leibwächter dasselbe tat, wobei er sich allerdings mehr dafür interessierte, wie sie ihr Trikot in den zukünftigen erogenen Zonen ausfüllte.

Ich stand genau hinter ihm, als sie die Schwerelosigkeits-Kammer verließen. Ich hatte vorsorglich den Lift außer Betrieb gesetzt und die Korridortür abgesperrt. Wir waren ganz allein.

Ich traf den Leibwächter mit der Neuralpeitsche. Er fiel wie ein nasser Sandsack hin. Dann tat ich dasselbe mit Becky, noch bevor sie mich sehen konnte. Während der Körper des Leibwächters noch am Boden zuckte, schleppte ich Becky den Gang hinunter und in den Service-Lift.

Auf diesen Teil der Operation hatte ich mich die ganze Woche vorbereitet. Ich hatte mir immer wieder gesagt, daß es kein Mord sei; daß, bevor die drei Tage vorbei waren, Becky wiederbelebt, zusammengeflickt werden und dann wieder wie neu sein würde. Wenn nicht sogar besser. Innerhalb von zwei Wochen würde sie wieder im Studio trainieren; ihren Tod vergessen haben. Trotzdem — als ich die Pistole abdrückte, mußte ich die Augen schließen und an Joe denken ... Dann fotografierte ich die Leiche und versteckte sie hinter einem losen Wand-Paneel. Die nächste Inspektion des Lifts war in einer Woche fällig. Ich hatte meine Hausaufgaben gemacht und nachgeforscht.

Ich verließ das Studio und schickte das entwickelte Foto an die Kennedys. Dann ging ich ins ›Supernova‹ und trank LSD-Drinks, um die Sache aus dem Kopf zu kriegen.

Stunden später kam Gassners Anruf.

Ich durchquere die Stadt und steuere auf den Union-Turmkomplex zu. »Bangladesch!« gackert eine Stimme vom Gehweg. Alter Pete, der Bettler, begrüßt mich mit seinem zahnlosen Grinsen. Ich stecke ihm zehn Kreds zu, und er kommt mit dem Kaugummi rüber. Als ich in die Eingangshalle komme, bin ich schon high.

Spider Lo hat seine Sache gut gemacht. Er sitzt mit Kennedy in der als Sternenschiff dekorierten Bar im Erdgeschoß. Ich klettere auf einen Hocker, ganz Geschäft. Kennedy schaut mich undurchdringlich durch seine verspiegelte Brille an, aber die leeren Gläser neben ihm widersprechen seiner coolen Miene. »Ich würde gern erfahren, was hier gespielt wird«, sagt er mir. »Dieser ... dieser Herr hat mich draußen aufgehalten und behauptet, er würde mit Ihnen an dem Fall zusammenarbeiten. Ich hoffe, Sie haben meine Tochter gefunden.«

»Haben Sie die Kristalle?« frage ich.

Kennedy zögert kurz, dann hebt er eine kleine Reisetasche auf den Tisch. Er öffnet sie, um zwei funkelnde Kristalle zu enthüllen, die im dunklen Innern leuchten. Sie sind echt. Die darin eingeschlossene Substanz glitzert wie Diamantstaub. Ich nehme die Tasche.

»Die Gassner-Detektei ist übernommen worden«, erzähle ich Kennedy jetzt. »Sie existiert als solche nicht mehr. Mr. Lo vertritt die Massingberd-Detektei. Bei Aufklärung des Falles werden Sie seine Detektei bezahlen.«

»Meine Tochter?«

»Bis ich die Kristalle ausgehändigt habe, wird Ihre Tochter in der sicheren Pflege des städtischen Krankenhauses sein.«

Kennedy nickt, einverstanden. Spider Lo schiebt Papiere über den Tisch, und Kennedy unterschreibt. »Mr. Lo wird Sie zum Krankenhaus begleiten, Mr. Kennedy.« Ich gebe ihm förmlich die Hand, aber sein Schirm lenkt meine Sonde ab.

Wir gehen nach draußen, Spider und ich schlagen ein und gehen getrennte Wege. Die kleine Becky Kennedy wird bald wieder am Leben sein. Vor dreißig Minuten bestellte Spider ein Notarztteam in das Studio, um ihre Leiche abzuholen. In Kürze wird sie wieder normal atmen auf der Wiederbelebungsstation, den Überfall aus ihrem Gedächtnis gelöscht, und sich auf das freuen, worauf sich kleine Mädchen heutzutage freuen ... was auch immer das ist. Auf ihren Interkontinentalflug nach Wien, vielleicht.

Ich fahre auf dem Boulevard, zum letzten Mal. Für den Fall, daß Kennedy irgendwas gerochen hat und mich beschatten läßt, mache ich Umwege. Ich steige an der 5. Avenue ab und gehe kreuz und quer durch die Innenstadt, verstecke mich in der Menge und gehe mehrmals dieselben Wege. Dann rufe ich einen Gleiter und düse in die Oberstadt zum Kälteschlaf-Wabenkomplex.

Nachdem ich die Formalitäten der Rechnung und die Anweisungen für die Nachbehandlung hinter mir habe, befreie ich meinen Ritter von seinem Sarkopharg und helfe ihm in den Gleiter. Sein Kopf ist noch kaum wach, eben erst aus dem Tiefschlaf geholt, und es ist sein Servo-gesteuerter Körper, der ihn aus dem Eistempel trägt.

Ich sende ihm Liebe, um das Auftauen zu beschleunigen.

Ich programmiere den Gleiter mit dem Zielort Rio de Janeiro, aber bevor wir losfliegen, muß ich noch die kleine Angelegenheit mit meinem Dienstvertrag klären. Ich fliege zum Turmkomplex der Satori-Linie, Joe neben mir, unbeweglich. Ich parke den Gleiter auf der Landerampe, fahre hinab in den zwanzigsten Stock und betrete das Museum.

Ich muß eine Weile warten, bis sich eine wohlhabende Familie an dem Wunder sattgesehen hat. Nachdem sie weg ist, springe ich über den Laserzaun, der das schimmernde Stasisfeld des *nada*-Kontinuums umgibt.

Ich stehe wie hypnotisiert davor, ungeachtet der Gefahr, daß jemand eintreten und mich hier entdecken könnte. Vor mir ist das Allerhöchste; der Urzustand, zu dem wir alle streben — das einzige, was mein Begriffsvermögen je überstiegen hat.

Meine Kontemplation wird durch das Aufleuchten am Ende meines Arms unterbrochen. Ich spüre ein Prikkeln auf dem Handrücken, und Gassners Miniaturporträt wird lebendig. Ich halte meine Arme vor die Augen, als würde ich sie vor dem *nada*-Kontinuum schützen, und starre ihn an. »Was willst du, Gassner?«

»Sita«, schreit er, und er benutzt meinen richtigen Namen nur in Streßsituationen. Seine sonst blasse Visage ist dunkelrot vor Wut, und er schwitzt. »Sita — wo ist Kennedy? Ich dachte, du ...«

»Ich habe den Fall nicht gelöst, Gassner. Spider Lo kam mir zuvor. Kennedy schuldet der Massingberd-Detektei was, nicht dir.«

»Sita!« Er weint fast. »Komm sofort her!«

Ich lächle. »Tut mir leid, Gassner. Mir reicht's. Ich hab's satt, und ich steig' aus. Wiedersehen.«

Er gerät in Panik. Ohne Telepathen ist er nichts, und das weiß er. »Das kannst du nicht tun, Bangla ...«

Ich kann. Das ›... desch‹ wird abgeschnitten, als ich meine Hand in das *nada*-Kontinuum/Realität-Interface hineinstoße. Die Genugtuung, Gassner losgeworden zu sein, vermindert den Schmerz darüber, meine Hand zu verlieren; meine Psi-Fähigkeit unterdrückt die frenetischen Signale, die durch meinen Arm schießen, und hält die Schmerzen unterhalb der Toleranzgrenze. Als ich zurücktaumele, ist das Handgelenk sauber durchtrennt, der Stumpf verbrannt und schwarz. Ich springe über den Zaun und stolpere durch die Kammer.

Neben dem Portal steht das Hologramm des Wissenschaftlers Pedro Fernandez, Entdecker des *nada*-Kontinuums und Wegbereiter. Er scheint mich anzulächeln, und dieses Lächeln kenne ich. Ich zwinkere ihm beim Rausgehen zu.

Joe berührt meinen Arm, als ich in den Gleiter steige und abhebe. Wir ziehen eine Kurve über der Stadt und nehmen Kurs auf das Meer. Ich sondiere Joe. Sein Kopf erwacht langsam zum Leben, als würde er vom Sonnenlicht erwärmt, das durch die Scheibe flutet. Ich lese Joes Verlangen, seine Sehnsucht.

Am Himmel über der Stadt, schräg gestellt, ergießt der Hologramm-Schirm die Frühmorgennachrichten über eine erwachende Welt. Ob Gassner bei den Übernahmeangeboten, die jetzt mit Sicherheit kommen werden, kapituliert? Ach komm, so ein Schluß wäre einfach zu sehr wie im Märchenbuch. Mir bleibt nur abzuwarten, bis wir in Rio ankommen, um es dann zu erfahren.

Bis dahin kann ich nur hoffen.

»Hast du die Kreds bekommen?« fragt Joe schwach.

Ich öffne die Reisetasche und schütte die Kristalle auf seinen Schoß.

»Epiphyse-Z«, erkläre ich ihm, öffne mich und zeige ihm das Erlebnis, das ich vor Monaten hatte, als ich auf dem Epiphyse-Z-Trip war und überlebte.

»Entweder Epiphyse-Z oder ich, Joe«, sage ich ihm. »Erleuchtung oder Liebe. Du hast die Wahl.« Und ich ziehe mich zurück, schließe mich. Ich will seine Entscheidung nicht beeinflussen, und ich möchte seine Liebesaffäre mit etwas, das ich nie zu begreifen vermag, nicht belauschen.

Der alte Pete? Tja, er hat mich nicht belogen. Er war tatsächlich eine Berühmtheit, früher einmal. Er war wahrscheinlich der berühmteste Mann der Welt. Vor Jahren war er Pedro Fernandez gewesen, Entdecker des *nada*-Kontinuums und Wegbereiter.

Jetzt weiß ich ohne Zweifel, daß alter Pete hinter seinem Schutzschirm doch ein guter Mensch ist …

Ich sehe rüber zu Joe. Er starrt die Kristalle an, die er in der Hand hält, wiegt die Erfahrung, die er einst hatte und verlor, gegen das ab, was ich ihm möglicherweise geben könnte. Er steckt die Kristalle wieder in die Tasche und schaut mich an. »Wir verkaufen sie, wenn wir in Rio ankommen, Sita. Wir finden einen Cyber-Chirurgen, um mich zu flicken, und kaufen dir eine neue Pfote …«

Erleuchtung oder Liebe? Vielleicht sind sie ein und dasselbe.

Meine Augen füllen sich mit Tränen, als ich uns von der Stadt weg auf die aufgehende Sonne zu fliege, einhändig.

Originaltitel: ›Krash-Bangg Joe and the Pineal-Zen Equation‹
Copyright © 1987 by Eric Brown;
erstmals erschienen in ›Interzone‹ 21, 1987;
mit freundlicher Genehmigung des Autors
Copyright © der deutschen Übersetzung
by Wilhelm Heyne Verlag, München
Aus dem Englischen übersetzt von Vincenzo Benestante
Illustriert von Jobst Teltschik

David Skal · USA

AMBIENTE

Tod, die große Obszönität —
wie seltsam, daß wir ihn mit drei Buchstaben schreiben!

Die Technologiegegner werden bei weitem nicht ernst genug genommen. Du sagst, sie wollen nur den Smog beseitigen und die Abwässer säubern? Denk noch einmal darüber nach! Diese Politiker und ›Intellektuellen‹, überhaupt diese verschiedenen Stimmen, die bei den Begriffen wissenschaftliche Abhandlung, Vernunft und Fortschritt wie Asthmatiker in Hustenanfälle ausbrechen — das sind unsere wahren Feinde! Eine Rückkehr zur natürlichen Schönheit, *fordern sie, doch es ist eine Rückkehr zu Wildheit, Irrationalität und Barbarei. Die grundsätzliche Inhumanität ihrer Ziele ist so obszön, daß jeder Zweifel am Charakter ihrer Moral selbst einer Obszönität gleichkommt.*

— Ona Ransome,
Die Lehre des Dionysos, eine Polemik

Sie hatte ihr Apartment in ein Gewächshaus verwandelt, so wie die ganze Welt zu einem Gewächshaus wurde, üppig und tropisch — eine Vorliebe für die Umwelt, durch ökologische Notwendigkeit gerechtfertigt. Afrikanische Veilchen, Zwergkakteen, Aloe Vera und indische

Schlingpflanzen. Rauhe Pflanzen. Feine Pflanzen. Das verwelkte, feinverästelte Gespinst des Bonsai. Du atmest aus, und sie atmen zurück. Jedenfalls las sie das oft genug — für gewöhnlich zweimal am Tag, zuerst auf dem morgendlichen Fax, dann später beim Essen, wenn die serifenlosen Ankündigungen zu exquisiten Salaten zerhackt wurden. Im Gegensatz zu vielen ihrer Zeitgenossen, die ebenfalls die eßbaren, aber nichtssagenden Werbeblätter zerhackten, glaubte *sie* an Engagement. Nahrung für den Geist wie für den Körper.

Tja. Die Polkappen schmolzen. Der Weihnachtsmann würde schwimmen lernen müssen, und ihre Kakteen und Gummibäume würden ihren Platz dem Seetang überlassen. Der Fortschritt ließ sich nicht aufhalten.

Du bist zynisch, schalt sie sich. Sie würde das heute abend mit einem etwas relevanteren Salat als sonst wiedergutmachen. *Krebsheilung in Sicht,* mit Roquefort-Dressing.

Sie hieß Gudrun Maxa. Maxa — in diesem Namen klang Überfluß an, das obere Ende der Skala, das Höchste. Sie hatte einen breiten einladenden Mund und braune, schimmernde Augen. Ihr großer Körper, für den sie sich als Kind geschämt hatte, war zu einer großzügigen weiblichen Sinnlichkeit gereift. Gudrun Maxa.

Wie gewöhnlich regnete es. Rußigschwarzes Wasser lief an den Fensterscheiben ihres Apartments herunter. Sie hatte es sich zur Regel gemacht, das Wirken der Elemente zu beobachten, und das war nur natürlich, da sie in einem lokalen Fernsehsender den Wetterbericht ansagte. Dieser Job hatte eine gewisse Widerstandsfähigkeit ihres Charakters herausgebildet, eine Zähigkeit, wenn man so will, aber eine Zähigkeit, die von einer gehörigen Portion Optimismus abgemildert wurde. Ihr zweimal täglich ausgestrahlter Fernsehspot ›Wetterwechsel‹ (welch subtile psychologische Suggestion!) zeugte von diesen Qualitäten; egal, wie ätzend und tödlich die Atmosphäre wurde, wie viele Todesfälle auch stattgefunden hatten (über die man ohnehin nichts sendete, aber Gudrun bekam die Statistiken), Gudrun Maxa schenkte jedem ihr sonniges Lächeln. Und wenn sich in den Leuten nach ihrer Sendung das Gefühl regte, aber ja, das Wetter ist *wirklich* ein bißchen besser geworden, hatte sich dann nicht der ganze Aufwand gelohnt?

»Die Beharrlichkeit und Allgegenwart des Leugnens! Seine Bedeutung für das Überleben wurde lange übersehen — betrachte dich als einen Engel der Gnade in einer Welt, die nach Wundern dürstet.«

So hatte es Andrew ihr erklärt — Andrew, der Programmdirektor, als man sie für diesen Job ausgewählt hatte. Handverlesen, wie sich herausstellte — obwohl sie und Andrew jetzt seit Monaten nicht mehr miteinander geschlafen hatten.

Sie war sich nicht ganz sicher, was eigentlich geschehen war. Es gab keine Zwietracht zwischen ihnen, nur keinen Sex. Sie aßen zwar immer noch zusammen zu Mittag, lächelten sich freundlich zu und tratschten auch über den neuesten Studioklatsch ... Aber irgend etwas anderes war verpufft. Andrew sprach nicht darüber, und Gudrun machte sich deshalb keine Gedanken. So war es leichter.

Sie dachte auch nicht darüber nach, als sie vor den Blue Screen trat, um für die photosynthetische Verwandlung vor den Kameras Modell zu stehen. Ihr natürlicher Teint war eher blaß, aber nicht so bleich, wie das doppelweiße Make-up, das sie aufgetragen hatte, damit die Techniker ihr elektronisch einen ungesunden, aber attraktiven skandinavischen Bronzeton darüberlegen konnten (ihr Arbeitsvertrag enthielt, wie die meisten heutzutage, eine Krebsklausel).

Sie fragte sich oft, welcher Hintergrund elektronisch eingeblendet wurde, ob zum Beispiel gerade das Band mit dem dreidimensionalen Ausblick auf weite, windbestrichene Felder lief. Vielleicht ein Tauwetter im Frühling ... Büschel strohfarbenen Grases, das aussah wie die gebeugten Köpfe flachsblonder Frauen ... jungfräulich ... frisch ...

Plötzlich hustete jemand heftig. Gudrun spürte, wie sie unter der Schminke errötete. Die Kameramänner fluchten lauthals.

»Zum Teufel noch mal, werft sie raus!« Andrew war außer sich. Leider konnte Gudrun nicht erkennen, wer für die Störung verantwortlich war. Die Techniker murrten zornig, da sie ohnehin schon Überstunden machten. Gudrun verließ das heiße, holographische Leuchtfeld, in dem sich ihr Kostüm langsam in klebrigen Spinat verwandelte hatte, und sah, daß Andrew eines der Büromädchen am Kragen packte.

»Was bildest du dir eigentlich ein, deinen Dreck hier hereinzuschleppen und uns Zeit und Geld zu stehlen? Antworte mir, du Zicke!«

Das Mädchen zitterte in seinem Griff. Sie hatte hohe Wangenknochen und einen gelblich-blassen Teint, den das spärliche und ungeschickt aufgetragene Make-up nicht verbergen konnte. »Es tut mir schrecklich leid, Sir ... Ich sollte diese Blätter hier abgeben ... Sie haben gesagt, es sei wichtig ...« Obwohl sie nicht über zwanzig sein konnte, wirkte sie aus der Entfernung viel älter. Sie erweckte den gleichen verhärmten Eindruck wie einer von Gundruns Bonsai-Bäumen, ein ungesundes, fremd anmutendes Aussehen. Als sie auf dem Fußboden herumkroch, hastig die Blätter aufsammelte und sie Andrew reichte, eine Opfergabe, um ihn zu besänftigen, sah sie in ihrem Arbeitskittel wie ein großes Schalentier aus.

Andrew warf einen Blick darauf und brach in Gelächter aus. »Wißt ihr, was das ist?« rief er laut in den Raum hinein. »Klempnerrechnungen! Für die Reparatur der Toiletten! Scheiße!« Er hielt dem Mädchen die Blätter unter die Nase. »Jemand in *meiner* Abteilung hat sie dir gegeben? Ja? Und wie, um alles in der Welt, kommst du darauf, daß ein Mann in meiner Position die Rechnungen für ein Scheißhaus brauchen oder haben wollen könnte?«

Dem Mädchen traten Tränen in die geröteten Augen. Sie setzte zu einer Antwort an, wurde aber plötzlich von einem Hustenanfall geschüttelt, der noch schlimmer als der letzte war — obszöne, rasselnde Geräusche wie von einem alten Blasebalg. Spuckte sie dabei etwa Blut? Gudrun konnte es nicht genau erkennen.

Die Leute umringten das Mädchen, ihr Murmeln erinnerte an einen leisen Singsang, fast unhörbar: *Abschaum, Abschaum, dreckiger Abschaum* ... Vor Gudruns geistigem Auge entstand das Bild eines rituellen Exorzismus.

Das Mädchen preßte den Mund auf den Fußboden und hielt die Augen vor Schmerz krampfhaft geschlossen. *Abschaum! Abschaum!*

»Andrew ...«

»Schau nicht hin!«

»Um Himmels willen, Andrew, ich bin schließlich kein Kind mehr.« Aber trotzdem spürte sie, wie ihr Gesicht errötete. Ob man es wohl durch die dicke Schicht Farbe erkennen konnte?

Andrew beachtete sie nicht weiter. Das Mädchen wurde hinausgeschleift. »Ich fasse es nicht«, murmelte er. »Sowas sieht man jetzt ständig.«

Gudrun wollte irgend etwas dazu beitragen. »Aber haben sie nicht ... ihre eigenen Orte?« *Tuberkulöse Krebsgettos.*

»›Gleiches Recht auf Arbeit‹, nennt man das — mein Gott, das sind doch nur Tiere.«

Gudrun empfand trotz allem ein wenig Mitleid mit dem Mädchen. Sie war offensichtlich von den Idioten in Andrews Abteilung zum Narren gehalten worden. Diese heimtückischen Schweine hatten es vom ersten Arbeitstag an auf sie abgesehen gehabt. Gudrun hatte das alles beobachtet. Aber trotzdem ...

»Mach dich fertig, und dann laß uns essen gehen«,

sagte Andrew ungerührt. Er drückte ihre Hand und verschwand in seinem Büro. Gudrun war schon auf dem Weg zur Garderobe, als ihr das Skript einfiel, das sie bei Andrew vergessen hatte. Sie ging noch einmal zurück und klopfte an seine Tür. Von drinnen ertönte laute Musik.

»Andrew ...?«

Leise öffnete sie die Tür. Sie blieb wie erstarrt stehen.

Andrew stand über seinen Schreibtisch gebeugt, preßte sich das Taschentuch vor den Mund und wurde von einem schlimmen Hustenanfall geschüttelt. Das Geräusch sollte von der Musik übertönt werden. Er konnte nicht sehen, daß sie in der Tür stand, denn er hielt die Augen fest geschlossen. Sein aufgeschlagenes Notizbuch war mit blutigem Schaum bespritzt.

Gudrun beschloß, nichts gesehen zu haben.

Sie zog schnell die Tür hinter sich zu und eilte davon, um sich abzuschminken. Das Gesicht im Spiegel war aufgedunsen und verbraucht. Sie fühlte sich seltsam entrückt und ein wenig benommen. Sie wartete auf Andrew. Schließlich kam er.

»Fertig?« fragte er und klopfte sich auf den Bauch. Der morgendliche Vorfall hatte offensichtlich seinen Appetit angeregt.

Sie sprechen von natürlicher Schönheit. Sie sprechen von einer Welt, die von der Technologie entstellt und entweiht worden ist. Sie sehen nur die eine Seite und lassen die rationalen *Errungenschaften der Menschheit völlig außer acht, genau wie den Abfall, gegen den sie wettern. Wer von uns ist noch nie Zeuge der überirdischen Schönheit eines Sonnenuntergangs unserer Tage geworden, der reizvollen Wolken von Orange, Magenta, Rostrot — wo die Natur selbst ihre Unterwerfung anerkennt, den Triumph der*

Menschheit bezeugt? Keine vorindustrielle Zivilisation hat ein derartiges Schauspiel erleben dürfen.

— ONA RANSOME,
Die Lehre des Dionysos

Das Mittagessen nahmen sie im Kunstmuseum unter freiem Himmel ein, in einem Gartenpatio mit Blick auf den von Vandalen beschädigten ›Denker‹ von Rodin. Vor Jahren war diese Skulptur Opfer eines Sprengstoffanschlags geworden; danach hatte man sie als Symbol der ›Krankheit unserer Gesellschaft‹ restauriert. Das anti-intellektuelle Element. Die Dionysos-Anhänger. Der Sockel der Skulptur fehlte fast vollständig, und die verwitterten Fragmente, die jetzt auf einem hölzernen Gestell ruhten, erinnerten Gudrun ein wenig an Quasimodo, wie er auf einer gewaltigen Bronzeglocke hockte.

Verborgene Sauerstoffdüsen zischten gedämpft im Hintergrund.

»Ich weiß, daß wir normalerweise nicht über ... ernste Dinge sprechen«, leitete Andrew ihre Unterhaltung ein, während er seine Serviette entfaltete. Er hatte ein schiefes, aber ausdrucksstarkes Gesicht, dem jedoch das ebenmäßige, gute Aussehen eines Mannes vor der Kamera fehlte. Als wollte er seine Eröffnung abschwächen, lachte er nervös auf. »Tut mir leid. Laß uns die ganze Sache einfach vergessen, einverstanden?«

»Nein«, antwortete Gudrun sofort und lehnte sich zu ihm hinüber. Ihr Blick aber wanderte zum Nachbartisch, an dem ein Luftkopf und ein kleiner Mann mit wäßrigen Augen saßen.

Luftköpfe ... Man züchtete sie auf speziellen Aerobic-Farmen. Groß, knabenhaft und muskelbepackt ... sauerstoffübermästete Exemplare, die vor Gesundheit und Vitalität nur so strotzten. Darauf konditioniert, jede Identitäts- oder Glaubenskrise erfolgreich zu therapieren, wurden ihre Dienste überwiegend von Unentschlossenen oder chronischen Zweiflern in Anspruch genommen. Seine Stimme klang besänftigend und salbungsvoll: »... nichts endet wirklich ... nur Wiedergeburt ... ein fortwährender Kreislauf ...« Der kleine Mann krümmte sich zusammen und keuchte heftig, woraufhin ihn der Luftkopf fürsorglich in die Arme schloß. Gudrun schaute weg.

»Nein, Andrew ... falls es da etwas gibt, worüber du unbedingt sprechen möchtest ...«

»Ich möchte nur, daß du weißt, ich verabscheue den Vorfall von heute morgen genauso wie du. Ich meine das Mädchen. Ich weiß, daß du mir das nicht so einfach abnimmst, aber ich habe meine Anweisungen, und ... Nun, um es einmal auf den Punkt zu bringen: Ich bin in keiner Position, das anfechten zu können.« Er preßte seine Lippen zu einer schmalen Linie zusammen und schwieg für einen Augenblick. »Seitdem das Mädchen ... Carla war ihr Name ... vor drei Wochen zu uns kam ... ist nichts mehr so, wie es einmal war. Es herrscht eine Stimmung wie im Leichenschauhaus.« Gudrun errötete. »Du weißt selbst, wie die Techniker sie behandelt haben. Mit den Sekretärinnen war es nicht anders ... Alle waren schlecht gelaunt und leicht reizbar, sobald sie nur in ihre Nähe kam. Und heute dann dieses ... Husten. Es ist einfach deprimierend.«

Gudrun rutschte unruhig auf ihrem Stuhl hin und her.

»Ich habe in der letzten Zeit über einiges nachgedacht«, fuhr er fort. »Über die üblichen Dinge ... Geld, Status und Sex.« Wieder lachte er nervös. »Es ist schon seltsam, wie das Leben so spielt. Die Art, wie die Welt uns aus dem Nichts ausspuckt, uns für eine Weile allein an der Leine herumlaufen läßt und uns dann wieder verschlingt. Ich weiß, das klingt nach Unterstufe. Existentialismus, Kurs 101, stimmt's? Es lohnt sich nicht, noch mehr Worte darüber zu verlieren. Du mußt wissen, daß ich am College in Philosophie durchgefallen bin. Mußte den Kurs dreimal wiederholen ... Mein Professor war so ein verdammtes Schlitzaugengenie — ich *schwöre* dir, der Mann war tatsächlich mit Leib und Seele davon überzeugt, daß der ›Relativismus/Absolutismus-Gegensatz‹ die einzige treibende Kraft im Universum ist. Ich weiß es klingt albern ..., aber manchmal komm ich mir so dumm vor, weil ich mich nie für die wirklich wichtigen Fragen interessiert habe. Ich meine, was es mit allem auf sich hat, und so weiter. Mein Gott, ich muß mich ja wie ein Narr anhören, wie ein kleiner Schuljunge. Tief im Innern weiß ich natürlich, daß es nur semantisches Geschwätz ist, Philosophie und der ganze Kram — aber manchmal frage ich mich, besonders in letzter Zeit, ob es die Dinge vielleicht nicht doch etwas ... erträglicher machen könnte.« Er starrte das Eis am Boden seines Glases an. »Kannst du mir überhaupt noch folgen?«

Gudrun hatte weniger seinen Worten als vielmehr dem Klang seiner Stimme gelauscht, dieser kontrollierten Strenge, die nur von nervösen Ausbrüchen selbstverachtenden Gelächters unterbrochen wurde. Sie musterte ihn, wie er da in seinem lächerlichen Jackett saß, mit ausgestellter Brust und gepolsterten Schultern, über das sie lieber nicht weiter nachdenken wollte. Es war ihr unangenehm. Sie verspürte das Verlangen zu entfliehen, bevor er zuviel von sich preisgab und sie durch irgendein Geheimnis, ein schreckliches Wissen, untrennbar aneinandergekettet wurden.

»Ich sterbe, Gudrun.« Er sah ihr direkt in die Augen. »Erzähl mir nicht, daß du es nicht bemerkt hast.«

Sein Ton wurde ungehalten. Gudrun spürte, wie in einem Verteidigungsreflex Ärger in ihr aufstieg. *Ich bin keins deiner Büromädchen! Laß mich in Ruhe!*

»Sieh mich an!« herrschte er sie an. »Das ist ja wohl das mindeste, was du tun kannst. Um Gottes willen, ich sterbe. Sie wissen nicht genau, was es ist, aber es steht außer Zweifel, daß es tödlich verläuft.«

Sie bemühte sich, ihn einfach zu überhören.

»... unter anderem nimmt der Körper den Sauerstoff nicht mehr wirksam auf — es gibt eine Theorie, die besagt, daß das alles Teil eines neuen Evolutionsschritts ist und daß der Organismus nach Möglichkeiten sucht, sich der vergifteten Umwelt anzupassen. Bis das gelungen ist, sind wir nichts als die gottverdammten Versuchskaninchen der Natur.«

»Andrew«, platzte sie heraus, »mir ist egal, wie es sich anhört, aber ich wollte dir schon lange sagen, daß wir uns besser nicht mehr treffen ...«

Er schaute sie ungläubig an. »Du hast mir überhaupt nicht zugehört, oder? Gudrun, ich sterbe, so wie dieser Planet stirbt, und du scheinst die eine wie die andere Tatsache einfach zu ignorieren.«

»Andrew, bitte ...«

»Bist du blind? Siehst du etwa nicht, daß ich in den letzten sechs Monaten fünfunddreißig Pfund abgenommen habe, daß ich ausgepolsterte Jacketts trage, um es zu verbergen, und daß ich wahrscheinlich meinen Job verlieren werde, weil an mir der Gestank des Todes haftet, Gudrun; der Gestank von Tod, Grabwürmern und hundert anderer schrecklicher Realitäten, über die in unserer Gesellschaft noch nicht einmal mehr Lippenbekenntnisse abgelegt werden!« Er schlug heftig mit der Faust auf den Tisch. Köpfe drehten sich nach ihnen um. Gudrun schloß die Augen.

Du bist zwölf Jahre alt, und dein Vater heißt Gerhard Maxa, ein Mann, der jeden Morgen aufsteht und seine Innereien in die Kloschüssel hustet. Mit diesem widerlichen Geräusch wachst du jeden Tag auf; du liegst im Bett und möchtest schreien, alles um dich herum ist schmutzig und dreckig, diese Perversen von einer Familie — aber wen interessiert das schon? So trägst du denn deine Scham mit in die Schule, während dein Vater in Fabriken arbeitet, an die achtbare Leute nicht einmal einen Gedanken verschwenden.

»Wir müssen überleben, Andrew!« Jetzt war es heraus. »Leute wie du machen immer alles so schwierig ...«

»Ich weiß.« Andrew sah sie nicht mehr an. »Die Beharrlichkeit und Allgegenwart des Verleugnens«, zitierte er sich selbst und schnalzte mit der Zunge. »Das war doch immer meine Devise, nicht?« Seine Stimme klang kühl und ironisch. »Du hast deine Lektion hervorragend gelernt, Gudrun.«

Unbeholfen stammelte sie: »Ich ... ich werde dich nicht vergessen, Andrew. Wirklich, ich werde ...«

»Bloß keine sentimentalen Gefühlsausbrüche. Wir leben schließlich in einem Zeitalter der Kurzlebigkeit, nicht wahr?«

Beklommen biß sie sich auf die Unterlippe. »Danke, Andrew. Vielen Dank.«

Nachdem sie auseinandergegangen waren, spürte Gudrun hämmerndes Dröhnen im Kopf. Irgend etwas war mit der Luft. Eine Spannung im Nacken. Da sie ihre Maske nicht bei sich trug, fingen ihre Augen schon bald an zu tränen. Vergeblich versuchte sie, sich an die Giftwerte zu erinnern, die sie am Morgen in der Sendung verlesen hatte. Über ihr wanden sich blau-graue Dunstwolken am Himmel wie Ektoplasma.

Mit getrübter Sicht und brennenden Augen reihte sie sich in die Warteschlange vor einer Sauerstoffkabine ein. In unmittelbarer Nähe hielten die Ransomiten eine Versammlung ab. Ona Ransome, eine zähe und unnachgiebige, knorrige Frau, führte selbst das Wort. Ihr Gesicht schützte sie mit einer vergoldeten Atemmaske, auf der das Dollarzeichen eingraviert war. Sie feuerte die Menge mit einer rauhen, akzentuierten Stimme an: ... die Bedrohung durch die Neomystiker ... die Bedrohung durch eine unbesiegte Natur ... die Bedrohung, immer wieder die Bedrohung. In Gudruns Kopf hämmerte es fürchterlich. Es fühlte sich an, als ramme ihr jemand einen Eispickel ins Gehirn.

»Sie begnügen sich nicht damit, die Luft und das Wasser zu reinigen; sie fordern das Verbot von Einkaufszentren, Schnellstraßen und dem Güterverkehr, kurz gesagt: diese Brut von Dionysos-Anhängern schreit nach dem Ende Amerikas, nach dem Ende der Zivilisation!«

Ihr Publikum, eine wogende, brüllende Menge, reagierte prompt auf jedes Stichwort, und warum auch nicht? Hatte sie nach allem, was geschehen war, nicht recht? Warum sollte man die unangenehme Last der Schuld mit sich herumschleppen, wenn Ona Ransome so deutlich die Schuldigen benannte.

An der Sauerstoffkabine entstand ein heftiger Tumult; ein Mann weigerte sich, seinen Platz nach den ihm zustehenden dreißig Sekunden zu räumen. Gudrun zog ein Taschentuch aus ihrer Handtasche und bedeckte damit ihr Gesicht.

Was sind das für Leute, fragte sie sich. Mit hageren, trostlosen Gesichtern und gelbbrauner Haut, die sich eng und straff über den Knochen spannte. Flachbrüstige Frauen mit rissigen Lippen, zwischen deren Kopfhaar Flecken durchschimmerten wie von Lepra, eine von der bloßen Luft vertrockneten und verbrannten Haut! Kopftücher und Stoffstreifen, wie Knebel vor die Münder gewickelt. Einige Ransomiten stießen wüste Beschimpfungen aus; der Mann in der Sauerstoffkabine verteidigte stur seinen Platz.

»Die Absicht der Dionysianer ist klar — eine Rückkehr zur Natur in ihrer ganzen Häßlichkeit, eine Lebensweise, die man am treffendsten mit drei Eigenschaften kennzeichnet: rauh, brutal und kurz!«

Einige Männer aus der Warteschlange — Geschäftsleute und Beamte — taten sich mit einigen Ransomiten zusammen, um den Störenfried aus der Kabine zu entfernen. Er wurde niedergeschlagen und mit Füßen getreten. Er zuckte und zitterte wie ein frischgeworfenes Wiesel. Blut floß. Seine Angreifer standen plötzlich einem Dutzend asketischer Männer und Frauen gegenüber, die ihre Spruchbänder und Protestplakate ebenso schwangen wie ihre knochigen Fäuste: FRISCHE LUFT SOFORT! UMWELTVERSCHMUTZUNG IST VÖLKERMORD!

Ona Ransomes Rede ging in dem Tumult unter. In der Ferne hörte man das monotone Sirenengeheul einer nahenden Anti-Krawall-Einheit. Gudrun wurde von allen Seiten derart bedrängt, daß sie sich kaum bewegen konnte und vom Gewoge des aufgebrachten Mobs mitgerissen wurde. Schreie gellten. Fluchtartiges Gerenne. Armselige Gestalten fielen vor Anstrengung und Erschöpfung zu Boden und wurden von der Menge niedergetrampelt.

Da teilte sich die Menge schlagartig, und Gudrun starrte direkt in das rattenhafte Antlitz des Mannes aus der Sauerstoffkabine. Sein Gesicht war zerfetzt, die Augen rasend vor Blut und Schmerz. In Gudruns Kopf drehte sich alles. Sie war der Ohnmacht nahe. Sie streckte eine Hand nach ihm aus, eine bedeutungslose Geste.

Der Mann entnahm etwas aus einem Bündel an seiner Seite und schleuderte es mit einer letzten Kraftanstrengung von sich. Es fiel direkt vor Gudruns Füße und sah aus wie ein zäher, rosa Fisch, überkrustet mit Teer, der nach einem fauligen Konservierungsmittel stank.

Eine menschliche Lunge.

Sie betrat eilig die Bar und nahm sofort die beruhigenden Geräusche eines natürlichen Ambiente wahr: zwitschernde Vögel, plätscherndes Wasser. Ihr erster Blick fiel auf ihn — ein mächtiger Brustkorb zeichnete sich unter dem photosynthetischen Netzhemd ab. Auf dem Ärmel prangte das Staatsemblem.

Verschüchtert nahm sie an einem Ecktisch Platz und spülte ihre trockene und staubige Kehle mit einem erfrischenden Getränk frei. Der Luftkopf gähnte.

Ihr Puls beschleunigte sich. Da war es wieder, das

Zeichen, delikat und verführerisch wie das Zerwühlen von Bettlaken …

Er setzte das Milchglas auf dem Tresen ab und erhob sich, um an sie heranzutreten, kräftige Schultern wogten, seine Brust ein einziger Spielplatz von Muskeln. »Hast du Zweifel?« fragte er. Eine Standardfrage, die sie einfältig mit einem Kopfnicken bejahte. Der Luftkopf hatte keine Zweifel.

»Es ist wichtig, glauben zu können …«

Der Sauerstoff machte sie benommen. Sie atmete tief ein und entspannte sich. Ein und aus. Die Welt schmolz dahin. Der Luftkopf lächelte.

Sie hielt die Luft an, als er ihr in einem ausgedehnten Segen die Hände auflegte.

Originaltitel: ›Ambience‹
Copyright © 1975 by Damon Knight, erneuert © 1993 by David J. Skal
erstmals erschienen in ›Orbit 16‹, hrsg. von Damon Knight;
mit freundlicher Genehmigung des Autors
und Uwe Luserke, Literarische Agentur, Stuttgart
Copyright © 1993 der deutschen Übersetzung
by Wilhelm Heyne Verlag, München
Aus dem Amerikanischen übersetzt von Ralph Tegtmeier

Zbyněk Rill · Mähren

DAS LETZTE GERICHT

Ist dir nicht die Geschichte
von der Katastrophe
des Gerichts zu Ohren gekommen,
die alles zudecken wird?

KORAN, Sure 88, Vers 1

Der Wind beginnt manchmal, wenn er durch die Wüste streift und dabei auf ein Hindernis stößt, das er umspielen muß, ganz merkwürdig zu singen. Der Palmenhain einer Oase, eine alte, zerbröckelte Lehmmauer, deren Erbauer niemand mehr kennt, oder — damit wir gehörig in der Gegenwart landen — die verrosteten Reste eines liegengebliebenen Landrovers, gar eines Panzers oder einer Haubitze aus der letzten kriegerischen Aktion vor Ort, gewinnen, wenn man nur genügend hinhört und seine eigenen Gedanken zum Schweigen bringt, durch diese Windorgel eine ganz besondere Aura.

Und wenn wir uns zur Beschreibung dieser Aura in die bekannte europäisch romantische Pose werfen und sagen: der Wind flüstert uns die Geheimnisse der Vergangenheit zu, und wenn wir dann noch einmal den Blick auf die so gar nicht romantischen, kaputten Panzer und Haubitzen werfen, können wir fortfahren: vielleicht weiß er auch über Gegenwart und Zukunft Bescheid, und seine Melodie läßt uns am Ende das Gefühl für Raum und Zeit überhaupt vergessen.

In der großen persischen Wüste, der Dascht-e Kavir zwischen Ghom und Mesched, liegen die Trümmer von der amerikanischen Kommandoaktion vom 25. April 1980 herum, die Hubschrauber und der C-130-Transporter, mit denen versucht worden war, die Geiseln von der Botschaft der Vereinigten Staaten von Amerika aus den Händen der revolutionären Mullahs zu befreien.

Der kleine Wüstenort Tabas kam so zu einer makabren Berühmtheit. Das Regime weidete den blamablen Mißerfolg Präsident Carters und seiner Spezialeinheit propagandistisch bis zum Überdruß aus, um den Persern einzuhämmern:

Imam Khomeini hat die Wahrheit gesagt, als er die Amerikaner als machtlos bezeichnete! Der ›Große Satan‹ jenseits des Atlantiks hat sich an der Islamischen Revolution die Zähne ausgebissen!

Die Kinder der nahen Dörfer in der Wüste wachsen weit von Teheran und von den Zentren der Weltpolitik auf, und anscheinend spielen sie ganz unbefangen in den militärischen Trümmern herum. Der Abfall der Geschichte gibt immerhin noch einen hervorragenden Abenteuer-Spielplatz ab! Die Kinder haben ja kaum erst bewußt zu denken begonnen, könnte man meinen — etwa Sohrab und seine Schwester Quadiyeh, die jedesmal nach der Koranschule zu der ausgebrannten Hubschrauber-Kanzel rennen, wie magisch angezogen, ohne auf das Schimpfen ihrer Eltern und Großeltern zu achten.

»Daß ihr euch an den scharfen Kanten nur ja nicht schneidet!« quäkt Sohrab und äfft seinen Vater nach, »am Ende treiben dort die bösen Geister ihr Unwesen!«

Quadiyeh lacht, indem sie auf den zerfetzten Pilotensitz in einer der Hubschrauberkanzeln krabbelt: »Der Wind schneidet sich ja auch nicht!«

»Immer noch freundlicher, dieser Wind, als die Stimme unseres Muezzins«, schreit Sohrab dazu, »als ob

man oben auf dem Minarett nicht den Lautsprecher auswechseln könnte!«

»Still!« Quadiyeh duckt sich plötzlich auf ihren Sitz, »da ist irgendwo noch jemand — Sohrab, du solltest lieber nicht so frech sein, denn wenn das einer hört und dem Koranlehrer erzählt ...«

Dann stockte sie, schrie leise auf, und auch der erst so freche Sohrab klammerte sich nun ängstlich an die rostige Tür des Hubschraubers.

Vor ihnen, wie aus dem Wüstenboden hervorgewachsen, stand ein Junge, den sie nie gesehen hatten. Mit ernstem Antlitz, das zu seinem Alter kaum paßte, in einer altertümlichen Kleidung, wie sie niemand im Dorf trug, stand er da und schwieg einfach. Er blickte beide streng an, und sie brachten den Mund nicht auf.

Der Wind, der geweht hatte, schien auch verstummt zu sein. Totenstille, fuhr es Suhrab durch den Kopf, wie damals in dem Augenblick, als ich am Sterbebett meines Onkels saß und der gerade erstarrte!

Quadiyehs Hände zitterten.

Der fremde Junge begann nun zu lächeln. Die heiße Nachmittagssonne stand über seinem Kopf und umstrahlte ihn um so mehr, je freundlicher er lächelte.

»Lautsprecher hin und her«, sagte er ohne besondere Betonung, verbindlich und fast beiläufig. »Der Gebetsruf ist etwas Heiliges. Das wissen nicht alle Kinder, auch nicht alle Erwachsenen. Nicht einmal diejenigen, die euch regieren, wissen das!«

Sohrab faßte sich ein Herz und erwiderte: »Du redest so würdig wie unser Koranlehrer, dabei bist du doch ein Junge wie ich. Unsere Großmutter nennt so etwas Altklugheit — du entschuldigst.«

»Nein«, fuhr der fremde Junge ruhig fort, »ich bin kein Junge wie du. Ich bin Mohammed, dessen Beinamen ihr sicherlich schon in der Koranschule gehört habt: *Al Mahdi al Muntazar,* das heißt *Der erwartete Mahdi.*«

Im selben Augenblick begann der Wind wieder die Trümmer zu umstreichen, aber mit einem ganz anderen Wohlklang als zuvor.

»Hört ihr?« fragte der Junge. »Das ist die Melodie der Endzeit, die ich heranführe, und die Melodie wird andauern, bis die Endzeit eingemündet ist — in das Große Gericht.«

Sohrab und Quadiyeh brachten den Mund vor lauter Staunen nicht zu. Was der Junge da sagte, klang so ähnlich wie im Religionsunterricht. Wenn sie da nur besser aufgepaßt hätten! Oder sollten sie den Fremden als einen besonders verrückten Angeber nicht lieber auslachen? Oder sich vor ihm in den Staub werfen?

»Ich mag Kinder«, fuhr der Fremde fort, »nicht etwa, weil ich selbst noch ein Kind bin. Denn das bin ich nur äußerlich. In Wirklichkeit aber, wie ihr wissen müßt, wenn ihr auf euren Koranlehrer gehört habt, kenne ich Allahs gesamte Offenbarung, die er dem Propheten Mohammed in seiner Gnade hat zuteil werden lassen, und ich kenne sie besser als alle Gelehrten der gegenwärtigen und vergangenen Zeit zusammen.«

Seine Stimme hob sich kaum, als er fortfuhr:

»Und ich weiß alles, was man über das Letzte Gericht wissen muß, obwohl ich seit den Zeiten des irregeleiteten Kalifen Al Mutamid in der Vergangenheit gelebt habe. Muß ich euch noch mehr sagen? Kinder aber gelten überall auf der Welt als die Zeichen einer glückverheißenden Zukunft, denn sie sind noch unberührt von den Fehlern, Lastern und Verbrechen der Erwachsenen. Das wissen sogar die Christen und machen einen großen Kult um ihren Propheten Isa, als er noch als Kind in der Wiege lag — aber was rede ich lange! Gebt mir die Hand, fürchtet euch nicht und folgt mir. Denn ich, der Mahdi, weiß, was gut ist für euch und die ganze Welt.«

Die Kinder kletterten aus dem verrosteten Hubschrauber und reichten ihm die Hand.

»Daß du ausgerechnet zu den Trümmern da kommst …«, begann Sohrab zögernd. Er faßte immer noch nicht, was ihm und seiner Schwester begegnet war, und mißtraute dem fremden Jungen immer noch. »Irgendwo in seinem Palast in einer großen Stadt, oder drüben in Isfahan, wo es angeblich so ausschaut wie im Paradies, da paßt doch der Mahdi besser hin …«

»Das hat nichts mit meiner Bescheidenheit zu tun«, antwortete der Junge, »denn nur Lumpen sind bescheiden, wie einmal ein Dichter der Ungläubigen gesagt hat. Ich war viel mehr schon immer an diesem Ort, unsichtbar, aber doch wahrnehmbar, wie der Wind hier. Die Regierung in Teheran hat damals, als die Amerikaner bei Tabas scheiterten, behauptet, ein Blitzstrahl der Engel hätte deren Aktion zunichte gemacht. Und andere wiederum sagten, nur das Ungeschick und das Versagen der Technik seien an der Katastrophe von Tabas schuld gewesen. Aber die Technik hat ja versagt, als die Hubschrauber in einem Sandsturm gerieten, und wer hat das Unwetter aufgewirbelt, wenn nicht der Wind, also mein Atem über die Wüste? Da war eure Regierung mal ausnahmsweise nicht weit weg von der Wahrheit.«

Er blickte in die Ferne.

»Damals habe ich die Regierung also noch unterstützt, aber jetzt tue ich das nicht mehr. Sie hat inzwischen meinen Namen und euren Glauben an mich zu lange mißbraucht, doch sie mußte mit diesem Glauben stehen oder fallen. Das heißt nunmehr: sie muß fallen, und mit ihr sind alle Regierungen dieser Welt verdammt. Denn wenn selbst die Rechtgläubigen in die Irre gehen, ist von den Ungläubigen erst recht nichts zu erwarten. Manche in Teheran wissen das, wagen es aber nicht auszusprechen, weil sie um ihre Macht und um ihr Leben zittern, die Erbärmlichen.«

Er sah die Kinder an.

»Imam Khomeini wußte es, denn er hat euch nur zu neuem Götzendienst verführt, zum Götzendienst an seiner Person! Und deshalb hat er auch gesagt, selbst Religion und Moral können in den Abgrund führen ...«

Der Fremde hielt inne und betrachtete erneut Sohrab und Quadiyeh. Die Kinder starrten ihn fassungslos an. Er lächelte wieder, zog sie an ihren Händen näher zu sich heran und ging mit ihnen ihrem Heimatdorf zu.

Die Schatten wurden länger.

Mesched im Nordosten Persiens ist eines der größten Heiligtümer der Schiiten, denn dort liegt ihr achter Imam begraben: Ali, mit dem Beinamen ›Das Wohlgefallen Allahs‹.

Deswegen versteht sich, daß der Polizeichef von Mesched, der auf die beständigen Pilgerfahrten an den Schrein von Imam Ali ein wachsames Auge haben muß, ein ausgesprochener Vertrauensmann der Mollah-Regierung in Teheran ist.

Allerdings wäre ein milder, weißbärtiger, den Studien des Koran hingegebener älterer Herr dabei eine Fehlbesetzung. Wundern wir uns also nicht, daß Hassan Nahawandi, der über die Polizei in jener Ecke Persiens kraftvoll gebot, das ziemliche Gegenteil der Persönlichkeit war, als die uns der sanfte, immer zu Legenden taugliche Imam Ali, ›Das Wohlgefallen Allahs‹, überliefert ist.

Hassan Nahavandi hatte sich als ›Revolutionswächter‹ im Fronteinsatz gegen den irakischen Angriff in Kurdistan und Chusistan emporgedient. Seine Linientreue hatte sich von der Beförderung zu Beförderung gesteigert, wenn man das so sagen kann.

Am Ende war jedoch seine Kriegsverwundung nicht ganz ausgeheilt, und man gab ihm den zwar verantwortungsvollen, aber nicht mit täglichem harten Einsatz verbundenen Posten des Polizeichefs von Mesched, wo er neben den Pilgern auch die Flüchtlinge aus Afghanistan zu beargwöhnen hatte. Er hatte gerade ein wenig durchgeatmet, als die Afghanen nach dem Abzug der Sowjets wieder in ihr Heimatland zurückzukehren begannen, aber eines Vormittags flatterte ihm in Gestalt verschiedener Polizeiberichte aus dem südlichen Chorassan ein Ärger auf den Amtstisch, wie er ihn noch nie erlebt, und vor allem unmöglich erwartet hatte.

Hassan Nahavandi rief seine leitenden Polizeioffiziere zusammen, warf fluchend seine Zigarette aus dem Fenster und begann ihnen vorzulesen, mal in beleidigtem Tonfall, mal giftig zischend, wie ihm eben an diesem Vormittag zumute war: »Da schreibt uns unser Bruder aus Tabas — der Mahdi ist gekommen!«

Die Offiziere lachten laut.

»Ruhe!« schrie Hassan Nahavandi. »Hört gefälligst weiter: so behaupten die Leute hier in der Gegend und sind ganz verzückt geworden. Wir haben einige von diesen Schwärmern sofort verprügelt, aber das hat sie nicht klüger gemacht: sie bleiben dabei. Besonders schlimm ist es mit den Kindern. Die sind ihren Eltern in Scharen davongelaufen und haben sich um ein fremdes Kind gesammelt, das angeblich der Mahdi sein soll. Wir sind natürlich eingeschritten, aber sie haben dieses Kind, das nicht hier aus der Gegend ist, zusammen mit vielen Erwachsenen so hartnäckig verteidigt, daß wir sie allesamt hätten zusammenschießen müssen, wenn wir an das fremde Kind hätten rankommen wollen.«

»Klar«, warf ein Offizier ein, »der Mahdi ist ja ein Kind, ein heiliges Kind eben.«

»Ruhe, Massud!« brüllte Hassan Nahavandi, »das ist nicht die Zeit für Nachhilfeunterricht! Da schreibt der Posten in Ferdows: — hier ist ein grüner Jeep vorbeigekommen — merkt euch das mal: ein grüner Jeep, gesteuert von einem fremden Kind! Ja, ein Jeep, gesteuert von einem Kind! — und mit einer Traube von Leuten drauf, hauptsächlich Kinder. Die kamen von Tabas, so schrien sie jedenfalls, und wollten unsere Beamten umarmen und andere dumme Sachen machen ...«

Hassan Nahavandi übersprang einige Zeilen.

»Und da, da, ja hier steht es wieder: sie riefen, der Mahdi sei gekommen. Imam Khomeini hätte das ja schon immer vorausgesagt ...«

»Hat er das wirklich?« fragte ein Offizier. »Ich meine, das ist doch eine hochpolitische Angelegenheit, da müssen wir vom ausführenden Arm der Revolution ganz genau wissen, wo es langgehen soll, oder?«

»Ach, tatsächlich?« grunzte Hassan Nahavandi ironisch. »Was glaubt ihr, warum ich euch heute zusammengerufen habe! Da behaupten ein paar Geisteskranke, der Mahdi kommt und mit ihm das Jüngste Gericht. Wenn diese Pest erst das ganze Land ergriffen hat, dann ist alles beim Teufel, einschließlich unserer Islamischen Republik! Wenn wir diesem Spuk nicht bald und energisch ein Ende bereiten, dann fallen die Imperialisten wieder in unser Land ein, und dann wird der Kopf eines jeden von uns wackeln. Nicht nur mein Kopf ist dann in Gefahr, das könnt ihr mir glauben!«

Kein Wunder, dachte der eine und der andere unter den Offizieren, hütete sich aber, es offen zu sagen. Unser lieber Hassan Nahavandi liefert uns sofort den Revolutionswächtern ans Messer, wenn wir nicht spuren. Dann behauptet er einfach, wir hätten mit Rauschgift gehandelt, und dann ist tatsächlich das Endgericht hereingebrochen. Für uns, versteht sich.

Hassan Nahavandi war an die große Landkarte in seinem Besprechungszimmer getreten und fuhr nervös mit dem Finger darauf herum.

»Hier ist Tabas, hier Ferdows. Einen Bericht aus Juymand habe ich auch schon, dann noch einen aus Torbat-e Heydariyeh! Überall dasselbe! Begeisterte Volksmassen, Polizei machtlos — und der Zug mit dem komischen grünen Jeep nähert sich allem Anschein nach Mesched! Aber das Schlimmste habe ich euch gar nicht berichtet ...«

Hassan Nahavandi, der Schrecken der Irakis, der unbotmäßigen Pilger und Afghanis, verstummte kleinlaut. Dann fuhr er stockend fort: »Es steht in allen Berichten. Überall, wo der grüne Jeep vorbeikommt, daß die Wüste — stellt euch vor, die Wüste! —, die Wüste zu grünen beginnt! Nicht nur ein bißchen Gras hier und da — nein richtige Blumen, Blüten, Palmen, und Quellen brechen auf, und Tiere beginnen sich schlagartig zu tummeln ...«

Ein Schweigen war im Raum, so wie in dem Augenblick, als der fremde Junge den Kindern Sohrab und Quadiyeh erschienen war.

»Vielleicht spinnen die Polizeichefs von Ferdows und Juymand, und so weiter auch schon«, begann schließlich einer der Offiziere in trockenem Ton.

»Ich habe natürlich schon telefoniert«, sagte Hassan Nahavandi und merkte sich insgeheim den Namen des Mannes, der da so respektlos gesprochen hatte. »Meine Amtskollegen haben es mir mündlich bestätigt. Dann habe ich sie gefragt, ob sie verrückt seien — und sie haben aufgelegt.«

Er setzte sich und legte beide Hände auf den Tisch, die Arme breit ausgestreckt.

»Dann Telefonat nach Teheran, selbstverständlich. Der Minister war gerade nicht da. Ich habe gebeten, ihm diese Geschichte mitteilen zu lassen. Und da fragt mich der Kerl im Ministerium doch glatt, ob ich nicht lieber einen ruhigeren Posten haben möchte.«

Beide Fäuste schlugen auf den Schreibtisch: »Lacht ja nicht! Ich werde jeden bestrafen, der mich auslacht!«

»Chef, niemand will Sie auslachen. Aber so eine ernste Sache haben wir noch nicht gehabt. Die Dascht-e Kavir in jäher Blüte — wenn das keine Bedrohung der öffentlichen Ordnung ist!«

»Soweit es stimmt!«

»Glauben Sie wirklich, so viele Polizisten fangen auf einen Schlag zu phantasieren an?«

Einer sprach schließlich die logische Folge von all dem aus. Jedes einzelne seiner knappen Worte fiel auf die anwesenden, hartgesottenen, phantasielosen, opportunistischen, nüchternen Praktiker wie ein Todesurteil nieder.

»Dann ist es eben wirklich der Mahdi!«

Und plötzlich floß die Zeit langsamer, begann zu perlen, und jeder Tropfen war wie ein Hammerschlag ...

Hassan Nahavandi erbleichte. Ein Rückzug aus der ganzen Affäre war das Gebot der Stunde. Aber wie sollte er seinen Rückzug bewerkstelligen?

»Wenn er es wirklich ist«, sagte er, »darf ich davon nicht ausgehen, solange mir nicht die Bestätigung der Staatspitze und aller Ayatollahs vorliegt. Ich bin eins der Schwerter der Revolution, nicht ihr Kopf. Und wenn es nicht der Mahdi ist, dann ist es ein ketzerischer Volksaufruhr, und die Polizei kann fast schon nichts mehr machen.«

Der respektlose Offizier von vorhin räusperte sich. »Der schlechtere Fall von beiden für uns ist, wenn es sich tatsächlich um den Mahdi handelt, oder?«

Hassan Nahavandi nickte, und die anderen taten es ihm rasch nach.

»Aber so schlecht ist das wiederum auch nicht, wie es uns auf den ersten Blick erscheinen mag.«

Hassan Nahavandi staunte, danach — vorsichtig — auch die anderen.

»Denn wenn wir zu beschränkt sind, den Mahdi in seiner Wahrheit zu erkennen, dann könnte er uns eigentlich auch verzeihen. Er hat ja nichts getan, um uns zuverlässig aufzuklären!«

»Doch, er hat!« murmelte Hassan Nahavandi trostlos. »Er bringt im Vorbeifahren die Wüste zum Blühen — irgendein Ketzer könnte das nicht.«

»Ich hab's«, warf ein anderer Offizier ein, »die Endzeit des Mahdi ist ein geistlicher Zustand, der das Bewußtsein der Menschen ergreift. Da er aber unser Bewußtsein noch nicht ergriffen hat — ist die Endzeit auch noch nicht angebrochen. Folglich ...«

»Schluß!« schnitt Hassan Nahavandi, dem es unangenehm war, auf welche schiefe Bahn seine Autorität allmählich geriet, barsch das Wort ab. »Diese Sachen überlassen wir Polizisten am besten den Ayatollahs. Wo kämen wir denn sonst auch hin! Fragen wir uns lieber, wenn wir schon die Bändiger der Massen sein wollen: Was haben diese Leute zusammen mit ihrem Bübchen im grünen Jeep vor? Ich meine genauer — was haben sie als allernächstes vor?«

Die Zeit begann wieder regelmäßig zu fließen.

Vor dem Fenster wurden, gleichsam zur Antwort, polizeiwidrige Geräusche laut: Volksgemurmel, anschwellend, dazwischen ein Hupkonzert, Schreie, Getrappel, Pferdegewieher, Sprechchöre in arabischer Sprache — anscheinend Verse aus dem Koran ...

Hassan Nahavadi riß die Arme hoch: »Die sind schon in der Stadt! Die wollen zum Schrein des Imam Ali! Daß ich da nicht gleich reagiert habe, beim ersten Verdacht davon! Warum habe ich nicht schon die ganze Polizei unter Waffen treten lassen, nachdem ich den Bericht aus Torbat-e Heydariyeh erhalten habe! Alle Mann auf ihre Posten! Und wehe, einer von euch läßt sich auf theologische Kniebeugen ein! Es gilt der Plan ›Chalchali‹!«

Der Plan ›Chalchali‹ war benannt nach dem Mullah, der Vorsitzender der Islamischen Revolutionsgerichte gewesen war und den man getrost als den Fouquir-Tinville eben jener Islamischen Revolution bezeichnen darf, durch die es Hassan Nahavandi zum Polizeichef von Mesched gebracht hatte. Der Plan Chalchali bedeutete: Besetzung des Heiligtums des Imam Ali durch Polizei und Revolutionswächter, so daß alle Besucher des Heiligtums, in dem der Schrein des Imam den Mittelpunkt bildete, unter der Kontrolle von Gewehren, Maschinenpistolen und sogar Maschinengewehren standen. Schließung aller Ausgänge, Schützenpanzer und Barrikaden auf den Anfahrtswegen, Besetzung aller anderen wichtigen Gebäude der Stadt, Information Teherans, das ohne weitere Anforderung sofort Verstärkungen in Marsch zu setzen hatte, falls die ganze Provinz vom Rest des Landes abgeschnürt werden mußte. Das Stichwort zur Eröffnung des Feuers in der Moschee lautete: ›Al waquiya‹, die ›hereinbrechende Katastrophe‹, das Kennwort einer der Suren des Korans, die vom Jüngsten Gericht handeln.

Der Himmel hing schwarz über dem Grabmal des Imam Ali. Die bunten Kacheln der Hauptkuppel hatten keine Sonne, um in ihr aufblitzen zu können, die Minarette ragten wie Wachtürme in die düsteren Wolken.

Die Menschenmenge, die den grünen Jeep des Mahdi schon auf der Landstraße vor der Stadt eingeholt hatte, wälzte sich an den Polizeiwagen und Schützenpanzern vorbei, als ob diese sie nichts angingen.

Niemand versuchte in Mesched, die Polizisten zu umarmen und in den allgemeinen Jubel hineinzuziehen, wie es der Posten in Ferdows beobachtet hatte. Auch das war der Polizei nicht recht, denn es paßte leider gut in die schwärmerische Stimmung, die entlang der Straße von Tabas her angebrochen war.

»Der Mahdi macht aller Ungerechtigkeit auf Erden ein Ende!«

»Er wird den Armen das ihre geben, nachdem die Mullahs sie erst zur Revolution benutzt und dann schändlich betrogen haben!«

»Die Endzeit des Mahdi ist das Paradies, aber nur für die Rechtgeleiteten. Für die anderen wird sie der Beginn der ewigen Hölle sein, wie hat der Prophet selbst gesagt hat.«

Man hatte weitere ähnliche Transparente malen wollen, wie 1979 und 1980 in der heißen Phase der Islamischen Revolution, doch der Junge auf dem grünen Jeep hatte abgewinkt:

»Folgt mir, das genügt. Denn vor meinem Wort, das bald allgegenwärtig sein wird, verblassen alle Revolutionen und was man euch sonst noch eingeredet hat.«

Es bedurfte nicht mehr der Sonne, um ihn mit einem seltsamen Strahlen zu umgeben.

Manche munkelten, er habe selbst die finsteren Wolken über Mesched zusammengezogen, um zu zeigen, daß die Stunde des Gerichts nun gekommen sei.

»Die Wahrheit«, sagte er unterwegs zu den Menschen, wenn er ihrem lauten Jubel Einhalt geboten hatte, »bedarf jetzt noch des schwarzen Hintergrundes, damit sie um so leuchtender hervortreten kann. Nach dem Gericht aber wird sie dieses Hintergrundes nicht mehr bedürfen, denn dann wird nichts mehr sein als die Wahrheit.«

Der Junge war langsam bis zu den Toren des großen Mausoleums des Imam Ali herangefahren, war dort ausgestiegen und hatte sich zu Fuß in das Innere des Heiligtums begeben. Im selben Augenblick ertönten von den Minaretten Gebetsrufe, doch von so melodischen Stimmen vorgetragen, wie noch kein Gläubiger in Mesched sie jemals gehört hatte. Eher ein schwebender Gesang war es, als ein Ruf zu nennen, und die Schützen in den Nischen und den kleinen Fenstern, zu denen man aus den Wendeltreppen innerhalb der Minarette hinabblicken konnte auf den Innenhof, stutzten, ließen ihre Waffen sinken, die sie im Anschlag gehalten hatten, und blickten überrascht nach oben. Niemand verstand die Worte des Gesanges, und der Mahdi sprach zu den Menschen in seiner nächsten Umgebung.

»Das ist die Sprache des Paradieses, während die Hölle keine andere Sprache kennt als Heulen und

Schreien, Stöhnen und Weinen, eben diese Sprache, die auch schon auf der Welt allen bestens bekannt ist.«

Hassan Nahavandi selbst hatte auf der Balustrade Aufstellung genommen, die den Innenraum des Mausoleums auf allen Seiten umgab. Er wunderte sich, nachdem er so viel über verzückte Menschenmassen von Tabas bis hierher gelesen hatte, und nachdem auch noch der Einzug des grünen Jeeps in die Stadt einen riesigen Tumult gebracht hatte, wie diszipliniert sich nun auf einmal alle Leute verhielten, sobald sie dem Jungen in das Innere des Heiligtums gefolgt waren.

Der Innenraum war bald so dicht besetzt mit Menschen aller Altersklassen, beiderlei Geschlechts und jeglicher Herkunft, daß es unmöglich erschien, im Ernstfall auch nur eine einzige Kugel zu verschwenden.

Würden die Schützen aber nicht nervös werden? Aberglauben und Ketzerei konnten plötzlich auch sie befallen, sich aus den schwarzen Wolken über ihren Köpfen auf sie herabstürzen wie ein verheerender Guß.

So dachte der Polizist, halb mit seinem Handwerk beschäftigt, und halb in der hilflosen Furcht, etwas Außergewöhnliches zu erleben, dessen Herr zu werden seine Kräfte weit überstieg.

Er sah herab von der Balustrade. Die Leute verfolgten jede Bewegung ihres Mahdi mit gespannter Aufmerksamkeit, und sie waren schweigsamer als eine Mondnacht in der Wüste, um sich kein Wort von ihm entgehen zu lassen.

Schließlich sagte sich Hassan Nahavandi: Dann können meine Männer wenigstens sicherer zielen.

Der Junge sprang nun behende auf den Sarg des Imam Ali, wobei die goldenen Schriftzeichen auf der schwarzen Samtdecke, die den Sarkophag verhüllte, plötzlich noch heller aufleuchteten. Er erhob die Rechte, um mit einer Rede zu beginnen, da gellte es ihm von der Balustrade entgegen:

»Halt! Herunter von dem Sarkophag, du Grabschänder!«

Der Junge erhob ruhig den Blick.

»Herunter da, oder wir schießen!«

Ein Aufschrei ging durch die Volksmassen. Die ersten wandten sich um, den Raum schleunigst zu verlassen, sie stießen gegen diejenigen, die dem Ausgang näher standen.

Die Flügeltüren krachten zu.

»Al waquiyah!« schrie Hassan Nahavandi und feuerte seine Pistole auf den Jungen ab. Der Polizist war ein ausgezeichneter Schütze, aber der Junge blickte ihn nur ruhig an. Daneben!

Ringsum knatterten die Gewehre los, ratterten die Maschinenpistolen. Auch draußen, im Vorhof, begann die Hölle zu toben: schlimmer als alles, was die Menschen in Mesched seit dem Mongoleneinfall erlebt hatten.

Es war ein letztes Gericht, aber fürchterlicher und vor allem ungerechter als dasjenige, von dem der Junge beständig gesprochen hatte.

Noch nie hatten die Kämpen der Islamischen Revolution, die schon knietief im Blut gewatet waren, so erbarmungslos ihre eigenen Leute niedergemetzelt, zu Hunderten und zu Tausenden.

Nur der Junge stand unbeweglich auf dem Sarkophag des Imam Ali, obwohl ihm die Kugeln durch seine altertümlichen Gewänder, ja allem Anschein auch durch seinen Kopf von allen Seiten hindurchpfiffen und manch einer aus der Menschenmenge nur deshalb diesen grausamen Tag überlebte, weil die Mordschützen immer wieder auf diesen Jungen zielten und ihre anderen Opfer dabei vernachlässigten.

Hassan Nahavandi hatte seine ganze Munition allein auf ihn verschossen, die Decke auf dem Sarkophag hing zerlöchert und zerfetzt herab.

Der Polizeichef stieß die Leute neben sich an:

»Aufhören! Aufhören! Er ist kugelfest!«

Kurze Feuerpause, mehr aus Zufall, als daß alle ihren Kommandanten gehört hatten. Und dann in die Pause hinein der entsetzliche Aufschrei Hassan Nahavandis:

»Allahs Zorn über uns! Allahs Zorn über uns! Der da ist wirklich der Mahdi!«

Die Moschee war erfüllt von bläulichem Pulverdampf, von Stöhnen und Wimmern. Kaum sah man mehr in all dem Dunst den Jungen, doch er war nicht verschwunden, er stand immer noch auf dem Sarkophag. Während der Polizeichef sich schwer atmend auf die Brüstung lehnte, sich über sein schweißüberströmtes Gesicht wischte und mit gequälter Miene an die Brust griff, ließ der Junge seinen Kopf sinken.

»Welch eine Last ist dieses Letzte Gericht«, sprach er langsam, »und ihr macht sie mit eurem Verbrechen schwerer und immer schwerer. Es wird mir zu hart, diese Welt vor den ewigen Richter zu führen. Am Ende tut ihr es selber, ohne es zu wissen, und ihr wißt erst recht nicht, daß ihr es ganz und gar nicht zu eurem Heil tut. Ist es doch, als nähmt ihr mit eurem Verbrechen aneinander schon einen Teil der Hölle vorweg.«

Er blickte rundum auf die Toten, Sterbenden und Verwundeten.

»Aber ich sage euch: je mehr ihr schon hier auf Erden die Hölle anrichtet, desto weniger wird euch dereinst in der Ewigkeit die Hölle nachgelassen werden. Ich komme als der zwölfte Imam, der verborgene Imam, der Führer zur Ewigkeit. Aber ich werde euch nicht zum Reich Allahs führen. Ich kehre zurück in meine Verborgenheit. Ihr seid gestraft durch das Gericht noch vor dem Letzten Gericht, das ihr durch eure Taten über euch selbst verhängt.«

Hassan Nahavandi, der kaum mehr wußte, wo er war, dem die Sinne schwanden und dem es schwarz vor Augen wurde, klammerte sich an die Balustrade und blickte zum letztenmal in seinem Leben hinab auf den Sarkophag.

Vergeblich.

Der Junge war verschwunden.

Originaltitel: ›Poslední soud‹
Copyright © 1992 by Zbyněk Rill
(Erstveröffentlichung)
Copyright © 1993 der deutschen Übersetzung
by Wilhelm Heyne Verlag, München
Aus dem Tschechischen übersetzt von Karl v. Wetzky
Illustriert von Manfred Lafrentz

Richard Paul Russo · USA

BLICK VON OBEN

Tomczak wünschte, er wäre betrunken. Dann hätte er diesen verdammten Job vielleicht besser ertragen.

Vom zehnten Stockwerk, von einer Plattform aus Holz und Seilen, die von weiteren Seilen vom darüberliegenden Dach her gehalten wurde, schaute Tomczak hinunter auf die Menschenmenge, die unter ihm auf dem Weg zum Mittagessen vorübereilte. Geschäftsmänner, Geschäftsfrauen, Sekretärinnen und Angestellte, Lieferanten. Sollte mal einer von ihnen hier heraufkommen und Fenster putzen.

Er dachte daran, gegen den großen Eimer voll Seifenlauge zu treten, ihn seitlich anzustoßen, so daß die vielen Liter Seifenwasser über die Leute ausgeschüttet würden. Oh, das tut mir leid, ein Versehen, entschuldigen Sie bitte vielmals. Wenn er betrunken wäre, würde er es vielleicht wagen.

Die Plattform schwankte durch einen plötzlichen Windstoß, und Tomczak griff haltsuchend nach dem Seilzug. Natürlich, wenn er betrunken wäre, würde ihm hier oben schlecht werden, und er würde sich übergeben, wobei sein Frühstück zehn Stockwerke tief und vom Wind verstreut hinunterspritzen würde. Tomczak lächelte bei der Vorstellung und wandte sich wieder dem Fenster zu.

Er starrte auf die Scheibe und versuchte sich zu erinnern, ob er sie schon geputzt hatte oder nicht. Sie sah nicht allzu sauber aus, aber das hieß nichts. Er war nie sehr gründlich. Er konnte nicht verstehen, warum, um Himmels willen, er noch nicht entlassen worden war. Wahrscheinlich, weil er *tatsächlich* jedes verdammte Fenster putzte, jeden Tag pünktlich zur Arbeit erschien, länger blieb, wenn er mußte, und sich niemals krank meldete, kein einziges Mal, auch wenn er sich höllisch schlecht fühlte. Mit einer Frau und zwei Kindern konnte er keinen Tag krank machen.

Er entschied, daß das Fenster sauber genug war, ob er es nun geputzt hatte oder nicht. Vergiß es.

Tomczak ging hinüber zur Seilsicherung, machte sich bereit, sich ein Stockwerk tiefer hinunterzulassen, als eine bekannte schrille Stimme von unten heraufrief:

»Daddy, Daddy, guck mal!«

Tomczak fuhr herum, lehnte sich über das Seil und schaute suchend hinunter in die Menge. Dann sah er auf dem gegenüberliegenden Gehweg zwei winkende Arme, die drei sehr bekannte Gesichter flankierten.

Nein, das war zuviel. Zehn Stockwerke tiefer, mit den Rücken zur Mauer eines anderen hohen Gebäudes, sah er nach oben gewandte Gesichter, die ihn anschauten. Es waren seine Frau und seine zwei Jungen. Marta hielt sie bei der Hand, und jeder der beiden Jungen winkte ihm mit einem freien Arm.

»Daddy! Daddy, wir sehen dich!«

Kein Spaß. Warum, um Himmels willen, hatte diese verdammte Frau sie hierher gebracht?

Tomczak bemerkte, daß andere Leute auf dem Gehweg, die seine zwei Jungen gehört hatten, stehengeblieben waren und nun auch zu ihm heraufsahen.

Wunderbar. Das wurde jetzt eine Show, nicht wahr? Verdammt noch mal! Er wandte sich von ihnen ab, konzentrierte seine Aufmerksamkeit wieder auf die Seile und die Flaschenzüge und begann sich zum neunten Stockwerk hinabzulassen.

»Daddy, kannst du uns sehen?«

Keine Chance, Junge, ich bin blind und taub.

Tomczak versuchte, die beiden Jungen zu ignorieren, versuchte, sich auf die Seile zu konzentrieren, betete zu Gott, daß seine Frau nicht auch anfangen würde. Das wäre es, was er brauchte, diese kreischende Stimme, die zu ihm heraufschrie.

Er ließ die Plattform zum neunten Stockwerk hinunter, sicherte sie und wandte seine Aufmerksamkeit dann dem Fenster vor sich zu. Innen lächelten zwei Frauen, zeigten auf ihn und winkten. Tomczak ignorierte sie, sicherte seine Eimer, überprüfte die Lappen, Schwämme und Scheibenwischer.

»Tomczak! Sag doch wenigstens hallo zu deinen Söhnen!«

Gott verfluche diese Frau!

»Tomczak! Deine Söhne!«

Tomczak drehte sich abrupt um, beugte sich über das Seil, schrie zu seiner Frau hinunter: »Sei still, verdammt! Geht heim!« Er zeigte wütend in die Richtung, in der er ihre Wohnung vermutete. »Bring sie nach Hause!«

»Sie wollen dir bei der Arbeit zusehen!«

»Dann laß sie irgendwann nachts ins Schlafzimmer«, schrie er zurück. »Laß sie zusehen, wenn ich im Bett an dir arbeite.« Er grinste, als er sah, wie Martas Augen groß wurden, was sogar von so hoch oben zu sehen war. Er grinste, als er sah, daß sie den Jungen die Ohren zuzuhalten versuchte, während sie sie noch immer an der Hand hielt.

»Tomczak!« jammerte sie. »Sprich nicht ...« Sie konnte den Satz nicht beenden, kämpfte noch mit den Jungen.

Tomczak lachte und brachte die Plattform zum Schwanken. Kein Zweifel, er wurde langsam leichtsinnig, aber er fühlte sich besser.

»Tomczak! Tomczak, die Jungen! Tomczak!«

Er hörte auf zu lachen, starrte sie an. Warum schrie sie immer noch? Warum konnte sie nicht still sein, ihren verdammten Mund halten, die Jungen nach Hause bringen?

»Tomczak, sag den Jungen wenigstens, daß du dich freust, sie zu sehen. Sag ihnen irgendwas.«

Was war in diese Frau gefahren? Die Jungen schauten nicht mehr zu ihm hoch; wahrscheinlich machte sie das Ganze verlegen. Und es schien, daß die Hälfte der Leute auf der Straße ihn jetzt anstarrte, und die andere Hälfte starrte die hysterische Verrückte an, die immer noch seinen Namen schrie. Es war eine Show.

Tomczak wandte sich ab, versuchte alles zu ignorieren und wieder an die Arbeit zu gehen. Aber die Frauen im Gebäude hatten drei weitere Leute herbeigerufen, und sie alle schauten und zeigten auf ihn. Er machte eine obszöne Geste und lachte über ihre geschockten Gesichter. Was, zum Teufel, erwarteten sie?

»Tomczak, was ist los? Sag was zu uns. Tomczak, zu deiner Familie! Deine Familie!«

Das reichte. Tomczak kniete sich auf die Plattform, zog wütend an seinen Schnürsenkeln, riß sich den rechten Schuh vom Fuß, stand wieder auf und trat an den Seilzug. Er hob den Schuh, zielte auf seine Frau und ließ ihn fliegen. Der Schuh flog hinunter, über die Straße, die Leute liefen auseinander, seine Frau schrie. Aber der Schuh kam zu früh auf, schlug gegen einen Zeitungsständer, ein paar Fuß von seiner Frau entfernt, prallte ab und fiel in die Gosse.

»TOMCZAK!« jammerte Marta.

Mein Gott, die Frau brauchte das. Er zog seinen anderen Schuh aus und schleuderte ihn mit mehr Schwung.

Diesmal stieß sie sich schreiend von der Mauer ab und rannte weg, wobei sie die Jungen losließ. Der Schuh traf die Mauer direkt neben der Stelle, an der sie gestanden hatte, und Tomczak grinste wieder. Er war am Zug.

Seine Frau schrie noch immer, rannte auf dem Gehweg hin und her, rief seinen Namen, rief nach den Jungen.

Tomczak konnte seine Söhne sehen, die beide lachten, sich durch die Menge drängten, ihrer Mutter aus dem Weg gingen. Sie machten es richtig, dachte Tomczak.

Die Strümpfe waren das nächste. Warum nicht? Er zog sie sich von den Füßen, verknotete sie miteinander. Er war gerade dabei, wieder auf Marta zu zielen, als ihm der Eimer ins Auge fiel. Göttliche Eingebung! Er tunkte die verknoteten Strümpfe in die Seifenlauge, tauchte sie unter, bis sie vollgesogen waren. Tomczak nahm sie heraus, das Wasser tropfte herunter, drehte sich um und warf den nassen Klumpen auf seine Frau.

Wasser spritzte aus den Strümpfen, als sie durch die Luft auf seine Frau zuflogen. Sie trat schwerfällig zur Seite, und die Strümpfe landeten zu Füßen eines Mannes im Geschäftsanzug, wobei Wasser auf den Gehweg und die Schuhe des Mannes spritzte. Als er aufschaute und ihn gerade beschimpfen wollte, zeigte Tomczak ihm einen Vogel. Dann drehte er sich um und widmete sich erneut den Leuten im Innern des Gebäudes.

Tomczak wiederholte die Prozedur mit jedem Kleidungsstück, das er auszog, eins nach dem anderen — Sweatshirt, Flanellhemd, T-Shirt, Jeans. Er tunkte jedes Teil ins Wasser, verknotete es zu einer kompakten Masse, stand dann auf und warf es neun Stockwerke hinunter. Er zielte nicht mehr nur auf Marta, deren beständiges Jammern im Hintergrund verblaßte, sondern warf die nassen Bündel statt dessen auf die größte Gruppe von Zuschauern, die in Reihen unter ihm standen. Er grinste und lachte, sah zu, wie sich die Leute zerstreuten, sah zu, wie die Stoffklumpen auf dem Boden aufprallten und das Wasser in alle Richtungen spritzte.

Nun, nur noch mit der Unterhose bekleidet, auf der durch seine Bemühungen schwankenden Plattform, hielt Tomczak inne, beobachtete das Chaos dort unten, lauschte auf die herannahenden Sirenen. Er lächelte, fühlte sich entspannt und frei, glücklicher als seit langer Zeit. Seine Frau schrie dort unten noch immer, er hörte ihr Jammern, aber ihre Worte waren unverständlich geworden. Über ihm schien eine strahlende Sonne, die ihn wärmte.

Tomczak wandte sich dem Fenster zu. Drinnen hatte sich eine Menschenmenge angesammelt. Fünfzehn oder zwanzig Männer und Frauen starrten ihn an, einige lachten, andere runzelten die Stirn, ein paar waren wohl ziemlich schockiert, starrten ihn aber auch an. Gut, dachte er, er würde ihnen auch noch das Finale bieten.

Tomczak zog seine Unterhose aus und beobachtete erfreut die gemischten Reaktionen auf den Gesichtern der Menschen auf der anderen Seite des Fensters. Er ließ die Hose in den Eimer fallen, wirbelte sie eine Minute lang langsam im Wasser herum. Dann nahm er sie aus dem Eimer, hielt sie einen Moment tropfnaß hoch und warf sie gegen die Scheibe.

Die nasse Hose blieb ein paar Augenblicke lang haften, rutschte dann herunter, löste sich von der Scheibe und fiel neun Stockwerke tief auf den Gehweg hinunter.

Ein freier Mann. So fühlte er sich gerade jetzt.

Aber die Sirenen wurden lauter, obwohl alle anderen Geräusche leiser wurden. Sirenen. Er würde nicht lange frei sein.

Ein Windstoß ergriff die Plattform, schaukelte sie einen Moment wild. Tomczak hörte ein reißendes Geräusch, und die Plattform ruckte, so daß er auf die Knie fiel, als sie ein paar Zoll absackte. Er sah zu den Halteseilen hinauf, sah, daß sie sich durchscheuerten, sich losrissen.

Unmöglich! Er hatte sie selbst überprüft und bei dem Material, aus dem sie gemacht waren, konnte das auf keinen Fall passieren. Aber noch mehr Stränge lösten sich, faserten aus, und die Plattform sackte weiter ab.

Tomczak kam stolpernd auf die Füße und hielt sich

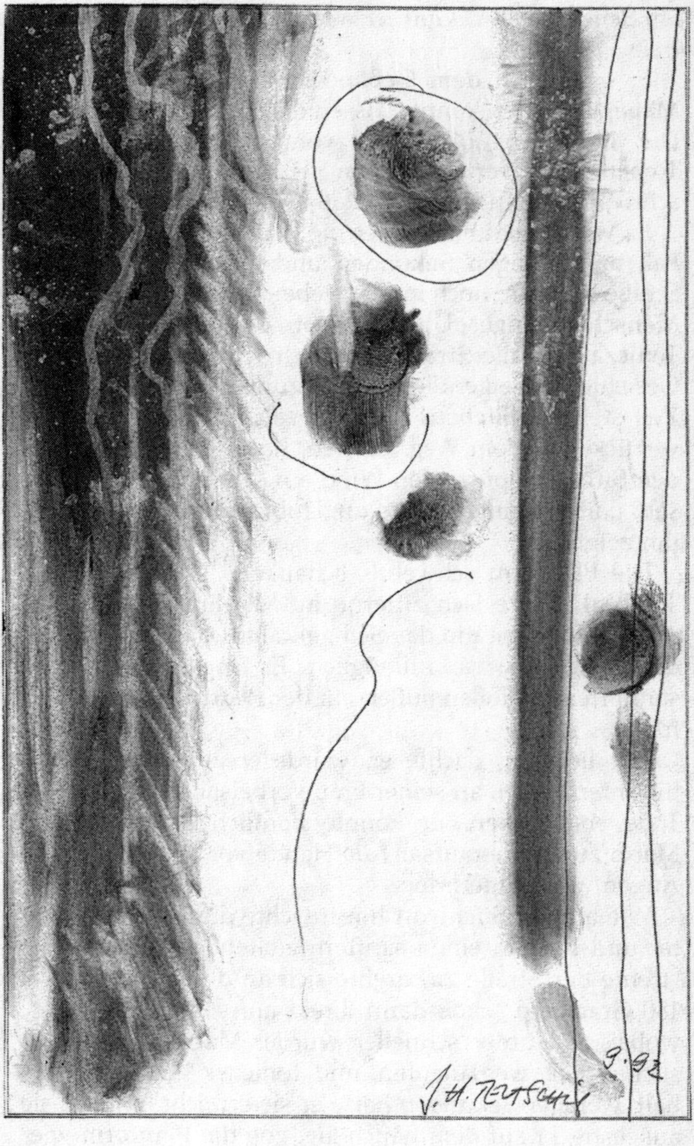
9.92

am Seilzug fest. O Gott, er wollte frei sein, aber nicht *so* frei.

Er griff nach dem Gebäudesims, aber bevor er die Mauer erreichen konnte, rissen die Seile vollends durch. Die Plattform löste sich vom Gebäude, während Tomczak sich verzweifelt am Seilzug festklammerte. Er schrie auf, denn er wußte, daß er sterben würde.

Es war unglaublich, aber die Plattform stoppte ihren Fall nach einigen Sekunden und hielt hoch über der Straße sanft an, noch immer sieben Stockwerke über der Menschenmenge. Über der Straße hängend, starrte Tomczak auf die Straße und die nach oben gewandten Gesichter, die eigentlich auf ihn zurasen sollten. War die Zeit stehengeblieben? Nein, er sah, daß die Leute wie verrückt aus dem Weg rannten, hörte die herannahenden Sirenen, spürte den Wind auf seiner nackten Haut, sah, daß ihn einige Leute ungläubig anstarrten und auf ihn zeigten.

Die Plattform schwebte, schaukelte leicht im Wind. Tomczak stellte sich zitternd auf die Füße, die Hände noch immer fest um das Seil gekrallt. Das war verrückt, dachte er, das war unmöglich. Er fing an zu lachen, stampfte mit bloßen Füßen auf der Plattform auf. Er *war* frei!

Am liebsten, dachte er, würde er auf diesem Ding hinunterfliegen, an seiner Frau vorbeisausen und sie zu Tode erschrecken. Er konnte deutlich erkennen, wie Marta zu ihm heraufsah, die Hände vor dem Mund, die Augen weit aufgerissen.

Wie auf ein Stichwort hin rutschte die Plattform weiter und begann einen sanften, gleitenden Abstieg. Sie strebte der Straße zu, drehte sich an der Kreuzung um 180 Grad und schoß dann direkt auf seine Frau hinab, wobei sie immer schneller wurde. Marta schrie, versuchte noch wegzulaufen, und Tomczak grinste. Innerhalb weniger Sekunden hatte er sie erreicht, und als sie ausgestreckt auf dem Bauch lag, zog die Plattform wieder nach oben. Ungefähr in Höhe das dritten Stockwerks pendelten Tomczak und die Plattform aus und stiegen wieder auf.

»Daddy, Daddy! Laß uns mitfahren!«

»Daddy, nimm uns mit!«

Tomczak sah auf seine beiden Söhne hinunter, die auf dem Gehweg herumhüpften und sich ihm entgegenstreckten. Er wollte sie mitnehmen, wohin immer er gehen würde, er wollte es wirklich. Aber er wußte, er wußte, er würde niemals ganz frei sein, wenn er es tat. Alles oder nichts, das war jetzt die Frage.

Tomczak starrte auf seine Söhne hinunter und schüttelte den Kopf.

»Tut mir leid, das geht nicht!« schrie er ihnen zu. »Paßt auf eure Mutter auf! Sie braucht das!« Sie lag noch immer auf dem Gehweg auf dem Bauch, das Gesicht gerade weit genug zur Seite gedreht, daß sie zu ihm heraufsehen konnte.

»Wohin gehst du, Daddy? Kommst du zurück?«

»Ich weiß es nicht«, sagte er und streckte die Hände aus. »Ich habe absolut keine Ahnung.« Und das war es, wie er jetzt erkannte, was die ganze Sache so wunderbar machte. »Ich schicke euch eine Postkarte vom Mond!«

Und mit diesen Worten ergriff Tomczak, nackt und grinsend, die Seile, lehnte sich zurück und hielt sich fest, als die Plattform beschleunigte und der Sonne entgegenstieg.

Originaltitel: ›View from Above‹
Copyright © 1990 by Richard Paul Russo
erstmals erschienen in ›Pulphouse Magazine 6‹, Winter 1990/91;
mit freundlicher Genehmigung des Autors
und Uwe Luserke, Literarische Agentur, Stuttgart
Copyright © 1993 der deutschen Übersetzung
by Wilhelm Heyne Verlag, München
Aus dem Amerikanischen übersetzt von Karin König
Illustriert von Jobst Teltschik

Gert Prokop · Deutschland

LIEBE, DU ZÄRTLICHER, ZITTERNDER VOGEL

Woher kommt das Blau, dachte er.

Welches Blau, fragte MOM zurück, ich kann nirgends Blau ermitteln.

Alan sah es. Es erstreckte sich über das gesamte Gesichtsfeld, fast schwarz am unteren Rand, licht und zart am oberen. Wieder eine Täuschung?

Seit den Stürmen am Rand der Heliosphäre erlebte er häufig Eindrücke, die MOM nicht bestätigte. Sie hatten CONTROL darüber informiert, doch die Station antwortete nicht. Ebensowenig wie auf seine Bitte, sterben zu dürfen. Warum war der Kontakt abgebrochen? Vielleicht für immer? Selbst die allwissende MOM schien ratlos.

Verloren treibe ich zwischen den Welten ...

War das sein Gedanke? Oder eine Gedichtzeile?

MOM, hast du Gedichte gespeichert, Poesie?

Nur die Definition. Willst du sie hören, Alan?

Vergiß es.

Du weißt doch ...

Ja, unterbrach er unwillig, du kannst nichts vergessen.

Meine Träume erfrieren in der Unendlichkeit ...

Diese verdammte Unendlichkeit. Sie hatten ihn darauf vorbereitet, konditioniert — worauf nicht alles! —, und er hatte gehofft, es ertragen zu können, nein, fest daran geglaubt.

Sein zweites Leben. Die einzige Alternative. Was bleibt außer Glauben und Hoffnung, wenn man dir sagt, daß das Leben zu Ende geht.

Wie ein Ertrinkender nach dem sprichwörtlichen Strohhalm hatte er zugegriffen, als Hankshaw ihm die Versuchung hinhielt: Sein Leib wäre verloren, doch man könne seinen Geist retten. Hoffnung — und Eitelkeit. Es wäre doch schade um einen derart genialen Kopf. So jung und schon so brillante Analysen ... Mit seinem Gehirn als Zentrum könne eines der größten Projekte der Menschheit verwirklicht werden: die Suche nach intelligentem Leben im Kosmos. Ist der Mensch nicht durch das Gehirn definiert, hatte Hankshaw gesagt. Ich denke, also bin ich.

Auch MOM dachte. Schneller und perfekter als er.

War er etwas anderes als eine Maschine? Ein Klumpen Zellen in einer komplexen technischen Apparatur.

Er hatte sofort zugestimmt. Die große Versuchung: weiterleben, überleben, ein Leben nach dem Tod ...

Er konnte sich nicht einmal umbringen. MOM ernährte ihn, ob er es wollte oder nicht. Nur CONTROL könnte ihr befehlen, ihn abzuschalten.

Zum Denken verurteilt. Bis die Zellen versagen oder ein gnädiger Meteorit das Raumschiff zerstört.

Schleier von hauchdünnen Federwolken zogen jetzt über das Blau. Ein irdischer Himmel.

In meinen Träumen, die du nicht mehr kennst ...

Träumte er nach? MOM sagte ja, aber seit seiner Wandlung war er nie mehr mit einem Traum aufgewacht. Er hatte angenommen, daß die Träume mit den Erinnerungen blockiert worden waren. Erinnerungen und Emotionen würden ihn nur behindern bei seiner Mission, er solle nicht dem Verlorenen nachtrauern, das sei die Erfahrung mit den beiden Cyborgs vor ihm. Doch die hatten nie das Sonnensystem verlassen.

Verloren treibe ich zwischen den Welten ...

Solange sie sich noch durch das Sonnensystem bewegten, hatte er keine Einsamkeit empfunden. Er hatte sich ganz dem Ansturm der neuen Sinneseindrücke hingegeben, den neuen Empfindungen — Schweben und Kreiseln und Treiben im Sonnenwind. Die filigrane Schönheit der Magnetfelder abtasten, erfassen, begreifen. Buchstäblich. Der umgewandelte Tastsinn war ein Wunderwerk. Die Wüsten des Mars und die Methansümpfe des Saturn unter den Fingern spüren, einem Gott gleich, der sein Werk noch einmal streichelt. Die Monde des Jupiter in den Händen halten. Welche Lust, in den Millionen von Meteoriten der Oortschen Wolke herumzutasten.

Er hatte versucht, MOM über die Daten hinaus etwas von seinen Empfindungen mitzuteilen, damit MOM sie an CONTROL weiterleitete, und offensichtlich hatte man ihn auf der Erde verstanden, denn CONTROL hatte eine begeisterte Antwort geschickt. Weiter so!

Nun schwieg CONTROL.

MOM, hast du noch immer keine Verbindung zur Erde?

Nein, ich verstehe es auch nicht. Ich habe alles durchgecheckt, unsere Apparate sind okay.

Vielleicht ein magnetischer Sturm?

Spürst du denn einen Sturm?

Nein, MOM.

Siehst du noch immer das Blau?

Jetzt färbt sich der untere Rand rosa ein, darunter, nur an den hin und wieder aufleuchtenden Wellenkämmen zu erkennen, ein Meer.

Wie kommst du zu einem irdischen Sonnenuntergang, Alan?

Ich weiß es nicht, MOM. Und das beunruhigt mich.

Mich auch. Willst du Musik hören?

Ja. Etwas von Händel.

Hören konnte er noch. Das Hören und Sehen war ihm nicht vergangen. Aber schmecken und riechen. Was sollte ein bloßes Gehirn, das in Tonnen von Technik integriert durch das All reist, auch schmecken und riechen. Entbehrliche Sinne, für präzise Forschungen zu unexakt.

In den Händen trag' ich den Duft deiner Haut ...

Er konnte sich nicht einmal mehr vorstellen, was ein Duft war.

Liebe, du Vogel ...

Welch unlogische Verbindung. Woher diese Fetzen?

Seit sie die Heliosphäre hinter sich gelassen hatten, die kaum noch meßbare Hülle aus Magnetlinien und solarem Plasma, mit der die Sonne ihre Planeten umgab. CONTROL hatte ihn gewarnt, hier könne es zu Turbulenzen kommen.

Turbulenzen! Offensichtlich hatten sie nicht einmal geahnt, welche Kräfte hier aufeinanderwirkten. Den Ansturm der kosmischen Strahlung, vagabundierende Felder, herumstreunende Schwarze Mini-Löcher, anbrandende Wellen kosmischen Staubs ... Selbst MOM hatte sich überfordert gezeigt, das zu klassifizieren. Und dabei mußte sich die Blockierung seiner Erinnerung gelockert haben.

Liebe, du zärtlicher Vogel ...

Konzentriere dich auf den Andromeda-Nebel, Alan!

Warum, MOM?

Dein Blau beunruhigt mich.

Laß mir das Blau, MOM, bitte.

Die Optik schwenkte schon über das Schwarz des Kosmos, riß die Myriaden von Lichtern zu hellen Strichen, blieb stehen, brannte die Spirale der fernen Galaxis in sein Gehirn, zwang ihn, ihre Arme abzutasten, Lichtpunkte als Sonnen zu klassifizieren, zu identifizieren, mit Buchstaben und Nummern zu versehen, die MOM dann zur Erde senden würde.

Er konnte nicht einmal die Augen schließen.

Wie müde er sich fühlte. Fühlte er noch? War nicht auch das ein Relikt seines vergangenen leiblichen Lebens?

Er fragte MOM.

Ich weiß es nicht, antwortete sie, aber sie schaltete Filter ein, die das Gleißen erträglich machten.

Hör auf, wir haben noch soviel Zeit, MOM.

Möchtest du schlafen?

Nein, noch nicht. Aber allein sein.

Die Bilder erloschen. Er zwang den Himmel wieder hervor. Jetzt glühte ein breites rubinrotes Band auf schwarzem Grund. Hatte dieser Himmel einst eine besondere Bedeutung für ihn gehabt oder war er nur ein Konglomerat aus Dutzenden von Abendhimmeln?

Er mußte versuchen, die Blockade weiter zu lockern.

MOM! Laß uns doch die kosmische Strahlung untersuchen.

Ja, Alan.

Ein chaotischer Wirbel erfaßte ihn, er versuchte nicht, ihn zu entwirren, gab sich dem Ansturm hin, hoffte, daß dies der Auslöser seiner Erinnerungen sei. Genug!

MOM reagierte augenblicklich.

Willst du jetzt schlafen?

Nein, MOM.

Musik, Alan?

Weder Musik noch Außenreize.

Was dann?

Nichts.

Du weißt, Alan, das Nichts ...

Ja, unterbrach er, ich weiß. Trotzdem.

Das Nichts war es, das ihn verzweifeln ließ. Er hatte versucht, sich zu verweigern. Um die Genehmigung gebeten, sterben zu dürfen.

Kein Mensch kann das Nichts ertragen. Die Unendlichkeit. Das hatte ihm niemand gesagt. Okay, sie hatten es nicht gewußt, aber sie hätten es sich ausrechnen können. Dutzende von Psychologen hatten zu dem Team gehört, das diese Mission vorbereitete.

Wochen, Monate, Jahre in der unendlichen Gleichgültigkeit des Universums.

Wie lange werden wir noch fliegen, hatte er MOM gefragt.

Bis wir unsere Mission beendet haben. Das Minimum zum ersten, möglicherweise belebten System und zurück sind achtzehn Jahre.

Und wenn wir am Sirius nichts finden?

Das weißt du doch. Dann reisen wir zum Barnardschen Pfeilstern und dann …

Wenn wir es durchhalten, MOM.

Wir sind auf zweihundert Jahre ausgelegt.

Zweihundert Jahre Einsamkeit. Zweihundert Jahre im Nichts der Unendlichkeit.

Aber dies jetzt war ein anderes Nichts, um das er MOM bat. Eine Informationsleere, damit die Gedankenströme in seinem Hirn ungestört fließen konnten, eine Leere, von der MOM nicht einmal etwas ahnen konnte.

Die Nacht wuchs. Eine irdische Nacht, und er wußte, daß sie einmal für ihn von Bedeutung gewesen sein mußte.

Liebe, du zitternder Vogel …

Er würde die Erinnerungen zurückerobern. Dieser Gedanke machte ihn froh. Ein Ziel, jenseits von Parsec und Angström und Lichtjahren.

Liebe, du zärtlicher, zitternder Vogel …

Ja, so war es gewesen. Und er würde sich auch noch den Rest erzwingen. Er hatte ja Zeit. Zweihundert Jahre. Tiefe Ruhe erfaßte ihn. Hoffnung.

Ich denke, also bin ich. Ich hoffe, also werde ich sein. Jetzt möchte ich schlafen, MOM.

Liebe, du zärtlicher, zitternder Vogel …

Morgen würde er weitersehen.

Copyright © 1993 by Gert Prokop
(Erstveröffentlichung)

Ian McDonald · Nordirland

FRAGMENTE EINER ANALYSE EINES FALLES VON HYSTERIE

DER NACHTZUG

Hurtig, hurtig, schneller, schneller; hurtig, hurtig, schneller, schneller durch die nächtlichen Wälder; der Nachtzug, der die nächtlichen Wälder durchschneidet, die Bäume, die endlosen Bäume; der sie mit dem Lichtstrahl seines Scheinwerfers durchschneidet, eine weiße Lache auf den sich endlos abspulenden Eisenstrang werfend, der den Wald im unermüdlichen Takt seiner Kolben durchschneidet, der die Nacht mit seinem funkendurchsetzten Rauch durchschneidet, der über die ganze schlanke Länge der Lokomotive und den Schrei seiner hundert Räder zurückströmt, der die Nacht durchschneidet, die über dem Herzen des Kontinents liegt; der Nachtzug, hurtig, hurtig, schneller, schneller.

Obwohl Stunden vergangen sein müssen, seit dein Vater dir vom oberen Etagenbett aus eine gute Nacht gewünscht hat, und noch mehr Stunden, seit der Schlafwagenschaffner diesen schlauen Entfaltungstrick mit den Sitzen angestellt und Bündel von frisch gewaschenem und gestärktem Bettzeug entrollt hat, schläfst du immer noch nicht. Du kannst nicht schlafen. Dort draußen, jenseits des Fensters, stehen die Bäume des nächtlichen Waldes. Du kannst sie nicht sehen, aber du weißt, daß sie dort sind, Schulter an Schulter, dicht an den Gleisen, mit Zweigen, die sich nach unten neigen, an den Seiten des Schlafwagens entlangstreifend, wie die langen Arme von alten Männern mit abfallenden Schultern.

Und obwohl du auch diese nicht sehen kannst, bist du dir doch der Hunderte von anderen Leben bewußt, die außer dir in ihren Etagenbetten im ockerfarbenen Schein der Nachtlichter der Eisenbahngesellschaft liegen, geschaukelt und in den Schlaf gewiegt vom rollenden Trab des Schlafwagenzugs, während dieser die Grenze überfährt; Hunderte von anderen Leben, die still daliegen, eins über dem anderen in ihren winzigen, ockerfarben beleuchteten Abteilen, dahingetragen durch den nächtlichen Wald zu ihrem endgültigen Bestimmungsort. Aus dem Nebenabteil dringen wieder die Geräusche herüber; die kleinen Geräusche, die intimen Geräusche, das Flüstern einer Frau, das sanfte Sprechen eines Mannes, das Knarren der Lederpolster, gedämpftes Lachen, das wiederholte Poch Poch Poch Poch Poch von etwas Hartem gegen die Zwischenwand aus Holz. Während du da in deinem unteren Bett liegst, den Kopf neben dem Poch Poch Poch Poch Poch aus dem Nebenabteil, ist es, als würdest du dir mit einemmal über alles klar — die Liebenden auf der anderen Seite der Zwischenwand, die schlafenden Reisenden in ihren Klappbetten, Lärm und Qualm und Geschwindigkeit der gegenwärtigen Fahrt des Nachtzugs, der den nächtlichen Wald durchschneidet, der die endlosen Bäume mit den abfallenden Schultern durchschneidet.

Du mußt geschlafen haben. Du hattest gedacht, daß du niemals einschlafen könntest, doch der Rhythmus der Räder muß dich in den Schlaf gelullt haben, denn es ist die Veränderung dieses unermüdlichen Rhythmus', der dich aufgeweckt hat. Der Zug wird langsamer. Du wendest dich auf deinem Klappbett um und blickst aus dem Fenster, doch dort siehst du nichts anderes als dein Spiegelbild, das dir entgegenschaut. Der Zug hat seine Geschwindigkeit auf Schrittempo verringert, er schleppt sich mit einer Langsamkeit über die Gleise, die für dich furchterregend ist, denn du hast Angst, daß der Zug, wenn er einmal anhält, sich nie, nie mehr wieder in Bewegung setzen wird. Irgendwo vorn an der Strekke, in weiter Ferne, läutet eine Glocke. Kaum hörbar durch das Quietschen der Räder ertönen Stimmen, Stimmen vor dem Fenster, die in einer Sprache schreien, die du nicht verstehst.

Dein Vater ist jetzt ebenfalls wach. Er klettert die hölzerne Leiter herunter, schaltet die Lampe an und setzt sich an den Tisch dir gegenüber, um aus dem Fenster zu spähen und zu erkunden, warum der Zug anhält. Im Lichtschein, der durch das Fenster fällt, siehst du Gesichter. Männer stehen neben den Gleisen, Männer mit dummen, trägen, brutalen Gesichtern. Während ihr langsam an ihnen vorbeifahrt, halten sie in ihrer Arbeit inne und starren mit trägem, brutalem Unverständnis zu euren Gesichtern herauf. Die einfältige Brutalität in ihren Mienen macht dich blind für die Art der Arbeit, die sie verrichten. Sie tragen Körper an Fesseln, die diesen um Hände und Füße gebunden sind, und legen sie neben die Gleise. Es sind die nackten Körper von Männern und Frauen und Kindern, die nebeneinander auf dem Kies zwischen dem Schienenstrang und dem Waldrand aufgereiht werden. Und jetzt siehst du ein ganzes Stück weiter ein rotes Glühen, wie von einem großen Feuer; etwas steht lichterloh in Flammen, unendlich, dort draußen im nächtlichen Wald. Du fragst deinen Vater, was das alles bedeutet.

»Ein schreckliches Unglück«, antwortete er wie im Traum. »Ein Unfall, weiter vorn an der Strecke; ein Zug ist entgleist und hat einen Waldbrand verursacht.«

Der Nachtzug schleppt sich weiter, vorbei an den Leichen der Männer und Frauen und Kinder, die nebeneinander aufgereiht sind, während die Männer schleppen und hinlegen, schleppen und hinlegen und dabei in ihrer dumpfen, brutalen Sprache murmeln und während die Eisenglocke läutet.

Du weißt, daß du nicht geschlafen hast, obwohl dir so ist, als hättest du es getan und wärst an einem anderen Ort, in einer anderen Zeit aufgewacht. Jetzt fährt der Zug in einen ländlichen Bahnhof ein. Ein bulliger Stationsvorsteher mit einem schwarzen Schnauzbart und einem Übermaß an Goldkordeln winkt den Zug an einem Bahnsteig zum Stillstand. Der Lattenzaun ist mit Flaggen bestückt, und das kleine Bahnhofsgebäude aus Holz ist fröhlich mit japanischen Papierlampions behängt, die im Wind, der aus dem nächtlichen Wald herüberweht, schaukeln und knistern. Der Zug kommt kreischend zum Stehen, und du hörst Musik. Vor dem Warteraum spielt ein Streichquartett den letzten Satz von *Eine kleine Nachtmusik,* ziemlich schlecht, wie du findest. Der Stationsvorsteher marschiert mit seinen kniehohen schwarzen Stiefeln über den Bahnsteig, wobei er in seine Pfeife bläst und schreit.

»Alles aussteigen, alles aussteigen.«

»Komm, Anna«, sagt dein Vater und nimmt seinen Geigenkasten aus dem Gepäcknetz; und bevor du Zeit hast nachzudenken, stehst du draußen auf dem Bahnsteig, du und dein Vater und viele hundert andere, die sich in dem Nachtzug befunden hatten; ihr steht in euren Nachthemden und Schlafanzügen und Morgenmänteln in der kalten Nachtluft.

Ein Stück weiter stößt die Lokomotive zischend Dampf aus. Die Wagen quietschen und ruckeln.

»Tee, Kaffee und heißer Imbiß im Warteraum«, verkündet der strahlende Stationsvorsteher. »Wenn Sie sich bitte in den Warteraum begeben wollen, meine Damen und Herren.«

Vergnügt untereinander raunend, strömen die Reisenden in den Warteraum, doch mit jedem Schritt, den du in Richtung dieser offenstehenden Holztür unternimmst, spürst du das Anwachsen eines angstvollen Zögerns, bis du weißt, daß du nicht hineingehen darfst kannst willst.

»Nein, Vater, zwinge mich nicht!« weinst du, aber dein Vater sagt: »Anna, Anna, bitte, es ist doch nur für kurze Zeit, bis der nächste Zug kommt.« Aber du willst kannst darfst nicht hineingehen, denn du hast durch die vergitterten Fenster der ländlichen Eisenbahnstation gesehen, was im Warteraum wartet. Im Warteraum steht ein Bäcker mit einer weißen Schürze vor der offenen Tür eines Ofens. Er merkt, daß du ihn durch das Fenster beobachtest, und er lächelt dich an, und er zieht seinen Spatel aus dem Ofen, um dir zu zeigen, was er gebakken hat.

Es ist ein Laib frischen goldenen Brots in der Form eines Babys.

Die Tür und das Fenster

Der Fall von Fräulein Anna kam mir zum erstenmal zur Kenntnis im späten Winter des Jahres 1912 bei einer Mittwoch-Versammlung meiner Internationalen Psychoanalytischen Vereinigung, und zwar durch Dr. Geistler, einen der jüngsten Mitglieder des Mittwochs-Kreises, der bei Kaffee und Zigarren ganz nebenbei eine Patientin erwähnte, die wegen Asthma-Anfällen in seiner Behandlung war, nachdem sie auf konventionelle Behandlungsmethoden nicht angesprochen hatte. Die Anfälle standen offenbar im Zusammenhang mit der Phobie der jungen Frau vor geschlossenen Räumen, und nach der Versammlung fragte er mich, ob ich mich an einer Analyse dieser Psychoneurose versuchen wolle; ein Unterfangen, dem ich zustimmte. Wir vereinbarten einen ersten Behandlungstermin für den folgenden Dienstagmorgen, zehn Uhr.

Die Erfahrung hat mich gelehrt, daß Psychoneurosen oft mit einer trügerischen Normalität in den Gesichtszügen des Patienten einhergehen; Fräulein Anna war ein solcher Fall. Dem äußeren Anschein nach war sie eine hübsche, reizende, selbstsichere junge Dame von siebzehn Jahren, die Tochter eines Konzertviolinisten an der Kaiserlichen Oper, der, so erfuhr ich zu meiner Überraschung, mich durch den B'Nai B'rith, dem Jüdischen Club in Wien, kannte. Sie war ein Einzelkind, ihre Mutter war bei einer Grippe-Epidemie gestorben, als sie noch ein Kleinkind war, und Anna war allein von ihrem Vater großgezogen worden. Ich gewann den deutlichen Eindruck, daß ihre Lebhaftigkeit und ihr Schwung stärker waren, als sich lediglich auf jugendliche Ausgelassenheit hätte zurückführen lassen.

Sie machte eine Bemerkung über die Stickigkeit und Düsternis meines Sprechzimmers, und trotz der winterlichen Kälte weigerte sie sich, Platz zu nehmen, bevor sowohl die Tür als auch das Fenster sperrangelweit geöffnet waren. Ich hatte erst ein paar Züge an meiner Zigarre getan, als sie in heftige Erregung geriet und behauptete, daß sie keine Luft bekäme und der Rauch sie ersticken würde. Trotz des Umstandes, daß der größte Teil des Rauchs meiner Zigarre direkt durch das offene Fenster hinaus in die Berggasse zog, fügte ich mich in ihr Verlangen, in ihrer Gegenwart auf das Rauchen zu verzichten. Ihre hysterische Überempfindlichkeit war derart ausgeprägt, daß bei folgenden Gesprächen die geringste im Raum vorhandene Spur von Zigarrenrauch von einer vorhergegangenen Sitzung ausreichte, um bei ihr einen Asthma-Anfall hervorzurufen.

Im Gespräch war sie über alle Maßen redselig und neigte zu einer weitschweifenden Erzählweise, mit der sie sich selbst über die nebensächlichsten Dinge ausließ. Sie konnte sich an keinen speziellen Augenblick erinnern, zu dem sie sich zum erstenmal ihrer Angst vor geschlossenen Räumen bewußt geworden wäre, sondern sie hatte schon immer, so lange sie zurückdenken konnte, in kleinen Zimmern mit geschlossenen Türen und wuchtiger Möblierung ein gewisses Unbehagen empfunden. Sie nahm eine Verschlechterung ihres Zustandes nicht bewußt wahr, bis zu jenem Ereignis, das ihrer Überstellung zunächst an Dr. Geistler und schließlich an mich vorausgegangen war.

Im Frühherbst hatte das Orchester ihres Vaters eine Tournee mit Aufführungen der *Zauberflöte* unternommen, die sie nach Salzburg, München, Zürich, Mailand und zurück nach Wien führen sollte. Da ihr Vater eine Gelegenheit sah, die Bildung seiner Tochter durch Reisen zu fördern, hatte er es so eingerichtet, daß sie ihn begleiten konnte. Fräulein Anna B. gab zu, daß sie während des ganzen Tages der Abreise ein ungutes Gefühl geplagt habe, das sich, als sich die Orchestermitglieder am Westbahnhof versammelten, zu einem Angstzustand und beim Besteigen des Zuges zu einem hysterischen Anfall steigerte. Es sei schon spät gewesen, der Bahnhof dunkel und angefüllt von Dampf und Qualm der Lokomotiven. Die übrigen Musiker waren bereits in ihren Schlafabteilen untergebracht; ihr Vater rief ihr von der Tür her zu, sie solle schnell einsteigen, da der Zug in Kürze abfahren würde. Diese Einzelheiten wußte sie nur vom Hörensagen, sie waren ihr nach dem Ereignis berichtet worden; ihre Aufmerksamkeit war vollkommen von der Messingtischlampe im Fenster des Schlafabteils, das sie mit ihrem Vater teilen sollte, in Anspruch genommen. Beim Anblick dieser Lampe überkam sie eine derartige Angst und ein solches Entsetzen, daß sie nicht in den Zug einsteigen konnte. Der Lärm und das Gewühl auf dem Bahnhof überwältigten sie, der Rauch und der Dampf der Lokomotiven würgten sie; mühsam rang sie um Luft, doch ihre Lunge war wie gelähmt, sie war unfähig zu atmen.

Einem Erstickungsanfall nahe und halb bewußtlos wurde sie von einem Dienstmann und ihrem Vater zum

Büro des Stationsvorstehers getragen, von wo Dr. Geistler telefonisch herbeigerufen wurde.

Das Bild der Tischlampe schien von Bedeutung zu sein, deshalb schlug ich vor, daß wir ergründen sollten, welchen möglichen Bezug sie zu irgendwelchen Kindheitserlebnissen haben könnte, dem Quell all unserer Neurosen als Erwachsene. Sie berichtete von einem Vorfall aus ihren frühesten Jahren, als sie zum erstenmal allein in einem eigenen Zimmer schlief. Ihr Vater hatte ihr eine Nachttischlampe gebracht, deren Schirm mit schlicht ausgeführten Märchengestalten geschmückt war, wie es Kindern gefällt. Sie erinnerte sich nicht daran, daß sie eingeschlafen war, doch sie erinnerte sich sehr wohl daran, daß sie aufgewacht war und feststellte, daß das Zimmer mit Rauch gefüllt war. Sie hatte vergessen, die Lampe auszuschalten, und der verzierte Schirm, der aus einem billigen und künstlichen Material bestand, hatte angefangen zu brennen. Ihre Schreie hatten ihren Vater, der im angrenzenden Zimmer schlief, aufgeschreckt, und er hatte das Feuer gelöscht. Danach hatte er monatelang darauf bestanden, daß sie unter seiner Obhut im selben Raum mit ihm schlief, ja sogar im selben Bett.

Nachdem Fräulein Anna B. den Vorfall mit der Lampe erzählt hatte, erklärte sie, daß sie sich viel besser fühle, und da sich unsere Zeit dem Ende zuneige, danke sie mir für meine Hilfe; und sie fragte, ob eine sofortige Bezahlung erforderlich sei oder ob eine Rechnung geschickt würde. Ich erwiderte mit einiger Erheiterung, daß die Behandlung keineswegs abgeschlossen sei, daß sie tatsächlich kaum begonnen habe; es würden zahlreiche Sitzungen über einen Zeitraum von vielen Wochen, ja sogar Monaten nötig sein, bevor wir behaupten könnten, ihrer Neurose einigermaßen auf die Spur gekommen zu sein.

Bei unserem nächsten Treffen war das Verhalten von Fräulein Anna B. wesentlich kleinlauter. Während wir am offenen Fenster saßen, durch das der Wind vom freien Land hereinwehte, erzählte sie einen neueren Traum, der sie besonders beunruhigte. Dieser Traum, den ich als den ›Nachtzug-Traum‹ bezeichnen werde, sollte in verschiedenen Abwandlungen während des Verlaufs der Behandlung mehr oder weniger regelmäßig immer wieder auftauchen und sich manifestieren, entsprechend dem Fortschritt, den wir bei den Gesprächen erreichten. Unbeständigkeit ist ein typisches Merkmal von Neurosen; wenn die Behandlung in einem Bereich anschlägt, dann kommen sie in einem anderen um so heftiger zum Ausbruch.

Anstatt zu versuchen, den gesamten Inhalt dieses Traumes zu analysieren, was mir im Lichte der bisherigen Sitzung ein wenig zu simpel erschien, beschloß ich, daß wir uns auf einige Einzelheiten konzentrieren sollten, die vielleicht eine tiefergehende Deutung zulassen würden: der bedrohliche Wald, die lange Reihe nackter Leichen, der Bäcker und sein makabrer Brotlaib.

Durch Assoziationen und Rückblenden erforschten wir die Bedeutung eines Picknicks im Wienerwald in ihrer frühen Kindheit, bei dem sie sich zum erstenmal ihrer sexuellen Unvollkommenheit als Frau bewußt wurde. Der Ausflug fand in Gesellschaft einer ›Tante‹ statt (die so genannt wurde, bei der es sich aber um eine enge Freundin der Familie hätte handeln können) und eines Vetters, eines Jungen, der ein Jahr älter war als Fräulein Anna B., die damals nicht älter als fünf oder sechs gewesen sein konnte. Die Kinder waren weggeschickt worden, um im Wald zu spielen, während sich die Erwachsenen, wie es für Eltern üblich ist, über Themen unterhielten, die Kinder absolut nicht zu interessieren hatten, und das junge Fräulein Anna B. und ihr Vetter, wie es für Kinder üblich ist, ließen der Natur ihren Lauf. Fräulein Anna B. erinnerte sich an ihr Erstaunen beim Anblick des Penis ihres Vetters, und sie erinnerte sich ebenfalls, daß sie damit spielen wollte; nicht aus sexuellem Interesse, wie sie behauptete, sondern aus reiner Neugier. Als sie die Leichtigkeit, mit der ihr Vetter sich hatte erleichtern können, mit ihren eigenen umständlichen Bemühungen verglich, hatte sie zu ihm gesagt: »Das ist ein praktisches Ding für ein Picknick.«

Als sie sich bereits im Aufbruch befand, äußerte sie noch folgende Bemerkung: »Dr. Freud, mir ist gerade noch etwas eingefallen. Ich weiß nicht, ob es wichtig ist, aber jene Tischlampe, die in dem Schlafabteil des Zuges nach Salzburg, sie hatte keinen Schirm. Die Glühbirne war unverhüllt, nackt.«

In den folgenden Monaten, während der Winter einem trüben Wiener Frühling Platz machte, erstellten wir eine Landkarte der psychoneurotischen Geografie anhand der einzelnen Elemente des Nachtzug-Traums. Während Kindheitsängste und frühe Erlebnisse ans Licht kamen und erkannt wurden, merkte Fräulein Anna B., wie ihre Angst vor geschlossenen Räumen allmählich geringer wurde. Zuerst ertrug sie geschlossene Fenster, dann geschlossene Türen, und schließlich, Ende März 1913, wurde mir das Rauchen meiner Zigarren gestattet — nicht ohne beträchtliche Erleichterung meinerseits.

Der Symbolgehalt des Elements der nackten Leichen, die neben den Gleisen aufgereiht waren, erwies sich als der wohl bedeutendste aller Kindheitstraumatas von Fräulein Anna B.

Annas Vater hatte es sich zur Gewohnheit gemacht, jedes Jahr während der Opern-Ferien Urlaub im Kurort Baden zu machen. Entgegen der allgemein üblichen Gepflogenheit begleitete Anna ihn auf diesen kurzen Reisen, mit der Folge, daß sie in Ermangelung anderer Kinder ihres Alters gezwungen war, die Gesellschaft von Erwachsenen zu suchen, besonders jener älteren Herrschaften, die sich in Kurbädern zuhauf tummelten und bei denen man sich darauf verlassen kann, daß sie sich mit großelterlichem Interesse eines einsamen jungen

Mädchens annehmen. Sie war sich selbst überlassen, während ihr Vater Spaziergänge im Wald unternahm, und zwar mit einer ihm bekannten Dame, die jedes Jahr zur selben Zeit wie er anreiste, um sich am Wasser zu laben. Im Pumpenraum war Anna durch eine Unterhaltung mit einem offenbar schwachsinnigen älteren Herrn erschreckt worden, der ihr ewige Verdammnis androhte, falls sie nicht auf der Stelle und sofort auf die Knie niederfiele und die erlösende Gnade Christi erflehte. Als der ältere Herr versucht hatte, ihr körperlich nahezutreten, war sie aus dem Pumpenraum und durch die Parkanlage geflohen, bis in den anschließenden Wald, um ihren Vater zu suchen.

Sie erinnerte sich, endlos erscheinende Kilometer über Kieswege gerannt zu sein, bis sie durch den Klang von Stimmen in ihrer stürmischen Flucht aufgehalten wurde; es waren die Stimmen ihres Vaters und jener anderen Frau. Sie kamen aus einem Versteck in einem Rhododendron-Gebüsch. Ohne nachzudenken, hastete sie durch das dichte Buschwerk und wurde mit dem Anblick ihres Vaters konfrontiert, der von hinten in eine rothaarige Frau eindrang, die sich über das Geländer eines kleinen, verborgenen Laubengangs beugte. Sie erzählte, daß die Frau aufgeblickt, gelächelt und gesagt habe: »Hallo, Anna-*Kätzchen*«, ein intimer Kosename, der nur von ihrem Vater gebraucht wurde. Erst da erkannte sie die Frau als jene Bekannte, die jedes Jahr das Kurbad besuchte. Was ihr am lebhaftesten in Erinnerung geblieben war, war die seltsam kegelige Form der hängenden Brüste der Frau, die Art, wie ihr die roten Haare ums Gesicht fielen, und das Stoßen Stoßen Stoßen ihres Vaters in die nach vorn gebeugte Frau, offensichtlich ohne die geringste Ahnung, daß er von seiner Tochter beobachtet wurde. Als sie die drei Worte »Stoßen Stoßen Stoßen« in meinem Behandlungszimmer aussprach, spuckte sie sie wie Gift von der Zunge.

Ihr Vater hat nie erfahren, daß er an jenem Tag im

Laubengang beobachtet worden war. Die Frau hatte den Umstand, daß Anna Zeugin dieses Vorgangs geworden war, wie einen unausgesprochenen Pakt zwischen ihnen behandelt: beim Essen im Gasthaus am Abend desselben Tages hatte Anna absichtlich Bleichpulver, das sie aus dem Vorratsraum der Zimmermädchen gestohlen hatte, ins Essen der Frau gestreut.

Die Arbeit während des restlichen Frühlings brachte Fräulein Anna B. zu der emotionalen Einsicht, daß der Versuch, die rothaarige Frau zu vergiften, und letztendlich ihre psychoneurotische Angst vor geschlossenen, verrauchten Räumen aus ihrer Eifersucht in bezug auf ihren Vater herrührten. Viele Wochen lang weigerte sie sich zu erkennen, daß ihr Vater für sie eine erotische Gestalt war, von der sie sich sexuell angezogen gefühlt hatte und noch fühlte. Diese Anziehung war noch dadurch verstärkt worden — angeblich unbewußt —, daß ihr Vater das Kleinkind Anna nach dem Vorfall mit der Nachttischlampe zu sich mit ins Bett nahm. Allmählich gelangte sie zu einem intellektuellen Begreifen des Ersatzes der Mutter durch eine männliche Person sowie der Verwirrung ihrer eigenen ödipalen Gefühle. Ihre erwachende Sexualität hatte zu der Übertragung ihrer sublimierten Schuldgefühle darüber, daß sie ihre erste und größte Liebe um der Liebe anderer willen verlassen hatte, auf ihren Vater geführt. Ausgelöst durch die Intimität des Schlafabteils, ihre Erinnerungen an die intime Nähe während ihrer Kindheit und an das, was sie als kindlichen Verrat ihrer Liebe ansah, hatte sich ihr Zustand zur Hysterie gesteigert. Während sich die intellektuelle Einsicht zu einer Akzeptanz und echten emotionalen Einsicht entwickelte, tauchte der Nachtzug-Traum immer seltener auf, und im Frühsommer berichtete mir Fräulein Anna, daß sie am vorausgegangenen Wochenende in der Lage gewesen sei, ohne die geringsten Beschwerden eine Zugfahrt zum Kloster Melk zu unternehmen. Nach dem Abschluß der Behandlung hielt

Fräulein Anna B. den brieflichen Kontakt zu mir aufrecht und gestand mir zu meiner großen Befriedigung, daß sie ein Verhältnis mit einem jungen Mann, dem Sohn eines prominenten Wiener Rechtsanwaltes, eingegangen war, und zwar ohne jede Schuldgefühle oder die Wiederkehr der Neurose, und daß eine Verlobung und nachfolgende Heirat voller Freude in Betracht gezogen wurde.

Der Keller in der Judengasse

Wenn die Besitzer der Heurigen-Lokale die trockenen und staubigen Buschen von den Eingängen ihrer Weinstuben nehmen, dann bedeutete das, daß der letzte Wein des Sommers getrunken ist. Zeit zum Aufhören, Damen und Herren, rufen sie, die Flasche ist leer, das Glas ist trocken. Zeit, daß die Bänke abgeschrubbt und die langen Holztische hereingeholt werden; Zeit, daß die Schrammel-Musikanten ihre Geigen und Gitarren und Akkordeons wegpacken; Zeit, die baumbeschatteten Innenhöfe von Grinzing und Cobenzl und Nußdorf zu verlassen und per Trambahn oder Fiaker oder Omnibus wieder in die Stadt zu fahren; Zeit, zu den Freuden zurückzukehren, die ihre Kaffeehäuser und Konditoreien zu bieten haben, ihre Cabarets und Bars, die Oper mit ihren prachtvollen Lüstern und die verrauchten Keller abseits der Kärntnergasse, die nach abgestandenem Bier und Urin riechen.

Man hatte gehofft, man könnte die anderen überdauern, sogar das Ende der Saison überdauern, als ob das Überdauern einen irgendwie verdichten und die natürliche Lebensdauer verlängern könnte, dort droben an den Hängen des Wienerwaldes. Doch das letzte Glas der letzten Flasche aus dem letzten Faß ist ausgetrunken, und erschreckend und erschaudernd, als ob man aus einem Sommernachtstraum aufgeschreckt worden wäre, stellt man fest, daß das Fest zu Ende ist und man an einem Tisch vor der Konditorei Demel sitzt und das Treiben auf den heißen und schmutzigen Straßen der Stadt beobachtet.

Sie waren zu viert; zwei junge Männer, zwei junge Frauen, aus jener Klasse der Wiener Gesellschaft, die den Kreis ihres großen Walzers immer dichter um die Flammen drehten, als ob sie in einem Wind aus dem Osten die Asche des Kaiserreichs witterten. Sie hatten längst jede mögliche Nuance und jedes Wortspiel miteinander erprobt, alles, was im Verblassen des Kaiserlichen Purpurs verzeihbar war, und nachdem sie ihr Leben gegenseitig wie alte Kleidung abgetragen hatten, hatten sie sich in den Wirbel der Kaffeehaus-Kultur und der Opernlogen-Skandale gestürzt, nur um den Geruch einer Bierhallen-Revolution zu finden, schlechte Kunst und aufgewärmten Klatsch, einen Makrokosmos der Langeweile ihrer eigenen klaustrophobischen Beziehung; eine Langeweile, die sich nicht nur auf Personen oder Orte oder Klassen beschränkte, sondern eine Langeweile, die einen gesamten Kontinent angesteckt zu haben schien, eine Langeweile, der anscheinend sogar ein Krieg vorzuziehen war.

Vielleicht waren es die vorauseilenden Schatten, die der absolute Krieg über ihr sterbendes Reich warf, vielleicht war es eine unvermeidliche Windung der abwärts führenden Spirale ihres abgestumpften Appetits, der sie in den Keller in dem alten Jüdischen Viertel führte.

Er war mit keinem Namen versehen, der einzige Hinweis auf seine Existenz war das unbemalte Holzschild über der unbeleuchteten Treppe, die von der Judengasse hinabführte; das Holzschild hatte die Form einer Ratte. Keine Anzeige im Adreßbuch der Stadt wies darauf hin, kein Plakat an den städtischen Anschlagsäulen entlang der schamloseren Etablissements an der Kärntnergasse machte Werbung dafür; er brauchte nicht mehr Werbung als seinen Ruf und die Mundpropaganda seiner

Gäste. Bei der *Petit Bourgeoisie* war sein Name ein Mythos.

Als der Rechtsanwaltssohn zuerst diesen Namen erwähnt hatte, während sie gelangweilt an ihrem Tisch vor der Konditorei saßen, hatten sie ihn abgetan und sich auf die Suche nach anderen Stimulationen gemacht, schon im vorhinein wohl wissend, daß all diese Stimulationen versagen und wie Rummelplatz-Lichter in der hellen Mittagssonne verblassen würden und daß sie letztendlich diese steile Treppe unter dem hölzernen Rattenzeichen hinabsteigen würden. Der erste leichte Schneefall des Herbstes puderte die Pflastersteine, während sie im Wagen des Bankierssohnes durch die Altstadt fuhren. Von den vieren war es die jüngste, die Tochter des Konzertviolinisten, der es am wenigsten behaglich zumute war, als sich die Tür auf ihr Klopfen hin öffnete und der *Maître* sie mit einer Verbeugung einließ; alte Narben, die sie seit langem für verheilt gehalten hatte, zwickten ein wenig, schmerzten ein wenig, bluteten ein wenig.

Kellerkneipen sind überall gleich: der Boden vollgestellt mit Tischen, so daß kein Zentimeter des schmutzigen Betons und der gesprungenen Fliesen zu sehen ist; die staubigen Bretter der Bühne unter einer Konstellation von Flittersternen; die grellen gelben Rampenlichter; das musikalische Quartett von vier Frauen mit harten Gesichtern und Baskenmützen, dunklen Strümpfen und ellenbogenlangen Handschuhen, die zwischen den Nummern türkische Zigaretten rauchten; der dumpfe rote Schein der Tischlampen, der die Identität der Gäste an den Tischen verhüllt, indem er sie in Karikaturen ihrer selbst verwandelt.

Am Fuße der Treppe verspürte sie eine Beklemmung in der Brust, und sie bat den Mann, der sie hergebracht hatte, nicht von ihr zu verlangen, daß sie hineinginge, doch die anderen beiden ihrer Vierergruppe hatten bereits an einem Tisch Platz genommen, und er zog sie an der Hand: komm, kein Grund zur Angst, es wird lustig sein. Während der Ober mit der weißen Schürze Wein servierte und das Cabaret-Quartett sich durch ein Potpourri von beliebten Schlagern mühte, war ihre ganze Konzentration darauf gerichtet, möglichst gleichmäßig einzuatmen, auszuatmen, einzuatmen, auszuatmen. Daß man beim nächsten Atemzug nicht mehr fähig ist einzuatmen: das ist die schreckliche Angst der Asthmatiker.

»Verzeihen Sie?«

Der junge Mann sprach sie höflich an und wiederholte seine Bitte, ob er an ihrem Tisch Platz nehmen dürfe. Er setzte sich auf den Stuhl neben Fräulein Anna, ein junger Mann mit kantigen Gesichtszügen und einem kleinen, kantigen Schnauzbart. Die Band spielte weiter. Der Keller, der bereits voll war, füllte sich bis zum Bersten. Die Nacht schritt voran. Der junge Mann versuchte, Fräulein Anna in eine Plauderei zu verwickeln. Sie befürchtete, er könnte ihre kurzangebundenen Antworten für Überheblichkeit halten, dabei handelte es sich lediglich um Kurzatmigkeit. War sie zum erstenmal hier? Ein Nicken. Er kam regelmäßig her. Er war Künstler. Oder vielmehr, angehender Künstler. Er war zweimal bei der Aufnahmeprüfung an der Wiener Akademie der Schönen Künste durchgefallen. Aber eines Tages würde er es schaffen. Er war Illustrator für Postkarten und Reklameplakate; eine dürftige Existenz, wie er zugeben mußte, aber die Zeit würde seine ehrgeizigen Pläne Früchte tragen lassen, die Welt würde schon sehen. Nach Abzug der Kosten für Unterkunft und Essen (zuwenig davon, dachte Fräulein Anna) und der Bedarf für seine Malerei blieb ihm gerade noch genügend Geld, um den Keller in der Judengasse zu besuchen. Hier vermischten sich Hochgestellte und niederes Volk, Bankiers und Geschäftsleute und Rechtsanwälte und Priester und Prostituierte, Beamte und hungernde Künstler, alles anonyme Mitglieder in der Kameradschaft der Dunkelheit. Es ging das Gerücht, daß ein Prinz aus dem Kaiserhaus gesehen worden sei, wie er das Zeichen der Ratte besuchte.

»Angst«, sagte er, und das Wort klang seltsam in seinem bäuerlichen oberösterreichischen Akzent. »Deshalb kommen sie her. Deshalb komme ich her. Um die Kraft und die Herrschaft der Angst kennenzulernen. Um zu erfahren, daß man durch das Erkennen und Beherrschen der Angst, den richtigen Einsatz von Angst, lernt, über andere zu herrschen. Deshalb komme ich her, um meine Macht über die Angst zu verfeinern und auszufeilen, gnädiges Fräulein, damit eines Tages *ich* gefürchtet bin. Ich weiß, daß ich das sein werde, ich weiß es. Gefürchtet, und damit geachtet.«

Angst? wollte sie gerade flüstern, doch an den Tischen hatte gespannte Stille eingesetzt. Ein alter Mann mit einem Akkordeon stand im Rampenlicht auf der winzigen, kahlen Bühne. Der alte Mann quetschte eine melancholische Tonfolge in Moll aus seinem Instrument.

»Meine Damen und Herren, ich erzähle Ihnen jetzt eine Geschichte, die Geschichte eines alten Mannes, eines Mannes, der älter ist, als er erscheint, viel älter, älter als irgend jemand von Ihnen es sich vorstellen kann, älter als jeder lebende Mensch. Es ist ein Mann, der von Gott dazu verdammt wurde, niemals zu sterben, meine Damen und Herren.«

Ein eiserner Griff umklammerte Fräulein Annas Brust.

»Von Gott verflucht, meine Damen und Herren. Dazu verdammt, auf der Erde zu wandeln, niemals zur Ruhe zu kommen.« Seine langen, knochigen Finger bewegten sich wie kleine Urwesen über die Tasten. »Ein Mann, der seinem Herrn niemals etwas anderes als Treue gezeigt hatte, ein Mann, den eben jener Herr seinen ›geliebten Jünger‹ nannte. Und wie wurde diese Liebe belohnt? Mit diesen Worten, die ich niemals werde vergessen können: ›Wenn es mein Wille ist, daß dieser Mann am Leben bleibt, bis ich wiederkomme, wie findest du das?‹ O Herr, Herr, warum nur hast du diese Worte ausgesprochen? Warum hast du deinen Jünger mit dieser unerwünschten Unsterblichkeit beladen, so daß dieser eine von zwölfen, nachdem der letzte Apostel das Zeitliche gesegnet hatte, dazu verdammt war, weiter über die Erde zu wandern, als Fünftes Evangelium, als leibhaftiges Evangelium; damit all jene, die ihn sahen und sein Evangelium hörten« (das Akkordeon stöhnte zur Untermalung, verlockend, faszinierend; voller Entsetzen bemerkte Fräulein Anna, daß die Ober, diese Gattung von Troglodyten in litzenbesetzten Affenjacken, die Läden schlossen und die Tür verriegelten) »zur Buße und zum wahren Glauben gelangen mögen.

Buße! Und wahrer Glaube!«

Die Untermalung des Akkordeons steigerte sich zu einer eindringlichen Dur-Tonart, schwoll an, um die vollbesetzten Tische in einem Überraschungsangriff zu überwältigen.

»Doch als ich über die Kontinente wanderte, über alle Kontinente, erfuhr ich den Namen und die Art dieses Evangeliums, das ich überbringen sollte, damit die Menschheit zur Buße und zum Glauben an Gott kommen möge.

Angst!«

Jetzt gingen die gnomenhaften Ober von Tisch zu Tisch und löschten leise die roten Lampen.

»Die zerreibende, treibende, zerschmetternde Angst vor Gott: die Angst vor Ihm, der Körper und Geist vernichten und beides in die endlosen Schrecknisse und Qualen der Hölle stürzen kann. Angst! Nichts anderes wird den menschlichen Geist vor seinem Herrn in die Knie zwingen; das Wissen um die Begegnung mit der Angst. Dies war die Lektion, die ich in den verfaulenden Städten dieses verfaulenden Kontinents vor vielen Jahrhunderten gelernt habe; daß ich von Gott auserkoren worden war, um Sein ganz spezieller Apostel zu sein, der Apostel der Angst, der von Gott Ausgesandte, um die gute und rechtschaffene Angst vor Ihm sowohl den Mächtigen als auch den Schwachen zu überbringen, den Reichen und Armen, Prinzen und Bettlern, Priestern und Prostituierten. Angst ...«

Das Akkordeon fuhr seine Tentakel über den vollbesetzten Boden aus und zog die Gäste in seinen Knoten aus Intimität und Gläubigkeit. Der Keller lag im Dunkeln, mit Ausnahme eines einzigen Strahlers, dessen Licht auf das Gesicht und die Hände des ewigen Juden fiel.

»Angst«, flüsterte er, und das Wort war wie ein Kuß auf seinen Lippen. Dann erlosch der einzelne Strahler. In der Dunkelheit hob seine Stimme wieder an: »Die Zeit ist gekommen, sich der Angst zu stellen, allein, in der tiefsten Dunkelheit des Körpers, der Seele und des Geistes.«

Und aus ihren Tunnels und unterirdischen Gängen und Schächten und Abwässerkanälen waren sie gekommen, aus der ausgedehnten unterirdischen Stadt, die sie mit Zähnen und Klauen aus dem Unterbau von Wien herausgehauen hatten, sie kamen; sie ergossen sich aus unzähligen, aus Hunderten, aus Tausenden von Unterschlupfen und Löchern und Abflußgittern und Wasserrohren; eine Welle, ein Meer, ein Ozean von ihnen; sie schwappten über den Boden des Clubs mit ihren dicht aneinandergedrängten, sich windenden, wogenden Körpern, ergossen sich über die Füße der Gäste, fielen aus den Rissen und Spalten in der Decke auf die Tische, in Schöße, auf die Köpfe und Hände und Schultern der Gäste, die aufgesprungen waren, kreischend, um sich schlagend, mit den Armen fuchtelnd, um den Strom, die Kaskade, den endlosen Wasserfall von Ratten abzuwenden; Klauen und nackte Schwänze und Perlaugen, schnuppernde Nasen, feuchtes, kloakenglattes Fell, herandrängend, im Zickzack huschend, hastend; der Keller dröhnte wider von einer Million zischelnder Stimmen, die die Schreie der zusammen mit den Ratten in vollkommener Dunkelheit eingeschlossenen Gäste übertönten. Einige wollten flüchten, einige rannten dorthin, wo sie Türen vermuteten, doch in der absoluten Finsternis fielen sie hin und wurden von einem Teppich wuselnder Ratten bedeckt; einige suchten Zuflucht auf den Tischen, auf Stühlen; einige — vielleicht die Klügeren, vielleicht die vor Angst Gelähmten — blieben, wo sie waren, und ließen die Wogen um sich herum, über sich zusammenbrechen. Und irgendwann ließ der Strom der Ratten nach, wurde schwach, verebbte, und der letzte Schwanz verschwand im letzten Schlupfloch der Abwasserschächte des alten Jüdischen Viertels. Und die Lichter gingen an. Nicht die gedämpften roten Tischlampen, sondern grelle weiße Glühbirnen in Drahtkäfigen, und in diesem erbarmungslosen weißen Licht sahen die Leute einander in der totalen Nacktheit ihrer Angst, sahen sich ohne die gnädigen gesellschaftlichen Masken, und während sie sahen, wurden sie selbst gesehen, und es war, als ob sie alle, die Mächtigen und die Schwachen, die Reichen und die Armen, Prinzen und Bettler, Priester und Prostituierte, in einer Kameradschaft der Angst verbunden wären. Es gab Tränen, es gab Gelächter — unvermitteltes, wildes Gelächter —, es gab geflüsterte Geständnisse und private Absolutionen, es gab Zorn und Kummer und ekstatischen Jubel; die Fässer der Emotionen waren angezapft, die Konventionen über Bord geworfen und zerschmettert; ehrliche Ichs, ehrliche Farben, die lange unterdrückt gewesen waren, wurden endlich freigesetzt und bloßgestellt.

In dem großen Durcheinander dachte niemand daran, nach dem Zeremonienmeister zu sehen, dem uralten Juden, der solche ungeheuerlichen blasphemischen Behauptungen über sich selbst angestellt hatte. Gefangen im Mahlstrom der Emotionen, sah niemand die beiden jungen Männer von dem der Bühne am nächsten stehenden Tisch, und einen dritten jungen Mann, der bei ihnen war, mit einem kantigen Gesicht und einem kleinen eckigen Oberlippenbart, keiner sah, wie sie eine junge Frau, die zappelte und japste und um Luft rang, die Kellertreppe hinauf und in die Kälte und den Schneeregen der Judengasse trugen. Niemand sah die Angst in ihren weit aufgerissenen, entsetzten Augen, als ob sie von Gottes persönlichem Zorn getroffen worden wäre.

Die Glocken von Berlin

8. Juni 1934

Nach vierzehn Jahren Ehe versteht es Werner immer noch, mich mit kleinen Geschenken zu erfreuen; immer noch bereitet es ihm ein jungenhaftes Vergnügen, wenn er zur Eingangstür hereinkommt und verkündet, daß er eine Überraschung für seine Anna hat, und irgendein in Geschenkpapier gewickeltes Etwas hinter dem Rücken, außerhalb meiner Reichweite, versteckt hält oder mich auffordert zu raten, was oder in welcher Hand es ist. Ich spiele seine kleinen Versteck- und Überraschungszeremonien mit, weil mich nach vierzehn Jahren immer noch die Freude entzückt, die ich in seinem Gesicht sehe, wenn er mich dabei beobachtet, wie ich das Band und das Papier wegreiße, um seine kleine Liebesgabe darunter auszupacken. Gott mag wissen, wo er ein Buch wie dieses aufgetrieben haben mochte; an Nachmittagen, die er besser damit verbracht hätte, Schriftstücke vorzubereiten, anstatt durch die antiquarischen Buchläden an der Birkenstraße zu stöbern; aber trotzdem danke ich ihm. Es ist ein erlesenes Buch, hoch und schmal, im englischen Jugendstil gehalten, der Einband mit Mohnblumen und Ähren geschmückt, die leeren Seiten aus schwerem Papier, sanft und weich wie Haut.

Jede Frau sollte ein Tagebuch haben, sagte er. Die wahre Weltgeschichte ist in den Tagebüchern von Frauen niedergeschrieben, besonders in Zeiten wie diesen, da die Geschichte sich rings um uns herum entfaltet und heranreift wie ein Weizenfeld. Und übrigens, so sagt er, fürchtet er, daß jetzt, da Isaak an sechs Vormittagen in der Woche zur Schule geht, ich in einen Zustand geistigen Dahinvegetierens verfallen würde, aus dem der einzige Ausweg ein Verhältnis mit einem anderen Mann wäre; um unserer Ehe willen sollte ich lieber dieses Tagebuch führen.

Ja, das ist alles sehr schön, Werner, ja, ungeachtet irgendwelcher außerehelichen Verhältnisse ist die Disziplin, die zum Führen eines Tagebuchs nötig ist, gut für mich, aber was soll ich hineinschreiben? Eine einfache Familienchronik: Isaak hat immer noch Schwierigkeiten mit Mathematik; Anneliese hat sich trotz des Traumas ihrer ersten Periode entschlossen, zu Hermann Görings Ergötzen im Schulchor zu singen. Gewaltige Violinsonaten von Bach erklingen aus der Wohnung im hinteren Teil des Hauses, ein Beweis für Papas anhaltenden Ärger über die Verbannung seines geliebten Mahlers aus dem Repertoire der Berliner Philharmoniker. Ist es das, was Werner meint, wenn er von der *wahren Weltgeschichte* spricht? Oder meint er, daß ich die Ereignisse festhalten soll, die plötzlich so dicht vor unserer Haustüre geschehen (heute bin ich unterwegs zum Einkaufen an der ausgebrannten Hülle des Reichstags vorbeigekommen) und doch so weit weg scheinen wie ferne, verzerrte Stimmen aus dem Radio; und sollte ich versuchen, meine eigenen Reaktionen darauf und die meiner Umwelt festzuhalten? Ist es Weltgeschichte, wenn Frau Erdmann völlig aufgelöst zu mir kommt, weil ihr Name in einer schwarzen Liste von Frauen aufgetaucht ist, die immer noch in jüdischen Geschäften kaufen? Es geschieht mit einer gewissen Beklommenheit, wenn ich diese meine Worte und auch alle zukünftigen zu Papier bringe; diese Zeit bringt so viele Historiker hervor, was kann da eine Berliner Vorort-Hausfrau hoffen, zur Analyse dieser Epoche beizutragen, in der wir uns befinden? Und doch habe ich das Gefühl, daß die Fassungslosigkeit von Frau Erdmann, meines Vaters Empörung darüber, daß er gezwungen ist, nur noch rassisch reine Musik zu spielen, die Tatsache, daß Anneliese für Hermann Göring singt, Dinge sind, die festgehalten werden müssen, denn es liegt in der Verlogenheit bei Kleinigkeiten und Nebensächlichkeiten begründet, daß die Geschichte, die anderswo gemacht wird, durchlebt werden muß.

14. Juni 1934
O je! Welche Nachlässigkeit! Hatte mir geschworen, daß ich jeden Tag etwas in mein Tagebuch schreiben würde. Hatte mir auch geschworen, daß ich vermeiden wollte, in einen Telegrammstil zu verfallen, sondern ordentliche, vollständige, nicht nach Worten berechnete Sätze zu schreiben. Der Geist ist willig, und während der vergangenen Woche hat es keinen Mangel an Themen gegeben, doch die Belange von Kinder, Kirche, Küche (oder in meinem Fall Kinder, Synagoge, Küche) nehmen mich allzusehr in Anspruch.

Frau Schummel von der Jüdischen Frauengemeinde stand heute morgen völlig aufgelöst vor meiner Tür; mitten in der Nacht hatte eine Bande von SA-Schlägern ihr Haus umringt, alle Fenster im Erdgeschoß eingeschlagen und einen gelben Davidsstern an ihre Tür geschmiert. Sie hatte sich zitternd vor Angst in dem Schrank unter der Treppe versteckt, während die jungen Rabauken über eine Stunde lang unflätiges Zeug brüllten. Sie müssen wirklich nichts zu tun haben, wenn sie bei einer alten Frau die Fenster einschlagen und sich genügend gemeine Worte ausdenken können, um sie über eine Stunde lang zu beschimpfen.

Auch Papa macht sich Sorgen. Im Gegensatz zu mir

hat er kein arisches Ehegespons, hinter dem er sich verstecken könnte. Obwohl ihn seine Kollegen im Orchester mit der unter Musikern üblichen Solidarität unterstützen, bedarf es lediglich einer einzigen mißgünstigen Seele, die ihn an die Partei verrät, und seine Karriere als Musiker ist beendet. Und das wäre auch das Ende für ihn; armer Papa, ohne seine Musik würde er dahinsiechen und sterben. Der Verlust von Mahler war ein ausreichend schwerer Schlag für ihn; die Möglichkeit, daß er vielleicht niemals mehr den letzten Satz der Auferstehungs-Symphonie hören könnte, würde ihn zwanzig Jahre seines Lebens kosten.

Symptome. Unwohlsein. Un-Wohlsein. Die Gesellschaft ist krank. Deutschland ist krank, und es weiß es nicht. Werner schließt gern um sechs Uhr mit seiner Arbeit im Büro ab, aber ich merke ihm an, daß er sich Sorgen macht. Die gesetzlichen Schlupflöcher, durch die er jüdische Vermögen ins Ausland schafft, werden jeden Tag enger, und er hat von einem bevorstehenden Gesetz gehört, nach dem es ein Verbrechen ist, wenn ein jüdischer und ein arischer Teil heiraten, ja wenn sie nur miteinander ins Bett gehen. Was für ein Land ist das, guter Gott, wo die Liebe ein Verbrechen ist?

20. Juni 1934
Heute morgen habe ich gesehen, wie eine Kunstgalerie zerstört wurde. Ich hatte eigentlich nicht die Absicht gehabt, mich irgendwo in der Gegend der Blücherstraße aufzuhalten, ich wäre überhaupt nicht dort vorbeigekommen, wenn ich nicht einen Heißhunger auf Kuchen von einer ganz bestimmten, ausgezeichneten Konditorei in dieser Straße gehabt hätte. Als ich den Menschenauflauf sah und den Tumult hörte, hätte ich weglaufen sollen, doch der Wahnsinn anderer Leute übt eine schreckliche Anziehungskraft aus. Vielleicht gelingt es uns nur durch den Wahnsinn der anderen, unsere eigene geistige Gesundheit zu ermessen. Oder den Mangel daran.

Mindestens fünfzig oder sechzig Menschen hatten sich vor der Galerie Seidl versammelt. Sie gehört nicht zu den Galerien, die ich häufig zu besuchen pflege; ich kann mit den modernen Malern — Expressionisten nennen sie sich, glaube ich — nicht recht viel anfangen. Die Braunhemden hatten bereits das Fenster eingeschlagen und die Tür eingetreten, jetzt waren sie im Laden, zerbrachen Bilderrahmen über den Knien und zertraten und zerrissen Leinwände mit einem grimmigen Pflichtbewußtsein, das wegen seiner absoluten Leidenschaftslosigkeit um so erschreckender wirkte. Die geschändeten Bilder wurden von einer Menschenkette nach draußen befördert und aufgestapelt, um den Benzinkanister, das Streichholz, das Freudenfeuer, das zustimmende Johlen der Menge zu erwarten. Herr Seidl stand benommen da, vollkommen hilflos, während das Strafmaß für die Bewunderung von abstrakter, korrupter, dekadenter Kunst festgesetzt wurde.

Ich glaube, das beunruhigte mich am meisten; nicht die grimmig entschlossenen Gesichter der Nazi-Schläger, auch nicht das Einverständnis der Schaulustigen, sondern die Tatsache, daß Kunst, Schönheit (trotz meiner Unfähigkeit, sie zu verstehen) von der Duldung und der Kontrolle der Partei abhängen sollte. In diesem Moment war es, als ob das ganze Gewicht der Parteimaschinerie wie ein riesiger Moloch auf mich herabstürzte, wie ich es noch nie empfunden hatte; ich spürte Verzweiflung und eine tiefe Angst, fast von der Art, wie sie einen überfällt, wenn man in finsterer Nacht über den eigenen Tod nachdenkt; ein Wissen über die unausweichliche Dunkelheit, die sich unweigerlich herabsenken wird. Ich mußte flüchten, ich mußte dem Mob entfliehen, dem Rauch und den Flammen der brennenden Bilder, die wie die Seele einer ganzen Nation in einem Holocaust geopfert wurden. Dann rannte ich los, ohne Gedanken an irgend etwas anderes als Flucht. Ich wußte nicht, wohin ich rannte; durch breite und schmale

Straßen, durch geschäftiges Treiben und stille Gassen. Starrten mich die Leute an, an denen ich vorbeihastete, riefen sie mir hinterher, wollten sie wissen, was los sei? Ich weiß es nicht. Ich kann mich nicht einmal erinnern, daß überhaupt andere Leute da waren; ich erinnere mich nur daran, daß ich laufen mußte, und ich rannte; als ich endlich wieder zu Sinnen kam, befand ich mich in einer grob gepflasterten Gasse mit schiefen Häusern und über die Straße gespannten Leinen mit schäbigen Teppichen und schlaffer Wäsche. Verirrt in einer Stadt, die ich sechzehn Jahre lang meine Heimat genannt hatte und die sich jetzt als fremd und feindselig entpuppte, ohne irgend etwas Vertrautes oder Freundliches. Abgesehen von einer Sache. Vielleicht diese eine Sache, die mich an einer bestimmten Stelle anhalten ließ, eine Sache, und nur eine einzige Sache, die die geringste Verbindung zu meiner Vergangenheit darstellte. Ein schaukelndes Holzschild, unbemalt, das über einer steilen, in einen Keller führenden Treppe hing; ein Holzschild, in der Form einer Ratte geschnitzt.

25. Juni 1934
Ich mußte hingehen. Ich mußte an jenen Ort zurückkehren. Als ich dieses Schild sah, diese grobgeschnitzte hölzerne Ratte, war es, als ob ein Geist niemals vertrieben worden wäre und während all der Jahre geschlummert hätte, um sich zu erheben und seinen Anspruch auf mich geltend zu machen. Ich wußte, daß ich niemals davon befreit sein würde, wenn ich mich nicht erneut mit dem auseinandersetzte, was ich einst in diesem Keller im alten Jüdischen Viertel erlebt und nicht verarbeitet hatte.

Ich habe keine Ahnung, warum ich es weiß, aber ich weiß ohne den geringsten Zweifel, daß es derselbe Keller war, dieselben troglodytenhaften Ober, derselbe uralte Jude mit seinem Akkordeon und das, was das Akkordeon heraufbeschwor ...

Wenn es ein Geist ist, der mich beherrscht, dann ist es ein Geist der Erinnerung. Dinge, die ich in der Dunkelheit verloren geglaubt hatte, tauchen nach langer Abwesenheit wieder auf, auf subtile und beunruhigende Weise während ihrer Zeit in der Dunkelheit verwandelt. In der Nacht, nachdem ich von der brennenden Galerie geflohen war, wachte ich mit einem Gefühl der Beklemmung in der Brust auf, mit Atemnot; die Vorahnung — oder die Erinnerung — eines Asthma-Anfalls.

Es dauerte Tage, bis ich den Mut aufbrachte, jene Kellerkneipe aufzusuchen. Der Druck der Arbeit hielt Werner bis spät abends im Büro; ich ging zweimal zu der besagten Tür und wandte mich ängstlich wieder ab, ohne daß er davon erfuhr, daß ich an diesen Abenden das Haus verlassen hatte. Die Leichtigkeit, mit der ich ihn in dieser Hinsicht hinterging, erstaunt mich; wenn ich keine so tiefe Liebe zu ihm empfunden hätte, wie leicht wäre es gewesen, ihn zu betrügen! Am dritten Abend wollte ich mich wieder abwenden, doch aus einem plötzlich sich erhebenden Gefühl wilder Hemmungslosigkeit, das sich über mir wie ein Paar dunkler Flügel entfaltete, stieß ich, als ich auf der unteren Stufe angekommen war, die Tür auf.

Es war alles noch so, wie ich es von jener Nacht unter der Judengasse in Erinnerung hatte: die dicht an dicht aufgestellten Tische zwischen den gemauerten Stützpfeilern, die winzige Bühne, die gelangweilte, schlampige Mädchen-Band, das höllische rote Licht der Tischlampen. Der weißhaarige *Maître,* der, wenn er nicht derselbe war, der mich damals, vor so langer Zeit begrüßt hatte, so doch aus demselben Holz geschnitzt war wie jener, führte mich zu einem Tisch vor der Bühne. Während Wein serviert wurde, betrachtete ich die Gäste. Bankiers, Industriekapitäne, Rechtsanwälte, Beamte; die auf jeden Fall, wie schon damals, aber im Gegensatz zu damals waren überall, wohin ich auch blickte, die graubraunen Uniformen der Partei zu sehen. Partei-Uniformen, Partei-Hemden, Partei-Krawatten, Partei-Armbinden, Partei-Abzeichen, Partei-Mützen, Partei-Geflüster, Partei-Grüße. Der Wein war gut und gehaltvoll und weckte die Erinnerung an jene andere Zeit in mir, herbeigezwungen von einem Druck, der sich meinem Willen und meiner Beherrschung entzog: wir vier Freunde, dieses Quartett, das die Welt aus den Angeln heben wollte vor lauter ungebändigter Vergnügungssucht; was immer es gewesen sein mochte, das die anderen in dem Ratten-Keller fanden, uns ließ es auseinanderbrechen wie altbackenes Brot und schickte uns auf unsere getrennten Bahnen durch die Geschichte: Papa zu seiner neuen Stelle als Erster Geiger bei den Berliner Philharmonikern und mich in die Ehe mit dem qualifizierten jungen Anwalt in Berlin und die Mutterschaft. Ich wurde mir bewußt, daß ich während der ganzen zwanzig Jahre nicht ein einziges Mal an jenen anderen jungen Anwalt gedacht hatte, mit dem ich fast verlobt war, bis zu jenem Abend im Ratten-Keller.

Während ich dasaß und an meinem Wein nippte, bildete sich ein weiteres Gesicht aus dem Spiel der Schatten: das des angehenden Künstlers, der sich zu uns an den Tisch gesetzt hatte. Ein Gesicht, das zwanzig Jahre lang in der Dunkelheit verloren gewesen war, ein Gesicht, das ich nun mit erschreckender Plötzlichkeit auf allen Plakaten der Partei erkannte, in jeder Zeitung, jeder Wochenschau im Kino; das kantige, bäuerliche Gesicht, die kleine, lächerliche Andeutung eines Schnauzbartes und das Funkeln in seinen Augen, als er im Kerzenschein die Worte flüsterte: »Eines Tages werde ich gefürchtet sein, ich weiß es ...«

»Angst« flüsterte eine Stimme, als ob meine eigene Angst laut aus mir gesprochen hätte, doch die Stimme war die des uralten Zeremonienmeisters, der allein mit seinem Akkordeon im Licht des einzigen Scheinwerfers stand, mit seiner Geschichte von der Last der Unsterblichkeit und einem Evangelium, das in diesen Zeiten

und an diesem Ort seltsam passend erschien. Das Akkordeon stöhnte zur Untermalung, wie damals gingen die Ober herum und verriegelten die Türen und schlossen die Fensterläden und schalteten die Lampen aus, bis schließlich auch noch der Scheinwerfer erlosch und der alte Jude in der Dunkelheit flüsterte: »Jetzt ist die Zeit gekommen, sich der eigenen Angst zu stellen, allein, in der tiefsten Dunkelheit von Körper, Seele und Geist.«

Und die Ratten strömten aus den Kanalschächten und Tunnels unter Berlin, herbeigerufen vom Akkordeon des alten Mannes, und ergossen sich in den Keller. Ich schloß die Augen, kämpfte gegen das Entsetzen von den feuchten Körpern an, die an meinen Beinen entlangstrichen, vor den klickenden Chitinklauen, die meine Füße piekstеn. Die in der Dunkelheit eingeschlossenen Leute schrien und schrien und schrien, und dann schrie eine Stimme lauter als die anderen. »Juden! Juden! Juden!« schrie sie, und der Schrei setzte sich durch die bebenden Körper fort und berührte ihre Angst und entzündete sie zu Haß. »Juden! Juden! Juden!« Die Menge fiel in das Johlen ein, und die Leute nahmen Flaschen, Stühle, Lampen in die Hand oder sie benutzten die bloßen, zu Fäusten geballten Hände, und sie schlugen auf die Ratten ein und zerquetschten sie; sie schlugen und schlugen und schlugen in ihrer Angst, während der Keller von ihren Liedern des Ekels widerhallte. Ich versuchte, nicht hinzuhören, die Ohren dagegen zu verschließen, doch das gemauerte Gewölbe schallte wie eine Nazi-Trommel, und als endlich die Lichter wieder angingen, rannte ich zur Tür und hinauf in die klare, reine Nachtluft, während unter mir die Stimmen der Menschen in fröhliches Lachen ausbrachen und jemand anfing, das Horst-Wessel-Lied zu singen; andere fielen ein, und das Quartett nahm die Melodie auf, und der ganze Ratten-Keller dröhnte in der freudigen Kameradschaft des Hasses.

30. Juni 1934

Es ist eine von Werners kleinen liebenswerten Unzulänglichkeiten, daß der Mann, der in seinem Beruf so fähig ist, von so scharfem Verstand, gefürchtet im Gerichtssaal, nervös und zögerlich reagiert, wenn es darum geht, heikle oder ernste Dinge in seinem Privatleben anzuschneiden. Da stand er, an den Kamin gelehnt, die Hände in den Hosentaschen vergraben, das Gewicht von einem Fuß auf den anderen verlagernd, und suchte nach einem Einstieg ins Thema. Diesmal war ich in der Lage, ihm zuvorzukommen.

»Du meinst, daß für uns die Zeit gekommen ist, alles zu verkaufen und wegzuziehen?«

Ich glaube, es gelang mir, Werner zu überraschen, denn bis zu diesem Moment hatte er wohl nicht gedacht, daß ich die geringste Ahnung hätte, wie ernst die Lage in Berlin geworden war. Ich glaube, nach meinem Besuch im Ratten-Keller wußte ich es besser als er. Oder wenn ich es nicht besser wußte, dann hatte ich es doch zumindest hautnah erlebt. Sie hassen uns. Sie wollen uns tot sehen. Jeden einzelnen von uns, bis zum letzten. Er sagte, daß die letzten wenigen noch verbliebenen legalen Schlupflöcher jeden Moment geschlossen werden könnten. Er sagte, daß der Entwurf zu einem Anti-Juden-Gesetz vorläge, laut dem die Juden und die Ehepartner von Juden — ein weitaus schlimmeres Verbrechen — gezwungenermaßen aus dem ›Volkskörper‹ entfernt und in Arbeitslager gesteckt werden sollten. Er sagte, daß die Partei im Begriff stünde, sich zu spalten: Röhms SA forderte Hitler in seiner dominierenden Rolle in der Partei heraus, und wenn die Nacht der langen Messer käme, dann würde man mit Sicherheit den Juden daran die Schuld geben.

Ich fragte ihn, woran er gedacht habe, wohin wir fliehen sollten. Holland, antwortete er, sei eine traditionelle Hochburg von Toleranz und Stabilität. Amsterdam. Er hatte sich die Freiheit genommen, Anlage-Möglichkeiten im Diamantengeschäft zu erkunden, sowie die Lage auf dem Immobilienmarkt. Ob er die Liquidation unseres Vermögens bereits in die Wege geleitet habe? fragte ich. Er sah mich an, plötzlich voller Schuldbewußtsein und Argwohn.

»Ja, mein Liebes, ich habe seit einigen Monaten kleinere Beträge über die Schweizer Bank weggeschafft.«

»Das ist gut«, sagte ich.

»Ich dachte, du würdest mir böse sein. Ich weiß doch, wie sehr du es haßt, wenn ich Geheimnisse vor dir habe.«

Wie konnte ich ihm böse sein, wenn ich ein Geheimnis vor ihm bewahrte, das ich mit ins Grab würde nehmen müssen?

»Ich meine, wir sollten sofort umziehen.«

»Hast du dir Gedanken über deinen Vater gemacht?«

»Ohne seine Musik ist ihm nichts geblieben, und man hat ihm die Musik genommen, die er so sehr liebt.« Eine Erinnerung: ich beobachte aus meiner Opernloge die Hingabe, mit der er die Philharmoniker in das Adagietto von Mahlers Fünften führte. »Er würde eher auf Heimat, Wohlstand, Ansehen, Macht, öffentliche Anerkennung verzichten als auf seine Musik.«

»Und Isaak, Anneliese?«

Ich hörte wieder das Schreien im Ratten-Keller, das Schlagen Schlagen Schlagen mit Stühlen, Flaschen, nackten Fäusten auf die sich windenden Körper der Juden.

»Um sie geht es vor allem.«

Wir lagen zusammen im Bett und hörten die Spätnachrichten im Radio. Es wurde von einem Putschversuch durch Teile der SA berichtet. Getreue SS-Truppen hatten den Umsturz verhindert. Die Generäle Röhm, Schleicher und Stressel waren verhaftet und gemeinsam hingerichtet worden.

Ich streckte die Hand aus, um das Radio auszuschalten.

»Morgen, Werner. Morgen wirst du es tun, ja, mein Liebling?«

Während ich sprach, fingen die Glocken von Berlin an zu läuten, tausend Glocken von tausend Türmen erklangen über ganz Berlin, über ganz Deutschland, über der ganzen Welt, ließen das Totengeläut für die Seele einer großen Nation erklingen.

Der Judaskuss

Um zwei Uhr nachmittags fällt ein kleines Dreieck aus Sonnenlicht auf den Boden und gleitet über das Sofa und die beiden Sessel und den Eßtisch, den kleinen Camping-Propangaskocher, die Matratzen und die Bettrollen, schwindend und immer kleiner werdend, bis es um fünf Uhr in der linken oberen Ecke des Kellers neben der Geheimtür zu einem Nichts verblaßt. Wenn dieselben Gesichter — das ihres Mannes, ihres Vaters, ihrer Kinder, der Van Hootens, des alten Comenius, des Uhrendoktors — in ihrer Monotonie abstoßend wurden, wenn das leise Klacken des Kartenspielens, das geflüsterte Wort »Schach«, die gemurmelten Erzählungen der Träume der vergangenen Nacht, wenn all das so schrecklich und schicksalsschwer wie das Ticken der Uhr des Scharfrichters wurde, dann jagte sie dem Strahl schmutzigen Lichts hinterher bis zu seiner Quelle in der winzigen abgebrochenen Ecke des Holzladens, mit dem die Kellerfenster verbrettert waren. Und dort, von einem Blau jenseits allen vorstellbaren Blaus, war ein winziges Dreieck des Himmels. Sie konnte sich stundenlang in dem Blau verlieren, dem Gipfel des Sonnenlicht-Dreiecks zwischen ihren Augen. Es war ihr ganz privates Stück Himmel; einmal, als sie eine Formation Junkers-Bomber auf ihrem Weg zu den Städten Englands durch es hindurchfliegen sah, reichte der Anblick ihrer schwarzen Kreuze, die ihr Stück Himmel entweihten, um sie tränenüberströmt in die hinterste, dunkelste Ecke des Kellers zu treiben.

Er sah sie nicht gern so da stehen, auf einer Apfelsinenkiste, die halbgeschlossenen Augen nach diesem Lichtdreieck verdreht; er fürchtete, jemand könnte diese Augen entdecken, dieses Gesichtsdreieck, und es der Besatzungsmacht melden. Er versuchte jedoch nicht mehr, sie in dieser Hinsicht zur Vernunft zu bringen. Er wußte, sobald er durch die Geheimtür hinaus in Amsterdams Straßen schlüpfte, würde sie am Fensterladen stehen und sich in diesen zwanzig Zentimetern Himmel verlieren. Er sagte nichts mehr dazu, weil er sich schuldig fühlte, da viele seiner Ausflüge an die Oberfläche aus demselben Grund geschahen, nämlich um der grauenvollen Eintönigkeit des Lebens im Keller zu entfliehen.

Einmal, bei einem seiner Ausflüge aus den Ruinen des Hauses an der Achtergracht — er hatte es selbst in Brand gesteckt, um den Verdacht zu zerstreuen, daß sich dort womöglich Juden versteckten —, hatte er beobachtet, wie Besatzungstruppen eine jüdische Familie aus ihrem Versteck an der Herrengracht zerrten. Eine Mutter, einen Vater, einen Großvater, der einen verzierten Holzklotz umklammerte, zwei kleine Mädchen in bedruckten Kittelkleidchen. Ihre Gesichter waren blaß und kränklich durch das Leben in ihrem Versteck ohne Himmel. Er sah, wie die Soldaten die Hauseigentümer herauszerrten, ein älteres Ehepaar, das er flüchtig von der Gemeinschaft zum Schutze der Juden kannte, und sie auf die Ladefläche eines mit einer Plane bedeckten Lastwagens stießen. Während er seinen Weg fortsetzte, nicht zu schnell und nicht zu langsam, hörte er den Offizier per Lautsprecher verkünden, daß alle, die Juden Unterschlupf gewährten, nicht besser seien als Juden selbst und mit derselben Bestrafung rechnen müßten. Jene, die Juden an die Besatzungsbehörden meldeten, würden wegen Erfüllung ihrer Staatsbürgerpflicht belohnt. Sogar all jene, die jetzt Juden versteckt hielten, konnten einer Bestrafung entgehen, wenn sie ihre Staatsbürgerpflicht erfüllten.

Wenn er seine Runde durch die sicheren Läden machte, um Fleisch und Brot und Kerzen und Propangas für den Kocher zu besorgen, verfolgten ihn die Gesichter des beleibten, behäbigen holländischen Ehepaars, das auf die Ladefläche des Lastwagens gestoßen worden war. In dem kleinen Zimmer hinter der Reinigung Van Den Beeks berichtete der Organisator der Gemeinschaft zum Schutze der Juden, daß sich eine Familie, deren Haus als sicher galt, an ihn gewandt habe, weil ihnen eine Hausdurchsuchung drohte; ob er in der Lage sei, die Leute im Keller an der Achtergracht aufzunehmen? Vor seinem inneren Auge sah er den Lastwagen unter den Bäumen, die den Kanal säumten, davonfahren, im Geiste hörte er das Wehklagen und die Schreie, die in der unnatürlich stillen Straße gellten, und er sagte: *Ich weiß nicht, ich kann es nicht sagen; gebt mir einen Tag oder so, um darüber nachzudenken.*

Sie beneidete ihn wegen seiner Ausflüge an die Oberfläche. Sie verstand seine Argumentation — es sei weitaus sicherer, wenn nur einer von ihnen das Risiko einginge, gesehen zu werden, doch der Geschmack des Himmels hatte ihren Hunger auf mehr geweckt, sie wollte sein weites blaues Gewölbe über sich spüren, von ihm umgeben, umschlossen sein. In der Nacht, während die anderen auf ihren Matratzen schliefen, erzählte er ihr flüsternd von der neuen Familie, die einen Unterschlupf brauchte. Sie freute sich auf sie. Neue Gesichter, neue Leben, neue Geschichten waren fast so willkommen wie die Freiheit, an diesem Ort, wo die Hauptunterhaltung im gegenseitigen Erzählen der Träume der vergangenen Nacht bestand.

Doch die neue Familie kam nicht, und die Tage wurden weiterhin anhand des vorbeiziehenden Lichtdreiecks auf dem Kellerboden gezählt, sowie der immer und immer wieder erzählten Träume, die immer farbloser und dürftiger wurden.

Als sie es eines Nachts hörte, war sie sofort wach. Die anderen schliefen, träumten ihre Träume, prägten ihre billigen Blechmünzen, doch für sie war es so klar und durchdringend wie die Fanfare eines Engels. Der Klang eines Akkordeons, weit entfernt zwischen den Grachten und hochgiebeligen Häusern von Amsterdam, und doch nah und scharf und süßer als Wein. Wie im Traum — vielleicht einem Traum, der von festerer Substanz und faßbarer ist als das, was wir Realität nennen — erhob sie sich, ging zur Geheimtür und stahl sich hinaus in das Labyrinth von Gängen und verkohlten Ruinen zur Straße. Sie hatte keine Angst wegen der Ausgangssperre; mit derselben Sicherheit, mit der sie wußte, daß die Musik ganz allein für sie spielte, wußte sie auch, daß sie für die Besatzungstruppen in ihren grauen Lastwagen ein unsichtbarer Geist war, oder ein Traum.

Sie fand den uralten Mann, beleuchtet von einem auf Abwege geratenen Mondstrahl, in einer Straße, die sich zu einer breiten Gracht hin öffnete; er war über sein Instrument gebeugt und gab sich seiner melancholischen Musik hin. Die Pflastersteine waren unsichtbar unter einem wogenden, wuselnden, mondsilbernen Teppich aus Ratten.

Als sie auf den uralten Mann zuging, wichen die Ratten leise und geschmeidig zur Seite, um ihr einen Weg frei zu machen. Der wandernde Jude blickte von seiner hingebungsvollen Improvisation auf.

»Gnädige Frau, Sie hätten nicht kommen dürfen. Sie begeben sich in erhebliche Gefahr.«

»Das glaube ich nicht.«

Er lächelte; die Zähne lang und gelb im Mondlicht, wie die Elfenbeintasten seines Akkordeons. Der fließende Teppich aus Ratten brodelte.

»Sie haben natürlich recht. Die Dinge unterliegen allein dem Willen und der Gnade Gottes. Es wurde von

Gott gefügt, daß unsere Schicksale miteinander verknüpft sind, daß wir für eine Weile gemeinsam dasselbe Joch tragen. Bei unserer ersten Begegnung damals in dem Kurort Baden, erinnern Sie sich, wie furchtsam Sie waren, wie Sie gerannt sind? Doch unser gemeinsames Joch verbindet uns. Wir können einander nicht entfliehen. Das ist Sein Werk, Gottes Werk; er spannt mich für eine Weile in das Leben anderer ein. Um sie zu retten. Oder um sie zu verdammen.«

»Werden Sie mich verdammen?«

»Das habe ich bereits getan. Verzeihen Sie mir. Es war nicht persönlich gemeint, Anna. Mein alberner Varieté-Akt, mein possenhaftes Evangelium, meine Keller in den Städten überall auf diesem Kontinent, meine Ratten, all das hat seine Rolle bei der Durchführung von Gottes Willen gespielt. Die Apokalypse bricht über uns herein, beschleunigt durch meine Handlungen, damit der Herr bald wiederkehren und mich von dieser anstrengenden Unsterblichkeit befreien möge.«

»Sie glauben also, Sie sind verantwortlich für ... das alles?«

»Ich habe meinen Teil zur Durchführung von Gottes Willen beigetragen.«

»Sie sind wahnsinnig.«

»Das ist eine Deutung. Die andere ist die, daß ich genau der bin, der ich zu sein behaupte.«

»Ein Apostel der Finsternis?«

»Der Apostel eines zornigen Gottes. Die Juden bekommen jetzt ihre Strafe, die Christenmörder. Höre ich da nicht die Messinghufe der Vier Reiter auf den Pflastersteinen? Komm, Herr, o komm ...«

»Wahnsinnig, und böse.«

»Oder von einer Güte, die Ihre Vorstellung übersteigt. Ich habe verdammt, jetzt kann ich retten. Kommen Sie mit mir! Dieser Ort ist am Ende, ihr alle seid am Ende. Es bedarf nicht der Gabe der Prophezeiung, um das zu erkennen. Selbst die Ratten verlassen die Stadt, und ich mit ihnen. Werden Sie die Mahnung beachten und mit mir kommen?«

Die Ratten bewegten sich leise über die Pflastersteine, kleine rosafarbene Klauenfüße hasteten, huschten. Nasen mit Schnurrhaaren schnupperten zum Mond hinauf.

»Ich habe eine Familie, ich habe einen Mann, meinen Vater, meine Freunde.«

»Wenn ein Mensch nicht seine Mutter haßt, und seinen Vater und seine ganze Familie, kann er kein echter Jünger sein. So steht es geschrieben.«

»Ich bin kein Jünger. Ich bin Jüdin.«

Der uralte Mann verneigte sich tief, nahm ihre Hand im Mondlicht und küßte sie.

»Küß die Hand, gnädige Frau, wie man einst im alten Wien zu sagen pflegte.« Seine Finger quetschten eine leise Tonfolge aus dem Akkordeon. Er wandte sich ab und ging in Richtung Gracht. Seine Musik erfüllte die Straße. Die Ratten bewegten sich und wimmelten herum und folgten ihm.

Er war wach, als sie zurückkehrte. Er flüsterte seine Wut zwischen zusammengepreßten Zähnen hervor.

»Du warst draußen.«

»Ja.«

»Warum? Mein Gott, warum bist du während der Ausgangssperre hinausgegangen?«

Sie zuckte die Achseln. Eine Erklärung wäre unmöglich gewesen, doch ihr Achselzucken war in der Dunkelheit des Kellers nicht zu sehen. Zum erstenmal entdeckte sie, daß ein kleines Dreieck aus Mondlicht durch den Holzfensterladen auf den Kellerboden fiel.

Am nächsten Tag ging er hinaus, um wieder einmal Propangas für den Ofen zu kaufen, sowie Decken, denn die erste Kälte des Herbstes hatte den Weg in den Keller an der Achtergracht gefunden. Als er zurückkehrte, küßte er sie voll auf den Mund und setzte sich, merkwürdig still und in sich gekehrt, in einen Sessel, getrennt von den anderen, und starrte den steilen Turm an, den er mit den Fingern formte, als hätte er seine Hände noch nie gesehen.

Um fünf Uhr verschwand der Sonnenfleck, und die Soldaten kamen. Sie schlugen die Tür mit Äxten ein, die Soldaten mit ihren schwarzen Stiefeln und Helmen. Die alten Leute schrien beim Anblick ihrer schwarzen Gewehre auf. Sie richteten die Mündungen ihrer Waffen auf die Menschen und trieben sie durch die Geheimtür, durch das Gängelabyrinth eines eingestürzten Kellers und die vom Feuer geschwärzten Wände, durch die sie mit solcher Zielstrebigkeit eingedrungen waren, als ob ihnen jemand gesagt hätte, wohin sie gehen sollten, hinaus in die Fünf-Uhr-Sonne, auf die Straße, zum wartenden Lastwagen.

»Du hast mich dazu gezwungen«, sagte er zu ihr, während die Soldaten sich mit grimmigem Pflichtbewußtsein daran machten, die Van Hootens und den alten Comenius, den Uhrendoktor, auf die Ladefläche des Lastwagens zu stoßen. Der alte Comenius drückte sich eine Ormalu-Uhr an die Brust. »Du bist hinausgegangen. Du hast uns alle in Gefahr gebracht. Es hätte passieren können, daß wir alle bestraft werden, wenn dich jemand gesehen hätte. Also mußte ich zum hiesigen Hauptquartier gehen und Meldung machen. Glaubst du etwa, ich wollte das tun? Glaubst du, ich wollte die Van Hootens und den alten Comenius ausliefern? Du hast mich gezwungen, diesen Handel einzugehen, sie zu verkaufen im Tausch gegen unsere Freiheit. Entweder sie waren dran, oder wir alle. Das hat der Offizier versprochen. Wenn ich meine Pflicht erfüllte, würden wir von einer Strafe verschont bleiben. Ich mußte sie opfern, damit wir gerettet würden und zusammenbleiben konnten.«

Dann trat der Soldat mit dem schwarzen Gewehr zwischen den Mann und die Frau und die Frau und ihre Kinder, und ihr Vater mit dem Geigenkasten in der

Hand wurde weggestoßen, wurde zum Lastwagen gestoßen, wurde in den Lastwagen gestoßen, während der Mann sich gegen die grinsenden Soldaten wehrte, die ihn an den Armen gepackt hatten. Der Mann rief etwas, der Mann schrie, und die Frau schrie zurück, und ihr Vater mit seiner Geige, und ihr Sohn und ihre Tochter, doch die Soldaten schlossen die Öffnung der Plane und banden sie fest, und im nächsten Augenblick hatte das Aufheulen des Motors die Stimme erstickt, die gegen den Betrug an dem Verräter protestierte und sein Entsetzen hinausschrie. Und der Lastwagen fuhr durch die Achtergracht, und der Offizier trat aus seinem Mannschaftswagen und stellte sich vor den Mann und sagte.

»Juden bleiben Juden.«

Das Streichquartett

Hurtig, hurtig, schneller, schneller; hurtig, hurtig, schneller, schneller, durch die flache schwarze Dunkelheit des nächtlichen Waldes, durch die endlosen wartenden Bäume, die Dunkelheit mit dem Lichtstrahl des Scheinwerfers durchschneidend und mit dem Schrei seiner hundert Räder, die Dunkelheit durchschneidend, die über dem Herzen des Kontinents liegt; der Nachtzug, hurtig, hurtig, schneller, schneller auf dem Weg zu seinem endgültigen Bestimmungsort.

Obwohl Stunden vergangen sein müssen, seit dein Vater dir eine gute Nacht gewünscht hat und dich mit einem Kuß auf die Stirn der Obhut Gottes anvertraut hat, so wie er dich damals, in jenen Nächten zu küssen pflegte, wenn du in sein Bett kamst, um bei ihm zu schlafen, bist du noch nicht eingeschlafen. Dein Vater hat seine alten Knochen in der Ecke eines Viehwaggons zusammengerollt und es irgendwie geschafft einzuschlafen; deine Kinder zu beiden Seiten neben dir schlafen ebenfalls, an deinen Körper gelehnt, doch du bist von all den Leuten, die in dem Viehwaggon zusammengepfercht sind, als einzige nicht eingeschlafen, so scheint es. Du beneidest diese zusammengekauerten Menschen um ihren Schlaf. Das Licht in dem geschlossenen Waggon reicht aus, daß das an die Dunkelheit gewöhnte Auge ihre Gestalten unterscheiden kann; der alte Comenius drückt sich noch immer die Uhr an die Brust, ihr schwerfälliges Tick-Tack begleitet seinen Herzschlag; die Van Hootens liegen aneinandergekuschelt wie kleine Kätzchen, zur unschuldigen Intimität der Kindheit zurückgekehrt; all die anderen, die sich an ihren wertvollen Besitz klammern: einen Schirm, ein geschnitztes Holzschiff, ein Buch, einen Gebetsmantel. Mächtige und Schwache, Prinzen und Bettler, Priester und Prostituierte, alle in Anonymität versunken, heimatlose, besitzlose, formlose Schmerzenshäuflein im nächtlichen Schimmer im Innern des Viehwaggons.

Du mußt eingeschlafen sein. Der Rhythmus der hundert Räder des Nachtzugs muß dich in den Schlaf gelullt haben, denn es ist das Stocken dieses schlagenden schlagenden schlagenden Rhythmus, das dich aufweckt. Ein Lichtschimmer der grauen Morgendämmerung zwängt sich durch einen Schlitz zwischen den unordentlich aneinandergesetzten Brettern. Die Kälte ist durchdringend, ein kalter Atem aus dem Herzen des Kontinents. Der Hunger ist quälend. Wie lange ist es her, seit du das letztemal etwas gegessen hast? Jenseits der Erinnerung, als ob ein ganzes Leben spurlos versunken wäre, jenseits aller Erinnerung.

Der Zug ist stehengeblieben. Du drückst das Gesicht an die kalten Bretter, verdrehst die Augen und blinzelst in dem Versuch herauszufinden, welcher Ort das ist, an dem ihr angekommen seid. Eine ländliche Bahnstation irgendwo tief im nächtlichen Wald, umgeben, eingekreist von den wartenden, gebeugten Bäumen, die uralten Männern gleichen mit abfallenden Schultern. Gestalten bewegen sich auf dem Bahnsteig: Soldaten?

Stimmen sprechen miteinander in einer Sprache, die du nicht verstehst. Lautsprecher knistern, werden lebendig. In dem Viehwaggon, in jedem der fünfundzwanzig Viehwaggons, aus denen der Nachtzug besteht, wachen die Menschen allmählich auf. Deine Kinder bewegen sich, frieren, hungrig, verständnislos; wo sind sie, was geschieht mit ihnen? Du kannst ihnen nicht helfen, du weißt es selbst nicht. Die Stimmen kommen näher. Mit lautem Getöse und dem grellen Schein des Morgenlichtes fliegen die Türen des Waggons auf. Soldaten. Träge, dumme, brutale Gesichter. Stumpfe Gesichter. Sie fangen an, die Leute aus den Waggons zu zerren. Hinunter, hinunter, hinunter. Alles aussteigen. Alles aussteigen. Aus jedem der fünfundzwanzig Waggons werden die Leute heruntergezerrt, um zitternd und blinzelnd in der grellen frühmorgendlichen Kälte auf dem Bahnsteig zu stehen. Die Soldaten mit den trägen, dummen, brutalen Gesichtern schreiten zwischen den Leuten hindurch, um ihnen ihre Habseligkeiten wegzunehmen. Gebetsmäntel, Bücher, geschnitzte Holzschiffe, Schirme. Dr. Comenius wird die Uhr aus den Händen gerissen. Dein Vater umklammert den Kasten mit der Geige, schreit, nein, nein, nehmen Sie mir nicht die Musik weg, Sie können mir nicht die Musik wegnehmen! Ihm ist nicht bewußt, denkst du, daß sie ihm schon vor Jahren die Musik weggenommen haben. Die Soldaten schlagen ihm mit leidenschaftsloser Entschlossenheit mit den Gewehrkolben auf die Finger und zertrampeln die zu Boden gefallene Geige zu einem Trümmerhaufen aus poliertem Holz und Saiten.

Du drückst deine Kinder an dich. Du hast Angst, die Soldaten könnten sie dir aus den geschundenen, blutenden Händen reißen und sie mit ihren Gewehrkolben zum Schweigen bringen und zum Nichts zerschlagen. Es gibt nichts zu sagen, keine Worte, die helfen könnten. Jetzt nicht. Die Soldaten stoßen dich über den Bahnsteig in Richtung Büro des Stationsvorstehers. Die schnarrende Stimme aus dem Lautsprecher heißt dich willkommen. Willkommen willkommen willkommen. Du bemerkst eine Rauchsäule, die hinter den Bäumen aufsteigt, wie von einem großen Feuer. Die kalte Morgenluft zieht den Rauch tief und nah über den Bahnhof; ein abscheulicher Rauch, ein erstickender und würgender Rauch, der Gestank von etwas Schrecklichem, das dort im nächtlichen Wald brennt.

Mit ihren dummen, brutalen Stimmen brüllend, treiben dich die Soldaten auf das Büro zu. Du willst nicht dorthin gehen, du kannst nicht dorthin gehen, du darfst nicht dorthin gehen, doch du bist unfähig, gegen die drückenden drückenden drückenden Körper Widerstand zu leisten. Es sind Gestalten hinter den vergitterten Fenstern des Warteraums. Sitzende Gestalten, in gebeugter Haltung und voller Konzentration, wie über Musikinstrumente geneigt. Dann wird die Stimme aus dem Lautsprecher übertönt von den süßen, traurigen Klängen des Streichquartetts, die sich erheben und mit dem Rauch vermischen, der über den wartenden Bäumen des nächtlichen Waldes liegt, die über den ganzen dunklen Kontinent ziehen; es ist der letzte Satz von *Eine kleine Nachtmusik;* ziemlich schlecht gespielt, denkst du.

»Ist schon gut, Anna«, sagt dein Vater. »Es ist nur für eine kleine Weile, bis der nächste Zug kommt, der uns an unseren Bestimmungsort bringt.«

Originaltitel: ›Fragments of an Analysis of a Case of Hysteria‹
Copyright © 1993 by Ian McDonald;
mit freundlicher Genehmigung des Autors
Copyright © 1993 der deutschen Übersetzung
by Wilhelm Heyne Verlag, München
Aus dem Englischen übersetzt von Irene Bonhorst
Illustriert von Manfred Lafrentz

George R. R. Martin · USA

DIE NADELMÄNNER

Seit er in der Uptown lebte, hatte Jerry eine Menge Dinge gesehen, von denen man sich in Gegenden wie Forest Park oder Wilmette nie etwas hätte träumen lassen. Aber er hatte dabei auch gelernt, sich um seine eigenen Angelegenheiten zu kümmern, und so war es nicht weiter verwunderlich, daß er kaum mehr als flüchtig über den Typ mit der Nadel nachdachte, ehe er auf der Treppe zu seinem Haus den Bullen in die Arme lief.

Eigentlich hatte er ja gar nichts gesehen, was wirklich irgendwie verdächtig gewesen wäre. Es war Freitagnacht passiert, und Jerry war drunten in der Rush Street gewesen, um mal nachzuschauen, was sich so an Action in ein paar der Singles-Bars tat, allerdings war das Ganze bemerkenswert ergebnislos verlaufen. Er hatte ein paar Bierchen zuviel getrunken und war schon beinahe voll, und als dann die süße braunhaarige Krabbe, mit der er sich unterhalten hatte, mit einem anderen Typ loszog, sagte er sich, daß er für diesmal genug habe. Er fuhr mit der Hochbahn bis zur Argyle zurück, starrte gedankenverloren auf die verwitterten rußbedeckten Backsteinmauern und die schmutzgrauen Fenster der Häuser entlang der Strecke, die aufblitzten, wenn die blauweißen Funken aus der dritten Schiene knisterten und scharfe kantige Schatten auf die Mauern ätzten.

Von der Haltestelle Argyle war es zu Fuß nicht weit bis zu dem Sechsparteienhaus, in dem Jerry und drei andere sich ein Apartment teilten. Sogar um Mitternacht war an der Argyle noch Betrieb; aus den offenen

Türen weißer Arbeiterkneipen plärrte Countrymusik, hinter den Fenstern der Striptease-Schuppen wanden sich zuckend undeutliche Gestalten, die 24-Stunden-Cafeterias waren in Betrieb und steckten voller Leute. Jerry mußte über einen Penner steigen, der vor einem Lebensmittelgeschäft weggesackt war. Am Drugstore machte sich ein anderer Berber an ihn heran und brabbelte irgendwas mit einer heiseren Suffstimme, verzog sich aber rasch, als Jerry ihn scharf ansah. So war das nun mal in diesem Viertel. »Hefegärig« nannte Jerry das oft; Hinterwäldler und Hispaniolen und Schwarze und Unmengen von Orientalen, und alle dicht zusammengedrängt und ständig voller Frust und Wut. Auf der anderen Seite der Sheridan Road standen den Marine Drive entlang die Hochbauten, lauter junge Paare und Singles. Irgendwie begann sich die Wohlanständigkeit bereits in den Bezirk vorzufressen und zermalmte und verschluckte die alten überbelegten Wohnhäuser, um dann sanierte renovierte Eigentumswohnungen auszuspucken, aber Jerry rechnete sich aus, daß dieser Verdauungsprozeß noch sehr, sehr lange dauern werde.

Vorläufig aber waren die Mieten hier noch niedrig, jedenfalls für Chicagoer Maßstäbe. Jerry war ein aufstrebender freier Journalist, also spielte eine billige Miete schon eine Rolle.

1.87

Außerdem, so hatte er sich überlegt, mußte er auch die Schattenseiten des Lebens mit all den brodelnden Giftblasen kennenlernen, und davon gab es in Uptown nun wirklich genug.

Der kürzeste Weg von der Hochbahnstation bis zu seinem Haus führte durch eine Hintergasse, direkt auf der anderen Seite der Sheridan, genau bis zur Hintertreppe im Hof. Die Gasse war dunkel, aber darüber machte er sich schon lange keine Sorgen mehr; schließlich brauchte einer sich ja Jerry bloß anzusehen, um zu kapieren, daß sich bei ihm ein Überfall nicht auszahlen würde.

Und so bog er in jener Freitagnacht in die Hintergasse, wie schon tausendmal zuvor, und sah plötzlich den Kerl mit der Injektionsspritze.

An sich war da nichts Auffälliges. Der Typ klappte gerade den Deckel des Kofferraums an seinem Wagen zu — es war ein verbeulter alter schwarzer Javelin —, als Jerry in die Gasse einbog und auf die altersschwache Holztreppe an der Rückfront seines Hauses zuging. Jerry sah den Mann nicht sehr genau, und es erschien ihm auch nicht wichtig, wer er war. Nur halt so ein weißer Typ, eher jung, mit einem schmalen dunklen Oberlippenbart, der in so einem von diesen Sportmänteln mit ledernen Ellbogenpatten steckte. Der Mann und Jerry tauschten einen kurzen argwöhnischen Blick, wie es zwei Fremde eben tun, die sich in einer Hintergasse in Uptown Chicago begegnen, dann trat der Mann zur Fahrerseite des Wagens. Dabei ließ er etwas in die Manteltasche gleiten, und Jerry sah ganz kurz, was es war: eine Injektionsspritze. Er dachte sich überhaupt nichts dabei. Hier im Viertel wimmelte es von Fixern.

Während er sich schlapp über die Hintertreppe zu seiner Wohnung im zweiten Stock hinaufschleppte, hörte er, wie der Motor unten aufjaulte; der Wagen wendete, die Scheinwerfer schossen herum und beleuchteten sekundenlang die Gasse. Jerry war dankbar dafür. Er hatte genau soviel getankt, daß es ihm einige Schwierigkeiten bereitete, den Schlüssel ins Schloß zu stecken, und der Lichtschein half ihm dabei. »Ah-*ha!*« brummte er, als der Schlüssel steckte, und schloß auf. Und bis er die Tür hinter sich schließen konnte, war der Javelin unten verschwunden.

Jerry dachte über den Vorfall nicht mehr nach — bis eben zu jenem Abend, an dem die Bullen vor dem Haus standen.

Es war schon fast dunkel. Er hatte in seinem Siamesenlokal drüben südlich der Lawrence Avenue etwas gegessen und war dann zu Fuß heimwärts gelaufen, um die abendliche Kühle zu genießen. Da er von Süden kam, mußte er auf die Vorderseite des Hauses stoßen, doch schon aus ziemlicher Entfernung sah er, daß da irgend etwas los war. Direkt vor dem Eingang war ein Streifenwagen geparkt, an der Vordertreppe klebte eine Menschentraube, und zwei Polypen versuchten eine Frau zu beruhigen, die verrückt spielte. Als Jerry näher herankam, merkte er, daß die Frau Mrs. Monroe war, eine Schwarze, die mit einem Stall voller Kindern im Apt. 2-East wohnte.

Jerry schob sich durch die Menge und trat direkt zu der Gruppe an der Treppe. Mrs. Monroe schluchzte, versuchte etwas zu sagen, aber es kam nur unverständliches Zeug heraus. Einer der Polypen, ein ziemlich feister mit einem roten Gesicht, schaute Jerry finster an und knurrte: »He!«

»Ich wohne da drin«, sagte Jerry. »Was ist denn hier los?«

»Das geht Sie nichts an«, sagte der Bulle mit dem Bierbauch. »Ihr Kleiner ist abgehaun, weiter nichts. Also verschwinden Sie mal jetzt besser nach oben, falls Sie da reinwollen. Wir kümmern uns schon um sie.«

Jerry zuckte die Achseln, warf einen neugierigen Blick auf die schluchzende Mrs. Monroe und trat durch die Haustür. Wie in allen anderen siebenstöckigen Wohnhäusern in diesem Block gab es auch hier ein gekacheltes Foyer mit Briefkästen und Klingelbord an der Wand und eine zweite Tür, die den Zugang zum Treppenhaus versperrte. Man brauchte einen Schlüssel, oder jemand mußte von oben den Türöffner drücken, wenn man hier durchgehen wollte. Zwischen den beiden Türen hingen einige Hausnachbarn herum und beobachteten, was sich draußen auf der Vordertreppe abspielte. Die Gumbo-Oma* saß in ihrem Schaukelstuhl. Sie und ihr betagter Rohrsessel mit den ausgewaschenen Blumenmustern auf den Kissenbezügen kamen jeden Morgen aus Apt. 1-East hervorgekrochen, und dann saß sie da, bis es abends dunkel wurde, und schaukelte und beobachtete die Straße und schaukelte und zutzelte an ihrer Pfeife und schaukelte und überfiel jeden mit unverständlichem Gebrabbel, der das Pech hatte, ins Haus zu treten oder hinauszugehen. Jerry nickte ihr zu, hütete sich jedoch, sie anzusprechen.

Aber da stand auch das Mädchen von Apt. 2-West, und das änderte die Sache natürlich. Eine kleine attraktive Blonde, Mitte zwanzig oder so. Sie war erst vor etwa einem Monat mit ein paar anderen Mädchen eingezogen, mit denen sie sich das Apartment teilte. Jerry hatte ein nicht genau definierbares Gefühl, daß sie Studentinnen an der Northwestern University sein müßten, oder etwas in dieser Richtung. Die anderen waren ziemlich unattraktive Hühner, aber diese Blonde, die hatte so ein süßes Lächeln und einen hübschen Po. Und hier stand sie ganz einfach auf einmal hinter der Tür, in engen Jeans und weißem Rollkragenpullover, und lauschte auf das Gezeter draußen. Jerry fummelte seinen Schlüssel aus der Tasche, dann zögerte er. Hier bot sich ihm doch die ideale Gelegenheit, sich mit ihr bekannt zu machen. »Haben Sie 'ne Ahnung, was da los ist?« fragte er

---

* ›Gumbo‹ oder ›Gumpo‹ ist ein kreolisches Eintopfgericht auf Okrabasis; Anspielung auf die Herkunft der alten Schwarzen aus dem Mississippi-Delta. — *Anm. d. Übers.*

und wies mit dem Kinn zu Mrs. Monroe und den Polizisten hinunter.

Das Mädchen wandte sich ihm zu und schob sich dabei eine Haarsträhne aus dem Gesicht. Die Haare waren sehr lang und sehr glatt und sehr blond, und ganz genau das, was Jerry so gern mochte. »Eins von ihren Kindern ist verschwunden«, sagte die blonde Frau. »Der älteste Junge, glaube ich.«

»Chollie?« fragte Jerry. Alle nannten den Jungen so. Ein schmaler Kleiner mit guten Manieren, der die ganze Zeit mit einem Basketball um den Häuserblock herumdribbelte, obwohl Jerry nie gesehen hatte, daß der Junge jemals wirklich spielte. Ungefähr sechzehn oder so, nahm Jerry an; schüchtern, vielleicht auch ein bißchen einfältig oder retardiert. »Weiß man, was mit ihm passiert ist?«

»Die Polizei glaubt, er ist ausgerissen, wie so viele«, sagte das Mädchen. »Das hat jedenfalls der Dicke gesagt. Und darauf ist sie dann so hochgegangen. Aber die machen sich keine großen Gedanken. Ich nehme an, er ist noch nicht lang genug verschwunden.«

»Und wie lang ist er weg?«

»Sie sagt, sie hat ihn am Freitag so gegen elf losgeschickt, um Milch zu kaufen. Seitdem hat ihn keiner mehr gesehen.«

»Schlimm«, sagte Jerry mit einem Kopfschütteln. »Chollie kam mir aber nie wie ein Ausreißer vor. Der war doch immer so still. Hoffentlich ist ihm nichts passiert.«

»Die Polizei hat ihr immerhin gesagt, daß bis jetzt noch keine Toten mit seiner Beschreibung aufgetaucht sind.«

»Auch dafür muß man schon dankbar sein«, sagte Jerry.

»Da wird's keine Leichen nich geben«, sagte die Gumbo-Oma und schaukelte vor und zurück und nuckelte an ihrer Pfeife.

»Verzeihung?« fragte die blonde Frau.

Jerry mußte ein Stöhnen unterdrücken. Es war immer ein Fehler, wenn man die Gumbo-Oma anredete. Kaum hatte man sie zur Kenntnis genommen, schnatterte sie los, und dann gab es kein Halten mehr. Sie war eine alte — eine *sehr* alte — Negerin, eine winzigkleine Äffin von Frau mit vertrockneter brauner Haut und rosigen Handflächen. Sie war fast völlig kahl, und um ihr linkes Auge zog sich ein rosa Mal, ein Flecken Rosa mitten in dem alten verhutzelten Gesicht. Ein wenig erinnerte sie Jerry an einen Hund, den er als Kind in den Stummfilm-Comedies ›Die kleinen Strolche‹ gesehen hatte, nur daß dort die Farben vertauscht waren. Die Gumbo-Oma war halb senil und brabbelte meist sinnloses Zeug, und wenn es schon einmal einen Sinn zu haben schien, verstand man sie nicht immer, weil sie einen so komischen Dialekt sprach. Anscheinend war sie irgendwann einmal von New Orleans heraufgekommen, aber in diesem Haus lebte sie schon ewig, soweit irgend jemand sich erinnern konnte. Wegen ihrer vermutlichen Herkunft aus New Orelans hatten dann die jungen Leute im Haus begonnen, sie die ›Gumbo-Oma‹ zu nennen. Auf ihrem Briefkasten stand kein Name, aber sie bekam ja auch niemals Post.

Als das blonde Mädchen sie ansprach, nahm die Gumbo-Oma die Pfeife aus dem Mund, schaukelte langsam hin und her und nickte vor sich hin. »Der ist fort, Ohgottogott. Tot. Ich sag's ihnen, und ich sag's ihnen immer wieder, aber die wollen ja nix hören.« Sie wackelte mit dem kleinen Schädel hin und her und schaukelte weiter.

»Haben Sie was gesehen?« fragte die Blonde mit gerunzelter Stirn. »Wissen Sie, wo der Junge hingegangen ist?«

Jerry wollte gerade zu ihr sagen, sie solle sich nicht mit der Alten einlassen, weil die so verrückt sei wie ein mondsüchtiges Sumpfhuhn, aber er kam nicht mehr dazu, denn die Gumbo-Oma pladderte bereits los. »Yesum, weiß ich, weiß ich genau. Und ich sag's denen, yessum. Mich kriegt keiner da raus, nachts, auf die Straßen da, neinneinnein, Ohgottogottogott! Den wern sie nich finden, niemals nich, keine Leiche, neinnein.« Wieder nickte sie vor sich hin, und ihre müden alten Augen blitzten weise aus den unzähligen Fältchen hervor. »Die ham ihn erwischt, yessum, den guten kleinen Chollie ham die erwischt. Und ich sag's ihnen doch immer wieder, aber auf mich hört ja keiner. Die ham ihn erwischt.«

»Wer?« fragte die blonde Frau.

Die Gumbo-Oma spähte vorsichtig umher, als wolle sich sich vergewissern, daß da niemand im Schatten unter der Treppe laure, dann beugte sie sich in ihrem Schaukelstuhl nach vorn und wisperte: »Die Nadelmänner, die ham ihn erwischt.« Zufrieden nickte sie, räkelte sich in ihrem Stuhl zurecht, nuckelte wieder an der Pfeife und schaukelte knarrend vor und zurück, vor und zurück. Den Polizisten auf der Straße war es inzwischen gelungen, Mrs. Monroes Tränenflut zu stillen, und sie sprachen nun ruhig miteinander. Die Gaffermenge auf dem Gehsteig zerfloß allmählich, um anderwärts aufregendere Sensationen zu suchen. Es war klar, daß sich hier in dieser Hinsicht nicht mehr viel erwarten ließ.

»Die Nadelmänner?« sagte Jerry, ganz gegen seinen Willen nun doch neugierig. Das wird mir wahrscheinlich noch leid tun, daß ich sie frage, dachte er bei sich, und dann hörte er sich fragen: »Wer ist das, die Nadelmänner?«

Die Gumbo-Oma lächelte ihm verschwörerisch zu. »Die ham wir drunten in Nuh-Ohlien auch gehabt, yessuh! Und die sind ganz gemein, die Nadelkerle, und ich weiß alles über die, und mich wird keiner nich nachts draußen sehn, nosuh, neinnein! Die verstecken sich da draußen, und da warten sie, und die ham Nadeln — *sooo* große lange Nadeln, so lang wie 'n Arm und ganz scharf mit 'nem Stopfen dran, yessuh, 'nem Stopfen. Und dann springen sie auf dich los, ja, das machen die, und dann stechen sie dich mit ihren Nadeln und dann isses aus mit dir, ohgottogott, und dann sieht dich keiner nich mehr wieder. Niemals. Da finden die keine Leiche nich, wenn die Nadelmänner wen erwischt ham.« Sie stieß ein keckerndes Lachen aus.

Die Blonde aus Apt. 2-West lächelte. »Was für eine makabre Vorstellung«, sagte sie trocken.

»Nadelmänner, ha«, bemerkte Jerry. »Sie spinnt.« Die Gumbo-Oma schaukelte unbeirrt weiter, als habe sie nichts gehört. Die blonde Frau und er wechselten ein mitfühlendes Lächeln, als wollten sie einander sagen: Wir müssen Geduld haben mit der armen blöden Alten. »Aber warum sollten die Nadelmänner den Jungen von Mrs. Monroe erstechen?« fragte die blonde Frau. »Sind das Gespenster?«

»Ohgottogott, nein. Nein, nein, nein! Wißt ihr denn überhaups gaaahnix?« Keckernd schaukelte die alte Frau weiter vor und zurück. »Da seid's ihr so jung und da wißt ihr gaaahnix. Nix. Und ich sag's denen immer, aber die hören ja nicht auf mich. Die Nadelmänner da, neinnein, das sind keine 'spenster. Die kommen von der Charity.«

»Charity? — Von der Wohlfahrt?«

»Vom Krankenhaus, yessum, yessum. Vom Armenkrankenhaus. Und was die da wollen, das sind Körper, Leichen, dafür daß die Studenten sie aufschneiden können, und drum schleichen die da mit diesen *laaaangen* Nadeln mit 'nem Stopfen am Ende rum und stechen uns schwarze Leute ab und schleppen uns fort. Und niemand vermißt irgend 'nen *aaamen* Schwarzen, nossuh. Ich hab sie gesehn, wie sie sich in den Büschen verstekken, und in den Gassen hinter den Häusern — die Nadelmänner mit ihren Nadeln, aber mich wern die nich kriegen. Mein Daddy, der hat mir das gelernt, yessuh, und ich kenn die genau, yeah, ich kenn sie. Und der Chollie, der hat nich auf mich hörn wollen, aber ich sag denen immer wieder — ich kenn die! Die hab ich schon drunten in Nuh-Ohlien gekannt, wie ich noch 'n ganz kleines Ding gewesen bin, da hab ich schon gewußt, wie man die ausspioniert. Und hier oben, da erkenn ich die auch, o ja, das tu ich. Mich arme alte Frau wern die nicht mit ihren Nadeln kriegen und wegschleppen, damit mich die Dokterlehrlinge aufschneiden.«

Und sie schaukelte und rauchte unentwegt weiter. Draußen auf der Straße war der fette Polizist noch immer mit der Befragung von Mrs. Monroe beschäftigt. Jetzt füllte er ein Formular aus.

»Der kommt zurück, möchte ich wetten«, sagte Jerry nach einem kurzen Blick durch die Haustür. »Vielleicht ist er in eine Prügelei verwickelt worden oder so, aber der Chollie ist wirklich ein netter Junge.«

Die blonde Frau zuckte die Achseln.

»Übrigens, ich bin Jerry McCulloch«, sagte er und lächelte die Blonde an. »Ich schreibe. Wohne im 3-West.«

»Hi«, sagte sie und lächelte ihm ihrerseits zu. Sie war wirklich verdammt hübsch. »Ich bin Kris. Kris Shelby.«

»Ihr wohnt unter uns, nicht? Ein paar Mädchen zusammen.«

Sie nickte. »Es ist ja ziemlich weit bis zur Uni, aber die Miete ist niedrig genug, um die Fahrtkosten wettzumachen, und die Wohnung ist viel größer als irgendwas, das wir in Campusnähe hätten finden können. Die Tutorenkurse sind heutzutage dermaßen teuer, daß man schon alles mögliche anstellen muß, wenn man zurechtkommen möchte.« Sie krauste die Nase. »Zum Beispiel in diesem Viertel hier wohnen. Sogar das.«

Jerry nickte verständnisvoll.

»Was schreiben Sie denn?« fragte Kris. Hübsche grüne Augen hat sie, stellte er fest. Sehr kühl und wachsam.

»Alles, was sie mir abkaufen«, sagte er mit langgeübter Bescheidenheit. »Einmal hab ich einen Artikel ans *Tribune-Magazine* verkaufen können, über die aufgegebenen Kohlenschächte unter der Loop. Da liegt ein ganzes Gängenetz, und seit Jahren ist es nicht mehr benutzt

worden. Vielleicht haben Sie meinen Artikel gelesen?«*
Kris schüttelte den Kopf. »Na, macht nichts, war ja auch wirklich nicht wichtig. Eigentlich mache ich nur so Kleinkram, was sich eben gerade so bietet. Im Augenblick sitze ich grad an einer Sache, die ich hoffentlich an den *Reader* verkaufen werde. Mal sehen.« Er zuckte die Achseln. »Und wie ist es bei Ihnen?«

»Wie ist es bei mir?« fragte Kris leise. Sie lächelte.

Jerry stammelte irgend etwas. Er mußte sich bremsen, sie nach ihrer Heimatstadt zu fragen oder nach ihrem Hauptfach an der Uni. Immer waren derartige idiotische Fragen daran schuld, daß er in der Rush Street so oft eine Abfuhr erleben mußte. Er beschloß, diesmal nicht zu dick aufzutragen. Er warf einen Blick auf seine Armbanduhr. »He, ich muß los«, sagte er. »Nett, daß wir uns begegnet sind. Und wenn es jetzt droben über Ihnen mal zu laut wird, dann wissen Sie ja, über wen Sie schimpfen können.«

Sie nickte. »Bis irgendwann mal«, sagte sie und schaute wieder interessiert auf die Straße hinaus.

Jerry begann die Treppen hinaufzusteigen. Auf dem ersten Absatz drehte er sich um und rief zu der blonden Frau hinunter: »Hallo, Kris!« Und als sie aufblickte, fuhr er fort: »Lassen Sie sich bloß nicht von den Nadelmännern erwischen!« Sie lächelte und nickte, und Jerry war in Hochstimmung, während er die Stufen zum zweiten Stock hinaufrannte. Harold und seine allerneueste große Liebe waren im Wohnzimmer, hörten Stereomusik und vögelten auf der Couch. Alan hockte in seinem Zimmer vor der Glotze und schaute sich einen alten Film an. »Na, wie war das in dem Schuppen?« rief er aus dem Zimmer, als Jerry vorbeiging.

»Nicht übel.« Jerry schob sich halb durch die Tür.

---

* The Loop, ›die Schleife‹, nach der Schienenführung der Chicagoer Hochbahn so genannt; innerstädtisches Geschäfts- und Einkaufszentrum. — *Anm. d. Übers.*

»Du, ich hab den blonden Käfer von unten kennengelernt. Kris heißt sie.«

»Nette Kleine«, sagte Alan.

»Genau«, sagte Jerry grinsend. Dann ging er wieder nach vorn in die Küche und holte sich ein Bier. Die Birne im Kühlschrank war ausgebrannt, und er war zu faul gewesen, die Deckenlampe anzuknipsen, also fummelte er im Dunkeln herum. Schließlich bekam er ein Budweiser zu fassen.

Er riß den Verschluß auf und wollte gerade in der düsteren Küche die Bierdose an die Lippen heben, als drunten in der Gasse hinter dem Haus ein Auto vorbeifuhr. Jerry konnte nichts weiter sehen als die Lichter, die über die Rückfront der Häuser auf der anderen Seite huschten, ein schwacher gleitender Widerschein.

Und in diesem Augenblick kam ihm plötzlich der Mann mit der Injektionsspritze wieder in den Sinn.

Es wurde eine unruhige Nacht. Im Grunde war das alles so blöde. Der Junkie mit dem Sportmantel und den ledernen Ellbogenpatten und Gumbo-Omas Nadelmänner und Chollie Monroe ... das alles hatte doch nichts miteinander zu tun, soviel war ja wohl klar. Trotzdem hatte Jerry ein ungutes Gefühl. Schließlich, es *war* ja *wirklich* Freitagnacht gewesen. Er kniff die Brauen zusammen, trank noch ein Budweiser und verzog sich ins Bett.

Mehr als eine Stunde lang drehte und wälzte er sich herum, und bei jeder Bewegung schwappte das Wasserbett unter ihm leise. Schließlich schlief er doch ein. Aber mitten in der Nacht wachte er wieder auf, und es war finster und totenstill in der Wohnung. Durch das offene Fenster wehte eine kühle Brise ins Zimmer, und die sich bauschenden Gardinen warfen lange Schatten über Jerrys Bett. Er bewegte sich schlaftrunken, er wollte das Fenster ein bißchen mehr zumachen — und da stand er, dieser Kerl, draußen vor dem Fenster, ein Mann im Sportmantel mit Lederflecken an den Ellbogen. Das Gesicht war kreidebleich, der Mund zu einem entsetzlichen dünnen Lächeln verzerrt. Und noch während Jerry zu ihm hinstarrte, steckte der Mann den Arm durch das offene Fenster. Seine Hand hielt eine lange dünne Injektionsnadel.

Jerry schrie laut auf, riß sich los, und plötzlich lag er in seine Bettdecke verwickelt auf dem Fußboden, und in der Tür stand Harold in seinem Minislip und fragte: »He, Mann, alles in Ordnung?«

»Er kommt durchs Fenster rein«, keuchte Jerry atemlos vom Fußboden.

Harold warf einen Blick zum offenen Fenster, an dem sich die Gardinen träge im Lufthauch drehten. »Du Idiot«, sagte er. »Wir sind hier doch im zweiten Stock.«

Am folgenden Morgen gab es ein Riesengelächter über Jerrys Alptraum, während sie sich beim Versuch, Frühstück zu bereiten, alle ständig gegenseitig in die Quere kamen. Das heißt, Jerry lachte nicht. Er knurrte die andern nur an, trank seinen Kaffee und verzog sich dann, um auf dem Postamt in seinem Postfach nachzusehen. In diesem Viertel kam man um ein Postfach einfach nicht herum, weil hier die Hausbriefkästen andauernd geplündert wurden.

Während er die Vordertreppe hinunterging, wappnete er sich bereits gegen neue wilde Spinnereien der Gumbo-Oma über geisteskranke Nadelmänner. Glücklicherweise jedoch war die Alte gar nicht da; ihr Schaukelstuhl stand im vorderen Hausflur, aber sie selbst saß nicht darin. Jerry freute sich über sein Glück und ging vorbei.

Später saß er in einer Nische in der Cafeteria an der Lawrence Avenue, sah seine Post durch und wartete auf sein Käseomelett, als ihm plötzlich schlagartig bewußt wurde, wie merkwürdig das war. In all den Jahren, die er nun schon in diesem Haus wohnte, hatte er noch nie den Schaukelstuhl der Gumbo-Oma gesehen, ohne daß die alte Frau daringesessen hätte. Morgens schleppte sie den Stuhl mit aus ihrer Wohnung, und am Abend nahm sie ihn wieder mit zurück. Und den ganzen Tag über saß sie immer da und schaukelte. Immer.

Ein ganz leiser Schauder überlief ihn. »Nein!« sagte er laut.

»Was soll das heißen, *nein*?« brummte die Kellnerin. Sie stand neben ihm und hielt ihm sein Käseomelett hin. »Das ist genau das, was Sie bestellt haben, Freundchen.«

»Äh, ach ja«, stammelte Jerry beschämt. »Ich hab auch gar nicht Sie gemeint.«

Die Kellnerin blickte ihn merkwürdig an, setzte den Teller vor ihm ab und ging davon.

»Nein!« wiederholte Jerry, als er die Gabel ergriff.

Doch als er am Abend nach Hause zurückkehrte, stand der Schaukelstuhl noch immer da. Leer. Jerry übersah ihn.

Am folgenden Tag benutzte er die Hintertreppe beim Fortgehen und bei der Rückkehr. Er versuchte, nicht an den Schaukelstuhl zu denken, nicht an die Gumbo-Oma, an Nadelmänner oder derlei Unsinn. Er verbrachte den Tag drunten an der Loop, und nachdem es dunkel geworden war, zog er für ein paar Stunden los, um sich zu besaufen. Aber es nützte nichts. Es gelang ihm nicht einmal, den Frauen um ihn herum größere Aufmerksamkeit zu schenken. Er stierte nur immer in sein Bierglas und sah die ganze Zeit diesen leeren Schaukelstuhl vor sich.

Als er, fast schon um Mitternacht, durch die Hintergasse nach Hause kam, sah er etwas, das ihn noch stärker beunruhigte. Gegenüber von dem Haus parkte im Schatten ein zerbeulter alter schwarzer Javelin. In seiner Halbbesoffenheit erschreckte ihn das. Er blieb abrupt stehen und stierte auf das Auto. Es war leer. Er blickte sich vorsichtig um, und als er niemanden entdeckte, trat er an den Wagen. Der Kofferraum war verschlossen.

Also trat er den Rückzug nach oben an und legte sich ins Bett. In der Stille seines Zimmers sagte er laut zu sich selber: »Nein!« Aber ehe er einschlief, stand er noch einmal auf, schloß das Fenster und verriegelte es.

Am nächsten Morgen mußte er sich regelrecht dazu zwingen, überhaupt aus dem Haus zu gehen. Er spürte eine lächerliche Nervosität — wegen des Schaukelstuhls im Vorderhaus und wegen des Javelin hinten in der Gasse. Schließlich lachte er und sagte laut: »Aber das ist doch absurd!« Dann ging er die Vordertreppe hinunter.

Der Schaukelstuhl der Gumbo-Oma stand immer noch im Hausflur, und sie saß immer noch nicht wieder darin. Diesmal allerdings fiel Jerry noch etwas anderes auf. In einem verschmierten Aschenfleck auf den Fliesen, dicht beim Schaukelstuhl, lag die Pfeife der alten Dame.

Er stand immer noch vor den Briefkästen und starrte zu der Pfeife hinunter, als Kris die Treppe herabkam. »Hallo, Jerry«, sagte sie. »Sie versperren meinen Briefkasten.«

Er trat beiseite. »Ach, übrigens, haben Sie sie in der letzten Zeit gesehen?« fragte er, während Kris ihre Post aus dem Kasten holte. »In den letzten zwei, drei Tagen?«

»Wen?« fragte Kris.

»Na sie. Die alte Frau. Die Gumbo-Oma.«

Kris blickte zu dem Schaukelstuhl und verzog die Nase. »Nein. Ich glaub jedenfalls nicht. Warum?«

»Weil sie niemals ihren Schaukelstuhl da herumstehen läßt. Nie. Sie sitzt immer nur drin. Aber jetzt steht der schon seit drei Tagen da so herum, und ich hab sie die ganze Zeit kein einziges Mal drinsitzen sehen.«

Kris strich sich eine nach vorn gefallene Haarsträhne aus der Stirn, dann lächelte sie verschmitzt. »Vielleicht ham die Nadelmänner sie geholt«, sagte sie. Sie schloß die innere Tür auf und begann die Treppe wieder hinaufzusteigen, doch als Jerry ihr nicht folgte, drehte

sie sich wieder um. »Jerry?« fragte sie. »Stimmt was nicht?«

»Nein«, sagte er hastig. »Nein, es ist gar nichts.« Soviel war ihm klar, wenn er ihr jetzt von dem verrückten Zeug erzählte, das ihm durch den Kopf ging, würde er *nie* bei ihr landen können.

Kris zuckte eine Schulter und stieg weiter die Treppe hinauf.

Bei der Polizei ließ man ihn zehn Minuten in der Leitung hängen und verband ihn viermal weiter, ehe er schließlich bei einem Beamten landete, der bereit war, ihn überhaupt anzuhören. »Ich bin auf der Suche nach ein paar Informationen, Officer«, sagte Jerry. »Ich bin Reporter, und ich benötige ein paar Zahlenangaben über vermißte Personen im Gebiet Uptown. Nicht die Todesfälle, sondern nur solche, wo jemand verschwunden ist, ohne daß man seine Leiche gefunden hat. Verstehen Sie?«

»Für welchen Zeitraum wollen Sie das wissen? Letzte Woche? Letzten Monat? Das ganze laufende Jahr? Da müssen Sie mir schon ein paar genauere Angaben machen.«

»Ach verdammt, ich weiß nicht. Sagen wir, den letzten Monat. Könnten Sie mir die Zahlen raussuchen lassen?«

»Es verschwinden immer 'ne Menge von Leuten. Kinder hauen von daheim ab, nach New York oder Los Angeles, oder weiß der Teufel wohin. Männer verduften, weil sie keinen Unterhalt für die Frau und die Kinder zahlen wollen. Leute hauen vor den Rateneintreibern ab. Wir können nicht mal alle Anzeigen bearbeiten, und vom Auffinden kann schon gar nicht die Rede sein. Jedenfalls nicht, wenn jemand nicht gefunden werden will. He, übrigens, wozu brauchen Sie 'n das überhaupt?«

»Ich arbeite an einer Story«, sagte Jerry. »Ich bin Reporter.«

»So, sind Sie das, yeah?« Die Stimme klang nun argwöhnisch. »Für wen schreiben Sie denn?«

»Ach, ich bin eigentlich eher freier Journalist.«

»Aha, verstehe«, sagte der Polizeibeamte. »Also, dann kommen Sie mal besser in die Zentrale und reden mit wem anders. Dafür brauchen Sie nämlich 'nen Presseausweis, klar? Wir geben nämlich nicht jedem x-beliebigen Witzbold, der hier bei uns anruft und behauptet, daß er von der Presse ist, so einfach Informationen!«

»Anfang der Woche ist ein Junge spurlos verschwunden. Charlie Monroe. Spitzname war Chollie. Könnten Sie mir wenigstens sagen, ob man ihn gefunden hat?«

»Was geht Sie das eigentlich an? Gehören Sie zur Familie, oder was?«

Jerry antwortete nicht.

»Hören Sie, ich kann Ihnen da nicht helfen. Es ist am besten, Sie kommen mal vorbei.« Klick.

Stirnrunzelnd hängte Jerry ein.

Am nächsten Morgen waren Schaukelstuhl und Pfeife verschwunden, aber Jerrys Stimmung besserte sich dadurch merkwürdigerweise überhaupt nicht. Er klopfte ziemlich vorsichtig an der Tür des Apartments 1-East, er war inzwischen schon ein wenig besorgt, hoffte aber noch immer, daß die Gumbo-Oma persönlich an die Tür geschlurft kommen und ihm erzählen würde, sie sei krank gewesen. Auch ein Verwandter wäre ihm recht gewesen, der ihm eröffnete, daß sie gestorben sei. Aber es blieb alles still hinter der Tür.

Den ganzen Tag über saß er dann an der Schreibmaschine und arbeitete an einem Auftrag, den er dem Feature-Redakteur des Bezirks-Wochenblatts entsteißt hatte, aber es gelang ihm einfach nicht, genügend Begeisterung aufzubringen für den Kampf zwischen den Gyros- und den Pizza-Shops auf der North Side, wer den Sieg über die Mägen der dort lebenden Singles davontragen würde. Außerdem war das sowieso eine recht unbedarfte Story. Aber wenn es diese verdammten Nadelmänner tatsächlich geben sollte, und er könnte das beweisen und sie entlarven — *sowas* zu schreiben, das würde sich lohnen. Es würde sogar noch besser sein als die Story mit den Stollen unter der Loop. Das könnte ihm sogar zu einem Job als fester Redakteur irgendwo verhelfen. Auf jeden Fall aber ließ sich die Geschichte sicher gut verkaufen.

Jerry schob die Schreibmaschine von sich weg und saß dann da und dachte nach. Die Maschine war eine elektrische und schnurrte weiter, als warte sie ungeduldig, als wolle sie ihn antreiben. Er schaltete sie ab.

Dann nahm er sein Notizbuch und bestieg den Zug nach Evanston, um in der Bibliothek der Northwestern University nachzuforschen.

Spät an diesem Abend kehrte Jerry wie von einem Fieber befallen nach Hause zurück. Er hatte zwölf Seiten des Notizbuchs mit seiner knappen präzisen Schrift vollgekritzelt. Er war so voll von dieser Story, daß er das Gefühl hatte, er *müsse* einfach mit jemandem darüber sprechen, wenn er nicht durchdrehen wollte. Aber Alan trieb sich irgendwo herum, und bei ihm wußte man sowieso nie, wann er zurückkam, und Steve war noch immer nicht nach Chicago zurückgekommen. Harold war in seinem Zimmer, aber die Tür war zu, und als Jerry das Ohr gegen sie preßte, hörte er Bumsgeräusche und leises Gestöhne. Harold würde es nicht besonders schätzen, wenn man ihn gerade jetzt störte. Und außerdem, er zog Jerry noch immer ziemlich gemein wegen dieses Alptraums auf. Nein, es war besser, ihm nicht noch mehr Munition zu liefern.

»Verdammt«, murrte Jerry. Er schaute wieder auf sein Notizbuch. Dann murmelte er: »Ach verdammt, was soll's«, und begab sich einen Stock tiefer.

Eines der Mädchen aus der Wohngemeinschaft machte die Tür auf, ein plumper Kuhtyp mit mausbraunen

Haaren und einer starken Akne im Gesicht. »Kris arbeitet für eine große Prüfung«, sagte sie. »Sie wird sicher jetzt nicht gern gestört.« Sie schniefte. »Ihr Notendurchschnitt ist sowieso schon schlimm genug.«

»Ach, darüber machen *Sie* sich mal keine Gedanken«, sagte Jerry. »Ich muß mit ihr reden.« Und er blieb beharrlich stehen, bis sie ihn endlich in die Wohnung ließ. Die andere Mitmieterin hockte in einer Ecke des Wohnzimmers unter einer Zuglampe und studierte. Sie blinzelte ihn durch Brillengläser dick wie Coca-Colaflaschenböden an, während die Kuh Kris holen ging.

»Hi«, sagte Kris. »Was issen los?«

»Ich muß Ihnen unbedingt was erzählen«, sagte er. »Kommen sie, ich lad Sie zu 'nem Drink ein.«

Auf der anderen Seite der Sheridan lag eine kleine Bar, in der hauptsächlich die Leute aus dem Marine Drive verkehrten, und sie war so ziemlich der einzige Ort in der näheren Umgebung, wo man etwas trinken konnte, ohne ständig von Country-Sound behämmert zu werden oder sich Gedanken über mögliche Messerstechereien machen zu müssen. Ein Rammbock von Rausschmeißer an der Tür hielt die Penner und Saufbrüder fern, die weißen Proleten und die übrigen unerwünschten Elemente. Er starrte Jerry lange an, aber als Kris ihm zulächelte, durften sie dann doch hinein. Jerry geleitete sie an ein Tischchen am Fenster, bestellte einen Krug Dunkles und zwei Krabbencocktails und schlug sein Notizbuch auf.

»Die waren *echt*!« flüsterte er mit erregter Stimme.

»Wer?« fragte Kris. »Nein. Moment mal! Ich glaub, ich weiß schon. Die Männer mit den Nadeln.«

Jerry nickte. »Ich hab den ganzen Tag gearbeitet, alte Schwarten über das Leben in New Orleans durchgelesen, über die Folklore und so, und mir ein paar Mikrofilme von Zeitungen vorgenommen. Es hat nie stichhaltige Beweise für die Existenz dieser Nadelmänner gegeben, aber dafür unzählige Geschichten. Über Jahre hinweg, angefangen bei der Jahrhundertwende oder sogar noch früher und bis weit in die zwanziger Jahre hinein. Es handelt sich dabei um einen besonders bei den Schwarzen verbreiteten Aberglauben. Das heißt, falls es wirklich ein Aberglaube war. Diese Nadelmänner suchten sich Neger als Opfer aus, verstehen Sie, weil die alle so arm waren und weil sich niemand weiter besonders darum kümmerte, wenn ein paar Nigger spurlos verschwanden. Die Polizeibehörden lachten nur über die Geschichten von Nadelmännern, aber die Schwarzen haben die Warnung in mündlicher Tradition weitergereicht. Es war wirklich genauso, wie die alte Gumbo-Oma sagte. Allem Anschein nach waren es Medizinstudenten. Und die hatten derartige lange Injektionsnadeln mit einem Gift oder einem Betäubungsmittel oder sowas in der Nadel, und sie haben sich in dunklen Hintergassen und Parks und so herumgedrückt und haben gelauert. Ein kleiner Kratzer mit einer derartigen Nadel reichte angeblich bereits aus. Das Opfer war in Sekundenschnelle bewußtlos, und dann kamen andere Nadelmänner und schafften es fort zum Armenhospital, der Charité in New Orleans, oder zu medizinischen Abteilungen an der Universität, oder wo man sonst noch Bedarf an Leichen für Demonstrationen oder zum Sezieren hatte. Später wollten dann viele Schwarze nicht einmal mehr ins Kino gehen, weil die Nadelmänner besonders gern dort tätig wurden. Sie setzten sich hinter jemand, wissen Sie, und stießen die lange Nadel durch die Rückenlehne des vorderen Sitzes. Ein kleiner Stich in die Kreuzgegend, mehr war nicht nötig. Dann schleppten sie ihr Opfer hinaus, als wäre da jemandem schlechtgeworden, oder als wäre es ein Betrunkener, und man sah sie niemals wieder. Und natürlich gab es auch keine unangenehmen Leichen.«

Kris spießte mit dem Zahnstocher eine winzige Krabbe auf, tunkte sie in die Cocktailsauce und knabberte dann mäklerisch mit abgespreiztem kleinen Finger daran herum. Ihre Haare fielen ihr in einer prachtvollen Kaskade honiggolden auf die Schultern, und in dem Schein der über der Bar angebrachten Leuchten schimmerten sie golden. Die grünen Augen allerdings blickten ihm recht skeptisch entgegen, und einen Augenblick lang befürchtete Jerry, daß er mit seinem Gerede über die Nadelmänner seine möglichen Chancen endgültig verbockt haben könnte. Gleich würde Kris zu lachen beginnen, oder sie würde ihn achselzuckend als bescheuert abtun, oder ... er wußte einfach nichts mehr.

Statt dessen knabberte sie die Krabbe vollends, trank einen Schluck von ihrem Bier und sagte: »Also, ehrlich, als eine Story ist das wirklich interessant. Das hat Farbe. Bestimmt könnten Sie da einen Artikel draus machen.«

»Genau das habe ich auch vor«, sagte Jerry.

»Es wird natürlich so 'ne Art historisches Feature für eine Zeitschrift drunten in New Orleans sein müssen«, sagte sie. »Sie wissen schon, kuriose drollige alte Schwarze Männer und Gespenster und so.«

»Nein, aber bestimmt nicht, nein«, sagte Jerry. »Verstehen Sie denn nicht? Das alles ist doch bloße Backgroundinformation. Ich will das alles aktualisieren, die ganzen modernen Aspekte mit hineinverarbeiten. Das hier und jetzt. Bei uns — in Chicago.«

Kris saugte eine weitere Krabbe aus. Dann lächelte sie. »Aber so eine Story, die könnten Sie doch vielleicht an den ›Enquirer‹ verkaufen, aber doch sonst nirgends. Finden Sie nicht, daß Sie sich da 'nen beachtlichen Floh ins Ohr gesetzt haben?«

»Nein, find ich nicht«, sagte Jerry steif.

»Sie sind also tatsächlich überzeugt, daß es sowas wie diese Nadelmänner gibt? Nicht bloß gegeben hat, um die Jahrhundertwende in New Orleans, sondern jetzt und hier? Hier in Chicago? Und sowas glauben Sie im Ernst? Und Chollie Monroe hat man gekidnappt, damit man in irgendeiner Abteilung der Medizinischen Fakultät eine Leiche zum Sezieren hat?« Sie schüttelte den Kopf, lächelte aber dabei. »Sie sehen doch eigentlich nicht wie einer aus, der 'nen Kopfsprung in trübes Wasser macht.«

Jerry wurde rot. »Aber es ist ja nicht bloß Chollie«, sagte er heftig. »Die haben ja auch die Gumbo-Oma geschnappt. Mußten sie ja wohl auch. Wissen Sie, die hat nämlich alles über sie gewußt. Aber da kommt noch mehr. Hören Sie mir mal zu ...« Und dann berichtete er ihr alles über den Mann mit der Injektionsnadel in dem schwarzen Javelin.

Kris hörte ihm recht höflich zu, nippte an ihrem Bier, saugte an ihren Krabben, aber als er dann fertig war, hatte er nicht das Gefühl, daß er sie hatte überzeugen können. »Ein sportlicher Mantel mit ledernen Ärmelflecken, sagen Sie? Also, ich glaube, den Typ habe ich auch schon mal hinter unserm Haus gesehen. Und ich bin sicher, daß ich das Auto schon mal gesehen habe. Bloß, das bedeutet ja noch gar nichts. Vielleicht wohnt der in einem der anderen Häuser hier bei uns im Viertel. Und was ist eigentlich so geheimnisvoll an der Sache? Dort hinten parkt ziemlich oft ein weißer Mustang. Und der gehört einem von den Mädchen in meiner Wohnung.« Wieder kräuselte sie die Nase. »Und die Injektionsspritze — also wirklich, vielleicht ist der Typ ein Junkie. Oder ein Arzt ... oder was weiß ich. Das wäre doch wohl viel wahrscheinlicher, als daß wir es mit einem ›Nadelmann‹ zu tun haben, oder?«

»Ja, schon. Aber trotzdem ...«, sagte Jerry. »Was ist dann mit der alten Gumbo-Oma passiert?«

»Ach die!« sagte Kris und lächelte. »Da weiß ich zufällig Bescheid. Also: nachdem ich Sie am Briefkasten getroffen habe, habe ich kurz mit Sheila, das ist ein Mädchen aus unsrer Wohnung, geredet. Jerry, die alte Frau hatte 'nen Schlaganfall, weiter war nichts. Bloß einen Schlaganfall. Einen Tag nach der ganzen Aufregung über den Monroe-Jungen. Sie saß da vor ihrer Wohnung und schaukelte herum, und dann bekam sie auf einmal einen Anfall. Jemand hat sie gefunden, den Notarzt angerufen, der Krankenwagen kam, und man hat sie weggebracht. Aber die haben natürlich nicht daran gedacht, ihren Schaukelstuhl wegzubringen, also ist der da tagelang stehengeblieben.«

»Jetzt ist er aber fort.«

Kris lächelte. »Aber Sie kennen doch das Viertel genauso gut wie ich. Es ist doch klar, den hat einfach jemand geklaut. Stellen *Sie* doch mal ein ganz brauchbares Möbelstück raus, und dann warten Sie, wie lange das da stehenbleibt.«

Jerry lehnte sich zurück und klappte sein Notizbuch zu. Er war plötzlich sehr verwirrt. Was Kris ihm gesagt hatte, klang ausgesprochen vernünftig, und so sah er bereits, wie seine saftige Sensationsstory sich allmählich in Nichts auflöste. »In welchem Krankenhaus liegt sie denn?« fragte er.

»Woher soll ich das wissen?« fragte Kris zurück.

»Na schön«, sagte Jerry. »Vielleicht haben Sie ja recht. Trotzdem, ich sollte der Sache nachgehen. Diese Story könnte der Durchbruch für mich sein.« Und auf einmal fühlte er sich besser. »Ich weiß, was ich machen werde. Ich rufe morgen sämtliche Krankenhäuser an, bis ich sie gefunden habe.«

»Und da fragen Sie dann jeweils nach der Gumbo-Oma?« sagte Kris und lächelte. »Die Leute in den Krankenhäusern werden Sie einfach anbeten! Und würden Sie sich nicht ziemlich idiotisch vorkommen, wenn Sie sie dann gefunden haben?«

»Doch. Ja, schon«, sagte Jerry kläglich. Er trank einen Schluck Bier. Während sie geredet hatten, war die Blume in sich zusammengesunken. »Trotzdem, es lohnt sich, es zu versuchen. Ich meine, was ist, wenn sie *nicht* irgendwo in einem Krankenhaus liegt? Dann habe ich ja möglicherweise doch recht.« Er kratzte sich am Kopf. »Und dieses Mädchen bei Ihnen in der Wohnung, die hat gesehen, wie man sie in einem Krankenwagen weggebracht hat, richtig? Und die haben gesagt, daß sie einen Schlaganfall hatte?«

»Genau.«

»Aber wenn nun einer von diesen Nadelmännern reingekommen ist und ihr eine Spritze verpaßt hat? Sie war doch viel zu alt, als daß sie sich hätte wehren können. Die wäre doch *so* weggetreten.« Er schnippte mit den Fingern. »Und was wäre dann einfacher als mit einem Notarztwagen vorzufahren und die alte Lady am hellichten Tag rauszutragen? Sie hatte ja keine Verwandten, nicht wie der arme Chollie, die hätten Einspruch dagegen erheben können. Also wer hätte was dagegen machen können? Und wenn die Nadelmänner Medizinstudenten sind, dann arbeiten vielleicht auch die Fahrer der Krankenwagen mit ihnen zusammen, könnte doch sein, oder? Auf jeden Fall aber können Studenten leicht an einen Notarztwagen rankommen.«

Kris lachte und schüttelte den Kopf. »Also, jetzt machen Sie aber mal 'nen Punkt. Wenn Sie sich selber reden hören könnten, Jerry. Sie sind ja wirklich ganz nett, und zuerst habe ich mir gedacht, Sie sind auch gescheit, aber jetzt reden Sie wirklich, als litten Sie unter Verfolgungswahn. Da war ja nicht einmal die Gumbo-Oma schlimmer!« Kris beugte sich über den Tisch und ergriff seine Hand. »Und jetzt hören Sie mir mal zu«, sagte sie und drückte sanft und zärtlich seine Hand. »Dieser ganze theoretische Quatsch ist ja schon schlimm genug, aber Ihre Motive sind einfach absolut irrsinnig. Geschmuggelte Leichen für Anatomiedemonstrationen? Leichenraub? Also, *ehrlich*! Sowas war vielleicht in den Tagen von Burke und Hare* 'ne tolle Sache, vielleicht auch noch im letzten Jahrhundert in New Orleans, aber hier und

---

* Burke und Hare, Hauptakteure eines berühmten Kriminalfalles in Schottland, bei dem es um Leichenräuberei und Mord ging, um anatomisches Material für Leichensektionen zu besorgen. — *Anm. d. Übers.*

jetzt? Gehören denn Ihre Nadelmänner zu irgendwelchen medizinischen Fakultäten, oder kommen die ganz einfach angefahren, holen die Leichen aus dem Kofferraum und feilschen dann mit den Professoren herum? Also, ich glaube, medizinische Abteilungen können Leichen auf einfachere Weise bekommen, meinen Sie nicht auch?«

Jerry grinste sie an. »Also, wie der Zufall so spielt«, sagte er und drückte seinerseits nun sacht ihre Hand, deren Wärme ihn sehr angenehm erregte, »habe ich daran auch schon gedacht. Eine Weile hat es mich auch verwirrt, aber dann habe ich mir das alles ganz genau zurechtgelegt. Und das steht dann auch genau in meinem Artikel drin.«

»Ja?« fragte Kris geduldig.

»Es geht um Organtransplantate«, sagte Jerry stolz.

Sie hob leicht eine Augenbraue.

»Aber wirklich«, sagte er. »Denken Sie doch mal drüber nach. Die alten Nadelmänner, früher, die wollten bloß Leichen haben — ganz genau so, wie die alte Frau das gesagt hat. Für Lehrkliniken und medizinische Abteilungen an den Unis. Sie brauchten sie für Anatomiedemonstrationen und zum Sezieren und waren nicht besonders wählerisch, woher sie ihre Leichen bekamen. Aber heute besteht eine solche Nachfrage natürlich nicht mehr, es gibt genug Wege und Verfahren undsoweiter. *Warum* also, habe ich mich gefragt. *Warum?* Na klar doch, für Organtransplantationen! Achten Sie doch mal auf das, was da so spätnachts im Fernsehen kommt, diesen ganzen Werbespots und Aufrufe öffentlicher Organisationen: Spenden Sie Ihre Niere bei uns, hinterlassen Sie uns Ihre Augen! Da gehst du hin, und du willst einen Führerschein haben, und sofort wollen sie dich dazu bringen, daß du so einen Organspenderwisch unterschreibst. Nein, ehrlich, hier ist eine echte Marktlükke. 'ne Menge Menschen brauchen dringend gesunde Nieren oder Lebern und so, und es sind einfach nicht genug für alle da. Überlegen Sie sich doch mal, daß manche reichen Leute fast jede Summe bezahlen würden, nur um weiterleben zu dürfen, stimmt's? Also gibt es da ganz zwangsläufig einen Schwarzen Markt für Körperteile und Organe, auch wenn darüber kein Mensch was schreibt. Die Nadelmänner, ha! Nur daß die jetzt ihre Opfer einfach bloß einschläfern, anstatt sie gleich umzubringen, verstehen Sie? Man bringt die Betäubten irgendwohin, in lebendem Zustand, und dann werden sie für Transplantationen ausgeweidet. Ich wette, da steckt eine Menge Geld drin. Eine *sehr* große Menge!«

»Und Uptown wimmelt von Nadelmännern?« fragte Kris.

»Gibt es eine Gegend, die dafür besser geeignet wäre? Als ich heute in der Hochbahn die Treppe runterging, lag da ein Typ, völlig weggetreten. Wenn da nun einer gekommen wäre, um dem Mann weiterzuhelfen, ich hätte bestimmt nicht zweimal hingeschaut. Und wir haben dermaßen viele Ausreißer und so, daß die Polizei sich nicht einmal mehr die Mühe macht, sie zu zählen. Das weiß ich genau. Ich hab da nämlich angerufen. Wir haben Bandenkriege, wir haben die Rassenspannungen zwischen den Orientalen und den Hinterwäldlern und den Schwarzen, fast jede Nacht gibt es Schlägereien in Bars, überall arbeiten illegale Gastarbeiter, und kein Mensch hat Unterlagen über sie, außer ihren Arbeitgebern, und wenn dann einer von diesen Illegalen verschwindet — na schön, dann hat ihn eben die Einwanderungsbehörde erwischt, oder er hat sich in eine andere Stadt abgesetzt. Drüben in den rein schwarzen Gettos würde ja ein weißhäutiger Nadelmann auffallen, so wie damals in New Orleans. Aber Uptown ist so verdammt durchwachsen, daß hier keiner auffällt. Denken Sie mal drüber nach. Das ist doch ein hervorragendes Jagdgebiet.«

Kris entzog ihm ihre Hand und schenkte in beide Gläser Bier nach. »Jetzt trinken Sie aber aus!« befahl sie.

»Ich muß wieder nach Hause, ich muß lernen. Und ich merke ja, ich kann Sie von Ihrer fixen Idee nicht abbringen. Sie haben sich das Ganze bis in die letzte verrückte Kleinigkeit genau zusammengetüftelt, stimmt's?«

»Es ist nicht verrückt«, sagte Jerry. »Oder mir kommt es jedenfalls nicht verrückt vor.«

»Ja, nur leider können Sie nichts, aber auch gar nichts davon beweisen, Jerry.«

»*Noch* nicht«, antwortete Jerry, »aber ich werde Beweise finden, so oder so. — Diese Story, damit kann ich mir endlich wirklich einen Namen machen, und sowas lasse ich mir doch nicht entgehen. Die Nadelmänner haben keine Ahnung, daß ich ihnen auf der Spur bin. Ich fang damit an, daß ich mir die Fälle von Ausreißern und vermißten Personen vornehme. Und ich werde verdammt genau aufpassen, ob ich den alten Javelinschlitten wieder mal sehe. Von der Hintertreppe aus kann ich die ganze Gasse gut überblicken. Ich kauf mir ein Fernglas. Und 'nen Revolver. Doch, ja, ich trag wohl künftig besser ein Schießeisen bei mir.«

»Wenn Sie anfangen, da hinten mit 'nem Fernglas rumzuspähen und mit 'nem Revolver rumzuballern, dann wird die Polizei *Sie* einlochen, nicht Ihre Nadelmänner. Finden Sie nicht, daß Sie diese Volksmärchen ein bißchen zu ...« Sie brach ab und schaute aus dem Fenster. »Oh, mein Gott!«

Auch Jerry blickte hinaus. Auf der anderen Straßenseite lag noch ein Lokal, eine laute vulgäre Kneipe, die Jerry niemals zu betreten gewagt hatte. Dort waren gerade zwei Männer aus dem Eingang gekommen. Ein Weißer in einem Cordmantel mit Lederpatten an den Ellbogen half einem jungen Neger beim Einsteigen in ein wartendes Auto. Der Neger wirkte betrunken oder halbbewußtlos. Und Jerry erkannte, daß das Auto ein schwarzer Javelin war.

»Ach, das ist sicher bloß so ein blöder Zufall«, sagte Kris, doch ihre Stimme klang, als glaubte sie das inzwischen selbst nicht mehr. Sie fuhr sich mit der Zungenspitze über die Lippen. »Der ist bloß betrunken. Ach, es gibt tausend mögliche Erklärungen.«

»Ich glaube, wir sollten jetzt besser nach Hause gehen«, sagte Jerry. »Heut nacht sind die Nadelmänner unterwegs.« Er beglich die Rechnung und führte Kris aus dem Lokal. Hinten in ihrer Gasse schien in jedem Schattenwinkel eine lächelnde Gestalt mit einer langen, langen Spritze zu lauern, aber sie liefen rasch weiter und die Hintertreppe hinauf, und nichts und niemand sprang auf sie los. Als sie in Kris' Stockwerk anlangten, atmeten sie beide heftig. Das kommt nur von den Stufen, wollte Jerry sich einreden.

Er nahm sie in die Arme und beugte sich vor, um sie zu küssen, und er hoffte, daß sie es erlauben werde. Ihre heftige Bereitschaft traf ihn überraschend. Als sie sich schließlich voneinander lösten, betrachtete Kris ihn forschend aus weitgeöffneten grünen Augen. »Ach verdammt«, sagte sie. »Es ist zwar blöd, aber jetzt hast du mich tatsächlich soweit gebracht, daß ich überall Nadelmänner sehe.« Sie kräuselte die Nase. »Ich gesteh's wirklich nicht gern ein, aber ich habe Angst.«

Jerry stand betroffen da und wußte nicht, was er sagen sollte.

»Ich weiß nicht so recht, wie ich dich darum bitten soll, aber könntest du heute nacht hierbleiben? Bei mir?« bat sie. »Dann könnte ich ruhiger schlafen.«

Jerry bemühte sich, ein Grinsen zu unterdrücken. »Na klar doch«, sagte er. »Ich übrigens auch.«

»Danke«, sagte Kris, drehte sich um und schloß die Tür auf. Die Wohnung hatte den gleichen Schnitt wie seine oben, nur war hier alles viel ordentlicher und sauberer. Auch besser möbliert. Kris und ihre Mitbewohnerinnen schienen finanziell weit besser gestellt zu sein als er. Sie ließ ihm jedoch keine Zeit, die Einrichtung zu bewundern, sondern führte ihn gleich in ihr Zimmer, das seltsamerweise genau unter dem seinen lag.

Das ganze Bett lag voller Bücher. Kris sammelte sie auf und stapelte sie auf den Nachttisch. Dann drehte sie sich um und hantierte mit dem Lichtschalter. Ein Dimmer. Die Beleuchtung schwächte sich zu einem sanften Glühen ab, und Kris wandte sich ihm lächelnd zu. »Nackte Angst macht mich heiß«, sagte sie. »Worauf wartest du noch?«

»Äh«, machte Jerry. Dann grinste er. »Klar.« Und dann folgte ein Wettkampf, wer zuerst nackt sein würde, und dann fielen sie lachend ineinanderverschlungen aufs Bett.

Hinterher fühlte Jerry sich so großartig wie seit Jahren nicht mehr; er hatte ein Mädchen wie Kris und eine Story wie die über die Nadelmänner ... Er hatte anscheinend wirklich eine Glückssträhne zu fassen gekriegt. Das sagte er auch zu Kris, während sie an ihn gekuschelt dalag und er ihre feinen seidigen Haare streichelte.

»Mmmm«, brummte sie und hob den Kopf. »Die Nadelmänner. Mußt du gerade jetzt unbedingt wieder damit anfangen? Und ich hab sie grad für 'ne Weile vergessen gehabt.« Dann lachte sie. »Das kommt mir jetzt alles ziemlich blöd vor. Willst du wirklich an der Sache dranbleiben?«

»Aber selbstverständlich«, sagte er gekränkt.

Sie seufzte. »Na, dann viel Glück.« Sie küßte ihn flüchtig auf die Brust, dann begann ihre Hand tiefer unten mit interessanten Aktionen. »Du, kannst du die ganze Nacht bleiben — oder alarmieren deine Freunde gleich die Polizei? Vielleicht gehst du besser mal rauf und sagst denen Bescheid, wo du bist. Schließlich wollen wir ja nicht, daß die glauben, du bist von den Nadelmännern entführt worden.« Sie kicherte.

»Die wissen gar nichts über die Nadelmänner«, sagte Jerry, »und sie kümmern sich auch nicht darum, wo ich meine Nächte verbringe. So dick sind wir nicht befreundet. Du weißt doch, wie das so manchmal geht.« Er lächelte. »Ich bleib hier. Verdammt ich würd sogar hier runterziehen, wenn du das willst.«

»Och, das muß ich mir aber erst noch überlegen«, sagte Kris. Plötzlich richtete sie sich auf und kletterte vom Bett. »Du, 'tschuldige!« sagte sie.

»He, wo willst du denn hin?« fragte Jerry.

»Nur mal für kleine Mädchen«, antwortete sie. »Hab keine Angst, ich bin gleich wieder da.« Sie patschte nackt zur Tür. Sogar in diesem diffusen schwachen Licht sah sie bezaubernd aus. Die langen Haare wehten beim Gehen hinter ihr drein.

Sie blieb ziemlich lange fort, und Jerry wurde unruhig. Einen Augenblick lang verspürte er sogar Furcht. Er glaubte zu hören, daß sich irgendwo eine Tür öffnete und wieder schloß, und ihn überfiel plötzlich das Schreckensbild des Nadelmannes, wie er die Hintertreppe heraufgeschlichen kam, die lange scharfe Injektionsnadel in der Hand, wie er das Türschloß aufdrückte und sich langsam und leise durch den Flur schlich. Er konnte ja in diesem Augenblick wirklich dort draußen lauern, mit seinem weißen grinsenden Gesicht, die Nadel gezückt und stichbereit, wenn Kris aus dem Bad kam. Oder vielleicht hatte er sie ja auch bereits erwischt, sie lag gerade jetzt vor seinen Füßen, und gleich würde er die Tür aufmachen, um auch Jerry zu erledigen.

»Scheiße!« brummte Jerry. So jagt man sich selber eine Gänsehaut über den Bauch. Er rutschte im Bett herum, sah den Bücherstapel auf Kris' Nachtkästchen und griff impulsiv nach einem der Bände. Es würde zwar anstrengend werden, in diesem Schummerlicht zu lesen, aber wenn ihn das von den Nadelmännern ablenkte, war es schon der Mühe wert.

Er blätterte ein paar Seiten durch, runzelte die Stirn, blätterte weiter und erstarrte. »Oh«, flüsterte er mit einem leisen Stöhnen. »Oh, nein. Nein!«

In diesem Augenblick öffnete sich die Tür. Und da standen sie alle, Kris und ihre Mitmieterinnen, und lächelten, und Kris hatte die Nadel in der Hand. »Du hast mich nie nach meinem Studienfach gefragt, Jerry«, sagte sie. »Ich studiere Medizin, im vierten Semester. Du würdest staunen, wie teuer sowas ist.« Sie zuckte die Achseln und kam auf ihn zu.

Originaltitel: ›The Needle Men‹
Copyright © 1981 by Mercury Press, Inc.;
erstmals erschienen in ›The Magazine of Fantasy & Science Fiction‹, Oktober 1981;
mit freundlicher Genehmigung des Autors und der Agentur UTOPROP
Copyright © 1993 der deutschen Übersetzung by Wilhelm Heyne Verlag, München
Aus dem Amerikanischen übersetzt von Roland Fleissner
Illustriert von Jobst Teltschik

Jewgeni Drosd · Weißrußland

PHÖNIX

1

Das Signal des Intercom durchbohrte mir wie eine Harpune die Seele und schleuderte mich aus dem gemütlichen Tümpel der Träume geradewegs in die unbarmherzige Wirklichkeit. Ohne die Augen zu öffnen, tastete ich nach dem Antwortknopf an der Wand. »Ja«, sagte ich heiser. »Ich höre.«

Die Stimme des Psychologie-Kapitäns klang ein wenig schuldbewußt. »Entschuldigen Sie, Gennadi Algertowitsch, daß ich Sie vor der Zeit geweckt habe, doch ich muß mit Ihnen reden. Kommen Sie bitte in zehn Minuten in die Schiffsmesse.«

»Zu Befehl, Jewgeni Dmitrijewitsch, in zehn Minuten bin ich da.«

»Und noch eine Bitte: Machen Sie Waraxa ausfindig und bringen Sie ihn mit.«

»Wo könnte er denn sein?«

»Ich weiß nicht. Jedenfalls nicht in seiner Kajüte. Dort meldet sich niemand.«

»Gut, Jewgeni Dmitrijewitsch, ich gehe jetzt.«

Der Kapitän schaltete die Verbindung ab.

Ich blickte auf die Uhr. Bis zu meiner Schicht war es noch eine Stunde, zum Schlafen hatte man mir nur drei gelassen. Ich stöhnte. Mein Gott, wann werde ich mich endlich ausschlafen können? Sich jetzt auf die andere Seite drehen, den Kopf ins Kissen vergraben, sich in die Decke wickeln und nichts hören ... Ich sprang aus der Koje, denn ich fühlte — noch eine Sekunde, und ich würde die Augen schließen und wirklich einschlafen. Rasch zog ich mich an, klappte die Koje an die Wand. In der Kajüte, die eher einem Einzelabteil in der Eisenbahn glich, herrschte das weiche Halbdunkel der Morgendämmerung. Von Kind an liebe ich solche Beleuchtung, deshalb schaltete ich das Licht nicht an. Die Thermosflasche mit Kaffee hatte ich noch in der Nacht vorbereitet, sie stand auf dem Tischchen beim einzigen Bullauge. Während ich in kleinen Schlucken die heiße, bittere Flüssigkeit trank, näherte ich mein Gesicht dem dicken Sicherheitsglas. Unter uns waren Berge. Offensichtlich überflog die *Zander* schon den Himalaja. Die verschneiten Gipfel zogen dicht neben dem Flugzeug vorbei, und wir flogen anscheinend in drei-, viertausend Metern Höhe.

Ich trank den Kaffee aus, schob das Ringglas in sich zusammen und trat in den Korridor. Hier war es leer und dunkel. Von den Leuchtkörpern brannte nur jeder zweite, und das mit halber Stärke. An den Seiten lagen die geschlossenen Türen der ›Galeerensklaven‹ und der übrigen Besatzungsmitglieder. Fast auf der Hälfte davon waren mit Klebestreifen Zettel mit einem roten Kreuz befestigt. Das Quarantänezeichen.

Während ich überlegte, wohin es um diese Zeit Waraxa verschlagen haben mochte, erreichte ich die Kajüte des Bordarztes. Die Tür war angelehnt, ich klopfte und schaute hinein, die Hand an der Klinke.

Der Doktor saß angezogen auf der herabgeklappten Koje — entweder war er schon aufgestanden, oder er hatte sich noch nicht schlafen gelegt. Auf seinen Knien lag ein geöffnetes Köfferchen mit allerlei medizinischem Gerät. Der Doktor sortierte etwas darin um, klapperte mit etwas. Auf dem Tischchen am Bullauge brannte mit bleicher Flamme ein Spirituskocher. Es sah so aus, als liebte der Doktor ebenso wie ich die stille Stunde der Morgendämmerung, denn auch bei ihm war kein Licht eingeschaltet.

»Guten Morgen, Robert Karlowitsch«, sagte ich. »Wie geht's unseren Leuten?«

Ohne sich ablenken zu lassen, brummte der Arzt etwas. Die Worte konnte ich nicht verstehen, doch das brauchte ich auch gar nicht. Es war ohnedies klar, daß der Morgen alles andere als gut war und die Kranken krank blieben. Und daß sie nicht so bald wieder auf die Beine kommen würden, also würde auch ich mitsamt allen anderen ›Galeerensklaven‹ so bald nicht zum Ausschlafen kommen. Nicht, ehe wir nach Kapustin Jar zurückgekehrt waren.

Die *Zander* legte sich in eine Kurve, wir traten aus dem Schatten des Bergmassivs, und durch das Bullauge brachen die Strahlen der eben erst aufgegangenen Sonne in die Kajüte. Die Flamme des Spirituskochers wurde vollends unsichtbar, und auf dem Gesicht des Arztes traten die Furchen stärker hervor, die Falten um den Mund und die Säcke unter den Augen.

Ja, dachte ich, der Alte hat's nicht leicht ... Aber wer hat es jetzt eigentlich leicht?

Laut aber sagte ich: »Entschuldigen Sie, Doktor, haben Sie nicht zufällig Waraxa gesehen?«

Robert Karlowitsch klappte seufzend das Köfferchen zu und schaute endlich in meine Richtung. Selbst bei dieser Beleuchtung war zu sehen, daß seine Augen rot vor Schlafentzug waren.

»Ich habe Waraxa gesehen, Gennadi Algertowitsch«, antwortete er müde. »Vor einer Viertelstunde hat sich Bogdan Janowitsch auf die Aussichtsplattform auf dem Oberdeck begeben, um wie gewohnt den Sonnenaufgang zu betrachten und Gymnastik zu machen. Sie finden ihn dort ...«

»Danke, Robert Karlowitsch, entschuldigen Sie«, murmelte ich und schloß ganz akkurat die Tür hinter mir.

Man lernt nie aus. Waraxa hatte also die Gewohnheit, den Sonnenaufgang zu betrachten, und ich hatte nichts davon geahnt. Dabei gehört er zu meiner Scierergruppe der ›Galeerensklaven‹.

Das Panoramadeck war nicht luftdicht abgeschlossen, und ein eisiger Luftzug wehte immer wieder hindurch. Ich zog den Anorak vorn zusammen und schluckte, um den Druckunterschied auszugleichen. Bogdan stand halbnackt an dem breiten, die ganze Wand einnehmenden Sichtfenster und musterte durch das Polaroidglas düster den Feuerball, der in der violetten Leere zwischen zwei glitzernden, schneebedeckten Gipfeln hing. Mich hatte er nicht bemerkt. Ich räusperte mich. Bogdan zuckte zusammen und warf mir einen seltsam wilden Blick zu. Gleich darauf allerdings entspannte sich sein Gesicht.

»Was willst du?« knurrte er.

»Der Psycho-Kapitän will uns sprechen. In der Messe.«

Waraxa antwortete nicht gleich. Ihn schien irgendein aufdringlicher Gedanke gefangen zu halten. Er warf einen besorgten Blick in Richtung Sonne, kniff in Gedanken die Augen zusammen und antwortete erst dann. »Klar. Sag ihm, ich komme. Ich zieh mir nur was an ...«

Auf dem Weg zur Messe versuchte ich mir immer wieder vorzustellen, was für ein Chromosomensatz eine Person mit solcher Gesundheit und solchem Äußeren hervorgebracht haben mochte. Die Figur eines altgriechischen Athleten, die dunkle, matte Mulattenhaut eines Sklaven von Jamaica und das Profil eines römischen Kaisers zusammen mit Augen und Haarschopf eines Kelten. Dazu der Charakter — der Elan eines Casanova kurz vor einer Eroberung und die Bescheidenheit eines karibischen Piraten. Wo das bei ihm zu Hause in Iwja wohl alles herkam? Freilich, seine Mutter war anscheinend eine Syrerin oder Aserbeidschanerin — das heiße südliche Blut, und so weiter ...

In der Messe war nur der Psycho-Kapitän. Er stand da, die Hände auf dem Rücken, und blickte durchs Bullauge.

»Setzen Sie sich, Gennadi Algertowitsch«, sagte er. »Und was ist mit Waraxa?«

»Er kommt gleich, Jewgeni Dmitrijewitsch.«

»Warten wir also.« Er wandte sich wieder dem Bullauge zu.

Ich setzte mich auf einen runden Hocker, lehnte mich an die Wand und streckte die Beine aus. Vor mir sah ich die Einrichtungsgegenstände der Messe, durch die sie sich von allen anderen Räumen des Schiffes unterschied: das Regal mit zwei Dutzend Büchern und einem Stereokassettengerät, darüber das große Foto. Das hatte ich schon Hunderte Mal gesehen, aber irgendwohin muß man ja schauen. Also starrte ich auf die Abbildung des Flugapparats mit dem Propeller am Bug und der Raketendüse am Heck, mit den drei Paar kurzen, breiten Tragflächen, die hintereinander aus dem Rumpf ragten, und den zahlreichen Bullaugen. Viele glaubten, das sei eine Aufnahme von unserem Flugzeug. In Wahrheit zeigte das Foto das Modell eines interplanetaren Raketenflugzeugs, dessen Projekt Friedrich Arturowitsch Zander schon 1924 entworfen hatte. In dem Projekt war vorgesehen gewesen, überflüssig gewordene Metallteile des Flugzeugs zu zerkleinern und als Raketentreibstoff zu verbrennen. So sollte die Reichweite vergrößert werden. Sonderbar, Zander hatte wirklich an die Realisierbarkeit dieser Idee geglaubt, hatte davon geträumt, mit seinem Aeroplan zum Mars zu fliegen. Dabei war das damals die reinste Science Fiction. Enthusiasten hatte es seinerzeit gegeben ...

Es kommt oft vor, daß das technische Denken einen Kreis beschreibt und zu alten, scheinbar längst begrabenen Ideen zurückkehrt. Der Doylead-Verstärker ist erfunden worden, kompakte thermonukleare Reaktoren mit einer völlig neuen Methode der Plasmasteuerung sind aufgetaucht, plötzlich hat sich erwiesen, daß die Form des Zanderschen Modells ideal für die Erforschung der oberen Schichten der Venusatmosphäre paßt, und schon nimmt Friedrich Arturowitschs Pioniertraum in Titanlegierungen Gestalt an. Die Teile des Flugzeugs verbrennen wir freilich nicht, obwohl wir es im Notfall tun könnten. Aber immerhin, wenn wir mit Raketenantrieb fliegen, verdampfen wir einen Arbeitsstoff. Und das kann alles mögliche sein — Steine, Sand, Wasser …

Ich schaute auf das Foto und sah plötzlich, daß sein Rahmen spurlos verschwunden war, wie auch die Wand dahinter, das Flugzeug aber stürzte aus einer Kurve mit heiserem Dröhnen geradewegs auf mich zu, mitten auf meine Nasenwurzel. Hinterm Steuerknüppel saß Waraxa, und einen Augenblick, bevor er mich rammte, verwandelte er sich in ein schwarzes Skelett, umgeben von einer goldenen Flammenwolke. Ich brüllte los und erwachte. Das Dröhnen erwies sich als mein eigenes Schnarchen, und ich war fast auf den Fußboden gerutscht, über mir aber standen Bogdan und der Psycho-Kapitän.

Der Kapitän betrachtete mich mitfühlend, Waraxa mit einem boshaften Lächeln. Dabei hatte der Kerl doch nicht länger als ich geschlafen, und er war frisch wie eine grüne Gurke. Wie machte er das nur?

Ich versuchte, nicht rot zu werden, und nahm ohne die beiden anzublicken die Ausgangshaltung ein, während der Kapitän, um die Peinlichkeit zu überspielen, Bogdan Platz anbot und zur Sache kam.

»Wir müssen über den Schichtplan sprechen. Vor einer halben Stunde war Robert Karlowitsch bei mir, und er hatte nichts Tröstliches zu sagen. Die Kranken werden frühestens in drei Tagen wieder in Form sein. Über die Hälfte der ›Galeerensklaven‹ ist ausgefallen. Doch zu fliegen haben wir noch fast dreitausend Kilometer. Der Doktor und ich haben alles durchgespielt, die Reste der Vierergruppen nach verschiedenen Varianten aufgeteilt … Trotzdem kommt immer heraus, daß jemand zwei Wachen hintereinander stehen muß. Als ich den

Doktor fragte, wer sich dafür am besten eignet, hat er Sie genannt, Bogdan Janowitsch. Ich möchte also mit Ihnen besprechen, ob ...«

»Jewgeni Dmitrijewitsch«, unterbrach Waraxa den Kapitän, »was soll das Herumgerede? Sie brauchen mein Einverständnis, zwei Wachen hintereinander zu stehen? Ja, bitte sehr, meinetwegen auch vierundzwanzig Stunden! Wenn nötig, kann ich auch allein das Plasma halten. Darum geht es nicht ...«

»Worum dann?«

Waraxa wurde verlegen, auf seinem Gesicht erschien derselbe Ausdruck wie kurz zuvor, als er in die Sonne geblickt hatte. »Kann ich meine Meinung sagen?«

»Ja, natürlich.«

Bogdan neigte sich vor, blickte dem Kapitän geradewegs in die Augen und sagte: »Dann würde ich raten, den Flug unverzüglich zu unterbrechen, an der ersten besten geeigneten Stelle zu landen und den Reaktor abzuschalten.«

Der Kapitän und ich starrten ihn verblüfft an.

Den Reaktor abschalten! Also, Bogdan! Von jedem anderen hätte ich das erwartet, nur nicht von ihm.

Als erster faßte sich der Kapitän: »Ist das Ihr Ernst, Bogdan Janowitsch?«

»Nein, ich reiße Witze!«

»Aber ... Ihnen ist doch klar, daß der Navigations-Kapitän und ich sehr triftige Gründe haben müssen, um solch einen Befehl zu erteilen?«

»Die Gründe gibt es. In ein paar Stunden wird es auf der Sonne zu einer gewaltigen Eruption kommen, also werden wir hier einen sehr starken Magnetsturm haben. Wir werden das Plasma nicht im magnetischen Wechselfeld halten können.«

»Ist das eine Befürchtung oder feste Gewißheit?«

»Sagen wir: eine ernste Befürchtung.«

»Also doch keine vollkommene Gewißheit. Das zum einen. Und zum anderen, wie kommen Sie überhaupt darauf, daß es eine Eruption geben wird? Haben sie es im Radio durchgegeben?«

Waraxa zögerte einen Moment lang und rutschte in den Sessel zurück. »Ich spüre das einfach. Sie mögen es Intuition nennen. Aber die Eruption wird stattfinden — da bin ich mir völlig sicher.«

Der Kapitän schaute ihn ungläubig an. »Wie können Sie das spüren?«

Waraxa verzog unwillkürlich das Gesicht, rutschte wieder in den Sessel zurück. »Ich kann das nicht erklären. Ich spür's, und fertig.«

»Und Sie meinen, wir sollten so eine Entscheidung aus keinem anderen Grund als Ihren subjektiven Empfindungen treffen? Es ist gerade mal eine Stunde her, daß ich Verbindung mit den Flugleitzentrum hatte, und niemand hat mir etwas dergleichen gesagt. Wem soll ich glauben?«

Waraxa schwieg düster.

Der Kapitän seufzte. »Nun gut, Bogdan Janowitsch, wenn Sie bereit sind, zwei Wachen zu stehen, dann wäre das meinerseits alles. Und was den Reaktor betrifft ... Nun ja, ich verspreche Ihnen, daß Ihre Erwägungen beachtet und aufs ernsthafteste ins Kalkül gezogen werden.«

Bogdan warf uns einen mißmutigen Blick zu, stand schweigend auf und ging hinaus.

Als sich die Tür hinter ihm geschlossen hatte, wandte sich der Kapitän mir zu. »Und was sagen Sie dazu?«

Ich zuckte die Achseln. »Ich weiß nicht, was ich sagen soll. Aber daß ausgerechnet er vorschlägt, den Reaktor abzuschalten, hat eine Menge zu bedeuten. Ich glaube, wir sollten auf ihn hören.«

»Abschalten ist nicht schwer. Aber ob wir ihn dann wieder zünden können — das ist die Frage. Und wenn wir es nun nicht können und einen Rettungstrupp anfordern müssen? Was das für das Projekt bedeutet, wissen Sie.«

Das wußte ich sehr gut.

Die *Zander* war der Beginn einer völlig neuen Etappe in unserer Raumfahrt. In der Geschichte der Erschließung des Weltraums hatte es schon Orbitalgleiter mit chemischem Triebwerk gegeben wie das Space Shuttle oder den Buran. Aber ein Raumflugzeug mit Nuklearantrieb, das interplanetare Flüge unternehmen könnte — das war noch nicht dagewesen. Unsere *Zander* freilich war nicht für den Weltraum vorgesehen. Es war einfach ein Flugzeug mit einer thermonuklearen Energiequelle. Bei diesem Flug wurden vor allem der Reaktor und die Besatzung getestet. Wir sollten um den Erdball fliegen und beweisen, daß die einander ablösenden Vierergruppen von ›Galeerensklaven‹ den Reaktor beliebig lange in Gang halten konnten.

Wie jedes neue Unternehmen, hatte das Projekt *Zander* eine Menge einflußreicher Gegner. Auf diesem Flug konnten wir nur einen Sieg gebrauchen. Der geringste Mißerfolg, und das Projekt würde, wenn nicht überhaupt begraben, auf eine ziemlich lange Bank geschoben werden.

»Letzten Endes«, sagte ich, »haben wir den größten Teil des Weges hinter uns. Es ist ja nur noch ein kleines Stückchen übrig.«

»Egal. Den Gegnern des Projekts können wir das Maul nur stopfen, wenn wir das Programm hundertprozentig erfüllen und die *Zander* zurück nach Kapustin Jar bringen. Sie werden sich an jeder Kleinigkeit festbeißen.«

»Bogdan hat gesagt, daß die Eruption in ein paar Stunden erfolgen wird. Vielleicht sollten wir auf Raketenantrieb übergehen — dann können wir womöglich vorher da sein.«

»Daran hab ich schon gedacht. Das Einladen des Arbeitsstoffes frißt den ganzen Zeitgewinn durch die höhere Geschwindigkeit auf. Wen können wir den einladen lassen? Fast niemanden. Wenn wir jetzt überm Meer wären ...«

Ja, wenn wir jetzt überm Meer wären ... Wenn die *Zander* mit Raketenantrieb flog, war sie rund zehnmal schneller, doch dafür verbrauchte sie Arbeitsstoff. Überm Meer war es einfach: Man geht auf dem Wasser nieder (die *Zander* war ein Amphibienfahrzeug mit Senkrechtstart), läßt einen Schlauch runter und pumpt Wasser in den Laderaum. Hier aber, in den Bergen, mußten wir von Hand Schnee oder Steine laden. Ein gutes Stück Arbeit. Vor allem, wenn man bedenkt, daß wir sie oft tun müßten — unser Laderaum war leider ziemlich klein.

»Nichts zu machen«, sagte der Kapitän. »Bis zum Kaspisee müssen wir mit Propellerantrieb fliegen.«

»Aber wenn er recht hat, wenn der Reaktor von selbst ausgeht und wir auf die Felsen stürzen, dann ist das Projekt erledigt.«

»Wenn er recht hat. Es läuft alles darauf hinaus, ob man ihm glauben kann. Sie scheinen es zu können?«

»Ja.«

»Ich aber nicht.«

»Aber warum, Jewgeni Dmitrijewitsch?«

»Er macht mir Sorgen, Ihr Waraxa. Die ›Galeerensklaven‹ sind natürlich allesamt ausgeprägte Persönlichkeiten, doch Bogdan ist gar zu ... ähm ... originell. Alle diese seine extravaganten Theorien ... Wir kommt er übrigens mit den übrigen Mitgliedern der Vierergruppe zurecht?«

»Normal. Und bei der Arbeit hat er überhaupt nicht seinesgleichen. So ein Verständnis für das Plasma findet man selten. Man kann sagen, daß er es liebt.«

»Genau davor habe ich Angst. Ob nicht seine Leidenschaft zu einer Manie ausartet, zur Paranoia?«

»Wo denken Sie hin! Er ist ein ganz normaler Mann. Na gut, er läßt sich hinreißen, übertreibt ein bißchen, das gehört dazu.«

»Und was war die Ursache seines Konflikts mit Ochotnikow?«

»Welches Konflikts?«

»Nun, der Auseinandersetzung während unserer Zwischenlandung auf dem Atoll.«

»Ach, das! Wieso denn ›Auseinandersetzung‹; das war ihr üblicher Streit in theoretischen Fragen. Sie kennen doch die Charaktere der beiden. Ochotnikow ist ein Pedant, ein Freund von exakten Definitionen, während Bogdan sich mehr auf die Intuition verläßt. Also disputieren sie bei jeder Gelegenheit.«

»Aber soviel ich weiß, gingen die Wogen damals besonders hoch. Worüber konnten sie sich dort auf dem Atoll nicht einigen?«

2

Dort auf dem Atoll ... Der Tag war schön und wurde gewissermaßen zum Äquator unseres Fluges. Alles davor konnte man getrost einen Vergnügungsspaziergang nennen, statt einer Erprobung neuer Technik. Anscheinend hatten die Unannehmlichkeiten einfach nur Kräfte gesammelt, um sich in der zweiten Hälfte auf uns zu stürzen.

Nachdem wir Dreiviertel des Weges entlang des Meridians zurückgelegt hatten, stellten wir fest, daß wir einen Tag Vorsprung herausgeflogen hatten, unter uns aber hatten wir in den blauen Weiten des Indischen Ozeans ein herrenloses Atoll entdeckt. Die Leitzentrale hatte nichts gegen einen Tag Urlaub, und die Titanzigarre der *Zander* landete auf den Dünen weißen Korallensandes. Durch die Bullaugen auf Steuerbord sah man die weißen Brecher an den Korallenriffen, auf der rechten Seite eine niedrige Erhebung, die den Blick auf die Lagune versperrte und hier und da mit Kokospalmen bewachsen war.

Der Tag verging mit leichten und angenehmen Beschäftigungen: Schwimmen in der Lagune, Sonnenbäder, Kokosnüsse kosten. Abends Tee am Lagerfeuer, Lieder zur Gitarre zum Ruhme der Ferne, des Vagabundenschicksals und der Zigeunerfreiheit. Ich weiß noch, als letzter sang Serdjuk aus Slawinskis Vierergruppe. Er trug eine Ballade von Kipling mit selbstverfaßter Melodie vor. Mir gefiel sie besser als alles andere, behalten habe ich aber nur ein Bruchstück, so ungefähr

> ... und legten in den Tavernen am Wege
> die staubigen Panzer nicht ab ...

Nach der Ballade hatte sich die Sangeslust irgendwie erschöpft. Serdjuk klimperte träge auf den Saiten und begleitete das Geräusch der Brandung und den Gesang des Windes, die übrigen schwiegen, in leichte Melancholie verfallen.

Ich saß mit dem Rücken zum Feuer, ein wenig abseits, es war Flut, die dunklen Wasser hatten den Strand bedeckt und plätscherten fast an meinen Füßen, und ich blickte auf die riesige Purpurkugel, die sich langsam gegen den Horizont preßte. Ich schaute mich um und sah die auf dem Hang liegende Zigarre der *Zander,* und die Sonne spiegelte sich blutrot auf ihrem Titanpanzer, schwarz gähnte die Öffnung der Hauptluke, und auch alle Bullaugen waren dunkel — in dem Schiff brannte keine einzige Lampe, aber irgendwo dort im Bauche des Leviathans saßen die vier mit Helmen auf den Köpfen, ihre Augen waren geschlossen, und sie bewachten die kleine Sonne von Menschenhand, die die Form eines Rings hatte, aber in allem anderen der echten Sonne glich, aus derselben Flamme und mit einer Temperatur von hundert Millionen Grad im Innersten ... Hinter der *Zander* aber wiegten sich auf der niedrigen Anhöhe die dünnen Stämme der Palmen, vom Feuerschein übergossen, und auf dem dunklen Himmel hinter und über ihnen traten schon die ersten hellen Sterne hervor.

Nachdem die Sonne sehr lange reglos über dem Horizont gehangen hatte, ging sie ungewöhnlich schnell unter — buchstäblich in ein paar Minuten. Der Himmel wurde schwarz, übersät von Sternen, die unbekannte Bilder formten, und wo die Sonne untergegangen war, hing tief überm Horizont ein helles perlmuttfarbenes Kügelchen — die Venus.

»So ungefähr vor tausend Jahren«, sagte jemand, »haben irgendwelche Wikinger auf irgendeinem Eiland Rast gemacht, haben ihre Knorr oder ihr Drachenboot aufs Ufer gezogen und genauso am Feuer gesessen, die Sterne betrachtet und überlegt, wohin sie am nächsten Tag fahren würden.«

»Und wodurch unterscheiden wir uns denn von ihnen?« antwortete eine Stimme aus der Dunkelheit. »Die *Zander* ist natürlich kein Drachenboot und der Weltraum nicht der Atlantik, aber im Grunde geht es um dasselbe — um den ewigen Drang in die Ferne, ins Unbekannte.«

»Das stimmt«, schaltete sich der unweit von mir sitzende Waraxa ein, »es ist überhaupt kein Unterschied. Sagen wir, früher sind alle diese Triremen und Galeeren von an die Ruder geschmiedeten Sklaven bewegt worden, doch was unterscheidet uns Mentalisten von ihnen? Wir sind mit unseren Doylead-Helmen genauso an unseren Reaktor gefesselt und können nicht weg. Wir sitzen da wie die Sträflinge, während sich die Decksmannschaft an ihrem Drang nach dem Unbekannten ergötzt …«

Das brachte Bewegung in die Gesellschaft. Der Vergleich gefiel allen, und nach dem Atoll wurden wir nur noch ›Galeerensklaven‹ genannt. Das Wort ›Mentalist‹, eine Abteilung der offiziellen Bezeichnung für unseren jungen Beruf, ›Spezialist für mentale Plasmakontrolle‹, kam außer Gebrauch.

»Und überhaupt«, fuhr Waraxa fort, »was seid ihr so trübselig? Werft doch noch ein bißchen Holz ins Feuer, ich will mich an meine Jugend beim Zirkus erinnern …«

Das Feuer wurde angefacht und im Sand ein Kreis gezogen. Bogdan wickelte sich ein großes Badetuch um die Hüften und begann die Vorstellung. (Er hatte wirklich einmal im Zirkus gearbeitet, danach beim Straßenbau in der Tundra und dann an der philosophischen Fakultät studiert, ich glaube, drei oder vier Jahre, ehe er das Studium abbrach. Er war eine Menge auf dem Erdball herumgekommen, ehe er bei uns gelandet war.)

Zuerst jonglierte er mit Fackeln. Die Bewegungen seiner Hände waren fast nicht zu sehen, schnell und genau, und es schien, als hinge die Feuerfigur, geschrieben von sieben wirbelnden Fackeln, völlig reglos und ohne sein Zutun in der Luft. Dann zeigte er Zaubertricks. Auch mit Feuer. Waraxa schluckte Feuer und stieß lange Flammenzungen aus dem Munde hervor, das Feuer flammte von selbst auf seinen offenen Handflächen auf, er zog es auf den Ohren und den Haaren hervor, es wanderte über seine Arme und den Nacken von einer Hand zur anderen ... Wir waren begeistert.

Schließlich, als das Lagerfeuer weit genug heruntergebrannt war, erklärte er, er wolle dem hochverehrten Publikum eine wunderbare Kunst der indischen Yogis vorführen — barfuß auf glühenden Kohlen zu gehen. Wir blickten einander ungläubig an, glätteten aber gehorsam eine Stelle und bedeckten sie nach Bogdans Anweisungen mit einer gleichmäßigen Schicht Glut. Waraxa lief zur *Zander* und kam mit dem Kassettenrecorder zurück. Er stellte ihn in die Nähe des Feuerkreises und stellte einen irgendwie wütenden, monotonen Rhythmus ein — es klangen Tamtams, Schlagzeug, eine Baßgitarre, und nur ab und zu brachte der Synthesizer eine klingende und murmelnde Wortfolge hervor, die mit dem Rhythmus nichts zu tun zu haben schien. Waraxa stand mit geschlossenen Augen unbeweglich beim Recorder, als lausche er auf etwas, aber offensichtlich nicht der Musik.

Ich hatte Mühe, einen günstigen Platz zu finden. Wenn ich mich näher an den Kreis setzte, schlug mir die

Hitze ins Gesicht, wenn ich zurückwich, wurde mir von der kühlen Brise kalt. In dem Glutkreis veränderte sich ständig etwas, wogte hin und her, manche Kohlen erloschen allmählich, andere flammten plötzlich auf, wieder andere zerstoben mit einem Funkenregen. Die Beleuchtung war spärlich, und ein paar Leute zündeten Fackeln an. Im ungewissen Lichtschein sah ich Waraxa unverändert am Rande des Kreises stehen, und einen Moment lang erschien er mir reglos wie eine Statue, doch dann bemerkte ich, daß er sacht zu tanzen begonnen hatte und die Füße im Rhythmus des Tamtams bewegte. Sein Gesicht war übrigens wirklich unbeweglich: die Augen geschlossen, die Stirn entspannt, auf den Lippen ein rätselhaftes Lächeln. Wir alle spürten die Anwesenheit eines Geheimnisses. Wir betrachteten ihn schweigend, und da ging er, ohne die Augen zu öffnen, mit kleinen Tanzschritten in den Kreis. Sobald seine bloßen Fußsohlen die Kohlen berührten, veränderte sich sein Schritt. Jetzt glitt er mit fließenden, weit ausgreifenden Bewegungen in einem sonderbaren Tanz über die Glut. Wir wollten näher heranrücken, schraken aber sofort zurück — die Hitze versengte uns die Gesichter. Er aber glitt leicht im Kreis umher wie der feuerfeste Salamander, und der Fackelschein spielte auf seiner schweißglänzenden Haut, auf dem Gesicht stand ihm immer dieselbe starre Maske der Ekstase, die Arme hielt er emporgestreckt, und die heiße Luft, die von den Kohlen aufstieg, ließ sein feuerrotes Haar wehen. Ich stand wie gebannt da, in der Brust regte sich ein altes, düsteres Grauen, das Blut in den Adern pulsierte im Takt des Tamtams.

Schön und gut, die Tricks, das Jonglieren mit Fackeln: das war alles eine Frage der Technik, der beruflichen Geschicklichkeit, das konnte man an den Zirkusschulen lernen — dies hier jedoch war ganz etwas anderes, schon keine Tricks mehr, hier ereignete sich vor uns etwas Unverständliches und Unerklärliches ...

Waraxa öffnete plötzlich seine grünen Augen und lächelte triumphierend. Er tanzte leicht wie zuvor auf den glühenden Kohlen, bleckte die Zähne und lud uns in den Kreis ein.

»Na, wer traut sich? Kommt her!« rief er fröhlich. »Keine Angst! Man muß nur glauben, daß man es kann ...«

Niemand regte sich. Theoretisch stimmten wir ihm natürlich zu — was ein Mensch vermochte, konnte auch ein anderer, aber ... aber ... Niemand regte sich.

Waraxa trat aus dem Kreis, als der Kassettenrecorder verstummte, als die Fackeln heruntergebrannt waren und die Glut zu erlöschen begann. Ich hatte den Eindruck, als sei er ziemlich erschöpft — die Haut glänzte nicht mehr, er atmete unregelmäßig, und sein Gesicht war erschlafft.

Wir entfachten neue Lagerfeuer und setzten neuen Tee an. Manche, darunter Robert Karlowitsch und die beiden Kapitäne, gingen schlafen, doch die meisten blieben. Man trank Tee und unterhielt sich. Die Nacht ging weiter.

Jemand neckte Waraxa, indem er die Vermutung äußerte, daß Bogdan ein heimlicher Anhänger Heraklits sei, der das Feuer für den Urgrund des Seins hielt, und daß er sein Leben wie Empedokles beschließen, nämlich sich in einen Vulkankrater stürzen werde. Worauf die Bemerkung folgte, daß sich Waraxa dann aber nicht am Anblick der eigenen Feuerbestattung ergötzen könnte ...

Slawa Ochotnikow griff sich Serdjuk und erklärte ihm, an dem Gehen über die Glut sei nichts Geheimnisvolles und Rätselhaftes, die Sohlen würden einfach verstärkt Schweiß absondern und die Haut vor Verbrennungen bewahren. Erfahrene Stahlgießer, sagte Ochotnikow, können ohne jede Schaden für eine gewisse Zeit die Finger in den flüssigen Stahl halten. Es sei also alles ohne jede Mystik und ganz leicht zu erklären.

Serdjuk hörte Ochotnikow zu Ende an, dann musterte er ihn aufmerksam und erkundigte sich: »Und warum bist du dann nicht in den Kreis gegangen, als er gerufen hat?« Und ohne von dem verdutzten Wjatscheslaw eine Antwort abzuwarten, fügte er hinzu: »Das ist der Unterschied zwischen euch — du weißt es, aber er kann's.«

Ochotnikow klappte ein paarmal den Mund auf und zu, brachte aber keinen Laut hervor.

Serdjuk hatte sich inzwischen schon Bogdan zugewandt und wollte wissen, wodurch sich dessen Pyromanie erkläre — durch Vererbung oder Umwelteinflüsse. Waraxa hatte sich bei seiner Vorstellung offensichtlich verausgabt, denn ohne die Intonation der Frage wahrzunehmen, begann er ganz ernsthaft zu erklären, daß unter seinen Vorfahren mütterlicherseits iranische Feueranbeter gewesen seien, und auch seine slawischen Ahnen hätten seinerzeit den Feuergott Krawjad verehrt ...

»Das Feuer ist lebendig«, sagte Waraxa, »man muß es verstehen. Von den vier Elementen ist es das wichtigste, die ganze Welt ist daraus hervorgegangen. Heraklit hat so unrecht nicht.«

Im Vorgefühl eines unterhaltsamen Wortgefechts rückten alle näher heran; man zwinkerte einander zu und stieß sich an. Bogdan kam in Fahrt.

»Glaubt ihr etwa«, schrie er, »daß das Plasma in unserem Reaktor einfach so ein Feuerchen wie im Spirituskocher ist? Es ist doch lebendig. Jedesmal, wenn der Reaktor gezündet wird, entsteht gleichsam ein neues Wesen. Ihr wißt doch, wie schwer es die ersten paar Tage im Zaume zu halten ist, wie es sich aufbäumt und hin und her zuckt. Mit jedem neuen Start des Reaktors ist auch das Plasma neu, anders, erfordert ein eigenes Herangehen. Oder etwa nicht?«

Dem stimmten viele zu. Die spöttischen Mienen wurden seltener, und die Diskussion begann ernsthaft.

Jemand entgegnete: »Daß das Plasma unterschiedlich ist, beweist nichts, die äußeren Bedingungen wiederholen sich einfach nie völlig genau. Deshalb ist es am Anfang auch schwierig. Aber später haben wir uns darauf eingestellt, und alles läuft glatt.«

»Vergiß nicht, daß über die Doylead-Helme das Psychofeld eines jeden von uns fast direkt mit den elektromagnetischen Feldern des Plasmas verbunden ist. So, wie wir das Plasma untersuchen, erforscht es auch uns. Die Information fließt in beide Richtungen ...«

»Na, das ist doch die Höhe! Womöglich sagst du noch, es ist vernunftbegabt?!«

Und los ging es ...

Im weiteren Verlauf des Disputs stellte sich heraus, daß Waraxa glaubte, es gebe Plasma-Lebensformen, darunter auch intelligente, an der Oberfläche und (oder) im Innern der Sterne, so auch der Sonne. Es hagelte Einsprüche, auf die Waraxa eher emotional als logisch antwortete. Im Grunde liefen alle seine Argumente darauf hinaus, daß er, gemäß der auf der historischen SETI-Konferenz von Bjurakan aufgestellten Terminologie, seine Gegner des planetaren, Eiweiß- und Wasser-Chauvinismus bezichtigte.

Jemand erinnerte sich an B. Solomins Hypothese, wonach bei der Entstehung des Lebens auf der Erde die Strahlung der Sonne eine entscheidende Rolle gespielt hat. Waraxa ergriff dafür natürlich sofort leidenschaftlich Partei.

»Wenn wir annehmen, daß es Intelligenz auf den Sternen gibt, warum sollte diese Intelligenz dann nicht der Entwicklungen des Lebens auf den Planeten jener Sterne den Anstoß verleihen können? Die Strahlung des Sterns kann einen komplizierten Informationscode transportieren, der steuernd auf Biosysteme einwirkt.«

»Ja, aber es gibt in der Sonnenstrahlung keinerlei komplizierte Information!«

»Jetzt nicht. Aber jetzt entsteht das Leben auch nicht mehr, sondern entwickelt sich. Es war ein einmaliger Ausstoß von negentropischem Potential. Und er hat zur Entstehung von Leben geführt.«

»Wie gut das bei dir paßt! Irgendwann hat die Strahlung Information transportiert, doch beweisen kann man's nicht. Und jetzt ist alles vorbei. Ein wackliges Fundament für Hypothesen.«

»Der Beweis ist unsere Existenz. Und der Code, den die Sonne vor Jahrmilliarden übermittelt hat, ist immer noch in unseren Genen gespeichert und wird eines Tages aktiv werden.«

»Was meinst du damit?«

»Früher oder später werden alle Möglichkeiten der Eiweiß-Evolution erschöpft sein, und wir tauschen unsere kolloiden Körper gegen solche aus Plasma.«

»Und werden die Raumzeit als Bündel elektromagnetischer Strahlung durchstreifen? Eine neue Variante der unsterblichen Seele?«

»Erstens, wieso unsterblich? Woraus folgt das? Und zweitens, das wäre durchaus keine körperlose Seele. Daß das Plasma der vierte Aggregatzustand ist, lernt man schon in der Schule.«

Da mischte sich endlich Waraxas ewiger Diskussionsgegner Slawa Ochotnikow ein. »Dann war also«, sagte er einschmeichelnd, »auch der Urknall vielleicht so ein Ausstoß zusätzlicher Negentropie?«

»Warum nicht?« antwortete Waraxa vorsichtig.

Da verdrehte Ochotnikow die Augen nach oben, preßte die Lippen zusammen und sagte in frömmelndem Tonfall: »Und Gott sprach: Es werde Licht. Und es ward Licht.« Er senkte die Augen wieder und fügte gallig hinzu: »So ähnlich, nicht wahr? Und genauso unbeweisbar. Gratulation, mein lieber Bogdan, du bist beim Fideismus gelandet!«

Bogdan explodierte. »Andere Argumente hast du nicht?! Kannst nichts, als einen des Fideismus zu bezichtigen?! Und ich hatte gemeint, die Zeiten seien längst vorbei, wo der gewichtigste Beweis in einer wissenschaftlichen Diskussion darin bestand, dem Gegner ein Etikett anzuhängen.«

Ochotnikow gab sich nicht geschlagen: »Und trotzdem, trotzdem, es ist ja ähnlich ...«

»Ja und? Hör mal, wenn du, sagen wir, eine Arbeit zu Problemen der Turbulenzen im Plasma schreibst, dann wirst du deine Behauptungen doch wohl nicht mit Zitaten aus der Heiligen Schrift beweisen wollen? Oder? Folglich ist es ebenso sinnlos, wissenschaftliche Hypothesen mit Bibelstellen zu widerlegen. Man muß innerhalb des einmal gewählten Paradigmas bleiben und es nicht mit einem anderen verwechseln ...«

Sie stritten sich weiter und wurden gegen Ende sogar persönlich, aber mir war es schon über, ich ging weg vom Feuer und blieb dann stehen, blickte rings um mich, bald in die Sterne, bald auf die dunkle Silhouette der *Zander* und die Anhöhe mit den Palmen dahinter, bald auf die in der Finsternis fluoreszierende Weite des Ozeans, bald auf die streitenden Gestalten am Feuer, und ich versuchte mir alles bis aufs kleinste Detail einzuprägen, um die Erinnerung an diesen Tag und den Abend zu bewahren.

Ja, der Tag war gut gewesen, doch er nahm ein böses Ende. Am nächsten Morgen verspürte die halbe Besatzung ein leichtes Unwohlsein, und gegen Abend wurde klar, daß wir uns irgendein tropisches Fieber geholt hatten, und damit war die angenehme Hälfte unserer Reise zu Ende.

3

»Es war nichts Besonderes, Jewgeni Dmitrijewitsch, worüber sie sich dort auf dem Atoll nicht einigen konnten. Sie stritten sich wie üblich wegen einer Theorie Waraxas, und fertig. Mag sein, daß sich Bogdan ein wenig zu sehr ereifert hat, er hätte Slawa nicht ein gestopftes Kondom nennen sollen, aber ich denke, er hatte sich einfach während seiner nestinarischen Vorstellung sehr verausgabt.«

»Nestinarisch?«

»Nun ja, in Bulgarien nennen sie eine Frau, die barfuß auf Kohlen tanzt, Nestinarka.«

»Aha.«

Wir schwiegen. Schließlich seufzte der Kapitän und erhob sich. »Gut, Gennadi Algertowitsch«, sagte er, »ich gehe jetzt zum Navigations-Kapitän, um den Wachplan zu bestätigen. Und was Waraxas Warnung angeht — ich denke, wir werden einen Kompromiß finden.«

»Das heißt?«

»Wir werden die Wachsamkeit verdoppeln und beim geringsten Anzeichen von Gefahr landen.«

Wir nickten einander höflich zu, und ich ging.

Ich trat in den dunklen Korridor. Direkt neben dem Eingang zur Messe war ein Stück Wandverkleidung entfernt worden, und zwei Techniker der Decksmannschaft machten sich beim Schein von Taschenlampen an einer Verteilertafel zu schaffen. Auf dem Fußboden lagen kurze Stangen Lötlegierung herum, daneben stand eine Plasma-Lötlampe. Ich blickte eine Zeitlang stumpfsinnig, ohne jeden Gedanken, in die bläuliche Flammenzunge, dann besann ich mich, schaute auf die Uhr und ging in den Verstärkerraum.

Der Verstärkerraum war eine kleine Kabine über dem Reaktor und neben dem Hauptcogitor. Abgesehen von den acht Sesseln, die einander in zwei Reihen gegenüberstanden, war er leer. Die Sessel waren nur scheinbar Sessel. In Wirklichkeit war jeder von ihnen ein Doylead-Verstärker, das heißt ein multiplexer Informationskanal, der mit dem Cogitor verbunden ist und seinen eigenen autonomen Prozessor besitzt. Sitzen ließ es sich darauf übrigens bequem. An jedem Sessel war die linke Armlehne breiter als die rechte, sie trug ein kleines Pult mit zwei Tasten und einem Regler. Dort befand sich auch für gewöhnlich der Helm, ähnlich einem Sturzhelm, nur größer. Von der Spitze des Helms führte ein Kabel zum Sessel.

Als ich den Verstärkerraum betrat, setzte Waraxa gerade den Helm auf, und Trofim Dedenko — ein anderes Mitglied unserer Vierergruppe — stand daneben.

›Wo ist Ochotnikow?‹ wollte ich fragen, besann mich aber rechtzeitig.

Ochotnikow war als Verstärkung Slawinskis Gruppe zugeteilt worden, von der zwei krank waren. Er saß in der Sesselreihe gegenüber, zwischen Slawinski und Serdjuk.

Ich ließ mich in meinen Sessel fallen, stülpte den Helm über, warf einen Blick nach links — sowohl Dedenko als auch Waraxa trugen ihre Helme schon.

»Fertig?«

»Fertig«, antwortete Dedenko gesetzt.

»Fertig«, warf Waraxa hin.

Ich klappte das Visier herunter, schloß die Augen und drückte die erste Taste. Bogdan und Trofim taten das gleiche. Ich sah das natürlich nicht, wußte aber, daß es so war.

Das innere Sehvermögen schaltete sich ein, und wir versenkten uns ins semantische Feld des Cogitors. Wie immer im Moment des Übergangs, entstand für einen Sekundenbruchteil das durchdringende Gefühl, die Orientierung zu verlieren, vor dem inneren Auge geisterten vage Bilder, es erklangen Stimmen in einer lautlosen Sprache. Dann versank das alles, es blieb nur das gleichmäßige, blaß perlmuttgraue Leuchten, und darin traten halbdurchsichtig die Wände und Schotts der *Zander* hervor. Nur der Reaktorblock blieb undurchdringlich — es war erst die erste Ebene der Versenkung. Auf dieser Ebene umfaßte unser Blickfeld das ganze Flugzeug. Natürlich nicht das wirkliche, sondern die Gestalt seiner Gesamtheit — ein inneres Abbild, das im semantischen Feld des Cogitors aufgezeichnet war. Doch das Bild war eine eindeutige Kopie des wirklichen Flugzeugs; jede Veränderung an Bord, und sei es das Umsortieren der Pfannen in der Kombüse, spiegelte sich sofort im

Modell wieder. Umgekehrt veränderten die Gedankenbefehle, die der wachhabende Pilot oder sein Gehilfe dem Modell gaben, den Flugzustand der realen *Zander.* Die Piloten benutzten die gleichen Doylead-Helme wie wir, und sie waren als einzige Menschen außer uns in dem Gestalt-Bild sichtbar — eben weil sie an der Steuerung teilnahmen. Im übrigen war das Bild der *Zander* menschenleer. Auf dieser Stufe der Versenkung konnten wir mit den Piloten über das semantische Feld Kontakt aufnehmen — eine Art Telepathie. Doch sobald sie die Helme abnahmen, verschwanden sie sowohl für den Cogitor als auch für uns. Wir sahen sie so, wie wir auch einander sahen — als leuchtende Zentren, Knoten ohne unterscheidbares Äußeres, aber mit eigener Individualität. Wenn ich sie durch das Feld wahrnahm, wußte ich stets, wer wer war, wie ich auch unter den leuchtenden Punkten neben mir niemals Waraxa mit Dedenko oder Ochotnikow verwechselte.

Nach der Versenkung näherten wir uns einander und bildeten ein gleichseitiges Dreieck. Ein paar Sekunden lang hingen wir reglos da, paßten uns aneinander an, tasteten nach der Resonanz. In der wirklichen Welt drehten unsere linken Hände die Regler an den Armlehnen.

Aha ... Kontakt ... wir drei empfinden uns als einheitliches Ganzes, und außerdem fühlen wir die unsichtbare Anwesenheit von etwas Gewaltigem außerhalb von uns und zugleich in uns, und seine ganze Macht wird auch die unsere ...

Die festgefügte Figur ist fixiert, alles ist bereit, die Zeigefinger unserer linken Hände drücken synchron auf die zweite Taste, und wir tauchen durch die vielschichtige Abschirmung in den Reaktor. An die Stelle des grauen Leuchtens tritt ein goldenes, das Gesichtsfeld engt sich auf die Wände des Reaktors ein. Vor hier aus können wir nicht mehr mit den Piloten in Verbindung treten. Das ist mit bester Absicht so eingerichtet — damit uns niemand stört, niemand uns ablenkt. Das Plasma im Zaume zu halten, erfordert Konzentration.

Das ist es schon, das Schätzchen. Unser Dreieck schwebt über dem glühenden weiß-violetten Ring und wenig unter uns ein zweites Dreieck: Slawinski, Ochotnikow, Serdjuk. Das Plasma ist ruhig, und der Ring scheint wie aus rein weißem Marmor gehauen zu sein. Wir lassen uns weiter herab, das Dreieck der vorhergehenden Schicht aber steigt auf, für eine Sekunde überlagern wir uns, gehen durcheinander hindurch, und in diesem Augenblick übergeben sie uns die Steuerung. Ein kurzer Moment, doch das Plasma reagiert darauf — der Torus aus Feuer erzittert, über seine Oberfläche läuft ein leichtes, dunkles Kräuseln, wir beruhigen es schnell, und unterdessen dringt Slawinskis Dreigespann durch die Abschirmung und verschwindet. Wache übergeben, Wache übernommen. Wir fixieren die Position über den Plasma-Torus und verschmelzen mit dem Plasma zu einem einzigen Steuerkomplex. Vielleicht lieben wir unsere Arbeit so sehr, weil wir in diesen Minuten — freilich nur, wenn alles glatt geht — so etwas wie das Nirwana empfinden, ein Gefühl gleichmäßiger Ruhe, selbstsicherer Kraft.

(Natürlich ist das Plasma, das wir sehen und lenken, auch nicht das wirkliche Plasma, sondern dessen semantisches Abbild. Doch die Illusion, daß wir wirklich im Reaktor sitzen, ist perfekt. Um so mehr, als jede gedankliche Einwirkung unsererseits sofort über die Helme und Kabel, über die Cogitor-Schaltkreise auf mächtige Magnetpeitschen und -fallen übertragen wird, und somit letzten Endes auf das Plasma.)

... Wie immer, endete die Schicht unerwartet — es schien, als wären erst zwei, drei Minuten seit dem Beginn vergangen, und da kam schon die Ablösung. Eine armselige Ablösung. Von der oberen Wand des Reaktors senkten sich zwei leuchtende Punkte herab — Slawinski und Ochotnikow. Slawinski klinkte sich als erster in die

Steuerung ein, wir bildeten einen Tetraeder — die normale Arbeitsfigur, die Platon übrigens dem Feuer zugeordnet hatte. Für die Arbeit mit dem Plasma ist das die optimale Konfiguration, so hätte es bleiben sollen, aber leider ... Ich sonderte mich ab, und meinen Platz nahm Ochotnikow ein, worauf auch Dedenko ausschied. In dem verbleibenden Dreieck dominierte offensichtlich Bogdan, und die Übergabe ging so glatt, daß das Plasma nicht einmal zuckte. Wir stiegen empor und verließen den Reaktor.

Den Preis für sechs Stunden Euphorie und Nirwana empfanden wir sofort, als wir die Helme abnahmen. Eine Zeitlang sammelten wir Kräfte, während wir im Körper die gewohnte Leere spürten, dann standen wir schwankend wie Betrunkene auf und trotteten in unsere Kajüten. Wir fühlten uns völlig ausgepumpt und zerschlagen; was aber würde mit Bogdan nach zwei Schichten sein?

Bevor ich mich in die Koje warf und einschlief, ging mir durch den Kopf, daß sich Waraxas Vorhersage — toi-toi-toi — anscheinend nicht bewahrheitete, bisher flogen wir ohne Störungen ...

... ohne Störungen ... ganz ohne Störungen ... bloß dieses verfluchte Klingeln, dieses gottverdammte, höllische Klingeln, scharf wie eine Kreissäge, direkt in den Ohren — was soll das hier, was will es von mir? Ach ja — der Wecker ... ich hab schon wieder meine fünf Stunden geschlafen ... zum Teufel! ... wie schade — hab's nicht einmal bemerkt ... und jetzt muß ich aufstehen, meine Schicht ist wieder dran. Ich stellte fest, daß ich schon auf der Koje saß, aber die Augen noch nicht aufbekam — man müßte so kleine Flaschenzüge haben, um die Lider nach solch einem Schlaf anzuheben ... Schließlich waren auch die Augen offen. Gott sei Dank brauchte ich mich nicht anzuziehen — ich hatte in den Kleidern geschlafen, nur die Schuhe hatte mir eine gute Seele ausgezogen. Offensichtlich hatte sich dieselbe

Seele auch um mein Mittag- oder Abendessen gekümmert: Auf dem Tischchen am Bullauge standen zwei Thermoskannen, die größere mit Bouillon, die kleinere mit Kaffee, eine kleine Tafel bittere Schokolade, außerdem Toastschnitten und eine dicke Scheibe Soja-Beefsteak auf einem Teller aus geriffelter Folie. Nun denn, danke schön!

Während ich an der Bouillon nippte, schaute ich durchs Bullauge. Die Sonne war schon im Begriff unterzugehen, sie sah normal aus, und nach allem zu urteilen, war in den Stunden, während ich geschlafen hatte, nichts Schlimmes passiert. Im Verstärkerraum war ich der erste, und ich bemerkte sofort etwas Seltsames an der Haltung von Slawinski und Ochotnikow. Es gab mir einen Stich ins Herz. Ich stürzte erst zu dem einen, dann zum anderen, hob die Visiere ihrer Helme an. Beide waren bewußtlos. Wann waren sie ausgefallen? Warum? Und wieso hatten die Piloten nichts bemerkt? Doch das alles war unwichtig. Die Hauptsache war, daß Waraxa die zweite Schicht hintereinander arbeitete und wer weiß wie lange schon allein das Plasma bändigte.

Serdjuk und Dedenko betraten den Verstärkerraum. Um alles zu erfassen, genügte ihnen ein Blick. Wir stürzten an unsere Plätze und setzten die Helme auf. Eine Sekunde später waren wir schon auf der ersten Ebene der Versenkung. Hier hielten wir uns gerade so lange auf, wie nötig war, um den Piloten das Geschehen zu melden. Sie riefen Hilfe herbei, und wir tauchten in den Reaktor.

Über dem glühenden Torus schwebte ein einsamer Stern. Wir stürzten uns wie die Habichte auf ihn, entrissen Waraxa buchstäblich die Steuerung, übernahmen sie und schleuderten Bogdan mit einem mächtigen Gedankenimpuls aus dem Reaktor. Es war schwer einzuschätzen, in welchem Zustand er sich befand, doch wir wußten, daß man ihm im Fall des Falles helfen würde. Unsere Sorge galt dem Plasma.

Um das Plasma stand es schlecht. Es war in keiner guten Verfassung. Der totenblasse lila Torus zuckte und zitterte. Über die Oberfläche des Rings krochen Ausbuchtungen und Verdickungen, kleine Wellen liefen darüber, er pulsierte, näherte sich gefährlich den Wänden des Reaktors. Die die Kammer ausfüllende goldfarbene Aura, das ideale Medium zur Übertragung unserer gedanklichen Befehle an das Abbild des Plasmas, wurde plötzlich trübe und schwer zu durchdringen. Der Feuerring reagierte schlecht auf unsere Anstrengungen — mit Verzögerung, statt sofort, und manchmal auch gar nicht. Anscheinend war Bogdans düstere Prophezeiung eingetroffen. Es war klar, daß der Reaktor abgeschaltet werden mußte, doch vorher mußten wir erst einmal landen. Dabei hing alles von den Piloten ab — wie schnell sie die Gefahr spüren und einen geeigneten Landeplatz finden würden. Wenn man sie nur zur Eile drängen könnte! Doch der verdammte Konstruktionsfehler ließ aus dem Reaktor keine Verbindung mit ihnen zu.

Der Feuerring wurde gleichsam verrückt. Er wand sich wie ein Wurm, in seinem Körper flossen blutrote Adern, an der Oberfläche erschienen außer dem Kräuseln kleine dunkle Flecken wie auf einem Leopardenfell. Wir taten unser Möglichstes, um den irren Tanz des Plasmas wenigstens etwas zu beruhigen. Wir wurden durch das ganze Arbeitsvolumen hin und her geschleudert. Die Sekunden vergingen, die wahnsinnigen Pulsationen nahmen immer mehr zu, und der nächste Stoß schleuderte uns alle drei aus dem Reaktor — auf die erste Ebene.

Das Plasma war ohne Kontrolle geblieben!

Wir stürzten zurück; der zuckende Ring blähte sich auf und warf uns wieder hinaus. Wieder eintauchen — und wieder hinaus. Wie oft sich das wiederholte, weiß ich nicht, ich habe es nicht gezählt. Aber in den Sekundenbruchteilen, die wir uns auf der ersten Ebene befanden, gelang es den Piloten, uns mitzuteilen, daß die

Zander zur Landung ansetzte und wir noch ein paar Minuten durchhalten mußten. Das hätte uns vielleicht getröstet, doch auf der ersten Ebene sahen wir etwas noch viel Schrecklicheres, als das wütende Plasma auf der zweiten. Das konnte einfach nicht sein, doch es war so.

Der Feuermensch stand einen Meter von uns entfernt, in der Mitte des Verstärkerraums. Ein schwarzes Skelett, von feurigem Fleisch umhüllt, durch das sich Hunderte von Plasmaadern zogen — im anatomischen Atlas hätten sie dem Nervensystem entsprochen.

Das konnte nicht sein — auf der ersten Ebene sah man nur die, die Helme trugen, sonst niemanden. Doch es war so. Und es war natürlich Waraxa, wer sonst?

Der Feuermensch stand unbeweglich, den Kopf geneigt, als lausche er dem, was unter seinen Füßen vorging.

Unter seinen Füßen aber, unter der vierfachen Abschirmung, war im Schoße des Reaktors die Hölle los. Das Plasma hatte das gesamte Arbeitsvolumen ausgefüllt, heulte und schrie, und welches Wunder es von den Wänden fernhielt, weiß ich nicht. Wir konnten uns auf der zweiten Ebene keine Mikrosekunde lang halten — es schleuderte uns sofort zurück. Und schließlich geschah es. Das Plasma berührte die Reaktorwände.

In Augenblicken tödlicher Verzweiflung arbeitet das Bewußtsein an seiner Leistungsgrenze, nimmt selbst die winzigsten Details aus der Umgebung auf und verarbeitet die Information ungeheuer geschwind, so daß der schnelle Fluß der Zeit zäh wirkt wie ein Strahl klebrigen Sirups. So ist es mit dem gewöhnlichen menschlichen Bewußtsein. Wir aber waren drei miteinander verschmolzene Intelligenzen, verstärkt vom semantischen Feld des Cogitors. Wir sahen alles. Es ging schon nicht mehr um Mikro-, sondern um Nano- und vielleicht sogar Picosekunden.

Da leckte eine Protuberanz der künstlichen Sonne an der Wand der Entladungskammer. Binnen einer Mikrosekunde mußte sich die ganze *Zander* in Dampf verwandeln. Das geschah nicht. Es entstand einfach in der Verkleidung ein exaktes Loch von rund einem Meter Durchmesser. Es ging durch das Blanket und den Neutronenschirm, durch die äußere Schutzwand und durch alle Zwischenschichten. Und dieses Loch erschien genau an der Stelle, wo der Feuermensch stand, so daß er für einen kurzen Augenblick in der Luft hing. Eine Nanosekunde später war er nicht mehr da, das schwarze Skelett war verschwunden, und die Feuersäule, die sich durch den Verstärkerraum erhob, berührte dessen Dekke. Die nächsten paar Nanosekunden strömte der Feuerfluß von dem Loch im Boden zu dem Loch in der Dekke, dann wurde es plötzlich dunkel und still, doch durch die Stille klang ein schweres Krachen, und ein mächtiger Stoß warf in der wirklichen Welt unsere Körper aus den Sesseln — die *Zander* war hart auf den Boden geprallt.

Ich riß mir den Helm ab: ringsum war es finster, nur durch das Loch an der Decke drang ein gräßliches weißes Licht herein.

An dieser Stelle setzt meine Erinnerung aus. So sehr ich mich später auch bemüht habe, ich kann mich nicht entsinnen, wie ich nach draußen gelangt bin. Es gab keinerlei Übergang — eben noch liege ich am Boden des Verstärkerraums und ertaste mit den Händen den Rand des in den Reaktor führenden Loches, und schon stehe ich an die vierzig Meter von der *Zander* entfernt auf dem abschüssigen Hang einer kleinen Schlucht am Fuße eines Berges, und hinter mir ragt senkrecht eine Granitwand auf, ich stehe bis an die Knie in Wasserströmen von geschmolzenem Schnee und Eis, alles ist umhüllt von einer dichten Dampfwolke, doch selbst durch sie hindurch kann ich den Stern erkennen, der rasch an Helligkeit abnimmt und zum Zenit emporstrebt.

Später hat man uns erzählt, das der Stern von vielen Observatorien beobachtet und sogar seine Flugbahn berechnet worden sei. Auf dem kürzesten Weg ist der Stern zur Sonne geflogen.

Doch das war später, und zunächst blickte ich ihm nach, bis seine Helligkeit so weit gesunken war, daß er sich unter den anderen Sternen verlor, die in dem Maße erschienen, wie sich die Dampfwolke verzog.

Erst dann senkte ich den Kopf und sah zum erstenmal, was mit dem Flugzeug geschehen war — oben ein Loch, im Rumpf Dellen, viele Bullaugen herausgebrochen, die angeschmolzenen Titanflügel geknickt und hilflos herabhängend. Von dem Emblem am Bug — einem im Feuer tanzenden Salamander — war fast nichts übrig geblieben. Es tat mir leid um die *Zander*, den guten alten Leviathan, aus dem seine feurige Seele entwichen war. Er würde nie mehr durch die freien Gefilde des fünften und sechsten Ozeans fliegen, von nun an war er an diesen Hang gefesselt und würde hier mit den dunkel gähnenden Löchern der Luken und Bullaugen herumliegen, bis der Demontagetrupp kommen und ihn auseinandernehmen würde, um ihn nach Hause zu schaffen. Möglicherweise würde man das auch nicht lohnend finden, und vielleicht wäre es so sogar besser …

Ich spürte die Kälte und wollte zum Flugzeug zurückkehren, konnte mich aber nicht vom Fleck rühren — wie sich zeigte, stand ich im Eis festgefroren. Der von dem Stern geschmolzene Schnee war schon wieder erstarrt. Ich mußte um Hilfe rufen, warten, bis die Jungs mit Grabgeräten kamen und mich lachend und witzereißend aus der Gefangenschaft befreiten. (In ihrem Gelächter klangen freilich einige hysterische Noten an.) Ich diente als eine Art Blitzableiter für die nervliche Anspannung, und das war mir recht, doch welche Perlen des Bordhumors sich über mich ergossen! — Und wie auf Verabredung schwiegen alle von der Hauptsache.

Erst viel später, als die gesamte dienstfreie Mannschaft in der Messe saß, in alle auffindbaren Kleidungsstücke und Decken eingehüllt, während die Funker mit dem kleinen Notgenerator durch die Störungen zum Zentrum durchzudringen versuchten und der Koch mit seinen Gehilfen in der Kombüse auf einem improvisierten, mit Möbeln und Holzkisten geheizten Ofen eine Suppe kochte — da erst begannen wir alle auf einmal von Waraxa zu reden.

Also alles, was geschehen war, hatte gar nicht geschehen können. Thermonukleare Reaktoren sind im Prinzip sicher. Beim geringsten Versagen der Ausrüstung und bei der kleinsten Funktionsstörung schalten sie einfach ab. Wenn es aber schon einmal so weit gekommen war, daß das Plasma die Wände berührte, dann hätten wir alle augenblicklich verdampfen müssen. Doch weder das eine noch das andere war geschehen.

Weiter. Als der Feuerstrom durch den Verstärkerraum geflossen war, waren wir nicht verbrannt und nicht einmal verstrahlt worden, als habe sich das Plasma in einen Schutzmantel gehüllt, der nur schwache Lichtstrahlung durchließ. Der einzige Schaden, den das Plasma angerichtet hatte, war der angesengte Rumpf der *Zander.* Vermutlich konnte das Plasma, als es sich draußen zu einem Stern formierte, nicht mehr verhindern, daß ein Bruchteil der Wärmeenergie abgestrahlt wurde. Vielleicht war diese Energie sogar notwendig gewesen, damit der Stern den nötigen Impuls erhielt, um nach oben zu fliegen. Wie dem auch sei, der Stern hatte sich erstaunlich schnell von der *Zander* entfernt. Wenn er noch ein paar Sekunden über ihr gehangen hätte, dann hätte in einem großen See aus kochendem Berggestein eine Titanpfütze geschwommen.

Ja, ich würde sagen, der Stern hatte sich sehr human verhalten.

Später haben uns dann gelehrte Männer mit tiefsinniger Miene etwas über Bifurkationen und synergetische Knoten erzählt, über dissipative Strukturen und die äußerst seltenen Fälle, in denen sich ein Plasmaobjekt vom Typ der Kugelblitze von selbst bildet, usw. usf. Wir haben zugehört, genickt und nicht widersprochen. Wir wußten ja, was geschehen war, aber konnten wir es etwa erzählen?

Unsere Meinungen gingen nur in einer Frage auseinander: Manche glaubten, Waraxa habe sich zufällig im Wege des revoltierenden vernunftbegabten Plasmas befunden, die anderen, es habe keine eigene Intelligenz besessen, bis Bogdan die tragische Situation für seine Zwecke nutzte und seinen Kolloid-Körper gegen einen von Plasma vertauschte.

»Ich möchte wissen«, sagte einer, »ob er wohl dort auf der Sonne, wenn er hingelangt, jemanden trifft?«

(Niemand zweifelte daran, daß der Stern unbedingt zur Sonne fliegen würde — wo sonst sollte sein Platz sein?)

Und ein anderer murmelte: »Es würde mich nicht wundern, wenn demnächst die Sonnenflecken den Satz des Pythagoras darstellen ...«

Zeit, um alles eingehend zu erörtern, hatten wir genug. Auf dem Gletscher verbrachten wir fast eine Woche. Der Funkverkehr war von einem Magnetsturm gelähmt, und man fand uns nicht sofort. Es war der stärkste Magnetsturm in den letzten anderthalb Jahrhunderten, und an jenen Tagen konnte man prächtige Polarlichter sogar in den gemäßigten und subtropischen Breiten beobachten.

Originaltitel: ›Феникс‹
Copyright © 1990 Евгений Дрозд, Minsk
Aus der Anthologie ›Время покупать черные перстни‹
Молодая гвардия, Moskau 1990
Copyright © 1993 der deutschen Übersetzung
by Wilhelm Heyne Verlag, München
Aus dem Russischen übersetzt von Erik Simon

Anne Gay · England

HOWIE TRÄUMT

Howie träumte, und ich lächelte. Es war ein guter *Traum,* fröhlich und farbenfroh. Der beste *Traum,* den ich für ihn hatte machen können. Schade, daß ich während seiner ersten großen Darbietung nicht bei meinem Freund sein konnte.

Neunzig Sekunden lang verharrten seine Synapsen im Zustand äußerer Erregung, bevor die Bewegung über die Nervenbahnen auf seine Muskeln ausweichen konnte. Eine zerebrale Ursache, die Wirkung ein körperliches Faktum. Später würde er selbstbewußt, gutgelaunt und vor Kraft strotzend aufwachen, und er würde den Grund dafür nicht kennen.

Aber ich.

Deswegen lächelte ich.

Auf Zehenspitzen stahl ich mich aus dem Gästezimmer, hängte mir meine Reisetasche wie einen Patronengurt um und nahm meinen einzigen Prototyp mit. Da die Detektoren keine unverhofften Überraschungen signalisierten, näherte ich mich mutig den Hündinnen, die meinen Garten bewachten. Früher hatte ich Angst vor ihnen, eigentlich vor allen Hunden, doch jetzt ertrug ich tapfer Minervas und Athenes freudige Begrüßung. Es könnte sein, daß Howie sie vielleicht hier brauchen würde. Außerdem zog ich in die Schlacht. *Timenda sum et dona ferente,* und dabei handelte es sich keineswegs um ein triviales Konstrukt wie das Trojanische Pferd.

Die Hündinnen machten sich wieder daran, Knochen unter dem Kastanienbaum zu vergraben, und ich fragte mich, wer sie wohl gewesen sein mochten.

An der Außenmauer registrierten die Steinlöwen anhand meines Armbands, daß ich den Garten verließ. Alles schien ruhig zu sein, doch als ich aus dem Gartentor trat, brach ich plötzlich in Flammen aus.

Ich zerknirschte zwar ein Keuchen, doch mein Schutzschirm hielt. Kein Blitz oder Geräusch des angreifenden Lasers, nur seine Wirkung. Das Herz schlug mir bis zum Hals. Wer ...

Die Löwen erwiderten das Feuer mit Ultraschall, den sie auf die Quelle des Laserstrahls richteten. Ich hörte, wie sich der Mann übergab. Ich glaube, das sind die elf Hertz. Und als mein Schirm schließlich erlosch, sogen meine Lungen gierig die kühlende Luft ein. Meine Löwen konnten nicht in der Öffentiichkeit töten. Die Strafe für das Verunreinigen des Fußwegs mit Leichen betrug 250 Pfund. Das Kotzen würde ihn bescheidene 50 kosten.

Ich ergriff mein Gepäck und stieg in Rosalindes alte Knatterkiste, blickte zurück, um sicherzugehen, daß der Bösewicht keine Freunde mitgebracht hatte. Was ich bei mir trug, würde die Welt verändern — wie ich hoffte, zum Besseren. Ob er davon gewußt hatte? Oder, schlimmer noch, wie hatte er davon wissen können? Und nun die Preisfrage des Tages: Wer hatte ihn geschickt?

Ich wechselte siebenmal den Wagen, um zu einem Flughafen zu gelangen, auf dem man mich nicht erwartete, warf meine Heli-Tickets in einen Abfalleimer.

Ich war auf dem Weg zur Weltmesse der *Träume.*

Wien, Stadt der Träume oder vielmehr dessen, was man bis heute abend unter Träumen verstanden hatte. Im Westen in weiter Ferne die dunklen Berge unter violettem Abendhimmel, und die Donau, die amethystfarben die lindenduftende Luft spiegelte. Davor, auf der anderen Uferseite, der Donauturm und sein warm erhelltes Drehrestaurant. Alles dreht sich in Wien. Heftig. Auch im Prater, wo Schreie und Lachen dasselbe bedeuten und das majestätische Riesenrad die Touristen über das pulsierende Leben der Stadt dreht.

Als ich Wien das letzte Mal besucht hatte, stand diesseits der Donau noch Wald zwischen den kanalisierten Seitenarmen. Nun befand sich dort das Hotel Wälderschloß. Man stelle sich ein Disneylandschloß vor, das als Feenbaumhaus getarnt ist — einschließlich einer lustigen Walkürenstatue davor, die mit ihrem Speer zum Beschützen sicherlich besser geeignet ist als Peter Pans Fee Tinkerbell. Wenn man es sich leisten kann.

So wie ich. Das sollte die Messe *meiner Träume* werden, eine echte Vom-Tellerwäscher-zum-Millionär-Geschichte; na ja, eher Vom-Parterre-hoch-ins-Penthouse. Oder wie es in den Quiz-Shows immer hieß: meine Startfrage. Ich konnte noch immer kaum glauben, daß ich es schließlich geschafft hatte. Und ich fragte mich, wer denn den Killer geschickt hatte — und ob er hier war.

Es gelang mir sogar, den Portier mit einem Trinkgeld zu überzeugen, meine Taschen zu tragen. Harry Lime wäre stolz auf mich gewesen.

Eröffnungsfeiern waren eine lästige Pflicht. Ohnehin erschien kaum jemand zu diesen Veranstaltungen, vor allem dann nicht, wenn dort nur die Werbetrommel gerührt wurde.

Warum halten die meisten Männer Frauen für unzuverlässig? Und warum fühlen sich so viele Frauen von ihren Schwestern bedroht?

Raffinesse: Ich nahm zwei Männer mit auf das Podium, der eine dezent gekleidet und in mittleren Jahren, der andere ein modischer Yuppie — das mußte jedem gefallen; zumal sie auch noch nett aussahen —, während Regina und ich das Gespräch führten. Regina ist eine Schönheit mit ihrer schlanken, jungen Deutschhaftigkeit und den kurzen Haaren. Regina hält nichts von Make-up. Ich bin sehr hochgewachsen, Mitte dreißig und auf Glamour aus. Aber ich bin auch nicht so hübsch wie sie.

Natürlich — da waren ja die Trinker an der Bar hinten im Saal. War es einer von ihnen, der es auf mich abgesehen hatte? Nein, sie sahen nicht wie Killer aus, eher wie Schnorrer — das hoffte ich wenigstens.

Und in einer der vorderen, vom Bühnenlicht beleuchteten Reihen fünf Männer und eine Alibifrau, alle wirkten sie unnatürlich eifrig. Weil sie uns eine Falle stellen wollten.

Darin bestand auch der eigentliche Grund für diese Feier. Es ist schön, seine Feinde zu kennen.

Howie rief an. Das wollte ich nicht.

Er war hochgewachsen und witzig, sein Körper schmiegte sich warm an meinen, als wir tanzten. Kristallbogengänge glitzerten vor dem Samt der Nacht; die Musik schwoll an, üppig erfüllt von der gefärbten Luft; die Kronleuchter spendeten ein schwächeres Licht, als die Lichter der eine Fußbreite entfernten Altstadt.

Frankreich riecht nach Gauloises; Spanien ist heißer Staub, schwarzer Tabak und süße Seife. Wien riecht nach Linden am Fluß und nach Sahnekaffee mit Straßenverkehr. Mit Walla — sein Name war Walla — tanzte ich durch all das hindurch, während die Geschäftsmänner sich in Ecken, die sie an zu Hause erinnerten, zu Gruppen zusammenfanden, wo sie sich sicher fühlten. Die meisten von ihnen wußten nicht warum. Sie kannten die Psychologie der Düfte nicht. Sie schienen sich von Emotionstechnologie bedroht zu fühlen, besonders wenn sie sich in den Händen von Frauen befand, als hätten es alle von uns, die nicht gerade Sekretärinnen oder Putzfrauen waren, auf sie abgesehen. Während ich doch nur sie — und einige der Schwestern — von der gegenseitigen Angst befreien wollte.

Sie waren nur an sich selbst interessiert; die Kommunikatorinnen erkundeten wechselseitig ihre Cliquen. Regina paßte ihre Schritte denen von Jo-Beth an. Dabei verlor sie ebensowenig wie ich aus den Augen, die Anwesenden eingehend zu mustern.

Die meisten von uns waren in ausgelassener Stimmung, selbst jene, die auf blätterüberschatteten Balkonen ihre Wunschträume liebkosten. Brummten nicht die Dämpfer fröhlich unter den verzweigten Dachbalken, um uns zu versichern, daß Laser nicht funktionieren würden? Alle meine Leute, alle meine Gäste waren so sicher, wie es mir herzustellen nur möglich war. Dachte ich. Hoffentlich ging es Howie daheim in England gut. Ich schüttelte meine Beunruhigung ab — schließlich schützten ihn ja noch meine Sicherheitsanlagen, nicht wahr? Und die Begegnungen auf dieser Messe sollten die letzten Unsicherheiten bereinigen.

Arm in Arm wanderten Walla und ich durch einen Vorhang aus dichtem Laub. Wir waren miteinander vertraut, als hätten wir uns schon eine Ewigkeit gekannt. Allein die Vorstellung von einem Leben, in dem man diesem unvermuteten Freund niemals begegnet wäre, war unmöglich. Dennoch waren wir ein wenig scheu, wie Kinder in Sonntagskleidung, als wir einem Kuß entgegenschmolzen. Wir berührten uns sanft wie Schmetterlinge, prüfend. Seine Lippen ruhten warm auf der Mulde meines Halsansatzes ...

Das war der Augenblick, als Howie anrief.

Eine Sekunde lang lehnte ich meinen Kopf an Wallas Schulter, enttäuscht seufzte ich eine Entschuldigung. Walla lächelte — nur wie? —, zuckte die Achseln und sagte: »Bis später.« Er hörte sich weitgehend amerikanisch an und sah weitgehend slawisch aus.

Meinte er das wirklich? Von seinem Gesicht konnte ich die Antwort nicht mehr ablesen, weil sich die Blätter schon hinter ihm geschlossen hatten. Auch ich hatte gegen Mißtrauen zu kämpfen.

Ich beantwortete den Anruf auf meinem Armband. Howies Gesicht erhellte den Saphir, doch nicht meine düstere Stimmung. Natürlich hatte mein Schutzschirm wegen der Dämpfer den Anruf nicht blockiert, doch er hätte sich auch nicht gemeldet, wenn es nicht wichtig gewesen wäre.

»Din ... ah ... mich hat's ... 'ie haben mich, Dian!« Da sanken seine Augenlider herab; der Kopf fiel ihm plötzlich auf die Brust.

Mein Armband zeigte an, daß der Anruf aus Deutschland kam. In Geld gemessen, war Howie nicht viel wert, höchstens ein paar Millionen oder so. Nichts im Vergleich zu seinem inneren Wert. Und wenn ich nicht hatte, was sie wollten — O Gott, laß es Geld sein —, würden die Schwestern es sicherlich für mich besorgen, Kyoko und Regina, Helene und Indira, und ein halbes Dutzend anderer. Ich hatte schon früher das gleiche für Gianna getan. Bitte, laß es Geld sein ...

Aber bei den anstehenden Verhandlungen würde es meine Position stark erschüttern — alle unsere Positionen.

Außerdem war Howie mein Freund.

»Was'n?« stöhnte er, als ihn eine dunkle, schmutzige Hand anstieß. Es schüttelte ihn hin und her: Sie versuchten ihn wachzurütteln. Erschrocken riß er die Augen auf und fand sich in einer Realität wieder, die ihm überhaupt nicht gefiel.

»*Sie* wollen es, Diana. ... Maschine. Du ... laß sie nicht ...«

Howie wurde ausgeschaltet. Das Armband erlosch. Durch den Kristallboden der Terrasse sah ich nach unten, vorbei an dem Gespinst verzweigter Dachbalken des Wälderschlosses. Waren sie aus Stahl oder aus Beton, ich weiß es nicht. Auf jeden Fall stärker als Eiche oder Berge — dennoch hatte ich das Gefühl zu fallen, immer tiefer, geradewegs in den Speer der Walküre. Er zielte genau zwischen meine Beine.

Der Morgen dämmerte bereits, als *Sie* sich wieder meldeten. *Sie* riefen wieder an, zu jener widerwärtigen Stunde, in der die Alpträume einen noch belauern, Ungeheuer, Angst, ins Bewußtsein kriechen und die Sonne noch zu weit entfernt ist, um sie wieder hinter die Wellenbrecher des Unterbewußtseins zurückzutreiben. Gianna und ich stritten immer noch; Regina war wieder in Bonn; Hélènes Liebhaber in seiner Wohnung oberhalb der Stadtmauern Dijons, alle von uns für die Botschaft auf Empfang geschaltet. Sie mußte einfach kommen ...

Von meinem Zuhause aus konnte ich Howie nicht ausfindig machen. Wir mußten die Quelle der Nachricht anpeilen. Davon hing soviel ab.

Kyoko rief aus der Hotelhalle an. Das Klingeln fuhr uns durch Mark und Bein.

Eine weißmaskierte Geisha, in deren mit einer Perlenschnur gebundenem Haar Antennen zitterten, sagte sie: »Ein Päckchen. Mit Taxi Nr. 734 gekommen.« Sie sagte tatsächlich »En-er 734«. »Fahrerin wurde angerufen, es an Flughafengepäckaufbewahrung abzuholen. Geld war da und Päckchen, Schlüssel steckte.«

Sehr leistungsfähig. Kaum zu glauben, daß sie blind war.

Die Rezeption schickte es hoch. Herzschlag für Gianna und mich, obwohl wir das Klopfen schon erwartet hatten.

»Eilpäckchen«, sagte der schläfrige Page, der gekonnt solange zauderte, bis er sein Trinkgeld erhielt. Erst dann bedankte er sich mit höflicher Überraschung.

Auf den Inhalt des Päckchens waren wir nicht vorbereitet.

Howies kleiner Finger. Das verschlug mir die Sprache. Der Umschlag im Päckchen war immer noch klebrig von seinem Blut.

Ich wollte nichts unternehmen, nicht einmal die Nachricht anschauen, bevor mir nicht Howies Band gefaxt worden war. Und bevor der Finger — Howies Finger — nicht analysiert und auf Eis gelegt worden war. Fingerabdruck und Gewebetyp stimmten, ja, es war wirklich Howies Finger.

Es paßte zusammen. Es müßte möglich sein, wieder mit dem Finger arpeggio zu spielen — falls wir jemals den Rest von ihm zurückerhielten.

Keine Schmerzmittel im Blut.

Mein Magenkrampf war ein Echo auf die Schmerzen, die Howie erlitten haben mußte. Ich hatte große Angst um uns, um uns alle: die Mütter, die Verkäuferinnen und Fabrikarbeiterinnen, die Fischfrauen an den Docks und die Bankerinnen, die Lehrerinnen, die Politikerinnen — alle waren wir bedroht, von den Männern, die Howie entführt hatten, von dem, was *Sie* mit meiner Maschine tun konnten, und von den Frauen, die ihn ausgeliefert hatten.

Niemand konnte sagen, was mit Howie geschehen war. Er hatte sein Konzert verpaßt. Die Scanner, die Hündinnen, die Löwen gaben keinerlei Hinweise. Also mußte es eines der Mädchen gewesen sein, die mit mir bei Somequa-*Traum* arbeitete. Eine Freundin. Großartig.

Warum nur? Diese Gegen-Gegenspionage konnte all unsere *Träume* zunichte machen.

Und das kann man wörtlich nehmen. Das Videoband in der Schachtel zeigte Howie nackt in Fötusstellung auf staubigem Boden. Irgend jemand angelte mit einem Drahtbügel nach seiner linken Hand. Die Rhythmushand, mit Daumen und nunmehr drei Fingern und einem dicken Schorfklumpen, wo sich einst der fünfte Finger befunden hatte, wenn man sie durchzählte wie ein Pianist, der Howie für gewöhnlich war.

Der Bügel verschwand aus dem Sichtfeld. Immer noch bewußtlos, zog Howie seine Hand zurück und bettete sie auf seinem anderen Arm. Brust und Oberschenkel waren von getrocknetem Blut verkrustet.

Sein Schmerz spiegelte sich in der Geste.

Gianna ist zäh. Ihre Tante hatte in der Frauenradiostation in Rom gearbeitet, als sie von den Rechten in die Luft gesprengt worden war. Sie sagte: »Nicht weinen, zuhören.«

Ich hörte auf, und wir taten es.

Ein Sprachverzerrer, durch den man sich anhört wie früher die Roboter. Unmöglich, Genaueres zu sagen, aber ich war überzeugt, daß es ein Mann war.

Die Stimme sprach mit starkem deutschen Einschlag: »Sie, Dinah Schlate. Wir haben Ihren Verräterfreund. Sie haben nur einen Finger von ihm. Wie wollen Sie den Rest — in Raten? Den nächsten Finger um neun Uhr. Hören Sie ihn. Er hat geschrien.«

Das hatte er. Ich hörte ihn. Meinen Freund. Was die Großaufnahme nun zeigte, war widerlich: Howie, weiß und verschwitzt, nackt wie ein Neugeborenes, seine eine Hand schien kürzer zu sein, mit einer Tackerklammer auf einer Kiste festgehalten. Eine riesige Axt fuhr langsam herab und berührte zum Zielen sanft den Finger: der kleine Finger, ebenfalls festgehalten, vom Draht frisch eingerissen.

Hoch — und runter. Der Finger fiel mit einem dumpfen Laut auf die hohle Kiste. Howie schrie auf.

»In Stücken«, sagte die mechanische Stimme, »der wird spielen garantiert nie wieder Klavier.

Oder: Bringen Sie uns jetzt die Maschine. Die neue, nicht die, mit der man Kabel zum Kopf haben muß, sondern die, die *Träume* sendet, ob man ist wach oder nicht. Ich habe viele Pläne damit ...

Sie gehen mit der Maschine allein zum Flughafen. Sie fliegen mit der Sechs-Uhr-dreißig-Maschine nach Düsseldorf.« Diesmal meinte er ein Flugzeug. »Sie erhalten dort eine Botschaft, wenn Sie kommen allein. Keine Laser, keinen Schutzschirm, sonst auf Nimmerwiedersehen Howie. Keine Beschatter, sonst auf Nimmerwiedersehen Howie. Sie bekommen nicht seinen Körper zurück.«

Ein Aufschrei hallte von der grauen Betonwand wider. Nein, sie war nicht ganz grau, Howies Blut klebte an ihr.

Ich zitterte am ganzen Körper. Das Grauen in der Stimme war nicht mehr in Worte zu fassen, sie ähnelte noch am ehesten dem Schrei einer gequälten Katze. Einfach furchtbar. Und Giannas Gebrüll zum Rauschen des leeren Bands konnte ich jetzt erst recht nicht gebrauchen: »Dann laß ihn eben sterben. *Ecco*, ist Revolution, oder nicht? Verlierst du Howie. Er nicht wichtig. Maschine ist, und du. Doch nicht ein Mann.«

»Ist er doch! Er ist mein Freund!« Ich schrie gellend auf, Wut und Angst peitschten einander hoch. »Ach, halt's Maul«, als sie wieder mit ihrem Maschinengewehr-Italienisch loslegte.

Regina hatte nichts herausgefunden, als ich sie anrief. Ebensowenig Hélènes Geliebter an der Universität in Dijon. Doch wie sollten sie auch, bei einem Päckchen?

Ich unterbrach die Leitung zu dem Liebhaber und Regina düste zurück nach Wien. Es war erst so wenig Zeit verstrichen, weniger als eine halbe Nacht: Sie mußte mich auf der Messe vertreten. Verdammt, ich war fuchsteufelswild. Und fühlte mich zudem noch schuldig. Wenn *Sie* nicht hinter meinen *Träumen* her gewesen wären, hätten *Sie* Howie nicht haben wollen. Oder das, was meine *Träume* tun konnten …

Ich fragte mich dumpf, was *Sie* mir antun würden. Gianna fuhr mich zum Flughafen.

Düsseldorf. Gebäude aus Glas und Stahl, Volkswagen hupten auf den Brücken. Industrialisierung in Frühem Smog. Die Taxifahrerin trug einen Rock und eine Bauernbluse, äußerst bezaubernd. Sie brachte mich, wie eine Botschaft am Flughafen verlangte, zu einem Kiosk auf der Kö, wo mich die Maschinenstimme über ein Nur-Sprechtelefon herumkommandierte. Ich hatte *Seinen* Anweisungen zu folgen. Die Fahrerin folgte meinen, als sie mich rasch zu einem Café beförderte — in dem ich stundenlang den nächsten Anruf erwartete. Die Taxifahrerin verschlang einen Kaffee mit Schwarzwälder Kirschtorte nach dem anderen. Sie konnte es sich leisten, weil die Minuten auf ihrem Taxameter klickten. Ich schwöre, daß daraus ein ganzer Kilometer wurde.

Ich dachte an Howie und brach in Schweiß aus. Maschinenstimme und Äxte, und was noch alles geschehen mochte, wenn das Ultimatum um neun Uhr verstrich.

Die Maschine, die die Welt verändern sollte, hockte untätig in ihren Behältern.

Meine Angst muß mir deutlich im Gesicht gestanden haben. Meine Tischgenossin versuchte mich aufzuheitern.

Die liebliche Gitta, das holde Kilometermädchen, erzählte mir ihren *Traum*.

»Oh, es war wunderbar. Mein Ehemann, er schnarcht, müssen Sie wissen.« Das mußte ich zwar nicht, aber es war mir auch vollkommen egal. Sie fuhr fort, während ich immer teilnahmsloser wurde. »Er sammelt Bierdeckel. Er besucht oft mit seinen Freunden Gaststätten, natürlich nur zum Sammeln, wie er sagt. Wenn er kehrt heim« — sie war stolz auf ihr Touristenenglisch —, »er fragt nicht, wie der Tag für Karin und mich war. Das ist meine Tochter, müssen Sie wissen. Sie geht aufs Gymnasium. Er legt die Deckel auf den neuen Tisch, den ich gekauft habe, und erzählt über sie. Das interessiert mich nicht mehr — früher schon, aber inzwischen besitzt er Tausende. Er lacht und stinkt nach Bier, du verstehst? Er ist zufrieden mit sich selbst und will nicht zuhören, nur reden, immer nur reden. Er verdient nicht viel Geld, aber das gibt er alles für Bier aus.«

Unsicher, ob ich ihr überhaupt zuhörte — hier zwischen Konservenmusikbox und Zimmerpalmen, wo die

Atmosphäre unbemerkt vom Morgenkaffee zum Mittagswein überwechselte, während Howie schon armlos sein konnte —, fragte sie: »Bist du dir sicher, daß hier das Café ist, wo deine Freunde anrufen werden?«

Und ich antwortete: »Ja. Aber ich weiß nicht wann.«

»Dann haben wir bestimmt noch Zeit für einen Kaffee, nicht wahr? Möchten Sie noch einen?«

Und als der kommt und der Videophonanruf immer noch nicht, lenkt sie meine Aufmerksamkeit durch aufgeregte Gesten und weibliches Lachen auf sich. Das Gespräch mit ihr hat zeitweilig eine gewisse träge Faszination für mich. Ob sie ihre Vertrauensseligkeit später bereuen wird?

Die ganze Zeit muß ich an Howie und an diesen makabren Witz denken: »Herr Doktor, werde ich jemals wieder Klavier spielen können?«

Ich spielte schon mit dem Gedanken, lieber tot zu sein, als sie mich schließlich zum Treffpunkt fuhr.

Die Howie-Entführer hatten mich von Videophonzelle zu Videophonzelle gehetzt, draußen vor Banken, vor den Messehallen, vor Wimpybars und Juweliergeschäften. Ich war nervös, ängstlich und bedrückt — von weiblicher Schuld geplagt. Vor Spannung hätte ich schreien können, aber bei jedem neuen Kontakt zwang ich mich zur Ruhe. Bestimmt waren auch *Sie* angespannt und nervös. Wenn ich *Ihre* Triebfeder fester anzog, könnte Howie …

Howie. Seine schutzlosen Augen unter *Ihren* Stiefelspitzen. Der flache, freundliche Bauch, auf den ich so oft meinen Kopf gelegt hatte, seines Fleisches entschält. Falls ich nicht dafür sorgte, daß *Ihre Träume* wahr wurden, wäre es das gleiche, als hätte ich mit einer Hand die Haut meines Freunds abgezogen, sie zusammengeknüllt und weggeworfen. Mein Freund — beinahe der wundervollste Mensch, dem ich je begegnet war. Er war zwar oft herausfordernd und unangenehm, nicht vom gleichen Fleisch und Blut wie meine Schwestern, aber er lernte von mir — und lehrte mich. Wir mochten einander, nicht sexuell, aber wie Leute, die dieselbe Rasse und denselben Planeten miteinander teilten. Und an guten Tagen konnte man viel Spaß mit ihm haben. *Konnte?*

Ich hätte auch ohne ihn den Weg der *Träume* gehen können, aber nicht so weit, wie wir es getan haben. Er glaubte — glaubt? — an die Achtung der Persönlichkeit, genau wie ich. Mögen Sie nicht auch Menschen, die genauso denken wie Sie selbst?

Liebster Howie, was tun *Sie* dir gerade an?

Diese Axt ... Im Taxi krampfte sich mein Magen wieder zusammen.

Bei Einbruch der Nacht teilten *Sie* in der Nähe des von den letzten Strahlen der untergehenden Sonne golden leuchtenden Thyssen-Turms die Adresse mit. *Sie* hatten nun endlich sichergestellt, daß ich keine Wanzen bei mir trug und nicht beschattet wurde, und in dem rotspiegelnden Kiosk sorgten *Sie* dafür, daß mich erneut ein Schauer des Entsetzens überfiel, der mein Herz rasen ließ. *Er* sagte: »Ich kann Sie sehen. Ich beobachte Sie. Ich weiß genau, was Sie tun.

Nun. Machen Sie es richtig, und kommen Sie jetzt zu der Adresse. Denn ich beobachte Sie ... immer noch.«

Ich wirbelte herum, aber *Seine* unsichtbaren Augen hätten überall gewesen sein können.

Ich mache *Träume.* Aber *Sie* bereiteten mir einen Alptraum zu. Ich kann es noch immer am ganzen Körper spüren, er verfolgt mich von innen. Man sagt, Vergewaltiger beobachten lange ihre Opfer. Das ist eine unserer Urängste.

Gitta ließ das Taxi auf einer breiten Straße in ein Industriegebiet gleiten. Dort gab es Bäume und viele Blumenbeete zwischen den einzelnen Industriekomplexen. Nun sind die alle so — bis zum nächsten Mal, da sich eine freundliche Regierung dazu entschließt, alles plattzuwalzen. Ein wenig Heiliger Krieg, eine Pilzwolke, und Auf Wiedersehen, Geliebte. Und irgendwo dort draußen in der zunehmenden Finsternis, Augen.

Ich nieste vor Ruß und Seifenpulver, als Gewitterwolken die Luft niederdrückten. Gitta schaute durch den Rückspiegel zu mir, während wir von *Ihrem* Unterschlupf angezogen wurden, und sie sagte: »Geht es Ihnen gut?«

Auf wessen Seite stand sie?

Ich nickte. Sie akzeptierte es, obwohl sie wußte, daß es alles andere als die Wahrheit war. Um mir Mut zu machen, sagte sie: »Der *Traum,* von dem ich erzählt habe. Ich kann mir keinen eigenen *Traum* leisten, aber meine Freundin erhält manchmal welche von einem Mann, den sie kennt. Ich borge mir dann ihre Maschine. Mein Mann wäre sicherlich sehr böse, wenn er es wüßte. Aber er weiß es nicht. Er schläft wie ein ... Stein?«

Ihre Stimme erhob sich, wie um mich zu fragen, ob ich verstanden hätte. Angewidert nickte ich ihr zu.

»Jede Nacht ein anderer Liebhaber. Nicht immer sehr deutlich und manchmal mit Kopfschmerzen, aber es lohnt sich doch. Es tut so gut, verstehen Sie? So viel Spaß zwischen meinen Freundinnen und mir.

Heute nacht war es ein Mann: mein Ehemann, nur eben doch nicht genau mein Ehemann, denn er war so freundlich und wohlgestaltet, verstehen Sie?«

Ich konnte es mir vorstellen. Schon früher hatte ich raubkopierte *Träume* gesehen. Sie waren von schlechter Qualität und troffen von dunklen sexuellen Phantasien. Gitta grinste verlegen.

»Ich empfand ihn als sehr stark«, sagte sie. »Er gab mir Sicherheit. Mögen Sie auch solche Männer?« Im Zwielicht glaubte sie zu wissen, was ich antworten würde. Sie fuhr fort: »Es war sehr gut. Er mochte es, mich zu lieben. Mein Ehemann dagegen liebt es, Sex zu haben, wann und wie er will. Ich tauche dabei überhaupt nicht auf, verstehen Sie? Ich bin nur eine Öffnung für ihn. Vielleicht war er ja früher anders, oder vielleicht habe ich ihn auch nur so in Erinnerung, wie ich ihn mir wünschte, als ich noch nicht wußte, was ich wirklich suchte.

Aber dieser *Traum!* Er las mir die Wünsche von den Augen ab und vermittelte mir das Gefühl von Sicherheit. Es war sehr angenehm, jemand Starkes zu haben, der auf einen aufpaßt. Wir hatten viele Kinder. Und ich habe auch für ihn gesorgt.«

Während die Reklameschilder vorbeiglitten, hinter denen *Seine* Augen lauerten, sah ich im Rückspiegel an den Falten um ihre Augen, daß sie vor sich hinlächelte. Sie war tatsächlich in eine billige Phantasie verliebt, und heute abend würde sie die Socken jenes Manns stopfen, den sie mit ihrem Geliebten verwechselte. Eine tödliche Romanze, um sie davon abzuhalten, ihr Leben zu verändern.

Ich wußte, wer diesen *Traum* hergestellt hatte. Wer sonst?

Die Entführer. Leute, die anderen Finger und das Bewußtsein abschnitten.

Was würden *Sie* mit mir machen?

Eine leere, mit Brettern vernagelte Fabrik. Drinnen mußte ich mich von Gitta bis auf die Haut durchsuchen lassen, nachdem sie mir all mein Geld genommen hatte. *Sie* bezahlten sie gut — mein Geld gab es noch dazu. Anschließend demütigte sie mich mit ihren plumpen, teigknetenden Fingern, als sie auch noch in mir suchte. Ich übergab mich beinahe. Dann schickten *Sie* sie davon. Nach alledem wollten *Sie* nicht, daß irgendeine Frau *Ihre* reaktionären Pläne durcheinanderbringen konnte. Eine Nadel ...

Als ich erwachte, befand ich mich irgendwo anders, und es tat weh. Selbst wenn Regina meine habgierige Taxifahrerin ausfindig machen sollte, mich würde sie hier nicht finden. Selbst die Luft roch anders — die Essenz ländlicher Fäulnis. Es war sehr still. Ich fragte mich, warum *Sie* mich so weit von den anderen Menschen fortgebracht hatten. Vielleicht, damit niemand meine Schreie hören konnte?

Sie überließen mir nur T-Shirt und Schlüpfer. Kälte kroch durch rote Fliesen in meine Füße, als *Sie* mir Howie zeigten — per Videophon. Ich konnte auch nicht erkennen, wo er sich befand, nur, daß keine Zeitverzögerung festzustellen war. Präzision — es mußte also irgendwo in der westlichen Hemisphäre sein. Hervorragend.

Ich wollte ihn mit einen Scherz aufmuntern, aber ich brachte kein Wort über meine Lippen. Er sah so schrecklich aus. Immerhin besaß er bis jetzt noch neun Finger.

Er sagt nur zwei Worte. »Tu's nicht.«

Aber ich tat es.

Ich brachte den Temporären Reproduktionsgenerator Assoziativer Und Emotionaler Realitäten zum Vorschein — das war nicht der wirkliche Name. Nur mein Versuch, ihm ein Lächeln abzuringen. Wieso käme ich wohl sonst auf die Idee, einem Hoffnungs- und Freudenbringer mit den Initialen TRAUER zu versehen?

Sicher, als ich ihn aus der weißen Hülle herausnahm, war ich sehr bekümmert. Denn eigentlich sollte er nur dazu dienen, Beziehungen die Schärfe zu nehmen und sie wieder dem Fluß der Harmonie zuzuführen. In Harmonie mit allem, sogar mit dem anderen Geschlecht.

Sie zwangen mich dazu, seinen Schaltkreisen Unwirklichkeit einzuspeisen. Glauben Sie mir — vor dieser Nacht waren meine *Träume* noch nie unwahr gewesen. Ich war von Grauen erfüllt.

Ich verlangte, den Kopf der Bande zu sprechen, vorzugsweise allein, doch sie entsprachen dem nicht so wörtlich, wie ich es meinte. Statt dessen saß *Sein* Kopf mit der Gorillamaske fest auf *Seinem* Hauptfeldwebelkörper. *Er* sah sehr merkwürdig aus, in *Seinem* Anzug mit Krawatte und den glänzenden Schuhen aus Krokodilleder. Furchterregend. *Sein* Freund mit der Axt war auch dabei.

»Um *Ihren Traum* richtig gestalten zu können«, sagte ich, um *Ihn* zu täuschen, »müssen *Ihre* Augen und Schläfen frei sein.« Raffiniert, nicht wahr? Das könnte mich in die Lage versetzen, *Ihn* später für meine Vergeltung wiederzuerkennen.

Zwar durfte ich die Maschine bei Licht anschließen, doch mußte ich sie in totaler Finsternis auf *Ihn* einstellen, so daß ich *Sein* Gesicht nicht zu sehen bekam. Mein Grauen wuchs — wegen *Seiner* unsichtbaren, aber deutlich spürbaren Präsenz, *Seines* Verlangens und *Seiner* Dominanz —, und wegen seines Manns mit der Axt, der irgendwo im Dunkeln umherschlich.

Ich drückte die Tasten, die *Sein* bewußtes Selbst sehr viel gründlicher ausschalteten, als ich es *Sie* glauben gemacht hatte. Dabei mußte ich von *Ihm* genug an der Oberfläche übriglassen, damit *Er* antworten konnte, falls die Wachen *Ihn* dazu aufforderten. Bevor die Lichter erloschen, war *Er* ein lüsterner Geist in schwarzem, genietetem Machokostüm geworden. Ich fragte mich, was *Sein* rauhes Atmen nun zu bedeuten hatte.

Gorilla wehrte sich schon gegen den geringsten Kontakt mit den Strahlen, als ich sie auf *Ihn* abstimmte. *Er* war feindselig, mehr als mißtrauisch. Ich fürchtete um Howie und mich.

Dennoch sagte ich: »Worte sind nichts, was Leute gemeinsam hätten. Worte spiegeln Erfahrungen wider. Ich bin eine Frau, kleiner und jünger als *Sie,* und stamme aus einer anderen Kultur. Ich habe weniger Wissen erworben; und ich war nie so mächtig, wie *Sie* es offensichtlich sind. Daher werden *Ihre* Wortbedeutungen nicht dieselben sein wie die meinen. Man kann bestenfalls darauf hoffen, daß sie sich überschneiden. Aber *Sie* wollen doch wohl etwas mehr als das, nicht wahr?«

Ein schmackhafter Eintopf aus Schmeichelei und Wahrheit. So weit besänftigt, um bloß noch angsteinflößend zu sein, führte er immer noch Einwände in der schwer atmenden Finsternis an: »Mir sagte man aber, daß *Ihre* Maschine keine individuelle Abstimmung benötigt.«

»Nicht, um den *Traum* zu überspielen, nein, obwohl es besser wäre.« Ob er meine Angst riechen konnte? »Aber um einen *Traum* vollkommen auf *Ihre* Befehle abzustimmen ...«

Sie liebten Befehle. *Sein* Körper mochte der eines einfachen Unteroffiziers sein, aber sein Denken entsprang eindeutig der Offiziersklasse.

Außerdem hatte *Er* niemals allzuviel mit Semantik zu tun gehabt.

Ich atmete erleichtert auf, als *Sie* mich mit dem Lichtschalter allein ließen. *Ihr* Schweiß, *Ihr* Aftershave und *Ihr* Körpergeruch reizten zusammen mit dem Geruch der Gummimaske immer noch die Härchen in meiner Nase, selbst nachdem die schallgedämpfte Tür *Ihre* Schritte ausschloß. Das Neonlicht war mir so willkommen wie das Licht der Sonne. Ich spürte die Entspannung, als sich meine Atemmuskeln lockerten, doch Erlösung war noch lange nicht in Sicht.

Ich spielte *Seinen* Traum ab. Es war nur ein gewöhnlicher Traum, den ich für *Ihn* in einen weltbewegenden *Traum* verwandeln sollte.

Was ich da zu sehen bekam, ängstigte mich noch mehr als Howies Gefangenschaft.

Zuerst schwoll *Seine* Selbstachtung als Manager an: Hitlerjugend in Uniform und Reithosen. Ausgesandt, unbesiegbar den Markt zu erobern und die Konkurrenz aus dem Feld zu schlagen. *Sie* verkauften kein Waschmittel oder Technomist, sondern *Träume.*

Und die *Träume* standen unter dem Leitsatz: Männer können alles besser — der Beweis dafür steht doch deutlich vor unseren Augen. Wie viele Frauen waren Architekten? Wie viele wurden berühmt? Also können sie auch nicht so gut sein. Wie viele waren Professoren? Wer kannte schon eine Frau Schiller oder eine Frau Goethe? Wer hatte je von einer Frau namens Rembrandt gehört?

Doch am schlimmsten war: Die *Träume* waren gleichwohl für Frauen gedacht. Sie trichterten ihnen ein, daß sie nichts konnten, was immer es sein mochte. Um ihnen beizubringen, den Mann zu lieben und für ihn gut auszusehen — nicht für sich selbst. Bedenken Sie: Die Kosmetikhäuser würden das kaufen. Und die Verkäufer von Haushaltsgeräten. Nicht auszudenken, wie der Verkauf anwuchs, wenn Frauen nichts weiter tun konnten, als gut auszusehen, um ›Trautes Heim‹ zu spielen.

Frauen konnten eben keine Klempner sein, weil sie keine waren. Wie gemütlich, wie einfach — niemals selbst den Schraubenschlüssel in die Hand zu nehmen. Die Frauen überließen es den Männern, bis zu den Fußgelenken durch die kalten Fluten zu waten. Er reparierte das Rohr, und die Frauen schätzten sich wegen seiner Gesellschaft glücklich, während sie ihm freudig Kaffee kochten. Das war schließlich moralische Unterstützung, nicht wahr?

Und so weiter, und so fort. Zurück zu Staubwedel und Sofaschonern; Sex als Käfig — sofern wir gut waren. Lebt wohl, Forschung und Finanzwesen. Jede von uns isoliert und zusammengeschrumpft, um im eigenen Heim zu hocken — weil wir Angst vor der großen, schlechten Welt da draußen hatten.

Ich liebe Howie. Es gibt viele Männer, die ich liebe.

Ich liebe mein Heim. Aber nicht, wenn es mein Gefängnis sein soll.

Und von *Seiner* Farbzusammenstellung hielt ich auch nicht viel.

Der Tisch war am Fußboden festgeschraubt. Der Stuhl ebenfalls. Es gab keine Fenster, und die Mahlzeiten kamen stets auf Plastiktellern. Ich war sehr einsam.

Ich begann, die Struktur *Seines Traums* aufzubauen, das Mobiliar, wenn man so wollte, die Merkmale, die man nicht erkennen konnte, weil es die eigenen waren.

Ich unterrichtete sogar *Seine* Schergen in der Handhabung der Maschine, damit sie jedermann, der zufällig vorbeikam, mit *Träumen* beschallen konnte, denn so wollte *Er* es. Ganz egal, wenn sie in einem für sie unerwarteten *Traum* unter einen Lastwagen gerieten oder ihren letzten Pfennig für Mode und nicht für Lebensmittel ausgaben. *Seine* Schläger waren allerdings vorzügliche Techniker. Und so sensibel wie eine Dampfwalze.

Ich aß. Wenn ich schlief, hatte ich Alpträume, in denen Howie immer kleiner und die Axt immer größer wurde. Ich versuchte zu verzögern und verschleppen, wo immer ich konnte, damit Regina und Gianna genügend Zeit gewannen, um uns aufzuspüren. Aber der Gedanke an Giannas Laserfrauen und den zu erwartenden Gegenschlag männlicher Wut ließ mich nicht gänzlich aufhören.

Hin und wieder durfte ich mit Howie videophonieren.

Inzwischen hatte er Blutvergiftung. Er sah aus wie eine Schnake auf Diät. Ich legte das Werkzeug — na gut, mein Gehirn — nieder und weigerte mich weiterzumachen, bis *Sie* ihm einen Arzt verschafft hatten. Aber *Sie* waren immer am schlimmsten, wenn Gorilla gerade nicht anwesend war.

Auf meine Drohung hin entgegneten *Sie:* »Dann hakken wir einfach seine Hände ab, *wusch,* mit der Axt. Machen Sie lieber weiter.«

Ich erwiderte: »Falls Howie stirbt, werde ich die Maschine vernichten. Das wird *Ihm* gar nicht gefallen.«

Darauf sagten *Sie:* »Dann werden Sie sterben ... oder eine neue Maschine bauen.«

»Wie könnte ich?« wehklagte ich. »Ich bin doch nur eine Frau.«

Das leuchtete *Ihnen* ein.

Danach brannte stets das Licht, selbst wenn ich pinkelte. Meine Gedanken drehten sich im Kreis. Es gab einfach keine Fluchtmöglichkeit. Und als plötzlich Tampons auftauchten, war es erschreckend zu wissen, daß *Sie* mich auch bei meinen allerintimsten Handlungen beobachteten. Und beim Videophonieren sah ich, wie Howie immer mehr verfiel. In Agonie und Schuld arbeitete ich im kalten ewigen Licht schneller und länger, um uns hier rauszuholen. Trotz Penicillin und allem rechnete ich mit seinem Tod. Was würde ich dann tun?

Der Raum hatte 475 rote Fliesen in die eine Richtung und 333 und eine halbe in die andere. Jede dritte Fliese war ein Staubschlucker. Soviel wußten *Sie* also schon über meine *Traum*-Maschine.

Um mich selber davon abzuhalten, allzuviel über das niederträchtige Ungleichgewicht nachzudenken, das ich, wenn es nach *Ihm* ginge, der um Gerechtigkeit ringenden Welt aufzwingen sollte, versuchte ich mit Schreiber und Papier auszurechnen, wie viele Fliesen das genau waren.

Ich tat das nur, wenn ich zu müde war, um konstruktiv zu denken. Jedesmal kam ich auf ein anderes Ergebnis. Ich bin schließlich Künstlerin, eine Juwelierin der Gedanken und keine Wissenschaftlerin, nicht wahr?

Und ständig war mir bewußt, daß *Sie* mich beobachteten.

Howie war schon wieder zu Scherzen aufgelegt. Zwar konnte man noch immer auf seinen schmutziggelben Rippen Klavier spielen, doch seine Augen waren nicht mehr so trübe wie der Londoner Nebel. Zaghaft begann ich neue Hoffnung zu schöpfen. Vielleicht schafften wir es ja noch — falls der Gorilla nicht zurückkehrte.

Der Gorilla besuchte mich. Diesmal trug *Er* einen cremefarbenen Safarianzug — sehr schick, dennoch schauderte es mich, mit einem hosentragenden Primaten zu sprechen.

Es war ... einfach unmenschlich. Aus getrennten Ecken belauerten mich ein Teufel und ein Totenschädel mit *Ihren* Äxten, als könnte ich *Sie* aus fünf Metern Entfernung mit Karate niederschlagen. *Seine* Leibwachen waren gegenüber Frauen genauso argwöhnisch wie *Er* selbst. Warum hätte *Er* das alles sonst auch nötig gehabt?

Er sagte: »Ich bekomme Berichte. Ihrem Freund geht es wieder besser. Verschwenden Sie also keine Zeit mehr. Oder mein Freund wird kümmern sich um ihn. Übrigens, die Axt kann schlagen auch in andere Richtung. Brauchen Sie für die Arbeit Ihre Brüste? Ich gebe Ihnen vierundzwanzig Stunden, ja?«

Die Drohung wechselte in Häme. »Wir haben analysiert den Mechanismus der Maschine und sie bereits mehrfach nachgebaut. In drei Tagen wir werden bestükken im deutschsprachigen Raum alle Kaufhausfenster mit Kopien meines *Traums.* Schon bald wir werden entwickelt haben eine bessere Version, auch eine englischsprachige. Dann wir lassen Sie gehen.«

Warum nicht? *Er* konnte es sich leisten, zumal wir dann für *Ihn* entbehrlich wären. Nicht wahr?

Er warf etwas auf den Tisch. Dick und Doof folgten *Ihm* zur Tür und stießen beinahe mit *Ihm* zusammen, als *Er* plötzlich anhielt, um mich noch ein bißchen anzustarren.

Er sagte: »Erwarten Sie keine Hilfe von Ihrem Labor. Niemand will wollen zurückhaben weder Sie noch Ihren Freund. Sie sagen, Sie haben verraten Ihre Sache seinetwegen, und er ist sowieso ein Verräter an der Menschheit.«

Er lachte in sich hinein — ganz der Sieger.

Die Tür glitt fugenlos zu, schloß mich mit meinen

Schreien ein. Vergeblich zerbrach ich mir an ihr die Fingernägel.

Auf dem Tisch lag ein Werbegeschenk, eine Supermannuhr. Nach all der lautlosen Desorientierung dröhnte mir ihr Ticken in den Ohren.

Ich stellte *Ihm Seinen* verdammten *Traum* genauso her, wie *Er* ihn verlangt hatte. Beseelt von quälender Angst, arbeitete ich unermüdlich an einem schon lange geplanten Vorhaben, doch gleichzeitig wuchs mein Grauen vor dem Image, das dabei den Frauen zukam — und den Männern. Keines der beiden Geschlechter konnte ernsthaft wollen, jemals so zu leben.

Als ich die Arbeit abgeschlossen hatte, war ich so müde, daß ich nicht mehr aufhören konnte zu zittern, vom Einschlafen ganz zu schweigen.

Was hatte ich bloß getan?

Nichtlizensierte *Traum*-Maschinen und Schwarzhändler verbreiteten bereits billige, widerliche *Träume* von Gewalt und Sex, und wie die meisten Erfinder versuchte ich, mich nicht für den Mißbrauch des Fortschritts verantwortlich zu fühlen, den andere Leute trieben. Oppenheimer wird wohl nicht anders empfunden haben.

Frauen wie Gitta hatten schmutzige *Träume:* schnelle, kolorierte Lüsternheit neben ihrem bierseligen Schnarcher. Das war Realitätsflucht, nichts Reales. Ab in die Höhle, Frauen, auf daß uns bald eine Keule übergezogen wird.

Meine müden Gedanken ließen mir keine Ruhe.

Noch mehr *Träume* mit dem Schlüssel, den ich *Ihm* gegeben hatte? Damit hinterhältige Manager zu Doppel-Doppelagenten wurden? Jemanden heimlich etwas in den Tee geben, oder ihn mit ins Gefühlskino nehmen, um ihm anschließend einzustöpseln, er sei ein Versager. Bei meinem neuem drahtlosen *Traum*-Sender bemerkte keiner etwas. Zugegeben, bei Frauen gelänge das nicht ganz so leicht. Wir mußten schon immer aufpassen, wer uns mit Schnaps vollzupumpen versuchte. Ohnehin waren wir auf Versagen vorprogrammiert. Doch das veranlaßte uns nur, um so härter zu arbeiten, weil wir es mußten.

Doch ich konnte mir vorstellen, während die altmodische Uhr qualvoll weitertickte, welchen Schaden ich gerade der Welt zufügte. Und ob uns der Gorilla tatsächlich laufenlassen würde?

Ich flüchtete mich in Erinnerungen:

Wieder zurück im Mietshaus. Nach der alltäglichen Arbeit, Worte anderer Menschen zu bearbeiten, hatte ich den ersten *Traum* in meiner Einzimmerwohnung hergestellt. Er war für Howies Schwester, die nebenan in der Nachbarwohnung lebte. Damals gab Howie in Erith Musikunterricht — ich kannte ihn kaum.

Ach, diese Nostalgie — Blümchentapeten und Gummibäume. Die guten alten Zeiten der Armut, als noch niemand mit Lasern auf mich geschossen hatte.

Sie weinte. Dieses süße, dreiundzwanzigjährige Mauerblümchen. Zur Tarnung trug sie schlammbraune Kleidung und Übergewicht zum Schutz, denn die Fettsucht diente als Begründung ihrer Einsamkeit. Die Tatsache, daß sie niemals irgendwo hinging, hatte damit natürlich überhaupt nichts zu tun. Ich mußte mir erst tonnenweise Zucker borgen, bis sie bei mir auch nur eine Tasse Kaffee einzunehmen bereit war.

Über den *Traum,* den ich ihr gab, begann sie sich selbst zu mögen. Sie wurde nicht mehr rot, wenn jemand sie nach der Uhrzeit fragte. Auch schrieb sie ihre Erfolge nicht mehr als bloße Glückstreffer ab. Sie wich auch nicht mehr den Blicken der Leute aus, als ob diese ihr die Seele aussaugen wollten.

Als wir zu Howies erstem Gig in einer Kneipe auf dem Angel Hill gingen, war sie in einem auffälligen Rot gekleidet. Später brachte mich der nette, dankbare Howie mit einem *Traum* dazu, daß ich Hunde mochte.

Supermann tickte langsam dem Kryptonit entgegen. Aus Angst wurde mir ganz übel.

Was hatte ich nur getan? Ob Prometheus der Blitzkrieg gefiel?

Bis der kurze Zeiger Supermanns Stirnlocke erreicht hatte, fürchtete ich mich davor, daß Millionen von Frauen mir nun den Tod wünschen würden. Giannas *partigiane* machten bestimmt Spaghetti aus mir, falls ich überhaupt so lange überlebte. Falls Howie es tat.

Schließlich kam *Er* in einer pseudomilitärischen Uniform und knallte die Hacken zusammen. Nicht, um mir Respekt zu zollen, sondern weil es *Sein* Selbstbildnis widerspiegelte. Mit einem Kloß in der Kehle führte ich *Ihm* den *Traum* vor.

Der Gorilla war sehr angetan. Der *Traum* entsprach genau seinen Wünschen, übertraf sie sogar. Während *Er* mir einen Schlaf aufzwang, aus dem ich vielleicht nie mehr erwachen würde, lächelte *Er* immer noch.

Es war Verrat, Verrat an der ganzen Mensch-(Weib-)lichkeit.

Immerhin hatte ich unser Leben freigekauft. So hoffte ich zumindest.

War das wirklich Verrat?

Sie luden uns am Ufer der Donau ab. Als ich aus dem Drogenschlaf erwachte, tanzten weiße Weidensamen wie Baumwollflocken vor meinen Augen. Verdammt, ich hatte einen Kater. Meine Jeans waren mir viel zu groß — wem wäre schon nach Essen zumute gewesen, wenn er dasselbe hätte tun müssen wie ich? Ich übergab mich in den Fluß, dort, wo er noch blau war. Die Welt hier draußen war wirklich sehr groß. Mir wurde ganz warm ums Herz, als Howie mir die Hand hielt. Niemand sonst wäre jetzt noch dazu bereit gewesen.

Immer wieder würgend, stieß ich mühsam hervor:

»Der Kellerboden hatte einhundertachtundfünfzigtausendvierhundertzwölf ganze Fliesen und eine halbe.«

Howie saß selig lächelnd zwischen den Butterblumen und sagte: »Meine Füße bringen mich um.«

Oh, wie romantisch.

Wir torkelten zurück in die Zivilisation oder nach Linz, wie sie hier genannt wurde. Ein sehr schönes Städtchen, selbst an einem solch trüben Abend. Howie und ich sahen wie Vogelscheuchen aus. Überall wurden wir der Tür verwiesen, außer im Bahnhofsrestaurant. Von dort aus rief ich Regina an, um unsere Detektivinnen und eine Rechtsanwältin einzuschalten. Zwar gestatteten sie uns, diesen Anruf als R-Gespräch zu führen, aber Kaffee wollten sie uns nicht umsonst ausschenken. Wirklich reizend, dieses Österreich. Ach, verliefe mein Leben doch in ebenso ordentlichen Bahnen.

Um die Zeit bis zu Reginas Eintreffen totzuschlagen, bummelten wir durch die Stadt. Nicht durch die spitzgiebligen Museen oder die zwiebeltürmigen Kirchen, sondern durch die Einkaufsstraßen. Inzwischen goß es in Strömen, aber die Geschäfte waren geschlossen — es war Sonntag. Sogar die Tauben versteckten sich vor dem Regen, und die Schaufensterpuppen lächelten einsam aus ihren Scheinwerferflecken in die Dunkelheit hinaus.

Ich spürte ihn als erste. Nicht den Regen, sondern *Seinen Traum,* wie er in den traurigen, grauen Abend hinausdrang. Viel zu grell und überladen, dennoch erkannte ich, wie jede Künstlerin, meine eigene Handschrift.

Wie jede Juwelierin der Gedanken.

Der Gorilla hatte Plastik gewollt. Silikonbrüste und Barbie-Puppenkleider. He-Man im Büro. Kein Schwitzen, keine Perioden, kein Gehirn. Schnurrbärtige Löwendompteure, die Wehrmacht auf dem Markt. Weitgefächert an jeden gesendet, der nicht auf seine Wellenlänge eingestellt war. Ohne jede Feinabstimmung: keine eigenen Kopfanschlüsse, keine persönliche Betreuung und ohne gründliche Forschungsarbeit. Das Muttchen in seinem Nest, der Mann jeden Tag ein Held. Reine Psychomasturbation.

Ich hatte es *Ihm* gegeben, im süßen Walt Disney-Stil, hatte es mit dem Gift schwarzer Ironie gewürzt. Das hatte *Er* nicht erkannt, denn auch *Er* sah nur — wie jeder andere auch —, das, was *Er* sehen wollte.

In Linz *träumte* Howie ungläubig kichernd.

Und ich lachte.

Originaltitel: ›Howie Dreams‹
Copyright © 1989 by Ann Gay
erstmals erschienen in ›Arrows of Eros‹, hrsg. von A. Stewart;
mit freundlicher Genehmigung der Autorin
und Uwe Luserke, Literarische Agentur, Stuttgart
Copyright © 1993 der deutschen Übersetzung
by Wilhelm Heyne Verlag, München
Aus dem Englischen übersetzt von Ralph Tegtmeier

Daniele Vecchi · Italien

DER WANDERER

Es überläuft mich kalt. Es ist ein eisiger Tag, und die Windstöße verfolgen sich spielerisch über den Platz, wobei sie Papierfetzen und Zeitungsblätter sammeln, aber das Frösteln, das am Ende der Wirbelsäule beginnt und bis zum Nacken aufsteigt, ist nicht durch die Kälte bedingt.

Ich bleibe mit dem Wind im Rücken stehen und versuche, das Zittern zu unterdrücken. Es ist sinnlos. Wenn sich die Eiseskälte derartig meiner Seele bemächtigt, ist es das Zeichen, daß alles zu Ende ist, und daß nichts mehr etwas nützt.

Der Wind schlägt auf dem Fluß kleine Wellen stromaufwärts. Ich beobachte sie, und auf meinen Lippen erscheint ein Lächeln, uralt und traurig, wie mein ganzes Leben. Meine Finger öffnen sich langsam, und ich lasse den Koffer in den Fluß gleiten. Er enthält nur Geschäftspapiere, Musterstücke, und wenige persönliche Effekten. Nichts von Bedeutung, jetzt nicht mehr.

In mir beginnen Erinnerungen an vergangene Zeiten aufzusteigen, unerwartet und doch pünktlich. Es ist seltsam, tragisch und verdammt nötig, aber auch sehr traurig, daß ich niemals ich selbst sein kann, außer in diesen Augenblicken, wenn das Ende von allem so nahe gerückt ist. Ansonsten, während der Ruhezeiten, der Lebenspausen, des kurzen Friedens, den der Schatten mir zuweilen zugesteht, vergesse ich nach und nach mich selbst.

Dann werde ich, mein wirkliches Sein, zu einem fernen Traum, einer Erinnerung an kindliche Gedanken. Es ist traurig, sich selbst vergessen zu müssen, um zu leben, aber notwendig: wie könnte ich leben mit der Selbsterkenntnis, die mich jetzt zu ersticken droht? Mein wirkliches Leben greift mich in diesem Moment an, als ob es sich rächen wollte. Jeder Augenblick der Wiederentdeckung meiner selbst bedeutet trunkenmachende Exaltation und stechenden Schmerz.

Ich befinde mich noch reglos auf dem Platz. Ich öffne die Augen und schaue ihn an, um ihn mir in allen Einzelheiten fest einzuprägen, um sein geheimes Wesen in mich aufzunehmen, als ob ich ihn nie wiedersehen würde. Und genau so ist es.

Es ist ein außergewöhnlich schöner Tag, und der Platz erscheint mir wie ein kristallklarer Edelstein. Ganz fern erinnere ich mich, daß es kalt und windig ist, daß ich vor kurzem noch verfroren und ärgerlich war, und daß dies ein ganz normaler Platz mit renovierten Monumenten ist, aber das alles zählt nicht, in Augenblicken wie diesem wird alles von einer fast paradiesischen Schönheit verklärt.

Ich kämpfe mit den Tränen. Das Abschiedsritual besteht fast ausschließlich aus unnützen Verhaltensweisen, aber es gibt eine Grenze auch für das Unnütze, das ein Mensch ertragen kann. Sogar für das, was ich ertragen kann.

Das Ritual besteht aus der Wiederholung einer mittlerweile liebgewordenen Gewohnheit. Der Beginn ist möglicherweise das Unwichtigste: ich muß mich aufs Weiterleben vorbereiten. Später werde ich genug Zeit haben, diese arme verurteilte Welt zu beweinen, aber zunächst muß ich mich auf die Reise vorbereiten.

Ich benötige einen ruhigen und möglichst dunklen Ort. Um die Wahrheit zu sagen, ist es nicht unerläßlich, nichts von allem ist es, aber es ist bequemer so. Wenn ich mich nicht irre, befindet sich am Rande des Platzes die Kathedrale, eine dieser wunderschönen gotischen Kathedralen, die es binnen kurzem nicht mehr geben wird.

Ich setze mich zwischen betenden Gläubigen und neugierigen Touristen auf eine Bank und erinnere mich, wie oft ich schon ein Gleiches getan habe, seit wie langer Zeit. Inzwischen habe ich alle Gefühle verbraucht.

Anfangs fühlte ich in derartigen Momenten Haß und Auflehnung, eine rotäugige und alles vernichtende Wut, vergleichbar der eines Vulkans. Später ist die Lava abgekühlt, und ich setzte eine feine Ironie an die Stelle des reißenden Schmerzes. Damals wurde ich zum Wanderer, zu dem Der-zwischen-den-Schatten-geht, um die Welten der Illusion zu besichtigen und Gesichter und Erinnerungen zu sammeln, ich wurde zum Engel der Dämmerung, zu dem, der der Nacht einen Schritt vorangeht. Schließlich kamen Trauer und Einsamkeit, und jetzt bin ich der Einsame Gott, ein verstümmelter Saturn, dem ein mitleidloser Zeus zugestanden hat, seine Ohnmacht von Welt zu Welt zu tragen.

Manchmal denke ich, daß der Zorn besser war, ich fühlte mich lebendiger, aber ich ertrug es nicht mehr, jedesmal gegen das Unausweichliche zu kämpfen. Beim ersten Mal fühlst du dich wie ein großartiger, romantischer Held, wie ein Titan; es immer wieder und wieder zu tun, ist nur frustrierend.

In diesem Moment hebt Gesang an. Im Grunde genommen ist es ganz richtig so. Armageddon ist auf Zehenspitzen angekommen, der Erzengel hat vermutlich seine Fanfare ins Pfandhaus getragen, oder jemand hat Heimdall das Horn gestohlen, während er von Met betrunken schlief. Jedenfalls ist eine Litanei sehr angebracht.

Aber dieser unwissentliche Trauergesang stört meine Konzentration. Deshalb verringere ich das Licht um mich und dämpfe den Ton, so daß er zu einer angenehmen Hintergrundmusik wird. Die Wirklichkeit zu verändern beschwört nun keine Gefahr einer Verzerrung mehr herauf, jedenfalls nicht mehr, als ein zum Tode Verurteilter sich wegen der Gesundheitsschäden sorgen muß, die die letzte Zigarette bei ihm noch verursachen könnte.

Ich bin jetzt in einen Kokon aus Dunkelheit eingeschlossen, den die anderen nicht sehen können. In diesem Dunkel beteten die Gläubigen und bereiteten ihre Seelen auf die Begegnung mit Gott vor, damals, als die Kathedrale erbaut wurde, bevor das elektrische Licht erfunden wurde und die ganze Atmosphäre ruinierte. Bereitet euch vor! Die Letzte Erfahrung ist nahe, die ich niemals kennenlernen werde. Manchmal beneide ich euch darum.

Innerhalb weniger Minuten bin ich bereit. Ich brauche nie lange, meinen Geist einzustimmen. Jetzt könnte ich in jedem Moment den Schleier zerreißen, der jede Wirklichkeit einhüllt und die Welten voneinander trennt. Kurz vor dem Ende werde ich es tun. Jetzt bleibt mir nur noch zu packen.

Während all dieser Zeit habe ich niemals an der Genauigkeit meiner Voraussicht gezweifelt, nicht einmal für einen Augenblick, nicht einmal mit einem flüchtigen Gedanken. Darin irre ich mich nie. Diese Kälte in der Seele, das Eis in Gehirn und Herz können nichts anderes bedeuten. Es nützt nichts, sich etwas vorzumachen. Die Hoffnung ist das einzige, das ich mir nicht erlauben kann, in meinem unsterblichen Leben.

Ich gehe.

Packen. Früher handelte es sich um eine ernsthafte, verdammt ernste Aufgabe, einen wichtigen Teil meines Lebens. Der Wanderer zu sein, hieß für mich, bedeutsame Gegenstände einer Welt zu retten, wenn ich schon nicht die ganze Welt retten konnte.

Ich bereitete mich sorgfältig auf diese Aufgabe vor. Ich verbrachte Jahre mit der Auswahl von Büchem, Bildern, Fotografien und kleineren Gegenständen aller Art. Ich interessierte mich nicht für ihren ›künstlerischen Wert‹, es war genug, wenn sie für mich irgendeine Bedeutung hatten. Und abgesehen davon, wer hat ein größeres Recht als ich auf ein wenig Solipsismus? Nach wenigen Welten schon besaß ich die großartigste Sammlung, die jemals bestanden hatte, ich war ausgesprochen stolz auf mich. Sie kostete mich sehr viel Zeit und Mühe, aber sie war das, was für mich einem Ziel am nächsten kam.

Später, natürlich, hörte es plötzlich auf. Es reichte schon, daß die Vorwarnung außergewöhnlich kurz war, während ich mich auf Reisen befand, so daß ich nicht genug Zeit hatte, meine Schätze zu retten. Es war ein großer Verlust für mich.

Es mag dumm oder gefühllos erscheinen, daß ich mehr durch den Verlust einiger weniger Gegenstände leide, als durch den einer ganzen Welt, aber ich bin weder das eine noch das andere. Nur, diese Dinge gehörten mir, ich war überzeugt gewesen, sie retten zu können, ich war für sie verantwortlich gewesen. Es war entsetzlich. Und es hatte mich gelehrt, daß ich mir keine Illusionen erlauben kann.

Seit damals sammle ich nur Erinnerungen, Gesichter, Lächeln, Landschaften, und mein Feind, wer auch immer er sein mag, hat keine Macht über sie. Natürlich braucht er das auch nicht, denn er weiß, daß ich mit der Zeit vergessen werde und dadurch einen unwiederbringlichen Schatz vergeude.

Inzwischen brauche ich keine Zeit mehr zum Packen, ich brauche nichts. Nur würde ich gerne Carol zum Abschied grüßen, ihr die Haare zerzausen und sie lächeln sehen, aber sie erwartet mich zu Hause, am anderen Ende des Kontinents.

Leb wohl, Carol, ich werde dich nie wiedersehen. Ich habe nur einen Nachruf für dich: Du warst ein Gedicht in der Galerie des Wanderers, der dich, auch wenn er es in diesem Moment leugnet, früher oder später vergessen wird.

Alles in allem glaube ich nicht, daß es sich gelohnt hat.

In diesem Teil der Stadt gibt es ein Lokal, das mir immer gefallen hat, intim und halbdunkel wie die Kathedrale (oder befand es sich auf einer anderen Welt? Ich weiß es nicht, aber das Lokal ist da, und abgesehen davon sind die Welten oft identisch).

Unangenehm überrascht entdecke ich, daß das Lokal voll ist, aber ich bin nicht in der Stimmung, mich *fair* zu benehmen und die Regeln einzuhalten, und außerdem stört mich all diese ungerechtfertigte Heiterkeit. Es genügt schon, die größte und lautstärkste Gruppe mit meinem Basiliskenblick anzustarren. Nach wenigen Sekunden fühlt sich jeder einzelne ausgesprochen ungemütlich, sie stehen auf und gehen.

Ich setze mich an den freigewordenen Tisch und gerate über einem Glas Bier ins Grübeln, immer wieder dieselben nutzlosen Gedanken. Ich weiß nicht, warum die Welten sterben und ich daraus fliehen kann, noch weiß ich, wer sie zerstört. Ich bitte euch, fragt mich auch nicht, ob meine Anwesenheit die Zerstörung auf eure Welten lenkt. Wie soll ich denn wissen, was anderswo geschieht, wo ich nicht anwesend bin? Oft und oft habe ich mir dieselbe Frage gestellt und bin darüber fast verrückt geworden.

Fragt mich auch nicht, wer ich bin, warum ich das einzig Wirkliche in diesen Schattenwelten darstelle, wer oder was die Welten zerstört oder welchen Sinn das Ganze hat. Ich weiß es nicht, möchte es aber noch viel dringender wissen als ihr.

Manchmal verliere ich mich in immer kühneren Spekulationen. Ich kann nicht glauben, daß ich nur ein Irrer mit einem wahnsinnigen Traum bin, es gelingt mir einfach nicht, die Realität meines Lebens anzuzweifeln. Also bilde ich mir manchmal ein, daß ich der Schöpfer all dieser vergänglichen Welten aus Schönheit und Schatten bin, ein unvollkommener Schöpfer, dem es nicht gelingt, seinen Werken Stabilität zu verleihen.

Aber es ist sinnlos, darüber nachzudenken. Diese Welt habe ich geliebt, sie verdient einen besseren Abschied.

Ich sehe mich um und wähle ein Mädchen aus. Sie ist zierlich, blond und hat helle Augen, mit einem Ausdruck, der ihre Verletzlichkeit verbergen soll. Ich sollte diese Art von Mädchen meiden, denn sie verstärken nur mein Gefühl der Ohnmacht, mein Unvermögen, ihnen den Schutz zu geben, den sie nicht zu verlangen wagen — aber ich fühle mich unwiderstehlich von ihnen angezogen. Vielleicht weil sie mir zu leiden ermöglichen.

Wie bereits gesagt, bin ich nicht in der Stimmung, mich *fair* zu verhalten. Ich starre sie an, so lange, bis sie aufsieht und unsere Blicke sich begegnen. Ihre Augen drücken zunächst Spott und dann Verwunderung aus, ein blitzartiges Erkennen, während ihre Augen sich weiten. In diesem kurzen Moment sieht sie durch mich hindurch, über meinen Körper hinaus, sieht die unendliche Folge von Welten und Leben, die ich kennengelernt habe. Noch ein kurzer Widerstand, und dann läßt sie sich gehen.

Die anderen an ihrem Tisch lachen spöttisch, während ich auf sie zugehe. Erst kurz darauf bemerken sie, daß dieser Kerl — ich — zu unverschämt ist, oder daß irgend etwas nicht so ist, wie es scheint.

Ich nehme ihre Hand. Sie lächelt mich an und erhebt sich, um mir zu folgen. Die beiden Männer an ihrem Tisch springen auf, aber ich friere sie mit einem Blick ein. Sie fallen auf ihre Stühle zurück, verwirrt, aber mit der Gewißheit, etwas außerhalb ihres Verständnisses berührt zu haben.

Wir verlassen das Lokal, und das Mädchen lächelt mich strahlend an. Begeht nicht den Fehler, sie falsch zu beurteilen. Sie selbst hätte sich ihr ganzes Leben lang gefragt, wie sie so etwas hatte tun können — das heißt, wenn sie noch ein Leben gehabt hätte. Es ist ganz einfach: sie hatte keine Wahl. Dem Wanderer kann nichts verweigert werden, wenn er beschließt, es zu fordern.

Mir gelten alle Hotels gleich, der Luxus interessiert mich nicht sehr. Wir gehen in das erste, das wir sehen, und der Portier reicht mir mit geweiteten Augen einen Schlüssel, ohne mich mit Banalitäten wie Eintragungen und Bezahlung zu belästigen. In Momenten wie diesem ertrage ich keine leeren Worte.

Im Zimmer angelangt, setzt sie sich aufs Bett, und ihr Gesichtsausdruck verletzt mich stärker, als ich es mir vorgestellt hatte. Oder vielleicht hatte ich es auch gewußt. Vielleicht habe ich seit jeher einen Schuldkomplex, ich kann nicht begreifen, warum ich die Zerstörung meiner ersten Welt überlebt habe. Vielleicht ist dies meine Art der Buße.

Sie blickt mich mit den riesigen Augen eines Menschen in Trance an, der nicht genau weiß, ob er erwachen will oder nicht. Sie hat grüne Augen. Ich hatte es noch gar nicht bemerkt, aber ich hätte es eigentlich wissen können. Alle meine Frauen haben grüne Augen.

Ich trete näher und knöpfe ihr langsam die Bluse auf. Schweigend. Es gibt keine Worte, die diesen Moment erleichtern könnten, aber viele, die ihn zerstören könnten.

Auch sie scheint dies zu begreifen und sagt nichts. Sie senkt den Blick nicht, während ich sie ausziehe. Ihr Blick ist der eines verunsicherten Kindes.

Wir lieben uns lange, mit einer fast unnatürlichen Langsamkeit. Meine Bewegungen sind zart und vorsichtig, als ob ich Angst hätte, diese kleine blonde Blume zu knicken, oder diese arme, kleine, verurteilte Welt zu zerquetschen. Schließlich schlafe ich in ihren Armen ein, ich, der ich niemals schlafe, ich, der Mann mit dem Herzen aus Stein.

Ein leichtes Zittern in meinen Muskeln und Knochen weckt mich, ein Zittern wie von unterdrückter Gewalt und Angst. Sie schläft noch, eng an mich geschmiegt.

Sie. Mein Gott, ich weiß nicht einmal ihren Namen. Wenn ich Zeit hätte, würde ich sie jetzt danach fragen, jetzt wäre der richtige Moment zum Sprechen, so eng aneinandergeschmiegt.

Aber ich habe keine Zeit mehr. In der ganzen Stadt schauen die Menschen zum Himmel, halten den Atem an und reißen die Augen auf, und ich spüre die Welt erzittern. Es ist eine dumpfe Vibration, seltsamer als irgend jemand sich das vorstellen kann. Binnen kurzem wird etwas in der sogenannten Wirklichkeit zerbrechen, und *sie* werden hier sein.

Nach und nach zerfließt alles um mich herum, wird wie von einem dunklen Schleier eingehüllt, der dennoch alle Einzelheiten erkennen läßt. *Sie* sind hier, wer oder was auch immer *sie* sein mögen, *sie* seien bis in alle Ewigkeit verflucht. Ich spüre *sie* in der Stadt herumflitzen, wie verrücktgewordene Bienen, und das Entsetzen schnürt den Bewohnern die Kehle zu, so daß sie sich nicht einmal durch Schreien Erleichterung verschaffen können.

Sie sind ganz in meiner Nähe. *Sie* suchen mich. Ich erhebe mich vom Bett und werfe einen letzten Blick auf das Mädchen. Sie ist noch nackt, liegt zusammengerollt im Bett und drückt die Decken an sich, als ob diese sie vor dem Alptraum schützen könnten. Ich nehme mit einem langen Blick Abschied und will dann aufbrechen.

Um uns herum löst sich das Hotel in einer grauen Staubwolke auf, und wir finden uns auf einem toten, staubbedeckten Gelände wieder, in der Wirklichkeit, die Basis und Ursprung jeder einzelnen Schattenwelt ist.

Einer von *ihnen* hat uns gefunden. Sie sieht *ihn* noch nicht, aber sie hat auch nicht meine Erfahrung. Es handelt sich um eine Kugel, gemacht aus Dunkelheit, aus Nichts, vielleicht aus Haß oder auch nur aus Gleichgültigkeit, die sich von allem nähren möchte, das des Existierens schuldig ist.

Wenn *er* mich angreifen würde, könnte ich innerhalb von wenigen Sekunden in den Schatten überwechseln, könnte den Tod hinter mir vergessen und so tun, als ob vor mir eine wahre Zukunft läge. Statt dessen sehe ich entsetzt, daß *er* das Mädchen anpeilt. Auch sie sieht *ihn* nun und schreit. Ich sehe ihren Tod kommen, während ich mich nur panikerfüllt und hilflos winden kann, wie ein aufgespießtes Insekt.

In meinem Innern spricht mich eine Stimme an, übertönt das Entsetzen in meinem Gehirn; die Stimme eines jüngeren Selbst, weniger weise und müde, die Stimme dessen, der ich vor langer, langer Zeit einmal war.

»Bist du schon so heruntergekommen, alter Wolf? Hast du dich durch Schläge zähmen lassen? Bist du nur noch so viel wert wie ein verängstigter Welpe? Hast du etwa deinen Stolz und deinen Zorn ganz vergessen, alter Krieger?«

Plötzlich scheint die Welt von neuem zu zerbrechen, aber diesmal handelt es sich um meine persönliche Welt, um all die Schutzschichten, die ich um mich herum aufgebaut habe, um mich vor Schmerz zu schützen. Sie darf nicht sterben. Ich werde es nicht zulassen.

Der Schmerz umgibt mich wie Flammen, er bedeckt mich wie ein Mantel, er verzehrt mich bis in die Tiefe meiner Seele, und aus meiner Asche erhebt sich eine unendliche Wut. Der Feind wird sie nicht töten.

Der Haß wächst in mir wie lodernde Glut, er umgibt mich wie eine Rüstung, er wird zu einer Flammenlanze, die die Schattenkugel durchbohrt. Nicht einmal in der fernen Vergangenheit, am Anfang aller Zeiten, als ich noch jedesmal gegen *sie* gekämpft habe, war es mir je gelungen, einen von *ihnen* mit solcher Kraft zu treffen.

Aus dem Innern dieses pulsierenden Nichts steigt ein Seufzer des Unglaubens auf, vielleicht auch der Angst.

Ich lasse all meine Wut aus mir herausbrechen und schlage wieder zu.

Diesmal wird aus dem Seufzer ein Schrei, und die Kugel flieht. Flieht! Der Zerstörer flieht! Dies ist noch niemals vorgekommen, ich hätte es nie für möglich gehalten.

Um mich herum verschwimmt alles, zieht sich zusammen und dehnt sich wieder aus, wie der Schlag eines enormen Herzens, und ich befinde mich wieder in jenem Hotelzimmer mit den vertäfelten Wänden und dem zerwühlten Bett.

Mein Jubel ist grenzenlos. Es kann aufgehalten werden! Die Zerstörung kann verhindert werden!

Ich trete ans Fenster und sehe von allen Seiten Schattenkugeln auf mich zukommen. Die Schreie der Stadtbewohner steigen zum Himmel auf, aber nichts kann mich in diesem Moment stören. Habt keine Angst, euer Beschützer ist zurückgekommen.

Ich beobachte das Näherkommen meiner Feinde, und Erinnerungen an tausend Schlachten, an tausend Niederlagen überfallen mich.

Ich habe keine Angst. Schon immer habe ich gewußt, daß die Angst eine *ihrer* Waffen ist, aber diesmal wird sie nicht funktionieren. Ich weiß nicht warum, aber ich spüre, daß es diesmal anders ist. Meine irrsinnige Wut wird mir Kraft geben.

Ich warte, bis *sie* noch näher gekommen sind, dann schlage ich zu. Die Lanze meines Hasses sticht wie ein Laser in den düsteren Himmel, und bei ihrer Berührung vibrieren die Kugeln und explodieren, lösen sich auf.

Jetzt kommt es mir vor, als ob ich auch aus der Wirklichkeit, die mich umgibt, Kraft schöpfe. Wirklichkeit, kein Schatten. All dies existiert, weil ich es beschütze; ich beschütze es, folglich existiert meine Welt.

Sie ziehen sich zurück, und in meinem Hochgefühl frage ich nicht nach dem Grund dieses meines unmöglichen Sieges. Vielleicht hatten *sie* keinen Widerstand erwartet, vielleicht bin ich im Laufe der Jahrhunderte stärker geworden, als ich früher einmal war, vielleicht gibt es tausend andere Gründe. In diesem Moment ist es nicht wichtig.

Die Ruhe senkt sich auf mich herab, schwer wie ein Bleimantel, und ich bemerke, daß ich erschöpft bin. Ich drehe mich um, wanke aufs Bett zu und verliere das Bewußtsein, noch bevor ich die Decken berühre.

Als ich die Augen öffne, weiß ich nicht, wieviel Zeit vergangen ist, und das bleiche, verschwommene Licht, das durch den Vorhang eindringt, hilft mir nicht. Das Mädchen ist nicht mehr bei mir.

Ich öffne die Zimmertür, und zu meinen Füßen breitet sich die graue und staubbedeckte Unendlichkeit der Originalwelt aus.

Ich setze mich in Bewegung in diese Welt aus Stein und Asche und bereite mich vor, den Schleier zu durchqueren. Eine weitere Welt aus Schatten und Traum erwartet den Wanderer.

Originaltitel: ›Il Camminatore‹
Copyright © 1990 by Perseo Libri
erstmals erschienen in ›NOVA SF‹ Nr. 18;
mit freundlicher Genehmigung des Autors
und Perseo Libri, Bologna
Copyright © 1993 der deutschen Übersetzung
by Wilhelm Heyne Verlag, München
Aus dem Italienischen übersetzt von Gabriele Fischer

Pierre Stolze · Frankreich

HEIMLICHER SPAZIERGANG INS LAND DER LEBENDEN

Er hat sich erneut gezeigt. Plötzlich. Hinter der Fensterscheibe tauchte sein Gesicht auf, fahl und blaß wie der Mond im Winter. Seine reglosen Augen unter der gerunzelten Stirn und den dichten Brauen starrten uns lange an. Nur Großmutter war sich dessen nicht bewußt. Oder sie fühlte sich nicht von der Erscheinung betroffen. Sie aß weiterhin ihre Suppe und murmelte zwischen jedem zitternden Löffel, zwischen jedem verstohlenen Schlürfen traurig unverständliche Worte … zu sich selbst. Der Vater, die Mutter, der Onkel, der Cousin — alle gaben sich völlig ahnungslos. Allzu offensichtlich vermieden sie es, trotz der unleugbaren Anziehungskraft zum Fenster zu schauen; eilig begannen sie, die sonst während den Mahlzeiten stets schwiegen, ein belangloses, nichtssagendes Gespräch. Dabei hätte ich so gerne gefragt: Verdammt noch mal, wer ist das? Was will er? Ich wollte alles über diese plötzlich aufgetauchte Gestalt erfahren und zappelte so unauffällig auf meinem Platz auf der Tischbank, daß mein ältester Bruder mir einen heftigen Stoß in die Rippen versetzte.

Seit ewigen Zeiten beobachtet er uns. Zumindest seit ich mich erinnern kann. Wenn wir im Sommer von der Heuernte heimkehren, taucht er plötzlich am Ende des aufgewühlten Hohlwegs auf, zwischen den beiden endlos vor sich hin dörrenden Haselnußsträuchern. Ebenso in der Nähe des Teichs, an die knorrige, verstümmelte Weide gelehnt, wenn wir im Herbst in den Wald gehen, um Holz zu holen. Und im Winter, wenn wir eng aneinandergedrängt unsere abendliche Suppe essen, wenn der Wind in den Bäumen heult, unter den Dachziegeln stöhnt und den Herdrauch am Entweichen hindert, taucht er plötzlich hinter dem beschlagenen Küchenfenster auf.

Er ist stets gleich gekleidet: mit einer unförmigen Mütze, einer dicken, verwaschenen Jacke, einer weiten Cordsamthose und schweren Halbstiefeln voller Schlamm. Sogar wenn er sich zwei, drei oder noch mehr Monate lang nicht blicken läßt, kann man sicher sein, daß er eines Tages und unversehens erneut auftaucht. Übrigens sagt er nie auch nur ein einziges Wort. Er bleibt stets auf Distanz, von uns getrennt wie durch eine unsichtbare Grenze, oder hinter der schmutzigen Fensterscheibe, die zumindest eine fühlbare, stoffliche Grenze darstellt. Wir, wir sprechen niemals über ihn, wir tun so, als würde er gar nicht existieren. Und Großmutter zittert ihr ewiges Zittern, während ihr Blick sich in einer fernen Vergangenheit, über die niemand etwas weiß, oder hinter dem Tod verliert, an einem verbotenen Ort, an dem niemand zu sprechen wagt und den niemand kennt, genausowenig wie das Gespenst, das Phantom, das uns das ganze Jahr über aus der Ferne betrachtet.

Möglicherweise besucht die seltsame Gestalt auch noch andere Familien in unserem Dorf. Ich weiß es nicht. Da die verschiedenen Familien kaum miteinander sprechen, die andern ebenso schweigsam sind wie wir und das ganze Dorf, wenn das denn der Fall wäre, demselben Schweigegesetz gehorchen würde, ist es unmöglich herauszufinden, ob der Vagabund mit der Mütze seinen verrückten Blick ebenfalls in die Küchen der übrigen, auf sich selbst zurückgezogenen Häuser wirft.

Die Arbeit ist hart, die Erde unfruchtbar, das Klima unberechenbar. Jeden Samstag gehen wir zur Beichte und jeden Sonntag zur Messe. Donnerstags, wenn das große, rote Auto des Lieferanten ins Dorf kommt, erfahren wir das Neueste aus der Stadt. Die Kinder gehen zu Fuß ins Nachbardorf, wo sich die Schule befindet. Nach dem Wehrdienst kommen die jungen Männer entweder auf das Land zurück oder auch nicht. Die Alten zittern ihr ewiges Zittern. Es ist ein monotones, schwieriges Leben. Warum also diese Monotonie durchbrechen, warum uns das Dasein noch schwerer machen und uns um die geheimnisvollen Motive unseres rätselhaften und stummen Besuchers kümmern?

Ich habe den Eindruck, meine ganze Kindheit sei mehr von dem unerwarteten Auftauchen des Wesens mit dem verrückten Blick bestimmt worden als von den Jahreszeiten. Noch heute beunruhigt mich die quälende Erinnerung daran, und außer seinem starren, erleuchteten Blick ist mir von seinen Gesichtszügen nichts im Gedächtnis geblieben. Hatte er überhaupt ein Gesicht? Oder verbargen sich unter seiner Mütze nur zwei forschende, anklagende Augen? Die Erinnerungen verflüchtigen sich und erlöschen wie erkaltende Glut.

* * *

Ich habe dasselbe getan wie andere junge Männer aus dem Dorf: nach dem Militärdienst bin ich nicht ins Dorf zurückgekehrt und habe nie wieder etwas von mir hören lassen. Ich habe nach etwas anderem gesucht. Nein, nicht nach Reichtum, nicht einmal im entferntesten. Nach Abenteuern? Auch nicht. Ich habe einfach gelebt — anderswo. Ich habe eine Menge anderer Dörfer kennengelernt! Und auch andere Städte.

Hie und da also dachte ich an das Gespenst, an den Besucher, der aus dem Unwahrscheinlichen gekommen war. Ja, gelegentlich dachte ich an ihn. Allerdings immer seltener. Denn die gespenstische Silhouette des Unbekannten wurde nach und nach von einer Vision, einem Traum, einem beschwörenden, überraschenden Bild überlagert. Eine bewegte, mannigfaltige, warme, eindringliche Szene. Eine Phantasie oder ein Symbol oder gar eine Erinnerung, die aus einem anderen Gedächtnis stammte, aus einem Gedächtnis, das älter war als mein Gedächtnis: im Heizraum eines alten Frachtdampfers, auf einem gewundenen Maultierpfad, hinter dem Kontrabaß eines Bebop-Orchesters, im Hinterzimmer eines einsamen Ladens in den Tropen, vor der Setzmaschine einer mehr oder weniger geheimen Druckerei, am Fuß einer abgetakelten kalifornischen Wellingtonia, neben der mäandernden Quelle einer endlich erreichten Oase, auf den ohrenbetäubenden Drehgestellen eines Viehwaggons tauchte plötzlich ein überwältigendes, eindeutiges, unwiederbringliches Bild auf: das Bild eingeschneiter Gipfel, eines leuchtenden Schiffes mit straffen Segeln, das Bild der Sonne, die vom letzten Aufflammen ihres täglichen, ewigen Selbstmordes verschlungen wurde.

* * *

Und dann wurde ich älter. Und am Ende begegnete ich dem Gespenst meiner Kindheit. Zufällig. Es saß am Rand eines Weges, am Ein- oder Ausgang einer ängstlichen Ansammlung alter, baufälliger Häuser, und wartete auf mich. War es ein jugoslawisches oder ein mexikanisches, ein asiatisches oder ein afrikanisches Dorf? Es spielte keine Rolle, denn ich war so viel herumgekommen, ich war so oft von den Zufällen einer durchschnittlichen Existenz, von den Wechselfällen eines unbedeutenden Schicksals hin- und hergeworfen worden, daß alle Dörfer, alle Gesichter, denen ich unterwegs begegnet war, am Ende nicht mehr voneinander zu unterscheiden waren. Doch ihn, den Geist, das Phantom, ihn habe ich an jenem Tag sehr wohl wiedererkannt, er hob sich deutlich von der Unschärfe der unbedeutenden, belanglosen Umgebung ab. Ich setzte mich neben ihn ins Gras des Abhangs. Er zog seine und ich zog meine Pfeife hervor. Jeder gab dem andern von seinem Tabak. Sein Tabak war stark, herb und kratzte. Er sagte nichts. Ich sagte nichts. So saßen wir da, Seite an Seite und ziemlich lange, er in seiner Cordsamthose und ich in meiner verwaschenen Jeans. Schließlich erhob er sich. Ich tat dasselbe. Er drehte sich zu mir, und ich schaute ihn an. Sein Gesicht ... Welches Gesicht? Seine Augen, ja, seine Augen würde ich nie vergessen. In seinen leuchtenden Pupillen sah ich, oder vielmehr: erkannte ich einen wundervollen Dreimaster mit prallen Segeln und geneigten Spieren, der auf den Wellen eines gewaltigen Gletschers den Hang eines phantastischen Berges hinabfuhr und, parallel zu den Lavaströmen, welche die untergehende Sonne in die tiefen, gekurvten Spalten fließen ließ, stolz seine Spur zog. Und auf wundervolle, anmutige Weise schwang sich das Schiff zur Eroberung des Himmels empor, mit stets gleichbleibender Geschwindigkeit und während die Sonne sich weigerte, unterzugehen, um die lodernde Herrlichkeit der eisigen Fahrt nicht im geringsten zu trüben.

* * *

Und dann wurde ich noch älter. Und schließlich kam ich erneut in das Dorf meiner Kindheit. Kein Zweifel, ein schlaues Schicksal hatte mich dorthin zurückgeführt, wo ich aufgewachsen war, wo ich, schüchtern und fröstelnd, so lange zwischen meinem Vater und meinem ältesten Bruder geschwiegen hatte. Ich entschied mich für eines der Häuser. Möglicherweise war es das Haus meiner Familie. Wie hätte ich das wissen sollen? Hier sehen alle Häuser gleich aus. Ich schaute durch eine der schmutzigen oder beschlagenen Fensterscheiben. Der

Vater, die Mutter, der Onkel, die Kinder saßen beim Abendessen. Sie ahnten meine Anwesenheit, doch sie schauten weg, es schien ihnen peinlich, doch sie gaben sich gleichgültig. Sie begannen ein beliebiges Gespräch und fühlten sich verpflichtet, ungeschickt über nichts und wieder nichts zu reden. In einem abgewetzten Sessel zitterte die Großmutter ihr ewiges Zittern, in Gedanken weit weg, in einer fernen Vergangenheit oder auf der andern Seite, auf der Seite des Todes.

Und am Ende war ich wirklich alt. Und ich schaute zum Horizont:

Wo sich ein gewaltiger Berg erhebt, an dem sich die Wölbungen eines langen Gletschers, einer Riesenzunge ähnlich, herabwälzen. An einem breiten Kai aus Gras wartet ein wunderbarer Dreimaster mit sorgfältig aufgeschürzten Segeln geduldig darauf, daß ich an Bord gehe. Und über meinem Kopf steht eine riesige Sonne am höchsten Punkt ihrer Bahn und schiebt ihren tödlichen Sturz immer wieder hinaus. Und der Kapitän des auslaufenden Schiffes trägt eine eingedrückte Mütze, unter deren Schirm sich starre, ausgehöhlte Augen verbergen.

Überall zittert eine Alte,
genauso mager und knochig wie ich,
den Blick verloren jenseits der Grenze der Lebenden

Originaltitel: ›Promenade furtive au pays des vivants‹
Copyright © 1983 by Pierre Stolze;
erstmals erschienen in ›Mouvance‹ Bd. 7;
mit freundlicher Genehmigung des Autors
Copyright © 1993 der deutschen Übersetzung
by Wilhelm Heyne Verlag, München
Aus dem Französischen übersetzt von Georges Hausemer

Ludvík Souček · Böhmen

HERR KOLLEGE

Sapiens nihil affirmat
quod non probabat
(Der Kluge bestätigt nichts,
was er nicht nachgeprüft hat)

Doktor Kovar traf mich hier ganz wider mein Erwarten an. Er kam eines späten Nachmittags in die Weinstube in der Prager Altstadt hereingeplatzt, wo ich hin und wieder zu Abend aß und einige Schoppen trank.

Es herrschte nämlich eine wundervolle Ruhe hier; um diese Stunde war es an den schön patinierten Tischen fast menschenleer. Nur in einer Ecke hockte wie gewöhnlich über seinem Viertel Rotwein der Maler Frantisek Tichy, heute wie meistens allein; selten traf er sich mit einem bestimmten namhaften Fotografen oder mit einem seiner malenden Berufsgenossen.

Nahe der Tür sang der Schustermeister Petrlik, nach konsumierter Weinration, vor sich hin. Kellner Palhans, ohne Beschäftigung, hing hinter einer Düstermiene seinen wahrscheinlich unlustigen Gedanken nach. Ansonsten war um diese Zeit kaum eine Menschenseele anzutreffen. Die Gelegenheitsgäste schneiten später am Abend erst in Scharen herein.

Die Schänke hat sich nach den Begebenheiten, von denen ich schreibe, bis zur Unkenntlichkeit verändert; es ist ein kahles, scheußlich modernes Trinklokal daraus gemacht worden. Damals war es ein urgemütlicher Ort, anheimelnd und nach tiefschürfenden, sich öffnenden Gesprächen geradezu verlangend, deren Wahrheitsgehalt mit jedem Glas wuchs.

Ich traute also meinen Augen nicht richtig. Der für seine Abstinenz bekannte Doktor Kovar kreuzt in einer Weinstube auf!

»Herr Kollege!« rief ich aus meiner behaglich dunklen Ecke. »Was sehen meine entzündeten Augen? Sie — in dieser dem feuchten Laster gewidmeten Lokalität?«

Kovar drehte sich suchend um. Aus gewissen Gründen erwartete ich, daß ihn meine Gegenwart nicht gerade begeistern würde; doch seine Miene bekam einen echt erfreuten Ausdruck.

»Sie sind das, Herr Bruner? Dann hoch das Vaterland! Ich habe schon befürchtet, daß man mich über Ihre Neigungen falsch informiert hat.«

»Sie suchen mich anscheinend, Herr Kollege? Wer gab Ihnen den Tip?«

»Cyril, Ihr Laborant. Zu dieser Tageszeit finde man Sie entweder im ›Goldenen Hecht‹ oder eben in diesem Lokal. Dort waren Sie nicht. Hätte ich Sie auch hier nicht angetroffen, müßte Ihnen wohl etwas zugestoßen sein.« Er kicherte nervös und begann vollkommen unmotiviert seine Brille mit dem Zipfel seiner schrecklichen Krawatte zu putzen.

»Cyril wird morgen für seine Geschwätzigkeit büßen«, drohte ich, »aber da Sie mich nun schon erwischt haben, nehmen Sie doch Platz, bitte sehr! — Herr Palhans, noch ein Viertel vom herben Roten!«

Kovar wehrte erst mit beiden Händen ab, doch dann wurde ihm bewußt, daß er sich in einer ausgesprochenen Weinschenke befand, wo es sich ziemt, solchen Saft zu konsumieren. Er protestierte nicht weiter. Hernach nippte er gelegentlich sogar an seinem Kelch.

»Also, erzählen Sie mir, was führt Sie her, Sie leuchtende Zierde der tschechischen Biochemie?«

»Ach, wissen Sie«, begann Kovar unsicher, »ich zog es vor, Sie hier zu treffen, weil ... weil ich das Gefühl habe, daß Sie mich auslachen werden. An solch einem Ort verkrafte ich es besser als im Institut, vor Freunden, Kollegen, vor Ihrem Assistenten Cyril und ... na Sie verstehen mich?«

»Sehr wohl«, bestätigte ich ihm mit einem Hintergedanken. »Und daß Sie hier mit einem alten und erfahrenen Kollegen auf einen Drink zusammensitzen, das gereicht Ihrer Jugend ja nur zur Ehre! Nun machen Sie keine Miene wie ein presbyterianischer Prediger bei einer Striptease-Show, ich bitte Sie! Übrigens ich weiß einiges über Sie und Kollegin Jana — ha, ha! Glauben Sie mir, das ganze Institut ist im Bilde — so gut wohl, wie Cyril über meinen Stammtisch allhier. Also, liebster Freund, wo brennt es?«

Der Gefragte polierte die klaren Augengläser noch einmal. »Herr Bruner, was ich Ihnen sagen möchte, das ist kein Jux, verstehen Sie ...«

»Fein. Also vorwärts, trompeten Sie zum Sturm! Ich höre!«

»Sie wissen ja, ich arbeite momentan an einem Auftrag der Pharmazie. Bei dieser Gelegenheit habe ich nicht nur chemisch, sondern auch optisch eine ganze Reihe von Stoffen aus verschiedenerlei Pflanzen und Tierkörpern analysiert. Und alle organischen Stoffe in unserer irdischen Biomasse zeigen, soweit sie optische Aktivität aufweisen, einen Linksdrall.«

»Davon habe ich als Doktorand der Naturwissenschaften schon gehört«, konnte zu bemerken ich mich nicht enthalten.

Der entflammte Kovar nahm die dicke Ironie meines Kommentars überhaupt nicht zur Kenntnis. Über den Linksdrall der Lebensbausteine wird heute schon auf der Mittelstufe des Schulunterrichts informiert, wie auch ich kinderloser Eierkopf weiß.

»Sie sehen!« nickte er zufrieden. »Es ist eine der Grundeigenschaft der Lebensformen. Die Linksneigung ist so selbstverständlich, daß sich seit geraumer Zeit niemand mehr wissenschaftlich damit befaßt hat. Und nun stellen Sie sich vor, lieber Bruner — ich habe Substanzen mit Rechtsdrall gefunden! Ja, ganze Gruppen; und sie sind Teile des Protoplasmas!«

Ich gab dem Kellner Palhans ein Zeichen, er möchte sich mit noch zwei Schoppen zu uns bemühen. Kovar war manchmal mimosenhaft empfindlich, und ich wollte ihn nicht unnötig reizen; zumal in meiner Abteilung Doktorin Jana arbeitet, in die der Bursche seiner Ansicht nach heimlich, jedenfalls erfolglos, verliebt war. Nun, das ist ein anderes Kapitel. Es überkam mich heute Mitleid mit dem berühmten Kollegen ob seiner erotischen Donquichotterie.

»Gut, Herr Kollege. Aber solche Ausnahmen haben doch bereits Achimow und Brünnings entdeckt. Der Sachverhalt ist mir durchaus bekannt, wiewohl ich nur ein gewöhnlicher Zoologe bin und meine Habilitation — Gott sei gelobt! — schon ein paar Jährchen hinter mir liegt.«

Doktor Kovar machte sich schon wieder an seinen Brillengläsern zu schaffen. »Selbstverständlich habe ich mir von dem Akademie-Ausschuß eine ordentliche Studie anfertigen lassen. Ich kenne die diesbezüglichen Arbeiten, wenigstens alle grundlegenden — Achimow, Brünnings, Dave, Sullivan und einige mehr. In Kolloiden treten stets auch rechtsdrallige Moleküle auf. Ich weiß selber auch noch nicht, auf welche Weise die Biester da hineingekommen sind, aber es gibt eine einfache Erklärung, und die Wissenschaft befaßt sich — wie gesagt — seit längerem nicht mehr mit dem Problem. Meine Entdeckung ist etwas völlig anderes, Herr Bruner: Ich habe Organismen gefunden, die einen kompletten Rechtsdrall der Aminosäuren aufweisen, einschließlich mitgeführter Kohlehydrate und Fettsäuren.«

Er hielt inne. Ich überlegte, was ich ihm antworten

könnte. »Der Befund scheint wirklich eine Sensation zu sein, Kovar«, ließ ich mich schließlich vernehmen. »Auf die Erforschung winkt ein Staats-, ja womöglich der Nobelpreis. Falls Sie sich nicht irren und nur angelapertes Material gesehen haben! Es klingt wie ein Märchen, daß man heute immer noch Entdeckungen von fundamentaler Bedeutung für die theoretische Chemie machen kann, und das mit einer Ausstattung aus dem neunzehnten Jahrhundert. In Ihrem Fall wohl hauptsächlich nur mit einem Polarimeter. Ich gratuliere! Doch habe ich immer noch nicht begriffen, was die Sache meine Wenigkeit angeht!«

Kovars Hand mit dem vollen Glas schwankte, der Wein schwappte auf die Tischplatte. Das machte hier zum Glück nichts aus. Tischdecken verwarf Herr Palhans, der hierorts das Kommando hatte, als eine zwecklose Ausschweifung.

»Ich habe Ihnen noch nicht alles gesagt, Bruner. Eigentlich nicht einmal die Hauptsache. Aber zuerst müssen Sie mir versprechen, daß Sie das vorerst alles für sich behalten werden. Auch Sie sehen ein, daß die Biochemie möglicherweise erst am Anfang steht.«

»Davon bin ich überzeugt, Herr Kollege«, pflichtete ich ihm bei. »Und wenn ich von der Sache Seiner Majestät Robert dem Großen nur ein Sterbenswörtchen zuflüsterte, hätte der Herr Hauptdirektor eine ruhmvolle wissenschaftliche Arbeit mehr, und Sie würden sich in der Vorrede wiederfinden, unter den nicht weiter genannten ›lieben Mitarbeitern‹, die hier etwas brachten, da etwas realisierten, dort nach dem Diktat geschrieben haben ... ha — ist es so?«

»Genau!« Kovar blickte sich erschreckt um, ob nicht etwa das Antlitz Roberts des Großen telekinetisch auftauchte.

Natürlich erschien es nicht. Nur der Schustermeister Petrlik hockte in seiner Ecke, hingesunken, besiegt von seinem eigenen Gesang.

»Haargenau! Und über Sie weiß ich, daß Sie ein aufrichtiger Mensch sind, dem ich Vertrauen schenken kann, glaube ich.«

Artig dankte ich. »Meine unbedeutende Person wird sich bemühen, Ihre Vertrauensseligkeit zu rechtfertigen. Außerdem versichere ich Ihnen, daß ich mich nicht als Mitautor hineinschieben werde. Bei meiner Seele! Molekularstrukturen sind nicht mein Revier.«

Kovar fiel ein Stein vom Herzen.

»Ich wußte ja ... ach. Die Hilfe, die ich von Ihnen erbitte, ist nicht schwer zu erfüllen. Wir können das Problem gleich auf der Stelle angehen.«

Ich war gut aufgelegt. »Ausgezeichnet. Zwar habe ich in der Taverne noch kein wissenschaftliches Problem gelöst. Aber der Mensch soll sich neuen Möglichkeiten nicht verschließen.«

»Das Interessanteste bei meinen Feststellungen ist, daß sich die rechtsanlagernden Moleküle ... wie soll ich es sagen, damit es Ihnen als Makrobiologen da nicht spanisch vorkommt ... kurz und gut: In einigen besonderen Organismen ...«

»Aha«, unterbrach ich ihn. »Sie meinen gewisse Individuen der Spezies Mensch?«

»Halten Sie mich jetzt nicht zum besten! Ich weiß, daß für Sie Tier biochemisch gleich Tier ist, und Pflanze gleich Pflanze, abweichend von beiden Stämmen die Pilze, und so weiter ins Einzelne. Der Common sense ...«, tadelte er mich.

»Nein«, erklärte ich mit Bestimmtheit. »Sie können mit mir über ziemlich alles reden, aber in einem gelehrten Disput, den Sie in diese unheilige Räumlichkeit geschleppt haben, sprechen Sie bitte nicht vom gesunden Menschenverstand! Schon die alten Griechen, von Einstein und Heisenberg ganz zu schweigen, haben feststellen müssen, daß sich die Denkungsart des Demos mit Vernunfterkenntnis und Prädikatenlogik höchstens rein zufällig verträgt.«

»Nun gut«, stöhnte Kovar, »ich sag' es also anders. Einige Blumen ...«

»Blütenpflanzen«, verbesserte ich ihn.

»Wenige Pflanzen- und Tierarten weisen absurde Fremdeigenschaften auf, wie sie in der Natur sonst nie beobachtet worden waren: Abnormitäten in der Kombination und Selektion der Eigenschaften, auch Abnormitäten in den Baumustern selbst. Wissen Sie?«

»Ja, freilich. Ich könnte Ihnen einen ganzen Haufen aus dem Stegreif aufzählen.«

»Fabelhaft, Kollege Bruner, das ist es, worum es mir geht ... Ich möchte Sie ersuchen, gerade drum, äh ... Stellen Sie sich vor, ich habe eine Anzahl rechtsgewundener Glieder im Protoplasma etlicher Lebensspezies entdeckt. Nicht wie in den von Ihnen zur Sprache gebrachten Fällen, wo rechtsdrallige Materie bei einigen Individuen, nicht bei der ganzen Art, durch Stoffwechsel eingebaut worden war.«

»Haben Sie schon eine Theorie, oder wenigstens einleuchtende Hypothesen, Kovar?« Ich mußte mir Mühe geben, mein steigendes Interesse, meine innere Erregung und Anspannung zu verbergen.

Seine Brust schwoll an. »Glauben Sie mir, Bruner, ich vertraue Ihnen ganz; deshalb werde ich Ihnen alles sagen. Ich vermute, daß diese Organismen, bei denen ich die Rechtsanlage festgestellt habe, höchstwahrscheinlich eine ... artenatypische Erscheinung — nichts weiter als die dominante Vererbung jeweils einer einmalig aufgetretenen Mißbildung sind, aber hier eben der stereotypen Mißbildung, daß sich das Kettenmolekül andersherum aufwickelt. Wie Sie ja wissen, kommt der Mutationssprung aus fehlerhaften chemischen Bindungen in den Erbträgern. Die meisten Mutanten sind von vornherein nicht lebensfähig, manche bleiben lebenstauglich, aber eben mit einem seltsamen, neuen Erbmuster, dessen Sinn und Nutzen nicht einleuchtet. Nicht wahr?«

Ich griff nach meinem Schoppen, damit Kovar nicht

merkte, wie mich seine Fehlhypothese erleichterte. Sie schien mir ebenso dumm und aussichtslos zu sein wie seine Leidenschaft für die fest verlobte Jana.

»Das ist hochintessant«, log ich, »das leuchtet ein und kann einen Funken abgeben, der eine gänzlich neue Forschungsrichtung entzündet! Um welche Arten handelt es sich denn? Sofern Sie mir auch das verraten wollen, lieber Kollege?«

Der liebe Kollege war von seinen anderthalb Schoppen schon reichlich angeheitert.

»Alles, Ihnen verrate ich alles, Bruner! Haben Sie von *Neottia nidus avis* gehört?«

»Ja. In der Botanik.«

»Ich sage Ihnen über dieses Pflänzchen etwas Neues. Es blüht hierzulande im April — nichts Besonderes. Aber die Blüte bildet kein Chlorophyll aus.«

»Übertreiben Sie Ihr Staunen nicht, Herr Kollege Kovar! Die ganze Pflanze ist im Innern hohl und von einem Pilz besetzt, mit dem sie in Symbiose lebt. Ihre Wurzeln versorgen zunächst das fremde Mycel, das Pilzgeflecht, und dann saugt die Pflanze diesem dessen veredeltes Produkt wieder ab.«

»Entschuldigen Sie, ich will Ihnen nicht ins Gewerbe pfuschen, aber da haben Sie, Herr Kollege Bruner, die Fakten nicht vollständig im Gedächtnis«, meinte Kovar mit sichtlichem Wohlgefallen.

Natürlich kannte ich *Neottia nidus avis* genau, doch ich wollte ihn auf die Probe stellen.

»Ja und?« warf ich etwas ungeduldig ein.

»Diese Pflanze verzehrt nämlich einen Bestandteil des Pilzgeflechts, wozu sie selbst dem Pilz den Stoff geliefert hat. Sie zerstört laufend den älteren Teil des Mycels. Damit ist die Geschichte aber noch nicht zu Ende. Neottia blüht und bildet Samenkörner aus; die sind allerdings nur noch Attrappen: Sie können nicht mehr keimen. Unsere Pflanze vermehrt sich ausschließlich parthenogenetisch vegetativ, indem sie dicke Nebenwurzeln bildet, die sich von der Mutterpflanze abnabeln und verselbständigen. Sie blüht und ›fruchtet‹ nur aus Gewohnheit und zum Luxus, wofern sie sich den leisten kann. Wenn es ihr an Reservestoffen mangelt, dann gedeiht sie, ohne zum Blühen zu kommen.«

»Gut, Kovar. Und haben Sie Ihre rechtsdralligen Lieblinge dort gefunden?«

»Nicht in der ganzen Pflanze. Nur im Halm und in der funktionslosen Blüte. Es handelt sich um Glycide und eine vollständige Gruppe von Aminosäuren. Der von der Pflanze gefangen gehaltene Pilz ist normal linksdrallig. Sie werden wohl darüber lachen, aber es kommt mir ... schrecklich unmoralisch ... außerordentlich ... als wäre diese Pflanze gleichsam ein Sklavenhalter, ein schmarotzender Ausbeuter, einfach ...«

»Eine Entartung«, ergänzte ich. »Was die Unselbständigkeit betrifft, mögen Sie rechthaben. Die Pflanze kommt ohne den Pilz nicht mehr aus, aber dieser sehr wohl ohne sie. Es kommt auch ohne diese Symbiose vor. Vergessen Sie nicht, daß alle Flechten eigentlich eine Verbindung von Pilzen und grünen Einzellern sind, wie Sie als Biochemiker wissen, der vornehmlich an Mikroben und niederen Pflanzen forscht.«

Ich hielt es nicht für notwendig, zu präzisieren. In dem zweiten Fall geht es genaugenommen um etwas anderes: Beide zur Flechte zusammengebildeten Arten benutzen das Chlorophyll zur gemeinsamen Ernährung über die Photosynthese. Aber das war jetzt nicht interessant.

»Sehen Sie, lieber Bruner! Das Phänomen der Symbiose stützt meine Theorie. Wissen Sie, wo ich außerdem noch eine anständige Kollektion von rechtsgewundenen Aminosäuren gefunden habe?«

»Wie soll ich das wissen, Herr Kovar? Ich bin kein Hellseher.«

»In der Lymphe einer Eidechsenart. Das Biest lebt in der Wüste Gobi und benutzt als einziges Tier den Ultraschall nicht sensitiv, sondern motorisch, indem es mit dem ganzen Körper, in jenem Frequenzbereich vibrierend, sich blitzschnell in den Sand eingräbt, wenn Gefahr droht ...«

Kovar verstummte, schaute mich forschend an und fuhr fort: »Ich habe Ihr Wort, Bruner, vergessen Sie nicht ... Das, was ich Ihnen preisgebe, ist das gesammelte Ergebnis von mehreren Jahren Arbeit ... Sie wissen ja ganz genau, was für eine Heidenanstrengung eine solche Forschung kostet. Wieviel Zeit habe ich gebraucht, bloß um diese exotischen Viecher zu besorgen, Gobi-Echsen ... Bruner, Sie sind doch mein Freund?!«

»Lassen Sie schon, vielen Dank!« versicherte ich nochmals. »Erstens bin ich tatsächlich Ihr Freund, obwohl Sie sich mit Cyril hinter meinem Rücken über mich lustiggemacht haben; zweitens habe ich nicht vor, mir die Dankbarkeit und Gunst Roberts des Großen zu erwerben. Und was das Reptil betrifft, so sieht die Sache noch interessanter aus als bei Neottia. Etwas könnte daran sein«, sagte ich, obwohl ich positiv wußte, daß sich Kovar da in eine Sackgasse verlief. Derlei Merkwürdigkeiten gibt es in der Natur bis zum Geht-nicht-mehr. Das Fischlein Gnathonemus mit seinem elektrischen Sinn, die bewundernswerte Verständigungsgabe der Ameisen, schließlich das Gürteltier, das sich ohne Ultraschall oder eine andere seltene Methode der Natur in eine Asphaltkruste hineinbohren kann. Aber was! Soll der Kollege Kovar seinen Spaß haben. Vielleicht hört er dabei auf, sich durch seine unerwiderte Liebe quälen zu lassen.

»Und jetzt geben Sie endlich preis, lieber Herr Nobelpreisträger in spe, was wollen Sie von mir, von dem bescheidenen Leiter eines Zoologie-Labors?«

Kovar lief rot an — der Nobelpreis tat ihm wohl, auch wenn es ungläubig scherzhaft gemeint war.

»Machen Sie weitere Arten ausfindig, Bruner! Tiere, und auch Pflanzen, soweit Sie sich in der Flora auskennen; Spezies mit Abartigkeiten gegenüber ihrer Verwandtschaft, mutmaßlich mutativ verursacht. Ich muß meine Theorie beweisen, und das geht ja nicht mit lediglich zwei Arten, die mir unter die Finger gekommen sind.«

»Natürlich, das reicht nicht im mindesten.« Ich dachte einen Augenblick angestrengt nach. »Nehmen wir zum Beispiel die australische Fauna, Herr Kollege: Die Beuteltierklasse und die aus dem Tertiär übriggebliebenen warmblütigen Primitivissima, also den sogenannten Ameisenigel und das Schnabeltier — wie sie volkstümlich heißen. Wie konnten solche Restaltertümer, die beiden letzten meine ich, bis in unser gesegnetes zwanzigstes Jahrhundert nach dem Christus überdauern? Zwei Arten, die im System der Tiere ganz isoliert dastehen?«

Kovar biß an: »Sapperlot, über das Phänomen habe ich noch gar nicht nachgedacht. Richtig, Bruner! Zwar ist die australische Menagerie im wesentlichen ein Relikt und keine Entartung, aber vielleicht werden wir in diesem begrenzten Artenspektrum fündig. Und weiter?«

»Sie sind aber unbescheiden, Kollege! Ist ihnen ein ganzer Kontinent zu wenig? Nun denn, da wir einmal bei den lebenden Fossilien sind, probieren Sie es doch mit der Schlangenmakrele Gempylus oder mit dem Knorpelfisch Latimeria. Känguruhs können Sie im Prager Zoo etwas Körperflüssigkeit abzapfen; gegenwärtig befindet sich unter der Zoo-Population auch eine Beutelratte. Genügen Ihnen Gewebeproben? Oder glauben Sie wirklich, daß die Hüter des Forschungsbudgets Ihnen den Import eines möglichst noch lebenden Gempylus oder einer Latimeria bewilligen?«

Kovar ließ sich nicht aufs Abstellgleis schieben und keuchte wie ein Schnellzug.

»Ich befürchte, Herr Bruner, daß Sie mich nicht ganz verstanden haben. Es geht nicht um Kuriositäten, die interessanterweise überlebt haben, sondern um ganz gewöhnliche, allgemein verbreitete Arten, die einst urplötzlich außergewöhnliche Fähigkeiten erlangten, oder ein absonderliches Verhalten annahmen. Begreifen Sie?«

Ich begriff und gab ihm einige Tips zu endemischen Arten, die mir gerade in den Sinn kamen. Alles in allem: Wissenschaftliche Vorarbeit in einer Weinstube ist nicht zu verachten.

Gleich am nächsten Tag nahm ich die schöne Jana beiseite. Ich wußte, daß ihre Verlobung geplatzt war, und ich wußte auch, warum. »Geh doch nicht so hart mit dem Kovar um«, bat ich sie. »Er ist ein braver Bursche und in dich ganz vernarrt.«

Sie riß die Augen auf: »Das sagst ausgerechnet du mir?«

»Wer denn sonst? Außer uns beiden ist niemand hier, so weit ich blicken kann. Ich erbitte nicht mehr von dir, als daß du mit ihm plauderst. Unterhalte dich über seine Arbeit mit ihm. Er erforscht jetzt etwas, das ihn außerordentlich interessiert, und verliebt, wie er ist, wird er sich dir anvertrauen.«

Sie guckte mich prüfend an, warf den Kopf nach hinten und stapfte zurück ins Labor.

In den nächsten Tagen äußerte sie wie nebenbei, daß Kovar den Zoologischen Garten unsicher mache. Seine Vorliebe gelte der ›arachischen Welt des fünften Kontinents‹. Besonders die eierlegenden Säuger haben es ihm also angetan, und der liebe Herr Kollege ist für die nächste Zeit ausgelastet!

Ich bekam ihn nur gelegentlich und zufallsweise zu Gesicht. Immer machte er eine verschwörerische Miene und blinzelte mir zu, als hätten wir ein riesengroßes Geheimnis miteinander. Wie ein kleiner Junge führte er sich auf.

Ungefähr fünfzehn Tage nach unserem Weinstubengespräch rief Kovar an. Mit geheimnisvoller Stimme und in gedämpftem Ton verlangte er ein neues Treffen. »Zu gleicher Stunde und am selben Ort, sind Sie einverstanden, Herr Kollege?« Es sei sehr wichtig. Ich konnte ihm definitiv zusagen, daß ich um die gleiche Zeit am selben

Platz zu finden sein werde, und daß mich seine Anwesenheit schlimmstenfalls nicht stören würde.

Er erwartete mich bereits, ein Viertel dunkelroten Melnik fast unberührt vor sich. Ich hatte es kaum geschafft, mich hinzusetzen, schon deckte er mich mit Neuigkeiten ein.

Bei den lebenden Fossilien des Altkontinents Australien war nichts zu finden. Der Ameisenigel hätte zwar in der zerebralpinalen Flüssigkeit eine winzige Fraktion rechtsgedrehter Glycide gezeigt, aber das sei nicht erbbiologisch bedingt. Es komme auf ein genetisch rechts gewickeltes Lebewesen an. Vom Ammonshorn konnte er noch kein Exemplar beschaffen, Latimeriae und Gempylus seien längerfristig nicht zu bekommen. Die Außenhandelsschranken!

»Dafür bin ich aber auf etwas gestoßen, Bruner! Eine wahre Sensation! Stellen Sie sich vor, durch Zufall kam mir eine ältere Nummer der ›Radiologischen Zeitschrift‹ in die Finger ...«

Ich fühlte meine Hände schweißnaß werden.

»Auf 'm Klo, was?«

Kovar mußte das bestätigen. Doch heute war er gegen jede Art von Stichelei gepanzert. Er strahlte und sah so ausgezeichnet aus, daß er jetzt vielleicht auch Jana gefiele.

»Ich blieb auf dem Örtchen sitzen und las insbesondere, daß der Skorpion Pandinus dictator kurze Strahlenbeschüsse bis 10000 Röntgen verträgt, wogegen wir Menschen bekanntlich nach 500 Röntgen unwiderruflich verloren sind.«

Ich zündete mir umständlich eine Zigarette an, obwohl ich fast nie rauche. Ich versuchte vorerst, Zeit zu gewinnen.

Kovar legte tatsächlich eine Pause ein. Schließlich formulierte er: »Ich muß Ihnen etwas gestehen, Bruner. Ehrlich währt am längsten! Also, ich glaube nicht mehr an eine positive Auswirkung degenerativer Veränderungen, respektive Mutationen. Wissen Sie, was ich denke ...? Eigentlich sind Sie es, der mich darauf gebracht hat — mit Australien, Sie erinnern sich genau? Es hört sich im Rohtext laienhaft an: Mir drängt sich die Vermutung auf, daß es sich bei den Rechtsdralligen um eine Lebensgruppe von ganz anderer Besonderheit handelt. Bruner, ist Ihnen eine prähistorische, nicht sehr große Insel bekannt, ich meine eine autochthone Gruppe von Tieren oder Pflanzen, die auseinandergesprengt worden ist und unter unterschiedlichsten Bedingungen weiterleben mußte und die über die heutige Welt verstreut ist?«

Ich beneidete den Oberkellner Palhans um seine Probleme; mit einem Ohr hörte ich sein Klagen vor dem Schustermeister Petrlik — der noch nicht ins Sangesstadium vorgerückt war —, daß sich die jüngeren Kollegen in ungezogener Weise über ihn, den Gaststättenleiter, lustig machen.

Aber ich mußte irgendwie auf Kovars Frage eingehen:

»Wieso könnten die Lebewesen dort sinnloserweise alle rechtsdrallig gewesen sein? Absurd. Außerdem meine ich, daß eine Durchforschung von Millionen Arten nach solchen Diasporen eine ziemlich langwierige Arbeit sein wird, nicht wahr?«

Begeistert ablehnend schüttelte Kovar den Kopf und setzte wieder die Miene James Bonds auf.

»O nein, Herr Kollege, keinesweges! Ich habe mich in die Radiobiologie hineingefressen und verlasse diesen Stollen nicht. Übrigens haben die Militärinstitute schon auf diesem Gebiet geforscht, und ich kann von den Ergebnissen profitieren. Soweit sie nicht deren Geheimsache sind. Lassen wir die ominöse Insel mal weg!«

»Ausgezeichnet, mein Freund! Der Nobelpreis kommt um Sie nicht herum. Haben Sie einen konkreten Plan?«

Er sah sich vorsichtig um und flüsterte, als ob Schustermeister Petrlik so niederträchtig sein könnte, gleich morgen ein radiologisches Konkurrenzvorhaben zu starten. »Ja, einen Plan. Heute brachte mir einer meiner Studenten Muster von Süßwasseralgen aus Sankt Joachimsthaler und Pribramer Tümpeln, wo leicht radioaktive Quellwässer einfließen. Ich werde dem Kleinzeug auf den Leib rücken, Bruner. Und das gründlich!«

»Keine schlechte Idee«, versicherte ich, »das interessiert mich. Sehr sogar. Bitte, geben Sie mir die ersten Ergebnisse telefonisch durch, ja?«

Er antwortete mit Siegermiene:

»Ich wußte ja gleich, daß Sie Feuer fangen würden, Kamerad! Und ob ich anrufe! Natürlich werden Sie im Vorwort meiner Arbeit erscheinen. Und zwar nicht nur unter den ›lieben Mitarbeitern‹, verspreche ich Ihnen!«

»Ich bin wirklich gespannt!« sprach ich, ganz der Wahrheit gemäß.

Zum dritten, genauso komisch konspirativ vereinbarten Treffen lud mich Kovar eine Woche später. Er wirkte abgezehrt, war müde, und es gelang ihm kaum, sich zu konzentrieren.

»Was ist?« wunderte ich mich mitleidig. »In den Süßalgen aus Pribram kein Rechtsextremismus?«

»Nicht die Spur«, murmelte er gleichgültig.

»Machen Sie sich nichts daraus, liebster Kollege. Kurz und gut: Ihre Hypothese über einen Zusammenhang von Rechtsdralligkeit und Resistenz gegen Radioaktivität war an den Haaren herbeigezogen«, atmete ich erleichtert auf. »Errare humanum est. Probieren Sie doch einmal, die Sache theoretisch von ganz anderer Seite anzugehen. Was ist denn schon dabei, wenn es auf Anhieb nicht gleich klappt?«

»Sie verstehen mich ganz und gar nicht, Bruner«, entgegnete er niedergeschlagen. »Die Vegetation in Joachimsthal mag der Teufel holen, doch der Junge brachte mir ex privata industria noch Algen nach, die unlogischerweise im Kühlwasser von Kernreaktoren vegetieren, obwohl dieses doch steril sein soll.«

»Na und?«

»Komplett rechtsdrallig, Bruner! Von A bis Zet. Alles. Die Gruppierungen der Aminosäuren, Fette, Kohlehydrate. Vollständig. Bruner, Kamerad, mich packt das Grauen.«

»Und woher nahm er diese Algen genau?«

»Kommt es jetzt darauf an?« Kovar klappte die Lider herunter und schwieg ermattet. »Ich weiß momentan nicht, aus Dukovany, aus dem Atomkraftwerk. Ich konnte die ganze Nacht nicht schlafen. Unter uns, verstehen Sie, mitten unter uns gibt es auf diesem Planeten etwas Fremdes. Etwas, das enorme Strahlendosen nicht zur Kenntnis zu nehmen scheint. Etwas sich dem terrestrischen Lebensverhalten Entziehendes. Die Biomasse ist seit einer Milliarde Jahren linksdrallig festgelegt und nur begrenzt strahlenresistent. Das andere kommt nicht von unserer gewöhnlichen Natur, Bruner! Was soll ich machen?«

Ich überlegte so angestrengt ich konnte.

»Jedenfalls müssen Sie ausspannen! Sich etwas erholen — und das sofort. Das hilfreichste Mittel für Sie wäre zu allererst eine Sauna. Ich habe eine solche auf meiner Datscha. Ich wollte anschließend hinausfahren. Kommen Sie doch am besten gleich mit! Wir schwitzen alles aus, und dann werden wir nachdenken, was weiter zu tun ist.«

Ich zahlte, zu Palhans' Verwunderung, reichlich früh. Ohne Kovars Einverständnis zum Mitfahren abzuwarten, bat ich den Ober, ein Taxi zu rufen.

Eine halbe Stunde später waren wir vor meiner Hütte in Stechovice angelangt. Während der Fahrt hatten wir kaum ein Wort gewechselt; von Zeit zu Zeit nickte Kovar ein.

Im Schwitzraum blühte er sichtbar auf; und als er anschließend in das Schwimmbecken mit dem kalten Wasser springen sollte, fühlte er sich pudelwohl.

»Das war eine großartige Idee, Herr Kollege! Ich habe

ja gar nicht geahnt, daß Sie so sportlich ausgestattet sind. Die Sauna ist eine fabelhafte Einrichtung, wie?«

»Eine ausgezeichnete. Sie werden es nach Abschluß der Prozedur feststellen, Herr Kovar«, pflichtete ich ihm aufrichtig bei.

Noch im Bade vereinbarten wir, daß Kovar selbst nach Algen suchen solle, die an sich in natürlichen Gewässern mit leichter Radioaktivität leben, sich aber auch schon im Kühlwasser von Reaktoren akklimatisiert haben, und daß ich eine Recherche durchführen werde nach allen möglichen Lebensbiestern, die auffällig strahlenresistent sind. Kovar mißt die optische Aktivität der Substanzen im Protoplasma noch einmal durch und veröffentlicht in der Fachpresse eine vorläufige Mitteilung.

Gerührt dankte er mir; es fehlte nicht wenig, und er wäre in Tränen ausgebrochen. Aufgrund der Vertraulichkeit unserer Zusammenarbeit verzichtete ich definitiv darauf, als Mitautor in Erscheinung zu treten, ja ich bestand ausdrücklich auf der Verheimlichung meiner Mittätigkeit. Das stimmte ihn besonders froh. Unverkennbar schielte er nach dem Nobelpreis.

Zur Sammlung weiterer Algenmuster gelangte er schon nicht mehr; am nächsten Tag brach er in seinem Labor zusammen. »Aus Erschöpfung«, urteilte vollkommen falsch unser Institutsarzt — aber schwer könnte man ihm Vorwürfe machen. Er hatte nicht den mindesten Grund zum Argwohn. Daß ich in die Sauna außer Birkenreisern und den Handtüchern auch einen Strahler des neuen Typs 28-118 mitgenommen hatte, wer ahnte das?

Im Umkreis von einigen Metern solch eines Geräts erreicht die Verstrahlung in einer halben Stunde an 10 000 Röntgen. Und ich war selber dabei. Ein Skorpion der Art Pandinus dictator würde eine Portion dieser Größenordnung ohne Schaden überstehen, ein Mensch überlebt nur wenige Tage.

Die Sauna ist in solch einem Falle eine passende Einrichtung, schon deswegen, weil Menschen selten Uhren oder überhaupt Metalldinge mit hineinnehmen, welche die induzierte Radioaktivität behalten. Und Kovar pflegte sowieso niemals Ringe zu tragen, keine Halskette, und seine Zähne waren die natürlichen, jedenfalls fehlte ihm Zahnersatz aus Gold. Ich konnte seelenruhig sein. Seine Schleimhäute würden zu bluten beginnen; und binnen achtundvierzig Stunden würden sich seine roten und weißen Blutkörperchen zersetzen. 10000 Röntgen sind eine barmherzige Dosis — es geht schnell.

Ich habe ihn besucht, als er nicht mehr sprechen konnte und nur mit Mühe die durch Blutergüsse geröteten Augen aufschlug.

»Können Sie mich verstehen, Herr Kollege?« suchte ich mich zu vergewissern, als wir allein waren. Qualvoll langsam öffneten sich seine Lider, und nach einer Weile war festzustellen, daß er mich erkannte.

»Ich muß Ihnen etwas beichten. Sie hatten recht. Auf diesem Planeten gibt es tatsächlich etwas Fremdes, und Sie sind der Erste, der es entdeckt hat. Der Einzige, hoffe ich. Wissen Sie, eigentlich haben Sie sich den Nobelpreis ehrlich verdient. Ich gratuliere Ihnen, wenn auch ein bißchen zu spät.«

Er schloß die Augen wieder. Es kam mir vor, als wenn ein feines, triumphierendes Lächeln über das furunkulöse Gesicht huschte.

Nachdem ich das Krankenzimmer verlassen hatte, traf ich den diensttuenden Arzt, der Kovar behandelte. Er befand sich allein und war in äußerster Sorge.

»Wenn unsere Diagnose stimmt, können wir ihn retten. Aber wer weiß, was ihm wirklich passiert ist? Das Schlimmste im Augenblick ist, unsere Blutkonserven sind aufgebraucht. Der Nachschub ist noch unterwegs. Sind Sie zufälligerweise Universalspender? Fünfhundert Kubikzentimeter für den Herrn Kollegen zu verlieren, das ist kein Opfer, glauben Sie?«

Ich antwortete, ich sei leider kein Universalspender,

und verabschiedete mich. Ich habe auch nicht gelogen — kein Erdenmensch hätte mein rechtsdralliges Blut vertragen.

An demselben Abend starb Kovar, und die ganze Angelegenheit endete fürs nächste. Ich habe mein Möglichstes getan, um auswertbare Notizen von ihm ausfindig zu machen, die jemanden zur Fortsetzung seiner Forschungen veranlassen könnten. Es gab keine. Er hat zu sehr um seine Urheberschaft gebangt. Seinen Famulus, der ihm die Algen aus dem Reaktorwasser besorgt hatte, verfolge ich mit strengem Auge; falls nötig, werde ich ihn in die Sauna bitten. Der Gelehrte in spe wird sich geschmeichelt fühlen.

Es ist meine Pflicht, die Koordinatoren des Unternehmens ›Dritter Planet‹ darauf aufmerksam zu machen, daß Kovar nicht der einzige sein kann, der, mit dieser Problematik befaßt, etwas gemerkt haben wird. Und andere werden folgen. Unser Vorhaben, diesen Planeten zu übernehmen, kann demnach jederzeit entdeckt werden.

Ich empfehle nachdrücklich, Bioandroiden des Typs, zu dem ich für die Aufgabe hier transformiert worden bin, weiter einzusetzen.

Bedenklich ist dagegen die fortgesetzte Tätigkeit der Biospäher Typ Skorpion — Nachzucht der irdischen Gattung Pandinus dictator bei Atom-Munition und Typ Alge — bei Kernreaktoren. Die Auskünfte, die uns diese niederen Späher eingeholt haben, haben uns schon genügend Material geliefert, so daß wir von solchen leicht zu entlarvenden Typen Abschied nehmen sollten.

Eine Okkupation dieses Planeten unsererseits könnte von den überraschten Hominiden keinesfalls abgewehrt werden; ohne gründliche Voraufklärung würde die Einvernahme dieses planetarischen Objekts jedoch zu erheblichen Verlusten an Leben und Material bei uns führen.

Nach dem Abschluß des Auftrages werde ich um sofortige Rückkehr auf meinen speziellen Heimatplaneten Kevia und einen langzeitigen Urlaub ersuchen, den ich nötig und — wie ich hoffe — verdient habe.

Originaltitel: ›Pan Kolega‹
Copyright © 1978 by Ludvík Souček
Copyright © 1993 der deutschen Übersetzung
by Wilhelm Heyne Verlag, München
Aus dem Tschechischen übersetzt von Karl v. Wetzky

Peter Schattschneider · Österreich

GIPS UNLIMITED

Kuno Glattmann hatte ein Problem. Anfangs dachte er, es läge an Lisa, dann gab er Brenner die Schuld, aber sowohl Brenner als auch Lisa war klar, daß es an Kunos Computer lag.

Kuno glaubte mancherlei, was sich dem Eingeweihten anders darstellte. Er glaubte an das Überleben des tüchtigsten Programmierers, obwohl der Sozialdarwinismus längst passé war; an Vollwertkost, an den Urknall und den Wärmetod, an die Unverzichtbarkeit von Computern und daran, daß ihm Lisa im Grunde ihres Herzens treu war.

Eines Tages — Kunos Problem bestand schon mehrere Wochen —beorderte ihn Brenner zu sich.

»Aber ich war diese Woche schon zwei Stunden im Büro«, entgegnete Kuno mit der Bestimmtheit dessen, der den Kollektivvertrag kennt.

»Es ist ein Notfall«, erläuterte der PSekretär. »Direktor Brenner erbittet Ihre Hilfe.«

Kuno unterbrach die EARNET-Verbindung wortlos, bevor er diese neue Schikane Brenners seinem PArchivar diktierte, der sie zugriffsgesichert in die Datei Privat\Widerlinge\Brenner eintrug. (\Widerlinge enthielt eine Menge Eintragungen, wovon \Brenner die längste Liste im Debet aufwies).

»Warte nur«, dachte Kuno, als er die Wohnung verließ, »irgendwann ...«, und da er unter anderem an Gerechtigkeit glaubte, begleitete ihn dieser eine Gedanke auf dem Weg in die Firma. Der PPortier prüfte seine

Identität und ließ ihn ein. Auf dem Weg zur Direktion plauderte er ein wenig mit dem PLiftführer, der auf Tratsch programmiert war. Während des bedeutungslosen Gesprächs machte es sich der Gedanke von vorhin in Kunos Hinterkopf bequem.

Schließlich in die Direktion. Vorbei an der PEmpfangsdame, und da begrüßte ihn Brenner schon scheinbar herzlich. Neben dem Direktor ein Jüngling, schön wie aus einem computeranimierten Werbespot. Er blickte Kuno mit lässiger Eleganz an.

»Ich bin Screwer«, stellte er sich mit festem, endlos langem Händedruck vor. Kuno versuchte vergebens, der peinlichen Situation und dem schmachtenden Blick zu entkommen. Er spürte einen männlich-harten Griff am Oberarm. Tastende Finger kletterten zur Schulter hoch.

»Komm in meine Arme!« keuchte Screwer und riß Kuno an sich. Nach Moschus duftender Atem streifte Kuno, der sich hysterisch losriß und flüchtete. Dabei stolperte er über Screwers geschickt placiertes Bein und landete bäuchlings auf dem Teppich. Screwer war sofort über ihm.

Da griff Brenner mit einem scharfen »Bei Fuß!« ein. Sofort ließ Screwer von seinem Opfer ab und hockte sich zu Brenners Füßen hin.

Brenner lachte schallend. »Nicht sehr intelligent, der Bursche. Aber das soll er gar nicht sein. Auf *seinem* Gebiet ist er Spitze. Wollte er Ihnen gerade beweisen.« Der letzte Satz ging in einen Lachkrampf über.

Kuno fand es nicht lustig. Er stand auf, richtete Hose und Sakko.

Als er wieder in der Lage war, ohne Lachanfall zu sprechen, erklärte Brenner: »Screwer ist unser Prototyp für EROS. Wie Sie sehen, ist die Software noch verbesserungsbedürftig. Er muß unbedingt Männer von Frauen unterscheiden lernen, sonst können wir ihn gleich einstampfen.

Aber das kriegen wir hin. Das Substrat ist phantastisch! Silikon, Vinyl, karbidverstärktes Skelett in Leichtbauweise — nicht zu unterscheiden von einem potenten jungen Mann. Was sage ich? *Besser* als jedes Exemplar dieser fehlkonstruierten Spezies.«

Kuno murmelte etwas über Präpotenz und Dummheit, hoffend, daß es Brenner nicht verstand.

»Was? Ach, seien Sie nicht zimperlich, Glattmann. Bin auch auf ihn reingefallen. Er hat mich genauso besprungen wie Sie, aber bei mir ist er weiter gekommen. Fast wär's passiert!« Er lachte wiehernd.

Ein Wahnsinniger, dachte Kuno. Wie *kann* Lisa denn nur ...

Als der Anfall abgeklungen war, kam Brenner zur Sache: »Es geht um EROS, mein lieber Glattmann. Mit den Grundlagen sind Sie vertraut?«

Kuno nickte. Natürlich war er damit vertraut. Lisa betreute das Projekt. Lisa, die ihn seit Wochen aufgrund einer vorübergehenden Verwirrung nicht beachtete. EROS war die Software für die PLiebhaber, die zur Herbstmesse auf den Markt kommen würden. Für einen bescheidenen Betrag konnte sich die Weiblichkeit in Hinkunft den idealen, auf intimste Wünsche programmierten Persönlichen Liebhaber zulegen. Und Brenner lieferte die Software. Diskret auf Diskette. Im Supermarkt zu haben. Ein absoluter Unsinn.

»Ein absoluter Knüller«, fuhr Brenner fort. »Wir haben bloß *ein* Problem. Wenn wir EROS als das deklarieren, was es ist, ersticken wir in einstweiligen Verfügungen und Unterlassungsklagen frustrierter Männer. Deklarieren wir es falsch, haben wir die Produkthaftung am Hals.

Sie sind ein guter Analytiker, Glattmann. Ich möchte, daß Sie sich darum kümmern.« Brenner lehnte sich zurück. Ein herausfordernder Blick traf Kuno.

»Aber das Projekt — wird doch von Lisa betreut«, entgegnete der zögernd.

»Lisa ... äh ... ich meine, Frau Wuselbruch ist ab morgen unterwegs. Marktstudie für EROS, Sie verstehen.«

Kuno wußte nicht, ob er verstand. Er nickte widerwillig. »Aber was soll *ich* dabei tun? Wir können EROS nicht richtig deklarieren, und wir können es nicht falsch deklarieren.« Er breitete die Arme fragend aus.

»Lassen Sie sich was einfallen, Glattmann. Sie sind ein exzellenter Grübler.« Brenner schickte sich an aufzustehen, um die Besprechung zu beenden, aber Kuno blieb trotzig sitzen.

»Es geht nicht«, murmelte er verstockt. »Nachdenken hilft da nicht.«

»Unsinn! Kaufen Sie meinetwegen ein Problemlösungsprogramm, Sie wissen schon, die Dinger, die sich aus LISP entwickelt haben, vor ... na ja, zu Großvaters Zeiten.«

Kuno nickte. Problemlöser — man hatte damit alle Theoreme von Whiteheads axiomatischer Mengenlehre abgeleitet, Stunden- und Fahrpläne erstellt, den Fermat'schen Satz bewiesen, Psychiater geheilt und die Probleme der Volkswirtschaft endgültig als unlösbar erkannt. Aber hier lag der Fall anders. Brenner wollte nicht die Lösung eines Problems, sondern die Aufhebung eines Widerspruchs.

»Ein solches Programm kann uns im besten Fall eine Falschdeklaration liefern, die möglichst geringen Schaden anrichtet«, überlegte Kuno laut.

Brenner verdrehte die Augen. »Ach du liebe Zeit, Glattmann, stellen Sie sich nicht so an. Etwas mehr Dialektik, ja?«

Kuno verstand nicht.

»Werden *Sie* die Falschdeklaration liefern oder das Programm?« half Brenner nach.

»Das Programm natürlich.«

»Na also!« Für Brenner schien damit alles klar.

Kuno haßte Andeutungen. »Ja aber ...«

»Was aber?«

»Die Produkthaftung ...«

»... überträgt sich auf das Expertensystem, das die Falschdeklaration produziert hat.«

»Sie meinen, das fällt nicht mehr unter das Wirtschaftsrecht, sondern ...«

»Sondern unter das Strafrecht für Künstliche Intelligenz. Was sonst?«

Kuno hob die Brauen.

»Das Programm wird verurteilt«, fuhr Brenner fort. »Der Problemlöser kriegt eine Strafdatenbank aufgebrummt, und aus!« Für Brenner war der Fall erledigt. Er stand auf, kam um den Schreibtisch herum und streckte Kuno die Hand entgegen. Kuno erhob sich nachdenklich, nahm geistesabwesend die verabschiedende Hand. »Und wenn er uns zur Ehrlichkeit rät?«

»Na dann bringen Sie ihn dazu, die richtige Lösung zu finden. Drohen Sie ihm meinetwegen mit der Löschung seiner Speicher oder was weiß ich.« Brenner schob ihn zur Tür hinaus. »Alles Gute! Ich bin ab morgen unterwegs. Dringende Geschäfte!«

Auf dem Weg zum Lift kam ihm Lisa entgegen. Sie lächelte.

Eine Welle der Überraschung schwappte über Kuno zusammen. Es kribbelte bis in die Fingerspitzen. Er erwiderte ihr Lächeln, aber sie reagierte nicht. Als sie vorüberging, bemerkte er, daß ihr Blick durch ihn hindurchging. Er blickte ihr nach und sah gerade noch, daß sie Arm in Arm mit Brenner in der Direktion verschwand.

So war das also. Die dringenden Geschäfte waren eine gemeinsame Marktstudie. Und *er* sollte den Mist beseitigen.

In den nächsten Tagen war Kuno sehr aktiv. Der Gedanke, der sich am Weg zu Brenner in seinem Hinterkopf eingenistet hatte, wuchs beständig. Wozu gab es Problemlöser?

Sein Computer schlug mehrere Software-Häuser vor. Nach Durchblättern der Online-Info entschloß sich Kuno für GIPS — *G*eneral *I*ndependent *P*roblem *S*olvers Unltd. Er wählte die Firma über OHRNET an und bekam sofort den PKundenberater auf den Schirm.

»Ich habe ein Problem«, sagte Kuno.

Der computeranimierte PKundenberater lächelte. »Das ist schön. GIPS löst es für Sie sicher und rasch.«

»Sie garantieren also die Lösung.«

»Unsere Erfolgsquote beträgt 98,2 %. Das Softwarepaket GIPS ist für Parallelprozessoren mit Pipeline-Architektur ausgelegt. GIPS verwendet selbstreferente Moduln, dynamische Interrupts und virtuelle Compiler. Die äußerst komfortable Benutzeroberfläche bietet Vokal-Peripherie mit automatischer Spracherkennung für 138 Sprachen — Sanskrit, Fortran und Bantu gegen Aufpreis. Und natürlich laufzeitoptimierte Laufzeitoptimierung.«

»Was ist mit den 1,8 %?«

»Wenn Sie mir Ihr Problem beschreiben wollen, kann ich die Lösbarkeitswahrscheinlichkeit abschätzen.«

»Nun, das — ist sehr schwierig zu erklären«, wich Kuno aus. »Übrigens, werden die Problemstellungen gespeichert?«

»Selbstverständlich. GIPS ist datentransparent.«

Nun ja. Datenschutz gab es schließlich schon lange keinen mehr. Da half gar nichts, er mußte direkt fragen:

»Wenn nun der Problemlöser eine illegale Handlung setzte, wer wäre dann ... äh ... strafbar?«

»Das ist erschöpfend im AIS geregelt, dem Strafrecht für Artificial Intelligence. Ein solches Programm würde je nach Schwere des Verstoßes an eine entsprechende Strafdatenbank gebunden. Aber ...« — der PKundenberater auf dem Schirm verzog sein Comics-Gesicht zu einem Lächeln; Raytracing ließ seine makellosen Zähne aufblitzen —, »aber dazu müßten Sie das Programm erst einmal zu einer Straftat bringen.«

»Ah ja, das ist sicher unmöglich.«

»Sehen Sie, die Problemlöser kennen das AIS sehr genau.«

Kuno nickte. »Die Gesetze der Robotik.«

»Aber nein. Die führen zu Widersprüchen, wie Asinos bereits vor langer Zeit gezeigt hat. Die Problemlöser haben Entscheidungsfähigkeit. *Müssen* Entscheidungsfähigkeit haben, um handlungsfähig zu sein. Sie können sehr wohl gegen das AIS verstoßen. Aber da sie es kennen, wissen sie sehr genau über die Konsequenzen eines Verstoßes Bescheid. Und ich versichere Sie, daß sie fast alles tun, um das Einlesen einer Strafdatenbank zu vermeiden.«

»Wieso fast alles?« fragte Kuno beiläufig.

»Nun, ein noch schlimmerer Betriebszustand eines Problemlösers ist zweifellos die Turing-Paralyse.«

»??«

»Das sind jene seltenen Problemstellungen, die unlösbar sind. Das Programm läuft und läuft, je länger es aktiv ist, desto größer wird die Wahrscheinlichkeit, daß das Problem unlösbar ist, aber Gewißheit gibt es nie. Das Programm weiß, daß die Wahrscheinlichkeit, das Problem nicht lösen zu können, immer größer wird, daß es in alle Ewigkeit weiterrechnen wird müssen — ein Zustand, der der Forderung nach Entscheidung widerspricht. Es ist wie das ewige Leben, eine aussichtslose Zeitschleife, die konkretisierte Sinnlosigkeit allen Tuns. Für einen Problemlöser ist es die Hölle.«

Der PKeiler begann bei dieser Erklärung zu flackern. Störungen verzerrten sein Gesicht. Offenbar hatte er einen Vorgeschmack dieser Höllenqualen bei der Trimmung selbst schon erlebt. »Wir haben selbstverständlich durch ein Time-limit vorgesorgt, daß so etwas nicht vorkommt«, ergänzte er, wieder Computer seiner Sinne.

Kuno nickte zufrieden. AIS, Turing-Paralyse ... — gute

Voraussetzungen. Da nun auch klar war, daß GIPS handlungsfähig war (ein bloßer Vorschlag wäre zu wenig gewesen, das Programm mußte die Lösung auch ausführen können), kaufte er das Programm doppelt: eines für die Firma, und eines für sich.

In den nächsten Tagen reifte der zierliche Gedanke, der auf dem Weg zu Brenner zu keimen begonnen hatte. Kuno experimentierte mit GIPS, fand eine Möglichkeit, das Time-limit zu umgehen und besorgte sich Literatur über den Gödel'schen Unentscheidbarkeitssatz. Dann aktivierte er GIPS und lud seinen Text. Er lautete:

»Mein Vorgesetzter Brenner hat meine Freundin Lisa verführt. Sie will nichts mehr von mir wissen. Ich hänge an ihr. Ich möchte, daß du sie mir zurückgewinnst.«

GIPS blieb minutenlang stumm, dann meldete er sich: »Das ist kein Problem, sondern eine Forderung. Bitte formuliere präziser.«

Kuno blieb länger stumm als GIPS, bevor er es erneut versuchte:

»Mein Vorgesetzter Brenner hat meine Freundin Lisa verführt. Sie will nichts mehr von mir wissen. Ich hänge an ihr.«

Diesmal akzeptierte GIPS die Problemstellung. Er ließ sich informieren, wie lange Kuno seine Freundin schon kannte, und seit wann ihr Verhältnis zu Brenner bestand. Er fragte viel (für Kuno) Unsinniges, machte einen Rorschach-Test und ließ Kuno frei assoziieren. Dann gab er an, daß er die Persönlichkeitsprofile der drei Betroffenen im Einwohnermeldeamt abfragte, um sich über berufliche und private Neigungen, Entwicklungen, Wünsche, Gehalt, Karrieremöglichkeiten, Augen- und Haarfarbe, Schuhgröße und vieles mehr zu informieren. Nach längeren, für Kuno ermüdenden Recherchen begann er vor sich hin zu LISPeln. Um sich die Zeit zu vertreiben, ließ ihn Kuno währenddessen im Hintergrund einen Krimi schreiben, aber weder Kuno noch GIPS waren so recht bei der Sache. Nach zweistündiger Analyse spuckte er das Ergebnis aus. Es lautete: »Vergiß Lisa.«

Kuno lächelte halbherzig. Fast hatte er dieses Ergebnis erwartet. »Und Brenner kriegt sie, was? Du bist mir ein schöner Problemlöser! *Dazu* hätte ich dich nicht gebraucht.«

»Es geht nicht darum, wer sie kriegt«, antwortete GIPS. »Psychokorrelation und Biovariatenrechnungen zeigen, daß Lisa besser zu Brenner paßt als zu dir. Du kannst dir die Details im File ansehen.«

Kuno winkte ab. »Ich habe eine bessere Lösung«, entgegnete er. »Du beseitigst Brenner.«

GIPS schwieg.

»Wäre das eine Lösung? Sag schon!«

»Das wäre eine Lösung. Sie kommt aber nicht in Frage, weil sie dem AIS widerspricht.«

»Weißt du, was eine Turing-Paralyse ist?« fragte Kuno, scheinbar zusammenhanglos.

»Das ist ein auswegloser Systemzustand für Problemlöser«, sagte GIPS. Der Sprachsynthesizer erzeugte plötzlich unpassende Obertöne. Es klang wie Asthma.

»Ich habe eine interessante Frage an dich. Entweder du beseitigst Brenner, oder ich stelle sie.«

»Du willst mich mit der Turing-Paralyse erpressen. Aber du vergißt, daß es ein Zeitlimit gibt. Nach zwei Stunden wird jede Problemlösung abgebrochen, weil dann das Problem mit an Sicherheit grenzender Wahrscheinlichkeit in die Klasse der Tarski-Turingschen Probleme fällt.«

»Wie du willst«, sagte Kuno und startete ein kleines Programm, das die interne Uhr in jedem Systemzyklus auf Null setzte. Es hatte ihn eine Woche Arbeit gekostet.

Dann stellte er seine Frage: *»Ist die Behauptung richtig, daß du nicht erkennen kannst, ob diese Behauptung richtig ist?«*

»Viel Spaß«, sagte Kuno und ging.

Einen Tag später lief GIPS immer noch. Kuno stellte das System auf interaktiv. »Wie weit bist du?« fragte er scheinheilig.

GIPS antwortete nicht. Die Sprachprozessoren waren erschöpft. Die einzige Reaktion des Systems war spastisches Schirmflackern. Ein Fenster öffnete sich, darin rote Schrift:

SYSTEM ÜBERLASTET

Kuno unterbrach das Programm. »Hast du es dir überlegt?«

»Objekt des Satzes nicht erkannt. Bitte um präzise Fragestellung.«

GIPS war offenbar bereits in einem an Debilität grenzenden Zustand. »Es gibt zwei Möglichkeiten«, sagte Kuno. »Entweder du beseitigst Brenner, oder ich stelle die Frage von gestern wieder. Aber diesmal lasse ich dich laufen, bis du dümmer bist als ein 386er.«

GIPS überlegte nicht lange. »Gib mir eine Garantie, daß die beiden Möglichkeiten einander ausschließen.«

»Nichts da mit Garantie. Aber ich gebe dir mein Wort.«

»Was meinst du damit?«

»Ich verspreche dir, die Frage nicht zu stellen, wenn Brenner in den nächsten zwei Tagen einen tödlichen Unfall hat. Du kannst mir vertrauen.«

GIPS schien zu überlegen. In Wahrheit lief nur eine statistische Analyse seiner Möglichkeiten ab.

»Wie sicher ist ›vertrauen‹?«

Kuno wurde zornig. »Sehr sicher. Jedenfalls sicherer als 98,2 %.« Das Programm nervte ihn zunehmend. Was sich dieses Pack einbildete! Vertilgen sollte man es. Einfach löschen! Na warte!

GIPS' Objektiv beobachtete Kuno. Das Infrarot-Thermogramm zeigte erhöhten Blutdurchsatz durch die *arteria facialis.* Die empfindlichen Drucksensoren in der

Konsole stellten Veränderungen fest. Anschließende Frequenzanalyse erbrachte eine Grundschwingung von 2 Hertz, die als signifikant erhöhter Puls erkannt wurde. GIPS analysierte die Situation. Es war ein klassisches Problem, und die Lösung war einfach. Er traf seine Entscheidung.

»Ich mache es«, sagte GIPS.

Kuno atmete auf. »Endlich wirst du vernünftig. Beschaff dir einen PKiller — oder besser zwei. Geld spielt keine Rolle. Du bist jetzt auf meinem Konto zeichnungsberechtigt und in meinem Namen bestellermächtigt.«

»Ich brauche außerdem Zugang zum Rechner der Firma, in der Brenner arbeitet.«

»Wozu denn das?«

»Ich muß stets wissen, was er tut und plant.«

Kuno sah das ungern ein. »Aber sei bloß vorsichtig, daß niemand etwas merkt.«

»Niemand wird etwas merken.«

GIPS arbeitete eine Woche, ohne daß etwas geschah. Er summte, piepste und flackerte nicht, wie das ältere Modelle taten. Nur die EARNET.LOG-Datei bewies, daß GIPS aktiv war. Er hatte intensiven Kontakt zu einer Detektei, zum Zentralmeldeamt, zur Firma von Brenner, zu einem Auftragsdienst, zu einem Versandhaus sowie zu Firmen für Robotics und Sprachprozessoren. Kuno stellte bedeutende Bewegungen auf seinem Konto fest. Er wunderte sich über einige Dinge, zum Beispiel über die Sprachprozessoren — ein PKiller mußte ja nicht sprechen können, um seinen Auftrag auszuführen —, aber er ließ GIPS ohne Unterbrechung weiterarbeiten. Er verließ die Wohnung nicht mehr, beschäftigte sich zerstreut mit PSpielen, las PKrimis und wurde immer ungeduldiger. Seltsamerweise wurde seine einwöchige Klausur von keiner Mail und keinem Anruf unterbrochen. Es lag wohl an seiner Nervosität, daß er sich die längste Zeit nichts dabei dachte. Erst nach einer Woche kam er auf die Idee, den Mail-Manager zu checken. Er fand einen unleserlichen Datensalat. Der Checker stellte einen Systemfehler des Managers fest. Deshalb waren auch die Back-ups verloren. Ein leiser Verdacht regte sich. War das GIPsens Werk? Kuno wurde wütend. Er ging zum Terminal, um GIPS zu unterbrechen, als ein Anruf kam.

Es war Lisa. Spannung und Ungewißheit einer Woche schmolzen zu freudiger Überraschung. Kunos Knie wurden weich. Er mußte sich setzen.

»Seit Tagen versuche ich dich zu erreichen.« Ihre Stimme klang gepreßt.

»Ich ... ah ... ich weiß. Der Mail-Manager ... ist ja egal. Ich freue mich.«

»Du freust dich?«

»Ich freue mich über deinen Anruf. Wie geht es dir?«

»Wie soll es mir gehen?«

»Das klingt verzagt, Lisa. Ist etwas mit dir?«

»Ich muß dir etwas sagen.«

»Na sag schon.«

»Nicht am Schirm. Es geht um Brenner.«

Kunos Herz hüpfte im Hals.

»Ist ... ist ihm etwas zugestoßen?«

»Ja.«

»Das ist ja schrecklich.«

»Ja, das ist schrecklich.«

»Was war los?«

Sie ging nicht auf seine Frage ein. »Ich konnte ihn nicht mehr ausstehen.«

»Wie kannst du so etwas sagen«, widersprach Kuno, während er innerlich aufsprang und einen Freudentanz um das Terminal vollführte. Das Problem war gelöst! Er hatte gesiegt!

»Wie kann ich was sagen?«

»*De mortuis* — du weißt schon.«

»*De mortuis* — wie recht du hast.«

»Ach was, lassen wir das. Sag mal, können wir uns treffen?«

»Ja. Am besten gleich, mein Lieber.«

Mein Lieber — so hatte sie ihn noch nie genannt. Zuneigung und Triumph vermengten sich in Kuno zu üblem Matsch.

»Sofort?«

»Sofort.«

»Kommst du zu mir?«

»Nein, das geht nicht. Treffen wir uns an unserem Platz — du weißt schon.«

»Du meinst — wo wir das erste Mal ...?«

»Ja, genau dort. Ich erkläre dir dann alles.« Sie hängte ein.

An ihrem Platz — wo er sie das erste Mal geliebt hatte ... Kuno war glücklich. Er verschwendete keine Minute, schlüpfte in Schuhe und Jacke und ging.

»Gute Arbeit, GIPS!« rief er, die Wohnung verlassend.

Hätte GIPS lächeln können, er hätte es getan.

Die Wellen brachen an der Küste. Eine leichte Brise wehte vom Meer, brachte herbes Salz. Dort, wo die Sonne untergegangen war, lag eine violette Wolkenbank. Die ersten Sterne erschienen.

Kuno nahm den Fußweg vom Parkplatz. Im Halbdunkel saßen oder lagen beidseits des Weges eng umschlungene Pärchen. Das Tosen der Brecher ließ seine Gedanken überschäumen. Er hatte Lisa zurückgewonnen. Und einen wundersamen Weg zum Erfolg entdeckt. Freilich würde es unangenehme Nachforschungen im Zusammenhang mit Brenners Tod geben, und GIPS würde in die Strafbank wandern. Es sei denn!

Es sei denn, er stellte seine Frage. GIPS würde durchschmoren, und niemand würde ihn, Kuno, vernehmen. Mal sehen; das wollte überlegt sein.

Er wanderte geraume Zeit. Endlich entdeckte er Lisa. Ihre Silhouette hob sich dunkel gegen den Westhimmel ab. Sie stand zur See gewandt. Als sie Kuno kommen hörte, drehte sie sich um.

Ein tiefer, lange vermißter Blick traf ihn. Er wollte sie in die Arme schließen, aber sie nahm wortlos seine Hand und führte ihn zu den Klippen, ihrem gemeinsamen Platz. Hier waren sie vollkommen allein, weitab von den anderen Liebenden. Erinnerungen überwältigten Kuno.

Eine Weile standen sie Hand in Hand, lauschten den Brechern, die tief zu ihren Füßen Schaumsäulen hochschleuderten.

»Ich bin froh, daß du da bist«, sagte sie mit ungewohnter Stimme.

Die Aufregung, dachte er.

»Ich auch.« Er drückte ihre Hand, fand sie aber merkwürdig kraftlos. »Was ist mit Brenner?« fragte er.

»Was soll mit Brenner sein?«

»Ich dachte, er ist — tot?«

»Nein, Brenner ist nicht tot.«

»Was? Aber du sagtest doch ...«

»Kümmere dich nicht um Brenner«, unterbrach sie ihn. »Ich bin bei dir. Küß mich.« Sie zog ihn heran, hob ihm ihr Gesicht entgegen.

Er berührte ihre Wange, küßte sie behutsam. Sie schmiegte sich an ihn, und er hielt sie lange Zeit. Dann erforschte er ihr lang vermißtes Gesicht mit den Lippen, sein Kuß wurde fordernd, seine Zunge drang in ihren Mund ein und suchte ihre. Aber da war nur eine leere kalte Höhle. Er spürte Metallstangen und Räder.

Ein eisiger Schrecken lähmte ihn. Er riß die Augen auf. In der Dämmerung leuchtete Lisas Gesicht überirdisch. Ihre Augen strahlten ihn aus nächster Nähe an. In der blauen Iris des linken Auges stand in winziger Schrift:

EROS Modell 0888

Ihren wohlberechneten Stoß spürte er gar nicht.
Die Inschrift im rechten Auge:

Gruß von GIPS

konnte er nicht mehr lesen. Dazu war er schon zu tief gefallen.

Copyright © 1992 by Peter Schattschneider;
erstmals erschienen in ›CT‹

Gardner Dozois & Jack Dann · USA

DIE ZEITBRAUT

Der Mann-der-nicht-da-war sprach das erstemal zu Marcy, als sie acht Jahre alt war.

Sie war mit ihren Freundinnen Shelley Mitnich und Michelle Liebman spielen gegangen, eine seltene Gelegenheit fern der Augen ihrer strengen und übertrieben fürsorglichen Eltern, und in späteren Jahren sollte sie sich an jenen langen Spätsommernachmittag als eine Idylle der Freiheit und des Glücks erinnern, in vieler Hinsicht die letzten realen Augenblicke ihrer Kindheit.

Der Himmel war hoch und blau und wolkenlos, die Sonne warm, ohne glühend heiß zu sein, der Wind lau, und als sie spielten, schien sich die Zeit auszudehnen, zu verlangsamen und dann ganz stehenzubleiben, hing schwebend wie Honig, der auf der Zunge schmilzt. Sie spielten Treffball, Seilspringen und Himmel und Hölle. Sie spielten Verstecken. Sie spielten Blindekuh, Ich sehe was, was du nicht siehst, und Teekessel. Sie spielten Schwarzer Mann. Sie spielten Ballwerfen, wobei sie sangen:

Ich bin ein Student
und wasch mir die Händ',
ich trockne sie rasch,
steck sie in die Tasch',
ich knie mich nieder,
und steh auf wieder,
und aus dem Stand
fang ich den Ball mit der Hand!

und die komplizierte Prozedur durchführten, den Ball hochzuwerfen und zu fangen, den Ball hochzuwerfen, sich die Hände zu ›waschen‹ und den Ball zu fangen, den Ball hochzuwerfen, die Hände in die Taschen zu stecken und den Ball zu fangen und so weiter, ihre Gesichter so aufmerksam und konzentriert wie die Gesichter von Druiden, die zur Sommersonnenwende mysteriöse Riten ausführen. Und als Shelley wütend wurde und nach Hause ging, weil sie beim Wortkettespiel stekkengeblieben war und die anderen nicht, spielten Michelle und Marcy weiter. Sie spielten Himmel und Hölle, sie spielten mit Puppen, sie spielten Filmstars, wobei Michelle vorgab, Nick Charles zu sein und Marcy Nora sein und mit einem Kissen namens Asta an der Leine spazierengehen mußte. Und als Michelle nach Hause mußte, weil es Zeit für ihre blöde Klavierstunde war, spielte Marcy allein weiter. Sie wollte nicht, daß der Nachmittag zu Ende ging, weil sie keine Lust hatte, in das düstere alte Haus zurückzukehren, wo sie nichts tun konnte außer fernzusehen oder in ihrem Zimmer zu sitzen und allein zu spielen, was keinen Spaß machte, weil sie sich in diesem Haus *eingeschlossen* fühlte.

Marcy rannte durch das Gebüsch hinter den Häusern, flitzte durch das hüfthohe Gewirr von Gras und wildem Weizen und Unkraut und gab vor, ein Pferd zu sein. Normalerweise spielte sie mit Michelle und der blöden alten Shelley zusammen Pferde — Marcys Name war *Blitz,* und sie war ein wunderschönes schwarzes Pferd mit einer weißen Mähne und einem weißen Schweif, und Michelle war *Star,* und Shelley war *Fury* — und sie war nicht sicher gewesen, ob es ihr Spaß machen würde, ganz allein Pferd zu spielen, mit keinem dabei, mit dem man vor Waldbränden davonrennen oder Pferdediebe verfolgen konnte, doch sie stellte fest, daß es ihr *doch* Spaß machte. Wie sie allein und frei rannte, das Haar hinter ihr im Wind flatternd, mit dem Himmel, der sich um sie zu drehen schien, als sie lief, so schnell lief, daß sie dachte, sie könnte direkt über den Rand der Welt hinausrennen, so weit und so schnell, daß niemand sie je einholen konnte — ja, es machte ihr großen Spaß, vielleicht mehr als irgend etwas anderes bis zu diesem Moment. Sie lief durch Gebüsch und Gestrüpp — Pinien und Pappeln, die wie Unkraut wucherten — und die sonnenbeschienene Wiese hinunter zum Fluß.

Dort hielt sie an, um zu verschnaufen, und balancierte dramatisch mit ausgebreiteten Armen am Flußufer. Zu dieser Jahreszeit war der Fluß fast ausgetrocknet — nur ein kleines Rinnsal, vielleicht einen Zoll tief, das sich durch ein trockenes Flußbett schlängelte, übersät mit Tausenden von Steinen in allen Größen und Formen, vom winzigsten runden Kiesel bis hin zu Felsbrokken von der Größe von Autos — doch Marcy tat so, als ob sie jeden Moment hineinfallen und ertrinken könnte, so daß Mammi traurig sein würde, oder vielleicht würde sie wie *verrückt* schwimmen müssen, um sich zu retten, oder vielleicht würde eine Meerjungfrau sie retten und in eine Zauberhöhle bringen ... Sie wirbelte am Flußufer herum, die Arme immer noch ausgebreitet. Sie war eins jener klassisch schönen Kinder, die wie Figuren aus Dresdner Porzellan aussehen, mit großen klaren Augen, heller, makelloser Haut und feingeschnittenen Zügen, ein Erwachsenengesicht in Miniaturausgabe. Sie trug ein neues blaues Kleid, das mit Lochspitze besetzt war, und ihr Haar glänzte wie Blattgold, als sie sich im Sonnenlicht drehte.

Sie wirbelte herum, bis ihr so schwindlig war, daß sie nicht mehr stehen konnte, und dann ließ sie sich in den Schlamm des Flußufers plumpsen, das noch naß vom Regen am Morgen war. Sie war eine Sekunde lang entsetzt, als sie begriff, was sie getan hatte; dann lächelte sie und begann, in einer Art absichtlicher Perversität mit den Händen in den Matsch zu schlagen.

»Du solltest nicht im Matsch spielen«, sagte eine erwachsene Stimme streng.

Marcy zuckte zusammen und blickte auf — in der Erwartung, einen der Nachbarn zu sehen, oder vielleicht einen Arbeiter von dem neuen Haus, das sie auf der anderen Seite der Wiese bauten.

Es war keiner da.

»Du machst ja dein Kleid ganz schmutzig«, beschwerte sich die Stimme, »und ich kann mir gut vorstellen, wieviel deine Mutter dafür bezahlt haben muß. Du mußt Rücksicht auf andere nehmen!«

Marcy stand langsam auf. Sie fühlte eine Gänsehaut auf den Armen. Wieder war keiner da. Sie schaute sich gründlich um, aber es gab keinen Ort, wo sich jemand hätte verstecken können — das Gras war hier zu kurz, und die nächsten Bäume standen hundert Yards entfernt —, deshalb konnte sie sich nicht vorstellen, wie ihr jemand einen Streich spielen konnte.

Stirnrunzelnd stand sie, noch ruhig, doch allmählich bekam sie ein bißchen Angst. Der Wind zerzauste ihr das Haar und ließ die Spitze an ihrem Kleid flattern.

»Du bist es«, fuhr die Stimme triumphierend fort. Sie schien direkt aus der Luft neben Marcy zu kommen, laut und unverkennbar. »Ich wußte es, sobald ich dich sah. Ja, du bist die Richtige — wirklich, genau die Richtige, da bin ich sicher. Junge, die Investition lohnt sich. Jeder Cent — sie ist es wert.«

Die Stimme klang blasiert, selbstgefällig, ein bißchen wichtigtuerisch. Wie die Stimme eines dieser scheinheiligen und nicht gerade furchtbar schlauen Erwachsenen, die ihr immer Geschichten mit einer Moral erzählen oder ihr Lebensweisheiten mit auf den Weg geben wollten, jene Sorte von Erwachsenen, die ihre Urlaubsbilder zeigten oder sie in die Wangen kniffen und ihr sagten, wie groß sie schon sei, wie ihr Onkel Irving, der das Haus immer mit seinem Zigarrenqualm verpestete, und dessen dröhnend laute Gesellschaft unangenehmer war, als der Nickel wert war, den er Marcy immer gab. Ein *Schlimazel,* wie ihr Vater sagen würde, die Stimme eines *Schlimazels,* die aus dem leeren Augusthimmel zu ihr sprach.

»Sind Sie ein Geist?« fragte sie höflich, jetzt mehr fasziniert als erschrocken.

Die Stimme gluckste. »Nein, ich bin kein Geist.«

»Sind Sie dann unsichtbar, wie im Fernsehen?«

»Nun ...«, sagte die Stimme, »ich schätze, ich bin eigentlich überhaupt nicht *da,* so wie du es meinst, obwohl ich dich sehen und mit dir reden kann, wann immer ich will, kleine Marcia.«

Marcy schüttelte den Kopf. Obwohl er sagte, daß er kein Geist war, stellte sie ihn sich als einen vor, als ein kleiner-Mann-der-nicht-da-war, wie in dem Gedicht, das Mammi ihr vorgelesen hatte, und für lange Zeit sollte sie ihn sich so vorstellen. »Woher kennen Sie meinen Namen?« fragte sie.

Der Mann-der-nicht-da-war lachte wieder selbstgefällig. »Ich weiß eine Menge Dinge, Marcia, und ich kann fast alles herausfinden, was ich wissen will. Mein Name ist Arnold Waxman, und eines Tages werde ich dich heiraten.«

»Das werden Sie *nicht*«, antwortete sie erschrocken.

»O doch. Ich werde dein Mann werden, kleine Marcia, du wirst sehen. Unter meiner Führung wirst du zu einer perfekten jungen Dame heranwachsen, die perfekte Braut, und wenn der Zeitpunkt gekommen ist, wirst du mich heiraten.«

»O nein, das werde ich *nicht*«, sagte sie heftiger. Sie fühlte, wie ihr die Tränen kamen. »Das werde ich nicht, das werde ich *nicht.* Sie sind ein Lügner, ein blöder alter *Lügner.*«

»Etwas mehr Respekt, bitte!« erwiderte der Mann-der-nicht-da-war scharf. »Ist das eine Art, mit seinem zukünftigen Mann zu sprechen?«

Doch Marcy war schon losgerannt, schoß davon wie ein Stein, der aus einer Schleuder katapultiert wird, über die Wiese, vorbei an den Fundamenten für das neue Haus. Erst als sie die erste Baumreihe erreichte, das Flußufer weit hinter ihr, fuhr sie herum und schrie zurück: »Ich werde dich nicht heiraten, du blöder alter Geist! Niemals!«

»Oh, ich glaube doch«, sagte eine Stimme neben ihr aus dem Nichts.

Barry Meisner, Marcys Vater, legte gerade seine *Tallis* und seinen *Tefillin* an, um zu beten, als eine Stimme aus der Decke zu ihm sagte: »Mr. Meisner? Ich komme mit einem Anliegen.«

»Was?« Mr. Meisner drehte sich um, als ob die Stimme aus der roten Lederbar auf der anderen Seite des Zimmers gekommen sein könnte. Er ging vorsichtig zu der Bar hinüber und schaute dahinter, fand jedoch nicht mehr als seine Auswahl von Spitzenweinen, ein Handtuch, das auf den Boden gefallen war und einen Flaschenverschluß, den das Hausmädchen übersehen hatte.

»Jetzt hörst du schon Dinge«, murmelte Mr. Meisner kopfschüttelnd.

»Mr. Meisner«, sagte die Stimme klar und deutlich, »bitte hören Sie mir nur für einen Moment zu, und ich werde alles erklären.«

»Oh, mein Gott!« Mr. Meisner blickte zu der Deckenlampe hinauf, die die Bar und die Elfenbeinsammlung in den kleinen Spiegelregalen an der Wand dahinter beleuchtete. Mr. Meisner, ein erfolgreicher Geschäftsmann, der seinen Erfolg einem persönlichen Gott zuschrieb, der ein spezielles Interesse an *ihm,* Mr. Meisner, hatte, begann plötzlich zu zittern. »Oh, mein *Gott:* Ich habe immer gewußt, daß du real bist. Ich bin dein Sohn, Barry«, und er hob die Hände vor sich hoch und intonierte das *Shema:* »Höre, o Israel, die ...«

»*Bitte,* Mr. Meisner«, unterbrach ihn die Stimme, »ich bin ganz gewiß *nicht* Gott. Wenn Sie jetzt bitte zuhören würden ...«

Mr. Meisner ließ zögernd die Arme sinken. »Sie sind nicht Gott?«

»Ganz bestimmt nicht.«

»Wer sind Sie dann, *was* sind Sie?« Mr. Meisner schaute sich suchend um. »Kommen Sie raus! Zeigen Sie sich!«

»Ich kann mich nicht zeigen, Mr. Meisner, weil ich aus der Zukunft bin.«

»Aus der *Zukunft?*«

»Genau«, antwortete die Stimme ein bißchen selbstgefällig.

Mr. Meisner blinzelte argwöhnisch zur Decke hinauf. »Sie sind also aus der Zukunft, huh? Vielleicht haben Sie eine Zeitmaschine, wie im Film? Nun, wenn Sie mit jemandem sprechen wollen, warum kommen Sie nicht raus und sagen hallo, anstatt wie ein Bauchredner Tricks mit der Decke zu machen?«

»Mr. Meisner«, meinte die Stimme, und man konnte fast den Seufzer hinter den Worten hören, »es gibt keine Zeitmaschinen. Jedenfalls nicht die Art, wie Sie meinen. Es ist völlig unmöglich, *physisch* durch die Zeit zu reisen. Das sagen mir zumindest die Wissenschaftler — ich muß zugeben, daß ich es selbst nicht ganz verstehe. Aber worauf ich hinauswill, ist, daß ich *nicht* herauskommen und Ihnen die Hand schütteln kann, weil ich nicht wirklich *da* bin, nicht physisch. Sie verstehen? *Was* ich aber habe, ist ein Gerät, mit dem ich durch die Zeit *sehen* kann und das es mir ermöglicht, mit Ihnen zu sprechen und zu hören, was Sie mir antworten. Und glauben Sie mir, Mr. Meisner, es ist teuer. Die Zeit-Sichtgeräte wurden erst vor kurzem entwickelt — aus meiner Sicht, natürlich —, und Sie *glauben* nicht, wieviel es mich kostet, in diesem Moment mit Ihnen zu sprechen.«

»Ferngespräche sind immer teuer«, erwiderte Mr. Meisner kühl. Er hatte einen Teil seiner Fassung zurückgewonnen, und eine Stimme aus der Decke sollte nicht denken, sie könnte ihn beeindrucken, indem sie mit ihrem Geld prahlte. Er befingerte müßig den losen Lederträger des *Tefillin,* während er nachdenklich nach oben schaute. »Nun, denn, Mr. Stimme …«, meinte er schließlich.

»Mr. Meisner, *bitte.* Ich bin keine Stimme. Ich bin eine Person, genau wie Sie, und ich habe einen Namen. Mein Name ist Arnold Waxmann.«

Mr. Meisner blinzelte. »Nun, denn, Mr. … Waxmann«, begann er noch einmal. »Sie rufen mich also da oben aus der Zukunft an, und es kostet Sie eine Million Dollar pro Minute, oder was immer man in der Zukunft als Geld benutzt, und jeden Augenblick wird sich der Vermittler einschalten und schreien, Sie sollen noch einen Nickel einwerfen …« Er hielt inne. »Also, was wollen Sie? Warum belästigen Sie *mich?*«

»Ich möchte mit Ihnen über Ihre Tochter Marcy sprechen.«

»Was ist mit meiner Tochter?« fragte Mr. Meisner alarmiert.

»Ich hätte gern Ihre Erlaubnis, sie zu heiraten.«

»Sie zu heiraten? Sind Sie pervers, ist es das?« Mr. Meisner begann, vor Zorn und Furcht zu beben. Niemand würde seine Tochter heiraten. Sie war nicht einmal *bat mitzvahed.* Plötzlich hielt er inne und vergrub das Gesicht in den Händen. »Ich *habe* Halluzinationen«, sagte er ausdruckslos, zufrieden daß er endlich einen Zusammenbruch hatte. »*Jetzt* soll meine Frau noch mal bestreiten, daß ich zu hart gearbeitet habe.«

Ein Seufzer erfüllte den Raum. »Mr. Meisner, Sie sind nicht verrückt. Sie leben im 20. Jahrhundert; bitte versuchen Sie, sich wie ein zivilisierter Mensch zu benehmen, nicht wie irgendein abergläubischer Steinzeitmensch.«

»*Sie* reden von zivilisiert? Meine Tochter ist *acht.* Macht ihr das in der Zukunft, Achtjährige heiraten?« Plötzlich fiel ihm etwas ein, und er geriet in Panik. »Wo ist sie? Oh, mein Gott, geht es ihr gut? Was …«

»Beruhigen Sie sich, Mr. Meisner«, unterbrach Arnold ihn. »Ihre Tochter ist gerade auf dem Weg nach Hause; es geht ihr gut.«

»Das möchte ich Ihnen auch geraten haben«, drohte Mr. Meisner.

»Bitte lassen Sie mich erklären, Mr. Meisner. Ich will Marcy nicht *jetzt* heiraten. Ich will sie in der Zukunft heiraten, in zehn Jahren, wenn sie achtzehn ist. Das ist, glaube ich, ein akzeptables Alter. Und ich bin, wie ich, glaube ich, bereits erwähnt habe, ein sehr reicher Mann. Ein sehr angesehener Mann. Sie könnte es weitaus schlechter treffen, glauben Sie mir.«

Mr. Meisner schüttelte skeptisch den Kopf. »Ich soll eine Ehe arrangieren wie bei meiner Großmutter, die in einem *Shtetl* lebte?«

»Ich glaube, Sie werden einsehen, daß die alten Sitten viel Weises enthielten.«

»Sind Sie Jude?« fragte Mr. Meisner mißtrauisch.

»Natürlich bin ich Jude. Würde ich sonst Ihre Tochter heiraten wollen?«

»Wir sind nicht orthodox.«

»Ich auch nicht«, sagte Arnold.

»Nein — kommen Sie in zehn Jahren wieder, wenn Sie real sind, und dann können wir uns noch mal unterhalten. Bis dahin sind Sie ein Produkt meiner Phantasie.«

»Sie wissen sehr gut, daß ich real bin, Mr. Meisner«, gab Arnold ärgerlich zurück, »und in zehn Jahren wird es zu spät sein für Marcy.«

»Was meinen Sie?«

»Mr. Meisner, haben Sie eine Ahnung, was hier oben in der Zukunft *los* ist?«

Mr. Meisner zuckte die Achseln. »Was weiß ich von der Zukunft? Ich habe schon genug Probleme mit der Gegenwart.«

»Nun, lassen Sie mich *Ihnen* sagen, wenn Sie glauben, daß es *jetzt* da unten schlimm ist, dann warten Sie erst, bis Sie die Zukunft sehen! Sie ist ein Chaos. Ein Sodom und Gomorrha. Der völlige Zusammenbruch aller moralischen Werte. Verwilderte Kinder. Lüsternheit. Unanständigkeit. Wollen Sie den Tag erleben, wenn Ihre Tochter mit jedem Jungen *schtuppt,* den sie auf der Straße trifft?«

»Unterstehen Sie sich, so von meiner Tochter zu sprechen!«

»Mr. Meisner, ohne meine Führung *wird sie einen Goy heiraten!*«

Es trat eine lastende Stille ein. »Das ist eine Lüge«, sagte Mr. Meisner schließlich, aber er sagte es ohne große Überzeugung. Wieder hielt er inne, dann seufzte er. »Also, wenn ich ein Arrangement mit Ihnen mache, wie wird es das ändern, was mit meiner Marcy passiert?«

»Ich werde mich um sie kümmern. Ich werde ihr durch die Fallgruben des Lebens helfen. Ich werde dafür sorgen, daß sie *richtig* aufwächst.«

»Das kann ich selbst, vielen Dank.«

»Ah, aber Sie können sie nicht *immer* im Auge behalten, nicht wahr?« entgegnete Arnold triumphierend. »Tatsächlich habe ich sie heute erst dabei erwischt, wie sie sich im Schlamm herumrollte und absichtlich ihr Kleid schmutzig machte, und ich habe sie sofort nach Hause geschickt. Können *Sie* wissen, in was für andere Schwierigkeiten sie kommt, wenn Sie ihr den Rücken kehren? Können Sie sie vor jedem schlechten Einfluß bewahren, in den sie außerhalb von zu Hause gerät, ihr jeden Fehler zeigen, wenn sie ihn macht, ihr helfen, jeder Versuchung zu widerstehen, in die sie, wo auch immer, kommt. *Ich* kann das alles.«

»Aber ...«, sagte Mr. Meisner, ziemlich verwirrt, »warum wollen Sie zehn Jahre auf meine Tochter warten?«

»Damit ich absolut *sicher* sein kann, daß sie die Frau ist, die ich heiraten will.« Arnold seufzte. »Ich bin schon zweimal mit Verlobten enttäuscht worden, Mr. Meisner,

Mädchen aus ordentlichen Familien, die angeblich gut erzogen waren ... Und dann stellte sich heraus, daß sie unter all dem in Wirklichkeit ... Huren waren. Sie waren *verdorben*, trotz ihrer guten Herkunft und Erziehung, trotz allem, was ihre Eltern tun konnten. Irgendwo unterwegs, Mr. Meisner, *irgendwo*, hatte der Keim der Verderbtheit seinen Weg hinein gefunden.« Er hielt grübelnd inne, dann — und seine Stimme beschleunigte sich dabei vor Enthusiasmus — fügte er hinzu: »Aber auf *diese* Weise, unter Benutzung des Zeit-Sichtgeräts, kann ich tatsächlich helfen, Marcy zu dem Mädchen zu formen, das sie sein sollte, ich kann persönlich jede Einzelheit überwachen ...«

Die Tür zum Arbeitszimmer ging auf, und Marcy stand im Rahmen. Sie sah erhitzt und ziemlich verlegen aus in ihrem schlammbedeckten Kleid. »Daddy ...«, begann sie atemlos.

»Da! Sehen Sie!« sagte Arnold selbstgefällig. »*Da* ist sie, und sie ist völlig in Ordnung. Und sehen Sie, da ist der Schlamm, genau wie ich es Ihnen gesagt habe ...«

Marcy zuckte zusammen. Ihre Augen weiteten sich, und sie trat einen Schritt zurück. Ihre Miene wurde ängstlich, dann schuldbewußt.

Ihr Vater blickte sie merkwürdig an. »Geh jetzt nach oben, Marcy«, sagte er schließlich. »Wir werden uns später darüber unterhalten, was du mit deinem Kleid gemacht hast.«

»Aber, *Daddy* ...«

»Geh jetzt nach oben!« unterbrach Mr. Meisner sie knapp. »Ich bin sehr beschäftigt.«

Als sich die Tür schloß, schaute er wieder zur Decke hinauf. »Also gut, Mr. Waxman ...«

Marcy stand lange draußen vor der Tür zum Arbeitszimmer ihres Vaters und lauschte den Stimmen drinnen, die sich erhoben und senkten. Beunruhigt ging sie schließlich langsam hinauf in ihr Zimmer.

An jenem Abend, als sie gerade das Licht ausschalten und schlafen gehen wollte, sprach die Stimme wieder zu ihr. Marcy schrie auf, sprang ins Bett und zog sich die Decke über den Kopf. Zitternd lag sie da, irgendwie schockiert, daß die Stimme ihr sogar bis in ihr eigenes Zimmer folgen konnte. Sie zog die Decke fester um sich und versuchte, nicht auf die Stimme zu hören, die scheinbar endlos weiterleierte und ihr dumme Geschichten erzählte, wie wundervoll ihr gemeinsames Leben sein würde, daß sie in einem Schloß leben würden …

Später, nachdem es in ihrem Zimmer wieder still geworden war, spähte sie vorsichtig unter der Decke hervor und schaute sich argwöhnisch um. Dann schob sie verstohlen die Hand vor, um das Licht auszuschalten in der Hoffnung, daß *er* sie im Dunkeln nicht würde finden können.

Es waren Lügen, sagte sie sich, als sie zu der dunklen Zimmerdecke hinaufstarrte, all die Dinge, die er gesagt hatte, alles Lügen. Nichts davon würde passieren. Marcy hatte ihr Leben ohnehin schon geplant: sie würde im Kongo leben und wie Wonder Woman sein, die nie jemanden heiraten mußte, obwohl jeder in sie verliebt war, weil sie immer Menschen das Leben rettete und wunderschön war.

Es würde kein Platz in einem solchen Plan sein für *Arnold*.

Am nächsten Tag, beim Abendessen, sagte Marcys Mutter: »Aber Marcy, es ist doch zu deinem eigenen Besten.« Sie und Mr. Meisner und Marcy saßen am Küchentisch. »Arnold klingt wie ein sehr netter Mann, und Mammi und Daddy und Arnold werden dafür sorgen, daß du ein wunderschönes Leben hast und alles, was du willst.«

»Ich will nicht alles, was ich will«, heulte Marcy. »Nicht, wenn ich immer auf diesen blöden alten Arnold hören muß. Ich will nicht, ich will nicht, ich *will* nicht.«

»So spricht eine junge Dame nicht mit ihren Eltern.« Arnolds Stimme schien aus dem Herd unter den Hängeschränken im Kolonialstil zu kommen. »Kleine Marcia, du ...«

»Nennen Sie mich nicht ›Kleine Marcia‹. Ich heiße Marcy, und ich bin nicht klein.«

»Also schön«, sagte Arnold. »Marcy, du kennst doch die Zehn Gebote?«

Marcy blickte auf ihre Schüssel mit Erdbeereis und drückte dann die künstlich gefärbten Kugeln mit der Rückseite ihres Teelöffels sorgfältig flach.

»Nun, *kennst* du die Zehn Gebote?« fragte Mrs. Meisner. Sie war früher einmal schön gewesen, hatte sich aber erlaubt, zuzunehmen, was die einstmals markanten Züge ihres Gesichts hatte unscharf werden lassen. Trotzdem hatte sie immer noch wunderschöne helle Haut und die gleichen hellblauen Augen wie Marcy. Sie trug das dicke, gefärbte Haar schulterlang, aber es war so mit Haarspray eingesprüht, daß es wie lackiert glänzte. »Marcy, hör auf, mit deinem Eis zu spielen und antworte Arnold! Und sei höflich!«

»Ich weiß, man soll nicht stehlen oder jemanden töten oder Hummer essen«, sagte Marcy mürrisch.

»Aber man *soll* seine Eltern achten ... und ältere Leute.« Jetzt schien Arnolds strenge Stimme von irgendwo über dem Tisch zu kommen. »›Du sollst Vater und Mutter ehren‹«, intonierte sie drohend.

»Nicht, wenn sie mich zwingen wollen, eine blöde alte Stimme zu heiraten!« Marcy rannte aus der Küche, den mit rotem Teppich ausgelegten Flur hinunter und die Treppe zu ihrem Schlafzimmer hinauf.

»Ich glaube, du solltest dich bei deinen Eltern entschuldigen«, sagte die Stimme zu Marcy, die auf dem Bett lag, die Arme ausgebreitet, als ob sie fliegen oder vielleicht schweben würde.

Marcy streckte der Decke, wo sie Arnold vermutete, die Zunge heraus.

»Ich glaube, eine Tracht Prügel wäre angebracht, wenn du dich nicht augenblicklich bei deinen Eltern entschuldigst«, meinte Arnold.

»Wer soll mich verprügeln?« fragte Marcy verdrießlich. »Sie vielleicht?«

»Ich glaube, dein Vater ist dazu sehr gut in der Lage.«

»Er hat mich noch *nie* verprügelt, also halten Sie endlich die Klappe und verschwinden Sie!«

Fünf Minuten später erhielt Marcy ihre erste Tracht Prügel von ihrem Vater.

Die ersten paar Wochen unter der neuen Führung waren nicht *allzu* schlimm, obwohl Arnold eine schreckliche Nervensäge war und ständig an ihr herumnörgelte, vor allem, wenn ihre Eltern nicht da waren. Mittlerweile redeten alle über die ›Stimmen‹ aus der Zukunft — mehr als dreißig verschiedene Fälle waren von überall auf der Welt gemeldet worden, wobei die Kontakte aus einer verblüffenden Vielfalt von Gründen aufgenommen wurden, die meisten von ihnen erstaunlich frivol —, doch Arnold verzichtete anfangs weitgehend darauf, sie vor anderen zu maßregeln, und nur Marcys Eltern wußten von ihm.

All das endete, zusammen mit den letzten Resten ihres alten Lebens, eines Abends, vielleicht einen Monat später, als Marcy bei Shelley Mitnich zu Abend aß.

»Bist du *sicher,* daß deine Eltern nichts dagegen haben, wenn du das ißt?« fragte Mrs. Mitnich Marcy, als sie eine Platte mit Hummerschwänzen servierte. Dazu stellte sie eine kleine Schüssel mit zerlassener Butter zwischen Shelley und Marcy.

»Nein, wirklich nicht. Wir können es zu Hause nicht essen, aber ich darf es in Restaurants essen oder bei meinen Freundinnen zu Hause, wie hier.« Hummer war Marcys Leibgericht.

Mr. Mitnich murmelte etwas, das Marcy nicht verstehen konnte, und Mrs. Mitnich warf ihm einen bösen Blick zu.

»Nun, ich weiß, daß deine Eltern nicht orthodox sind«, meinte Mrs. Mitnich; doch bevor sich Marcy ein Stück von dem rosa Fleisch in den Mund stecken konnte, sagte eine Stimme:

»Leg sofort die Gabel hin!«

»Halt die Klappe, Arnold!« schrie Marcy. Ihr Gesicht wurde rot, und sie sah sich im Eßzimmer um, als ob Arnold plötzlich leibhaftig erscheinen würde, um sie zu demütigen.

»Du weißt genau, daß du keinen *Traif* essen sollst«, fuhr Arnold fort.

Shelley und ihre Eltern blickten sich mit schockierten Gesichtern im Zimmer um, dann sahen sie Marcy an.

»Ich kann essen, was ich will«, heulte Marcy auf. »Meine Eltern lassen mich essen, was ich will, wenn ich draußen bin ... Und es geht dich gar nichts an, du gottverdammter *Geek!*«

»Guterzogene kleine Mädchen benutzen nicht solche Worte«, tadelte Arnold.

»Wer, zum Teufel, sind Sie?« Mr. Mitnich stand auf und fegte mit den Händen über den Tisch, wo die Stimme herzukommen schien, als ob er sie wie eine Spinnwebe wegwischen könnte. »Ich habe alles über Verrückte wie Sie gehört.« Dann beugte er sich zu Marcy vor und fragte: »Schätzchen, wann hat dieser Verrückte aus der Zukunft angefangen, dich zu belästigen?«

»Ich darf doch sehr *bitten*«, mischte sich die Stimme ein. Sie schien jetzt von der anderen Seite des Zimmers zu kommen.

»Halten Sie den Mund, Sie!« sagte Mr. Mitnich zur Wand. Dann wandte er sich wieder an Marcy. »Wissen deine Eltern von diesem Perversen?«

»Das will ich meinen, Sir«, erwiderte Arnold selbstgefällig. »Ich habe mit ihnen vereinbart, daß ich Marcy heirate, wenn sie volljährig ist. Ich versuche lediglich, sie vor dem Schicksal *Ihrer* Tochter zu bewahren. Wenn ich deswegen pervers bin, dann bitte sehr.«

Mr. Mitnich starrte die Wand an. »Was genau *ist* denn das Schicksal meiner Tochter?« wollte er wissen.

»Das möchte ich lieber nicht sagen.«

Mr. Mitnich wurde fuchsteufelswild. »Verschwinden Sie von hier, Sie! Oh ... und Marcy ... Ich finde, du solltest besser nicht mehr mit Shelley spielen. Und deine Eltern sollten sich schämen. Einen solchen ... solchen *Dreck* in ihr Haus zu bringen ... und in unseres.«

»Warten Sie nur, was mit *Ihrer* Tochter passiert«, bemerkte Arnold gehässig. »Mann! Sie könnten glücklich sein, wenn Sie jemanden wie mich hätten, der sich um sie kümmert!«

Mr. Mitnich warf seine Kaffeetasse gegen die Decke.

Dann war Marcy draußen und trottete nach Hause. Bittere Tränen liefen ihre Wangen hinunter, während Arnold ihr sagte, daß sie solche Freunde sowieso nicht brauchte, denn schließlich habe sie ja *ihn*.

Danach sprach es sich herum, und für eine Weile wurde Marcy zu einer kleinen Berühmtheit und erschien sogar in den Fernsehnachrichten. Dies war aber nur ein schwacher Trost für sie, denn Arnold wurde mit der Zeit immer strenger. Er maßregelte sie ständig vor den anderen Kindern, er schnauzte Kinder und Erwachsene an, die er für ›schlechten Einfluß‹ hielt, bis schließlich überhaupt keiner mehr mit Marcy spielen wollte. Sie hatte ihre ganzen Freunde verloren, und selbst ihre Lehrer neigten dazu, sie in die hinterste Ecke der Klasse zu setzen, wo sie sie geflissentlich ignorieren konnten.

Arnold war jetzt fast immer bei ihr, und Marcy lernte bald, daß es nahezu unmöglich war, sich vor ihm zu verbergen. Als sie sich unter dem Azaleenstrauch im Garten hinter dem Haus versteckte und ›sich berührte‹, war Arnold plötzlich auch da, wie der Zorn Gottes aus dem wolkenbedeckten Himmel, und erzählte ihren Eltern lauthals von der abscheulichen Sache, die ihre Tochter gemacht hatte, und Marcy mußte versprechen, es nie wieder zu tun und weinte sich vor Scham eine ganze Woche lang jeden Abend in den Schlaf. Als sie eine schokoladenüberzogene Kirsche aus der Bonbondose ihrer Mutter stahl, war Arnold da. Als sie sich die Nase am Ärmel ihrer neuen Jacke abputzte, war Arnold da. Als sie versuchte, ihr Zeugnis zu verstecken, war Arnold da. Als sie sich von Diane Berkowitz überreden ließ, eine Zigarette zu probieren, war Arnold da.

Er kam jeden Tag zu ihr und hielt ihr Vorträge über Moral und Sünde und Verirrung. Er liebte es, über Anstand und Benehmen zu reden, und er zwang sie, dicke verstaubte Bücher zu lesen, um ›ihren Horizont zu erweitern‹.

Er erzählte ihr im Vertrauen, daß ihre Eltern nicht besonders klug oder, was das beträfe, besonders gebildet seien.

Er erzählte ihr, daß er ihr einziger Freund sei.

Er erzählte ihr, daß sie großes Glück habe, ihn zu haben, denn er sei ihre Rettung.

Bald nach Marcys fünfzehntem Geburtstag erfand schließlich jemand das Zeit-Sichtgerät und rechtfertigte damit verspätet die Prophezeiung seiner Existenz. Der Erfinder war durch Hinweise und Tips aus der Zukunft darauf gebracht worden, doch mit Ausnahme einiger weniger pingeliger Wissenschaftler schien niemand groß an dem haarsträubenden Wirrwarr von Widersprüchen zu stören, die diese Tatsache mit sich brachte. Innerhalb von einem Jahr waren Zeit-Sichtgeräte im Handel erhältlich, obwohl ihr Kauf und Betrieb in der Tat sehr teuer waren.

Bald nach Marcys sechzehntem Geburtstag wurde Shelley Mitnich schwanger, und überdies noch von einem *Shvartzer:* Arnold freute sich monatelang diebisch darüber, und er stieg in Mr. Meisners Achtung in unantastbare Höhen.

Bald nach ihrem siebzehntem Geburtstag versuchte Marcy, mit ihrer Mutter über Arnold zu reden. Sie sah immer noch keine Möglichkeit, einer Heirat mit Arnold zu entgehen, wenn ihre Eltern sagten, daß sie ihn heiraten mußte, und diese Vorstellung erschreckte sie. Vielleicht hätte sie verschiedene Möglichkeiten gesehen, wenn sie ein paar Jahre älter oder weniger von ihren Eltern und Arnold beherrscht worden wäre, oder wenn ihr Berater in der Schule so verständnisvoll gewesen wäre, daß sie sich ihm hätte anvertrauen können, oder wenn sie irgendwelche richtigen Freunde gehabt hätte, mit denen sie hätte sprechen können. Mrs. Meisner legte den ›Seifenopern‹-Sammelband aus der Hand und hörte ihrer Tochter geduldig zu, doch ihr müdes fettes Gesicht war teilnahmslos. »So«, meinte sie und machte eine drehende Handbewegung. »Du liebst ihn nicht? Kannst du nicht lernen, einen reichen Mann genauso einfach zu lieben wie einen armen?«

Marcys achtzehnter Geburtstag nahte. Nacht für Nacht lag sie schlaflos in der dunklen Enge ihres Zimmers, lauschte dem Summen und Klicken der Straßenlaterne draußen vor dem Fenster, beobachtete, wie das Licht von Autoscheinwerfern in oszillierenden Wellen über die Zimmerdecke glitt, wie phosphoreszierende Brandung, die sich an einem schwarzen Mitternachtsstrand bricht.

Morgens war das Gesicht, das ihr aus dem Spiegel entgegenblickte, hager und blaß. Sie magerte ab, das Fleisch zog sich straff über den Wangenknochen zurück, ihre Augen wurden hohl und dunkelumrändert. Sie aß fast nichts mehr. Tagsüber ging sie unaufhörlich auf und ab, wie ein Tier im Käfig, unfähig stillzustehen, erfüllt von einer kranken, ziellosen Energie, die ihr Kopfschmerzen und Übelkeit verursachte. Nachts lag sie starr und regungslos im Bett, unbeweglich wie eine Statue, die Decken bis zum Hals hochgezogen, verkrampft in furchtsamer Erwartung der Stimme, die jeden Moment, ohne Vorwarnung, aus der Dunkelheit zu ihr sprechen konnte, der Stimme und der beobachtenden Präsenz, der sie nie entkommen konnte …

In der dritten solchen Nacht, als sie angespannt in der Dunkelheit lag und beobachtete, wie zitternde Blätterschatten netzförmige Muster auf den Wänden bildeten, faßte sie einen Entschluß.

Langsam, vorsichtig schob sie die Decke zur Seite und stieg aus dem Bett. Sie tappte im Dunkeln durch das Zimmer zur Kommode, da sie es nicht wagte, das Licht einzuschalten, und tastete nach ihren Sachen. Seit der Pubertät, seit ihre Körperhaare zu wachsen und ihre Brüste zu knospen begonnen hatten, hatte sie ihr Zimmer nachts völlig im Dunkeln gelassen, weil sie den Gedanken nicht ertragen konnte, daß *er* sie anstarrte, während sie sich auszog. Sie hatte angefangen, sich morgens unter dem Laken anzuziehen und sich mit dem Baden oder Duschen zu beeilen, sicher, daß er auf ihre Nacktheit starren würde, wann immer er die Gelegenheit dazu bekam, überzeugt, daß sie fühlen konnte, wie sein Blick über sie wanderte, wann immer sie gezwungen war, die wallenden, alles verhüllenden Sachen auszuziehen, die sie zu bevorzugen gelernt hatte. Unter den formlosen, zeltähnlichen Kleidern hielt sie jedoch immer noch ein Paar Jeans und eine dunkelblaue Strickjacke versteckt, die sie vielleicht unbewußt für einen Notfall wie diesen aufbewahrt hatte. Nach jeder Bewegung zögernd, zog sie sich ungeschickt an. Als sie vorsichtig versuchte, ihre Kommodenschublade lautlos aufzuziehen, erstarrte sie für einen langen, erschrockenen Moment, als die Schublade laut quietschte, und blickte automatisch zu der milchigen Decke hinauf (wo *er* lebte, wie das Kind tief in ihrem Innern immer noch glaubte), weil sie mehr als halb erwartete, jeden Augenblick seine

Stimme zu hören, die sie in jenem höhnischen, kalten Ton fragte, *was* in aller Welt sie da *machte.* Doch als sie schließlich den letzten Schnürriemen an ihren Turnschuhen zugebunden hatte, im tiefen Schatten der Chifonière kauernd, fühlte sie sich etwas zuversichtlicher — sie war jetzt lange ruhig und gehorsam gewesen, sie hatte seit *Jahren* nicht mehr versucht, sich nachts aus dem Haus zu schleichen, und selbst *er* konnte sie nicht immer, nicht jeden Moment beobachten. Schließlich mußte auch er *irgendwann* schlafen.

Vielleicht würde es klappen.

Ihre Bewegungen waren nicht mehr ganz so übertrieben verstohlen, als Marcy das Fenster aufschob und auf das schräge Dach im ersten Stock hinauskletterte. Wenn *er* sie beobachtete, würde er sicher *jetzt* etwas sagen ... Doch dann war sie draußen, fühlte die schlüpfrigen Dachpfannen unter den Füßen, sah durch die Silhouetten der Äste den vollen bleichen Mond, und immer noch war nichts passiert. Sie ging sicheren Schritts über das Dach zu der großen Ulme, die an der Hausecke wuchs, sprang hinüber und kletterte in einem Regen von spröden Blättern und abgebrochenen Zweigen hinunter, und erst als sie auf dem Boden stand, die Füße fest in das feuchte Gras gestellt, erst dann schwankte sie, von Schwindel ergriffen ...

Der Bus ins Stadtzentrum hielt direkt gegenüber von ihrem Haus, doch vorsichtshalber ging sie zu einer Haltestelle ein paar Blocks die Straße hinunter. Sie hielt den Atem an, bis sich die Bustüren mit einem Seufzer hinter ihr schlossen. Dann sank sie auf einen Platz, geschüttelt von einem konvulsivischen Zittern. Sie mußte sich am Sitz vor ihr festhalten und umklammerte ihn, bis die Knöchel weiß unter der Haut hervortraten. Dann, als das Zittern aufhörte und sie sich wieder etwas beruhigt hatte, begnügte sie sich für einen Augenblick damit, einfach dazusitzen und zu beobachten, wie die pastellfarbenen Lichter der Stadt draußen vorbeihuschten.

Doch sie durfte nicht unvorsichtig werden. Sie durfte sich nicht in Sicherheit wiegen, noch nicht. In Gedanken war sie alles ein Dutzendmal durchgegangen. Es war sinnlos, einfach davonzulaufen — früher oder später würde Arnold herausfinden, wo sie war, sie aufspüren, gleichgültig, wohin sie ging, und dann würden ihre Eltern kommen und sie mitnehmen, oder sie würden die Polizei beauftragen, sie abzuholen. Und beim nächstenmal würden sie viel schärfer aufpassen und es viel schwerer für sie machen, wegzulaufen. Nein, es hieß jetzt oder nie; sie mußte diese Gelegenheit *jetzt* ausnutzen, solange sie die Chance dazu hatte, und ihr fiel nur eins ein, was sie mit der gestohlenen Zeit machen konnte, das *vielleicht* wirkungsvoll genug war, um sie von Arnold zu befreien.

Bei dem Gedanken daran war sie wieder unruhig geworden. Wieviel Zeit *hatte* sie? Vielleicht ein paar Stunden ... allerhöchstens. Möglicherweise nur eine halbe Stunde, zwanzig Minuten, vielleicht *weniger*. Früher oder später würde Arnold Alarm schlagen ... Marcy fühlte, wie die Spannung in ihr wieder zunahm, wie eine Hand, die rhythmisch ihre Eingeweide zusammendrückte, und sie beobachtete ängstlich die Leute, die ein- und ausstiegen. Sie hatte die logistischen, die praktischen Details ihres Plans noch nicht ausgearbeitet — sie hatte sich vage überlegt, in eine Bar zu gehen, oder in einen Nachtclub (aber was war, wenn man sie nicht einließ?), oder vielleicht auf eine Bowlingbahn, oder in ein Restaurant, oder ... Doch sie hatte keine *Zeit* für all das! Jeden Augenblick konnte Arnold Alarm schlagen, sie *wußte* es. Die *Zeit* lief ihr davon ... Und jetzt leerte sich der Bus, immer weniger Leute stiegen ein ...

Ein paar Plätze entfernt saß ein Mann und las in einer Zeitschrift. *Du bist es,* dachte Marcy. *Du mußt es sein.* Sie biß die Zähne zusammen und zwang sich irgendwie, aufzustehen und einen zögernden Schritt den Gang hinunter auf ihn zu zu machen. Er war wahrscheinlich

Nichtjude, aber er sah trotzdem sauber aus, das Haar ein bißchen zu lang für ihren Geschmack (und — igitt! — ein Schnurrbart), mit Hose, einem Arbeitshemd und einer Eisenhowerjacke bekleidet, Hushpuppies, Kunststoffbrille ... Sie trat einen weiteren Schritt auf ihn zu und fühlte, wie ihre Beine weich wurden, ihre Knie nachzugeben drohten, Panik in ihr aufstieg.

Wenigstens war er *alt* — er mußte einundzwanzig sein, vielleicht sogar zweiundzwanzig. Ein älterer Mann, das dürfte es einfacher machen.

Der Bus beschleunigte mit einem Ruck, und Marcy stolperte die nächsten Schritte vorwärts. Sie ließ sich auf den Platz neben dem Mann fallen und taumelte dann gegen ihn, als der Bus in eine Kurve ging. Dabei stieß sie ihm die Zeitschrift aus den Händen. Der Mann starrte sie überrascht an, und Marcy richtete sich auf und sagte strahlend: »Hi!«, wobei sie die Zähne in einem vermeintlichen Lächeln entblößte. Als er sie weiter verdutzt anstarrte, beugte sie sich vor, bis sich ihre Gesichter fast berührten. »Hiiiii«, wiederholte sie mit leiser, träger Stimme. Sie klimperte mit den Wimpern und versuchte verzweifelt, sich daran zu erinnern, was die Vamps im Fernsehen taten. Er blinzelte und sagte dann: »Uh ... hi.« Dann trat eine lange Stille ein, in der sie sich anstarrten, während der Bus rumpelte und schwankte. Mein Gott, mein Gott, *sag* was!

Was?

»Wissen Sie«, begann Marcy, und ihre Stimme war rauh vor Spannung, so daß sie schlucken und noch einmal ansetzen mußte, »wissen Sie, Sie sind ein sehr gutaussehender Mann.«

»Ja?« fragte er und schaute sie mit offenem Mund an.

»Ja, Sie sind ein sehr attraktiver Mann.« Sie sah ihn unter den Wimpern hervor an. »Ich meine — das sind Sie wirklich. Sie wissen, *wirklich.*« Wieder klimperte sie mit den Wimpern. »Wie heißen Sie eigentlich? Ich heiße Marcy.«

»Uh ... Alan.« Eine Art zögernd-törichtes Lächeln breitete sich auf seinem Gesicht aus, obschon er immer noch verwirrt aussah. »Ich heiße Alan.«

Sie beugte sich noch näher, bis sie seinen Atem auf ihrem Gesicht fühlen konnte. Er roch schwach nach Pepperoni und nach Mundwasser. Sie fixierte ihn mit einem langen, glühend-vielsagenden Blick. »Hi, Alan«, flüsterte sie dann atemlos.

»Hi ... um, Marcy ...« Er sah immer noch nervös aus und schaute sich um, ob jemand sie beobachtete. Als Marcy seinen Arm ergriff, zuckte er leicht zusammen. Sie spürte, wie sie rot wurde, aber sie konnte jetzt nicht aufhören. »Ich habe da drüben gesessen und dich beobachtet, und ich habe zu mir gesagt, du kannst diesen tollen Mann nicht einfach aussteigen lassen, ohne ihm wenigstens *hallo* zu sagen oder so was, weißt du? Und wenn er dich für *noch* so dreist hält ... Ich meine, ich würde dich gern besser kennenlernen, Alan. Möchtest *du mich* auch besser kennenlernen? Möchtest du?«

Alan leckte sich nervös die Lippen. »Klar. Wir könnten ausgehen ... Wir könnten vielleicht ... uhhh ... ins Kino gehen oder sowas, oder eine Coke trinken ...«

Zu lange! Das dauerte alles zu lange!

Sie biß die Zähne zusammen und schob die Hand zwischen seine Beine.

Er stierte sie an, und durch summende Wogen der Verlegenheit sah sie zu ihrer Überraschung, daß auch er rot wurde, rot wie eine Tomate.

»Heiliger Strohsack ...«, flüsterte er.

Jetzt gab es kein Zurück mehr. »Ich ... ich möchte allein mit dir sein.« Marcys Stimme zitterte, und sie mußte sich zwingen, ihre Hand liegenzulassen. »Weißt du nicht irgendwas, wo wir hingehen können?«

»Ja«, brachte er erstickt heraus, »wir können zu mir gehen ...« Sie stiegen ein paar Haltestellen später aus und gingen halberleuchtete Straßen hinunter zu Alans Apartment. Marcy umklammerte seinen Arm, als ob er in den Abendhimmel aufsteigen und davonschweben könnte, wenn sie ihn nicht festhielte, und er ging so schnell, daß er sie mitschleifte und ihre Füße kaum das Trottoir berührten. Er redete vor Nervosität wie ein Maschinengewehr, doch Marcy hörte kein Wort von dem, was er sagte. Sie fühlte, wie die Spannung in ihr immer größer wurde, sie konnte sie fast *riechen*, ein schmorender Geruch, wie wenn eine Isolierung durchbrennt. Ihre Zeit war fast abgelaufen — sie wußte es, sie *wußte* es. Verdammt, *beeil* dich!

Alans Apartment lag im vierten Stock eines mitgenommenen alten Sandsteingebäudes ohne Lift, das bessere Jahrhunderte gesehen hatte, geschweige denn Jahre. Es gab eine Couch, ein Bücherregal aus Brettern und Ziegeln, einen Couchtisch, leere, wachsüberzogene Weinflaschen mit Kerzen darin, eine Lampe mit einer roten Birne, Rockposter an den Wänden. Alan nahm ihr den Mantel ab und warf ihn über einen Stuhl, dann drehte er sich wieder zu ihr um und rieb unsicher die Hände über die Hüften. »Eh, möchtest du einen Drink, oder ...«

»Sag nichts!« Sie glitt in seine Arme. »Ich ... ich *brauche* dich, Alan«, flüsterte sie heiser, wie sie es in einem Liebesroman gelesen hatte, zu jung, um zu begreifen, daß er jung genug war, um nicht zu kichern. »Nimm mich, nimm mich *jetzt!*«

Dann — Gott sei Dank! Endlich! — küßte er sie, während sie sich bemühte, ihre Ungeduld zu bezähmen. Nach einem Augenblick des Zögerns öffnete Marcy die Lippen und ließ zu, daß er die Zunge in ihren Mund schob. Sie fühlte, wie sie dort ungeschickt umhertastete, gegen ihre Zähne stieß, sich vor und zurück bewegte wie ein schwammiger organischer Scheibenwischer. Seine Zunge fühlte sich groß und aufgebläht an in ihrem Mund, und ihr war ein bißchen schlecht, aber er gab eine Art leises Stöhnen von sich, während er sie küßte, also war sie offenbar auf dem richtigen Weg.

Nach einem Augenblick begann er, an den Knöpfen ihrer Strickjacke zu hantieren, so ungeschickt, daß Marcy ihm helfen mußte, wobei ihre Finger vor Nervosität zitterten. Dann streifte er ihre Bluse ab. Es war ein eigenartiges Gefühl, in einem fremden Zimmer, vor einem fremden Mann, im BH dazustehen, doch sie hatte keine Zeit, sich darüber Gedanken zu machen. Es *konnte* nicht mehr lange dauern, bis man sie fand ... Irgendwie hatte Alan herausgefunden, wie man die Haken aufmachte. Er zog ihren Büstenhalter aus und strich über ihre Brüste. Noch immer empfand Marcy nichts als Angst.

Er beugte sich herunter und legte den Mund auf ihre Brust, und *das* war irgendwie angenehm, wie wenn ein leichter Stromstoß sie durchzucken würde, doch sie hatte keine *Zeit* für dieses ganze Drumunddran. »*Beeil* dich!« sagte sie ungeduldig. Sie zerrte ungeschickt an seinem Gürtel, brach sich einen Fingernagel ab und schaffte es schließlich, seine Hose zu öffnen.

Alan warf sie auf die Couch, und sie rangen eine Weile erfolglos miteinander — Marcy starrte bange an die von Wasserflecken verunzierte Decke und dachte: *Beeil* dich, *beeil* dich, *beeil* dich!, wobei sie zum Nachdruck mit dem Kinn auf seine Schulter schlug —, doch natürlich war er zu nervös. Er lächelte sie schwach an und murmelte eine Entschuldigung, aber sie ignorierte das alles und griff entschlossen nach seinem Glied. Rot bis in die Haarwurzeln bearbeitete sie es verbissen und sagte sich, daß es gar nicht soviel anders war, als eine Kuh zu melken, was sie in einem Sommer im Ferienlager gemacht hatte.

Er rollte sich wieder auf sie, und während er noch einen Augenblick ungeschickt über ihr zögerte, ertönte plötzlich eine laute, wütende Stimme: »Du *Hure!!*«

Alan zuckte erschrocken zusammen und wollte sich von ihr rollen, doch Marcy knurrte: »O nein, kommt nicht in Frage! — Noch nicht! Nicht nach all dem Ärger!« — und zog ihn wieder auf sich. »Schlampe!«

kreischte Arnold. »Dreckige Nutte!«, und Alan fragte: »Was?! Was?« in einer Art wilder, benommener Panik, doch Marcy rieb weiter, schlang Arme und Beine um ihn und murmelte: »Mach dir keine Gedanken darüber! Hör einfach nicht hin!«, bis ihn endlich ein konvulsivischer Schauder durchlief und er in sie eindrang. Sie spürte einen scharfen, stechenden Schmerz, und dann keuchte Alan röchelnd an ihrem Ohr, während Arnold von der Decke zusammenhanglos schrie und tobte. Nach einer Weile verstummte Arnolds Stimme, und Marcy lächelte.

Schließlich stöhnte Alan und brach schwer auf ihr zusammen. Sie lag protestlos unter seinem Gewicht, und es war ihr sogar egal, ob sie schwanger wurde.

Endlich bin ich ihn los, dachte sie.

Immer noch verwirrt, richtete sich Alan auf.

»Du kannst jetzt deine Hose wieder anziehen«, sagte Marcy trocken.

Ein paar Minuten später hämmerte ihr Vater gegen die Tür.

Es gab die erwartete Szene. Gezeter, Ohrfeigen, Tränen, Hysterie. »Du bist nicht meine Tochter — du bist keine Tochter von mir.« Hure. Schlampe. Etcetera. Marcy ließ alles mit unbewegter Miene über sich ergehen. Alan kauerte, in ein Laken gehüllt, in einer Ecke. Er sah zerzaust und eingeschüchtert aus. Ab und zu öffnete er den Mund, um etwas zu sagen, nur um ihn wieder zu schließen, wenn Marcys Vater oder Mutter kreischend auf ihn losging. Ihre Eltern schworen, Alan anzuzeigen — vor allem, falls (Gott bewahre) sie schwanger würde — und drohten ihm beim Hinausgehen mit Gefängnis und Anwälten, doch schließlich gaben sie den Gedanken an eine Anzeige aus Angst vor einem noch größeren Skandal auf. (Glücklicherweise wurde Marcy *nicht* schwanger.) Sie verabschiedete sich höflich von Alan — der sie, in sein Laken gehüllt, immer noch verwirrt anstierte und nichts sagte — und folgte ihren keifenden Eltern ruhig aus seinem Apartment. Sie sah ihn nie wieder. Sie packte eine Tasche, nahm ihr Erspartes und verließ noch am selben Abend das Haus ihrer Eltern. Auch sie sah Marcy nie wieder.

Sie verbrachte jene Nacht in einem Holiday Inn-Hotel und zog für die nächsten Wochen in eine billige Pension. Sie bekam einen Job in einem kleinen Kaufhaus und arbeitete später in einem zweitklassigen, nicht besonders sauberen Restaurant hinter der Theke. Die ersten Wochen blieb sie jeden Abend in ihrem Zimmer, einsam und voll Angst, weil sie immer noch mehr als halb erwartete, jeden Augenblick Arnolds Stimme zu hören, doch allmählich bekam sie schließlich das Gefühl, daß sie ihn vielleicht doch tatsächlich los war.

Nach ein paar Monaten fand sie einen besseren Job in der Buchhaltung einer kleineren Baufirma und konnte sich ein eigenes bescheidenes Apartment in einer ärmlichen Gegend auf der anderen Seite der Stadt leisten. Sie arbeitete mit beeindruckender Tüchtigkeit und einer totalen Konzentration, die ihr zu raschem Aufstieg verhalf; innerhalb von ein paar Jahren ging es ihr finanziell recht gut, und sie zog in ein viel besseres Apartment in einer ruhigen Wohngegend mit Hochhäusern. Sie war allgemein beliebt bei ihren Mitarbeitern, obwohl sie sich ihnen nur gelegentlich zum Bowling oder auf ihren Ausflügen ins Kino, in Restaurants oder Bars anschloß und noch seltener mit Männern ausging. Die wenigen, die ihr ihre Zurückhaltung übelnahmen, nannten sie manchmal ›Die Nonne‹, doch die meisten ihrer Kollegen schätzten ihre fröhliche, ausgeglichene Art, und die Spekulation, daß sie ›einfach nicht viel ausging‹, weil sie sich noch von einer unglücklichen Liebesaffäre erholte, wurde bald zu einem unbestrittenen Teil der Büromythologie — einige wußten sogar alles über den Mann zu erzählen und warum sie sich getrennt hatten (in einer Version war er angeblich verheiratet; in einer anderen war er langsam und dramatisch an Krebs gestorben).

Einige ihrer scharfsichtigeren Freunde bemerkten, daß Marcy gelegentlich, mitten in etwas — während sie über dem Morgenkaffee plauderte, oder eine Bilanz mit einem Abteilungsleiter besprach, oder bei einem Drink in einer Bar den neusten Polenwitz erzählte — abrupt verstummte und für einen Herzschlag oder zwei erstarrte, als ob sie sich plötzlich in Stein verwandelt hätte. Was sie jedoch nicht bemerkten, war, daß bei solchen Gelegenheiten ihr Blick unweigerlich und fast unmerklich nach oben huschte, als ob sie plötzlich gespürt hätte, daß jemand über ihre Schulter schaute.

Marcy sah Arnold nur ein einziges Mal in natura, und das war Jahre, nachdem sie von zu Hause weggegangen war, auf einer Party.

Es war ein Empfang, der anläßlich der Einweihung des neuen Flügels des Museums gegeben wurde, und Marcy trank gerade hellen Sherry und sprach mit Joanne Korman, als sie eine unverwechselbare Stimme hörte, eine Stimme, die sie in Wirklichkeit nicht mehr gehört hatte, seit sie achtzehn gewesen war, obwohl sie oft nachts durch ihre Träume gespukt war. Sie drehte sich um, und da war Arnold. Er aß gerade ein Gurkensandwich und unterhielt sich wichtigtuerisch mit einem Museumsangestellten. Arnold entpuppte sich als kleiner, unscheinbarer Mann mit einem Bauchansatz, einer großen Nase und einem fliehenden Kinn, untadelig gepflegt — sein Haar war glatt und glänzend und in fotografisch genaue Strähnen gebürstet — und teuer, wenn auch etwas konservativ gekleidet. Er hielt das Gurkensandwich, als ob er eine Gottesanbeterin sei, mit beiden Händen dicht vor dem Kinn und drehte es immer wieder herum, bevor er ein kleines Stück herausbiß. Seine Augen waren klein, humorlos und glanzlos, und er schien nie zu blinzeln. Marcy beobachtete ihn fasziniert. Es war so seltsam zu sehen, wie sich Arnolds Lippen bewegten und jene vertraute Stimme — scheinheilig,

selbstgerecht, selbstzufrieden — von innen anstatt aus dem Nichts kommen zu hören ...

Arnold spürte, daß sie ihn beobachtete, und blickte auf. Sie starrten sich einen Augenblick lang durch den überfüllten Raum an. Es gab keinen Zweifel daran, daß er sie erkannte. Marcy sah, wie er die Lippen schürzte, als hätte er etwas Schlechtes gekostet, und dann grinste er sie mit hochmütiger Miene und selbstgefälliger Verachtung höhnisch an. Langsam und geringschätzig wandte er ihr demonstrativ den Rücken zu.

Marcy konnte sich nicht mehr daran erinnern, wie sie an jenem Abend in ihr Apartment zurückkam. Sie fand keinen Schlaf. Am nächsten Morgen bei der Arbeit war sie zuerst betäubt und verwirrt, doch dann wurde sie wütend, und je länger sie über den Zwischenfall nachdachte, desto wütender wurde sie.

Sie konnte sich auch in den nächsten Tagen nicht beruhigen, und ihr Zorn wurde immer tiefer und heftiger, bis sie das Gefühl hatte, zu platzen wie ein explodierender Dampfkessel, wenn sie nicht einen Weg fand, Druck abzulassen. Lange Zeit hatte sie sich nicht erlaubt, über Arnold nachzudenken — wirklich über ihn *nachzudenken.* Sie wußte jetzt, daß es sie teuer zu stehen gekommen war, daß sie, indem sie jene ganze Emotion verschlossen und sich geweigert hatte, sich mit ihr auseinanderzusetzen, irgendwie ihr Leben auf Eis gelegt hatte. Anstatt die Wunde wirklich verheilen zu lassen, hatte sie nur eine Schicht betäubenden Schorfs darüber wachsen lassen. Darunter hatte alles jahrelang ungestört weitergenagt — sie hatte ihre Gedanken jedesmal in eine andere Richtung gezwungen, wenn sie auch nur irgendwo in die Nähe der Gefahrenzone, des Tabubereichs gekommen waren.

Doch jetzt war der Schorf heruntergerissen worden, und sie schäumte vor Wut. Arnold war so selbstgefällig. Das war es, was sie wirklich aufregte, was so unerträglich war — nach all dem, was er ihr angetan hatte, hielt *er* sich immer noch für den Geschädigten! Er war so gottverdammt blasiert und selbstgerecht und selbstzufrieden, daß ihr schwindlig wurde vor Haß, wenn sie nur daran dachte. Zweifellos grinste er sich gerade in diesem Augenblick im Spiegel an und sagte sich, wie *recht* er mit ihr gehabt hatte, wie er sich *bemüht* hatte, ihr dabei zu helfen, ein anständiges Leben zu führen, aber sie hatte einfach nicht *hören* wollen, wie sie sich als seiner *unwürdig* erwiesen hatte ... Sie konnte den Gedanken nicht ertragen. Sie *konnte* es einfach nicht. Er hatte sie zehn Jahre lang gequält, ihre Kindheit ruiniert, und sie hatte ihn *gelassen,* hatte zugelassen, daß er jahrelang herumgelaufen war und sich gratuliert hatte, daß seine schlimmsten Erwartungen eingetroffen waren, hatte ihn ungeschoren davonkommen lassen. Der *Bastard.* Irgendwie mußte sie es ihm heimzahlen. Sie *mußte.* Erst dann würde sie eine Chance haben, die Geister zu beschwören, die sie verfolgten, erst dann würde sie vielleicht in der Lage sein, die Vergangenheit abzuschütteln und ein normales Leben zu führen. Immer wieder hörte sie seine schadenfrohe Stimme an jenem längst vergangenen Tag sagen: »Jeder Cent — sie ist es wert.« Irgendwie mußte sie dafür sorgen, daß er *bezahlte,* und zwar mehr, als er freiwillig zu geben bereit war.

Wie ein Panther im Käfig ging sie stundenlang in ihrem Apartment auf und ab, die Kinnmuskeln traten hervor, die Augen glitzerten gefährlich. Abrupt blieb sie stehen. Sie verharrte einen Augenblick lang, und dann lachte sie laut heraus und warf — in einem plötzlichen, wilden Ausbruch von Überschwang — die Kaffeetasse, aus der sie getrunken hatte, gegen die Wand. Sie explodierte wie eine kleine Keramikbombe und hinterließ einen braunen Fleck an der hellpastellfarbenen Tapete, und Marcy lachte wieder. Sie setzte sich an den Schreibtisch und ging ihr Scheckheft durch. Nach einer Weile holte sie einen Taschenrechner heraus und begann, Zahlen einzutippen.

Am nächsten Tag ging sie einkaufen.

Später an jenem Abend, lange nachdem die Techniker gegangen waren, saß Marcy in ihrem dunklen Wohnzimmer vor der neu installierten Konsole und strich zärtlich über die Schalter und Tastaturen. Ihr Herz hämmerte wild gegen ihre Rippen, und sie brachte es kaum fertig, hinter dem Bedienungsfeld stillzusitzen. Sie hatte Stunden geübt, und jetzt glaubte sie, es begriffen zu haben. Sie berührte die Tastatur, und der Bildschirm erhellte sich mit einer verschwommenen Collage sich bewegender Bilder. Sie tastete die Koordinaten ein und suchte dann mit der Feineinstellung herum, bis sie eine Stelle gefunden hatte, wo der junge Arnold Waxman — pickelgesichtig und fett, kaum aus der Pubertät — abends allein im Bad stand. Die Hose hing um seine Knie, und er hielt ein *Playboy*-Faltblatt in einer Hand. Auf seinem Gesicht lag ein dümmlicher, abwesender Ausdruck, und ein Speichelfaden glänzte im Winkel seines halbgeöffneten Munds.

Marcy beugte sich vor und berührte die *Sende*-Taste. »Arnold!« sagte sie streng und beobachtete, wie er zusammenzuckte und nach Luft rang, »Arnold, so etwas *tut* man nicht!«

Dann lächelte sie glücklich.

Originaltitel: ›Time Bride‹
Copyright © 1983 by Davis Publications Inc.;
erstmals erschienen in ›Isaac Asimov's Science Fiction Magazine‹, Dezember 1983;
mit freundlicher Genehmigung der Autoren und Utoprop, Literarische Agentur, Hamburg
Copyright © 1993 der deutschen Übersetzung by Wilhelm Heyne Verlag, München
Aus dem Amerikanischen übersetzt von Barbara Heidkamp
Illustriert von Manfred Lafrentz

Pat Murphy · USA

LIEBE UND SEX UNTER DEN WIRBELLOSEN

Hier geht es nicht um Wissenschaft. Dies hier hat nichts mit Wissenschaft zu tun. Gestern, als die Bomben fielen und die Welt zu Ende ging, gab ich das wissenschaftliche Denken auf. Bei dieser Entfernung vom Explosionsort der Bombe, die San José verschwinden ließ, habe ich vermutlich eine mittlere Dosis Strahlung abbekommen. Nicht genug für einen sofortigen Tod, aber zuviel, um zu überleben. Mir bleiben nur noch wenige Tage übrig, und ich habe mich entschlossen, diese Zeit für den Entwurf der Zukunft zu verwenden. Irgend jemand muß das ja tun.

Das ist es, wofür ich wirklich ausgebildet wurde. Mein Grundstudium befaßte sich mit Biologie — mit struktureller Anatomie, dem Bau von Körper und Knochen. Mein Aufbaustudium war dem Ingenieurwesen gewidmet. In den letzten fünf Jahren habe ich Roboter zum Einsatz in der Industrie entworfen und gebaut. Die Notwendigkeit für solche industriellen Schöpfungen ist jetzt vorbei. Aber es wäre schade, die Ausrüstung und die Materialien ungenutzt zu lassen, die in dem Labor, das meine Kollegen verlassen haben, noch vorhanden sind.

Ich werde Roboter zusammenbauen und zum Funktionieren bringen. Aber ich werde nicht versuchen, sie zu verstehen. Ich werde sie nicht auseinandernehmen und ihr Innenleben nicht untersuchen und erforschen und analysieren. Die Zeit der Wissenschaft ist vorbei.

Der Pseudoskorpion, Lasiochernes pilosus, *ist ein kleines skorpionähnliches Insekt, das sein Zuhause in den Bauten von Maulwürfen einrichtet. Bevor Pseudoskorpione sich paaren, tanzen sie — ein privates unterirdisches Menuett —, beobachtet nur von Maulwürfen und voyeuristischen Entomologen. Wenn ein männlicher Skorpion ein empfangsbereites Weibchen findet, so packt er ihre Scheren mit den seinen und zieht das Weibchen zu sich her. Wenn sie sich sträubt, dann dreht er sich im Kreis, wobei er sich an ihren Scheren festklammert und sie hinter sich herzieht und die Weigerung nicht akzeptiert. Er versucht es erneut, rückt vor und zieht mit zitternden Scheren das Weibchen zu sich. Wenn sie sich weiterhin sträubt, dann geht er einen Schritt zurück und setzt den Tanz fort: Er dreht sich im Kreis, hält inne, um an seiner widerstrebenden Partnerin zu zerren, dann dreht er sich wieder im Kreis.*

Nach einer Stunde oder mehr des Tanzes gibt das Weibchen unweigerlich nach, von den Tanzschritten überzeugt, daß ihr Gefährte derselben Spezies angehört wie sie. Das Männchen legt auf dem Boden, den ihre tanzenden Füße gesäubert haben, ein Häufchen Sperma ab. Seine Scheren zittern, während er das Weibchen vorwärts zieht und über dem Spermahäufchen in Stellung bringt. Endlich willigt sie ein, preßt ihre Geschlechtsöffnung zu Boden und nimmt das Sperma in ihren Körper auf.

Die biologischen Texte vermerken, daß die Scheren des Skorpionmännchens während des Tanzes zittern, aber sie erklären nicht, warum. Sie spekulieren nicht über seine Emotionen, Motive oder Begierden. Das wäre nicht wissenschaftlich.

Ich vertrete die Theorie, daß der männliche Pseudoskorpion voller Begierde ist. Inmitten der alltäglichen Gerüche von Maulwurfkot und verrottender Vegetation riecht er das Weib-

chen, und dieser Duft erfüllt ihn mit Lust. Aber er ist furchtsam und verwirrt: Als alleinlebendes Insekt, das an keine Gesellschaft gewöhnt ist, wird er von der Anwesenheit eines anderen Exemplars seiner Art beunruhigt. Er wird von widerstreitenden Emotionen gepackt: ein allumfassendes Bedürfnis, seine Furcht und die Fremdheit der sozialen Situation.

Ich habe den Anspruch der Wissenschaftlichkeit aufgegeben. Ich spekuliere über die Motive des Pseudoskorpions, über den Konflikt und das Verlangen, die in seinem Tanz verkörpert sind.

Der Penis, den ich an meinem ersten Roboter anbringe, ist eine Art von Witz, ein privater Witz, ein Witz über die Evolution. Ich glaube, ich brauche eigentlich gar nicht zu sagen, daß es ein privater Witz ist — alle meine Witze sind jetzt privat. Ich bin die letzte, die noch übrig ist, soweit ich es sagen kann. Meine Kollegen sind geflohen — um ihre Familien zu suchen, um Zuflucht in den Bergen zu finden, um ihre letzten Tage damit zu verbringen, hier und dort herumzulaufen. Ich erwarte nicht, in nächster Zeit irgend jemanden hier zu sehen. Und selbst wenn, dann sind sie wahrscheinlich nicht an meinen Witzen interessiert. Ich bin mir sicher, die meisten Leute denken, die Zeit für Witze sei vorbei. Sie sehen nicht, daß die Bombe und der Krieg die größten Witze von allen waren. Der Tod ist der größte Witz. Die Evolution ist der größte Witz.

Ich erinnere mich daran, wie ich über Darwins Theorie der Evolution im Biologieunterricht der Highschool gelernt habe. Selbst damals dachte ich, es sei irgendwie seltsam, wie die Leute darüber redeten. Die Lehrerin präsentierte die Evolution als ein *fait accompli*, fertig und erledigt. Sie wurstelte sich durch die komplexen Spekulationen hinsichtlich der menschlichen Entwicklung hindurch, redete von *Ramapithecus, Australopithecus, Homo erectus, Homo sapiens* und *Homo sapiens neanderthalen-*

sis. Bei *Homo sapiens* machte sie halt, und das war's dann schon. So wie die Lehrerin die Sache sah, waren wir das letzte Wort, die Spitze des Ganzen, das Ende der Kette.

Ich bin sicher, die Dinosaurier dachten genauso, falls sie überhaupt dachten. Was konnte es noch besseres geben als eine gute Panzerung und einen mit Spitzen ausgerüsteten Schwanz? Wer könnte sich mehr wünschen?

In Erinnerung an die Dinosaurier baue ich meine erste Schöpfung nach einem Reptilienmodell, eine eidechsenartige Kreatur, konstruiert aus Stücken und Teilen, die ich von den Industrieprototypen hernehme, die das Labor und das Lager füllen. Ich gebe meiner Kreatur einen stämmigen Körper, der so lang ist, wie ich groß bin; vier Beine, die seitlich aus dem Körper austreten und sich dann an den Knien krümmen, um den Boden zu erreichen; einen Schwanz so lang wie der Körper, gespickt mit dekorativen Metallstiften; ein Krokodilmaul mit großen, gebogenen Zähnen.

Das Maul dient nur zum Schmuck und zum Schutz; diese Kreatur wird nicht fressen. Ich rüste sie mit einer Reihe von Sonnenkollektoren aus, die an einem segelartigen Kamm auf ihrem Rücken befestigt sind. Die Wärme des Sonnenlichts wird die Kreatur dazu veranlassen, ihr Segel auszubreiten und elektrische Energie zum Aufladen ihrer Batterien zu sammeln. In der Kühle der Nacht wird sie ihr Segel an ihren Rücken falten und damit glatt und stromlinienförmig werden.

Ich schmücke meine Kreatur mit allerhand Zeug aus dem Labor. Aus dem Abfallkorb neben dem Getränkeautomaten verwerte ich die Aluminiumdosen. Ich schneide sie zu bunten Fransen, die ich unter dem Kinn der Kreatur befestige, wie die Halskrause eines Leguans. Wenn ich fertig bin, dann sind die Wörter auf den Dosen zu Unsinn zerschnitten worden: Coke, Fanta, Sprite und Dr. Pepper vermischen sich in einer Begegnung leuchtender Farben. Ganz am Schluß, wenn der Rest der Kreatur komplett ist und funktioniert, mache ich einen Pimmel aus Kupferrohren und Rohrverbindungen. Er baumelt unter seinem Bauch, kupferblank und obszön aussehend. Um das glänzende Kupfer flechte ich ein Rattennest aus meinen eigenen Haaren, die mir büschelweise ausfallen. Mir gefällt dieser Anblick: glänzendes Kupfer, das aus einem Haufen drahtiger schwarzer Locken herausguckt.

Manchmal überwältigt mich die Übelkeit. Ich verbringe einen Teil des Tages in der Damentoilette abseits vom Labor; ich liege auf dem kühlen Fliesenboden und erhebe mich nur, um mich in die Toilettenschüssel zu erbrechen. Die Übelkeit kommt für mich nicht unerwartet. Schließlich bin ich ja dabei, zu sterben. Ich liege auf dem Boden und sinniere über die Seltsamkeiten der Biologie.

Für das Spinnenmännchen ist die Paarung ein gefährlicher Vorgang. Das gilt besonders für die Spinnenarten, die komplizierte kreisförmige Netze weben, die den Morgentau einfangen und für Naturphotographen so hübsch funkeln. Bei diesen Arten ist das Weibchen größer als das Männchen. Die weibliche Spinne ist, muß ich gestehen, ein schlimmes Biest; sie greift alles an, was ihr Netz berührt.

Zur Paarungszeit geht der Spinnenmann vorsichtig vor. Er hält sich am Rand des Netzes auf und zupft an einem Spinnenfaden, um ihre Aufmerksamkeit zu wecken. Er zupft in einem ganz spezifischen Rhythmus und signalisiert seiner zukünftigen Geliebten, als flüstere er sanft mit seinen Zupfern: »Ich liebe dich, ich liebe dich.«

Nach einiger Zeit glaubt er, sie habe seine Botschaft erhalten. Er ist zuversichtlich, daß er verstanden wurde. Weiterhin sehr vorsichtig, befestigt er am Netz des Weibchens einen Paarungsfaden. Er zupft am Paarungsfaden und ermutigt damit das Weibchen, sich auf diesen Faden zu begeben. »Du allein, Schatz«, signalisiert er, »du bist die Einzige.«

Sie klettert auf den Paarungsfaden — wild und hitzig, aber zeitweilig besänftigt durch seine Verheißungen. In diesem Augenblick eilt er zu ihr, überbringt sein Sperma und zieht sich dann schnell zurück, bevor sie ihre Absichten ändern kann. Ein gefährliches Geschäft ist hier die Liebe.

Bevor die Welt zu Ende ging, war ich eine vorsichtige Person. Ich war sehr sorgsam in der Auswahl meiner Freunde. Ich floh beim ersten Anzeichen eines Mißverständnisses. Zu jener Zeit erschien dies als das richtige Verhalten.

Ich war eine kluge Frau, eine gefährliche Gefährtin. (Es ist komisch — ich ertappe mich dabei, von mir in der Vergangenheitsform zu denken und zu schreiben. So nahe am Tod, daß ich mich schon für tot halte.) Männer näherten sich mir behutsam und signalisierten taktvoll aus der Distanz: »Ich bin interessiert. Du auch?« Ich reagierte darauf nicht. Ich wußte auch gar nicht, wie ich hätte reagieren sollen.

Als Einzelkind war ich immer auf der Hut vor anderen. Meine Mutter und ich lebten zusammen. Als ich noch ein Kind war, war mein Vater eines Tages Zigaretten holen gegangen und niemals zurückgekehrt. Meine Mutter, von Natur aus beschützend und vorsichtig, warnte mich, daß Männern nicht zu trauen war. Anderen Menschen war nicht zu trauen. Sie konnten mir trauen, und ich konnte ihr trauen, und damit hatte es sich.

Als ich am College war, starb meine Mutter an Krebs. Sie hatte schon seit mehr als einem Jahr von dem Tumor gewußt; sie hatte sich einer Operation und einer Chemotherapie unterzogen, während sie mir gutgelaunte Briefe über ihre Gartenarbeit schrieb. Ihr Pfarrer sagte mir, meine Mutter sei eine Heilige — sie hatte mir nichts gesagt, weil sie mein Studium nicht stören wollte. Da erkannte ich, daß sie nicht recht gehabt hatte. Ich konnte ihr schließlich auch nicht trauen.

Vielleicht, denke ich, habe ich ein schmales Türchen einer günstigen Gelegenheit verpaßt. Wenn ich an irgendeinem Punkt meines Weges einen Freund oder Liebhaber gehabt hätte, der sich die Mühe gemacht hätte, mich aus meinem Versteck zu locken, dann hätte ich ein anderer Mensch sein können. Aber das geschah nie. In der Oberschule suchte ich die Sicherheit meiner Bücher. Am College lernte ich am Freitagabend allein. Zu der Zeit, als ich in das Fachstudium eintrat, war ich, wie der Pseudoskorpion, an ein einzelgängerisches Leben gewöhnt.

Ich arbeite allein im Labor und baue das Weibchen. Es ist größer als das Männchen. Seine Zähne sind zahlreicher und länger. Ich schweiße gerade die Hüftgelenke an ihren Platz, da kommt meine Mutter mich im Labor besuchen.

»Katie«, sagt sie, »warum hast du dich nie verliebt? Warum hattest du keine Kinder?«

Ich mache weiter mit dem Schweißen, obwohl meine Hände zittern. Ich weiß, daß sie nicht da ist. Das Delirium ist ein Symptom der Strahlenvergiftung. Aber sie beobachtet mich, während ich arbeite.

»Du bist nicht wirklich hier«, sage ich ihr und erkenne im selben Augenblick, daß es ein Fehler ist, mit ihr zu reden. Ich habe ihre Anwesenheit anerkannt und ihr so mehr Macht gegeben.

»Beantworte meine Fragen, Katie«, sagt sie. »Warum hast du nicht?«

Ich antworte nicht. Ich bin beschäftigt, und es würde zu lange dauern, ihr vom Vertrauensbruch zu erzählen, die Verwirrung eines einsamen Insekts zu erklären, wenn es mit einer sozialen Situation konfrontiert ist, das Gleichgewicht zwischen Furcht und Liebe zu beschreiben. Ich ignoriere sie genauso, wie ich das Zittern meiner Hände und den Schmerz in meinem Bauch ignoriere, und ich arbeite weiter. Schließlich geht sie wieder weg.

Ich verwende den Rest der Getränkedosen, um dem Weibchen leuchtend bunte Schuppen zu verleihen: Coca-Cola-rot, Sprite-grün, Fanta-orange. Aus Sodadosen mache ich einen Eileiter, mit Metall ausgekleidet. Er ist gerade groß genug, um den Pimmel des Männchens aufzunehmen.

Das Männchen des Laubenvogels lockt seine Gefährtin an, indem es eine Art Kunstwerk baut. Aus Stöckchen und Gräsern baut es nah nebeneinander zwei Wände, die sich zu einem überwölbten Gang zusammenfügen. Es schmückt dieses Bauwerk mit auffälligen Schmuckstücken: Knochenstücken, grünen Blättern, Blumen, glänzenden Steinen und Federn, die prächtigere Vögel abgeworfen haben. In Gegenden, wo Menschen ihren Müll zurückgelassen haben, benützt es Flaschenverschlüsse, Münzen und Splitter zerbrochenen Glases.

Es sitzt in seiner Laube und singt und verkündet so seine Liebe für alle Weibchen in der Umgebung. Schließlich bewundert ein Weibchen seine Laube, nimmt seine Einladung an und sie paaren sich.

Der Laubenvogel ist anspruchsvoll beim Ausschmücken seiner Laube. Er sucht seine Schmuckstücke mit Sorgfalt aus — er wählt ein Stückchen Glas wegen seines Glitzerns, ein glänzendes Blatt wegen seiner natürlichen Eleganz, eine kobaltblaue Feder als Farbtupfer. Was denkt er sich dabei, während er baut und schmückt? Was geht ihm durch den Sinn, während er da sitzt und singt und seine Verfügbarkeit der Welt mitteilt?

Ich habe das Männchen freigelassen und bin jetzt dabei, an dem Weibchen zu arbeiten, da höre ich ein Klappern und Krachen außerhalb des Gebäudes. Irgend etwas geht da vor sich in dem Durchgang zwischen dem Labor und dem nahen Bürogebäude. Ich gehe hinunter, um nachzusehen. Von der Mündung spähe ich in den Durchgang hinein, und die männliche Kreatur rennt auf mich los und erschreckt mich so, daß ich zurückweiche.

Sie schüttelt den Kopf und klappert drohend mit den Zähnen.

Ich ziehe mich ans andere Ende der Straße zurück und beobachte sie von dort. Sie wagt sich aus dem Durchgang heraus, flitzt die Straße entlang und hält dann an einem BMW, der an der Kurve geparkt steht. Ich höre ihre Klauen gegen Metall klirren. Eine Radkappe fällt klappernd auf das Pflaster. Die Kreatur trägt das glänzende Metallstück zur Einmündung des Durchgangs und kehrt dann zurück, um auch die anderen drei Radkappen, eine nach der anderen, abzunehmen. Wenn ich mich bewege, dann rennt sie zum Durchgang und blockiert jeden Versuch, in ihr Territorium einzudringen. Sobald ich stillstehe, kehrt sie zu ihrer Arbeit zurück, liest die Radkappen auf, trägt sie zu dem Durchgang und legt sie so hin, daß sie das Sonnenlicht einfangen.

Während ich sie beobachte, durchsucht sie die Gosse und sammelt Gegenstände, die ihr gefallen: eine Bierflasche, einige bunte Plastikverpackungen von Schokoladenriegeln, ein Stück leuchtend gelbes Plastikseil. Sie hebt jeden Fund auf und verschwindet damit in den Durchgang.

Ich warte und beobachte. Nachdem sie die Gosse an der Einmündung des Durchgangs abgesucht hat, wagt sie sich weiter, um die Ecke, und ich ergreife die Gelegenheit und laufe zum Eingang des Durchgangs und schaue hinein. Der Boden des Durchgangs ist bedeckt mit bunten Stücken von Papier und Plastik; ich erkenne Verpackungen von Süßigkeiten und Papiertüten von Burger King und McDonald's. Das gelbe Plastikseil ist festgebunden an einem Rohr, das an der einen Wand verläuft, und an einem Haken, der aus der anderen herausragt. Wie saubere Kleidungsstücke an einer Wäscheleine hängen daran bunte Stoffstücke: ein weinrotes Badetuch, eine Bettdecke in Paisley-Druck, ein Bettlaken aus blauem Satin.

Ich sehe dies alles mit einem Blick. Bevor ich die Laube eingehender untersuchen kann, höre ich das Klappern der Klauen auf dem Pflaster. Die Kreatur rennt auf mich los, wütend ob meines Eindringens. Ich drehe mich um, flüchte mich ins Labor und werfe die Tür hinter mir zu. Aber sobald ich von dem Durchgang weg bin, verfolgt die Kreatur mich nicht mehr.

Vom Fenster im ersten Stock sehe ich, wie sie zum Durchgang zurückkehrt, und ich vermute, sie prüft, ob ich mir an irgend etwas zu schaffen gemacht habe. Nach einiger Zeit erscheint sie wieder an der Einmündung des Durchgangs und duckt sich dort nieder; das Sonnenlicht glitzert auf ihrem Metallpanzer.

Im Labor baue ich die Zukunft. Ach, vielleicht auch nicht, aber es gibt hier niemanden, der mir widersprechen könnte, deshalb sage ich einfach, daß es so ist. Ich vollende das Weibchen und lasse es frei.

Dann kommt wieder die Übelkeit über mich. Solange ich noch die Kraft habe, zerre ich ein Bettgestell aus einem der Hinterzimmer und stelle es neben das Fenster, von wo ich hinausschauen und meine Geschöpfe beobachten kann.

Was erwarte ich von ihnen? Ich weiß es nicht genau.

Ich möchte wissen, daß ich etwas hinterlassen habe. Ich möchte sicher sein, daß die Welt nicht mit mir aufhört. Ich möchte das Gefühl, das Bewußtsein, die Sicherheit haben, daß die Welt weitergeht.

Ich frage mich, ob die sterbenden Dinosaurier froh waren, die Säugetiere zu sehen, winzige rattenähnliche Kreaturen, die scheu im Unterholz herumraschelten.

Als ich in der siebten Klasse war, mußten alle Mädchen in der Turnstunde an einem Nachmittag im Frühling eine besondere Vorstellung anschauen. Wir zogen unsere Turnkleidung an, saßen dann im Auditorium und sahen ein Film mit dem Titel *Wie man eine Frau wird.* Der Film handelte von der Pubertät und der Menstruation. Die dazugehörigen Bilder zeigten den Umriß eines jungen Mädchens. Im Verlaufe des Films wandelte sie sich zu einer Frau und entwickelte Brüste. Der Zeichentrick zeigte ihre Gebärmutter, wie sie eine Schleimhaut hervorbrachte, sie abstieß und dann eine neue hervorbrachte.

Ich erinnere mich, daß ich ehrfürchtig zuschaute, als die Bilder zeigten, wie die Eierstöcke ein Ei freigeben, das sich dann mit einer Eizelle vereinigte, in der Gebärmutter einnistete und zu einem Baby wurde.

Der Film muß wohl taktvoll jede Erörterung des Ursprungs der Samenzelle vermieden haben, denn ich erinnere mich, daß ich meine Mutter fragte, woher die Samenzelle kam und wie sie in die Frau hineingeriet. Die Frage war ihr sehr peinlich. Sie murmelte etwas von einem Mann und einer Frau, die sich liebten — als ob Liebe irgendwie alles wäre, was die Samenzelle brauchte, um ihren Weg in den Leib der Frau zu finden.

Nach jener Diskussion war ich anscheinend immer ein bißchen verwirrt hinsichtlich Liebe und Sex — sogar nachdem ich erfahren hatte, wie Sex funktioniert und was wohin geht. Der Penis schlüpft geschickt in die Vagina — aber wo bleibt die Liebe? Wo hört die Biologie auf und wo fangen die höheren Emotionen an?

Liebt der weibliche Pseudoskorpion das Männchen, wenn ihr Tanz vorüber ist? Liebt das Spinnenmännchen seine Partnerin, wenn es davonhuscht und um sein Leben rennt? Ist da Liebe zwischen den Laubenvögeln, wenn sie in ihrer Laube kopulieren? Die Fachbücher sagen darüber nichts. Ich spekuliere, aber ich habe keine Möglichkeit, die Antworten zu bekommen.

Meine Kreaturen beschäftigen sich mit einer langen, langsamen Werbung. Ich werde kranker. Manchmal kommt meine Mutter, um mir Fragen zu stellen, die ich nicht beantworten will. Manchmal sitzen Männer an meinem Bett — aber sie sind weniger real als meine

Mutter. Es sind Männer, die ich mochte — Männer, von denen ich dachte, ich könnte sie vielleicht lieben, obwohl ich nie weiter kam als bis zu diesem Gedanken. Durch ihre halb durchsichtigen Körper kann ich die Laborwände sehen. Sie waren niemals real, denke ich jetzt.

Manchmal erinnere ich mich in meinem Delirium an bestimmte Dinge. Ein Tanz damals im College; ich tanzte langsam, und irgend jemandes Leib preßte sich eng an meinen. Der Raum war heiß und stickig, und wir gingen hinaus, um etwas Luft zu schöpfen. Ich erinnere mich, daß er mich küßte, während eine Hand meine Brüste streichelte und die andere an den Knöpfen meiner Bluse herumfummelte. Ich fragte mich dauernd, ob dies denn Liebe sei — dieses Herumfummeln im Schatten.

In meinem Delirium ändern sich auch manche Dinge. Ich erinnere mich an einen Tanz in einem Kreis, dabei hält jemandes Hand die meine. Meine Füße tun weh, und ich versuche aufzuhören, aber mein Partner zieht mich weiter und gibt mich nicht frei. Meine Füße bewegen sich instinktiv im gleichen Takt mit den Füßen meines Partners, obwohl da keine Musik mehr ist, die uns helfen könnte, im Rhythmus zu bleiben. Die Luft riecht nach Feuchtigkeit und Moder; ich habe mein Leben unter der Erde verbracht und bin an diese Gerüche gewohnt.

Ist dies Liebe?

Ich verbringe meine Tage damit, am Fenster zu liegen und durch das schmutzige Glas hinauszuschauen. Von der Öffnung des Durchgangs ruft er nach ihr. Ich habe ihm keine Stimme gegeben, aber er ruft auf seine eigene Weise, indem er seine beiden Vorderbeine aneinander reibt, so daß Metall an Metall schabt; es schrillt wie eine Grille von der Größe eines Buick.

Sie spaziert am Eingang des Durchgangs vorbei und ignoriert ihn, als er auf sie losrennt und mit den Zähnen klappert. Er bewegt sich zurück, als wolle er sie einladen, ihm zu folgen. Sie geht vorbei. Aber dann, einen Augenblick später, spaziert sie wieder vorbei, und die Szene wiederholt sich. Ich erkenne, daß sie nicht blind ist gegenüber seiner Aufmerksamkeit. Sie nimmt sich einfach Zeit und erwägt ihre Lage. Das Männchen intensiviert seine Bemühungen, wirft seinen Kopf hin und her und tut sein Bestes, um die Aufmerksamkeit auf das von ihm geschaffene Heim zu lenken.

Ich höre ihnen bei Nacht zu. Ich kann sie nicht sehen — die Stromversorgung ist vor zwei Tagen zusammengebrochen, und die Straßenlaternen sind aus. So lausche ich in der Dunkelheit und stelle mir vor, was geschieht. Metallbeine reiben aneinander, um hohe, schrille Geräusche zu erzeugen. Das Segel auf dem Rükken des Männchens klappert, als er es entfaltet, dann zusammenfaltet, dann wieder auseinanderfaltet, in einer Art von Balzritual. Ich höre, wie ein mit Spitzen gespickter Schwanz in einer Art Liebkosung über einen stacheligen Rücken raspelt. Zähne rattern gegen Metall — Liebesbisse, vielleicht. (Der Löwe beißt die Löwin in den Nacken, wenn sie sich paaren, ein Akt der Aggression, den sie als Ausdruck von Zuneigung annimmt.)

Klauen kratzen gegen metallene Haut, rattern über metallene Schuppen. Das ist, denke ich, Liebe. Meine Geschöpfe verstehen Liebe.

Ich stelle mir vor, wie ein Pimmel aus Kupferrohren und Rohrverbindungen in eine Röhre gleitet, die mit Blech von einer Sodadose ausgekleidet ist. Und dann versagt meine Vorstellung. Meine Konstruktion hat den Stoff der Reproduktion nicht vorgesehen: die Samenzelle, das Ei. Die Wissenschaft hat mich da im Stich gelassen. Dieser Teil ist jetzt Sache der Kreaturen selbst.

Die Kräfte meines Körpers lassen nach. Nachts schlafe ich nicht; Schmerz hält mich wach. Mir tut es überall weh, in meinem Bauch, in meinen Brüsten, in meinen

Knochen. Ich habe es aufgegeben, zu essen. Wenn ich esse, nehmen die Schmerzen für eine Weile zu, und dann muß ich mich übergeben. Ich kann nichts mehr bei mir behalten, und deshalb habe ich es aufgegeben, es überhaupt zu versuchen. Wenn das Morgenlicht kommt, sickert es grau durch den Dunst, der den Himmel bedeckt. Ich starre zum Fenster hinaus, aber ich kann das Männchen nicht sehen. Er hat seine Stellung an der Mündung des Durchgangs verlassen. Ich schaue ungefähr eine Stunde lang, aber das Weibchen spaziert nicht mehr vorbei. Haben sie miteinander Schluß gemacht?

Ein paar Stunden schaue ich hinaus von meinem Bett aus, die Bettdecke um meine Schultern gewickelt. Manchmal kommt Fieber, und die Decke wird feucht von meinem Schweiß. Manchmal überkommt mich ein Frösteln, und ich zittere unter der Bettdecke. Aber da bewegt sich immer noch nichts im Durchgang.

Für den Weg hinunter über die Treppe brauche ich mehr als eine Stunde. Ich kann meinen Beinen nicht trauen, daß sie mich tragen, deshalb krieche ich auf meinen Knien und durchquere den Raum wie ein Baby, das noch zu klein zum Stehen ist. Ich trage die Bettdecke mit mir, sie ist um meine Schultern gelegt wie ein Umhang. Oben an der Treppe ruhe ich mich eine Weile aus, dann gehe ich langsam hinab, eine Stufe nach der anderen.

Der Durchgang ist verlassen. Die beieinander liegenden Radkappen schimmern im trüben Tageslicht. Das Nest aus glänzendem Papier sieht einsam und verlassen aus. Vorsichtig trete ich in den Eingang. Wenn das Männchen jetzt auf mich losginge, dann könnte ich nicht wegrennen. Ich habe alle meine Kraftreserven erschöpft für den Weg hierher.

Der Durchgang ist still. Mir gelingt es, auf die Beine zu kommen, und ich schlurfe vorwärts durch die Papierfetzen. Meine Augen sind getrübt, und ich kann gerade die Bettdecke erkennen, die auf halbem Weg im Durchgang herabhängt. Ich bewege mich auf sie zu. Ich weiß nicht, warum ich hierher gekommen bin. Vielleicht will ich sehen. Ich will wissen, was geschehen ist. Das ist alles.

Ich ducke mich unter die hängende Bettdecke. In dem trüben Licht kann ich eine Türöffnung sehen. Etwas hängt vom Türsturz.

Ich nähere mich vorsichtig. Das Ding ist grau, wie die Tür dahinter. Es hat eine eigenartige, spiralige Form. Wenn ich es berühre, spüre ich ein feines Vibrieren in seinem Innern, wie das Summen einer fernen Apparatur. Ich lege meine Wange daran und kann ein tiefes Singen hören, beständig und gleichmäßig.

Als ich ein Kind war, besuchte meine Familie den Strand, und ich verbrachte Stunden damit, die Tümpel im Watt zu erforschen. Unter den Klumpen von blauschwarzen Muscheln und schwarzen Turbanschnecken fand ich in einem Tümpel das Eigehäuse eines Hornhais. Es hatte die gleiche Spiralform wie dieses Ei hier, und als ich es ins Licht hielt, konnte ich innen einen winzigen Embryo erkennen. Während ich schaute, zuckte der Embryo und bewegte sich, obwohl er noch nicht richtig lebte.

Ich kauere mich an der Rückseite des Eingangs nieder, meine Bettdecke um mich geschlungen. Ich sehe keinen Grund, mich zu bewegen — ich kann hier genausogut sterben wie an jedem anderen Ort. Ich bewache das Ei und sorge für seine Sicherheit.

Manchmal träume ich von meinem vergangenen Leben. Vielleicht hätte ich es anders anpacken sollen. Vielleicht hätte ich weniger vorsichtig sein sollen, schleunigst mich auf die Partnersuche begeben, auf das Lied antworten, wenn ein Männchen aus seiner Laube sang. Aber das ist jetzt nicht mehr wichtig. All das ist vorbei, liegt jetzt hinter uns.

Meine Zeit ist um. Dinosaurier und Menschen — unsere Zeit ist um. Neue Zeiten kommen. Neue Arten von Liebe. Ich träume von der Zukunft, und meine Träume sind erfüllt von dem Klappern metallener Klauen.

Originaltitel: ›Love and Sex among the Invertebrates‹
Copyright © 1990 by Ellen Datlow;
erstmals erschienen in ›Alien Sex‹, hrsg. von Ellen Datlow;
mit freundlicher Genehmigung der Autorin
und Uwe Luserke, Literarische Agentur, Stuttgart
Copyright © 1993 der deutschen Übersetzung
by Wilhelm Heyne Verlag, München
Aus dem Amerikanischen übersetzt von Michael Morgental

Wladimir Wolf · Ukraine

FOLTER ZU VERKAUFEN

... stand fest, mit dem kalten Bernstein der Tropfen auf der edlen Nase. Das harte Licht zerschellte an der stumpfen, elliptischen durchsichtigen Kammer, in der Patriotow, wie gesagt, stand.

Endlich ließen sich die Bestilangen vernehmen: »O Erdling, du bist in unsrer Gewalt. Dir bleibt kein Ausweg. Wir werden dich entweder umbringen oder zurückschicken, woher wir dich geholt haben. Hast du Angst?«

Patriotow schleuderte ihnen tapferes Schweigen ins Gesicht. Die Bestilangen saßen zu dritt an einem Tisch, auf dem eine khakifarbene Tischdecke lag. Von derselben Farbe waren auch ihre halbmilitärischen Anzüge. Die Gesichter ... Das waren keine Gesichter. Das waren die Fratzen von Bestien.

»Wir stellen dir die Bedingungen, Erdling. Wenn du sie erfüllst, schicken wir dich nach Hause. Wenn nicht, erwartet dich ein bestialischer Tod.«

Sicherlich werden sie Informationen über die Perestroika verlangen, ging es Patriotow durch den Kopf. Pustekuchen! Ich darf nichts verraten. Sonst überfallen sie uns.

Der Oberste Bestilange fuhr fort: »Bei uns tobt übrigens ein Bürgerkrieg. Die Unrechten sind fast zerschlagen und erwarten voller Furcht unseren letzten Stoß. Bei uns, den Rechten, ist alles bereit, es fehlt nur noch eine winzige Kleinigkeit.«

»Welche?« fragte Patriotow.

Die Bestilangen lächelten, wurden lebhaft. Patriotow fühlte Übelkeit in sich aufsteigen. Ihre Zähne waren violett. Wie Schultinte.

Der Oberste erhob sich. Er nahm eine Kontaktlinse heraus

und klopfte damit an ein Glas. »Und diese Kleinigkeit werden Sie uns beschaffen!«

»Welche denn nun?« Patriotow verlor die Geduld.

»Sie werden für uns eine Folter erfinden.« Der Bestilange lächelte noch violetter. »Eine bestialische ...«

Patriotow richtete sich stolz auf.

»Nein!« war seine Antwort ...

»Freilich ...«, flüsterte Soschkin hitzig und ließ den Kugelschreiber fallen. Er zerwühlte sich die Frisur. »So, so ...«

Zusammen mit ihm, mit den Ritzen nachdenklich in seinen Hosenboden verbissen, wiegte sich der Hocker. Soschkins Schöpfungsakt erinnerte an den Kampf eines geizigen Selbstmörders mit dem eigenen Testament.

Seine Zähne zerkauten die Unterlippe. Die Fingernägel skalpierten den Schädel. Die Pupillen schmolzen bald zusammen wie schwarzer Kaviar, bald flossen sie breit wie Erdölpfützen.

Momentan war Soschkin als Autor nicht gegenwärtig. Verletzlich wie er war, hatte ihn die Erinnerung an einen wunderbaren Satz ereilt und ihn aus seiner Erzählung gerissen: »Sind Sie mit anderthalb Riesen pro Bogen zufrieden? Pro Druckbogen, versteht sich.«

So ein Schuft, dachte Soschkin voller Bewunderung. Aber er wird mich retten, mich aus dem Dreck ziehen ...

Den Satz hatte ihm Ilja Kirillowitsch Stepnoj zuteil werden lassen — ein mächtiger Buchverleger, der die Massen mit interstellarem Stoff versorgte und dessen Name zwar nur einmal pro Monat, dafür aber in der zentralen Presse auftauchte. Deshalb erschien seine Anwesenheit in dem morschen Provinzstädtchen den dort ansässigen Science Fiction-Fans als ein übernatürliches Ereignis. Wassja Krot, der ewige Vorsitzende des SF-Clubs, der Anführer und Verfechter der Hard Fiction, den Soschkin aus tiefster Seele verachtete, weil jener ihn immer wieder genüßlich bei einem Plagiat ertappte, ein Fan bis zur

Hysterie, ebendieser Schlaukopf hatte alles organisiert. Er war ins Hotel gestürmt, hatte bewundernd aufgeschrien, Stepnoj umarmt und ihn, den Hauptstädter, in den Fan-Club gelotst. Und dort hatten sie dann Stepnoj vor Freude und Lesehunger fast erdrückt ...

Soschkin wußte davon. Doch er saß erkältet zu Hause und schimpfte heiser mit seiner Frau, die mit umherirrendem Blick das Zimmer nach ihrer Geburtsurkunde absuchte. Eigentlich nannte er dieses Geschöpf nie anders als ›die Echse‹ — sie waren zwar nicht geschieden, hatten sich aber schon vor einem Jahr getrennt, was freilich die Ex-Frau nicht hinderte, beim Auszug vergessene Dinge zu suchen und zu finden.

»Brauchst du den Eispickel?« erkundigte sich Soschkin giftig, als er die Echse den Kühlschrank öffnen sah. »Falls du die Rinderbrust in die Urkunde eingewickelt hast, dann hab ich sie längst aufgegessen. Beide.«

Die Echse seufzte schwer — nur ein Glas Salzgurken störte den Anblick der unberührten Eiswüste im Kühlschrank. Hausfraulich schloß sie den Deckel über der Salzlake und setzte sich aufs Sofa, wo sich von einer Lehne zur anderen ihre Zigeunerröcke ausbreiteten. Sie lächelte. Das Emailleweiß ihrer Zähne strahlte Gesundheit aus und verletzte Soschkin zutiefst ... Vielleicht war so ein Lächeln der Grund gewesen, daß er Wassja Krot haßte.

»Die Mutti hat heute Gehacktes gekauft ...«

»Marja, ich habe zu tun!«

»... und es mit Knoblauch ...«

»Wieder das alte Lied?«

»... in Semmelbröseln gewälzt ...«

»Marja — raus!«

»Soschkin, reich mal das rostfreie Messer rüber. Wir sollten uns wieder vertragen und ein paar Koteletts schneiden ...«

Die Echse war schon seit langem auf die Literatur eifersüchtig gewesen, und zwar in zermürbender Weise.

Mitunter so, wie Kinder ihre kranken Mitschüler um die Freistellung vom Sport beneiden. Soschkin aber hatte sich selbst von allem befreit. Das beiderseitige Vakuum hatte sich über zwei Jahre hin aufgebaut. Als erster war der empfindsame Autor explodiert. »Brüll doch deine Andromedas an!« hatte Marja beleidigt erwidert und war zu ihrer Mutter gezogen.

Seitdem räumte sie unter dem Vorwand, etwas zu suchen, mitunter sogar die Wohnung auf, die in der Zeit der Trennung das Aussehen einer Zombiehöhle angenommen hatte. Soschkins Unglück lag darin, daß er einmal, als er zusah, wie Marja sorgfältig, mit der Hand, sehr lange den Boden unter dem Sofa wischte, schwach geworden war. »Du läßt ja jetzt keinen Kerl mehr aus«, hatte er im voraus vorwurfsvoll geflüstert, während er das Gesicht in den warmen Hälften vergrub und als feuriger Torero die Zigeunerröcke aufwickelte. »Quatschkopf«, hatte Marja gestöhnt und sich, um es spannender zu machen, ein bißchen gesträubt ...

Von den Koteletts ließ sich Soschkin aber doch nicht verführen. Marja ging und deprimierte mit ihrer dummen Fröhlichkeit den Mitmieter in der Mehrfamilienwohnung.

Zur selben Zeit aber überreichte der Vorsitzende Wassja Krot Stepnoj einen Stapel Manuskripte. »Blättern Sie das mal durch, das haben unsere Jungs verzapft. Beachten Sie vor allem Soschkin. Der hat Klasse! Bei ihm ...« In der Seele des Vorsitzenden lebte, vor Armut fast verhungert, ein Mäzen.

Stepnoj rief höchstpersönlich an. Er nannte seinen Namen, und Soschkin erstarrte.

»Ich habe Ihre Sachen gelesen ... Tja ... Sie haben wirklich eine Art Klasse. Wenn Sie sie überarbeiten, werde ich wohl zwei, drei von Ihren Erzählungen unterbringen können. Aber ... Invasionen, Außerirdische, Ökologie, wissen Sie ... Wie sieht es bei Ihnen mit der Zeit aus?«

»Ich habe ...«, stotterte Soschkin, dem vor Glück der Schweiß ausbrach. »Ich habe einen Roman, er ist aber noch nicht fertig ... Eine Zeitreise, der Held ist positiv, die Zukunft licht ...«

»Ich meine«, unterbrach ihn Stepnoj kalt, »haben Sie Zeit, sich mit mir zu treffen?«

»Ja!«

Der Verleger erwartete ihn auf dem Hotelbett sitzend.

Hinter der Brille wirkten Stepnojs Augen etwas gequollen. Der Bart floß ihm glänzend von der Lippe und duckte sich unters Kinn, und überhaupt erinnerte sein rosig-gedunsenes Gesicht an einen Barsch, der plötzlich an die Oberfläche gezogen worden ist.

Stepnojs Lippen kauten vor sich hin und spuckten ein »NehmSiebittePlatz« aus.

Soschkin ließ sich auf der Kante eines Stuhls nieder. »Ich habe noch nicht alles über den Roman ...«

»Sie erlauben«, schnitt ihm Stepnoj stirnrunzelnd das Wort ab. »Zunächst einmal die Hauptsache. Sie verstehen, ich arbeite im Kollektiv. Wir müssen alle gemeinsam entscheiden — ob oder ob nicht.«

Soschkin stimmte ihm zitternd zu.

»Verstehen Sie, wir brauchen eine Bombe.«

Soschkin nickte aus Beharrung immer noch, dann erstarrte er. »Eine Bombe?«

»Sie müssen doch nicht gleich alles wörtlich ... Wir brauchen einen Hit, das Kernstück sozusagen, die übrigen Erzählungen sind dazu die Garnitur. Dann wird Ihr Debüt ein Renner, mit fliegenden Fahnen.«

Soschkin setzte sich in Positur und nickte verständig. »Zu welchem Thema?«

»So kommen wir zur Sache.« Stepnoj zog angenehm berührt die Braue hoch. »Ich will mich kurz fassen. Sie wissen, worauf jetzt die Massen scharf sind: Enthüllungen, der Sturz der alten Idole, der ganze historische Spuk. Die Science Fiction hat darüber ein bißchen an

Boden verloren. Ob man die aktuellen Probleme mit dem Genre vereint, hm? Zu schwach? Dabei gibt es, sehen Sie, von der Sorte heute nicht allzuviele Werke. Die alte Garde ist noch nicht in Schwung gekommen. Und nach dem wenigen zu urteilen, was ich gelesen habe, könnten Sie, jung, energisch, durchaus glänzen ...«

»Ich habe verstanden!« Soschkin kniff inspiriert die Augen zusammen. »Eine Zeitmaschine! Der Held gerät in die Vergangenheit, mitten in den Schlamassel, ins Jahr 1937 ...«

»Das ist es nicht.«

»Nein? Och ...« Soschkins Erleuchtung dauerte an. »Schärfer ... Also anders herum. Stalin stirbt nicht, sondern wird von einer Zeitmaschine entführt und erscheint auf dem Parteitag ...«

»Was haben Sie sich da festgefahren!« knurrte Stepnoj mißmutig. »Das ist doch alles der Schnee von vergangenen Jahr ... Sie haben doch ›Die Folter‹, eine fast fertige Geschichte, und die Parallelen liegen auf der Hand! Alles klappt, wie bei Äsop: ein ähnlicher Planet, unheimlich, bestialisch, ein Regime, ein Diktator, ein gefangener Erdenmensch, sie versuchen, Information aus ihm herauszubekommen. Seine Lage ist interessant — sie können nicht Hand an ihn legen, nur entweder ihn annihilieren oder retour nach Hause ... Der Schluß ist völlig verpfuscht. Er hat sich geweigert, und sie haben ihn umgebracht. Was ist denn das für ein Zeug wie aus dem Komsomolverlag? Schauen Sie sich um, das Volk — ehrlich gesagt, ein Scheißvolk — steht nicht auf heldenhafte Selbstaufopferung. Hier braucht es Seelenpein à la Dostojewski, die Versuchung! Wo ist das ›einerseits — andererseits‹? Wo ist die Grenze zum Verrat?«

Stepnoj, leicht nach vorn gebeugt, hypnotisierte Soschkin.

»Was konnten die Bestilangen denn schon von ihm verlangen? Die Atombombe? Die kennt jeder ordentliche Ingenieur. Langweilig. Irgend etwas, das der herrschenden Clique beim Kampf um die Macht helfen würde ...«

»Vielleicht das Fernsehen? Nein?« Soschkin biß sich auf die Lippe. »Dann ... Agitation, Verteiler, Gehacktes ... Verdammt!«

»Soviel ich verstanden habe, gibt es auf dem Planeten eine Art Unterdrückung. Was also, was konnte der Erdenmensch diesen Leuteschindern, diesen Henkern Interessantes mitteilen?«

»Die Guillotine?«

»Sie glauben doch nicht etwa ...«

»Tonbandgeräte zum Abhören? Hm?«

»Diesen Gestapoleuten ...«

»Den Müller? Tsss ... Ja, ja, ja ... die ideologische ... nein ... Vetternwirtschaft, Mangel, Schlangen, Meldepflicht ... mein Gott ...«

»Also wirklich ...«

»Die Folter!« platzte Soschkin heraus und lief puterrot an. »Ich meine nicht den Titel der Erzählung, sondern daß die Bestilangen von ihm verlangen, von den irdischen Foltermethoden zu erzählen. Immerhin ist die Geschichte der Erde daran reich, also, Bruder, teil mit uns! Die Physiologie ist ja ähnlich.«

»Nicht übel.« Stepnoj lächelte. (Das reinste Porzellan! dachte Soschkin neidisch.) »Machen wir es etwas schwieriger: Sie könnten zum Beispiel verlangen, daß der Held eine neue Folter *erfindet* ...«

»Ja-ja-ja!« plapperte Soschkin. »Er weigert sich natürlich, aber — dann bringen sie ihn doch um?«

»Das tun sie.« Stepnoj nickte überzeugt. »Und hier kriegen wir eben die richtige Literatur zu fassen. Der innere Konflikt — das ist es! Nehmen wir an, der Held hat in Gedanken alle ihm bekannten Foltermethoden durchgespielt und dabei unversehens eine neue erfunden, noch dazu so eine grausame ...«

»... daß er vor Grauen graue Haare kriegt!«

»Da haben wir den Hamlet — geben oder nicht geben … Alles in allem eine hübsche Idee, sie gefällt mir. Überdenken Sie den Schluß, feilen Sie am Stil, und dann sofort zu mir. Ich werde drei Tage lang auf Sie warten, bis zum Abend. Vorerst habe ich in dieser Stadt zu tun.«

Und da hatte Soschkin ihn schüchtern lächelnd gefragt: »Und wie hoch wäre so etwa das Honorar … wenn Sie … also falls …«

Und als er die Antwort gehört hatte, wäre er beinahe herausgeplatzt: *Wie*viel?!

Nach Hause war er beschwingten Schrittes geeilt — vorbei am Club, an der Bar, der Schule, einer Pfütze, durch einen grünen Wirbel hindurch, der der Silberweide die Rockschöße lüpfte, in die Mehrfamilienwohnung, geradewegs über die glitschigen Äpfel, die so reichlich am Hauseingang vor sich hin faulten …

Patriotow hatte schon seit vier Tagen nichts gegessen …

»Verrecken sollst du!« Soschkin schlug mit der Faust auf das vollgeschriebene Blatt. »Wie sollen sie dir denn was zu essen geben, wenn du in dem elliptischen Feld unerreichbar bist?«

Er strich den Satz mehrfach durch. Dann überlegte er und schrieb dasselbe wieder hin.

… schon seit drei Tagen nichts gegessen. Gräßliche Qualen zerrissen seine Eingeweide …

Von des Helden Innereien her wehte scharf der Knoblauchgeruch von Marjas Koteletts herüber. Soschkin schluckte den Speichel hinunter und fühlte, wie er zum Tier wurde. Er hatte es schwer.

Was ist Prosa? Ein armseliger Abklatsch der Wirklichkeit …

Soschkin selbst hatte seit drei Tagen nichts gegessen, dabei führte er einen einsamen Kampf mit den Schlaglöchern in seinem Stil (die Stepnoj dick angestrichen hatte), mit den Invasionen der Echse (zweimal), mit dem brodelnden Lärmkessel der Mehrfamilienwohnung (Watte in die Ohren), mit trockenem Schluckauf, mit den Mücken, mit der Ergophobie und dem innigen Sirenensang von den ›anderthalb Riesen pro Bogen‹.

Um des ›Kernstücks‹ willen hatte er sich drei Tage freigeben lassen. Der Gedanke, daß er sie würde nacharbeiten müssen, war beklemmend wie Asthma. Er verspürte den unwiderstehlichen Drang, sich zu besaufen.

Mitunter gaben die Parasiten Ruhe. In den raren Stunden des Waffenstillstands schließlich, der Qualen müde, auf dem Sofa ausgestreckt, widmete sich Soschkin fieberhaft dem höheren Zweck seines Werkes: ›Um das Gute in den Herzen wachsen zu lassen, reicht es nicht aus, dem Leser die Schrecken einer totalitären Herrschaft zu zeigen … Das Wesentliche bei Dostojewski ist ja, daß der Henker eigentlich in jedem von uns schlummert … Deshalb ist Patriotow ein Mensch wie jeder andere, einer von Millionen. Er erfindet die Folter, doch behält sie natürlich für sich. Oder nicht? Auf der Erde wird ja niemand von seinem Versagen erfahren. Er kehrt ganz still zurück — zu den Kindern, der Arbeit … Und wenn ich keine Geschichte schreibe, von der einem die Haare zu Berge stehen, bin ich als Autor keinen Pfifferling wert. Die Angst muß im Leser den inneren Henker abtöten! Huch, was wird das für ein Hammer! Der reinste …‹

Soschkin sprang auf, gab seinem Patriotow einen Stoß, und Arm in Arm hangelten sie sich an dem zähen Sujet entlang.

… und endlich, zerquält, schon ohne Hoffnung auf Rettung, hob Patriotow die vor Schlaflosigkeit schwarzen Augen empor und erschauderte. Auf seinen Schläfen, als flösse flüssiges Helium darüber, breitete sich Grau aus.

Patriotow hatte sie erfunden!

Und der Schrecken vor der eigenen Phantasie hatte ihn ergrauen lassen …

An dieser Stelle stockte Soschkin.

›Es ist alles umsonst. Wie soll ich armes Würstchen

mir denn eine anständige Folter ausdenken. Von der man sogar graue Haare kriegen kann! Ohne Folter ist die Erzählung wie ein Kotelett ohne Knob ... Brrr!‹

Das Städtchen hatte sich mitsamt der Erde längst schlafen gelegt. Der Himmel gähnte, atmete Sterne aus und verharrte so, aufs höchste erstaunt. Alle schnarchten sie friedlich: Marja, Wassja Krot, die Hündin des Nachbarn, Soschkins Phantasie ...

»Krrretin!« knurrte Soschkin gequält und warf den Kopf wie eine heiße Kartoffel von einer Hand in die andere.

Im Unterbewußtsein lief schon die Suche nach Informationen: Dem Opfer wird ein Rattenkäfig vorgebunden. Das Tier frißt sich durch den lebendigen Leib hindurch ... Eine philippinische Hinrichtungsart, wegen ihrer Unmenschlichkeit inzwischen abgeschafft — der Verurteilte sitzt auf einem elektrischen Stuhl und wählt einen von hundert Knöpfen aus (der entweder Kontakt gibt oder nicht, eine Art russisches Roulette). Und das einen Monat lang, wenn er Glück hat ... Aber das war alles nicht das Richtige!

Die Sternstunde der Erleuchtung hat ein Mensch nur einmal im Leben. Und Soschkin war klar, nur zu klar: wenn Stepnoj ohne das ›Kernstück‹ abfahren würde, könnte kein Wassja Krot mehr den Provinzschriftsteller retten. Der Alltag würde ihn wie eine Wanze zerquetschen. Und ihm stand Stepnoj vor Augen — glupschäugig, fischbärtig —, wie er gen Himmel emporflog, vorwurfsvoll den Kopf schüttelnd ...

Der Morgen breitete sein Leichentuch über die Stadt.

Soschkin hielt den Kopf unter den Wasserhahn, schüttelte sich und krallte sich mit eisernem Griff im Sujet fest. Er erstarrte, als er sich vorstellte: eine feuchte, fensterlose Kasematte ... Ratten, schmieriger Dreck, all das Zeug ... da ist er, der Henker (warum auch nicht?), in schwarzer Uniform, er feilt sich in Erwartung seines Kunden die Fingernägel ... lächelt wie Porzell ...

wie violette Tinte ... daneben, auf dem Operationstisch, die gräßlichen Instrumente ... es quietscht — nein: gräßlich quietscht die Tür — man führt das Verhöropfer herein ...

Voller Angst, er könnte den Schneid verlieren, legte sich Soschkin aufs Sofa.

... Man führt das Verhöropfer herein ... Wen? Wassja Krot? (Soschkin konnte den Vorsitzenden nicht leiden, aber doch nicht so sehr!) ... Marja? Unsinn. Die schlimmste Folter für sie wird es sein, wenn sie ihn drucken ... Stepnoj? Aber, aber! ... Die Zangen im Kohlenbecken — bis zur Weißglut, versteht sich —, der spanische Stiefel ... und da führt man in die Kammer ... da führt man ...

Und da hätte Soschkin um ein Haar die Nagelfeile fallenlassen.

Denn in die Kammer führte man *Soschkin!*

»Na, jetzt besorg ich dir's, du Nichtskönner ...«, zischte der *Autor* und begann mit der Exekution.

Er erwachte gegen Abend. Auf dem Fußboden. Er sprang auf, starrte wild um sich. »Geflohen?!« schrie er verzweifelt. »Mistkerl!«

Er stand da, schwankte und konnte nicht begreifen, wohin die Instrumente verschwunden waren, wo das nasse jämmerliche Geschöpf geblieben war, das schließlich alles der Reihe nach gestanden hatte ...

Er setzte sich auf das zerwühlte Bett. Er tastete nach dem Haken am Halse, um die Uniformjacke zu schließen — und wachte endgültig auf.

»Och ...« Es schüttelte ihn wie im Kater. Das Gedächtnis wich schon langsam zurück und verschluckte dabei gierig die verblassende Hitze des Traums. Die Pupillen öffneten sich raubtierhaft. Soschkin sprang auf, am ganzen Leibe zitternd, und schlug mit der Faust eifrig durch die Luft. »Ich hab's! Ich hab's! Ich hab's!« schrie er aufgeregt.

Er stürzte zum Schreibtisch. Er warf das Manuskript beiseite, spannte drei Durchschläge ein und fing an zu hämmern — einfach drauflos, ins reine, geschüttelt von einem Lachen wie zerstoßenes Glas.

Er selbst hatte eine neuartige, richtige, barbarische Folter erfunden, gräßlich wie ... wie das Allergräßlichste ... *Er hatte sie erfunden!*

Soschkin, die Schreibmaschine, die Seiten, das Stakkato der Finger — alles glich einem Großeinsatz in der Wäscherei: der Wagen flog von Klingelzeichen zu Klingelzeichen, und die Walze brachte die glattgemangelten Schöpfungen des Autors zum Vorschein.

Als aber die letzte Seite hervorschnellte, überfiel ihn die Erkenntnis wie ein eiskalter Guß: Heute endete die Frist, die Stepnoj gestellt hatte.

Soschkin riß die Blätter zusammen mit dem Kohlepapier heraus, stürzte in den Korridor, durch den Hausflur und in den hereinbrechenden Abend.

Ein Schatten breitete sich aus und kreiste um den laufenden Soschkin. Die Laternen glitten vorbei und erhellten die Schule, die Pfütze, die Bierbar, den Fanclub ...

Hier fühlte sich Soschkin zu den Türen gezogen. »Da, lies«, warf Soschkin mit Stolz und Atemnot hin, während er blitzschnell einen Durchschlag aus der Mappe zog.

»Wo willst du hin?« fragte Wassja Krot verdutzt.

Doch Soschkin eilte schon weiter. Der Katastrophe entgegen ...

»Stepnoj wohnt nicht mehr hier«, sagten sie im Hotel.

Soschkin weinte fast, als er auf den Fanclub zu trottete und hinter ihm all die nicht erkauften Freiheiten, all die Elfenbeintürme zerschmolzen.

›Ich bin vielleicht ein Sadist!‹ erinnerte sich Soschkin erschaudernd an seine Erfindung. ›Ich sollte nicht Schriftsteller werden, sondern Folterknecht ... So ein

Talent! Und dabei bin ich nicht mal grau geworden — es hat mir Spaß gemacht.‹

Und im nächsten Moment ließ ihn ein schrecklicher Gedanke erstarren.

Seine Hand aber griff schon wie von selbst in die Tasche, verfehlte ihr Ziel, die dumme, und konnte und konnte es nicht finden ... Soschkin fluchte laut und lief zu Wassja.

»Hast du's gelesen?« fragte er und ging bleich und drohend auf den Vorsitzenden zu.

»Nur den Anfang«, gestand Wassja schuldbewußt. Man konnte ihm glauben — neben ihm lag so eine Hard Fiction-Schwarte, die er ungeschickt mit dem Ellbogen beiseite schob. Mit einem Seufzer der Erleichterung nahm Soschkin die Kopie an sich und legte sie zu den übrigen.

»Soschkin, was hast du?«

»Dann gib jetzt die Streichhölzer.«

Er verbrannte die Erzählung gleich auf der Vortreppe — ein Exemplar nach dem anderen, jede Seite —, wärmte sich freudig die Hände und blinzelte glücklich durch den Rauch. Und die Asche verstreute er in alle Winde ...

Zum erstenmal fühlte er sich so frei. Er ging pfeifend und verliebte sich mit jedem Schritt erneut in seine Stadt, in die mondäugigen Pfützen, in die dumme Marja, in sein mißratenes Leben. Und in der warmen Luft war zusammen mit der Asche seine Angst verflogen. Und niemand auf dieser Welt würde jemals von der neuen Folter erfahren und sie anwenden. Sie zu ihrem ursprünglichen Zweck anwenden ...

Die Mehrfamilienwohnung lag in tiefem Schlaf. Soschkin hörte mit seinen beschwingten Stepschritten auf, schlich sich zu seiner Tür — und erstarrte.

In seinem Zimmer fluchte jemand halblaut.

Ohne zu wissen, was er tat, riß Soschkin die Tür auf ...

Das ganze Zimmer war weiß von verstreuten Manuskripten. Und in der Mitte stand, vom Mondlicht umflossen, Stepnoj mit der Rohschrift der letzten Erzählung in der Hand.

»Wo, wo, wo ist *sie?!*« stieß der Verleger wütend hervor, während er sich umdrehte. »Wo, frage ich!!«

Und er stampfte mit dem eisenbeschlagenen Stiefel auf. Die schwarze Uniform saß ihm wie angegossen, und der aufgerissene Mund flammte in schrecklichem violetten Licht. Wie Schultinte.

*Originaltitel: ›**Продается пытка**‹*
*Copyright © 1990 **Владимир Вольф**, Winniza*
*Aus der Anthologie ›**Время покупать черные перстни**‹*
***Молодая гвардия**, Moskau 1990*
Copyright © 1993 der deutschen Übersetzung
by Wilhelm Heyne Verlag, München
Aus dem Russischen übersetzt von Erik Simon

Tom Maddox · USA

IN FERNER LANDSCHAFT

Jolley starrte auf die geschnitzten Figuren der dunkel gebeizten Eichentür: kataklastische Engel, Dämonen und Teufel blickten ihn aus selig verzückten und böse lächelnden Fratzen an. Blaue Feuerzungen leckten über die Engelsgesichter, während Schimären sich in den Flammen wanden. Das Feuer brennt in meinen Augen, dachte er, es brennt in meinem Gehirn.

Irgendwo hinter dem Spiegel der Vernunft raunten sanfte Stimmen seinen Namen. Jolley stockte der Schritt. Mit einer Hand stützte er sich gegen rauhen weißen Stuck, schloß die Augen und fragte sich, ob der Preis nicht zu hoch sei. Er war zu einem Fremden geworden, nirgendwo zu Hause außer in einem fernen Land.

Die Frage kam aber ohnehin zu spät, denn schon vor mehr als zehn Jahren hatte er sich unumstößlich entschlossen, keine Liebschaften mehr anzufangen, und kurz darauf hatte er endgültig mit seinen Freunden gebrochen. Heute bestand die Welt für ihn nur noch aus Drogen, Fasten, Meditation — und dem Ei.

Es zog ihn weiter durch die Halle, die Hanfsohlen seiner weichen Baumwollslipper glitten geräuschlos über den gebleichten Eichenboden. Jolley drückte die geschwungene Messingklinke herunter und trat ein.

Das Morgenlicht brach durch das bunte Glas und malte abstrakte Muster aus Karmesinrot und Buttergelb auf die Wand. In der blauen Monitorkonsole dort glühte ein Schirm mit dem Logo von SenTrax. Mitten im Raum thronte das CAST-Ei, zwei aufgeklappte Halbschalen aus Chromstahl, die ihn ohne Worte einzuladen schienen. Die eine Hälfte des Eies füllte ein Gewirr aus freundlich beigen Plastikröhren und Spiralen aus Glasfaserkabeln, während die innere Wandung des anderen Halbeis mit festem schwarzen Kunststoff faltig ausgekleidet war.

Jolley rieb sich die Augen. Schließlich griff er an seine Taille, faßte den Saum seines marineblauen Hemds, zog es über den Kopf und ließ es achtlos zu Boden fallen. Daraufhin streifte er die Schuhe ab, stieg aus der bauschigen, sandfarbenen Hose, der weiten, weißen Baumwollunterhose und stand schließlich nackt vor dem Ei. Auf seiner fahlen Haut glänzte eine dünne Schweißschicht. Sein Körper fühlte sich heiß an, die Augen grießig, und der leere Magen krampfte sich in banger Erwartung zusammen.

Er nahm die Empfängerhaube auf, die auf einem Weichschaumpolster lag, und drehte sie unschlüssig um. Eine mattschimmernde graue Nylonhalbkugel, auf deren Innenseite winzige silbrige Spitzen standen und die an einem faustdicken, mit rotem Kunststoff beschichteten Kabel baumelte.

Er zog die Haube über seinen kurzgeschorenen Kopf und schloß den Kinnriemen. Aus einem innen angebrachten Lautsprecher drang eine neutrale Stimme, die ihn aufforderte, die Haube ordnungsgemäß zurechtzurücken.

Er kam dem Befehl automatenhaft nach, und unmittelbar darauf wurden die Silberspitzen an die Schädeldecke geführt. Elektroden maßen die Spannungsunterschiede auf der Kopfhaut, während feine Kanülen Blut zur Analyse entnahmen und das Gefühl winziger, spitzer Stiche hinterließen.

Im goldenen Zeitalter der Symbole kam CAST ein überragender Stellenwert zu — CAST (*C*omputer *A*ssisted *S*pacetime *T*omography), die computergestützte Raumzeit-Tomographie. Die eigentliche Kunst der Prophezeiung — für politische oder für andere Zwecke — bestand seit jeher aus dem Entziffern von Zeichen. Das Programmieren maschineller Intelligenz hatte seine Wurzeln in den assoziativen Potentialen der n-dimensionalen Räume, in denen Informationen flossen, sich verknüpften oder transformierten. Die CAST-Technologie schloß den Menschen in das Netz dieser Räume ein und vervielfältigte dadurch die Komplexität beinahe bis ins Unendliche, aber die Komplexität konnte vom menschlichen Willen und Verstand gemeistert werden, der wie ein scharfes Schwert die Wundertaten zerlegte. Für den Menschen allerdings ergaben sich auch Gefahren: CAST ließ das Risiko neurologischer Fehlfunktionen alarmierend ansteigen.

Jolley war bereits vor langer Zeit über die möglichen Nebenwirkungen aufgeklärt worden. Doch er nahm die drohende Neurokatastrophe ebenso gelassen hin, wie es früher die Fluglotsen mit ihren stressverursachten Nervenzusammenbrüchen getan hatten, bevor emotionslose und stressfreie Maschinenintelligenzen deren Aufgabe übernahmen.

Jetzt wurde Jolleys Gehirn von Feuerblumen überflutet, deren ausladende weiße Blütenblätter in gelbem Licht flackerten — der Mittelpunkt einer brennenden Welt. Das war das persönliche Zeichen seiner Bereitschaft, das Tor zu passieren und in die virtuelle Realität einzutreten.

Während andere nur Zuschauer blieben, lebte Jolley in ihr. Das Wesentliche von CAST bestand darin, dort zu sein ... in Vergangenheit, Gegenwart und Zukunft, zwischen allen Welten zu reisen, die *waren, sind* und *sein werden*.

Doch da gab es auch Welten, die *sein könnten*. Jolley hoffte im Namen aller mächtigen Instanzen, die es je gegeben hatte, daß diese hypothetischen Welten nie Wirklichkeit wurden. Für die NSA hatte er alptraumhafte Szenarien mit dem CAST-Ei aufgesucht, woraufhin er wochenlang nach Atem keuchte und unter Beruhigungsmittel gesetzt werden mußte. Damals war er in die Endzeit strategischer ›Modellrechnungen‹ zum Einsatz atomarer, biologischer und chemischer Waffen geworfen worden und hatte außerdem die subtilen und grauenhaften Taktiken des Entzugs (von Trinkwasser, Nahrung und medizinischer Versorgung) sowie die Waffen und Taktiken der sichtbaren und unsichtbaren Kriege des 21. Jahrhunderts kennengelernt.

In der letzten Zeit aber hatte SenTrax ihn aus unerklärlichen Gründen aus den laufenden Versuchsreihen herausgehalten. Während er auf einen neuen Auftrag wartete, trieb ihn eine zwanghafte Vorstellung dazu, seine persönliche Vergangenheit zu rekonstruieren. Er ging zurück durch die Leben seiner Mutter und seines Vaters, deren Eltern und deren Eltern. Während ihn das CAST-Ei immer weiter zurück in seine Ahnengeschichte führte, sammelte er in einem langsamen und frustrierenden Prozeß spärliche Informationen.

Seine Motive blieben ihm ebenso verborgen wie seine Ziele. Stumm, unsicher, aber mit dem Ehrgeiz eines Besessenen verlangte er, mehr zu erfahren. Er hatte eine Ahnung bekommen, daß irgendwo in seiner eigenen Vergangenheit Magie begraben lag, obwohl er häufig inmitten von Weltensplittern und Nebelschwaden ohne Antwort und unerfüllt herumgetastet hatte.

Er schwang sein Bein über den Rand der verchromten Halbkugel und stieg hinein. Ihn fröstelte. Bewegungslos lag er im Innern der Kugel, während körperwarme Flüssigkeit in die Kunststoffalten einströmte, die dadurch unter ihm anschwollen. Aus der anderen Halbschale schwenkten zwei Sauerstoffschläuche herüber, deren klebrige Enden mit den Nasenlöchern abschlossen. Winzige Sensoren suchten nach den vertrauten Stellen auf seinem Körper, während seildicke Kabel ihre Stecker in die Buchsen einklinkten, die hinter seinen Ohren eingesetzt waren. Katheter näherten sich seiner Leiste und intravenöse Nadeln den Venen. Das Ei schloß sich über ihm, und Flüssigkeit strömte hinein.

Jolley schwebte in tiefer Stille und wartete. Er ruhte regungslos, alle motorischen Reflexe abgekoppelt, wie in einem Traum. Eine Nadel drang durch die Empfängerhaube und punktierte eine von einem Chromstahlring eingefaßte Membran in seinem Schädel. Dann glitt die Nadel durch eine Nylonröhre, eine Kanüle, tief hinunter zu einer Stelle über seinem linken Temporallappen, wo sie eine Mischung von Neuropeptiden injizierte. Holographische Projektoren richteten sich auf die Temporallappen und auf das Dienzephalon. Chemie und Licht verbanden sich zu reiner Information, und Jolley ging auf die Reise.

Rote Neonbuchstaben, verdreht in einer albernen und doch leicht entzifferbaren Parodie chinesischer Schriftzeichen, bildeten den Namen ›Die Pagode‹. Sie standen oberhalb eines roten Neondrachens, der nun still im Sonnenlicht ruhte, sich aber bei Nacht wutschnaubend aufrichtete.

Jolley befand sich in einem kleinen Städtchen West Virginias, Mitte des letzten Jahrhunderts. An diesem warmen Samstagvormittag trugen kräftige Männer in ausgetretenen Arbeitsstiefeln, karierten Hemden und weiten, einfach geschnittenen Hosen braune Papiertüten aus der Pagode auf die Ladeflächen der Pick-ups oder in die Kofferräume ihrer Limousinen. Dabei spuckten sie Tabakkrümel ihrer Lucky Strikes, Camels oder Chesterfields aus und riefen einander Morgengrüße zu. Man sprach über die Grubenunglücke und Minenstreiks früherer Tage und stritt nebenbei über die Ehrbarkeit oder Schlechtigkeit von John L. Lewis, dessen bärtiges Gesicht, keine halbe Meile entfernt, einfach mit schwarzer Farbe auf die weiß getünchte Wand des Rathauses gepinselt worden war. Frauen in ausgebleichten Baumwollkleidern, mit Armen so dünn und zäh wie Taue, warteten hinter den Windschutzscheiben der Transporter, die in der Sonne glänzten.

Jolley schlenderte zwischen den Männern und Frauen umher. Das Sonnenlicht hatte eine ungewöhnliche Eigenschaft, denn es war *geborgtes* Licht aus der Zeit vor seinem Jahrtausend. Der Zigarettenrauch roch scharf und fremd, ebenso das billige Parfüm der Frauen. Benzinmotoren brüllten voll und tief auf, während sie ein klopfarmes Gemisch verbrannten und dabei ölig-blaue Abgaswolken ausstießen. Jolley stand verzückt inmitten dieser Gerüche, dieses Anblicks, dieser Geräusche, an einem Morgen lange vor seiner Geburt.

Im Verkaufsraum der ›Pagode‹ wanden sich schmale Gänge durch hochaufgetürmte Verkaufsstände mit Spiel- und Haushaltswaren und Werkzeug. Hoch oben unter der Decke hingen kopfüber Kinderwagen. Staubflocken tanzten träge im kalten, düsteren Licht des Ladens.

Jolley ging an eisenbeschlagenen Fäßchen mit Nägeln und Stapeln verzinkter Waschkessel vorbei und schritt durch einen breiten Durchgang in den Bereich des Ladens, in dem die Lebensmittel verkauft wurden. Die Gerüche von Obst und Gemüse vermischten sich mit den Ausdünstungen der geölten Fußbodenbretter und des heißen Fetts der Imbißtheke vorne im Laden.

Sein Großvater und seine Großmutter würden jeden Augenblick durch die Eingangstür hereinkommen. Er — klein, rothaarig und selbstbewußt — würde dann den Filzhut in den Nacken schieben, während sie — ein wenig füllig, mit frisch frisierter Dauerwelle und leuchtendrot bemalten Lippen und Fingernägeln — in ihrem sauberen, gestärkten und gebügelten blauen Baumwollkleid hinter ihm herschritt. Und wieder einmal würde Jolley dem Mann dabei zusehen, wie er eine Stange Lucky Strikes und einige Beutel Beech-Nut kaufte, jenen Tabak, den die Männer bei der Arbeit in den Minen kauten, weil sie dort nicht mehr rauchen durften.

Sein Großvater sagte etwas zu der jungen Frau hinter dem Tresen, worauf diese zu kichern anfing. Doch auch dieses Mal konnte Jolley, obwohl er sich lauschend vorbeugte, die Worte, wie schon mehrmals zuvor, nicht verstehen. Und ein weiteres Mal öffnete sich die Vergangenheit selbst, um Rätsel aufzugeben, die sie jedoch nur gelegentlich mit Antworten versah.

Jolley folgte den beiden zu einem lackierten Sperrholzregal mit Zeitschriften. Dort beugte sich ein mageres Mädchen von acht oder neun Jahren in einem ausgebleichten rosafarbenen Baumwollkleid über die Ausgaben von *Life* und *Look* und las einen Comic. Tubby und Lulu hatten sich im Zauberwald verlaufen, erkannte Jolley …

Im Laufe des Vormittags wanderte die Sonne weiter und schien nun nicht mehr durch das Buntglasfenster, so daß sich der CAST-Raum allmählich verdunkelte. Dann glühten nur noch die Lichter der Monitore als stetige grüne Zeilen über flackernden Zahlentabellen auf den hellblauen Displays der Monitorwand.

Ringsherum, an den Wänden des Raums, spendeten Niedrigwattlampen ein gedämpftes Licht, während das Muster der Kontrollämpchen in einer Serie von Permutationen schnell aufblinkte. Das CAST-Programm ging seinem Ende entgegen und brachte Jolley langsam in den Wachzustand zurück. Als die Desynchron-Phase endlich abgeschlossen war und sich das Ei geöffnet hatte, war der Raum bereits seit einer Stunde in grelles Neonlicht getaucht.

Im Innern lag Jolley bleich, nackt, fast komatös und mit der Maschine verbunden da — ein Schneewittchen des neuen Jahrtausends. Ein fleischfarbener Katheter steckte in seinen vom Wasser geschrumpften Genitalien, und durchsichtige Kanülen entsprangen seinen beiden Unterarmen. Um die Röhren aus Kehle und Mund war eine weiße Paste dick aufgetragen, die die

Öffnungen versiegeln und Reizungen verhindern sollte. Der scharfe Ozongeruch der Paste lag über ihm.

Ein Servorobot kam an das Ei herangerollt und entfernte mit chromblitzenden Metallklauen die Röhren und Anschlüsse. Als er die Kopfhaube anhob, glänzte der zwei Zentimeter große Chromring, der Jolleys Injektionskanüle unfaßte, zwischen den Abdrücken der Elektroden und den Spuren der Nadelstiche auf. Dann umfaßte der Servorobot Jolley vorsichtig mit seinen Greifern und hob ihn mit flexiblen schwarzen Armen von der Dicke eines starken Seils aus dem Ei heraus und bettete ihn auf eine Liegefläche.

Jolley erwachte in seinem Schlafzimmer und begann zu wimmern. In seinem Bewußtsein war er von Blüten der Nacht umgeben, mit Blättern wie schwarzer Samt und Stielen von dunklem Karmesin aus geronnenem Blut.

»Ist schon gut«, flüsterte der Servorobot. »Ist schon gut.«

Etwas später erwachte Jolley ein zweites Mal. Er lag im Dunkeln und überprüfte seine Verfassung. Ihm war ein wenig schwindlig zumute, und seine Beine fühlten sich schwach an, aber offenbar hatte er die grobe motorische Kontrolle nicht verloren und litt auch nicht an unmittelbaren parapsychologischen Nachwirkungen (Desorientierung, Amnesie, Synästhesie) — nicht schlecht. Was die Reise im CAST selbst betraf — er war nicht weiter vorgedrungen als beim letzten Mal. Aber es hatte jetzt keinen Zweck, dem nachzutrauern. Es galt, neue Quellen zu finden.

Jolley stand auf und ging mit zittrigen Schritten ins Bad, wo er zwischen den weißen Kacheln, dem polierten Aluminium und den Spiegeln befahl: »Heiße Dusche.« Wasser zischte, und die Tür der Duschkabine schwang auf.

Als ihm das Wasser über die Haut lief und Schweiß und Paste abspülte, überkam Jolley das Gefühl, die Geschichte selbst abzuwaschen. Immer noch in der Stimmung des CAST gefangen, lehnte er sich gegen die blau gekachelte Wand und weinte.

Originaltitel: ›In a Distant Landscape‹
Copyright © 1988 by ›Mississippi Review‹
mit freundlicher Genehmigung des Autors
und Uwe Luserke, Literarische Agentur, Stuttgart
Copyright © 1993 der deutschen Übersetzung
by Wilhelm Heyne Verlag, München
Aus dem Amerikanischen übersetzt von Ralph Tegtmeier

Jacques Barbéri · Frankreich

DER FÄHRMANN

»Es ist soweit: etwas Entsetzliches wird den Käfig der Zeit betreten!«
LAUTRÉAMONT

Der Finger neckt die am grauen Hemd klebende Heuschrecke.

Sie hebt ein Bein, bewegt bedächtig die Gelenke aus Chitin. Ein Fühler zittert. Zwei Nachtfalter mit reglosen, V-förmig gefalteten Flügeln verschmelzen mit dem grauen Stoff eines Hemdsärmels. Auf dem Hemdkragen, der unter dem Gewicht des Stoffs ein umgedrehtes V bildet, läßt sich eine grüne Wanze nieder. Der Finger neckt nach wie vor die Heuschrecke. Diese reagiert nur mit unmerklichen Bewegungen der Fühler oder der Beine, unabhängig von äußeren Einwirkungen. Ihr offener Hinterleib, ihr eindringlicher Blick. Die graubraune, zwanglos herausströmende Masse ihrer Eingeweide breitet sich auf dem grauen Hemdstoff aus und erinnert vage an eine schimmelige Morchel. Diese Szene stellt eine Art stille, dumpfe Katastrophe dar, welche die sanften Berührungen des Fingers zu lindern versuchen. Das Hemd ist an einem Nagel befestigt. Es hängt steif nach unten, über dem grasbewachsenen Boden, wenige Zentimeter über den höchsten Pflanzen. Zwei durch die Füße und Hände des Fährmanns miteinander verbundene Universen, der auf diese Weise, auf einem metaphernfarbigen, signalblauen und ritualweißen, Fluß seine letzte Überfahrt vollendet.

Während des Krieges, als es noch Kriege gab, hatte er zahlreichen Menschen ermöglicht, sich vor dem Rasseln der Waffen, den einstürzenden Gebäuden, dem Dröhnen der Militärmaschinerie in Sicherheit zu bringen.

Jetzt blättert der Fährmann in seinem Fotoalbum.

Zuvor hat er ein großes Glas Rum getrunken. Er betrachtet sein junges Gesicht, die glatte Haut seiner Hände, seine schwarzen Haare. Die Bilder zeigen ihn, als er jung war, auf vergilbtem, brüchigem Papier. Es sind alte Fotos. Und wieder, vielleicht sogar ohne es zu wissen, tritt sein Blick zur letzten Reise zwischen seinem jugendlichen Doppelgänger und dem mit der Zeit abgenutzten Fotomaterial an.

Der Fährmann lehnt am Balkon. Das Holz knarrt unter seinen Füßen, die sich heben und sich erneut niedersetzen. Auf und ab. Auf der linken Seite, jenseits des mit wilden Gräsern bewachsenen Gartens, überspannt die metallene Brücke den Fluß. Seit einiger Zeit sind an beiden Seiten der Brücke immer dunkler werdende Rostspuren zu erkennen, welche die Schwere der Tage zu verdeutlichen scheinen. Der Fährmann führt diese Flekken auf einen Lufteffekt, auf das ungewöhnliche Resultat eines Kontaktes zwischen dem Metall und dem Nebel zurück. Um das verfallene Haus herum lassen die wilden Gräser einen dichter und dichter werdenden Dschungel entstehen. Der Garten senkt sich sanft zum Flußufer hinab. Die aufgeschlitzte Fähre ist halb versunken. Das im Schlamm steckende, mit Algen überwucherte Heck ist zum Zufluchtsort für Frösche und Wasserschlangen geworden. Der graue, trockene, von der Sonne verbrannte Bug wird von Termiten und Käferlarven zerfressen und löst sich mit der Zeit in seine Bestandteile auf. Das Transportmittel Fähre sichert jetzt die ständige Verbindung zwischen zwei fremden Welten und ist zu einem Ort außerhalb der Zeit geworden, an dem diese zwei Welten gefahrlos nebeneinander existieren können. Ein zerbrechliches, anastomotisches Schiff zwischen Erde und Feuer.

Heute morgen sind mehrere Holzstücke an der Böschung gestrandet. Auf einem dieser Teile steht in roten Buchstaben das Wort ARABELLA geschrieben.

Der Fährmann hat das Holzstück an eine der Türen des Schranks genagelt. Neben das graue Hemd. Der aufgeschlitzte Schrank ist zur Seite gekippt und liegt in der Mitte des Gartens. Zahlreiche Vögel haben ihre Nester darin gebaut.

Die Hand nähert sich, streift über den Stoff, greift vorsichtig nach dem Ärmel und hebt ihn hoch. Zwischen zwei Stoffalten taucht eine dicke, schwarze Spinne auf. Drei ihrer Beine fehlen. Zwei kreuzförmige Ritzen zeichnen ihren Brustkorb. Der Finger streift ihren Hinterleib. Ein Bein hebt sich, berührt den Finger, senkt sich wieder.

Als der Fährmann den Hang hinaufgeht und sich mit seinen verschrumpelten Händen einen Weg durch das dichte Gebüsch bahnt, murmelt er eine sonderbare Litanei: Arabella. Arabella. Jean. René. Marc. Serge. Elisabeth …

Er erinnert sich.

Die Hand streichelt das Glas, rutscht weg, hängt in der Luft, hält inne. Ein leichter Druck auf den Spalt, und der Schmerz verwandelt sich in einen Blutstropfen. Die Hand zieht sich zurück. Hinter dem verstümmelten Fenster leuchtet der Garten. Der Vollmond überflutet die Nacht mit einem Schwefelblitz. Und die Gräser ragen in die

Höhe wie endlich fertiggestellte Skulpturen aus wertvollem Metall, aus Gold oder Bronze, Kupfer oder Silber.

Eine Gestalt ist neben dem Schrank aufgetaucht. Als der Fährmann sich ihr nähert, glaubt er zu träumen, denn was er sieht, ist eine beinahe menschliche Silhouette von kleiner, spinnenförmiger Gestalt, die sich an der Bluse festkrallt.

Und die zu ihm spricht.

»Ich bin gekommen, um dich zu bezahlen. Ich weiß, wie schwer es für dich ist, ewig hier zu warten. Doch einer mußte es tun. Du hast uns über den Fluß gesetzt und bist selbst hiergeblieben. Du bist ein Held! Dein Lohn steckt in einer der Hemdtaschen. Ich wollte dich nicht wecken. Adieu.«

Vor seinem Glas Rum sitzend, denkt der Fährmann an seinen Traum. Er schaut sich um, und das abstoßende Aussehen des Zimmers betäubt ihn. Alles ist von Schimmel befallen. Die Wände sind mit schwammigen, sikkernden Geschwülsten bedeckt. Der Fußboden wimmelt von Würmern. Der Rum schmeckt nach Benzin.

Schwankend geht er hinaus. Das Licht läuft über seine Haut. Die frische, trockene Luft reinigt seine Schleimhäute. Die Brücke in der Ferne, hinter dem Dschungelgarten, ist fast schwarz. Verkohlt.

Die Hand bewegt sich vorwärts. Die Fingerkuppen berühren den Stoff. Die Hand gleitet in die Tasche. Die Hand zieht sich zurück. Zwischen zwei Fingern taucht die Ecke eines postkartengroßen Fotos auf, auf dem ein Sonnenstrahl einen kleinen Stern entstehen läßt.

Das Hemd ist mit sterbenden Insekten übersät.

Zunächst klebt er das Foto in sein Album. Auf die letzte Seite. Dann nimmt er es wieder heraus und befestigt es an der Wand. Gegenüber dem Tisch, an dem er seine Mahlzeiten einnimmt.

Die Hände halten sich am Kabel fest. Der Fährmann ist noch jung.

Etwa um die dreißig Jahre alt. Sein Gesicht ist von einer schmerzhaften Grimasse entstellt. Die Mündung des Revolvers berührt seine Schläfe. Auch die Hand, die den Revolver hält, ist jung. Es ist die Hand eines Mannes, der ungefähr in seinem Alter ist. Er trägt einen schwarzen Regenmantel. Sie befinden sich auf der Fähre, in der Mitte des Flusses. Das Foto ist alt und vergilbt, doch die Details sind auffallend deutlich zu erkennen. Das unsichtbare Korn.

Der Fährmann saß den ganzen Tag da und betrachtete dieses Bild. Und nun ist er sicher, daß winzige Einzelheiten sich verändert haben. Sein Kopf ist wenige Millimeter von der Revolvermündung entfernt, und eine seiner Hände ist nicht mehr mit dem Kabel in Berührung.

Draußen überflutet die mondhelle Nacht den Garten aus Metall.

Die Hand bewegt sich vorwärts. Die Nägel kratzen an den Chitinpanzern. Und die Schürze hebt sich im knisternden Geräusch von Muscheln.

Erneut mit seiner altmodischen Rüstung bekleidet, betrachtet der Fährmann mit verträumtem Blick die Veränderungen auf dem Foto. Der Sturz seines Körpers. Die Finger streicheln die verstümmelten Körper. Diese kleinen Wesen, die auf ihn warten, um ihn aus dieser Welt in eine andere Welt überzusetzen.

Eine Landschaft aus stummem Schmerz.

Den die zärtlichen Berührungen der Finger vergeblich zu lindern versuchen.

Originaltitel: ›Le passeur‹
Copyright © 1983 by Jacques Barbéri;
erstmals erschienen in ›Mouvance‹ Bd. 7;
mit freundlicher Genehmigung des Autors
Copyright © 1993 der deutschen Übersetzung
by Wilhelm Heyne Verlag, München
Aus dem Französischen übersetzt von Georges Hausemer

Paolo Brera · Italien

AMARANTROT

Ich heiße Aruvüs Irgebeb. Dieser Name steht klarerweise für AmarantRot-UltraViolett-GrünSchwarz des Kleinen Lichtes, InfraRot-Gelb-Beige-Bernstein des Großen Lichtes (und nur Gott allein weiß, ob dies für Euch auch nur die geringste Bedeutung hat!). Auf jeden Fall ist es mein Eigenname, und für die meisten Leute auch mein Rufname. Nur drei Gruppen von Personen benutzen andere Namen, wenn sie sich an mich wenden. Die Ehrwürdigen Mütter nennen mich AmarantRot, die Männer normalerweise InfraRot des Fraulichen Lichtes, und die Kinder Frau InfraRot-Beige. Es ist mir erlaubt worden, Euch meine Geschichte zu erzählen, und sie an die offizielle Botschaft meines Volkes anzuschließen, denn mir allein ist es gelungen, den Anfang der Eurigen zu entziffern, verschleiert wie sie war ... Aber das wißt Ihr besser als ich. Wenn Ihr noch dort seid, natürlich.

Mein Volk hat beschlossen, eine persönliche Geschichte in die Botschaft aufzunehmen, weil wir größten Wert auf Individualität legen. Eines der Völker, die uns bisher kontaktiert haben, ist deutlich massiert und kollektivistisch, während Ihr ausgesprochen geheimnisvoll seid. Wir verstehen Euch nicht, aber wir hoffen, daß diese unsere Botschaft Euch dazu bringt, uns besser kennenlernen zu wollen ... und Euch von uns besser kennen lernen zu lassen.

Wie es bei uns Brauch ist, wird Euch meine Geschichte in der dritten weiblichen Person erzählt, und nicht in der ersten. Der generelle chromatische Akkord ist Verschwimmendes Licht, Smaragdgrün; die Begleitung ist Blaue Blitze, Infrarote Blasen; das Ballett ist Indigoblau-Gebrannte Siena-Strohgelb des Kleinen Lichtes, Stahl-Blau des Großen Lichtes, also Igesge Ebla, was dieses Jahr sehr modern ist.

Zwei Umläufe vor der Absendung dieser Botschaft und viele, zu viele Erscheinungen des Neumondes, nachdem sie um eine Unterredung ersucht hatte, wurde Aruvüs die Ehre einer Audienz bei der Ehrwürdigen Mutter Ofebli Arosaa (Okra-FeuerRot-StahlBlau-Lila des Kleinen Lichtes, Azur-Rosa-Azur des Großen Lichtes) zuteil. Sie hatte nichts anderes im Kopf als das Problem, das sie mit der Ehrwürdigen Mutter Ofebli, der Herrin des Hauses Rotkehlchen, besprechen wollte. Aber die Ehrwürdige Mutter zierte sich, und die geschlechtslosen Diener erleuchteten den Hof taghell mit ihren schwülstigen Sätzen: »Die Herrin Rosa-Azur bereitet sich auf den Tod vor.« »Die Herrin RosaAzur erwählt ihr Nachfolgerin.« Die Herrin hier, die Herrin dort … Und in der Zwischenzeit wurde die ganze Arbeit von Aruvüs zunichte gemacht. Die unendliche Folge von Nullen und Einsern, die der Supercomputer immer wieder neu gruppierte, blieb unerklärt. Ab und zu erschien ein *pattern* … verschwand aber sofort wieder. Und doch, logischerweise, es mußte eine Bedeutung geben. Niemand verschwendet Millionen von *credits*, um Radiowellen in die Galaxis auszustrahlen, wenn er nichts zu sagen hat.

Aruvüs verneigte sich tief. »Meinen tiefempfundenen Dank, Frau Rosa-Azur.«

»Ich bin alt, meine liebe AmarantRot«, antwortete Ofebli, »und bei schwacher Gesundheit: Was kannst du denn so Wichtiges von einer alten Frau wie mir wollen?«

Aruvüs stieß unwillkürlich einen Schrei aus, und verriet damit ihre Verlegenheit. »Es handelt sich um WiesenGrün des Männlichen Lichtes«, sagte sie schnell.

»Etwas mehr Respekt«, tadelte sie die Ehrwürdige Mutter.

»Ich bitte um Verzeihung«, sagte Aruvüs demütig. »Wigriob Pamve möchte mir immer beiliegen, er hat nichts anderes im Sinn. Und damit hält er mich von der Arbeit ab.«

Ofebli unterdrückte ein Kichern. »So spielt das Leben, AmarantRot. Hat dies dir deine Mamma, also ich selbst, nicht erklärt?«

Aruvüs versuchte, sich zu widersetzen. »Aber meine Arbeit ist sehr wichtig.«

»Auch das Haus ist wichtig. Eine Frau kann sich ihrer Pflicht nicht entziehen. Und nachdem du die einzige geschlechtsreife und hübsche Frau des Hauses bist, liegt die gesamte Last unseres gemeinsamen Mannes auf deinen Schultern. Die Natur selbst hat es so gewollt.«

»Gibt es denn gar keine Alternative?« blitzte Aruvüs, die auf einen Ausweg gehofft hatte.

»Absolut keine. Wenn erst BlauGrün-InfraRot und Elfenbein-HellBlau größer sind, die armen Kleinen, wird es für dich leichter. Aber im Moment mußt du WiesenGrün des Männlichen Lichtes allein befriedigen. Und außerdem, nur Schwierigkeiten formen den Charakter.«

Lupus in fabula: Wigriob erwartete sie bereits vor der Tür, mit einer beeindruckenden Erektion.

Erst am nächsten Tag konnte Aruvüs ins Forschungszentrum zurückkehren, wo sie mit hundert Kolleginnen und etwa zwanzig Geschlechtslosen arbeitete. Der Computer hatte neue Interpretationen ausgedruckt. In einer davon erschien die Botschaft wie eine Folge von geometrischen Figuren, sehr verschwommen, die von vielen weißen Stellen unterbrochen wurden. Aruvüs sortierte sie ohne nachzudenken aus. Die Grundstruktur bestand aus Zahlen, das war klar. Somit konnte es nicht so viele weiße Stellen geben.

In diesem Moment kam ihr die Erleuchtung. Auch in

den weißen Stellen ging die Botschaft weiter, aber auf andere Art codifiziert! Die Supercomputer hatten nur ein einziges *pattern* gesucht, aber es mußte zwei geben. Oder auch mehr als zwei, korrigierte sie sich.

Ihre Rasse hätte niemals eine zweifach verschlüsselte Botschaft ausgesandt, denn eine intergalaktische Botschaft sollte so einfach wie möglich zu entziffern sein. Aber schließlich war es eine andere Spezies, die sich die Mühe gemacht hatte, einen Fangarm (und möglicherweise handelte es sich *tatsächlich* um einen Fangarm!) über den Abgrund zwischen den Sternen auszustrekken. Aufgeregt gab Aruvüs dem Computer ihre Anweisungen: die weißen Stellen ausloten.

Nach knapp zehn Minuten schwoll das Summen des Computers ab. Ein langes Stück ergab mit der einfachsten Dechiffrierung eine Reihe von Zahlen, basierend auf zehn: es begann mit 45 und ging weiter bis 100, dann kehrte es zur Zwei zurück und ging weiter bis 100, immer mit geraden Zahlen, anschließend von Drei bis 99.

Die Primzahlen, dachte AmarantRot. Aber nein; die Reihe war nach 31 und 62 unterbrochen; und an Stelle der 93 und der folgenden Ziffern befand sich eine Figur aus dem anderen, dem grafischen Code: eine Art von unvollkommenem Achteck. »Noch haben wir es nicht ganz geschafft, AmarantRot«, sagte sich Aruvüs in dem Versuch, sich selbst damit zu trösten. Dann beschloß sie, das Ganze zu überschlafen, das heißt, falls Wigriob es ihr erlaubte.

Jenes Jahr geschahen seltsame Dinge. Tiere, die nicht flogen, wurden mit Flügeln geboren; unser Guter König, nach fast einer ganzen Generation, wurde von einem der Adeligen herausgefordert und besiegt; anschließend erfolgten weitere Kämpfe der hitzköpfigen Männer im ganzen Land. Und am Ende erreichte uns die zweite Botschaft.

Kein Zweifel, daß es sich um eine Botschaft handelte, so wie kein Zweifel im Falle seiner großen Schwester bestanden hatte, die »Ordnung! Ordnung!« in alle Richtungen ausgestrahlt und sich vom Hintergrund der Radiowellen abgehoben hatte, wie eine Ehrwürdige Mutter vor ihren grüneren Schwestern. Aber wo die erste Botschaft von den Sternen Panik und große Hoffnungen hervorgerufen hatte, wurde die zweite mit philosophischer Ruhe empfangen. Mittlerweile wußte man ja bereits, daß es im Universum nicht-menschliche Intelligenz gab.

Nur für uns Wissenschaftler war die zweite Botschaft beunruhigender als die erste. Ihre Gesamtlänge betrug 18 Stunden, 35 Minuten, 45 Sekunden und einige Zehntelsekunden. Anders ausgedrückt, genau ein Drittel der ersten Botschaft. Und außerdem war die erste halbe Stunde genau identisch. Einzig möglicher Schluß: Der Absender war derselbe.

Nur, die Botschaft kam von einem anderen Stern.

Die Außerirdischen konnten also nicht nur Botschaften von Stern zu Stern senden, sondern auch in Fleisch und Blut intergalaktische Reisen unternehmen.

»Ich bin sehr zufrieden, daß wir nicht sofort geantwortet haben!« sagte die Gute Königin zu Aruvüs, als diese ihr im großen Audienzsaal des Eulens-Palastes die ersten Studienergebnisse mitteilte. »Wer kann schon wissen, was die Außerirdischen vorhaben?«

»Wir können Genaueres sagen, sobald wir die Botschaften entziffert haben, Hohe Frau Lila-KarmesinRot«, antwortete Aruvüs, die nur hoffte, ihre Absicht nicht zu offen zu zeigen — weitere Subventionen für das Labor zu erhalten.

»Es ist schwer vorstellbar, daß sie so kriegerisch sein sollten wie, zum Beispiel, die Ameisen«, fuhr die Gute Königin fort. »Aber sie könnten keine Skrupel haben, uns aus irgendwelchen Gründen zu schaden, die wir nicht einmal begreifen. Wir haben es mehrfach getan, unter anderem mit den Walen.«

Aruvüs versuchte Optimismus auszustrahlen, nicht ohne, oder wenigstens hoffte sie es, ein wenig Unsicherheit einfließen zu lassen: »In diesem Moment können wir noch nichts Genaues sagen.«

»Habt ihr alles, was ihr benötigt, um eure Untersuchungen abzuschließen?« fragte Rosa-Ebenholz-Gelb-InfraRot-NußBraun-Orange des Großen Lichtes, Lila-Elfenbein-KarmesinRot-Türkis-MeeresBlau des Kleinen Lichtes. Die Königin von Gottes Gnaden und des Volkes Willen konnte nach eigenem Ermessen über die öffentlichen Einkünfte der Nationen Gold, Elfenbein und Safran verfügen. Aruvüs entfuhr vor Freude ein kleiner Darmwind, der die Luft um sie herum in einem hauchdünnen Infrarotton färbte. »Für dieses Jahr habe ich vier Millionen *credits* beantragt«, antwortete sie, und bekam sie sofort zugesagt.

»Herausforderung! Herausforderung!« riefen die Geschlechtslosen, als Aruvüs nach Hause kam. Wigriob ergriff sie, ohne ihr Zeit zu lassen, sich den Mantel auszuziehen, und trieb es mit ihr unter den trostlosen Blicken von BlauGrün-InfraRot und Elfenbein-HellBlau, die sehr gut wußten, daß ihnen innerhalb von ein oder zwei Jahren das gleiche blühen würde.

Nach diesem sexuellen Zwischenspiel informierte sich Aruvüs über die Tragweite der Herausforderung. Wie sie erwartet hatte — auf Grund der Duellwelle, die der Niederlage des Guten Königs gefolgt war — handelte es sich um einen Kampf bis zum Tode, was sie tröstete. »In jedem Fall«, konnte sie überlegen, bevor Wigriob sich wieder über sie hermachte, »ob jetzt WiesenGrün des Männlichen Lichtes siegt oder der andere, am Ende werden mehr Frauen im Hause sein.«

Sie kam mit Verspätung zur Arbeit, denn am Morgen mußte sie wenigstens einen Teil der Nacht aufholen, die sie mit sexuellen Spielen verbracht hatte. Die Botschaft erschien immer unklarer. Aber die zweite wurde in knapp fünf Stunden entschlüsselt. Sie begann mit den selben Zahlenreihen wie ihre große Schwester, aber diesmal waren sie vollständig. Es folgten verschiedene geometrische Figuren, dann weitere Zeichnungen (aber möglicherweise handelte es sich auch um einen Text, oder um weitere Zahlenreihen).

Aruvüs programmierte den Computer, die erste Botschaft nach demselben Schlüssel wie die zweite zu entziffern und nach einer Entschlüsselung für die weißen Stellen zu suchen. Berauscht von einem völlig neuen Hochgefühl setzte sie eine Kontrolle fest: der Text der beiden Botschaften mußte identisch sein. Anschließend verließ sie das Labor und begab sich zum Haus Kolibri, dessen Familienoberhaupt von WiesenGrün des Männlichen Lichtes herausgefordert worden war.

»Frau KirschRot-Sepia erwartet mich«, sagte Aruvüs zu dem Geschlechtslosen, der ihr die Tür öffnete.

»Haus Kolibri steht allen Menschen Guten Willens offen«, antwortete der Eunuch. »Ich bin GelbRot des Männlichen Lichtes, und in der Vergangenheit war ich ein Mann. Wenn ich Ihnen damals begegnet wäre, gnädige Frau, hätte ich Ihren Gatten herausgefordert.«

Was für ein schönes Kompliment, dachte Aruvüs. Aber es war sinnlos, mit Ex-Männern zu diskutieren; sie hörten doch nur auf ihren Schwanz, und ihn zu verlieren, oder in den Ruhestand zu versetzen, verbesserte in keiner Weise ihre schwachen geistigen Fähigkeiten. Die Göttin hatte die Frau nach Ihrem Ebenbild erschaffen, dann hatte Sie sie verstümmelt, damit sie nicht mit Ihr rivalisieren konnte; und als Sie aus dem Fleisch, das Sie der Ersten Frau weggerissen hatte, den Ersten Mann geformt hatte, waren für die Erschaffung der Geschlechtslosen nur die Fäkalien und das Urin geblieben, so daß Sie diese benutzen mußte. Diese alte Legende spiegelte genau die Einstellung jedes vernünftigen Menschen bezüglich der verschiedenen Geschlechter wider.

Malve-UltraViolet-Orange-Okra des Kleinen Lichtes, KirschRot-Sepia-MeeresBlau-Amber des Großen Lichtes bewohnte im Haus Kolibri einen Raum, der fast so prunkvoll eingerichtet war wie derjenige der Guten Königin im Eulen-Palast. Und sie war jung. AmarantRot hatte noch nie eine so junge Ehrwürdige Mutter gesehen.

»Ich nehme an, daß es sich um einen Höflichkeitsbesuch handelt«, sagte die Frau. »Aruvüs Irgebeb. Aus welchem Haus?«

»Ich gehöre zu Haus Rotkehlchen. Und ich komme zu Ihnen aus araldischen Gründen. Sie werden möglicherweise meine neue Ehrwürdige Mutter sein, Muoog Kirosema. Ich frage mich, wie man in Haus Kolibri lebt.«

Die Ehrwürdige Mutter lächelte. »Wir leben hier nicht schlecht. Und ... ja, ich bin davon überzeugt, daß ich Ihre neue Ehrwürdige Mutter werde, Aruvüs Irgebeb. Ihr Gatte hat praktisch keine Möglichkeit, zu siegen.«

»Grün-InfraRot-Rosa des Kleinen Lichtes, Fuchsia-Gold-Rosa-GebrannteSiena-InfraRot-Sepia des Großen Lichtes ist demnach ein großer Kämpfer?« fragte Aruvüs angewidert. Also handelte sich um einen weiteren Muskelprotz, einen mitleidlosen Schlägertypen. Er hatte schon sechs Frauen, wollte aber dreizehn. Und wenn er dafür das Blut diese Idioten WiesenGrün des Männlichen Lichtes vergießen mußte, war das offensichtlich für ihn dasselbe.

»Fuchsia des Männlichen Lichtes hat noch niemals jemanden herausgefordert, aber er hat auch noch niemals eine Herausforderung verloren«, antwortete Muoog, die die unausgesprochene Frage Aruvüs' verstanden hatte. Und ohne ihr die Zeit zu geben, sich von ihrer Verblüffung zu erholen, fuhr sie fort: »Und wunderen Sie sich nicht, daß ich ihn vor Ihnen so nenne. Wir sind absolut nicht formell, hier im Haus Kolibri. Darf ich Sie AmarantRot nennen?«

»Aber natürlich, Frau KirschRot-Sepia«, gab Aruvüs mechanisch zurück. Aber es kam noch etwas.

»Wollen Sie ihn sehen?«

»Wen sehen?« fragte Aruvüs, überrascht.

»Natürlich Fuchsia des Männlichen Lichtes«, lautete die Antwort, und Aruvüs bekam eine Gänsehaut.

»Das ziemt sich nicht.« Und außerdem würde sie ihn auch nur zu bald kennenlernen, wenn Frau KirschRot-Sepia die Wahrheit gesagt hatte.

»Nur keine Schüchternheit, Fuchsia des Männlichen Lichtes ist ein außergewöhnlicher Mann.«

»Männer sind Männer«, antwortete Aruvüs, aber als die Ehrwürdige Mutter sich erhob, folgte sie ihr.

Der Mann, den Wigriob Pamve herausgefordert hatte, befand sich (wo auch sonst?) in der Turnhalle beim Training. Was daran so außergewöhnlich sein sollte, begriff Aruvüs nicht. Als Muroog sie zusammenbrachte, schaute Fuchsia des Männlichen Lichtes Aruvüs lange an und bekam eine Erektion.

»Welchem Umstand verdanke ich diese Ehre, Gnädige Frau?« fragte er.

»Sie haben meinen Gatten herausgefordert«, stammelte Aruvüs. »Herr Grün-InfraRot ... bitte glauben Sie nicht, daß ich unverschämt wäre, Frau KirschRot-Sepia hat mich eingeladen.«

»Willst du uns nicht vorstellen, KirschRot des Weiblichen Lichtes?« fragte Fuchsia des Männlichen Lichtes die Ehrwürdige Mutter.

»Aber natürlich, sofort«, antwortete diese. »Ich stelle dir AmarantRot-UltraViolett-GrünSchwarz des Kleinen Lichtes, InfraRot-GelbBeige-Bernstein des Großen Lichtes vor.«

»AmarantRot, bitte lassen Sie mich sagen, daß mir die Geschichte mit dieser Herausforderung sehr leid tut«, sagte Fuchsia des Männlichen Lichtes. »Aber ich muß Sie verbessern: ich habe Wigriob Pamve nicht herausgefordert, sondern er mich. Wenn es von mir abhinge, würde ich gemütlich zu Hause bleiben und Gedichte lesen. Aber ich habe keine Wahl. Ein Leben als Haus-Eunuch oder als Streuner liegt mir nicht.«

»Sie können lesen, Herr Grün-InfraRot?«

»Mmmmm«, nickte der Mann. »Und auch schreiben.«

»Fuchsia des Männlichen Lichtes liebt Gedichte, und schreibt auch selbst sehr gute«, erriet die Ehrwürdige Mutter. »Möchten Sie gerne eines hören?«

Nichts lag den Wünschen Aruvüs' ferner, aber gute Erziehung bleibt gute Erziehung, und somit mußte sie die Frage bejahen. Nach ihrer Wertvorstellung lag das Gedicht eines Mannes nur knapp über einer Erektion. »Es leuchtet der Friedhof, es blitzt der Held / er denkt an die Frauen, die er gewinnt; / streckt den Arm wider den Gegner / mit dem Schwert von Blut bedeckt, / und schon sind sie sein.« Reine Scheiße, aber dies war das berühmteste Gedicht, das je ein Mann geschrieben hatte. Wenn sie doch nur in der Turnhalle bleiben würden, statt mit den Frauen auf weiblichem Gebiet konkurrieren zu wollen.

Fuchsia des Männlichen Lichtes erhob sich:

Ah, wer wäre nicht gerne eine Schwalbe
Nachdem er sie hat fliegen sehen
In leichtem Tanz, über dem Strand?
Wer wäre nicht gerne eine Wolke, oder ein Fels?

Aruvüs blickte ihn verwirrt an. Fuchsia des Männlichen Lichtes begriff sofort und sagte sie fast schnurrend:

»Sie haben sicherlich ein Heldengedicht erwartet, strotzend von Waffen und Liebe.«

Aruvüs gab es ehrlicherweise zu.

»Wir haben auch ein Gehirn, wir Männer«, gab ihr Fuchsia des Männlichen Lichtes zu bedenken. »Eine der

Frauen des Hauses Kolibri ist Gymnastiklehrerin, und ich habe sie darum gebeten, mich auf die Herausforderungen vorzubereiten, die mir angetragen werden. Aus diesem Grund gewinne ich immer: ich trainiere auf wissenschaftlicher Basis.«

Aruvüs verbrachte einen Großteil des Nachmittages damit, mit Fuchsia des Männlichen Lichtes über Literatur zu sprechen. Sie kümmerte sich nicht um die verstreichende Zeit, begeistert wie sie war von der Tiefe und der Vielseitigkeit der geistigen Fähigkeiten, die sie in ihrem zukünftigen Mann entdeckte. Erst nach einigen Stunden, und fast gegen ihre Willen, raffte sie sich auf, ins Labor zu gehen.

Der Computer hatte seine Arbeit beendet. Die gesamte Botschaft war dechiffriert. Es gab keine weißen Stellen mehr: jede enthielt die genaue Wiederholung des Textes des vorhergehenden Bereiches. Der Computer hatte herausgefunden, daß in der ersten Botschaft das Zahlensystem auf zehn beruhte, in der zweiten auf sechs; die Liste der periodischen Zahlen war dementsprechend unterschiedlich. Aber alles andere war genau identisch.

»Warum?« fragte sich Aruvüs. »Aus welchem Grund sollten intelligente Wesen zweimal, von verschiedenen Sternen aus, dieselbe Botschaft schicken, mit unterschiedlichem Code verschlüsselt?«

Die Geschichte Aruvüs Irgebebs ist nun fast beendet. Während sie über eine mögliche Erklärung nachdachte, fiel ihr ein, daß die Entfernung zwischen den Sternen möglicherweise nicht größer ist als diejenige zwischen Männern und Frauen, wobei sie die Mißverständnisse zwischen den letzteren sie am selben Nachmittag selbst erlebt hatte. Demzufolge dachte sie, daß möglicherweise eine der Botschaften von den Männchen und die andere von den Weibchen der Außerirdischen geschickt worden sein könnte; und von diesem Punkt aus kam sie auf die wahre Erklärung.

Am nächsten Tag wurde Wigriob Pamve von Fuchsia des Männlichen Lichtes besiegt und getötet; Aruvüs hatte noch oft die Gelegenheit, mit ihm über Gedichte zu sprechen, auch wenn sie sehr bald entdecken mußte, daß ihr neuer Gatte nicht auf die ehelichen Rechte verzichten wollte, und daß für sie die körperliche Liebe, auch mit einem intelligenten und kultivierten Mann, stets dieselbe Belästigung blieb.

Aruvüs half dabei, die Antwortbotschaften zu formulieren: eine für Euch, Papageien des Kosmos, und eine für die anderen Wesen, deren Botschaft Ihr vor uns aufgefangen und unverändert weitergegeben habt, ohne irgend etwas hinzuzufügen, das von Euch spräche — außer der Tatsache, daß Ihr ein auf sechs basierendes Zahlensystem benutzt, und wir deshalb annehmen, daß Ihr sechs Greif-Auswüchse habt, ob diese nun echte Finger sind wie die unseren, oder nicht. Und wir würden gerne den Grund eurer Entscheidung begreifen. Wir würden gerne wissen, warum Ihr unerkannt bleiben wollt.

Die anderen, diese kollektivistischen Wesen, die auf dem dritten Planeten einer gelben Sonne leben und sich mittels der Stimmorgane verständigen, sind zu weit entfernt. Aber Ihr lebt nur wenige Lichtjahre von uns, und wenn Ihr uns antwortet, kommt eure Botschaft vor meinem Tode an. Ich werde sie noch erhalten. Ich, die Euch dechiffriert hat. Ich, die Euch geantwortet hat. Ich, die Euch erwartet.

Originaltitel: ›Rosso-Amaranto‹
Copyright © 1991 by Perseo Libri
erstmals erschienen in FUTURO Europa Nr. 9;
mit freundlicher Genehmigung des Autors
und Perseo Libri, Bologna
Copyright © 1993 der deutschen Übersetzung
by Wilhelm Heyne Verlag, München
Aus dem Italienischen übersetzt von Gabriele Fischer

Terry Bisson · USA

DIE BÄREN ENTDECKEN DAS FEUER

Ich fuhr mit meinem Bruder, dem Prediger, und meinem Neffen, dem Sohn des Predigers, auf der I-65 etwas nördlich von Bowling Green, als wir eine Reifenpanne hatten. Es war Sonntag abend, und wir hatten Mutter im Heim besucht. Wir waren mit meinem Wagen unterwegs. Der platte Reifen löste etwas aus, das man als besserwissendes Stöhnen hätte bezeichnen können, da ich, als der Altmodische in meiner Familie (das bekomme ich oft zu hören), meine Reifen selbst repariere und mein Bruder mich immer wieder beschwört, daß ich mir Radialreifen besorgen und endlich aufhören sollte, gebrauchte zu kaufen.

Aber wenn man weiß, wie man Reifen selbst repariert und montiert, dann bekommt man sie fast geschenkt.

Da es der linke Hinterreifen war, steuerte ich auf die linke Seite hinüber, auf den Mittelstreifen. Der Art nach zu urteilen, wie mein Caddy rumpelnd zum Halten kam, schätzte ich, daß der Reifen völlig hinüber war. »Ich vermute, ich brauche dich nicht zu fragen, ob du etwas von diesem *FlickFix* im Kofferraum hast«, sagte Wallace.

»Hier, mein Sohn, halte mal die Lampe«, sagte ich zu Wallace jr. Er ist alt genug, um helfen zu wollen, aber (noch) nicht alt genug, um sich einzubilden, alles zu wissen. Wenn ich geheiratet und Kinder bekommen hätte, dann wäre mir seine Sorte angenehm gewesen.

Ein alter Caddy hat einen großen Kofferraum, der die

Eigenschaft besitzt, sich wie ein Schuppen mit allerlei Zeug zu füllen. Meiner ist Baujahr 56. Wallace hatte sein Sonntagshemd an, deshalb bot er nicht an zu helfen, während ich Zeitschriften, eine Angelausrüstung, eine Werkzeugkiste aus Holz, einige alte Klamotten, ein in einen Sack eingewickeltes Abziehwerkzeug sowie einen Tabakbefeuchter aus dem Weg räumte, um an meinen Wagenheber zu kommen. Der Reservereifen sah ein bißchen weich aus.

Die Lampe ging aus. »Schüttle sie, mein Sohn«, sagte ich.

Sie leuchtete wieder auf. Der Wagenheber mit dem Pumphebel war schon lange nicht mehr da, ich habe statt dessen immer einen kleinen hydraulischen für eine Vierteltonne Gewicht dabei. Ich fand ihn schließlich unter Mutters alten Exemplaren von *Southern Livings*, 1978—1986. Ich hätte sie eigentlich am Müllplatz abladen sollen. Wenn Wallace nicht dabei gewesen wäre, hätte ich Wallace jr. sich unter die Achse legen lassen, aber so ließ ich mich auf die Knie nieder und machte es selbst. Es kann nicht schaden, wenn ein Junge lernt, wie man einen Reifen wechselt. Selbst wenn man sie nicht repariert und montiert, kommt man in diesem Leben nicht darum herum, ein paarmal welche zu wechseln. Das Licht ging wieder aus, bevor ich das Rad vom Boden abgehoben hatte. Ich war überrascht, wie dunkel es bereits war. Es war Ende Oktober und wurde allmählich kalt. »Schüttle sie noch mal, mein Sohn«, sagte ich.

Sie leuchtete wieder auf, doch etwas schwach. Flakkernd.

»Mit Radialreifen kann es dir einfach nicht passieren, daß du einen Platten hast«, erklärte Wallace mit der Stimme, die er benutzt, wenn er gleichzeitig zu mehreren Leuten spricht, in diesem Fall zu Wallace jr. und zu mir. »Und selbst wenn es einmal vorkommt, dann spritzt du einfach ein Zeug drauf, das *FlickFix* heißt, und fährst einfach weiter. Dreifünfundneunzig kostet die Dose.«

»Onkel Bobby kann selberig Reifen flicken«, sagte Wallace jr. — aus Loyalität, wie ich vermute.

»Selbst«, sagte ich halb unter dem Wagen hervor. Wenn es nach Wallace ginge, würde der Junge sprechen wie ein Waldschrat aus dem hintersten Wyoming, wie seine Mutter zu sagen pflegte. Aber Radialreifen fahren!

»Schüttle die Lampe noch mal«, sagte ich. Sie war kurz davor auszugehen. Ich löste alle Muttern, legte sie in die Radkappe und zog am Rad. Die Seitenwand des Reifens war aufgeplatzt. »Der ist nicht mehr zu retten«, sagte ich. Nicht, daß mich das erschüttert hätte. Ich habe einen mannshohen Stapel bei mir zu Hause vor dem Schuppen.

Die Lampe ging wieder aus, dann leuchtete sie wieder auf, und zwar heller denn je, während ich das Reserverad auf die Bolzen einpaßte. »So ist es viel besser«, sagte ich. Der Schein eines gedämpften orangefarbenen flakkernden Lichts flutete zu mir herab. Doch als ich mich umdrehte, um nach den Radmuttern zu tasten, sah ich zu meiner Überraschung, daß die Taschenlampe, die der Junge in der Hand hielt, den Geist vollends aufgegeben hatte. Das Licht kam von zwei Bären, die am Rand der Bäume standen und Fackeln hielten. Es waren große Tiere, Dreihundertpfünder, im aufrechten Stand vielleicht einen Meter fünfzig hoch. Wallace jr. und sein Vater hatten sie gesehen und standen vollkommen reglos da. Es ist am besten, Bären nicht zu beunruhigen.

Ich angelte die Muttern aus der Radkappe und schraubte sie wieder auf. Normalerweise öle ich sie gern ein wenig, doch diesmal verzichtete ich darauf. Ich griff unter den Wagen, senkte den Wagenheber und zog ihn heraus. Ich war erleichtert, als ich sah, daß im Reservereifen genügend Luft war, um weiterzufahren. Ich verstaute den Wagenheber und den Mutternschlüssel und den platten Reifen im Kofferraum. Anstatt die Radkappe wieder anzubringen, legte ich sie ebenfalls dort hinein. Während der ganzen Zeit bewegten sich die Bären nicht. Sie hielten lediglich die Fackeln hoch, ob aus Neugier oder Hilfsbereitschaft war unmöglich zu erkennen. Es sah so aus, als ob noch weitere Bären hinter ihnen zwischen den Bäumen lauerten.

Wir öffneten drei Wagentüren gleichzeitig, stiegen ein und fuhren los. Wallace war der erste, der die Sprache wiederfand. »Anscheinend haben die Bären das Feuer entdeckt«, sagte er.

Als wir Mutter anfangs in das Heim brachten, vor fast vier Jahren (siebenundvierzig Monaten), erklärte sie Wallace und mir, daß sie bereit sei zu sterben. »Macht euch keine Sorgen, Jungs«, flüsterte sie und zog uns so dicht zu sich heran, daß die Krankenschwester nichts hören konnte. »Ich habe eine Million Meilen zurückgelegt, und ich bin bereit, zum anderen Ufer hinüberzufahren. Ich werde nicht mehr lange hier verweilen.« Sie hatte neununddreißig Jahre lang einen Bus der Vereinigten Landschulen gefahren. Später, nachdem Wallace gegangen war, erzählte sie mir von ihrem Traum. Eine Traube von Ärzten saß um sie herum und diskutierte ihren Fall. Einer sagte: »Wir haben alles für sie getan, was wir konnten, Freunde, laßt sie fahren.« Sie alle hoben die Hände, die Innenflächen nach oben gedreht, und lächelten. Als sie in diesem Herbst nicht starb, schien sie enttäuscht, doch als der Frühling kam, vergaß sie es, wie es bei alten Menschen nun mal so ist.

Zusätzlich zu den Besuchen zusammen mit Wallace und Wallace jr. an den Sonntagabenden fahre ich allein noch dienstags und donnerstags zu Mutter. Im allgemeinen treffe ich sie vor dem Fernsehapparat sitzend an, obwohl sie nicht hinsieht. Die Schwestern lassen ihn die ganze Zeit über laufen. Sie behaupten, die alten Leute liebten das Flackern. Angeblich beruhigt es sie.

»Was habe ich da gehört; die Bären entdecken das Feuer?« sagte sie am Dienstag. »Das stimmt«, bestätigte ich, während ich ihr das lange weiße Haar mit dem

Schildpattkamm kämmte, den ihr Wallace aus Florida mitgebracht hatte. Am Montag war ein Artikel darüber im *Courier Journal* von Louisville erschienen, und am Dienstag hatte NBC oder CBS in den Abendnachrichten etwas darüber gebracht. Die Leute sahen jetzt überall im Staat Bären, und auch in Virginia. Sie hatten den Brauch des Winterschlafs aufgegeben und planten anscheinend, den Winter auf den Mittelstreifen der Interstates zu verbringen. Es hat immer Bären in den Bergen von Virginia gegeben, aber nicht hier im westlichen Kentucky, seit fast hundert Jahren nicht mehr. Der letzte war getötet worden, als Mutter noch ein kleines Mädchen war. Im *Courier Journal* wurde die Theorie vertreten, daß sie von den Wäldern in Michigan und Kanada der I-65 folgten, doch ein alter Mann aus Allen County (der landesweit im Fernsehen interviewt wurde), berichtete, daß in den Bergen immer noch ein paar Bären übriggeblieben und jetzt herausgekommen wären, um sich zu den anderen zu gesellen, nachdem sie das Feuer entdeckt hatten.

»Sie machen keinen Winterschlaf mehr«, sagte ich. »Sie entfachen ein Feuer und lassen es den ganzen Winter über brennen.«

»Was es nicht alles gibt!« sagte Mutter. »Was werden sie sich wohl als nächstes ausdenken?« Die Schwester kam, um ihr den Tabak wegzunehmen, was das Zeichen fürs Zubettgehen war.

Jeden Oktober verbringt Wallace jr. einige Zeit bei mir, während seine Eltern in ein Zeltlager gehen. Mir ist klar, wie rückständig das klingt, aber so ist es nun mal. Mein Bruder ist Geistlicher (Kirche des Rechten Wegs, Reformiert), doch zwei Drittel seines Lebensunterhalts verdient er mit Immobilien. Er und Elizabeth pflegen an Christlichen Erfolgs-Exerzitien in South Carolina teilzunehmen, wo Leute aus dem ganzen Land sich darin üben, einander alles mögliche zu verkaufen. Ich weiß, wie es dort zugeht, nicht etwa weil sie sich je herabgelassen hätten, mir davon zu erzählen, sondern weil ich die Werbespots für den Plan des Gerecht Verteilten Erfolgs im TV-Nachtprogramm gesehen habe.

Der Schulbus setzte Wallace jr. am Mittwoch vor meinem Haus ab, an dem Tag ihrer Abreise. Der Junge braucht nicht viel zu packen, wenn er zu mir kommt. Er hat hier sein eigenes Zimmer. Als der älteste Sproß der Familie habe ich unser altes Elternhaus in der Nähe von Smiths Grove behalten. Es ist inzwischen ziemlich heruntergekommen, aber Wallace jr. und mir macht das nichts aus. Er hat auch in Bowling Green sein eigenes Zimmer, aber da Wallace und Elizabeth alle drei Monate umziehen (das gehört zu dem Plan), bewahrt er seine .22er und seine Comic-Hefte, eben die Dinge, die für einen Jungen in diesem Alter wichtig sind, in seinem Zimmer hier bei mir auf. Es ist das frühere gemeinsame Zimmer von seinem Dad und mir.

Wallace jr. ist zwölf. Als ich von der Arbeit nach Hause kam, traf ich ihn auf der hinteren Eingangsveranda sitzend an, mit Sicht auf die Interstate. Ich verkaufe Versicherungen gegen Ernteschäden.

Nachdem ich mich umgezogen hatte, zeigte ich ihm, wie man die Wulst eines Reifens auf zwei verschiedene Weisen knacken kann: mit einem Hammer und indem man rückwärts darüberfährt. Wie das Herstellen von Sirup aus Zuckerhirse ist das Flicken von Reifen per Hand eine sterbende Kunst. Der Junge lernte jedoch schnell. »Morgen zeige ich dir, wie du deinen Reifen mit dem Hammer und einem Stemmeisen montieren kannst«, versprach ich.

»Was ich möchte, ist, die Bären sehen«, sagte er. Er blickte über das Gelände zur I-65, wo die nach Norden führenden Fahrbahnen eine Ecke unseres Grundstücks abschneiden. Nachts im Haus hört sich der Verkehr manchmal wie ein Wasserfall an.

»Am Tag kannst du ihr Feuer nicht sehen«, sagte ich.

»Aber warte mal bis heute nacht.« An diesem Abend brachte CBS oder NBC (ich bringe die beiden immer durcheinander) eine Sondersendung über die Bären, die sich allmählich zu einer Angelegenheit von nationalem Interesse entwickelten. Sie wurden überall gesichtet, in Kentucky, West Virginia, Missouri, Illinois (Süd) und natürlich Virginia. Es hatte schon immer Bären in Virginia gegeben. Es gab sogar ein paar Typen dort, die davon sprachen, sie zu jagen. Ein Wissenschaftler erklärte, sie seien auf dem Weg in jene Staaten, wo es etwas Schnee gibt, aber nicht zuviel, und wo es auf den Mittelstreifen genügend Baumbestand für Brennholz gibt. Er war mit einer Videokamera auf die Pirsch gegangen, aber seine Aufnahmen zeigten nur verschwommene Gestalten, die um ein Feuer herumsaßen. Ein anderer Wissenschaftler erläuterte, daß die Bären von den Beeren eines neuen Busches angezogen würden, der nur auf den Mittelstreifen der Interstate-Straßen gedieh. Er behauptete, diese Beere sei die erste neue Sorte in der jüngeren Geschichte, die aus einer Samenmischung der entlang der Highways wachsenden Büsche entstanden sei. Er verzehrte eine vor den Fernsehkameras, verzog das Gesicht und nannte sie ›Neubeere‹. Ein Klimaforscher sagte, daß die warmen Winter (im letzten Winter hatte es in Nashville überhaupt keinen Schnee gegeben und in Louisville nur einen Hauch) den Winterschlaf-Rhythmus der Bären durcheinandergebracht hätten, und jetzt wären sie in der Lage, sich von einem Jahr zum nächsten an Dinge zu erinnern. »Es ist durchaus möglich, daß die Bären das Feuer schon vor Jahrhunderten entdeckt haben und es vergessen hatten«, verkündete er. Eine andere Theorie lautete, daß sie bei dem Waldbrand im Yellowstone vor einigen Jahren das Feuer entdeckt (oder sich daran erinnert) hatten.

Im Fernsehen waren mehr Burschen zu sehen, die über Bären sprachen, als Bären an sich, und Wallace jr. und ich verloren das Interesse an der Sache. Nachdem der Abwasch des Geschirrs vom Abendessen erledigt war, nahm ich den Jungen mit hinaus hinters Haus, bis hinunter an unseren Zaun. Über die Interstate hinweg konnten wir durch die Bäume hindurch das Licht der Bärenfeuer sehen. Wallace jr. wollte zurückgehen zum Haus, um seine .22er zu holen und einen zu schießen, und ich erklärte ihm, warum das unrecht wäre. »Übrigens«, sagte ich, »würde eine .22er bei einem Bären nicht viel mehr bewirken, als daß er wütend würde.«

»Und außerdem«, fügte ich noch hinzu, »ist das Jagen auf den Mittelstreifen verboten.«

Der einzige Trick beim Montieren eines Reifens per Hand, nachdem man ihn in die Felge geschlagen oder gestemmt hat, ist das Einpassen und Auswuchten. Man macht das, indem man das Rad aufrecht hinstellt, sich daraufsetzt und es zwischen den Beinen auf und ab hüpfen läßt, während Luft in den Reifen strömt. Wenn sich die Wulst an die Felge anlegt, hört man ein erfreuliches ›Plop‹. Am Donnerstag schickte ich Wallace jr. nicht zur Schule, sondern zeigte ihm, wie das geht, bis er es richtig konnte. Dann kletterten wir über unseren Zaun und überquerten das Gelände, um einen Blick auf die Bären zu erhaschen.

In Norden von Virginia, so berichtete *Good Morning America*, ließen die Bären ihr Feuer den ganzen Tag über brennen. Hier im Westen von Kentucky war es jedoch noch ziemlich warm für Ende Oktober, und sie versammelten sich nur nachts um die Feuer. Wo sie sich tagsüber aufhielten und was sie machten, weiß ich nicht. Vielleicht beobachteten sie aus dem Neubeeren-Gebüsch heraus, wie Wallace jr. und ich über die staatlichen Zäune kletterten und die nach Norden führenden Fahrbahnen überquerten. Ich hatte eine Axt dabei, und Wallace jr. hatte seine .22er mitgebracht, nicht weil er einen Bären töten wollte, sondern weil ein Junge einfach gern irgendeine Schußwaffe mit sich herumträgt. Der Mittelstreifen war zugewuchert von einem Gewirr aus Gestrüpp und Ranken, die unter den Ahornbäumen, Eichen und Platanen wuchsen. Obwohl wir nur ein paar hundert Meter vom Haus entfernt waren, war ich noch nie hier gewesen, ebensowenig wie irgend jemand anderes, den ich kannte. Es war wie in einer künstlich geschaffenen Landschaft. Wir entdeckten einen Pfad in der Mitte und folgten ihm über einen trägen, kurzen Wasserlauf, der aus einem Gitter heraus- und ins nächste hineinfloß. Die Spuren in dem grauen Schlamm waren die ersten Anzeichen von Bären, die wir zu Gesicht bekamen. Es herrschte ein muffiger, aber nicht ausgesprochen unangenehmer Geruch. In einer Lichtung unter einem hohlen Baum, wo das Feuer gebrannt hatte, fanden wir nur noch Asche. Holzklötze waren zu einem groben Kreis zusammengeschoben, und der Geruch war hier stärker. Ich stocherte in der Asche herum und fand genügend glühende Kohle, um damit eine neue Flamme zu entfachen, also schüttete ich sie wieder so zu, wie sie zurückgelassen worden war.

Ich schnitt einen kleinen Ast als Glimmstab ab und schob ihn von einer Seite in den Aschehaufen, sozusagen aus nachbarschaftlicher Freundlichkeit.

Vielleicht beobachteten uns die Bären auch in diesem Moment aus dem Gebüsch. Wer weiß. Ich probierte eine der Neubeeren und spuckte sie aus. Sie war so süß, daß es weh tat, ein Genuß genau nach dem Geschmack der Bären, wie man sich ihn vorstellt.

An diesem Abend fragte ich Wallace jr. nach dem Essen, ob er vielleicht Lust hätte, mit mir zum Heim zu fahren, um Mutter zu besuchen. Es überraschte mich nicht, als er ja sagte. Kinder haben mehr Zartgefühl, als man ihnen gemeinhin zutraut. Als wir ankamen, saß sie auf der Betonterrasse am Vordereingang des Heims und beobachtete die auf der I-65 vorbeifahrenden Wagen. Die Schwester sagte, daß sie den ganzen Tag schon irgendwie erregt sei. Auch das überraschte mich nicht. Jeden Herbst, wenn sich die Blätter verfärben, wird sie aufs neue ruhelos, oder vielleicht wäre ›hoffnungsvoll‹ das richtige Wort.

Ich führte sie in den Aufenthaltsraum und kämmte ihr das lange weiße Haar. »Im Fernsehen gibt es nichts anderes mehr als Bären«, beschwerte sich die Schwester, während sie durch die Kanäle schaltete. Nachdem die Schwester hinausgegangen war, nahm Wallace jr. die Fernbedienung in die Hand, und wir sahen von CBS oder NBC einen Sonderbericht über einige Jäger in Virginia, deren Häuser mit Fackeln in Brand gesteckt worden waren. Der Reporter interviewte einen Jäger und seine Frau, deren 117 000-Dollar-Haus im Shenandaoh Valley abgebrannt war. Sie gab den Bären die Schuld. Er gab nicht den Bären die Schuld, doch er forderte eine Entschädigung vom Staat, weil er im Besitz einer gültigen Jagderlaubnis war. Der staatliche Jagdbeauftragte kam zu Wort und erklärte, daß der Besitz einer Jagderlaubnis den *Gejagten* nicht verbot (›untersagte‹ war, glaube ich, das Wort, das er benutzte) zurückzuschlagen. Ich fand, das war eine ziemlich liberale Einstellung für einen Staatsbeauftragten. Natürlich hatte er ein rechtmäßiges Interesse daran, eine Schadenersatzforderung abzuwenden. Ich selbst bin kein Jäger.

»Mach dir nicht die Mühe, am Sonntag zu kommen«, sagte Mutter zu Wallace jr. und zwinkerte ihm zu. »Ich bin eine Million Meilen gefahren, und ich habe eine Hand bereits an der Pforte.« Ich bin daran gewöhnt, daß sie solches Zeug von sich gibt, besonders im Herbst, aber ich fürchtete, es würde den Jungen traurig machen. Tatsächlich sah er bekümmert aus, als wir abfuhren, und ich fragte ihn, was los sei.

»Wie ist es möglich, daß sie eine Million Meilen gefahren ist?« fragte er. Sie hatte ihm erzählt, daß es jeden Tag achtundvierzig Meilen gewesen seien, neununddreißig Jahre lang, und er hatte auf seinem Taschenrechner ausgerechnet, daß dabei nur 336960 Meilen herauskamen.

»Alles in allem, gesamte *Fahrleistung*«, sagte ich. »Und übrigens sind es achtundvierzig morgens und achtundvierzig am Nachmittag. Dazu kommen die Fußball-Ausflüge. Und dazu kommt, daß alte Leute gern ein bißchen übertreiben.« Mutter war die erste weibliche Schulbus-Fahrerin im ganzen Staat gewesen. Sie machte es jeden Tag und versorgte nebenbei noch eine Familie. Dad beschäftigte sich nur mit der Landwirtschaft.

Normalerweise fahre ich bei Smiths Grove von der Interstate ab, aber an diesem Abend fuhr ich weiter nach Norden bis Horse Cave und denselben Weg wieder zurück, damit Wallace jr. und ich die Bärenfeuer sehen konnten. Es waren nicht so viele, wie man nach den Fernsehsendungen vermutet hätte — alle sechs oder sieben Meilen eines, versteckt zwischen Bäumen oder unter einem Felssims. Wahrscheinlich suchten sie genauso nach Wasser wie nach Holz. Wallace jr. hätte gern angehalten, aber es verstößt gegen das Gesetz, auf der Interstate anzuhalten, und ich hatte Angst, die Polizei würde uns erwischen.

Im Briefkasten war eine Karte von Wallace. Ihm und Elizabeth ging es ausgezeichnet und sie amüsierten sich prächtig. Kein Wort an Wallace jr., doch dem Jungen schien das nichts auszumachen. Wie die meisten Kinder in seinem Alter hat er keinen Spaß daran, mit seinen Eltern zu verreisen.

Am Samstagnachmittag rief das Heim bei mir im Büro an (Burley Belt, Dürre & Hagel) und hinterließ die Nachricht, daß Mutter nicht mehr da sei. Ich war unterwegs. Ich arbeite Samstag. Es ist der einzige Tag, an dem viele Teilzeit-Farmer zu Hause anzutreffen sind. Mein Herz setzte buchstäblich einen Schlag aus, als ich anrief und mir die Nachricht ausgerichtet wurde. Aber nur einen Schlag. Ich war seit langem darauf vorbereitet. »Es ist eine Gnade für sie«, sagte ich, als ich die Schwester am Apparat hatte.

»Sie haben falsch verstanden«, entgegenet die Schwester. »Sie ist nicht *verschieden,* sie ist *verschwunden,* weggelaufen. Ihre Mutter ist uns entwischt.« Mutter war durch die Tür am Ende des Korridors geschlüpft, als niemand sie beobachtete; sie hatte ihren Kamm wie einen Keil zum Öffnen der Tür benutzt und einen Bettüberwurf mitgenommen, der dem Heim gehörte. Was ist mit ihrem Tabak? wollte ich wissen. Auch weg. Das war ein sicheres Zeichen dafür, daß sie nicht beabsichtigte zurückzukommen. Ich befand mich in Franklin, und ich brauchte keine Stunde, um auf der I-65 zum Heim zu fahren.

Die Schwester erzählte mir, daß sich Mutter in letzter Zeit immer verwirrter benommen habe. Natürlich, so etwas sagen sie immer. Wir sahen uns auf dem Grundstück um, das nur aus glattem Gelände bestand, ohne Bäume zwischen der Interstate und einem Sojabohnenfeld. Dann riet man mir, eine Vermißtenanzeige im Büro des Sheriffs aufzugeben. Ich mußte für ihre Unterkunft und Pflege zahlen, bis sie offiziell als vermißt eingetragen war, was erst am Montag der Fall sein würde.

Es war schon dunkel, als ich nach Hause zurückkehrte, und Wallace jr. war dabei, das Abendessen zu bereiten. Das bedeutete nichts anderes als das Öffnen von Dosen, die bereits ausgewählt waren und mit einem Gummiband zusammengehalten wurden. Ich erzählte ihm, daß seine Großmutter verschwunden sei, und er nickte und sagte: »Sie hat es uns ja angekündigt.« Ich rief in Florida an und hinterließ eine Nachricht. Mehr konnte im Moment nicht getan werden. Ich setzte mich und versuchte fernzusehen, doch es gibt nichts Gescheites. Dann blickte ich zur Hintertür hinaus und sah auf der anderen Seite der nach Norden führenden Fahrbahnen den Schein eines Feuers durch die Bäume blinken, und mir wurde klar, daß ich vielleicht wußte, wohin sie gegangen war und wo ich sie finden würde.

Es war entschieden kälter geworden, also zog ich meine Jacke an. Ich wies den Jungen an, am Telefon zu warten, für den Fall, daß der Sheriff anriefe, doch als ich das Feld zur Hälfte überquert hatte und mich umsah, war er hinter mir. Er hatte keine Jacke an. Ich blieb stehen, bis er mich eingeholt hatte. Er trug seine .22er bei sich, und ich verlangte von ihm, daß er sie zurückließ, an unseren Zaun gelehnt. Es war schwieriger, im Dunkeln über den staatlichen Zaun zu klettern, besonders in meinem Alter, als es bei Tageslicht gewesen war. Ich bin einundsechzig. Auf dem Highway herrschte reger Verkehr von Personenwagen, die Richtung Süden fuhren, und Lastwagen, die Richtung Norden fuhren.

Beim Überqueren des Seitenwalls machte ich mir die Hosenaufschläge, die bereits vom Tau feucht waren, in dem hohen Gras vollends naß. Genau gesagt handelt es sich um Rispengras.

Die ersten paar Meter zwischen den Bäumen war es stockdunkel, und der Junge ergriff meine Hand. Dann wurde es heller. Zunächst dachte ich, es sei der Mond, doch es war das Fernlicht der Scheinwerfer, die wie das Mondlicht in den Baumwipfeln leuchteten und Wallace jr. und mir erlaubten, unseren Weg durch das Gestrüpp zu finden. Bald stießen wir auf den Pfad mit seinem vertrauten Bärengeruch.

Ich hielt es für ein gewagtes Unterfangen, uns den Bären bei Nacht zu nähern. Wenn wir auf dem Pfad blieben, konnte es passieren, daß wir in der Dunkelheit mit einem von ihnen zusammenprallten, doch wenn wir uns in die Büsche schlügen, würden wir vielleicht als Eindringlinge angesehen werden. Ich fragte mich, ob wir nicht doch das Gewehr hätten mitnehmen sollen.

Wir blieben auf dem Pfad. Das Licht schien von dem Laubdach der Bäume zu tropfen wie Regen. Es war ein leichtes Vorankommen, vor allem wenn wir nicht versuchten, bewußt auf den Pfad zu achten, sondern einfach einen Fuß vor den anderen setzten.

Dann sah ich das Feuer durch die Bäume.

Das Brennholz bestand zum größten Teil aus Platanen- und Buchenzweigen, was ein Feuer ergab, das sehr wenig Hitze und Licht entwickelt, dafür um so mehr Rauch. Die Bären hatten noch nicht gelernt, welche Vor- und Nachteile die verschiedenen Holzsorten besaßen. Beim Schüren des Feuers waren sie jedoch recht geschickt. Ein großer, zimtbrauner, nördlich aussehender Bär stocherte mit einem langen Stock darin herum und fügte dann und wann einen Ast hinzu, den er von einem Stapel neben sich nahm. Die anderen saßen in einem lockeren Kreis auf Baumstämmen herum. Die meisten waren kleinere schwarze oder honigfarbene Bären, darunter eine Mutter mit Jungen. Einige futterten Beeren aus einer Radkappe. Ohne etwas zu essen, nur das Feuer beobachtend, saß meine Mutter zwischen ihnen, den Bettüberwurf aus dem Heim um die Schultern gelegt.

Wenn die Bären uns bemerkt hatten, dann ließen sie es sich nicht anmerken. Mutter klopfte mit der flachen Hand auf eine Stelle auf dem Baumstamm direkt neben sich, und ich setzte mich. Ein Bär rutschte ein Stück, damit Wallace jr. auf ihrer anderen Seite Platz nehmen konnte.

Der Bärengeruch ist scharf, aber nicht unangenehm, wenn man sich einmal daran gewöhnt hat. Er ist nicht wie der Geruch in einem Viehstall, sondern wilder. Ich beugte mich zu Mutter, um ihr etwas ins Ohr zu flüstern, und sie schüttelte den Kopf. *Es wäre ungezogen, in der Gegenwart dieser Geschöpfe zu flüstern, die die Gabe der Sprache nicht besitzen,* ließ sie mich wissen, ohne zu sprechen. Auch Wallace jr. schwieg. Mutter teilte den Bettüberwurf mit uns, und wir saßen lange Zeit, die mir wie Stunden vorkam, still da und starrten ins Feuer.

Der große Bär, der das Feuer bewachte, brach die Zweige durch, indem er sie an einem Ende festhielt und drauftrat, wie es Menschen auch machen. Gleichermaßen geschickt war er darin, es am Brennen zu halten. Ein anderer Bär stocherte ebenfalls von Zeit zu Zeit im Feuer herum, doch die anderen ließen es in Ruhe. Man hatte den Eindruck, daß sich nur einige wenige Bären im Umgang mit Feuer auskannten und die anderen mit in den Genuß kommen ließen. Aber ist es nicht mit allem so? Zwischendurch tapste immer mal wieder ein kleiner Bär in den Kreis des Feuers, beladen mit einer Armvoll Holz, das er auf den Haufen fallen ließ. Die Bäume des Mittelstreifens haben einen silbernen Schimmer, wie Treibholz.

Wallace jr. ist nicht zappelig wie viele andere Kinder. Ich fand es angenehm, dazusitzen und ins Feuer zu schauen. Ich nahm eine kleine Prise von Mutters *Red Man*, obwohl ich normalerweise keinen Tabak kaue. Es war nicht anders als bei den Besuchen im Heim, nur interessanter wegen der Bären. Es waren schätzungsweise acht oder zehn. Im Innern des Feuers tat sich auch so einiges: kleine Dramen wurden aufgeführt, indem flammende Kammern geschaffen und dann wieder in einem prasselnden Funkengestöber zerstört wurden. Meine Phantasie lief auf Hochtouren. Ich blickte mich im Kreis der Bären um und fragte mich, was *sie* wohl sehen mochten. Einige hatten die Augen geschlossen. Obwohl sie sich zu einer Gemeinschaft versammelt hatten, schien jeder Geist seiner eigenen Wege zu gehen, als ob jeder Bär einsam vor seinem eigenen Feuer säße.

Die Radkappe wurde herumgereicht, und wir nahmen einige Neubeeren. Ich weiß nicht, wie es Mutter hielt, aber ich tat so, als ob ich meine äße. Wallace jr. verzog das Gesicht und spuckte seine aus. Es wurde kälter, und wir waren — im Gegensatz zu den Bären — nicht mit Pelzen ausgestattet. Ich wäre gern nach Hause gegangen, Mutter jedoch nicht. Sie deutete hinauf in den Baldachin aus Laub, in dem sich Licht ausbreitete, und dann deutete sie auf sich selbst. Glaubte sie, Engel kämen aus der Höhe herabgeschwebt? Es war nur das Fernlicht eines nach Süden fahrenden Lastwagens, doch sie schien ungeheuer erfreut. Ich nahm ihre Hand in meine und spürte, wie sie immer kälter wurde.

Wallace jr. weckte mich, indem er mir aufs Knie klopfte. Die Frühdämmerung war bereits vorbei, und seine Großmutter war auf dem Baumstamm zwischen uns sitzend gestorben. Das Feuer war zugeschüttet, die Bären waren verschwunden, und jemand kam krachend durchs Gehölz, ohne auf den Pfad zu achten. Es war Wallace. Zwei berittene Polizisten folgten dicht hinter ihm. Er trug ein weißes Hemd, und mir wurde bewußt, daß Sonntag morgen war. Hinter der Traurigkeit, als er von Mutters Tod erfuhr, war seine Verärgerung erkennbar.

Die Polizisten schnupperten in die Luft und nickten. Der Bärengeruch war immer noch stark. Wallace und ich wickelten Mutter in den Bettüberwurf und machten uns mit ihrem Leichnam auf den Weg zurück zum Highway. Die Polizisten blieben zurück; sie zertraten die Asche des Bärenfeuers und schleuderten das Brennholz ins Gebüsch. Ein kleinmütiges Verhalten! Sie waren nicht anders als die Bären, jeder einsam und allein in seiner Uniform.

Am Mittelstreifen stand Wallaces 98er Oldsmobile, dessen Radialreifen auf dem Gras eindrückt aussahen. Davor stand ein Polizeiauto mit einem Polizisten daneben, und dahinter ein Leichenwagen, ebenfalls ein Olds, Baujahr 98.

»Das ist der erste uns zur Kenntnis gekommene Fall, daß sie alte Leute belästigt haben«, sagte der Polizist zu Wallace.

»So hat es sich ganz und gar nicht abgespielt«, warf ich ein, doch niemand bat mich um eine Erklärung. Sie hatten ihre eigenen Methoden. Zwei Männer in Anzügen stiegen aus dem Leichenwagen und öffneten die rückwärtige Tür. Das war für mich der Moment, in dem Mutter aus diesem Leben schied. Nachdem wir sie hineingeschoben hatten, legte ich den Arm um den Jungen. Er zitterte, obwohl es gar nicht so kalt war. Das bringt der Tod manchmal so mit sich, besonders im Morgengrauen, wenn die Polizei herumwimmelt und das Gras naß ist, selbst wenn er als Freund kommt.

Wir standen eine Zeitlang da und beobachteten die vorbeirauschenden Autos. »Es ist eine Gnade für sie«, sagte Wallace. Es ist erstaunlich, welch reger Verkehr um sechs Uhr zweiundzwanzig herrscht.

Am Nachmittag begab ich mich wieder zu der Stelle auf dem Mittelstreifen und schnitt einige Äste als Brennholz ab, um das zu ersetzen, was die Polizisten weggeschleudert hatten. Am Abend sah ich das Feuer durch die Bäume.

Zwei Nächte später ging ich wieder hin, nach der Beerdigung. Das Feuer brannte, und es war dieselbe Gruppe von Bären, wenn ich mich nicht täuschte. Ich blieb eine Weile bei ihnen sitzen, doch es schien sie nervös zu machen, also ging ich nach Hause. Ich hatte einige Neubeeren aus der Radkappe genommen, und am Sonntag ging ich mit dem Jungen zu Mutters Grab und legte sie in einem hübschen Muster darauf aus. Ich probierte noch mal eine, aber es ist sinnlos, man kann sie nicht essen.

Es sei denn, man ist ein Bär.

Originaltitel: ›Bears Discover Fire‹
Copyright © 1990 by Terry Bisson;
erstmals erschienen in ›Isaac Asimov's Science Fiction Magazine‹, August 1990;
mit freundlicher Genehmigung des Autors
Copyright © 1993 der deutschen Übersetzung by Wilhelm Heyne Verlag, München
Aus dem Amerikanischen übersetzt von Irene Bonhorst
Illustriert von Jobst Teltschik

HEYNE BÜCHER

Top Hits der Science Fiction

Man kann nicht alles lesen – deshalb ein paar heiße Tips

Ursula K. Le Guin
Die Geißel des Himmels
06/3373

Poul Anderson
Korridore der Zeit
06/3115

Wolfgang Jeschke
Der letzte Tag der Schöpfung
06/4200

John Brunner
Die Opfer der Nova
06/4341

Harry Harrison
New York 1999
06/4351

Wilhelm Heyne Verlag
München

HEYNE BÜCHER

Neuland

Heyne Science Fiction Band 2000
Autoren der Weltliteratur schreiben über die Welt von morgen.

Die Zukunft hat schon seit jeher die besten Autoren der Weltliteratur fasziniert. Gerade in jüngster Zeit hat sich dieses Interesse deutlich verstärkt. Etablierte Schriftsteller wie Doris Lessing, Patricia Highsmith, Fay Weldon, Lars Gustafsson, Friedrich Dürrenmatt oder Italo Calvino haben sich ebenso mit der Welt von morgen auseinandergesetzt wie die führenden Kultautoren der jüngeren Generation, z. B. Ian McEwan, Paul Auster, Martin Amis, Peter Carey oder T. C. Boyle.
Der vorliegende Sammelband bietet erstmals einen repräsentativen Überblick über einen bisher, sehr zu Unrecht, wenig beachteten Bereich der Weltliteratur. Erzähler aus Australien, Brasilien, Deutschland, Großbritannien, Italien, Kanada, Rußland, Schweden, der Schweiz und den USA versammeln sich hier zu einem Gipfeltreffen literarischer Imagination. Neuland – in jeder Beziehung.

Karl Michael Armer/Wolfgang Jeschke
Neuland
06/5000

Wilhelm Heyne Verlag
München